DANS LA MÊME COLLECTION

Albert Drach, *Voyage non sentimental*

OSCAR ET LUCINDA

DU MÊME AUTEUR :

Illywacher (à paraître en 1991)

PETER CAREY

OSCAR ET LUCINDA

Traduit de l'anglais (Australie)
par Michel Courtois-Fourcy

FEUX CROISÉS

PLON
8, rue Garancière
Paris

Titre original

Oscar and Lucinda

Cet ouvrage a reçu en 1988 le Booker Prize

Ce livre est publié sur la recommandation éditoriale
de Ivan Nabokov.
Avec l'aide de l'Australian Council
Publication assisted by the Australian Council,
the Federal Government's Arts Funding and Advisory Body

Arts by Australians
Australia Council

ISBN édition originale : Faber and Faber Limited, Londres, 0-571-14812-3
ISBN édition française, Plon, 8, rue Garancière, 75006 Paris
ISBN 2-259-02154-9

Pour Alison Summers
avec toute mon affection

1

L'église

Si un évêque passait par là, ma mère ne manquait pas de l'inviter à prendre le thé. Elle l'asseyait, non pas comme on pourrait le penser à la place d'honneur, au bout de la grande table ovale, mais en plein milieu d'une des deux longues courbes, le condamnant ainsi à tourner le dos à la Bellinger River. En revanche, il pouvait contempler à loisir le mur où était accroché le daguerréotype en verre, trois fois sacré, de mon arrière-grand-père, le révérend Oscar Hopkins (1841-66).

Ces hommes d'Eglise étaient pour la plupart évêques de Grafton. Une fois pourtant, on eut la visite de celui de Wollongong qui était de passage. On eut également droit à celle d'un chanoine et à celles de divers ecclésiastiques en tournée, ou en remplacement. S'ils étaient myopes ou distraits on devait leur passer le daguerréotype au-dessus de la table. Ma mère levait le petit doigt en buvant son thé, et ne disait jamais aux évêques que le col blanc luisant, amidonné de mon arrière-grand-père était le résultat d'un acte de rébellion. Leurs yeux se posaient tout simplement sur un clergyman de l'époque victorienne. Ils remarquaient certes le dos raide, les lèvres serrées, le nez pincé, le long cou tiré, mais sans jamais penser — vous voulez bien parier — que cette attitude était due aux efforts que faisait Oscar Hopkins pour bloquer sa respiration, afin d'être immobile durant deux minutes, lui qui, en temps normal, était incapable de tenir en place, de rester un dixième de seconde sans se gratter la cheville ou croiser les jambes.

C'était tout à fait clair pour moi, mais je n'en disais rien. Je demeurais assis, tendu, les mains coincées sous les cuisses. Un instant plus tard, l'évêque, sans porter la moindre attention à nos grands nez et à bien d'autres signes contradictoires, serait frappé par la ressemblance que nous avions tous, ma mère, mon frère, ma sœur et moi, avec ce pionnier, ce pasteur, cet ancêtre. Nous avions des cheveux roux et des cous longs et minces, ressemblant à des tuyaux de caoutchouc tordu.

Ma mère avait plaisir à penser qu'elle ressemblait à cette photographie. J'aurais préféré, pour ma part, ressembler à mon père. Il n'avait rien à voir avec nous. Il était petit, avec un torse bombé et un visage carré. Il avait les yeux plissés, des dents irrégulières. Il riait et pétait. C'était un joueur de cricket habile et rusé et il parvenait à rouler une cigarette avec une seule main. Il était fort différent de nous et quand ma mère racontait à l'évêque en tournée comment Oscar avait amené la petite église de St John à Bellingen, mon père épluchait une allumette avec le gros ongle de son pouce, tout en regardant par la fenêtre le symbole matérialisé de son mariage, c'est-à-dire les ateliers du Prince Rupert, au toit peint, dans les années trente, en rouge vif, ateliers qui dominaient la Bellinger River.

Ma mère racontait l'histoire de l'église d'une manière qui me plongeait toujours dans l'embarras. Elle le faisait avec un excès d'émotion qui sonnait un peu faux. Bien entendu, nous le sentions tous, mais nous n'en parlions jamais. De toute façon, je n'aurais pas réussi à l'exprimer avec des mots. C'était la même chose à l'église pendant le Sanctus (Saint, saint, saint, Dieu des Armées célestes), elle lançait les mots d'une voix forte dont l'ostentation perçait sous le respect. Mon père plaisantait de tout, mais jamais à ce propos.

A vrai dire, il était jaloux de cette église, bien qu'à la voir maintenant, ça puisse sembler difficile à imaginer. Elle est plantée au beau milieu d'un terrain inondable, à côté de Sweet Water Creek à Gleniffer, une petite construction de planches, avec un toit en tôle rouillée. Pendant une cinquantaine d'années, elle fut peinte de diverses nuances de brun, puis en 1970 elle reçut une couche de vert éclatant. Aujourd'hui, elle a pris une teinte crayeuse et ressemble, au milieu de cette vallée fertile, à une épave rongée par le lichen. Elle se tapit près de la longue rangée de casuarinas qui bordent la rivière. Bien au-dessus, derrière le cours d'eau, la montagne grimpe abruptement jusqu'à mille mètres. Cet escarpement est tellement à pic qu'aucune piste n'y a été tracée, bien qu'on dise qu'une vieille mine d'étain se trouve par là. On projetait d'y mettre à l'abri de la férocité des Japonais femmes et enfants, durant la Seconde Guerre mondiale. J'étais loin à cette époque, mais ça me paraît peu probable. J'ai appris, depuis longtemps, à me méfier de l'histoire locale. On vous dira, par exemple, à la Historical Society, que Darkwood s'appelle ainsi à cause du vert particulièrement sombre des feuilles de l'endroit. Pourtant, il n'y a pas si longtemps, les gens l'appelaient Darkies' Point, parce que — ça ne remonte pas si loin — lorsque le grand-père d'Horace Clarke grimpa jusqu'ici avec ses compagnons — toutes les vieilles familles devraient se souvenir de ça lorsqu'elles discutent sur la question de savoir à qui appartient ce morceau de terre — il jeta en bas de la falaise toute une tribu d'aborigènes, hommes, femmes et enfants.

C'est la même sorte de gens qui veulent maintenant que St John soit mise sur une plate-forme automobile surbaissée. Ils veulent que l'église soit emmenée à Bellingen pour qu'on en fasse une espèce de patronage.

Mon père, parmi bien d'autres, aurait aimé cette idée. Il était, comme je l'ai dit, jaloux du bâtiment. Il détestait l'attitude possessive de ma mère à son égard. Peut-être, si l'église s'était trouvée à Bellingen même, les choses auraient-elles été différentes. Mais Gleniffer se trouve à quinze kilomètres. Ma mère se refusait d'assister aux offices à Bellingen. Il fallait donc se rendre en voiture à Gleniffer. Pendant la guerre, mes parents dépensaient leur ration d'essence pour aller à l'église. Nous fûmes, nous les enfants, baptisés là et nous y fîmes notre première communion. Là aussi que je me suis marié. Quand mon père mourut, on lui fit parcourir quinze kilomètres pour l'emmener à Gleniffer, à son service funèbre, et de nouveau quinze kilomètres pour le ramener en ville afin de l'enterrer.

Mon père ne s'adonnait pas à la boisson, mais un jour, après avoir bu deux bières, il me dit que ma mère tournicotait autour de St John comme un chien qui marque son territoire en levant la patte.

2

La couronne de l'avent

Mon père n'avait aucune chance de trouver la lampe électrique, parce que je l'avais laissée tomber dans les cabinets, la veille au soir. Je l'avais vue s'enfoncer, son rayon éclairant le fascinant cloaque d'urine et d'excréments. Mon père renonça, contrairement à une précédente occasion, à venir la repêcher.

Aussi, lorsque les lumières s'éteignirent brusquement à cause de la tempête, il n'avait pas de torche pour vérifier l'état des plombs. Les éclairs nous entouraient, tandis que la sonnette du téléphone émettait de petits grelottements pitoyables, provoqués par la foudre qui, sans doute, tombait un peu plus loin sur la ligne. Nous pensions que nos plombs avaient fondu à cause d'un court-circuit dans le transformateur. Mon père se rendit dans la véranda avec une bougie qui s'éteignit immédiatement. Il revint dans la maison sans avoir trouvé les plombs.

Nous étions assis en silence à la table de cuisine.

Mon père demanda : « Où se trouve le fil de plomb ? »

J'avais dix ans à l'époque. J'étais assis près de ma mère. Ma sœur en avait seize. Elle était assise près de moi. Mon frère qui en avait quatorze était assis à côté d'elle.

« Je m'en suis servi », dit ma mère. Les gens, en parlant d'elle, disaient qu'elle était grande. Ce qu'elle n'était pas — elle mesurait un mètre soixante-cinq — mais elle possédait une volonté de fer et une nature soupçonneuse qui, liée à son pouvoir en tant que patronne de l'atelier de verrerie, la faisait paraître grande.

Je sentais l'odeur de la bougie éteinte. Mon père, bien qu'il tînt le bougeoir, ne sentait rien du tout. Il n'avait aucun odorat.

« Pour quoi t'en es-tu servie ? » Je ne voyais pas mon père. J'attendais l'éblouissement du prochain éclair. « Pour quoi ? » Il avait une voix rauque. C'était en relation avec la perte de son odorat. Tous les matins, il nettoyait ses cavités nasales avec une seringue pleine d'eau salée. Il posait souvent cette question : « Est-ce que ça sent ? » « Ça » désignait son nez.

« Je m'en suis servi, dit ma mère, pour faire la couronne de l'avent. »

Il n'y avait aucune sorte d'excuse dans le ton de sa voix. Les éclairs tendaient de blanc la cuisine. Elle avait rejeté la tête en arrière, avec cet air méprisant que, dans la mythologie familiale, on associait à l'attitude du chameau.

J'étais particulièrement tendu. C'était moi qui avais aidé ma mère à faire cette couronne de l'avent. Nous n'avions ni houx ni lierre, mais j'avais trouvé des feuilles de camphrier, d'un beau vert brillant. Je savais que non seulement elle s'était servie du fil de plomb, mais également du grillage qui entourait la cage à lapins de mon frère. Ces animaux se trouvaient maintenant dans des boîtes à chaussures placées dans l'armoire à linge. Il ne serait pas venu à l'esprit de ma mère que ces petites bêtes pouvaient pisser.

Mon père alluma la bougie. Il ne s'approcha pas de la table. Il ne se dirigea pas vers la porte. Il se tint immobile au milieu de la pièce.

« Où est-elle ? demanda-t-il.

— A l'église, répondit ma mère. Je t'en prie, David, assieds-toi.

— Quelle église ?

— Quelle importance ?

— Ça en a pour moi. »

Je ne peux expliquer à quel point ce dialogue me paraissait effrayant. Mon père ne parlait jamais de cette manière. Il aimait une vie calme et tranquille. Même sur son lit de mort, il s'arrangea de façon à ne pas bouleverser ma mère.

« St John », dit-elle.

Bien sûr, ce ne pouvait être qu'à St John. Comment aurait-ce pu être ailleurs ? Mais, pour on ne sait quelle obscure raison, cette déclaration lui sembla insupportable. Il se frappa le front de la main et posa la bougie sur le dessus du Kelvinator où elle s'éteignit rapidement de nouveau.

« Seigneur, dit-il. Et bordel de merde de Marie ».

A la lueur des éclairs, je vis tomber la mâchoire inférieure de ma sœur.

Ma mère se dressa d'un coup. Elle ne faisait jamais de mouvements doux et continus. Elle se leva si brusquement que sa chaise tomba en arrière et alla s'écraser sur le sol. Le téléphone sonna — deux brefs chevrotements — puis s'arrêta.

« A genoux », dit ma mère. Elle voulait que nous fassions ce geste pour que Dieu puisse pardonner le blasphème de mon père. Nous comprenions parfaitement son intention mais nous nous trouvions parmi des terres inconnues. Seule l'idée de divorce aurait pu nous effrayer davantage, et seules les questions sexuelles nous embarrasser autant.

« A genoux », hurla-t-elle.

Plus tard, nous nous rendîmes compte que c'était quelqu'un d'autoritaire. Mais, lorsque nous étions enfants, nous n'éprouvions que des sentiments confus. Essentiellement, nous voulions qu'elle nous aime. Si bien que nous nous approchâmes pour nous agenouiller à côté d'elle, même mon frère qui pourtant aimait veiller tard pour parler cricket avec mon père.

Puis, mon père s'agenouilla lui aussi.

Nous restâmes à genoux, là, sur le sol dur, recouvert de linoléum. Mon frère pleurait doucement.

Puis la lumière revint.

Je levai la tête et vis un éclair dur et éclatant de triomphe dans les yeux de ma mère. Jusqu'à sa mort, elle allait croire que Dieu avait réparé les fusibles.

3

Le pudding de Noël

Il n'y aurait pas eu, sans un pudding de Noël, d'église à Gleniffer, ni de daguerréotype d'Oscar Hopkins sur les rives de la Bellinger. Je n'aurais pas vu le jour et il n'y aurait aucune histoire à raconter.

Ce n'était pas un pudding de Noël ordinaire. Il était extrêmement petit, à peine plus gros qu'une balle de tennis. Il contenait deux cuillères à café de cerises confites, trois cuillères à dessert de raisins secs, la peau et le jus d'une orange, une demi-tasse de farine, une même quantité de graisse de bœuf et une larme de cognac. Hormis sa taille, personne n'aurait pensé en le voyant à quelque chose de monstrueux et d'anormal, sauf qu'il avait été préparé dans la maison de mon arrière-arrière-grand-père, Theophilus Hopkins, à Hennacombe, Devon, Angleterre.

Theophilus Hopkins était un homme possédant une modeste célébrité. On trouve son nom dans l'*Encyclopædia Britannica* de 1860. Ses coraux et ses corallines, ses anémones et ses étoiles de mer remplissent trois colonnes. Cela n'est guère bien sûr d'une grande utilité pour connaître l'homme. Ça ne vous dit pas à quoi il ressemblait. On peut lire trois fois de suite cet article sans jamais deviner que Theophilus Hopkins avait une idée bien à lui concernant le pudding de Noël.

C'était un veuf d'une quarantaine d'années, noiraud et mince, avec quelque chose de sec et de pointu. Sa barbe était fournie, ses muscles fermes. Pourtant, c'était également quelqu'un de doux. On sentait, en le voyant, chatoyer sa douceur. C'était un sensuel qui croyait de toutes ses forces qu'il irait au Ciel, que le Ciel procurait une béatitude incomparable aux joies terrestres, qu'il s'étendait, telle une nappe argentée, parmi les espaces infinis de l'éternité. Il se comportait vis-à-vis de ses sensations ou de ses sentiments temporels comme un garde du palais royal — facétieux et bruyant au cabaret — qui reste le visage impassible lorsqu'il est en faction même lorsqu'une mouche se promène sur sa paupière. Theophilus faisait partie des darbystes, ou frères de Plymouth et pensait — il n'y a rien d'insensé dans cette manière de voir — que les fêtes chrétiennes n'avaient absolument rien de chrétien. La vivacité, la force de son tempérament — bien que le mot soit inapproprié — lui posaient un problème. Et ce problème, c'était son caractère passionné, la fougue de sa passion. Son corps était trop petit pour la contenir et chaque année, lorsque Noël arrivait, il avait les plus grandes difficultés à garder son sang-froid. Dans la plupart des cas, il utilisait sa passion d'une manière constructive. Prédicateur, il avait l'art de faire partager son point de vue à son auditoire. Il se refusait à appeler cette fête Noël. Il l'appelait Yule. Il était si bien parvenu à convaincre sa petite congrégation d'ouvriers agricoles, de couvreurs de chaume, de garenniers, de charbonniers, de pêcheurs — tous ces gens sévères, portant des blouses blanches le dimanche, qui lorsqu'ils savaient lire ne pouvaient le faire que lentement, en portant l'index sous chaque mot — et les avait si bien convaincus que Noël était non seulement une fête païenne, mais également une fête papiste, que ses ouailles allaient aux champs et à leurs occupations, le jour de Noël, comme s'il s'agissait d'un jour ordinaire. Leurs voisins baptistes se moquaient d'eux. Leurs voisins baptistes rôtiraient en enfer.

Oscar avait quinze ans, l'âge où les garçons sont secrets et taciturnes. Néanmoins, il ne mettait pas en question les vues de son père. Il était sûr de son salut et lorsqu'il lisait la Bible à voix haute, près du feu, son interprétation ne différait sur aucun point de celle de l'homme qui tisonnait la grille et déplaçait à chaque instant les morceaux de charbon. Père et fils lisaient la Bible comme s'il s'agissait d'un compte rendu établi par un naturaliste consciencieux. Si la Bible disait qu'une bête avait quatre têtes ou un homme des dents de lion, alors, c'était ce qu'ils croyaient.

Mais ce jour de Noël-là, en 1856, ils avaient une deuxième servante, alors que précédemment ils n'en avaient qu'une. La première était la forte et toujours affairée Mrs Williams, qui brossait, lorsqu'elle était énervée, ses cheveux gris ébouriffés comme un nid d'herbe avec une brosse au manche d'écaille. Elle servait la famille depuis quinze ans — pendant dix ans à Londres et depuis cinq ans dans le Devon. A Hennacombe, elle se brossait les cheveux bien plus souvent encore. Elle se disputait sans cesse avec le boucher et le poissonnier. Elle jurait ses grands dieux que l'air marin était mauvais pour son catarrhe mais de toute façon c'était — comme elle disait — « trop tard pour changer ». Elle restait donc, et bien qu'elle ne fît pas partie des « élus », et qu'ils trouvassent de temps à autre l'un de ses cheveux dans leurs œufs brouillés, elle faisait partie de leur vie.

La seconde servante, non seulement n'appartenait pas aux « élus », mais il n'était même pas possible de dire qu'elle était « sur la voie ». Cette anglicane se trouvait dans la maison par charité, après qu'elle eut été abandonnée par son mari terrassier, et que deux paroisses lui eurent refusé l'assistance aux pauvres, chacune d'elles prétextant que cette femme dépendait de l'autre congrégation. C'était elle, cette Fanny Drabble, au visage couvert de taches de rousseur, qui était à l'origine du pudding de Noël. Elle avait des mains blanches et osseuses, avec des jointures rouges. Elle avait mené une vie difficile, dans des cabanes, des abris de fortune, près de la voie de chemin de fer en construction sur laquelle travaillaient les terrassiers. Son bébé était mort. Elle ne possédait pour tout vêtement qu'une mince robe de coton. Une de ses dents était tombée le matin de son arrivée. Pourtant, elle fut choquée en apprenant qu'Oscar n'avait jamais connu le goût du pudding de Noël. Mrs Williams — elle aurait dû faire preuve de plus de raison — se trouva emportée sur la vague d'indignation morale de Fanny Drabble. Le petiot devait découvrir le goût du pudding de Noël, ce que le maître ne saurait pas ne pouvait le blesser en aucune façon.

Fanny Drabble ignorait que ce pudding était fait de la « chair dont se nourrissent les idoles ».

C'était une petite maison, mais construite avec de grosses pierres du Devon. L'odeur fraîche et acide du calcaire agaçait les narines, même lorsqu'on était assis près du feu. Dans la cuisine, il n'était pas possible d'entendre un seul mot de ce qui était dit dans la salle à manger pourtant contiguë. Cette maison ramassée avait des marches entre les pièces, des dénivellations. Malgré tout c'était un lieu favorable aux secrets. Et comme Theophilus ne venait jamais dans la cuisine (peut-être parce que Mrs Williams y dormait sur le banc près du feu), ses servantes auraient pu fabriquer des idoles sans le moindre risque.

Oscar, quant à lui, aimait la cuisine. Il aimait l'odeur chaude de farine, il apportait l'eau, tisonnait le feu et montait s'asseoir sur la table, lorsque Mrs Williams récurait le carrelage. Il se rendit bientôt compte de ce qui se passait. Il aperçut des cerises confites et des raisins secs. On trouvait rarement des raisins secs dans la maison. Quant aux cerises confites, il n'en avait jamais vu. Pour Noël, bien entendu, on aurait un repas semblable à celui des autres jours.

Theophilus avait appelé Mrs Williams dans son bureau, bureau qui était également la salle d'études d'Oscar. C'est pourquoi celui-ci entendait les ordres qu'on y donnait. Son père était extrêmement précis, la précision faisait partie de son caractère. Il attachait la plus grande importance aux moindres détails des choses dont il s'occupait. Lorsqu'il dessinait une anémone de mer, on pouvait être sûr qu'il n'oublierait pas un filament ou un tentacule. Les pommes de terre, disait-il, devaient être d'une taille allant « de la normale à la moyenne ». Il y aurait une moitié de cœur de chou d'Ecosse, *et caetera*.

Mais dans la cuisine les traîtresses pétrissaient de la graisse de bœuf, pesaient raisins de Corinthe et de Smyrne, épluchaient une orange, précieuse et unique. Oscar, assis près du soufflet, l'actionnait jusqu'à ce que la bouilloire chante si fort qu'il n'était plus possible d'entendre le cantique que fredonnait Fanny Drabble. Mrs Williams montait l'escalier en courant, comme un derviche dont les tournoiements ont pour but de semer la confusion, de perturber l'attention. Elle fabriquait un écran de poussière, un tourbillon de chiffons. Elle brossa ses cheveux sur le seuil de la porte d'entrée, en regardant, à travers les branches grises dégoulinantes de pluie, au-delà des fougères couleur rouille, une mer métallique et froide. Elle contourna la maison, dépassa le puits et mit ses cheveux sur le fumier. Oscar savait que les cheveux de Mrs Williams ne pourrissaient pas. Il avait remué le tas avec un grand bâton pour en retrouver. Tout d'abord, ils étaient gluants, mais une fois lavés sous le robinet, ils se révélaient, lorsqu'ils avaient perdu leur côté poisseux, aussi parfaits que s'ils venaient d'être coupés. C'était exactement ce que lui avait dit Mrs Williams. Oscar était surpris de voir qu'elle avait raison. Son père n'accordait pas grande valeur aux croyances de Mrs Williams. Ce n'était pas quelqu'un à l'esprit scientifique. Elle affirmait que des hommes déterraient des cadavres juste pour voler leurs cheveux. Ils les vendaient ensuite à des perruquiers qui les lavaient, les remettaient en bon état et en confectionnaient des perruques, des boucles, des tresses. Ces cheveux avaient encore leurs bulbes. On les appelait des « cheveux de cimetière ». Mrs Williams vivait dans un état de perpétuelle anxiété à propos de ses cheveux. Il y avait, affirmait-elle, peut-être pas à Hennacombe, mais à Teignmouth et à Newton Abbot, des « forbans » munis de rasoirs affûtés, prêts à voler des cheveux sur la tête d'une femme vivante. Mrs Williams brossait ses cheveux dans l'escalier, dans le bureau du premier étage. En tout cas, quel que fût l'endroit, elle enlevait les cheveux de sa brosse, en faisait un petit cercle qu'elle nouait et mettait dans la poche de son tablier. Le jour où les servantes confectionnèrent le pudding de Noël, elle se brossa encore plus souvent qu'à l'accoutumée. Theophilus, en bon naturaliste, l'avait peut-être remarqué.

Personne n'avait parlé à Oscar du pudding de Noël, pourtant il était au courant. Néanmoins, il ne voulait pas savoir qu'il savait, bien que cette connaissance se soit ancrée profondément dans sa conscience. C'était comme un rayon de soleil dans une pièce aux rideaux fermés. La poussière y danse dans l'air en mouvement. Plus rien ne restait immobile. Lorsque Oscar mangea son déjeuner, le jour de Noël, ses jambes lui faisaient mal à force d'excitation. Il croisait les chevilles et serrait de toutes ses forces son couteau et sa fourchette dans ses mains. Il tendait l'oreille vers la porte ouverte de la cuisine, mais ne percevait rien d'autre que le bruit de l'air passant dans les narines de son père, tandis que Theophilus mangeait.

Oscar avait un petit plateau en bois, divisé en compartiments. En principe, il était destiné à une collection de scarabées ou de coquillages. Oscar y mettait des boutons. C'étaient les boutons de sa mère, mais personne ne le lui avait dit. Ce n'étaient pas les boutons de son père. Il y en avait des ronds, pas plus grands que des coccinelles, avec un petit cercle de cuivre à la place des pattes. D'autres étaient en verre. Il y en avait en métal, avec quatre trous, et quelques-uns en nacre, qui n'en avaient que deux. Il s'occupait de ces boutons comme d'autres garçons l'auraient fait avec des soldats de plomb. Il les mettait en rangs, en lignes. Il les dénombrait. Il en avait cinq cent soixante. Parfois, au cours d'une nouvelle manœuvre, sa tête le faisait souffrir.

Ce Noël-là, son père lui dit : « Tu as classé de nouveau tes boutons, à ce que je vois. »

Les boutons se trouvaient sur l'appui de fenêtre. Un large appui de fenêtre. Mrs Williams les avait posés là lorsqu'elle avait mis la table.

Oscar dit : « Oui, père.

— Ton principe taxinomique étant la couleur. Dans l'ordre du spectre, de gauche à droite. La taille étant le deuxième principe.

— Oui, père.

— Très bien », dit Theophilus.

Oscar trempa son pain dans la sauce du ragoût pour nettoyer son assiette. Il finit son verre d'eau. Il baissa la tête en même temps que son père et remercia Dieu de ce qu'il leur avait octroyé. Quand Mrs Williams apparut à la porte pour lui demander de bien vouloir l'aider à remplir d'eau grasse l'auge des cochons, il la suivit rapidement, mais calmement — un garçon frêle et pâle aux cheveux d'or. Il pensait à ses boutons, non à ce qu'il était en train de faire.

Les deux femmes se tenaient côte à côte, comme deux pots de grès sur une étagère. L'une était grosse, avec un visage enfariné, l'autre petite et couverte de taches de rousseur. En revanche leurs sourires étaient identiques en tout point. Elles tenaient leurs mains devant elles, à la hauteur de la taille, serrées de la même manière.

Elles avaient mis « la chose » sur une petite assiette creuse. Elles l'avaient coupée en quartiers et recouverte d'une crème onctueuse. Mrs Williams enfonça sa brosse à cheveux dans la poche de son tablier et poussa le pudding dans la direction d'Oscar. Elle déplaça le tout à une telle vitesse que la cuillère quitta l'assiette et tomba sur le carrelage, avec un bruit métallique.

Mrs Williams se pencha, mais Fanny Drabble siffla entre ses dents : « Laissez donc ça ». Elle poussa du pied la cuillère et en donna une autre à Oscar. Elle était brusquement avide de découverte.

Oscar prit la cuillère et se mit à manger debout.

Il n'aurait jamais pu imaginer un goût aussi parfait. Il le laissa se diffuser dans sa bouche et l'y garda précieusement.

Il leva les yeux et vit les deux sourires jumeaux s'élargir. Fanny Drabble enfonça son menton dans son cou. Oscar commença lui aussi à sourire, l'air vaguement endormi. Il levait la cuillère pour la porter à sa bouche, s'attendant à un accroissement du plaisir, avait en fait pris une seconde cuillerée quand la porte grinça derrière lui. Theophilus s'avançait à grandes enjambées sur le sol carrelé.

Oscar ne le vit pas. Il le sentit. Il sentit le coup sur sa nuque. Son visage plongea vers le sol. La cuillère heurta ses dents. Elle tomba par terre. Une grande main osseuse agrippa ses cheveux, tandis qu'une autre s'accrochait à son menton. Il essaya d'avaler. On lui donna un autre coup. Il recracha tout ce qu'il pouvait.

Theophilus agit comme si son fils était empoisonné. Il l'emmena dans l'arrière-cuisine et lui fit boire de l'eau salée. Il appuya très fort le verre contre les lèvres, afin de lui faire mal. Oscar hoqueta, se débattit. Les yeux de son père étaient fous. Ils ne voyaient pas l'enfant. Oscar but. But à en perdre haleine. Il but jusqu'à ce qu'il vomisse dans l'auge à cochons. Ensuite, Theophilus jeta ce qui restait du pudding dans le feu.

Oscar n'avait jamais été frappé auparavant. Il ne le supporta pas.

Son père lui fit un sermon. Oscar n'en crut pas un mot.
Son père lui dit que le pudding était l'œuvre de Satan.
Mais Oscar avait goûté au pudding. Et son goût n'était rien moins que satanique.

4

La suite du pudding de Noël

Son fils avait un cou long et délicat. Il avait quelque chose d'aérien, de léger, comme s'il était bâti avec des rachis de plumes. Il était pâle et frêle. Il avait un visage triangulaire, avec un nez mince, un joli menton pointu et des lèvres dessinées en arc de cercle. Ses yeux avaient quelque chose d'immaculé, de vulnérable, comme la chair d'un fruit récemment pelé. C'était un visage qui vous faisait totalement confiance, qui soulageait votre cœur, au moment même où il vous confiait la responsabilité totale de sa protection. C'était un visage si ouvert, qu'en le voyant on remerciait Dieu pour son absence de ruse et en même temps on était pris d'angoisse à l'idée de sa sécurité dans ce monde. Et même les cheveux roux, cette tignasse frisée, ébouriffée, qui se couchait à l'horizontale, comme un arbre secoué par la tempête dans une peinture florentine, pas même eux ne pouvaient faire penser à quelque chose ressemblant à de la violence.

Theophilus n'aurait pas dû le frapper.

Il le savait à l'instant où il le faisait, au moment même où il traversait, ainsi qu'une tornade, la cuisine, pleine de l'odeur de chou, avec des personnages raides et silencieux plantés là comme des mannequins. Il vit Mrs Williams chercher sa brosse à cheveux. Il vit Fanny Drabble porter la main devant sa bouche ouverte. Il savait, alors qu'il entendait le chuintement désagréable de l'entremets sur le feu, qu'il n'aurait pas dû frapper son fils.

Theophilus vit les deux bleus qu'il avait faits sur le cou d'Oscar. C'étaient les marques de son pouce et de son index. Il regrettait de l'avoir blessé ainsi, mais que pouvait-il faire d'autre ? Ce garçon avait une peau semblable à celle de sa mère. Dans une clinique de Pimlico, un certain Dr Hansen avait fait tomber, d'une pipette de quinze millilitres, de l'acide nitrique sur cette peau. Est-ce que l'enfant, dans la salle d'attente, avait entendu crier sa mère ? Elle avait un cancer et c'était ainsi que Hansen avait enlevé la tumeur, avec des gouttes d'acide sur la peau fragile. Ce que l'acide avait finalement supprimé, c'était une boule devenue dure et noire à cause de cette terrible souffrance. La patiente était morte de toute façon.

Il n'avait jamais frappé son fils auparavant. Ils s'étaient aidés l'un l'autre en silence, ne désirant pas réactiver leur douleur avec des mots. Ils étaient seuls dans un pays qui n'était pas le leur. Ils étaient posés sur la terre rouge de Hennacombe, comme deux briques londoniennes. Quand le père se plongeait dans ses méditations, le garçon s'accroupissait silencieusement — un amas invraisemblable de membres adolescents — et s'accrochait aux genoux et aux mains calleuses de son père. Ils étaient unis par le sang, par les certitudes fondamentales d'une foi dissidente, et par la mort d'une femme dont ils ne pouvaient parler.

Theophilus avait jeté les vêtements de son épouse dans la mer. Il était à demi ivre de colère et de douleur. Il avait laissé le petit garçon dans son lit, couru dans le défilé rocheux, portant des vêtements à l'odeur de lavande, dont il n'avait même pas pris la peine d'enlever les cintres de bois. La mer les avait emportés comme des algues puis les avait rejetés sur la plage. Theophilus les avait traînés plus loin, à la recherche d'un courant. La mer les avait rejetés de nouveau.

C'était le petit Oscar, debout dans sa chemise de nuit de pilou qui, surgissant telle une apparition, lui avait finalement fait retrouver ses esprits.

Ils n'avaient jamais mis de mot sur cet incident. Leurs yeux, cependant, communiquaient parfaitement en silence et exprimaient des choses qu'il aurait été absolument impensable de dire à voix haute.

Mrs Williams commença à se brosser les cheveux. Debout,

grande et massive, son ventre gonflant son tablier blanc amidonné, elle brossait cette masse emmêlée de boucles grises qui ne voulaient jamais se mettre en place. Elle se tenait légèrement penchée, afin de regarder par la fenêtre qui donnait sur la mer. Chaf — chaf — chaf. Elle se brossait comme si elle était dans l'intimité de sa chambre. Elle y mettait une telle conviction, qu'elle s'était en fait construit une pièce à elle, une petite cage de verre à l'intérieur même de la cuisine. Cet endroit avait une porte et un verrou et il n'était pas question d'y pénétrer.

« Bon », dit Theophilus. Il tisonnait le feu à travers la grille. Personne n'osait lui dire que son geste était inutile, qu'il mêlait même du charbon à la cendre. Un long cheveu de Mrs Williams tomba sur sa tête. Il ne le remarqua pas. Fanny Drabble s'en aperçut, mais hésitait à l'enlever.

« Bon », dit-il, continuant de tisonner d'avant en arrière, d'arrière en avant. Maintenant, master Hopkins, vous aurez l'amabilité d'aller chercher les seaux.

— Laissez-moi y aller, monsieur », dit Fanny Drabble qui était si mal à l'aise qu'elle avait presque envie de vomir. Son emploi était en danger. Elle savait que ç'avait quelque chose à voir avec le pudding, sans bien en comprendre les raisons. « Je vous en prie, monsieur, laissez-moi aller les chercher », dit-elle. Elle enleva le cheveu gris qui était tombé sur la tête de son maître. Elle ne put s'en empêcher.

« Non », dit Theophilus Hopkins. Il ne s'aperçut pas que le cheveu était parti. Il continuait de tisonner la grille, en avant et en arrière. « Ce ne sera pas nécessaire, Mrs Drabble. Master Hopkins et moi allons chercher quelques spécimens. »

C'est alors qu'il la regarda. Elle ne comprit pas ce que ses yeux exprimaient. Ils paraissaient humides et désarmés. Ils ne correspondaient pas du tout au ton de la voix.

« Mais monsieur, dit Fanny Drabble, sentant enfin qu'elle pouvait se pencher pour ramasser la cuillère tombée par terre, c'est aujourd'hui Noël. »

C'est alors que Theophilus tourna la tête pour regarder son fils dans les yeux et c'est alors aussi qu'il comprit les dégâts qu'il avait faits.

« C'est Noël, roucoula Fanny Drabble et on dit que les chaudières éclatent à cause du gel à Exeter. »

Quand Theophilus la regarda, il avait encore sur le visage le reflet de ce qu'il venait de comprendre. Et ce visage n'avait rien à faire avec Mrs Drabble.

« C'est Noël, dit-elle doucement, ne sachant pas ce qu'elle faisait.

— Certains l'appellent ainsi, dit Theophilus en se redressant. Il tendit une main, de sorte qu'elle dut lui passer la cuillère. Certains l'appellent comme ça, mais aucun de ceux qui travaillent sous mon toit. »

Eh bien, pensa Fanny Drabble, quelle espèce de sale bonhomme sans cœur vous êtes.

5

Une prière

Oscar avait peur de la mer. Pour lui, elle avait une odeur de mort. Quand il pensait à « cette mort-là », ce n'était pas quelque chose qu'on pouvait définir avec un seul mot. Ce n'était pas une entité discrète. C'était un concept plein de courants, aussi malléable qu'un banc de poissons, aussi cassant que du verre. Cette mort surgissait devant lui comme un fantôme dans un rêve. Elle se métamorphosait tel du protoplasme, affectueuse et tendre durant un instant, elle devenait une minute plus tard froide et humide, comme le ciré de son père. Aussi, Oscar se recroquevillait-il pour lui échapper, en criant dans son sommeil, en repoussant le drap épais, en boule, au creux de son estomac. Parfois, pourtant, elle était chaude et douce et évoquait le sourire insaisissable de sa mère.

Dans les coquillages, sur la plage, il voyait les merveilles que son père passait sa vie à cataloguer, à disséquer, à tuer. Il voyait aussi des cadavres, des squelettes, des êtres privés de vie. Des créatures sans âme. Quand la mer soulevait des masses informes d'algues, il pensait à des pull-overs aux manches vides. Il alla chercher les seaux là où ils étaient restés depuis l'automne, accrochés au mur du fond, à côté du puits. Il n'aimait pas que la mer encercle ses chevilles. Les légères boucles d'écume lui donnaient l'impression de se coller à sa peau comme des fers. Il appuya sa petite main contre son ventre et resta parfaitement immobile, le visage crayeux, creusé comme s'il s'efforçait de paraître invisible devant les yeux perçants d'un prédateur.

Mrs Williams fondit sur lui avec des tricots. Elle lui en fit enfiler quatre, l'aidant à sa manière essoufflée et impatiente, lui tirant les cheveux par erreur et s'y prenant de telle sorte que les manches du premier lainage remontaient à l'intérieur du second et ainsi de suite. Après cet habillage, il ressemblait à une créature robuste, cabossée, avec une énorme poitrine de laine.

Mrs Williams évita ses yeux et ne dit rien au sujet du pudding.

« Que va-t-il lui arriver ? » demanda Oscar.

Mrs Williams ne s'inquiétait pas du sort de Fanny Drabble. Elle s'inquiétait pour elle-même. Elle prit sa brosse à cheveux dans son tablier et essaya de mettre un peu d'ordre dans les mèches d'Oscar. Elles étaient aussi rebelles que les siennes. Oscar se débattait pour éviter les soies piquantes.

« Arrêtez tout de suite », cria Oscar. Il fut surpris de voir que Mrs Williams obtempérait.

« Alors va-t'en, lui dit Mrs Wiliams en lui tendant les seaux et le rouleau de corde. Va nager », dit-elle méchamment. Elle savait qu'il avait peur de la mer. Il portait sa peur en pelote emmêlée, comme d'autres garçons portent des bouts de ficelle au fond de leurs poches pleines de miettes. On ne pouvait deviner qu'il avait peur. Au contraire, on aurait pu penser qu'il était joyeux, heureux, serviable, poli. Et à vrai dire, il l'était. C'était un garçon possédant un fort sentiment religieux, mais sans rien de lugubre. Il parlait de Dieu, avec simplicité, joyeusement. Il avait un visage qui s'accordait mieux aux croyances du maître que le maître lui-même.

Mrs Williams le regarda dans les yeux pour y chercher de la peur. Elle ne la trouva pas. Il y avait quelque chose d'autre, mais il n'allait pas lui montrer ce que c'était.

Ce quelque chose d'autre, c'était de la colère.

Son oreille droite le brûlait et le piquait encore, à la suite du coup. Il suivit son père en sortant par le portail de devant (s'y cognant comme il s'y cognait toujours) et descendit le sentier abrupt et glissant (comptant ses pas comme il le faisait toujours) en direction de la mer avec cette colère serrée étroitement contre lui, telle une dague. Il faisait de courtes enjambées, de manière que le nombre de pas tombe juste. Il portait six seaux métalliques, trois sacs de jute et un rouleau de corde. Les seaux cognaient contre ses tibias écorchés et bleus. Il n'avait pas suffisamment de mollet pour empêcher ses chaussettes de tomber sur ses chevilles. Elles étaient en accordéon et couvertes de boue rougeâtre, près des bottines brunes cirées. Il avait déjà déchiré le fond de sa culotte sur une ronce et il y avait de la boue rouge sur son accoutrement de laine. C'était un garçon, tout le monde pouvait le voir, dont les livres d'école devaient être tachés et gribouillés. Il glissait et titubait sur le sentier, comptant ses pas, tout en se dirigeant vers la mer.

Ce n'était pas la biologie marine qui poussait Theophilus à emprunter ce sentier et à s'enfoncer jusqu'à la poitrine dans l'eau glacée. C'est vrai qu'il était naturaliste et qu'il collectionnait les spécimens. Mais, en ce moment, il voulait à tout prix prouver quelque chose. Il enfonçait ses ongles dans la paume de ses mains. Il se tenait très droit, maintenu par ce fil imaginaire qu'il gardait fixé en plein milieu de son crâne. Il allait montrer à tout Hennacombe — et plus particulièrement à son fils — ce qu'un vrai chrétien pensait de Noël. Il avait le souffle court et portait sur le visage une expression qu'un étranger aurait pu prendre par erreur pour un sourire.

Le père et le fils se trouvaient encore dans le sous-bois détrempé qui séparait la colline herbeuse de la mer. Mais Oscar respirait déjà l'odeur de mort. Elle était là, hors du champ de vision, en monticules de velours noir, une algue appelée mélanosperme, amenée sous la falaise rougeâtre qui donnait son nom au hameau de Hennacombe. Il respirait aussi une odeur salée et vénéneuse. Oscar était myope et ne voyait de la mer que sa couleur gris perle, jetée comme une étoffe de satin sur un trou. En revanche, il pouvait l'entendre et savait déjà quel serait son aspect : aplati et docile comme un tigre endormi. Elle serait gris perle et se laisserait boire par le sable, avec de petits clapotements crémeux. Mais le mélanosperme était là pour rétablir la vérité, pour montrer que la mer pouvait arracher une plante que l'homme le plus fort ne parvenait pas à déraciner, qu'elle pouvait tuer l'homme lui-même en enfonçant des gargouillis blanchâtres dans sa gorge, après avoir déchiré ses vêtements et les avoir éparpillés, masse informe de couleur rosâtre, telles des méduses échouées sur la dentelle blanche bordant la plage.

Oscar comptait ses pas. C'était une habitude. Il y pensait à peine. S'il pouvait atteindre le bas de la falaise en trois cent soixante-cinq pas, ce serait, d'une certaine manière, il n'en était pas très sûr, bénéfique.

Il sentait encore le goût du pudding qu'on lui avait arraché si violemment. Son oreille lui faisait mal, était brûlante, et sa colère, toujours présente. Cette colère était impensable, mais la colère ne se pense pas. Elle s'était emparée de lui et le secouait. Il ressemblait à un lapin pris au piège. Il glissa le long de l'étroit passage conduisant à la mer (compta cinq pas), faisant cliqueter ses seaux l'un contre l'autre, s'écorchant les jointures sur l'argile grumeleuse.

Son père respirait à sa manière caractéristique. Il portait d'épais pull-overs de laine et un ciré moucheté de la couleur du pain brûlé. Il était bardé de ceintures et de cordes, afin d'y accrocher ses marteaux, ses burins, ses seaux et ses sacs. C'était un homme basané, nerveux, qui semblait fait d'une corde trempée dans le goudron. Ses cheveux étaient noirs, avec des éclats argentés étincelants.

Oscar avait les cheveux d'un roux doré, très drus et toujours ébouriffés. Il se tenait sur la plage (quatre cents pas) comme un ange récemment descendu sur terre, les cheveux flottant au vent.

« Allez, verse », dit Theophilus. Il n'aurait pas dû frapper ce garçon, mais que pouvait-il faire d'autre pour l'empêcher d'avaler ?

Oscar commença à « verser ». Ça consistait à se tenir au bord d'une retenue d'eau, sur un rocher couleur de rouille, à enfoncer le seau dans l'eau, à le laisser se remplir, à le sortir et enfin à verser l'eau dans les seaux que son père s'était attachés au corps. Tandis que les seaux se remplissaient, son père commençait à grogner à cause du poids. Ses grognements étaient comiques.

Mais aujourd'hui Oscar ne regarda pas son père. Il craignait de voir ce qu'il y avait dans ses yeux. A la place, il regardait sa bouche. Il la détaillait comme s'il s'agissait d'un animal marin, une anémone de mer à la tête rouge, avec une frange de poils noirs. Il se tenait au-dessus de la mer, comme s'il était au bord d'une fosse remplie de serpents en colère.

Puis son père entra dans l'eau. La mer était une amibe, du protoplasme. Elle ouvrait ses bras chargés de sel pour les refermer sur l'homme. Elle montait sur le sable et sifflait tout à côté des chaussures du garçon. Oscar s'éloigna d'elle, s'éloigna des lianes funèbres des mélanospermes, jusqu'à ce que la falaise s'appuie fermement contre ses omoplates. Les nuages étaient d'un gris perle étonnamment doux, avec des formes ressemblant à celles d'une plage que la marée a lentement dessinées. On aurait dit un couvercle posé sur l'horizon, sauf au sud, où l'on apercevait une traînée dorée, comme un poignard posé négligemment sur un appui de fenêtre.

Son père se fondait dans le paysage, une forme sombre et indécise, une masse étrange sortie d'un rêve.

Oscar s'appuyait au rocher comme un appentis sur pilotis. Quand, des bras, il entoura ses genoux, il les entendit craquer. Il était assis, le dos calé contre la falaise rouge, son scrotum rétréci à cause du froid, une bourse de cuir ridée, avec deux petites pièces solitaires dedans. La peau en était épaisse et rugueuse, comme celle d'un gésier de poulet, comme ces rochers rongés par les vers, près desquels se trouvait son père. Avec de l'eau froide jusqu'à la poitrine, celui-ci détachait des cailloux qu'il laissait tomber dans un panier de fil de fer.

Oscar appuyait de toutes ses forces son dos contre la falaise de Hennacombe, et tandis que le vent faisait tournoyer et danser le sable autour de ses chevilles, il s'adressa à Dieu. Il ne le fit pas d'une manière rituelle et conformiste, comme Stratton l'anglican le demandait, accompagné de signes de croix et de génuflexions. Assis, le buste bien droit, il joignit les mains (l'une pleine de sable, l'autre parfaitement lisse) et les frotta l'une contre l'autre tout en parlant, imitant inconsciemment son père qui, lorsqu'il priait, luttait physiquement avec lui-même pour parvenir à entendre, parmi les cris de marchands des quatre saisons de son cœur de pécheur, la parole pure et limpide de Dieu.

« Mon Dieu, dit-il tout haut, d'une voix aiguë et flûtée, si c'est Ta volonté que Tes ouailles mangent du pudding pour fêter Ta venue sur terre en tant qu'homme, je T'en prie, montre à Ton humble serviteur un signe. »

Il ferma les yeux en les plissant, et les rouvrit immédiatement. A quoi s'attendait-il ? A des anges ? Son ami Timmy Croucher affirmait avoir vu un ange. Il lui avait dit qu'il avait trois mètres de haut, que sa mère avait aperçu sa tête dépasser du toit de l'étable. Il avait entraîné Oscar sur les lieux et lui avait montré ce que l'ange avait laissé derrière lui. Il y avait trois petites pierres qui formaient les sommets d'un triangle. Tommy avait dit qu'ils signifiaient « le Père », « le Fils » et « le Saint-Esprit ». Oscar n'avait pas cru Tommy Croucher, mais lorsqu'il avait découvert que le signe était le symbole mathématique pour « il en résulte » il changea d'avis.

Mais sur la plage, ce jour de Noël, nul signe n'apparaissait, simplement cette traînée dorée vers le sud, ressemblant à un poignard.

Il grogna en se frottant les mains. Son oreille, à cause du coup, était encore douloureuse. Il avait un goût de vomi dans la bouche, mais ce dont il se souvenait, c'était celui des raisins secs, des cerises et des prunes confites et de cette crème faite avec des œufs, au jaune éclatant, et du lait crémeux. Non, ce n'était pas l'œuvre de Satan. Ce n'était sûrement pas la nourriture des idoles.

« Mon Dieu, dit-il en découvrant ses canines, si c'est Ta volonté que Ton peuple mange du pudding, frappe-le ! »

Il enroula ses membres autour des couloirs ensablés et mouvants de la prière. Il vit alors son père presque hors de l'eau. Il se redressa tant bien que mal. Ses genoux se mirent à craquer, d'abord le gauche, puis le droit. Il commença à courir, le fils coupable mais obéissant, qui se précipite pour aider son géniteur à transporter les petites créatures que celui-ci avait capturées : des anémones de mer, des anthéas aux fragiles tentacules blancs, des algues comestibles striées de rouge, peut-être aussi un bouquet vert et luisant, ou d'un rose tendre, une preuve de l'existence de Dieu, un miracle de couleur : rouge, orange, rose, ivoire, améthyste.

Il courait en agitant les bras, lançant ses pieds maladroitement sur les côtés. Il n'était pas un athlète, pourtant, il était au bord de l'eau chuintante quand son père en sortit, pareil à un Neptune emmitouflé, aux lèvres rouges, au nez bleu, perdu dans des lainages détrempés et de la toile cirée brunâtre. C'est alors, au moment où il prenait les seaux pleins et lourds, et s'agenouillait pour détacher les cordes, qu'il vit que son père avait été frappé.

Theophilus tremblait et claquait des dents. Du sang d'un rouge éclatant sortait d'une blessure à la cuisse. L'outil responsable, le propre ciseau du naturaliste, se trouvait encore dans sa main. L'eau de mer avait dilué le sang, mais maintenant celui-ci imprégnait la serge bleue pour dessiner une grosse fleur à l'éclat artificiel.

Oscar n'était plus en colère. Il posa son seau, brusquement effrayé de ce qu'il venait de déclencher.

6

L'église anglicane

Le révérend Hugh Stratton aperçut Oscar en prière. Il ne savait pas qu'il priait. Le garçon se tenait dans un crochet du sentier, au sommet de la combe, avec deux seaux archipleins, débordants, au bout de ses longs poignets pâles. Il priait « intérieurement » en gardant les lèvres immobiles. Il priait le Seigneur que son papa ne meure pas. Il avait le cœur serré et sentait le froid pénétrer sa poitrine. La douleur, dans ses bras, n'avait rien à voir avec les seaux.

« Seigneur, je T'en prie, épargne-le, même s'il vit dans l'erreur. Que Ton coup n'infecte pas son sang. Ne le laisse pas mourir ignorant. Petit Jésus, Toi qui mourus pour nous, enlève les écailles de ses yeux, afin qu'il puisse voir la vraie lumière. Ne le jette pas parmi les damnés. Laisse-le s'asseoir au milieu de Tes saints dans Ton paradis. » Il ne priait pas pour lui-même, mais des pensées s'insinuaient entre la chaîne et la trame de sa prière. Il essayait de les repousser. Elles revenaient à la charge. Il voyait son père dans une boîte en sapin, munie de petites poignées dorées. Il voyait Mrs Wiliams faire son sac. Elle se rendait à « L'Agence ». Une menace déjà formulée auparavant. Il n'avait pas d'argent pour payer Mrs Williams. Ses pensées étaient égoïstes. Il les chassa. Il fit en sorte que son esprit soit aussi nu qu'une salle de réunions. Puis, il recommença à prier.

Hugh Stratton ne pouvait pas être dans le secret de cette prière. Il ne voyait qu'un gamin avec des seaux. Son dos le faisait souffrir. Sa sciatique le tenaillait. Une douleur descendait le long de sa cuisse pour gagner le mollet. Elle battait également dans sa fesse gauche et dans le testicule situé de ce même côté. Il ne voyait rien d'admirable chez ce garçon (rien qui puisse lui suggérer des anges ou des statuettes de porcelaine). Sa route était obstruée par un gamin avec des seaux et il ne pensait qu'une chose à son propos : c'était le fils de l'homme qui l'avait dépouillé de ce qui lui restait de sa congrégation. Comme la variole, comme la peste, Theophilus Hopkins avait vidé ses prie-Dieu, une famille après l'autre.

Le révérend Mr Stratton s'imaginait qu'il aimait tous les hommes. Peu importe les tribulations que lui-même avait dû supporter, il essayait d'être juste, de prendre en considération tous les points de vue. Mais il ne pouvait supporter le célèbre Theophilus Hopkins qui s'était servi de sa voix chantante et virile pour séduire et lui prendre ses ouvriers agricoles illettrés, pour ne lui laisser que quelques glanures — deux familles d'archiconservateurs anglicans et un vieux casse-pieds qui se rebellait contre le châtelain. L'année dernière les offrandes de Pâques avaient rapporté deux shillings et six pence et demi. Une tonne de charbon coûtait sept shillings et six pence.

Hennacombe était le puisard, la bonde de l'église anglicane. C'était un puits sans fond. C'était à peine un « lieu de survie », ce comté où la roue n'était apparue que fort tard. C'était en revanche l'endroit rêvé pour les traîneaux, leurs patins avaient creusé les sentiers de plus en plus profondément, les écartant ainsi à jamais du soleil. Le révérend haïssait cette boue rouge. Elle se collait à ses chaussures comme une glue lourde, si bien que sa jambe gauche lui faisait mal chaque fois qu'il la lançait en avant. Deux faucons bruns se laissaient porter par le courant ascendant proche de la falaise. Ils n'étaient guère à plus de vingt mètres, mais Hugh Stratton ne les remarquait pas. Il contourna le garçon qui resta immobile, bien que le sentier fût étroit. Hugh Stratton était habitué au manque de respect et même à l'hostilité. Il pensait que ce gamin lui barrait volontairement le chemin.

Il portait un sac de navets sur son dos étroit, en tenant un cheval boiteux par la longe. Le cheval n'aurait pas résisté à cette charge. Le révérend força le passage à côté du gamin. Le sac heurta l'épaule d'Oscar et le cheval poussa l'enfant dans les ajoncs. Hugh Stratton ne le vit pas tituber, tout ce qu'il savait, c'est que son dos le faisait souffrir. De toute façon, il était content de ne pas avoir été salué, de ne pas avoir « été vu » le jour de Noël. Seigneur, pardonne-lui. Puisse le Seigneur lui pardonner et accorder une bonne santé à ses voisins lorsqu'ils mangeront sa volaille.

Hugh Stratton, la quarantaine, était grand, légèrement voûté, avec un visage qui, vu de loin, avait gardé un air de jeunesse et d'allégresse — des joues rondes, un petit menton pointu, une masse de cheveux ébouriffés de couleur sable — mais qui portait, si l'on y regardait de plus près, mille marques de souffrance et de déception que le rhum chaud ne pouvait plus en aucun cas effacer. Il était pasteur anglican dans un comté qui avait un baptiste très aimé pour châtelain. Ces circonstances avaient affaibli sa position et mis à mal sa situation financière. Pourtant les choses auraient pu ne pas être désespérées, même lorsque Theophilus Hopkins arriva de Londres pour lui voler sa congrégation. Il aurait pu continuer à vivre assez confortablement, car le presbytère comprenait cinq hectares de bonnes terres. Mais Hugh Stratton n'avait aucun talent de fermier. Sa femme avait plus que lui des aptitudes mais néanmoins insuffisantes : elle lisait la revue de la Société d'agriculture de Londres. Elle était en correspondance suivie et enthousiaste avec cette société à propos de la mise en terre simultanée de la semence et de l'engrais. Mais ça ne servait à rien. Le couple pouvait à peine payer ses timbres-poste. Et il y avait toujours quelque chose qui n'allait pas. Son mari avait un tour de reins après avoir soulevé un poids trop lourd, les avoines étaient chétives, la truie avortait ou, par exemple, aujourd'hui, leurs volailles avaient attrapé une maladie mortelle, juste au moment où elles étaient bonnes à conduire au marché. Il aurait pu les vendre neuf pence chaque, Hugh Stratton ne pouvait supporter cette perte. Que Dieu lui pardonne. Il avait décapité les poulets et les avait préparés comme s'ils étaient morts en parfaite santé. Il avait manqué aux observances du dimanche pour pouvoir le faire. Aussitôt après le morne service matinal, il avait pris ses volailles troussées pour les emmener au château et les proposer en cadeau. En fait, c'était un marchandage mais, le jour de Noël, il lui fallait bien faire semblant. Il gagna la porte de la cuisine. C'étaient des baptistes. Des baptistes qui le méprisaient, non pas de faire des affaires, mais de les faire le jour de Noël. Ils savaient que ce n'était pas un cadeau. La cuisinière lui donna des navets pour lui faire entendre son sentiment. Il avait espéré quelque chose de mieux, mais comme il devait s'en tenir à un échange de dons, il ne lui était guère permis d'argumenter. De plus, il se tracassait, n'étant nullement certain de l'inocuité des poulets morts. Qu'aucune maladie ne s'abatte sur la maison du châtelain. Celui-ci portait un grand chapeau, un col cassé et un cache-nez. Ses longs cheveux gris tombaient sur ses oreilles. Il regardait droit devant lui, l'œil fixe, pour faire fuir le diable. Il n'aurait pas supporté qu'on empoisonne ses gens. Il avait un gros nez avec de grandes narines autoritaires. Il était bourru, carré, gentil. Mais il aurait frappé de son fouet de baptiste la face d'un anglican responsable d'avoir empoisonné ses domestiques.

Hugh Stratton mena le cheval boiteux le long du sentier abrupt, pour atteindre les ormes dépouillés. Il ne voyait aucune beauté dans ces bois. A travers des branches noires, qui s'égouttaient, il apercevait la tour normande de St Anne et un peu à gauche, le toit de chaume du presbytère. La maison avait des murs de pierre grise, couverts de lichen, de plantes grimpantes et de mousse. Malheureusement Hugh Stratton n'était plus cet homme intelligent, récemment arrivé d'Oxford, qui s'était laissé prendre au charme rustique, à la paix de l'endroit, où dans le jardin un petit cadran solaire portait comme devise « Servir et diriger ». Aujourd'hui, il savait que le chaume était pourri et les murs couverts de taches d'humidité. C'était à l'argent qu'il pensait, et à la manière de l'obtenir.

7

Le stéthoscope

Le tabouret avait trois pieds et était appuyé contre le mur blanc en pente de la mansarde où dormait Oscar. C'était une pièce parcimonieusement meublée, ne contenant qu'un lit métallique, une carpette de chiffons tissés et une petite lampe à alcool, mais c'était également une chambre qui avait une douce et agréable odeur d'essence de bois, provenant de la vieille charpente. Le tabouret, en chêne du Devon, d'un brun sombre, avait acquis cependant une couleur miel, luisante, à l'endroit où depuis deux cents ans, des mains à l'intérieur de cette même maison le prenaient, le soulevaient, le balançaient, le reposaient, toujours et toujours.

Le matin, Oscar grimpait sur le tabouret et relevait sa chemise de nuit afin que son père puisse ausculter sa poitrine avec un stéthoscope. Il n'avait jamais mis en question l'utilité du tabouret, pas même maintenant, alors qu'il en était venu à s'interroger sur certains autres aspects des pratiques de son père. Il grimpait sur le tabouret et remontait sa flanelle. Son père le tapotait, l'air anxieux, comme un jeune homme inexpérimenté et ignorant le ferait pour trouver des vrillettes ou des termites dans un mur. La scène se déroulait dès qu'il était réveillé, alors qu'il avait la vessie pleine. Parfois il était en érection et parfois non. Ne s'intéressant pas à l'usage d'un pénis en érection, il ne se sentait nullement gêné.

Au moment où Oscar relevait sa chemise de nuit, son père regardait les poils roux qui commençaient à pousser autour des parties sexuelles. Il les regardait avec un œil de naturaliste, mais également d'une autre manière. Il n'appréciait guère l'apparition de ces poils. Avec les poils commencent les véritables difficultés de l'existence.

Le tabouret servait aussi, tard le soir, lorsque Oscar était endormi, lorsque les yeux de Theophilus étaient fatigués, ses doigts engourdis d'avoir écrit. Son bureau — c'était également la salle de classe d'Oscar — était de l'autre côté du couloir, en haut de l'escalier. A deux heures du matin, il arrivait à Theophilus d'enlever ses chaussures et de faire le petit trajet en levant bien les pieds, afin de ne pas prendre d'échardes dans ses fines chaussettes jaunes. Puis, il s'emparait du tabouret et le plaçait très doucement près du lit de son fils.

Il s'asseyait et l'écoutait respirer.

Le matin, il se servirait pour ce faire du stéthoscope. Les poumons étaient clairs. Ils étaient toujours clairs. Il s'entendait dire : « Clairs comme une cloche ». Mais cela ne suffisait pas à lui apporter la paix, car Dieu lui avait dit que quelque chose n'allait pas chez ce garçon. Cette voix qu'il avait entendue pouvait fort bien ne pas être ce qu'on appelle Dieu, mais admettons-le pourtant. On peut, bien sûr, avoir un autre mot pour toutes les choses que les deux Hopkins (le père et le fils) appelaient Dieu. Peu importe de toute façon la manière dont on l'appelle. Pour Theophilus, c'était Dieu. C'était sa peur, sa conscience, tout ce que vous voulez, mais c'était évident pour lui. En tout cas, ce garçon avait la poitrine de sa sœur. Les humeurs dans la pauvre petite poitrine de sa fille continuaient à gargouiller dans les canalisations maintenant bouchées des rêves éveillés de Theophilus.

Quand il s'asseyait sur le petit tabouret, il remontait l'édredon jusqu'à ce que celui-ci touche le menton pointu d'Oscar. La main, aux ongles rongés, le repoussait et Theophilus, en souriant, renonçait malgré son angoisse à le remonter une nouvelle fois. Son fils portait une chemise de nuit en flanelle blanche et son souffle avait une odeur de lait tiède. Rien n'indiquait le trouble qui s'était emparé de l'esprit du garçon. Il croyait maintenant que son père était dans l'erreur, qu'il avait tort, non seulement à propos du pudding, mais aussi d'un tas d'autres choses.

Theophilus, cependant, n'avait aucun doute en ce qui

concernait la vie future. C'était pour cette vie qu'il se faisait du tracas. Il craignait que son fils ne lui soit « enlevé ». Il suppliait Dieu de l'épargner. Personne ne lui répondait. Il le supporterait s'il le fallait. Si Dieu devait le couvrir de furoncles comme Job, il le supporterait. Dieu lui avait enlevé sa fille Sarah, son fils Percy et sa femme bien-aimée. Il n'avait pas eu la force de le supporter et pourtant il l'avait supporté. Il n'y avait rien qui fût insupportable. Les dents des lions, la torture des martyrs, tout cela n'était que des morsures de puces en face de l'éternité.

Il se croyait faible, se prenait pour un sensualiste.

Quelquefois, il avait envie de s'étendre sur le lit, d'embrasser son fils, de mettre son nez dans ses cheveux fraîchement lavés, de construire en quelque sorte une cage autour de lui, pour protéger son fragile corps d'oiseau de toute blessure. Mais quel orgueil, quelle suffisance, pensait-il, cela dénotait.

Car Oscar était déjà consacré à Dieu. Il faisait partie des élus. Les mystères du salut lui avaient été révélés par la grâce de Dieu. Il était uni au Christ et ne serait pas jeté en enfer. Cela avait été accordé à son père.

Lorsque Theophilus en arrivait à ces sortes de pensées, il sentait la tension se relâcher. Les muscles de sa poitrine, de ses bras se détendaient et sa respiration devenait plus profonde, plus régulière. En pensée, il voyait son propre sang se charger d'oxygène, prendre une couleur rouge, profonde, éclatante. Il s'étirait et sentait fourmiller ses doigts jusque-là engourdis.

Quel miracle Tu as réalisé.

Il se pencha sur son fils, embrassa l'air au-dessus de son front, puis s'éloigna sur la pointe des pieds avec cette démarche exagérée, vaguement ridicule que les hommes ressemblant à Theophilus, des gens normalement bourrus et affairés, prennent pour célébrer et exprimer par une sorte de danse leurs sentiments les plus intimes et les plus tendres.

8

Des signes païens

Cela se passait dans le Devon, près de Torquay. Prétendre, comme le faisait Theophilus, que l'endroit était presque tropical, fait penser à ceux qui, à Melbourne, disent « Voici la partie parisienne de Collins Street ». Ça peut passer si l'on n'a jamais mis les pieds en France, mais une fois qu'on a été là-bas, on s'aperçoit que cette description ne ressemble qu'à un vœu pieux.

Quand je vais dans le Devon, je ne vois rien de tropical. Je serais plutôt surpris de constater qu'un si petit comté peut posséder un ciel aussi vaste et aussi morne. Le Devon me semble dur et froid. Je regarde les curieux entassements de rochers sur la lande, et il me vient à l'esprit des images d'ignorance, de pauvreté et de froid. De froid surtout.

Mais Oscar n'avait jamais vu la Bellinger River et pensait, comme son père, qu'ils étaient privilégiés de vivre dans une contrée « presque tropicale ». Peu importait qu'il soit poursuivi et ridiculisé par les enfants des pêcheurs et des fermiers, et que le fils de la cuisinière du châtelain lui fasse manger des pierres. Le Devon était un paradis terrestre.

Père et fils lisaient les journaux de Londres avec un jour de retard et exultaient à la pensée que les myrtes et les fuschias avaient résisté à la gelée.

La moitié des ouailles de Theophilus croyaient toujours que le soleil dansait lorsqu'il se levait à l'est, et beaucoup soutenaient avoir vu un mouton l'accompagner dans sa danse. Dans ce comté, on sacrifiait encore, au moment du solstice d'hiver, de jeunes coqs. Théophilus avait vu de ses propres yeux une beuverie au cours de laquelle un garçon nu, assis sur un pommier, était gavé de toasts trempés dans le cidre, afin (pensait-il) de le rendre ivre. Theophilus n'était pas venu ici pour pénétrer les ténèbres païennes. Il était venu pour étudier la faune et la flore marines, mais puisqu'il y était, il allait témoigner du miracle de la résurrection. Il était souvent atterré en constatant la profondeur et la complexité, l'ancienneté et la vitalité de la chaîne et de la trame qui avaient tissé l'obscurantisme ambiant.

Lorsqu'il découvrit, un beau matin, des signes païens dessinés au milieu du sentier, il les reporta dans son carnet, de cette manière :

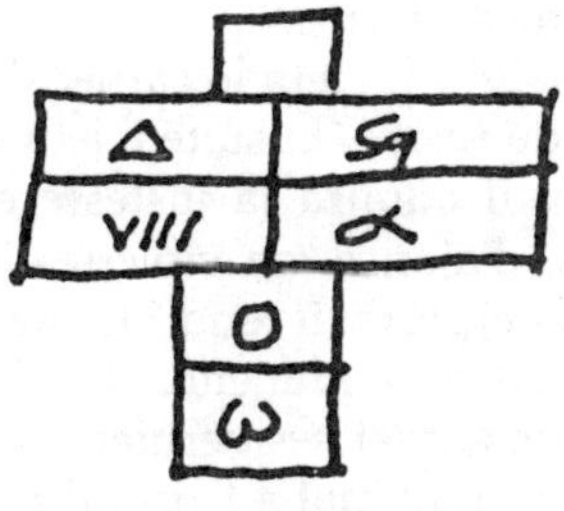

Theophilus s'imaginait qu'il avait fait ce relevé dans un esprit scientifique, pourtant, même s'il avait rendu méticuleusement les proportions précises des signes, il n'en était pas pour autant un observateur impartial. Ces signes lui faisaient peur. Et de même qu'il avait vu dans la beuverie une dérision de la crucifixion, il voyait maintenant dans ce grimoire une attaque paienne contre la sainteté de la croix.

Il ne pouvait en rester là. Il devait relever le défi. Mais il ne savait trop qui défier. Il marcha jusqu'à Morley d'un pas vif, pensant qu'il trouverait quelqu'un au cabaret. C'était Bargus qu'il avait en tête, l'homme qui avait été garennier et qui était, présentement, sacristain. Mais en entrant au Cygne, à Morley, il s'aperçut que l'endroit était désert. Il fit demi-tour et parcourut en sens inverse les cinq kilomètres qu'il venait de faire à travers champs.

Theophilus était dans tous ses états à cause du temps perdu. Il était en effet en train d'achever l'illustration de ses *Coraux du*

Devon. Il lui fallait faire un dessin le matin et un l'après-midi pour être à jour. Et aujourd'hui, il n'avait rien fait du tout, hormis d'avoir relevé ce symbole sacrilège. Il était à bout de souffle lorsqu'il passa l'échalier à Hennacombe et aperçut Bargus assis sur le petit pont de pierre qui enjambait la rivière. Theophilus ne pensait pas être superstitieux, mais cette « coïncidence » le dérouta.

Théophilus en effet accordait quelque sorte de pouvoir à Bargus, ce qui aurait bien surpris le vieillard s'il avait été au courant. Celui-ci, petit, le torse bombé, les joues rouges, la barbe blanche en éventail, avait plus de soixante-dix ans. Il faisait partie de ces hommes pour qui la grande affaire dans la vie consiste à être aimé de tous : dans ce domaine, il était généralement parvenu à ses fins.

Quand le « monsieur » lui jeta le carnet, il s'en empara pour regarder les dessins du relevé. Ensuite il jeta également un coup d'œil sur les autres. Il admira la justesse et la précision des croquis de fougères, d'ajoncs, de violettes précoces, d'algues. Puis, souriant, mais perplexe, il rendit le carnet.

« Très bien », dit-il en commençant à bourrer sa pipe. Il avait eu l'intention de garder ses derniers grains de tabac pour l'auberge, mais il se sentait mal à l'aise. Il ne savait que penser du sourire de tête de mort de ce coco-là. Il n'avait jamais vu un sourire comme celui-là. Il se disait, tout en bourrant sa pipe : « Pourquoi ce zèbre me sourit-il de cette manière ? »

Il leva la tête, plissa légèrement les yeux comme si cela pouvait l'aider à découvrir la signification du sourire de son interlocuteur. Il commençait à faire froid, maintenant que le soleil était couché. Bargus en fit la remarque.

« Donc, dit Theophilus, toujours souriant mais tapotant sur son carnet et tapant ses pieds contre la pierre du pont pour faire partir la boue de ses chaussures, vous ne comprenez rien à ça ?

— De l'hébreu pour moi.

— N'est-ce pas la sainte croix ?

— Ouais, ouais, fit Bargus qui s'était dit que ça ressemblait plutôt à un jeu de gamins. Aucun doute là-dessus. »

Theophilus lui adressa un petit adieu sec. Il ne croyait pas un mot de ce que lui avait dit Bargus. C'était un païen. Il aimait faire faire aux cercueils trois fois le tour de la croix de granit à St Anne. Il marchait devant avec un éclat insoutenable dans ses yeux bleus, sa bêche portée à bout de bras, le fer tourné vers le sol. Quand il dit qu'il ne comprenait rien à ça, Theophilus l'interpréta comme la preuve du contraire.

Mais Bargus — qui maintenant marchait doucement à travers champ pour se rendre au Cygne de Morley, sa pipe bourrée mais éteinte — n'était pas l'homme qui avait fait ces signes cabalistiques. Et Theophilus rangea son carnet sans deviner le moins du monde leur véritable auteur.

Les soupçons de Mrs Williams étaient mieux fondés. Elle se rendait au bureau de poste de Morley deux jours plus tard, quand elle tomba sur une autre série de signes qu'on appelait maintenant dans le pays « les signes de la sorcière ». Elle marchait vite, déplaçant de l'air, une grosse silhouette en tablier blanc se découpant contre une colline rougeâtre. Elle ne quittait jamais son tablier. A Morley, on l'appelait « l'Infirmière ». Elle s'en moquait totalement.

Oscar l'accompagnait, comptant ses pas jusqu'au village. Il marchait près d'elle, un peu en retrait, traçant à l'aide d'un bâton pointu leur cheminement sur le sol.

Mrs Williams n'était jamais heureuse de rester inactive. Elle ne le supportait pas. Elle avait remué et gigoté dans le ventre de sa mère et n'avait pas cessé de s'agiter depuis. Toutefois, lorsqu'elle se trouva en face de ces signes par terre, là, devant elle, elle s'immobilisa.

Elle n'aurait sans doute jamais remarqué le visage d'Oscar, elle n'aurait probablement jamais pensé à rien si celui-ci ne s'était mis brusquement à danser au milieu des symboles, les effaçant en partie avec son talon, tandis qu'il essayait — les deux buts étaient contradictoires — de sauter par-dessus.

« Une marelle », lança-t-il d'une voix perçante.

C'est alors qu'elle remarqua son visage. Il était écarlate. Ses joues étaient toutes plates, sa lèvre supérieure étonnamment longue. Sa bouche semblait curieusement tirée par une ficelle. Il évitait de la regarder dans les yeux. Brusquement, elle se sentit très bizarre.

9

Pile ou face

C'était Oscar, évidemment, qui avait tracé les « signes de la sorcière ». C'était son système pour découvrir l'exacte volonté de Dieu.

Le Δ symbolisait Theophilus qui, lui-même, était le représentant des Frères de Plymouth avec leur manière particulière d'interpréter l'Apocalypse et leurs dogmes rigides qu'Oscar avait, jusqu'à aujourd'hui, acceptés, sans l'ombre d'un doute. C'était le signe qui signifiait qu'on pouvait aller en enfer simplement en mangeant du pudding.

« Sq » symbolisait les baptistes, puisque c'était une abréviation de *squire*, c'est-à-dire du châtelain qui était leur berger dans le pays. Oscar avait grandi dans la croyance que les baptistes étaient forcément damnés. Mais peut-être que le dieu qui avait frappé son père voyait, après tout, le *squire* d'un bon œil. Ces signes étaient le moyen de poser la question directement.

Le VIII était le huit d'Henry VIII et renvoyait au schisme de l'Eglise, une concession à l'incroyable possibilité que l'Eglise catholique romaine ne soit pas le domaine de l'Antéchrist mais celui de l'Eglise véritable. Par la suite, Oscar se mit à craindre que son code n'apparaisse trop évident, aussi ajouta-t-il un X de façon que cette section porte le chiffre XVIII.

L'α était l'équivalent du « A » désignant donc les anglicans. Oscar avait hésité à l'introduire dans son système, mais n'avait rien trouvé d'autre à mettre à sa place. Il savait que l'Eglise d'Angleterre était très puissante ailleurs, mais ici, à Hennacombe, elle n'inspirait que de la pitié. Personne ne pouvait prendre le révérend Mr Stratton pour un guide convenable chargé de vous mettre sur la voie ardue du salut. Il n'était même pas capable de plumer une volaille sans lui arracher la peau.

Quand Oscar eut terminé le tracé de ces quatre sections, il ajouta un « appendice » comprenant deux autres divisions, afin que son dessin ressemble à une marelle. Il traça un zéro dans le premier, puisqu'il ne signifiait rien et un oméga dans l'autre, puisqu'il était le dernier. Alors, s'apercevant qu'il avait l'alpha et l'oméga de l'Apocalypse, 1 : 8, une référence surgie apparemment par hasard, il en conclut tout aussitôt que ce n'était nullement par hasard. Ce que d'autres pouvaient peut-être appeler hasard ou coïncidence, il savait bien, lui, qu'il s'agissait de la parole et de la bénédiction de Dieu.

Tout en haut, il dessina une dernière case qu'il laissa vide. C'était sa manière à lui de montrer son respect.

Le premier de ces grimoires était celui que son père avait relevé dans son carnet de dessins. Oscar l'avait tracé sur le petit sentier conduisant à la limite ouest de la combe. Il l'avait fait en tremblant, à côté d'un vieux banc de bois, aux planches à demi pourries, recouvertes de lierre. Il était à peu près trois heures de l'après-midi et, néanmoins, le jour commençait déjà à tomber. Ce n'était pas le vent du nord, glacé à cet instant, qui le faisait trembler. En vérité, il se sentait au sens strict du mot vaciller au bord de l'éternité. Des feuilles mortes voltigeaient dans le sentier, se rassemblaient, se séparaient, s'éparpillaient. Oscar avait quinze ans. Sa tête était pleine d'idées de mort, de damnation, de paradis. Il traça ses hiéroglyphes avec une pierre jaune, spéciale, qu'il avait choisie parmi des millions d'autres sur la plage. Il aurait dû être en train de laver le seau à lait dans le ruisseau en bas. Il entendait le métal racler les pierres à chaque saute de vent. Il fit son dessin avec cette pierre très bizarre. Elle n'avait guère plus de cinq centimètres de long et comme son visage, elle formait une sorte de cœur. Oscar n'était nullement conscient de cette coïncidence. Il n'aurait, de toute façon, jamais accepté la notion de coïncidence. Il s'accroupit pour dessiner, reculant au fur et à mesure de la progression des cases. Il claquait des dents.

Lorsque tous les symboles furent en place, il se mit debout, les talons tournés vers l'oméga, le nez pointé en direction de la mer.

Puis, il prononça tout bas, sans remuer les lèvres, ces mots extraits du Livre des Juges : « Et il pensa, si maintenant j'ai trouvé grâce à Tes yeux, alors montre-moi un signe m'indiquant que Tu m'as parlé. »

Le vent était chargé de pluie maintenant. Les gouttes lui martelaient le visage. Il prit sa pierre jaune, son « palet », et la jeta par-dessus son épaule.

Elle tomba sur alpha.

Il se pencha et la regarda avec incrédulité. Il resta ainsi, un long moment, le cœur lourd. Ce n'était pas vrai. Et pourtant, ça l'était. Et si c'était vrai, il ne pouvait plus vivre dans la maison de son père. Il devait vivre avec les anglicans. Il se baissa rapidement, ramassa la pierre, la mit dans sa poche.

Il portait un grand ciré de cette même couleur pain grillé que la veste de son père. Comme il avait été taillé pour lui à partir d'un autre vêtement, les poches se trouvaient près du sol. Oscar essaya de sortir quelque chose de l'une d'elles, sans y parvenir. Il marcha maladroitement, la main toujours enfoncée dans la poche, à la limite de l'ourlet, en direction du banc recouvert de lierre. Il entendit le seau à lait culbuter dans le courant. Il fouilla dans sa poche. Il en sortit d'abord un mouchoir en boule qu'il mit de côté. Ensuite il en tira un crayon et finalement un gros carnet.

Comme la pluie tombait serrée, il déboutonna son ciré et le remonta au-dessus de sa tête, afin de se faire une espèce de tente. Suffisamment protégé, il put noter le résultat. Il écrivit : « Ier lundi apr. l'Epiphanie : alpha ». Puis, il remit le carnet, le crayon, le « palet » et le mouchoir en boule dans sa poche. Ensuite, il effaça grossièrement les traces de « marelle » et descendit la pente en courant pour récupérer son seau. Il le nettoya rapidement en tremblant et remonta le talus glissant et humide jusqu'au sentier.

Il se mit à courir pour rentrer chez lui, tout en comptant ses pas. Il lui fallait passer devant le presbytère anglican. Ses genoux craquèrent. Son visage grimaçait à cause de ces craquements et de la pluie. Il avait envie d'être chez lui, près du feu, dans cette maison propre, dégageant une odeur fraîche et acide où son père et lui effrayaient Mrs Williams, en donnant, en adultes et de sang-froid, des détails pittoresques sur des meurtres célèbres. Père et fils étaient proches l'un de l'autre dans ces moments-là. Ensuite, son père l'embrasserait d'un air brusque en frottant sa barbe contre ses joues, ce qui le ferait rire nerveusement et se tortiller. C'est ce qu'ils appelaient un « rasage à sec ». Une manière d'exprimer leur amour.

Malheureusement, Dieu avait choisi alpha. Il n'était pas question de parler de tout ça à son père.

Il y avait exactement cent vingt-cinq pas du grimoire à la haie de troènes de l'anglican. Cette haie était clairsemée, pleine de trous, comme la barbe d'un homme malade. Oscar reprit son souffle devant elle. A travers les trous, il voyait l'arrière de la maison où l'anglican et sa femme essayaient de tuer un cochon sans l'aide d'un boucher. La bête aurait dû être abattue dans les semaines qui suivirent la Toussaint, mais sûrement pas maintenant. Ils lui donnèrent un coup de couteau dans la mâchoire. Le cochon se mit à pousser des cris perçants. Le visage d'Oscar se contracta. L'anglican prit le couteau des mains de sa femme. Les siennes étaient rouges, non pas à cause du sang, mais de la boue, une boue carmin, glissante, luisante, collée à la peau du goret. Le pasteur frappa à plusieurs reprises. Son visage était encore plus tendu que celui d'Oscar. Le gamin entendit le gargouillis qui finalement sortit de la trachée artère de la bête. Il desserra les poings. Ses ongles avaient dessiné des croissants de lune dans la partie charnue des paumes de ses mains.

Ce n'était pas possible que ces gens soient les serviteurs de Dieu. Et pourtant, ils devaient l'être.

« Que le Seigneur appelle Samuel et celui-ci répondra : me voici ».

L'anglican pouvait très bien ne pas avoir entendu, mais il aperçut néanmoins le garçon qui restait planté là.

« Va-t'en, dit le révérend Mr Stratton en lui jetant une pomme de pin couverte de boue. Va-t'en. Rentre chez toi, espèce de salle gosse ».

Oscar rentra chez lui et cacha son carnet.

10

Dans l'erreur

Oscar avait son nouveau « palet » divinatoire dans sa poche.

Ce n'était pas le « palet » jaune du début, mais un autre, un oxyde de fer de couleur rouge, que son père (si on lui en avait donné l'occasion) aurait appelé *caput mortem*, c'est-à-dire tête de mort. Son père s'appropriait les choses en les nommant, qu'on le lui demandât ou non. Il avait découvert le « palet » divinatoire jaune. Sortant de la maison, il s'était planté sur l'aire pavée qui se trouvait devant la porte de la cave, au moment où Oscar prenait son bain. (On avait l'habitude de se baigner dehors, par tous les temps. C'était destiné à renforcer la constitution). Oscar déversait sur soi de l'eau froide en se servant de la grande louche en zinc. Il haletait, soufflait, frottait de toutes ses forces son étroite poitrine en tapant du pied. Il y avait une patère au mur où, en principe, Oscar devait accrocher ses vêtements. Il préférait cependant les poser sur la margelle du puits. Son père était sorti pour se laver. Il vit la chemise et la culotte sur le puits, les ramassa et accrocha la chemise à la patère. Puis il commença à fouiller les poches de la culotte. Ça n'avait rien d'une perquisition. Ce genre de rapport n'existait pas entre eux. Le père examinait simplement les bricoles que son fils avait ramassées durant la journée. Il les tenait entre son pouce et son index, comme si elles étaient les entrailles d'un poisson qu'il souhaitait étudier.

Le carnet était caché, mais le « palet » jaune était là. Pour une raison qu'il ne prit pas la peine d'expliquer, Theophilus le mit dans sa poche. Il ne dit pas qu'il le confisquait. Il n'émit aucune remarque. Il le glissa dans la poche de sa robe de chambre, d'une telle manière qu'il était impossible de savoir s'il l'avait fait par distraction ou par esprit critique. Oscar se sentit rougir et se retourna, afin de ne présenter au regard que deux omoplates osseuses.

Il ne fut pas question du « palet » au moment de la prière.

Le lendemain matin, la pierre était sur la table du petit déjeuner. Elle se trouvait à la place d'Oscar, toute chargée d'accusation. Le cœur du gamin se mit à battre. Il se croyait découvert. Il avait sur le dos un pull-over de laine brute, de la sorte que les pêcheurs portent dans cette région. Brusquement, il se sentit brûlant à l'intérieur de son vêtement.

« Une jolie pierre », dit Theophilus après qu'Oscar eut récité les grâces.

— Oui, père.

— Où l'as-tu trouvée ? »

Theophilus saupoudrait de sucre son porridge. Il avait la bouche sucrée. Il versait le sucre gaiement, sans montrer aucun signe de la terrible anxiété qui l'étreignait. Il y avait quelque chose qui n'allait pas. Quelque chose qui n'allait pas du tout. Il avait pris la pierre, par attendrissement, afin d'être plus proche de son fils. Mais maintenant, il ne trouvait absolument rien à en dire. Sa question était stupide mais il n'avait trouvé rien d'autre.

Oscar ne voulait pas répondre à cette question. Il sentait qu'elle n'était pas innocente. Et même si elle l'était, il ne pouvait le lui dire. Car, précisément, avec cette pierre, Dieu lui avait fait savoir que son père était dans l'erreur. Dans une abominable erreur.

Son père ne supporterait aucune mise en question de sa foi. Il s'imaginait que Dieu lui parlait. Oscar était pris de pitié à l'idée de ce malentendu, mais il ne pouvait pas, même en imagination, trouver le moyen de dire à son père pourquoi le Seigneur l'avait frappé.

Chaque jour, Oscar avait jeté son « palet ». Et celui-ci continuait d'atterrir sur α, sans jamais toucher Δ. Oscar aurait voulu être un cochon sans âme immmortelle, être transformé en saucisses, puis mangé, afin d'être débarrassé du poids affreux de l'éternité. Il ne parvenait même pas à regarder son père dans les yeux.

Celui-ci lui demandait où il avait trouvé la pierre.

Oscar ne savait pas ce que cela voulait dire. Il remua son thé. La fenêtre, derrière la petite table ronde, était couverte de buée. Dehors, les fougères rousses se perdaient dans le brouillard.

Son père ne semblait pas remarquer l'absence de réponse à sa question, mais ses yeux avaient un éclat étrange. Mon Dieu, je T'en prie, arrache les écailles de ses yeux. Arrache les écailles de ses yeux maintenant.

« Connais-tu le nom de cette couleur ? » lui demanda son père.

Oscar n'avait aucune envie de la nommer. Il était furieux contre son père à cause de ce qu'il était sur le point de faire.

« Jaune indien.

— Merci père. »

Mrs Williams posa les toasts sur le petit ustensile conçu à cet effet, en suivant les instructions précises que lui avaient données son maître : une tranche toutes les deux cases. Elle se sentait mal à l'aise près d'eux. Elle lança une remarque à propos du brouillard. Ni l'un ni l'autre ne répondirent. Une des brebis des Croucher avait été enlevée par le chien de quelqu'un, au cours de la nuit. Cette nouvelle n'eut pas plus de succès. Mrs Williams les avait servis à l'époque où ils formaient une vraie famille et pas cette chose boiteuse, avec un membre coupé, cette chose déséquilibrée, qui se cognait sans cesse aux murs, même en plein jour. C'était pénible d'être près d'eux. Elle retourna à la cuisine où là, au moins, elle pouvait ne pas les entendre.

« Ça s'appelle du jaune indien pour une bonne raison, dit Theophilus, en prenant un toast qu'il pressa entre son pouce et son index, pour s'assurer qu'il était à point, qu'il n'était pas, en dépit de la disposition sur le présentoir, devenu mou. Pour une très intéressante raison. »

Oscar leva la tête, mais se sentit gêné par ce qu'il vit dans les yeux de son père. Ils semblaient doux, implorants. Ça ne convenait nullement à ce visage dur à la barbe noire et sûrement pas au ton de la voix. Oscar connaissait cet air. Il l'avait vu auparavant. Ça ressemblait à un feu follet. Si l'on court vers lui, il bat en retraite ; si on l'embrasse, il s'évanouit dans vos bras. Oscar ne pouvait étreindre le cœur doux et aimant des sentiments de son père.

« Je l'appelle jaune indien, parce que c'est de la même couleur que celle qui se trouve dans ma boîte d'aquarelles, sous le nom de jaune indien. C'est fait grâce à un processus plutôt curieux. A partir de pipi », dit son père.

Oscar leva la tête. Son père faisait une drôle de grimace. Pipi était le mot dont on se servait dans l'intimité. C'était curieux qu'il ait employé « pipi » là où normalement il aurait utilisé le terme d'« urine ». Oscar baissa les yeux, pour éviter l'éclat implorant qu'il voyait dans ceux de son père.

Mon Dieu, ouvre-lui les yeux.

Mais il savait que son père resterait dans les ténèbres. Il était plein d'entêtement, d'orgueil, il ne pouvait entendre la voix de Dieu.

Mon Dieu, ne m'envoie pas chez les anglicans.

« A partir du pipi de vaches qui ont été nourries avec les feuilles d'un manguier. »

La nappe était blanche. La pierre jaune était posée dessus avec, à côté, le petit bol vert contenant le sucre. Elle était jaune indien et n'avait plus aucune utilité maintenant. Oscar ne se donna pas la peine de la remettre dans sa poche et Mrs Williams, lorsqu'elle débarrassa la table, la glissa dans l'aquarium.

Une semaine plus tard, Theophilus parla de nouveau de pipi, mais cette fois, il utilisa le mot exact. C'était en rapport avec un champignon particulièrement énorme, un agaric, dont il avait fait le croquis l'année dernière. Il se préparait maintenant à en faire l'illustration définitive. Il arracha Oscar à ses devoirs de grec et le garçon fut trop content d'abandonner ses gribouillis, s'inquiétant cependant un peu de ce qu'on allait lui demander. Il ne pouvait plus se permettre d'aimer son papa. Il gardait ses sentiments loin de lui, les portait à bout de bras, craignant d'être submergé par la pitié.

« Bien sûr, tu sais, lui dit Theophilus, que les sorcières mangent cette plante ».

Oscar sentit peser le nouveau « palet » dans sa poche et le serra de toutes ses forces, avec des doigts barbouillés d'encre.

Il avait envie de crier à son père : *Ton âme est en danger. Tu te trompes.*

Son père lui était si proche, si familier, qu'il n'aurait pu décrire son visage à qui que ce soit. C'était une forme, un sentiment, cette chose que les enfants appellent « pa ». C'était un amalgame de serge, de formaldéhyde et aussi un lieu sûr.

Malheureusement, son père n'était plus un lieu sûr, plus maintenant.

« Elles boivent l'urine de quelqu'un qui a mangé ce champignon ». Oscar ne leva pas les yeux. « Elles sont alors en communication avec le diable, ou du moins, sous l'effet de la drogue, elles pensent qu'elles le sont. »

La pierre, dans sa poche, était lourde, insupportablement lourde. Sa main s'y était accrochée de telle sorte qu'elle ne pouvait plus la lâcher. Les muscles de ses petites joues bien dessinées reproduisaient les contractions de sa main. La paix qu'il recherchait était en Dieu.

Bien-aimé du Seigneur, il se repose en sécurité sur celui qui le protège tout au long des jours et demeure parmi ses collines.

« Nous avons plusieurs sorcières dans le coin », dit Theophilus. Il avait l'impression de parler dans le brouillard. Son fils ne le regardait pas. « Je crois que c'est vrai qu'il y a des sorcières dans les parages. »

Oscar toucha le bord du papier épais sur lequel son père dessinait. Les bords en étaient coupants, mais la surface était douce et veloutée.

« Penses-tu que c'est vrai ?

— Oui », dit Oscar. Il leva la tête et fut effrayé du regard qu'on posait sur lui.

Méfiez-vous des faux prophètes qui viennent à vous sous l'apparence de l'agneau, mais qui, intérieurement, ne sont que des loups affamés.

« Eh bien, je le pense aussi. » Il y eut un silence. Oscar entendit le bruit que faisait son père en taillant son crayon. Il sentit l'odeur métallique, piquante, de la mine de plomb et celle, douce, onctueuse, des petits copeaux.

« La preuve se trouve, dit Theophilus, dans les sentiers. On y voit clairement que les mangeuses d'agaric sont de sortie. Tu as vu les signes ?

— Oui. »

Theophilus fit alors quelque chose qui ne lui ressemblait pas, il donna une description de ce qu'il n'avait pas réellement vu. Dans son désir désespéré de retenir l'attention et l'amour de son fils, de sentir ses yeux verts se poser calmement sur son visage tendu, il répéta les paroles de Smart Jack, le garennier, qui venait de temps en temps dans la maison, pour vendre ses lapins et parler des Ecritures.

Il y a un carré vide en haut, dit Theophilus, où elles sacrifient une chèvre. Elles décapitent la malheureuse créature et laissent sa tête dans ce carré, pour donner une image grotesque de Notre Sauveur. »

Et ils boucheront leurs oreilles à la vérité et se satisferont de fables.

Oscar observa son père porter à ses lèvres le verre de thé froid et noir qu'il buvait toujours à petites gorgées, en travaillant. La bouche s'ouvrit légèrement et le bout de la langue apparut. Oscar voyait le père qu'il aimait, mais il vit aussi ce personnage que détestait par-dessus tout Theophilus Hopkins : celui qui plonge les autres dans l'erreur.

La main d'Oscar étreignait la pierre. Les tendons de son cou montraient clairement la force qu'il y mettait.

Il sortit la main de sa poche et l'ouvrit devant son père. Regarde !

Theophilus prit la pierre posée sur la paume tachée d'encre. Elle était chaude. Il la plaça sur sa feuille de dessin et la retourna avec son crayon.

« *Caput mortem* », dit-il.

Oscar éclata en sanglots.

11

Une apostasie

Les enfants des baptistes lui faisaient manger de la terre. Chanter des chansons interdites. Ils lui montrèrent des gravures d'une statue païenne décorant le Crystal Palace. Ils le recouvrirent de boue grumeleuse parce qu'ils ne supportaient pas sa peau douce et blanche.

Il n'était pas « d'ici ». Il était de « là-bas ». Oscar n'aimait pas le son de sa propre voix. Il essaya de la changer, de la rendre douce et légère, comme celle de Timmy Croucher. Il s'efforça à dire « min père » pour mon père, mais bien entendu, pas à la maison.

Que son monde fût petit ne le gênait pas. Il aurait encore été plus petit s'il avait été une taupe ou un blaireau. L'endroit qu'il préférait était le bois de chênes et d'ormes qui séparait la colline crayeuse de la mer. Là, il aimait rester tranquille pendant des heures, plongé dans un rêve éveillé, proche de l'extase, qu'aucun vent ne pouvait troubler. Il examinait les feuilles mortes, les feuilles pourries, les spores, les moisissures, ces vies blanches et indéfinissables — ces choses sans âme qui ressemblaient à de la farine répandue. Il postait des lettres pour sa mère, dans le trou d'un arbre. Timmy Croucher, un garçon avec de gros os, un teint olivâtre et du duvet sur la lèvre supérieure, inventa des prières très particulières. Ils célébraient leurs propres offices et se chamaillaient à propos de la nature de l'enfer. Dans la carte, fruit de son imagination exaltée et pointilleuse, qui délimitait son territoire, c'en était la partie la plus importante ; la carte ne comprenait pas le village. Il y allait, mais seulement lorsqu'on le lui demandait, avec, comme garde du corps, Mrs Williams, s'il pouvait la convaincre. Il avait un sens de son territoire aussi précis que celui d'un chien. Lorsqu'il franchissait les limites qu'il s'était données pour traverser les Downs, afin de se rendre à Morley, par exemple, il courait d'une manière saccadée, faisant craquer ses genoux. Finalement il se retrouvait là-bas à bout de souffle, avec un point de côté.

Il n'avait aucune envie de quitter la sécurité de la maison de son père. Il n'avait nullement l'ambition de voir le monde ni de prendre part à la grande aventure de l'Empire. Cet Empire existait derrière un brouillard ressemblant à la vision d'un myope. Il y avait bien quelque part « Disraeli » et « lord Russell » et « lord Elgin ». Mais il ne pouvait les imaginer. Il connaissait Mrs Williams, Timmy Croucher, Smart Jack.

Il avait vu le pasteur anglican et sa femme, mais ce couple n'avait pas place dans sa vie. Il est vrai, bien sûr, que Hennacombe était construit autour de l'église anglicane de St Anne et de son presbytère, mais ce hameau était comme un arbre dont le cœur pourri a fait place au vide. Il n'y a plus qu'un trou, rempli de poussière et d'araignées. Et pourtant, c'était là que Dieu voulait l'envoyer. Quand il refusait de se rendre aux incitations de la pierre, Dieu répétait son message indéfiniment. α = anglican.

Donc, Dieu lui disait : « Allez, vas-y. » Cette idée n'avait rien de particulièrement attirant.

Il promit à Dieu de partir avant le mercredi des Cendres, mais ce mercredi-là, il se réveilla dans son lit.

Il promit à Dieu de partir avant le Vendredi saint. Il fit ses Pâques de mauvaise foi, parmi les frères de Plymouth, avec leurs bourgerons blancs. Il leur lut l'Evangile. Dieu lui dit : « Espèce d'hypocrite ».

Pâques était là, mais la nature ne suivait pas. Les bourgeons des merisiers étaient encore étroitement fermés le dimanche de Pâques. On était pourtant le 24 avril, car cette année-là, Pâques tombait presque aussi tard qu'il est possible. Ce n'était jamais arrivé qu'il n'y ait pas de merises le jour de Pâques. Il n'y avait pas non plus de chatons aux bouleaux. A Hennacombe, on les appelait des « palmes » afin de pouvoir s'en servir le jour des Rameaux. Donc, il n'y avait pas de palme pour les Rameaux. Pas non plus de primevère pour le dimanche de Pâques. Il n'y avait pas de papillon de chou et les martinets n'étaient pas arrivés. Cela aussi était un signe.

Ces anomalies du temps lui faisaient peur. C'est ce qui, finalement, l'amena à l'apostasie.

Il ne voulait pas penser à ce qu'il était en train de faire. Tandis que les frères de Plymouth chantaient leurs hymnes interminables et plaintifs — c'était le deuxième dimanche après Pâques — il se glissa doucement hors du lieu du culte. Il n'avait rien d'autre dans sa poche qu'une pièce de trois pennies et un mouchoir sale. Au moment où il passait près de la maison de son père, il entendit la porte claquer : Mrs Williams rentrait du jardin. Il aperçut la tour carrée de St Anne en dessous de lui, légèrement sur sa gauche. Elle était plongée dans l'ombre, entourée d'arbres dépouillés. Ce n'était nullement un lieu attirant.

Il avait quinze ans, presque seize. Ses chaussures commençaient à lui faire mal au bout. Ses poignets pâles sortaient de ses manches, au point qu'ils paraissaient avoir trente centimètres de long. Il prit un sentier, mais qui n'était pas celui qui conduisait le plus directement à St Anne. Il essayait de ne pas penser à ce qu'il était en train de faire. Il dit une petite prière mais les mots étaient comme des briques qu'il alignait soigneusement, lentement, l'une après l'autre, afin de repousser les images de cauchemar qui s'infiltraient dans son esprit, même à l'état de veille : le visage de son papa dévoré par les flammes de l'enfer.

Il entendait chanter les frères de Plymouth. Ils étiraient les mots, comme du caramel. « Mon Dieu, soupira-t-il, je n'ai que quinze ans. »

Le sentier faisait une fourche. A gauche, il descendait vers la combe et de là gagnait plus ou moins directement St Anne. Oscar prit l'embranchement de droite, celui qui conduisait à Man's Nose et plus haut, dans les Downs.

Il baissa la tête, regarda ses chaussures marron, luisantes à force de salive, le gravier rougeâtre, les bas côtés du sentier. Il pensait à l'été, aux aubépines couvertes de fleurs blanches, aux prunelles, aux érables, aux sureaux avec leurs boules de neige, aux feuilles brillantes, en forme de cœur de la brionne.

Il avait mal et rêvait de soirées étincelantes. Il vit le doux mouvement du jonc de son père, tandis que la canne découvrait et bénissait les violettes des chiens, les collerettes de la Vierge, avec leurs milliers d'étoiles blanches, les mercuriales vivaces, les compagnons roses.

Il se dit : Je ne serai plus jamais heureux.

Il se moucha et regarda brièvement mais avec curiosité ce qui était sorti de son nez. Il remit le mouchoir dans sa poche. Le sentier arrivait presque au bord de la mer. Oscar n'aimait pas cet endroit. Il fit demi-tour et commença à courir dans la direction d'où il venait, c'est-à-dire vers St Anne. Il s'engagea dans un autre chemin et se retrouva au milieu de sombres taillis. Il y avait des merles dont le chant faisait penser à une flûte, mais Oscar ne les entendait pas. Il avait une sorte de pois chiche qui s'agitait à l'intérieur de sa tête. Le sentier était envahi d'herbes folles. Il força son passage. Il piétina les tiges raides des bruyères. Il commençait à respirer avec difficulté. Il trébuchait, chancelait. Puis, il déboucha sur un grand talus qui dominait le potager du révérend Mr Stratton. Oscar renonça à suivre le sentier. Il se laissa glisser sur le derrière, les talons en avant, sur le talus qui se terminait par un petit fossé.

Il chercha sa pièce de monnaie dans sa poche, avec l'intention de tirer à pile ou face. Mais la pièce n'était plus là. Il y avait un petit trou dans la doublure. Il s'immobilisa un instant pour reprendre son souffle et regarder le mur de pierres, recouvert de lierre et de mousse.

Il était coincé entre le talus et le mur. Il aurait pu tourner autour pour trouver l'échalier. Il risquait alors de se blesser, car l'échalier était vieux, son bois pourri par l'humidité. Il n'avait pas été utilisé depuis que l'ancien titulaire de la cure était parti. De toute façon, Oscar brûlait d'impatience. Il se jeta sur le mur comme un soldat apeuré peut, par désespoir et poussé par de puissantes réactions chimiques, monter sur le talus d'une tranchée, les dents serrées, mais les lèvres déjà entrouvertes, afin de laisser passer un cri.

Oscar s'agrippa à la pierre, s'écorchant la peau et arrachant la mousse. Il lança une jambe, glissa, déchira son pantalon. Puis, ayant trouvé une meilleure prise, il parvint à se hisser sur le sommet décrépi du mur. Il surplombait des plants de tomates, de la terre brunâtre et des papillons de chou. Il avait déjà atterri de l'autre côté lorsque le révérend Mr Stratton arriva en courant, une bêche à la main. Le pasteur passait devant les planches, comme une flèche, une, puis deux, puis trois. Heureusement pour lui, ses allées étaient larges et lui permettaient d'y avancer au pas de charge. Il n'avait pas couru ainsi depuis les classes de gymnastique à Eton.

Les jeunes plants étaient déjà accrochés à leurs tuteurs. C'était un obstacle que le pasteur ne pouvait pas facilement franchir. Il était d'un côté du carré de tomates et le jeune intrus de l'autre. Ils se regardèrent dans les yeux, haletants.

« Toi, mon garçon... » dit Hugh Stratton.

Oscar avait la bouche ouverte. Le fond de sa culotte avait été déchiré lorsqu'il s'était laissé glisser le long du talus. Il trouvait que le pasteur ressemblait à un légume sorti de terre depuis trop longtemps. Il respirait l'odeur inhabituelle de ce qu'il savait être de l'alcool. Il supposait qu'elle était due aux rituels exotiques de cette secte concernant l'eucharistie.

Le pasteur contourna le carré de tomates. Il n'aurait pas dû courir comme ça. Son dos le faisait maintenant horriblement souffrir. Le nerf sciatique provoquait dans ses deux jambes une douleur aussi aiguë qu'un mal de dents. Ça passait par ses testicules et gagnait ses fesses.

« Toi, mon garçon, retourne d'où tu viens.

— Je ne peux pas, dit Oscar, en reculant d'un pas et écrasant une jeune laitue.

— Attention à mes laitues », hurla Hugh Stratton en faisant un pas en avant. C'était une erreur. Oscar recula d'un autre pas, écrasant ainsi une nouvelle laitue.

« J'ai été appelé », dit Oscar.

Il lui fallut ensuite un certain temps avant de pouvoir se faire comprendre.

12

Pour servir et diriger

Mrs Stratton n'était pas professeur d'université. Elle n'aurait pas pu l'être, car, alors que le règlement des universités autorisait l'admission d'un gamin de quatorze ans (avec ses poches pleines de ficelle et de vers de terre desséchés), il ne permettait en aucun cas d'inscrire une femme. Pourtant, Mrs Stratton avait l'allure qu'il fallait. Tout son corps exprimait sa vocation. Elle avait cette démarche qu'on peut voir aujourd'hui dans Magpie Lane et Merton Street. Le sens profond en sera mieux apprécié si l'on met, en imagination, une pile d'usuels d'un mètre de haut dans les bras tendus en avant du marcheur. A partir de là, ce n'est plus qu'une question de physique. On peut résoudre le problème à l'aide de vecteurs — la flèche verticale indique la masse des livres et l'horizontale la force de propulsion du corps en mouvement. Tout devient clair. On comprend immédiatement pourquoi le corps d'une telle personne se penche en avant sous un angle de soixante degrés. Ce sont les livres, ou plutôt la simple idée des livres qui provoque ce phénomène. Et lorsqu'on prend conscience de la hauteur de la pile, on devine aussi pourquoi de telles personnes ont toujours le menton levé. On pourrait certes penser qu'il s'agit de myopie. Eh bien, non. C'est la hauteur de cette pile imaginaire de livres qui oblige ces gens à lever la tête pour regarder par-dessus.

Le père de Mrs Stratton avait été professeur d'université (mais seulement durant une brève période, car sa position avait été très controversée). Il n'avait pas, pour autant, cette démarche. Sa mère, bien entendu, n'avait jamais été professeur d'université et ne marchait pas non plus le corps penché en avant. A ce qu'il semble, leur fille avait cette démarche en propre ; la voir peiner sur les chemins rougeâtres et escarpés du Devon, c'était voir quelqu'un hors de son élément. Elle apparaissait maladroite, si maladroite que, quelle que fût l'affection que vous lui portiez, vous ne l'auriez jamais invitée à faire une partie de tennis avec vous. Oxford était son domaine, pas Hennacombe. Curieusement, elle ne s'en rendait pas compte. Elle montrait, tout en marchant, ses chaussures couvertes de boue, d'un pas lourd dans les sentiers de Hennacombe, un mélange d'obstination et de bonne volonté. Si bien que lorsqu'elle levait la tête, pour diriger ses longues mâchoires vers vous, il n'était guère possible de se sentir irrité, d'y voir quelque chose d'aussi désagréable que de l'entêtement. On y décelait plutôt une ferme volonté de réussir, quels que soient les handicaps.

Son père avait été pasteur à Buckingham, dans une cure possédant un vaste domaine qu'il avait cultivé lui-même. Mrs Stratton avait aimé la vie à la ferme. Tout le monde s'attelait à la tâche au moment des moissons — pasteur, vicaire (mais pas le doyen pourtant), fermiers, ouvriers agricoles et toutes les jeunes femmes, sans égard de rang, qui portaient de grandes coiffes blanches pour protéger leur teint délicat des rayons du soleil. Elle chérissait ces moments autant qu'elle aimait la vie de salon où sa conversation était précisément aussi intellectuelle que le suggérait sa démarche. Son père aimait dire que Betty « ferait une épouse utile ». Et bien que cette affirmation fût fort juste — son mari serait peut-être mort de faim sans elle — elle était encore fille à vingt-huit ans. C'est alors que le futur pasteur de Hennacombe vint demander sa main.

Ce qui effarouchait les autres jeunes gens ce n'était pas l'enthousiasme qu'elle mettait à faire des moyettes au moment de la moisson, mais son goût immodéré pour les discussions concernant les grands problèmes qui agitaient l'Église anglicane. Les remous du sillage laissé par les schismes tractarians et wesleyens s'amplifiaient sans cesse. D'un côté donc, il y avait ceux qui n'aimaient pas le côté passionné de son caractère parce qu'ils pensaient que la théologie n'était pas l'affaire des femmes, et de l'autre, ceux qui sentaient que sa voix était un peu trop forte pour l'atmosphère d'un salon. Parmi ces derniers, certains, bien évidemment, appartenaient déjà au premier groupe. Il faut aussi mentionner que quelques jeunes gens qui, malgré leur manque d'ardeur, se sentaient obligés de protéger la propriétaire de cette forte voix, comme ils auraient pu le faire pour un aveugle se cognant sans cesse contre les murs. Il y avait enfin ceux qui étaient fascinés par sa conversation. Ils n'étaient pas forcément en minorité, pourtant, en général, ils manquaient d'endurance, ils étaient séduits sur-le-champ et tout aussi vite se fatiguaient d'elle. C'étaient ceux qui faisaient plusieurs visites de suite, puis qui disparaissaient soudain. Ces jeunes gens en étaient arrivés à la conclusion que cette jeune personne, malgré son intelligence, était gâtée par une propension à l'argutie et à la contradiction. Quelle que soit la position qu'ils prenaient, miss Contraire y voyait le lieu d'un jeu de massacre dont elle s'empressait d'abattre les personnages à coups de boules. Si son prétendant disait appartenir à l'Église réformée, elle se sentait poussée à défendre les positions tolérantes des latitudinariens. Elle pouvait, aussi facilement, soutenir les fanatiques, si son prétendant laissait apparaître des tendances puseyistes. Elle était capable d'apporter des arguments redoutables en faveur des aspects les plus douteux du symbole de saint Athanase, puis sans porter la moindre attention à la réaction de son ami à un problème aussi difficile, elle mettait sa propre construction par terre. Son doyen de père, un vieillard desséché, qui n'aimait pas être dérangé dans son travail de botanique, comparait sa conduite à celle d'un grand enfant plein d'enthousiasme, qui passe cinq heures à construire un château de sable afin de pouvoir l'abattre ensuite. C'était injuste, et pas seulement parce que la bouche du doyen prenait un air pincé en prononçant cette sentence (le même air pincé qui tirait ses lèvres lorsqu'il se rappelait — toujours après le troisième cognac — le poil du pubis qu'une célèbre romancière avait laissé dans la baignoire du presbytère). C'était injuste parce que Betty Contraire n'avait pas d'opinion, n'appartenait à aucun parti, ne favorisait aucun schisme, mais qu'elle se souciait seulement de trouver ce que pouvait être la

« vérité ». Elle cherchait un absolu qu'elle ne pouvait découvrir. Elle n'avait aucun préjugé et s'enrôlait donc sous n'importe quelle bannière, ce qui la faisait passer pour quelqu'un aimant par-dessus tout la contradiction. Heureusement, elle ne se rendait pas plus compte de cette situation que de sa démarche.

Heureusement, en vérité, pour Hugh Stratton qui, en 1838, préparait son examen de sortie à Oxford. Il vint dans le Buckinghamshire au cours du premier trimestre voir son ami Downey qui servait de vicaire au père de Betty Contraire, tout en traduisant secrètement les premiers Evangiles gnostiques. Hugh fut immédiatement séduit par Betty Contraire et ne se fatigua pas d'elle.

A son avis — il ne s'en cachait pas — la fille aînée du doyen lui avait fait entrevoir des points de vue, des possibilités que les distingués professeurs d'Oxford — des hommes éminents, des hommes célèbres — n'avaient pas su lui faire découvrir. Hugh Stratton tourbillonnait, tournoyait parmi les courants contraires de l'esprit de la jeune femme, comme une toupie. Il n'était gêné ni par sa démarche suffisante, ni par le ton éclatant de sa voix, ni par ses grandes mains, déjà couvertes de taches pigmentaires sur le dessus. Elle avait de gros os, mais ce n'était pas la sorte de chose que Hugh remarquait, soit pour le désirer, soit pour le réprouver. Ses yeux ne s'attachaient pas à l'aspect physique. Vous pouviez le rencontrer quatre fois sans qu'il soit capable de reconnaître votre visage. C'était un handicap sérieux pour un pasteur. Ça expliquait aussi le sourire incertain qu'il adressait à des inconnus, sourire qu'il élargissait si on lui répondait, ou qu'il faisait disparaître dans le cas contraire. Donc, il ne remarqua pas les taches pigmentaires. Il savait que les cheveux de la jeune femme étaient filasses, mais si on lui avait demandé la couleur de ses yeux, il lui aurait fallu la deviner. Quand il pensait à elle, il voyait son visage avec ce flou agréable qui donne aux traits un air de douceur modelé par les sentiments. C'est ainsi, dit-on, qu'un bébé d'un an perçoit sa mère. En revanche, il regardait les idées qu'elle exprimait à foison comme un jardin. Dans un jardin personne ne se pose la question de savoir où se trouvent les fleurs naturelles. Et il pensait qu'il en était ainsi pour les idées et les aperçus de la jeune femme. Il ne voyait pas alors (et il ne le vit jamais) le boulet qu'elle allait être dans sa carrière. Elle allait effectivement affliger les doyens et les évêques successifs d'une telle manière, que le couple serait tenu à l'écart, comme deux potiches ridicules et symétriques données en cadeau de mariage par un parent, qui peut, on ne sait jamais, débarquer un jour ou l'autre. Impossible, donc de mettre les objets à la poubelle. Il faut les garder en vue — non pas tellement en vue — d'une visite impromptue. D'où Hennacombe dans l'évêché d'Exeter.

Les Stratton n'avaient pas d'enfant et, étant donné la nature chaste de leurs étreintes, il n'y avait aucune raison qu'ils en aient un jour. Ils pensaient que c'était chose normale pour des gens civilisés. Ils avaient passé cet accord avec soulagement au cours de leur nuit de noces et ne sentaient nul besoin de changer d'avis. Mrs Stratton n'éprouvait aucune frustration. Elle était contente de sa vie pratiquement sous tous les rapports, plus heureuse, pensait-elle, qu'elle n'avait le droit de l'être. Elle était perpétuellement revigorée par la campagne, la mer, le déroulement des saisons. Elle se sentait en pleine forme. Elle avait ses revues à lire, un homme intelligent à qui parler. Elle aimait aussi fréquenter les villageois, connaître l'opinion des garenniers, des bergers, des couvreurs de chaume, des garçons de ferme. Elle était pauvre, certes, bien plus pauvre qu'elle ne l'aurait jamais pensé, mais d'une certaine manière, cette chose terrible, cette effroyable chose ne ressemblait pas à ce qu'elle avait un jour imaginé. Tant de gens, là où elle vivait, étaient pauvres. Les jeunes garçons du coin grandissaient dans les robes de leurs sœurs ainées, et personne ne pensait à en rire. Si son époux avait été heureux, elle aurait trouvé sa vie absolument parfaite.

Mais Hugh n'aimait pas leur pauvreté. Il se tracassait. Il accusait ce baptiste de châtelain ou Theophilus Hopkins qui passait son temps à se tremper dans la mer. Il en arrivait à pleurer comme un enfant, sans autre raison qu'une tache d'humidité sur le mur de la salle de séjour. Il s'inquiétait à propos du toit de chaume et avait une boîte en fer-blanc dans laquelle il mettait des pièces qui, un jour, lui serviraient à payer le couvreur. Il adressait des prières spéciales au Tout-Puissant afin que l'offrande de Pâques soit substantielle, que les pucerons restent à l'écart de ses tomates, que son blé ne soit pas atteint du charbon. Sa femme essayait de lui montrer qu'il en avait toujours été ainsi, que le châtelain avait toujours été un butor, que le mur avait toujours été humide, etc. Mon pauvre Hugh, on a survécu. Ce n'était pas un bon argument. Ça le rendait encore plus malheureux. Il lui faisait faire le tour de la maison pour lui montrer les nouvelles moisissures, les nouvelles dégradations. Près du cadran solaire (« Pour servir et diriger ») il se couchait dans l'herbe drue et se mettait à pleurer. Il la suppliait de renoncer à son abonnement aux revues d'Oxford et de Londres. Elle s'y refusait. Il fulminait. Elle préférerait, disait-elle, manger des navets pendant un mois, ne pas porter de chaussures de cuir, vendre le cheval. Il lui répondait que ça risquait d'arriver. Elle ne parlait pas du prix du sherry, auquel il s'adonnait ces derniers temps.

Et voilà l'homme représenté par le signe α, celui que Dieu avait désigné à Oscar comme son serviteur élu. Les sentiments qui agitèrent le serviteur élu furent, lorsqu'il eut finalement compris les intentions d'Oscar, bien plus complexes que ceux qu'il avait ressentis par la perte de deux jeunes laitues.

Hugh Stratton rejeta ses cheveux raides et blonds en arrière pour dégager ses yeux et plongea sa main au fond de sa poche. Il fit un curieux petit mouvement, une sorte de courbette, de révérence, de génuflexion. Puis, il se retourna et montra le chemin. Il marcha alors à travers le dédale des allées du jardin, mettant en garde son hôte contre le râteau tombé, la fourche rouillée, les bords instables de la fosse à purin qu'on était en train de creuser. Et tandis qu'une partie de lui, on s'en doute facilement, était désespérée à l'idée qu'il y avait une bouche de plus à nourrir et un autre corps à habiller, il y avait cette partie de son esprit qui s'abandonnait à un triomphe éclatant — il avait gagné une âme, il saluait l'arrivée d'un transfuge théologique. Il avançait rapidement, à grandes enjambées et si son visage paraissait grisâtre, avait un air pincé, c'était à cause de la souffrance que lui infligeait son nerf sciatique. Hugh Stratton ne se rendit pas à la porte de derrière ni à celle de devant, mais à la fenêtre de la cuisine, où il avait l'habitude de tendre les œufs et les légumes à la cuisinière. Il frappa bruyamment, nerveusement, pour arracher Mrs Millar à une crème anglaise qui hésitait à prendre.

« Un invité pour dîner, Mrs Millar », dit-il. Il n'y pouvait rien, il jubilait.

« Il a de quoi chez lui, répondit-elle.

— Il aura de quoi ici, Mrs Millar, cria Hugh Stratton joyeusement, allègrement. Il aura de quoi ici chez nous. Le rond de serviette ovale sera le sien désormais. »

Mrs Millar, en temps normal, n'aurait certainement pas laissé passer cette dernière phrase — qualifier un rond d'ovale. Mais elle était déroutée par l'humeur de son maître. Elle se pencha par la fenêtre, sous le prétexte d'examiner le gamin, mais en fait, pour tenter de renifler l'haleine du pasteur. Mais l'odeur de crème anglaise était la plus forte. Aussi, sans s'excuser, elle rentra la tête et referma la fenêtre d'un geste brusque.

13

Les raisins secs

C'était la deuxième fois dans sa vie qu'il voyait des raisins secs. Il les enlevait de ce qu'on lui avait dit être un « hachis Parmentier ». Il les plaçait côte à côte, sur le bord de son assiette où étaient dessinées des scènes païennes. Il commença à cacher le décor avec les raisins secs. Ce n'était pas de propos délibéré. Il était bien trop bouleversé pour faire un tel calcul.

Il avait mangé pour la première fois des raisins secs le jour du pudding de Noël, le jour où il avait goûté « à la chair de Satan ».

Tous les muscles de son étroite poitrine étaient tendus. Il empoigna son couteau et sa fourchette, en essayant de bloquer son odorat. L'air du presbytère était aigre. Oscar ne s'était jamais senti aussi étranger nulle part. Apparemment, sa main ne pouvait rien toucher, ou même frôler, qui ne soit poisseux d'humidité. On l'avait emmené voir la vue et sa main avait, par inadvertance, touché l'appui-tête du grand divan marron. L'humidité lui avait donné l'impression qu'il touchait quelque chose de mort. Il avait enlevé sa main, d'un geste vif, saisi de répulsion et fait une grimace qu'on avait bien entendu remarquée. Il avait rougi jusqu'aux oreilles et avait enfoncé ses mains au plus profond des poches de sa veste pour trouver les recoins remplis de miettes desséchées.

Mais l'odeur de renfermé de la maison des Stratton était bien pire encore que son humidité. On avait l'impression d'être saisi par une main gantée qui vous fourrait le nez dans les pages d'un livre moisi. Lorsque Oscar était entré dans la pièce, l'odeur l'avait submergé, s'était collée à lui comme des pucerons à un rosier. Livres, dossiers, journaux s'alignaient et s'entassaient tout autour de lui, rarement sur des étagères, mais bien plus souvent comme des tours construites à partir du sol.

Ils étaient assis tous les trois sur des chaises, le visage tourné vers la lumière jaune du soir. Oscar se sentait la gorge serrée par les regrets et la mélancolie.

Il pensait que cette pièce devait être le salon des anglicans. Personne d'autre à Hennacombe n'avait de salon. Et puis, du coin de l'œil (il ne pouvait pas donner toute son attention à ce qu'il voyait, étant donné qu'on l'interrogeait sur la santé de la basse-cour de son père), il aperçut la servante des anglicans à côté de la grande table de travail. Elle la débarrassait des revues et des journaux qu'elle empilait ensuite au sommet des tas de livres qui s'alignaient le long des murs. Elle en rangeait d'autres dans des placards qui auraient ressemblé, s'ils avaient été tapissés de toile au lieu de papier, à des armoires à linge sale. Quand la table fut nette, elle la recouvrit d'une nappe et commença à mettre le couvert.

Lorsque les anglicans eurent appris ce qu'ils voulaient savoir sur les poulets de Theophilus, ils l'installèrent à la place d'honneur et s'assirent à ses côtés. Oscar sentait qu'il y avait quelque chose de faux là-dedans, mais presque tout était faux. Il n'y avait pas suffisamment de lumière pour distinguer les dieux orientaux (c'est ainsi qu'il interprétait à tort les motifs chinois) ni le prétendu hachis Parmentier qui paraissait être fait d'une épaisse couche de pommes de terre baignant dans une sauce étonnamment claire. Le goût en était très particulier — un goût de curry mais, n'ayant jamais mangé de curry, Oscar n'en savait rien.

Le plat contenait aussi des raisins secs. Le garçon ne savait trop pour quelle raison, mais en dépit du pudding de Noël qui l'avait amené ici, les raisins secs ne lui semblaient pas à leur place. On ne cesse pas d'être un frère de Plymouth en cinq minutes. Il mit les raisins secs sur les visages païens.

C'était important qu'il mange tout ce qu'il avait sur son assiette. On le lui fit sentir expressément. Quand son assiette fut vide, à l'exception des raisons secs, Mrs Stratton se pencha en avant et lui en resservit une grosse cuillerée.

« Merci », dit-il. Il souhaitait n'avoir jamais mis les pieds ici.

« Ce ne sont rien d'autre que des raisins secs, dit Mrs Stratton en lui adressant un grand sourire dans la pénombre.

— Rien que des raisins secs ! grogna Mr Stratton. Rien que des raisins secs, en vérité, à quatre pence la livre !

— En effet, mon chéri », dit Mrs Stratton, dont c'était le père qui avait envoyé les raisins secs (du Smyrne de première qualité) en y joignant une grande boîte de thé et un tas d'autres choses qu'il considérait comme « nécessaires ». Tout cela était arrivé d'Oxford par le train. Il n'en a probablement pas l'habitude. Tu n'as sans doute pas l'habitude de manger des raisins secs, n'est-ce pas ?

— Oui, c'est ça, dit Oscar. Exactement ça. » Il était heureux d'avoir une raison si simple de ne pas manger les raisins secs. Il la supplia silencieusement de lui enlever son assiette. Il but une petite gorgée de thé. Et sourit d'un air malheureux au pasteur qui essayait aussi de faire preuve de bonne volonté.

Mr Stratton était tendu. Il tapota sa fourchette contre son assiette vide, puis but une gorgée de ce qu'Oscar pensait devoir être « un verre ».

« As-tu déjà vu une orange ? » demanda Mrs Stratton. Elle avait, se disait Oscar, un joli visage avec de grosses lèvres douces et pâles, des yeux bienveillants et papillotants. Mais tout chez elle était plus grand qu'il n'aurait fallu.

« Oui, dit-il.

— Parfait, parfait », dit-elle. Puis se rejetant en arrière, elle croisa les mains sur son ventre, comme si les oranges étaient responsables de sa présence ici.

Il mangea un peu plus de cette horrible nourriture.

Il pensait : « Ils sont Tes serviteurs, Seigneur. »

Il apparut qu'aucun des Stratton ne savait que dire à Oscar. Mr Stratton tapota de nouveau son assiette avec sa fourchette et but une autre gorgée de son « verre ». Mrs Stratton l'interrogea sur quelques fruits, puis lui décrivit une petite église à Torquay qui était en train d'être restaurée par quelques disciples du docteur Pusey. Il y aurait plusieurs autels dans l'église, en plus de l'autel principal. Chacun d'eux aurait son propre dressoir et sa garde-robe dans la sacristie. Elle demanda à Oscar ce qu'il en pensait.

« Je ne sais pas, madame », dit le gamin d'un air malheureux. Pour lui, un autel était un endroit où les païens faisaient leurs sacrifices. C'était tout ce qu'il savait de ce mot. Il se disait qu'il devait manger ses raisins s'il voulait qu'on lui enlève son assiette. On attendait qu'il ait fini d'avaler ses raisins secs.

Malheureusement ces raisins secs étaient devenus un symbole du pudding de Noël. Aussi, tout en sachant qu'il devait les manger, il ne parvenait pas à s'y résoudre.

« Donc, tu ne vas pas jusqu'à accepter les autels, lui souffla Mrs Stratton. Eh bien, je ne sais pas, Hugh, franchement, je ne sais pas si c'est vraiment erroné de penser ainsi, car, franchement, il y a tant de choses que nous avons acceptées sans réfléchir. En vérité, si quelqu'un appelle ça une table de communion, je ne vois pas, quant à moi, pourquoi je le prendrais pour un fanatique. »

Le garçon déplaça un raisin sur le bord de son assiette. Il paraissait effroyablement malheureux.

Mrs Stratton sourit. « Franchement, dit-elle, c'est une fort subtile distinction. Ne le penses-tu pas, Hugh ? » Tandis qu'elle avait commencé à parler avec baucoup de confiance, elle finissait maintenant ses phrases sur le souffle avec un ton vaguement suppliant, la tête baissée.

Mr Stratton, brusquement, débarrassa Oscar de ses raisins secs.

Il les piqua, un, puis deux, puis trois avec sa fourchette. Il ne parla plus jusqu'à ce qu'il ait fini de les manger tous.

« Penses-tu que ton père va arriver ici en trombe ? » demanda-t-il en fixant Oscar fixement d'un air méchant.

Oscar ne put supporter ce regard. Il ne se sentit pas mieux lorsque Mrs Stratton lui tapota la main.

« Pour me menacer ? » insista Mr Stratton.

Jusqu'à cet instant, Oscar n'avait pas songé une seconde au futur immédiat. Il avait l'esprit tourné vers l'éternité. Il avait purement et simplement pensé faire ce qui était impensable. S'il s'était posé une seule question concernant la réaction de son père, il n'aurait jamais escaladé la clôture du jardin des anglicans. Pourtant, maintenant, à l'idée de voir arriver son père ici l'air furieux, menaçant Mr Stratton, son cœur devenait léger.

« Oui, dit-il, je m'y attends. » Et lorsqu'il vit l'effet de sa réponse sur Mr Stratton, il se sentit brusquement très puissant. Il était l'objet de l'attention et de l'amour de son père. Bien entendu, celui-ci allait venir. Il n'était qu'un gamin à qui on allait enlever cette responsabilité.

Il sourit à Mrs Stratton, même s'il savait qu'un sourire ne convenait pas au sérieux de cette affaire.

« Des menaces ne lui serviront absolument à rien », dit Mr Stratton. Il s'empara de la sonnette pour appeler la servante. Il était apparemment impatient que l'assiette d'Oscar soit emportée par Mrs Millar. Puis il remplit son « verre ». « Tu peux le lui dire.

— Tu penses rester ici ? lui demanda Mrs Stratton, les yeux brusquement inquiets. Puis son regard alla d'Oscar à son mari et vice versa. Hugh ? »

Mr Stratton, sans qu'on puisse s'y attendre le moins du monde, lui adressa un grand sourire. Mrs Stratton décida de mettre cette réaction sur le compte du sherry.

« Oui, madame, dit Oscar.

— Mais que va devenir ton pauvre père ? dit Mrs Stratton. Pense à l'horrible douleur que tu vas lui causer lorsqu'il saura que son fils est ici avec nous, à moins d'une centaine de mètres. »

Des larmes apparurent aux bords des yeux d'Oscar. Il se gratta la tête. Il jeta un coup d'œil autour de lui (un coup d'œil légèrement égaré, pensa Mrs Stratton).

« Je le sais, madame. Il sera très triste. »

Mrs Stratton entendait l'accent du sud-ouest, là où les petits baptistes n'entendaient que celui de Londres. Elle remarquait, nullement pour la première fois, à quel point il était expressif. Quand Oscar disait « triste », elle réagissait immédiatement, comme si elle entendait une flûte jouer en mineur.

« Oui, dit-elle, très triste.

— Je le sais, madame, je le sais, mais voyez-vous, il est dans l'erreur.

— Pourtant, tu vas rentrer chez toi », dit-elle en regardant son mari dont elle ne devinait pas encore les intentions. Elle s'attendait à voir son visage tordu par l'angoisse à cause de cette affaire. Pour commencer, l'argent serait un énorme souci pour lui. Elle fut donc surprise de voir son sourire forcé se transformer en quelque chose d'infiniment doux.

« De toute façon, dit Mrs Stratton, en continuant à regarder son mari, mais en s'adressant à Oscar, il faudra bien que tu retournes chez lui. Puis elle ajouta : Hugh ?

— Oh non », dit Oscar, pris d'une agitation extrême, cognant ses genoux avec ses mains. Et sous ses mains, les genoux se levaient et s'abaissaient tandis que ses pieds frappaient le tapis turc. En dépit du sentiment de triomphe qu'éprouvait Hugh Stratton, il ne put s'empêcher de penser aux lames vermoulues du plancher.

« C'est impossible, dit Oscar, qui ne pleurait pas encore, mais dont le visage fragile était pâle, strié de rides profondes dues à la contraction de ses jolies petites mâchoires. Même si j'en brûle d'envie.

— Mais sûrement, dit-elle, sûrement ton père t'aime ?

— Oui, oui, bien sûr, terriblement. » Les larmes coulaient maintenant, mais le garçon n'avait pas perdu tout contrôle. Mrs Stratton fit un mouvement pour lui tendre sa serviette, puis voyant que son offre n'était pas acceptée, elle la reprit. Elle leva une main en direction des épaules secouées par les sanglots. Malheureusement elle ne se sentait pas douée pour cette sorte d'intimité. Ce gamin lui paraissait étranger maintenant, comme une mante religieuse — des membres longs et minces pris de tremblements, des mains égratignées, essuyant un petit visage triangulaire. C'était ce qu'elle pensait. Pourtant, elle éprouvait encore une grande compassion.

« Je l'aime aussi », dit Oscar avec un certain effort.

Mrs Millar apporta les groseilles à maquereau et la crème anglaise. Elle fut surprise de voir Mr Stratton servir le jeune garçon. Il lui versa une quantité anormale de crème. Ce n'était pas son habitude d'être aussi généreux avec ses hôtes. Mrs Stratton regardait également avec intérêt ces énormes cuillerées de crème.

« Je ne peux faire autrement.

— Autrement ? demanda Mrs Stratton. Prends du sucre, si tu en as envie.

— Autrement que de l'aimer. » Il accepta le tout petit mouchoir que Mrs Stratton lui tendit. Il n'avait jamais vu quelque chose comme ça, le bord était fait de dentelle fragile. Il se moucha à fond. Il trouvait que la dentelle n'était pas particulièrment pratique pour ce genre d'opération. « Mais notre désaccord n'a rien à voir avec des questions personnelles », dit-il, ne sachant que faire du mouchoir. (« Garde-le, garde-le », dit Mrs Stratton.) « Voyez-vous, ce n'est pas tant des questions personnelles qu'un problème théologique. Il n'appartient pas aux élus.

— Quel garçon étonnant tu es », dit Mrs Stratton.

Oscar, malgré son tourment, fut heureux d'accepter ce compliment. Il le mit de côté, soigneusement, comme il mettait maintenant la petite boule tiède et dure du mouchoir dans les profondeurs de sa poche. Il était un garçon étonnant.

« Mais Oliver, dit Mrs Stratton, nous ne pouvons t'enlever à ton père, même si on le désirait.

— Il ne s'appelle pas Oliver, dit Mr Stratton (sur un ton bêtement suffisant, pensa Mrs Stratton).

— Comment s'appelle-t-il alors ?

— Oscar, dit Mr Stratton.

— Oscar ?

— Oui.

— Quel nom extraordinaire, dit Mrs Stratton.

— C'est celui d'un vieil ami de mon père.

— Était-il étranger ? » demanda Mrs Stratton, l'esprit déjà ailleurs. Son mari la mettait dans un état fébrile. Elle ne comprenait pas son visage. Il avait un air calme, sûr de lui, qu'il n'avait pas eu depuis des années. Il restait immobile et cette immobilité était peut-être à l'origine de la force qu'il dégageait. En tout cas, c'était des plus inhabituel.

« C'était un Anglais, madame. C'est lui qui a enlevé les écailles des yeux de mon père. »

Mrs Stratton avait perdu tout intérêt pour l'homonyme d'Oscar. Elle se tourna vers son mari, pour l'entretenir d'une matière autrement importante. Elle ne se soucia pas un instant de la nature privée de ce qu'elle avait à dire.

« Et la dépense, Hugh ?

— Ce garçon a été appelé.

— Que veux-tu dire, Hugh ?

— Il a été appelé pour entrer dans les ordres, dit Hugh

Stratton. Il doit aller à Oxford. Je me chargerai de lui apprendre les articles de la foi. »

Mrs Stratton porta la main à sa poitrine, qu'elle pressa de toutes ses forces pour essayer de calmer les battements de son cœur. « Tu as bu trois verres, dit-elle.

— C'est exact, dit Mr Stratton.

— Demain, nous parlerons plus à propos, dit Mrs Stratton, en inclinant la tête sur une épaule et en regardant son mari.

— Sans aucun doute », dit le révérend Mr Stratton en se levant de table. Ses premiers pas furent incertains, puis il apparut, comme il se redressait, être plus athlétique, plus dynamique qu'on ne l'aurait pensé. Il rejeta ses cheveux en arrière. « Je pense, dit-il en balançant les bras d'avant en arrière, en bombant le torse, que la meilleure chose pour Oscar, maintenant, serait d'aller au lit. »

Mrs Stratton regardait sourire son mari. C'était un sourire charmant, presque enfantin, comme s'il tenait des roses derrière son dos, ou si ce n'étaient pas des roses, c'étaient alors des fleurs encore plus rares, d'une espèce inconnue jusque-là, dans cette partie du pays.

14

L'épreuve

Des hommes et des femmes, portant des lanternes, traversaient des champs semés d'avoines d'hiver. Des enfants endormis étaient tirés du lit pour prier près de cheminées refroidies. Les trois Croucher, Thimothy, Cyrus et Peter, vinrent proposer à Theophilus de ramener le gamin de force. C'étaient des hommes grands et costauds, avec des poitrines comme des tonneaux et des bras de forgeron. Ils tenaient de gros bâtons de bois, dont ils frappaient le sol pour ponctuer leurs phrases.

Mrs Williams s'était mise silencieusement du côté des frères Croucher. Si on l'avait laissé faire, elle aurait fessé ce gamin avec une brosse à cheveux et l'aurait envoyé au lit avant que l'heure ne se soit écoulée. Mais son maître remercia les Croucher, en leur demandant « seulement » de renoncer à leur précieux sommeil afin de prier.

Mrs Williams était fatiguée. Elle avait envie de dormir. Son maître, apparemment, s'attendait à ce qu'elle s'agenouille à côté de lui. Le sol était dur et il n'y avait pas de paillasson, pas même le morceau de feutre dont elle se servait quand elle frottait par terre.

Son maître priait à voix haute. Il priait d'un air suffisant. Il priait comme s'il était le centre de l'univers, comme si la seule raison du départ de son fils avait été la punition que Dieu lui avait envoyée. Il implorait le Tout-Puissant de le punir d'une autre manière. Il le suppliait à voix haute, continuellement. Néanmoins, Mrs Williams trouvait que Theophilus ressemblait plus à un duc parlant à son roi qu'au « pauvre pécheur » qu'il proclamait être. Mrs Williams avait cinquante-cinq ans et se sentait trop vieille pour ce genre d'absurdité. Si elle avait été Dieu, elle aurait frotté les oreilles du gosse avant de l'envoyer au lit.

A onze heures et quart, les deux anglicans apparurent, apportant dans la petite maison de pierres calcaires une odeur de boue rouge et de cabaret. On permit alors à Mrs Williams de se relever. Elle fit du thé, mais les anglicans ne restèrent pas suffisamment longtemps pour le boire. Puis, on lui redemanda de prier. Ensuite, on la laissa tranquille — Mr Hopkins sortit précipitamment de la maison sans lanterne. Mrs Williams s'assit à la table de la cuisine et attendit. Au bout de cinq à dix minutes, le vent apporta la voix de son maître : il priait à voix haute sur la plage.

La dernière fois qu'elle avait vu cette sorte de folie, c'était lorsque la mère du jeune garçon était morte. A l'époque, elle avait essayé de calmer Theophilus. Aujourd'hui, elle alla se coucher.

15

La cuisine du presbytère

C'était vrai que Lucy Millar n'aimait pas sa cuisine. Ça n'avait rien à voir, d'ailleurs, avec une cuisine. C'était une sorte de grand garde-manger dans lequel un prédécesseur du pasteur avait installé le fourneau et l'évier et, sans doute parce qu'il n'y avait pas suffisamment de place, renoncé à y mettre les étagères, les placards, les tables, qui font d'une cuisine un endroit où se tenir agréablement. Les Stratton, évidemment, s'étaient répandus en excuses. Ils avaient, le jour de son arrivée (Lucy avait toutes ses références attachées avec un ruban), attiré son attention sur ce point. Mrs Millar avait été séduite par Mrs Stratton qui lui avait donné l'impression d'être une femme de caractère, à l'esprit pratique. Elle se souvenait, encore maintenant, de son indignation « Regarde-moi ça ! » lorsqu'elle avait désigné d'un index autoritaire le soufflet délabré, ou lorsqu'elle avait essayé — y renonçant finalement — d'ouvrir la minuscule fenêtre qui donnait lugubrement au nord. Elle avait prié Lucy d'imaginer combien splendide l'autre cuisine, l'originale, devait avoir été avant qu'un certain pasteur ne s'en mêle et gaspille son argent à coincer le fourneau et l'évier dans le garde-manger.

Mrs Stratton se conduisait comme si d'aucune façon elle ne pouvait en être tenue pour responsable. Elle s'apitoyait avec Lucy, parce que cette dernière avait passé un magnifique été à l'intérieur « d'un réduit ridicule ». Elle ne lui donnait que six pence par semaine et parfois, bien que Lucy ait quatre enfants et deux vieux parents à sa charge qu'elle refusait de mettre à l'hospice, seulement trois pence ou quatre, suivant ce qu'elle avait de disponible. Lucy en était suffisamment furieuse pour cracher dans la soupe.

Elle était d'ailleurs furieuse en permanence. Elle arrivait ici à pied, après avoir traversé les Downs, à cinq heures du matin, puis courant à demi, elle rentrait chez elle à huit heures du soir. Elle ne comptait plus les raisons qui pouvaient la rendre furieuse. Il y en avait une centaine, rien qu'à l'intérieur de la cuisine. Leur énumération mettait sa famille dans un état de tension et de malaise. C'était une litanie que tous étaient arrivés à craindre. On baissait la tête et on mangeait sa soupe.

Aujourd'hui, elle était même encore plus furieuse que d'habitude. Ses maîtres avaient fait asseoir cet imbécile de Theo-machin, de Theo-trucmuche à sa table. Pourtant ils savaient — ou tout au moins Mrs Stratton le savait — ou en tout cas aurait dû le savoir — que cette innovation mettait totalement par terre sa manière de travailler. Etant donné l'exiguïté de la vieille arrière-cuisine, Lucy essayait toujours de faire le plus de choses possibles à la grande table de la vraie cuisine. Elle avait deux bassines, dans lesquelles elle lavait la vaisselle. Elle préparait aussi à l'avance toutes les petites choses, tous les ingrédients dont elle avait besoin et qu'elle disposait sur la table, dans des bols et des tasses ébréchées : un jaune d'œuf dans l'un, de la ciboulette coupée menu dans un autre, ou encore des morceaux de viande qu'elle faisait mariner, pour qu'ils prennent le délicieux arôme des fines herbes... Lucy aimait cette grande pièce. Ses proportions étaient aussi généreuses que celles de l'autre étaient mesquines. C'était le seul endroit sec de la maison. Sa fenêtre donnait au sud, ce qui, bien entendu, l'exposait aux plus violentes rafales des tempêtes hivernales, mais qui, aussi, permettait de voir derrière ses vitres que Lucy nettoyait méticuleusement elle-même, des eaux bleues et calmes et un morceau de cette colline rouge, qui donnait son nom à Hennacombe.

Et voilà que ce Theo-brius était venu s'asseoir à sa table pour lui gâcher sa journée. C'était dans la pièce à l'odeur de livres moisis qu'elle appelait en secret, la porcherie, mais le

« salon », comme tout le monde, en public, qu'il fallait recevoir ce genre de visiteur. Ce Theophilus n'était pas d'ici.

« Pensez-vous à votre salut ? » lui demanda-t-il tout de go, sans autre façon. Elle lui répondit de se mêler de ses oignons. Elle avait un gigot qu'elle voulait désosser. Mais il n'y aurait pas de mouton bouilli si cet énergumène aux yeux fixes ne partait pas après avoir avalé un morceau en vitesse. Elle retourna dans la prétendue cuisine et prépara de la pâte pour les petits pains. Ils n'étaient pas destinés au déjeuner, mais au thé que Mrs Stratton aimait offrir aux vieillards de l'hospice. Même si le châtelain s'occupait d'eux de toute façon, et si Mrs Stratton aurait mieux fait de ne pas distribuer ce dont elle manquait déjà. Lucy avait besoin de la grande table pour faire ses petits pains, mais Theophilus y était installé. Aussi essaya-t-elle de se contenter de l'arrière-cuisine, en utilisant le fond d'un plateau de petit déjeuner en bois. Elle le plaça en équilibre sur un tabouret et s'agenouilla pour rouler la pâte. Malheureusement, le plateau glissa et la pâte tomba par terre. Elle retint une exclamation. Elle décolla la pâte du sol et l'emporta près de la fenêtre pour l'examiner. Lucy était une femme mince, nerveuse, aux mouvements brusques, aux yeux enfoncés et noirs. Pourtant, tandis qu'elle examinait la pâte, elle était étonnamment immobile. Elle réfléchissait, pesant le pour et le contre, sachant les histoires que ça ferait si l'on trouvait sa pâte dans le seau destiné aux poules. Elle en refit donc une boule qu'elle posa sur le plateau. Puis, elle se dirigea vers le pas de la porte, pour regarder le triste bonhomme. Où elle était, il ne pouvait pas la voir. Tandis qu'elle le regardait, il soupira. Elle était trop fâchée pour éprouver la moindre compassion. Elle voyait l'ombre de Mrs Stratton se déplacer de l'autre côté de la petite fenêtre de la cuisine. Le verre était de mauvaise qualité à demi opaque, rempli de bulles, mais Mrs Millar savait que Mrs Stratton attendait ses petits pains. Elle aspergea la pâte de farine, la pétrit, de sorte que très vite les cendres en provenance du plancher disparurent. Néanmoins, elle n'avait aucune envie de faire des petits pains avec ça. Elle envoya pour le moment la pâte aux oubliettes.

Elle alla chercher le gigot dans le garde-manger. Il avait légèrement verdi, mais elle avait vu bien pire dans cette maison. Elle prit son meilleur couteau — un Sheffield qu'elle aimait par-dessus tout, qu'elle avait amené avec elle, grâce au ciel — et l'aiguisa. Elle enleva la pâte, lava le plateau et l'installa de nouveau en équilibre sur le tabouret. Ensuite, elle prit le gigot qu'elle posa sur le plateau. Elle trouvait stupide de se servir de ce plateau pour couper sa viande, mais elle n'avait pas le choix. Elle s'agenouilla et commença à découper. C'était réellement un merveilleux couteau, une lame parfaite. Elle ouvrit les chairs pour trouver l'os, jouissant de son habileté, du faible bruit de déchirure qu'elle entendait, bien que son couteau fût tranchant comme un rasoir.

Ce fut alors qu'elle perçut des grognements, la sorte de bruit que peut faire un malade dans son sommeil, mais sûrement pas, grâce à Dieu, un homme en bonne santé, éveillé, assis à une table. Il s'agissait de prières. Lucy écouta une minute ou deux, la tête tournée de côté, comme une des poules, une des Rhode Island qui — elle avait fini par se décider — ne mangeraient pas cette fois encore la pâte. Puis, elle posa le gigot, plaça soigneusement le couteau à côté et alla regarder de nouveau.

Elle l'avait déjà vu, évidemment, mais elle ne l'avait jamais — même si cela peut sembler bizarre, étant donné qu'ils vivaient en voisins et qu'ils empruntaient le même sentier chaque jour — vu d'aussi près. C'était un original, bien sûr, comme on peut s'y attendre de quelqu'un qui n'approuve pas la danse. Il était sec, filiforme, avec des yeux de braise. Il était assis le dos bien droit, les yeux fermés dans une contraction si forte, que sa lèvre supérieure remontait vers son nez. il frottait ses mains, comme si elles étaient en train de se combattre, comme si la droite avait envie de briser la gauche. Les lèvres, tandis qu'elle regardait, commencèrent à bouger. Ses lèvres, d'ailleurs, ne s'accordaient pas à toute cette rigidité. Elles étaient rouges, épaisses, sensuelles. Lucy se sentait gênée rien qu'à les regarder.

Elle fit un bruit suffisamment fort pour qu'il puisse l'entendre. Un bruit qui exprimait son dégoût. S'il l'entendit, elle ne le remarqua pas. Elle se retourna pour s'occuper de nouveau de sa pâte. C'était par trop injuste. Il lui était très difficile de supporter une telle injustice, qu'il lui faille s'agenouiller ici, au point de se faire mal aux genoux tandis que cet olibrius avait toute la table pour lui. Et par-dessus le marché, il pensait faire preuve d'humilité en agissant ainsi. Elle l'avait entendu dire de sa grosse voix prétentieuse « la cuisine fera fort bien l'affaire ».

Elle retourna s'occuper du gigot. Sans doute, parce qu'elle était furieuse, parce qu'il n'y avait pas suffisamment de lumière, parce qu'elle devait tenir en équilibre le gigot sans trop appuyer sur le plateau, elle s'entailla profondément l'index, juste au bord de l'ongle. Il y eut brusquement une belle fleur d'un rouge d'andrinople, un cercle parfait qui, bientôt, se répandit partout. Il y avait maintenant des taches tièdes et rouges sur le plateau et sur son tablier.

« Nom de Dieu », dit-elle d'une voix forte et agressive.

Le bruit qui venait de l'autre pièce s'arrêta. Quand elle s'y rendit, pour trouver un pansement, elle remarqua que l'énergumène l'observait avec intérêt.

« Et voilà », dit-il. C'était sa voix de basse que les gens mentionnaient d'abord lorsqu'on parlait de lui. Mais c'était une voix qu'elle avait déjà entendue et qui, de ce fait, ne la surprenait pas. C'était le ton qui la scandalisa, joyeux, triomphant, un ton qui ne s'accordait nullement avec l'angoisse exprimée par les mains.

« Et voilà que la cuisinière s'est coupé le doigt. »

Lucy ne comprenait rien à ce ton triomphant, parce qu'elle ne partageait pas les mêmes croyances. Pour lui, si l'on était malade ou blessé, si l'on se cassait la jambe, par exemple, c'était quelque chose qui survenait à cause des péchés qu'on avait commis. Après avoir entendu le « nom de Dieu », il avait vu la coupure. Malheureusement, il avait inversé l'ordre des événements, pris la cause pour l'effet et vice versa.

Elle déchira quelques morceaux de toile pour se faire un pansement. Elle s'installa à la table pour plus de commodité. Et, bien qu'elle ne s'en excusât nullement, son cœur battait très vite en vérité. Elle entendait Mrs Stratton faire du barouf avec le porte-parapluies du couloir, déplaçant cannes et parapluies, sans raison, simplement parce qu'elle attendait ses petits pains.

Mrs Millar apporta le gigot à la grande table. Tout son être exprimait le défi. Elle plaça le morceau de viande sur le côté opposé à celui où se trouvait Theophilus. Elle ne leva pas la tête pour le regarder. Elle travaillait debout, tête penchée. Elle était dans cette position lorsque le fils arriva. Elle l'avait vu, avant la nuit dernière, assez souvent de sa fenêtre. Il ne ressemblait pas aux autres garçons de Hennacombe. Elle trouvait qu'il ressemblait à une fille avec des manières d'homme adulte. Elle l'avait souvent entendu chanter des hymnes dans les sentiers et n'avait, pour cette raison, pas très bonne opinion de sa voix.

Mrs Stratton arriva en coup de vent, peu après. Elle s'était une fois encore occupée de la basse-cour. Elle portait une jarre remplie d'œufs, qu'elle avait probablement retirés à la couveuse. Elle ferait mieux de faire construire un bon perchoir et un abri pour protéger la basse-cour du vent et de la pluie. Mrs Stratton posa les œufs sur la table et fit un clin d'œil à Mrs Millar qui, tout en étant heureuse de ce petit signe de connivence qui lui évitait de regagner l'arrière-cuisine, se sentit néanmoins submergée par une autre vague d'irritation. Elle soupira et ferma les yeux. Elle ne pouvait plus, maintenant, remettre les petits pains à plus tard.

Elle entendit le gamin dire : « Papa ». La voix passait du registre ténor à celui d'alto. C'était une question d'âge. Elle saupoudra la table de farine et commença à rouler la pâte. Elle se rendait parfaitement compte que la farine débordait sur ce qu'on aurait pu considérer être le territoire de l'invité. Elle sentait de petits grains de cendres dans la pâte, les sentait même sous son rouleau à pâtisserie. Elle se demandait ce que des gens aussi bizarres pouvaient bien avoir à se dire.

16

Job et Judas

Tout ce qui était en rapport avec son père était si familier, si doux que, durant un instant, Oscar oublia les circonstances qui l'amenaient ici. Simplement, il était là. Il avait un impérieux besoin de se jeter dans ses bras, d'enfoncer son visage dans la serge bleue et rêche, imprégnée d'une vague odeur de formaldéhyde ou, s'il en était empêché par les bonnes manières, de prendre alors dans les siennes ses deux mains puissantes, toujours pleines d'égratignures, de coupures, à cause du travail qu'il effectuait sur les rochers et dans la mer.

Oscar sentait qu'il avait été fou, qu'il s'était laissé piéger par quelque chose de malsain. Il voulait être dans un endroit sec, vrai et sain. Et à cet instant, alors qu'il se tenait sur le seuil de la cuisine, ces deux qualités paraissaient synonymes.

Il vit son père se dresser. Il entendit le bruit de la chaise repoussée en arrière. Il remarqua la curiosité de la servante. Son père allait lui ôter des mains toute cette affaire. Il ouvrirait simplement les bras — le bon berger, le père de l'enfant prodigue — et l'attirerait sur sa poitrine pour le serrer contre le bon gros coton de sa chemise, pour lui ordonner de revenir à la maison, de quitter ces odeurs de moisi, pour celle, agréablement ascétique, du parquet ciré.

Et, effectivement, son père l'embrassa. Mais, en le tenant à distance, de quelque façon, dans une étreinte frissonnante de passion, qu'Oscar ne parvenait pas à bien comprendre. Il avait l'impression que son père était plus rempli d'amour que de colère, tout en voulant cependant agir avec le plus grand sérieux. C'était sans doute à cause de la domestique. Lui-même se sentait embarrassé qu'une étrangère soit le témoin de cette rencontre. Son père, évidemment, éprouvait la même chose. Ils regardèrent l'un et l'autre la servante d'un air interrogateur. Celle-ci ramassa son couteau, ainsi que des morceaux d'os, barbouillés de sang, et quitta la pièce. Mais, immédiatement après, avant même que le père et le fils n'aient eu le temps de s'asseoir, elle était de retour avec une brosse à récurer. Lorsqu'elle en eut fini avec son nettoyage, ils pensèrent en être enfin débarrassés. Ils se trompaient. A nouveau de retour, elle saupoudrait un autre coin de la table avec de la farine. Ensuite, elle se mit à rouler de la pâte, sans prendre la peine ni de s'excuser ni de se presser. Puis, Mrs Stratton fit irruption avec des œufs, et dit à Mrs Millar de leur préparer un petit déjeuner. Mais la servante, apparemment, n'était qu'une insolente qui ne faisait pas ce qu'on lui commandait.

Ils étaient mal à l'aise. Ils avaient l'impression qu'ils devaient se mettre nus devant des étrangers. Dans une situation moins tendue, ils seraient allés dans le jardin ou ils auraient marché dans un sentier. Mais le père avait perdu son habituelle autorité. Quant au garçon, désorienté, il attendait qu'on le conduise.

La table était mise pour deux personnes. La place d'Oscar était reconnaissable grâce à une serviette blanche prise dans un rond d'argent. Ce rond d'argent, terriblement voyant, allait blesser son père. Oscar s'en rendit compte et se sentit honteux. Il était un Judas. Ses alphas et deltas ne pesaient rien à côté de ça. On allait l'embrasser, on lui pardonnerait sûrement, mais il était quand même un Judas. Quand il serait de retour chez lui, son bonheur serait gâché à jamais à cette idée. On ne lui demanderait plus jamais de lire l'Evangile aux frères de Plymouth.

« J'ai prié pour toi », lui dit son père.

Oscar le regarda, puis baissa la tête. Il avait honte de ce qu'il avait fait subir aux yeux de son père — le blanc était jaunâtre, ils étaient striés de rouge, avec une marque violacée au coin de l'œil gauche. C'était lui qui avait provoqué cette souffrance. Son front était coupé et de petits paquets de sable étaient accrochés à sa barbe à deux endroits.

Lucy Millar coupa les petits pains en carrés, bien qu'elle sût que Mrs Stratton les aimait ronds. Ce n'était pas le jour de s'embarrasser de subtilités dignes d'Oxford. Le Tartuffe murmurait quelque chose à l'oreille de son fils. Il le tenait bizarrement par un doigt et se penchait en même temps au-dessus du coin de table. Le garçon aurait dû essuyer son nez. Lucy détourna la tête.

« Tu prends le temps à contre-courant », lui dit son père. Sa voix était embrouillée, enroulée sur elle-même, comme du caramel. Pour Oscar, cette voix avait perdu son épine dorsale. Elle était trop douce, molle, peu convaincante.

Mais quand Lucy Millar entendit parler Theophilus, elle éprouva une étrange sensation, nullement désagréable, au bas de la nuque. Elle graissa sa tourtière.

« Et tu as choisi — comme m'en a averti Mr Stratton hier au soir — de rejeter la loi que t'a révélée le Seigneur. Quel horrible moment ce sera lorsqu'Il dira, au jour du Jugement Dernier : « Viens avec moi, toi, l'élu », et qu'il ne te le dira pas. »

Mrs Millar en avait la chair de poule.

Oscar était gêné par la perte d'autorité de son père. Il voulait libérer son doigt de son emprise, mais ne savait comment s'y prendre.

« Ce n'est pas comme si tu avais été tenté, et que tu ais succombé à la tentation », dit Theophilus.

Oscar n'écoutait pas les mots. C'était le ton qui le frappait. Il se disait : Il est dans l'erreur et il le sait ! Il était pris de pitié, mais aussi de colère.

« Ce n'est pas une faiblesse de ta chair, dit Theophilus. Une faiblesse de la chair est vite surmontée. C'est un péché d'orgueil. Tu dois écouter la voix de Dieu. »

Son fils avait une bouche rouge, légèrement brouillée et des yeux verts qui le regardaient comme s'il était un étranger. Theophilus ne pouvait supporter ce manque d'amour. Il se frotta la barbe. Du sable tomba sur la table. Il le balaya de la main pour l'envoyer par terre. Il se disait : Oh mon Dieu, de quelle manière T'ai-je offensé ?

« J'ai écouté la voix de Dieu, papa. »

C'était un garçon avec des os fragiles comme ceux d'une fille, et une démarche maladroite, pensait Mrs Millar. Sa voix couinait, glapissait, sans aucune assurance. Son visage exprimait ses sentiments comme une mare qui se ride au moindre coup de vent. Et pourtant, que Dieu me protège, il pouvait être juge. Elle prit la tourtière pleine de petits pains et la mit brusquement au four.

Elle revint pour leur demander ce qu'ils voulaient pour le petit déjeuner. C'était trop tard pour faire des histoires. Elle leur proposa du thé et des toasts. Le père demanda à son fils : « Alors, pourquoi es-tu ici, mon garçon ? Pourquoi es-tu assis dans une maison de ce genre ? »

Le garçon était d'une incroyable nervosité. Son buste se tordait entre les montants de la chaise et ses mains, sur ses genoux, paraissaient lutter ensemble. Ses jambes cognaient la table. Pourtant, même si son corps exprimait une sorte de panique, ses yeux étaient parfaitement calmes. Mrs Millar voyait quelque chose en lui qui la ferait le défendre, quelles que soient les horreurs qu'on essaierait, à Hennacombe, d'accumuler sur sa tête, quelque chose qu'elle ne pouvait désigner qu'en disant que c'était « bon ».

Elle leur demanda ce qu'ils voulaient pour leur petit déjeuner. Elle leur proposa des choses que la maison n'avait pas les moyens d'offrir. Elle parla de harengs fumés, d'œufs mijotés ou poêlés dans de la graisse de porc avec des tranches de pain. Elle avait envie d'offrir quelque chose à ce garçon. Mais on la regarda, sans s'intéresser à elle. Il lui sembla que c'était de l'insolence de la part du père — en quoi elle avait parfaitement raison — mais le fils en montrait tout autant. Elle alla leur préparer des toasts, mais coupa des tranches extrêmement fines.

Quand elle revint avec les toasts, ce qui la frappa furent les tendons du cou qui étaient, aussi bien chez le père que chez le fils, incroyablement crispés. Des larmes coulaient sur les joues du père et glissaient dans sa barbe. Elle croyait qu'il suppliait son fils mais elle se trompait. Il n'était pas capable d'implorer, il ne pouvait qu'endurer.

Oscar venait à l'instant de se rendre compte des dimensions de l'égocentrisme paternel. Tout, absolument tout ce qu'Oscar avait fait et ressenti, était vu par son père comme quelque chose que Dieu avait trouvé pour mettre Theophilus à l'épreuve. Oscar était purement et simplement un instrument de la colère de Dieu.

Son père ne lui proposerait pas de revenir à la maison.

Oscar pouvait à peine respirer. Son estomac se tordait. Pris de panique, il restait totalement figé. Il tenait sa tête bizarrement haute, comme un enfant en train de se noyer. C'était à cause de cela que ses tendons se dessinaient si précisément sur son cou.

Ils déplièrent leurs serviettes sur leurs genoux. L'atmosphère était chargée de larmes.

« Je ne te demanderai pas de revenir à la maison, Oscar. Je prierai pour toi chaque jour.

— Je prierai aussi pour toi, papa. »

Et puis ils se mirent à pleurer tous les deux, tandis que Mrs Millar plaçait une corbeille pleine de toasts devant eux, et leur remplissait leurs tasses de thé. Ils étaient assis, coupés l'un de l'autre, leurs mains séparées. Ils pleuraient la tête baissée, comme si les larmes étaient une forme de prière.

17

Les chaussures éraflées

Ça se sut à Teignmouth et à Torquay. Mrs Stratton en entendit parler au marché de Newton Abbot par deux femmes qui, apparemment, étaient à peine chrétiennes. Le dimanche, les baptistes de Babbacombe, qui se rendaient à pied à la chapelle du Châtelain, choisissaient maintenant de prendre la route la plus longue, celle qui passait à Hennacombe, afin d'être témoins de ce nouveau phénomène : les frères de Plymouth rassemblés s'agenouillaient et priaient devant le portail cassé du presbytère anglican. Ce n'était pas sur une pelouse qu'ils posaient les genoux. L'endroit était rempli d'orties, de ronces, mais ce n'était pas pour les faire reculer. Ils aplatissaient autour d'eux une petite surface comme une vache qui cherche à se protéger du vent. A les voir agenouillés, si tranquillement, si parfaitement, on n'aurait jamais pensé que leurs genoux étaient déchirés, que leurs chevilles saignaient. Les hommes portaient des mouchoirs rouges noués autour du cou et quelques femmes des châles écarlates. Et si l'on apercevait un ou deux habits sombres, les hommes, pour la plupart, portaient des blaudes. On pouvait en voir une bleue ici et là, avec des broderies blanches sur la poitrine, mais la plupart étaient d'un blanc de neige. On aurait dit un jardin en fleurs, et rien ne suggérait la douleur.

Les baptistes passaient à la queu leu leu, silencieusement à côté d'eux et ne se remettaient à parler qu'après avoir atteint le virage du sentier.

Les frères de Plymouth ne disaient jamais pourquoi ils priaient. Le révérend Mr Stratton s'imaginait que c'était pour sa damnation, mais ceux qui participaient à cette prière commune savaient que le révérend Mr Stratton ne pouvait plus être sauvé. C'était pour Oscar, pour le petit Oscar qu'ils priaient. Hommes solides à la barbe blanche, jeunes femmes en bonnets à brides immaculés, fronçaient les sourcils, plissaient le front et priaient. Il y aurait de grandes réjouissances dans la maison du Seigneur quand le petit pécheur rejoindrait le troupeau.

Les anglicans, qui passaient rapidement, remarquaient néanmoins l'absence de Theophilus. A vrai dire, il n'y avait pas beaucoup d'anglicans, seulement quatre. Ils savaient, comme tout le monde, que Theophilus réprouvait cette prière. Il croyait que son fils lui avait été enlevé à cause de son orgueil. C'étaient ses péchés qui avaient conduit à cette situation. Celle-ci avait été mise en place pour le punir et personne d'autre. Il ne pouvait approuver ces agenouillements au milieu des ronces. Mais personne à vrai dire ne croyait qu'il fût le grand coupable.

A Hennacombe, on pensait qu'Oscar avait quelque chose de bizarre. On ne pouvait accepter de lui ce que l'on aurait admis d'un garçon plus robuste. Un gars costaud, solide pêcheur à seize ans, pouvait en venir aux mains avec son père et même le faire saigner du nez. Personne, certes, n'applaudirait, mais on ne se serait sûrement pas rassemblé devant un portail pour prier à cause de cela. Personne non plus n'aurait fait un détour pour se rendre à la chapelle. Mais Oscar, avec son air de fille, son innocence, ses gestes maladroits, n'était pas comme tout le monde. C'était cette innocence, ce visage d'enfant en forme de cœur, qui lui donnait ce quelque chose de bizarre, de surnaturel. Il ressemblait à un lutin ou à un diablotin dans une histoire. A quoi d'autre aurait-on pu penser en voyant ce garçon au corps d'enfant et à la voix d'homme ? On refusait de croire à ses sentiments d'amour filial, alors que ceux-ci bouillonnaient littéralement dans sa poitrine. Ses peines étaient celles que les adultes s'imaginent à tort leur être réservées. Tels ces sentiments de solitude et de violence qu'on éprouve lorsqu'un mariage prend fin ou qu'un enfant meurt. Oscar, débarrassé des contraintes de la maison de son père, aurait pu raisonnablement se sentir l'âme plus légère. Il vivait maintenant dans un endroit où la musique, la danse, la poésie, les gâteaux n'étaient pas vus comme des œuvres du diable. Pourtant, ce n'était nullement le cas. Son monde ne s'était pas épanoui, mais au contraire, refermé. Il était piégé à l'intérieur du presbytère, avec rien qui puisse le détourner de sa stupéfaction et de sa souffrance. Il était furieux que son père ait pu l'abandonner dans un tel endroit. Et cependant, comment pouvait-il l'en accuser ? Il avait des crampes d'estomac et fit trois fois pipi au lit.

Il n'aimait pas la maison des Stratton. Il n'aimait pas son humidité, son odeur de moisi, de chaume pourri qui, plus tard, dans sa mémoire, se mêla à la notion d'échec et de déception. Les Stratton étaient gentils avec lui, mais la maison était pleine de tensions. Il ne la comprenait pas. Il y avait des horloges qui sonnaient à toute heure, sans raison apparente. Il y avait, en permanence, de la nervosité, de l'agacement dans l'air. Et si Oscar se voyait, en vérité, enseigner les articles de la foi, néanmoins les deux sujets les plus débattus étaient l'argent et l'évêque d'Exeter. Personne, dans la maison, ne disait que sa présence était un fardeau, et pourtant, il ne pouvait s'empêcher de se sentir comme tel. Chaque soir, il priait Dieu de donner de l'argent aux Stratton. Et parfois, des pensées curieuses s'insinuaient dans ses prières à la manière dont un journal peut laisser des traces d'encre sur des mains propres et blanches. A cause de ces pensées, Dieu devait savoir qu'Oscar désirait ardemment se trouver ailleurs.

La petite carte qu'il avait dans la tête se rétrecissait. Un brouillard enveloppant descendait sur ses clôtures. Au-delà de ces frontières, il apercevait la masse duveteuse et douce des blaudes des frères de Plymouth. Il confiait le poids le plus lourd de sa culpabilité à ces visages brouillés et silencieux. Il imaginait des fronts encapuchonnés, des lèvres tordues, des yeux accusateurs. Il se demandait s'il n'avait pas été joué par le diable ; il rôdait furtivement dans le presbytère, se cachait derrière les troènes. Il fit semblant de s'intéresser au jardinage, afin d'éviter d'accompagner Mrs Stratton, quand elle se rendait dans les Downs pour faire ses largesses (des carottes ridées dont elle avait d'ailleurs besoin) aux baptistes qui, proclamait-elle, « appartenaient à notre petit troupeau ».

En se rendant au bureau de poste, il aperçut une grande forme blanche. C'était Mrs Williams. Elle le chassa avec un bâton.

Une fois, au-dessus de Combe Pafford (il avait été envoyé là-bas pour chercher Mr Stratton qui, en vérité, ronflait allongé sur le lit du premier étage), il rencontra son père qui portaient des seaux. C'était un peu plus tard dans la saison, aux environs du dixième dimanche après la Trinité. Le père et le fils ne s'étaient pas vus depuis plus de trois mois. Le vent soufflait avec force. Il les obligeait à fermer la bouche, les laissant ahuris, leur coupant la respiration. Son père avait rapetissé. Il avait bien dix centimètres de moins. Sa peau, sous ses yeux, ressemblait à une cicatrice — elle était livide et ridée. Il avait des petits tas de salive sèche et blanche aux coins de sa bouche.

Son père s'arrêta. Il posa ses seaux. Oscar ne regarda pas dedans. Il savait que les fragiles tentacules des antheas lui étaient maintenant interdits. Il n'apprendrait pas leur nom, ne les verrait pas non plus dans le microscope.

« Bonjour, petit Oscar, dit son père.

— Bonjour papa.

— J'ai prié pour toi, petit Oscar. As-tu prié pour moi ?

— Oui papa. »

Theophilus essaya de sourire, mais ne put y parvenir. Sa grimace se perdit dans les poils de sa barbe. Il inclina la tête, se pencha, ramassa ses seaux et repartit dans le sentier en direction de sa maison. Le vent était si fort qu'Oscar entendit le cliquetis des seaux pendant un temps infini, un son qui lui déchirait les oreilles, alors qu'un instant plus tôt son père avait surgi dans le silence.

Theophilus savait que son fils aidait l'Anglican à célébrer la prétendue eucharistie. Oscar portait maintenant une soutanelle rouge et un surplis blanc. Il tenait aussi le plateau d'argent contenant les hosties consacrées. Cette vision hantait continuellement Theophilus. Il ne restait pas une heure sans la voir une dizaine de fois, en imagination, avec tous les détails. Mais maintenant, au-dessus de Combe Pafford, il emportait l'image des chaussures de son fils. Elles étaient éraflées, éraillées et le cuir commençait à devenir blanc à l'endroit des orteils. C'étaient des chaussures qui n'étaient pas entretenues. Le lacet de droite n'avait pas été remplacé depuis qu'il avait été cassé, on avait simplement fait le nœud en sautant trois œillets.

18

Les trente-neuf articles de la foi

« Quand tu seras devant le doyen d'Oriel, à Oxford, dit Mr Stratton, ce ne sera pas aussi agréable que ça l'est maintenant. » Il fit un geste circulaire pour montrer l'étendue d'herbe qu'il venait de faucher. En vérité, c'était agréable. Ce troisième dimanche après la Trinité était une journée chaude et ensoleillée. S'il y avait des chardons dans l'herbe, ils ne se montraient pas. Le cadran solaire était finalement débarrassé des broussailles et indiquait l'heure. Les papillons jetaient des ombres légères, asymétriques. Mr Stratton était étendu sur une couverture dans l'herbe et se protégeait les yeux avec la main, tandis qu'il regardait en direction d'Oscar.

Celui-ci était assis sur une chaise au dossier droit. On lui avait proposé de partager la couverture, mais il avait préféré garder le visage à l'ombre.

« Ce sera agréable à sa manière, dit Mrs Stratton, qui était toujours debout et marchait de long en large — apparemment elle ne pouvait s'en empêcher — devant la haie. Ce sera agréable d'une autre manière. Tu prendras le thé.

— Ce sera agréable, reconnut Mr Stratton, néanmoins, ils n'ont pas oublié le Dr Pusey. Ils seront sévères dans leur interrogatoire.

— Ils seront sévères, d'accord, dit Mrs Stratton, mais ils ne s'attendent sûrement pas, Hugh, à trouver devant eux un perroquet. »

Mr Stratton poussa un gémissement — son dos le faisait

souffrir — il ne pouvait trouver une position convenable. « A Trinité peut-être.

— Mais sûrement pas à Oriel.

— Non.

— Et il ne doit pas s'attendre, Hugh, à ce que ce soit comme un catéchisme. Il doit connaître les pourtours du sujet, si l'on peut dire, me comprends-tu, Oscar ?

— Oui », dit Oscar. Son pantalon lui rentrait dans les fesses. Il était bien trop grand maintenant pour les vêtements qu'il avait sur le dos en arrivant. Des martinets tournaient autour de la maison, passaient au-dessus de sa tête pour atteindre leur nid situé dans les combles.

Oscar n'aimait pas que Mrs Stratton se mette à aborder, comme elle le faisait souvent, les « pourtours du sujet ». Quand elle parlait ainsi, elle se mettait à marcher de long en large. C'était ce qu'elle faisait maintenant. Oscar voyait ce lieu en imagination. Il était plein de marécages et de fossés. Il y avait des étendues de grandes herbes grises et d'énormes nappes de brouillard. Il était facile de se perdre dans ces pourtours que Mrs Stratton désirait lui faire connaître.

Il souhaitait simplement croire aux trente-neuf articles de la foi. Il était prêt à croire en eux comme il croyait dans la Bible. Et lorsque Mrs Stratton désirait l'entraîner dans les marécages des « pourtours du sujet », Oscar se redressait sur sa chaise avec, sur le visage, un sourire figé.

Mrs Stratton relevait sa grande jupe bleue d'une main, tandis qu'elle marchait sur l'herbe dure, récemment fauchée. Elle ne cherchait pas à semer le trouble dans l'esprit de l'élève de son mari. Elle souhaitait seulement s'interroger sur la grâce divine. Etait-elle « donnée » ou devait-elle être « cherchée » dans les Ecritures ? Son mari buvait à petites gorgées de la tisane d'orge. L'élève lui souriait avec attention. Mrs Stratton baignait dans le bonheur.

Le sourire d'Oscar n'était qu'un masque. Il essayait de ne pas entendre un seul mot du discours de cette femme. Elle apportait doute et confusion là où il ne désirait que des certitudes. Il s'efforçait de l'ignorer. Mentalement, il se récitait le credo athanasien, le credo nicéen, le credo des Apôtres.

Mrs Stratton chevauchait dans les « pourtours du sujet ». Elle cherchait les hauteurs, puis les abandonnait. Elle plongeait dans les fossés, trottait fièrement dans des vallées verdoyantes. Elle approfondissait sa proposition, puis la mettait par terre en affirmant que la question elle-même était inadéquate. Elle y mettait le feu et la regardait flamber. La grâce divine, proclamait-elle maintenant, n'était ni donnée ni trouvée.

Oscar avait mal aux joues à force de sourire.

Mrs Stratton marcha jusqu'au cognassier, puis revint pour déclarer que la grâce divine était « offerte » par l'Église et « démontrée » par l'individu. Elle affronta brillamment son mari sur ce point, en agitant les mains de haut en bas, comme un chef d'orchestre.

Oscar trouvait cette discussion à la limite du supportable, alors que les Stratton, de toute évidence, y prenaient un plaisir immense. Mr Stratton appela à trois reprises Mrs Millar pour qu'elle refasse du thé, sans s'inquiéter un seul instant de savoir s'il en restait dans la théière et en quelle quantité.

Mrs Stratton dit qu'on devait se servir de la raison dans l'éclaircissement de la doctrine.

Elle dit aussi que c'était un péché de douter.

Elle dit aussi que le doute était la qualité majeure du chrétien.

Oscar essayait de ne pas lâcher prise, tel un mousse effrayé, accroché en haut d'un mât au milieu de la tempête.

19

Petites histoires chrétiennes

Mon père, ma mère, mon frère, ma sœur et moi croyons :

A la multiplication des pains et des poissons.

A l'Immaculé Conception.

A tous les miracles qui apportent la guérison aux malades et chassent les démons.

Nous croyons que Jésus a ressuscité Lazare.

Nous croyons que Dieu a parlé à Moïse dans le buisson ardent.

Nous croyons que la verge de Moïse s'est transformée en serpent.

Nous croyons que la verge d'Aaron s'est transformée en serpent.

Nous croyons que l'eau du fleuve est devenue du sang.

Nous croyons que Dieu a envoyé la plaie des grenouilles.

Nous croyons que Dieu a envoyé la plaie de la vermine.

Nous croyons que Dieu a envoyé la plaie de la peste.

Des furoncles.

De la grêle.

Des sauterelles.

Nous croyons que Dieu a pris le premier-né des Egyptiens.

Nous croyons à l'histoire de Jonas et de la baleine.

Nous croyons que la femme de Loth s'est transformée en statue de sel.

Nous croyons que Dieu a séparé les eaux de la mer Rouge.

Nous croyons que Jésus a marché sur les eaux de la mer de

Galilée, qu'il a changé l'eau en vin, qu'il est ressuscité et monté au ciel.

Nous n'avons plus aucun des doutes des années 1860. A Noël, nous faisons une étoile de Bethléem pour la crèche dans du carton et du papier d'étain.

20

Le jour des Rameaux en Nouvelle-Galles du Sud

On n'avait pas de vraies palmes à Exeter, mais à Parramatt il y en avait de deux sortes pour décorer l'église. Elizabeth Mullens, âgée de dix ans, qui venait juste d'arriver dans la colonie, était fort excitée.

Les enfants du catéchisme devaient décorer l'église. Ce n'était pas la coutume en Angleterre. Mais c'était la coutume ici. Ils attendaient dans la rue, tandis que des hommes défaisaient les liens des feuilles de palmiers entassées dans leurs charrettes qu'ils jetaient ensuite sur la chaussée.

Il y avait là, entre autres, Letty Savage, la fille du Dr Savage et ses deux jeunes frères. Letty Savage avait déjà pris la main d'Elizabeth à deux reprises, pour lui confier des secrets. Il y avait le fils du maire, un petit garçon pâle et tranquille. Les deux jolies filles du pasteur étaient également là. Tous ces enfants appartenaient à de bonnes familles et se conduisaient fort bien. Ils restaient tranquillement près de la charrette, pas trop près toutefois, évitant bavardages et petits rires.

Elizabeth ne saurait jamais pourquoi elle fit ce qu'elle fit. C'était l'excitation, le fait de se préparer pour Pâques sous un soleil tellement chaud, l'envie aussi que miss Ahearn, la maîtresse du catéchisme, sache qu'elle n'ignorait rien du dimanche des Rameaux.

Lorsque la charrette s'éloigna, elle ramassa une feuille de palmier qu'elle agita, non pas violemment, mais plutôt timidement. Elle l'agita respectueusement, comme si elle était à Jérusalem, à l'époque du Christ.

Elle vit alors un homme — elle le verrait toujours — avec une grande barbe noire et des oreilles bien dessinées, comme l'anse d'un pichet, qui descendait Church Street sur un petit cheval dodu.

Elizabeth avait simplement l'intention de déposer la palme sous les sabots du cheval.

« Hosanna, cria-t-elle — dans son souvenir sa voix lui paraissait stridente, ridicule — Hosanna au plus haut des cieux. »

Toute sa vie, elle verrait ce qui arriva : le cheval se cabra et l'homme ouvrit la bouche, avant de parcourir une terrible trajectoire. Le bruit que fit sa tête en touchant le sol était absolument sans appel, comme celui d'une noisette dans un casse-noix.

21

Lucinda

La poupée avait été achetée avec l'argent du pot à confiture, d'un des pots à confiture. Car dans le bungalow au sol de terre battue de la Nouvelle-Galles du Sud, dans laquelle était née Lucinda Leplastrier, il y avait un grand nombre de pots à confiture, certains exposés à la vue de tous et d'autres soigneusement dissimulés. Les moins importants, gros, ventrus, remplis de demis et de quarts de pennies, avaient un air tassé et trapu de crapauds. Jamais ils ne seraient touchés par du pur argent. Ils étaient posés sur le manteau fléchi de la cheminée, à côté de la pendule de famille. Il y en avait deux, le bleu, destiné aux quêtes de l'église, et le vert à l'émail éraflé, destiné aux timbres, à la confiture, à ce genre de choses luxueuses. Ces pots n'étaient jamais pleins. Mais il y en avait d'autres coincés derrière le poêle en fonte, et même enfoncés dans le mur de torchis. Leurs places exactes étaient masquées à l'aide de boue séchée. A vrai dire, si l'on voyait l'emplacement, on pensait tout naturellement que ce raccord faisait partie du mur ou, si l'on arrivait lorsque la boue était humide, que celle-ci avait servi à boucher un trou laissant passer les courants d'air. C'était une opération que son père avait entreprise plus d'une fois, en se servant de boue et de vieux journaux.

Il y en avait d'autres, cachés derrière les beaux livres que sa mère époussetait, toujours au beau milieu d'une autre tache. (Alors qu'elle faisait une sauce blanche, qu'elle découpait les barres de savon en petits cubes sur la table centrale.) Un petit coup de chiffon, une pichenette, un flic-flac. Une langue de lézard enlevait la poussière d'argile blanche des Balzac, des Carlyle, des Sénèque, des Dickens, des George Sand, des John Stuart Mill et des romans de sa vieille amie Marian Evans, autrement dit George Eliot. Ces derniers livres comportaient des dédicaces affectueuses, ils cachaient aussi un pot à confiture rempli de pennies et même de pièces de trois pence. Il était destiné aux anniversaires.

C'est lui qui avait servi à acheter la poupée. Parfois, on aurait pu penser que cette dépense avait été faite contre la volonté de sa mère — celle-ci en effet était souvent brusque avec Lucinda lorsque la petite fille serrait sa poupée contre sa poitrine. Et pourtant, par moments, on pouvait supposer que l'idée de la poupée avait tout d'abord surgi dans l'esprit de sa mère. Son père, en effet, lorsqu'il était fatigué ou abattu par la lenteur des progrès à la ferme, ou par l'ignorance de leurs voisins, chicanait sa mère sur son goût du luxe. Ce qui signifiait en fait la poupée. Il n'y avait jamais eu d'autre luxe.

La poupée avait été son cadeau d'anniversaire pour ses neuf ans. Elle avait traversé le monde sur un bateau, comme l'avaient fait plus tôt son père et sa mère. La poupée était extrêmement jolie, avec des yeux bleu lavande et des cheveux blonds comme les blés. Ses joues étaient aussi lisses que de la porcelaine. Par grande chaleur, Elizabeth les appuyait contre son cou pour avoir une sensation de fraîcheur. Cette poupée avait été achetée par Marian Evans, qui s'était rendue par le train à une exposition universelle spécialement pour en faire l'acquisition. A cette époque, Lucinda — très impressionnée par ce qu'elle appelait « l'expédition » — ne savait pas ce qu'était réellement une exposition universelle ; plus tard, pourtant, il lui apparut que la poupée devait venir de ce bâtiment qu'elle allait, devenue adulte, admirer si fort, le Crystal Palace.

Un jour, elle emporta Dolly pour jouer avec elle près du bras mort de la rivière. Elle l'enveloppa dans un châle blanc en crochet, qu'elle prit sans demander la permission dans le tiroir du bébé. Elle enveloppa la poupée dans le châle parce qu'elle savait, même si ses frères étaient morts trop jeunes pour qu'elle puisse s'en souvenir clairement, comment on devait s'y prendre pour porter un bébé dans ses bras.

« Il y a un mauvais vent qui souffle par là », dit-elle à sa poupée. Sa mère lui interdisait de parler à Dolly. Si elle l'avait entendue, elle lui aurait dit que c'était « puéril ». Mais aujourd'hui, sa mère n'était pas là, on l'avait appelée pour aider « la petite sotte » (Mrs O'Hagen) à accoucher. Lucinda, qui se souvenait parfaitement de la dernière fois où Mrs O'Hagen avait eu un enfant, savait qu'il n'y aurait plus de leçon cet après-midi.

Pour atteindre le bras mort, il fallait traverser d'abord le cours d'eau — une vraie rivière — qui passait derrière la maison. Il y avait un gué mais les pierres en étaient branlantes, peu sûres. Elles changeaient de place après chaque averse. Lucinda portait ses bottes de caoutchouc. Elle emmenait avec elle un pot de colle qu'elle avait « emprunté » à la boîte à outils de son père. Ce qui, sans doute possible, établissait que l'incident qui allait prendre place, quand elle aurait traversé les dix hectares de paddock et atteint l'endroit où une eau couleur thé reposait sur un lit de sable jaune, que cette chose donc, qu'elle allait faire, ne pouvait guère être qualifiée de spontanée. Quand son père, un homme généralement indulgent et insouciant, dans un moment d'humeur tout à fait exceptionnel, l'appela « secrète » et « volontaire », il ne se trompait que dans la mesure où il ne croyait pas vraiment à ce qu'il disait.

C'était un jour d'hiver étonnamment limpide — relativement chaud lorsqu'on parvenait à s'abriter du vent. De petits nuages blancs, ressemblant à des têtes de vieillards, traversaient rapidement le ciel.

Lucinda grimpa sur la rive instable et s'engagea dans la prairie pour atteindre le bras mort. Elle était petite pour son âge, contrairement à l'attente et aux espoirs anciens de sa mère. (« Elle a de grands pieds ! » avait écrit triomphalement Elizabeth à Marian Evans — malheureusement, le reste du corps n'avait pas suivi.) La manière de marcher de Lucinda dénotait une petite fille réaliste et assurée. Ses pas étaient courts, mesurés, rapides, mais sans précipitation. Pourtant, elle était excitée et énervée. Elle n'avait jamais été seule jusqu'au bras mort et, bien que personne ne le lui ait interdit, elle savait parfaitement qu'on lui en aurait refusé l'autorisation si elle l'avait demandée.

Le bras mort avait été autrefois le lit principal de la rivière qui, lors des pluies diluviennes de 1821, avait brusquement changé de cours. Donc, la Mitchell's Creek, près de laquelle les Leplastrier avaient construit leur hutte, était une nouvelle Mitchell's Creek. Les arbres qui poussaient sur cette rive n'avaient guère plus de trente ans, alors que ceux qui bordaient le bras mort étaient plus vieux, plus nombreux, plus noueux. On pouvait aussi voir sur les troncs les cicatrices que les Noirs y avaient laissées en enlevant l'écorce pour construire leurs canots et d'autres objets.

Il faisait sombre sous les arbres près du bras mort et l'eau, parsemée de feuilles mortes, bougeait lentement. La lumière dessinait des taches claires sur le sol après avoir traversé des feuillages en forme de voûte. Des oiseaux vivant au ras du sol faisaient des bruits inquiétants en sautillant dans les buissons qui entouraient la petite fille. C'était aussi le territoire des Noirs.

Lucinda posa sa poupée sur une touffe d'herbe molle de couleur kaki, le pot de colle sur du gravier couleur poussière. Puis, elle alla ramasser des brindilles et des bouts d'écorce.

Elle décida d'allumer son feu au centre d'une grande surface de gravier et de pierres, située au milieu des eaux paresseuses et colorées. Elle ne percevait le courant que grâce au déplacement des feuilles mortes et des petites boules de mimosa.

Elle prépara son feu avec beaucoup de compétence. Elle disposa deux pierres, afin de pouvoir y placer son pot de colle. Elle avait des allumettes en cire dans la poche de son tablier. Elle alluma le feu, puis le regarda, accroupie, les genoux serrés, retenus par la jupe de son tablier en calicot. Lucinda avait un visage pensif, intelligent — un front haut, des sourcils joliment et nettement dessinés, une lèvre supérieure un peu mince, mais extrêmement mobile, qui trahissait par ses mouvements de contraction et de relâchement une nature enthousiaste, une lèvre inférieure bien pleine, qui un jour serait signe de sensualité, mais qui, pour l'instant, par le contraste qu'elle apportait à ses grands yeux verts, à ses lourdes paupières, faisaient croire, faussement, à un humour précoce et désabusé. Ses cheveux étaient auburns, plus châtains que roux, sauf ici, près de l'eau, où une tache de lumière les éclairait, faisant ressortir dans une sorte de halo de multiples reflets cuivrés.

Lucinda n'aimait pas ses cheveux. Ils résistaient, s'accrochaient à la brosse au manche d'écaille de sa mère. Ses parents avaient l'un et l'autre des cheveux noirs dans lesquels le peigne passait aussi facilement que dans de l'eau. Elle aimait la manière dont les mèches de leurs cheveux tombaient si nettement, si régulièrement, côte à côte, comme des lignes tracées à la plume. Elle avait pensé, jusqu'à ce que son père la détrompe gentiment, que ses cheveux changeraient en vieillissant, qu'un jour la brosse arrêterait de les tirer et que quelques épingles à cheveux suffiraient à les maintenir aussi nettement qu'elle le souhaitait.

En vérité, le seul but de sa petite promenade clandestine, dans le paddock situé derrière la maison, était en relation avec son admiration pour les cheveux noirs et raides. Elle voulait faire un cadeau à sa poupée. Tandis que le pot de colle commençait à exaler des odeurs facilement reconnaissables et réconfortantes, qu'elle associait, d'une manière inextricable, comme celle du son, de la mouture, du tweed, des pelures de pomme et de l'encre, à son père, elle prit la poupée sur ses genoux et commença à lui arracher les cheveux.

Les cheveux de la poupée étaient comme les siens, bouclés et crépus. En revanche, ils étaient blonds, évidemment. Elle les arracha par petites touffes, en grimaçant et en plissant les yeux.

« Oh, reste tranquille, dit-elle. Si tu te tortilles, si tu ne tiens pas en place, ça sera encore pire. »

Elle mit les cheveux dans une enveloppe sur laquelle était écrit le nom de John Bell, un membre de la Royal Society, l'homme, entre parenthèses, dont l'influence avait permis à Abel Leplastrier d'avoir un si grand nombre de lignes à son nom dans l'*Encyclopædia Britannica*.

Bientôt l'enveloppe devint rebondie, élastique. La tête de la poupée n'était pas chauve et brillante, comme Lucinda l'avait imaginée, mais était faite d'une matière collante et brunâtre qui ressemblait un peu à de la toile de jute.

« Eh bien, tu vois, dit-elle, ce n'était pas si terrible. »

Mais Lucinda se sentait un peu effrayée, non seulement par ce qu'elle avait fait, mais aussi par l'endroit où elle se trouvait. Elle regarda autour d'elle, cherchant à voir s'il n'y avait rien d'anormal dans les ombres épaisses des broussailles.

« J'aime les Noirs, dit-elle à voix haute à sa poupée. Je les préfère au maire de Parramatta. » Toutefois, elle avait perdu quelque peu de son calme et quand elle s'empara de l'autre enveloppe, celle dans laquelle se trouvaient les crins que son père avaient coupés à la queue noire de son percheron, ses mains lui parurent pesantes, ses doigts gourds. Et brusquement, tout alla de travers.

La colle commença à couler sur le visage de la poupée, à recouvrir les grands yeux bleus. Lucinda prit le châle pour l'essuyer, mais la colle refusait de partir et la petite fille découvrit qu'elle n'était parvenue qu'à faire une fort laide tache brunâtre. Elle essaya en vain de la laver dans l'eau de la rivière.

Et c'était la même chose pour les cheveux. Pourtant, elle avait vu en imagination comment ils devaient tomber. Elle l'avait vu nettement à maintes reprises, en particulier lorsqu'elle avait fini de dire ses prières et qu'elle commençait à sombrer dans le sommeil. Mais maintenant, les cheveux ne voulaient pas se mettre comme elle l'avait imaginé. Incroyablement emmêlés, ils restaient aplatis et poisseux. Elle posa la poupée par terre, sur les graviers, et réfléchit pour savoir comment elle devait procéder maintenant. Elle se frotta le cou et le front et se barbouilla de taches brunâtres. Ensuite, elle étendit une nouvelle couche de colle sur la poupée et appliqua les crins par poignées. Ceux qui tombaient sur le côté, elle les rabattait sur la tête. Ça ne ressemblait pas du tout à ce dont elle avait rêvé. Quoiqu'elle ressentît une certaine anxiété, elle était cependant fort excitée par le changement considérable qu'elle avait fait subir à Dolly. Celle-ci, comme par magie, était devenue une personne totalement différente. Elle appartenait maintenant aux indigènes d'une terre dont les cartes n'avaient pas encore été tracées. Son père saurait de quelle région elle était originaire et s'il ne le savait pas, eh bien, il ferait semblant.

Aussi n'était-elle pas préparée au bouleversement dont elle fut la cause. On la priva de goûter lorsqu'elle rapporta sa poupée dans le bungalow en fin d'après-midi. Et, par-dessus le marché, on ne lui donna pas non plus à dîner. De terribles choses commencèrent à arriver. Sa mère lui assena de grandes claques sur ses mollets nus. Elle ne l'avait fait qu'une fois auparavant. Sa mère certes avait des accès de colère mais qui tombaient tout de suite. Son père quant à lui ne se mettait jamais en colère, n'était jamais la proie de ses nerfs. C'était un homme pondéré, équilibré, qui gardait toujours son sang-froid, même le jour où il avait perdu, quelque part dans Parramatta, le courrier arrivant d'Angleterre. Lorsque son père vit la poupée — elle la lui tendait — il se détendit comme un ressort, ouvrit la bouche, frissonna, et jeta leur plus joli plat à travers la pièce où il faillit faire voler en éclats une lampe allumée. Lucinda tenait sa poupée au-dessus de sa tête. Sa mère jeta une poêle à frire par la porte ouverte. Elle la jeta avec une telle force qu'elle alla s'écraser sur les rochers du bord de la rivière. Ces projectiles n'étaient pas dirigés contre Lucinda, mais l'atmosphère était remplie soudain d'une violence qui prenait sa source dans un lieu que Lucinda ne découvrirait que plus tard, lorsqu'elle serait brusquement ruinée et que toute sa fortune passerait à mon arrière-grand-mère. C'est alors seulement qu'elle en viendrait à se demander quel prix avait dû coûter la poupée.

Pourquoi ? lui demandèrent-ils. Pourquoi ?

Tout ce qu'elle pouvait dire, à travers ses larmes, c'était qu'elle avait voulu que sa Dolly ait un air soigné.

Cet événement n'était pas de ceux qu'on oublie facilement et Lucinda ne l'oublia pas. Pourtant, paradoxalement, lorsqu'elle en arriva, à l'âge adulte, à réfléchir sur son apparence soignée, une chose avec laquelle elle était perpétuellement en lutte (puisque cela faisait penser à une attitude constipée, à un manque de générosité), elle n'arrivait pas à voir que cette attitude était la sienne depuis sa plus tendre enfance. Elle oubliait à quel point un air soigné avait été considéré comme une qualité essentielle dans sa petite enfance. Dans son souvenir, son enfance avait été « des plus normales ». Elle s'imaginait que son goût de l'ordre lui avait été inculqué par sa mère, après la mort de son père, qu'Elizabeth, restée seule à la ferme, était devenue sa propre caricature et exigeait une apparence soignée à un niveau parfaitement ridicule.

Comme nous l'avons vu, il n'en était rien. Cependant l'erreur de Lucinda peut être expliquée par une coïncidence curieuse. En effet, la mort de son père était reliée également à une histoire de cheveux. Aussi, lorsqu'elle pensait à la mort, Lucinda voyait toujours une masse de cheveux noirs et gluants, comme ceux qu'elle avait fabriqués, près du bras mort, de longues années auparavant.

Le samedi qui précéda le dimanche des Rameaux de l'année 1852, son père fut jeté en bas de son cheval dans Church Street à Parramatta. Le crâne fracturé, il mourut presque immédiatement.

Mr Chas Ahearn ramena le corps à Mitchell's Creek dans une voiture qu'il avait empruntée à Savage, l'épicier. On avait enveloppé son père dans une couverture écossaise de couleurs vives, étroitement bordée sur les côtés. Et ce fut lorsqu'on l'enleva que Lucinda, qui s'accrochait à sa mère brusquement devenue muette, comme quelqu'un peut s'accrocher à un tronc d'arbre qui culbute lors d'une inondation, vit une masse de cheveux emmêlés, collés, effrayants, des cheveux qui allaient pousser à jamais dans les sombres broussailles de ses cauchemars.

Ce ne fut qu'à partir de cet accident que Lucinda se souvint de l'importance maladive qu'on attachait à une apparence soignée.

Elizabeth Leplastrier croyait, comme encore tant de gens aujourd'hui, qu'on peut connaître tout ce qu'il est nécessaire de savoir sur un fermier, sur son habileté, etc., en examinant ses clôtures et ses abris pour ses bêtes. Même si cette idée peut être assez juste d'une certaine manière, elle devint pour Elizabeth un tel article de foi, qu'il fallait entretenir clôtures et abris même au détriment des moutons et du blé. Par exemple, c'était un fait public dans la région aussi bien parmi les protestants que les catholiques, que Mrs Leplastrier avait abattu un poirier donnant de magnifiques poires, un arbre de dix ans, en bonne santé, avantageux dans tous les sens du terme, simplement parce qu'elle ne pouvait plus supporter qu'il sorte de l'alignement de la rangée.

Ces petites excentricités ne dépassaient guère ce qu'on pourrait appeler les effets d'un caractère excessif. Néanmoins, elles eurent une influence sur Lucinda, une influence pourtant qui n'était pas exactement celle que cette dernière s'imaginait. Ce n'était pas qu'elle les avait « attrapées » de sa mère, mais plutôt qu'elle en était venue à croire qu'elle habitait une cage dont les barreaux étaient formés des opinions et des habitudes d'Elizabeth, une cage dont il lui était impossible de sortir. Elle mourait d'envie de prendre l'air, de briser ce qui l'obligeait à avoir cette apparence soignée. Et lorsqu'on considère la personnalité de la jeune femme qu'elle allait devenir, il est facile de voir les mouvements contradictoires de ses désirs insatisfaits. Il y avait chez Lucinda Leplastrier, celle qu'on allait appeler par la suite la « dame de verre », un goût évident pour la discipline, l'ordre, une tenue nette et claire. Mais cette tenue impeccable ressemblait à un ressort maintenu de force. Comme une baguette d'ébène frottée sur une peau de chat, Lucinda était chargée d'électricité statique.

22

Elizabeth

Oh, tu es une sorcière, pensa-t-elle, une sorcière haïssable et méchante. Que Dieu ait pitié de toi, Elizabeth Leplastrier, se dit-elle. Qu'il sauve ton âme misérable.

Elle mordit l'intérieur de sa joue, le mordit si franchement, si fort, qu'un goût de sang se répandit dans sa bouche.

« Débarrasse la table », dit-elle à Lucinda qui était encore juchée sur les coussins qu'on installait sur sa chaise, près de la table de cuisine.

Il est mort, pensa Elizabeth. Elle enleva son tablier, le plia soigneusement tandis qu'elle regardait la charrette qui roulait sur la piste, s'attendant à la voir glisser et cahoter en passant sur la grande flaque fangeuse. C'était la charrette de Savage l'épicier. Il y avait six hommes accrochés à elle, formant des angles noirs, avec leurs coudes et leurs genoux. On aurait dit des vautours. Le soleil qui allait se coucher allongeait démesurément les ombres qui semblaient apporter avec elles un courant d'air froid.

Le cheval de son mari, cette bête folle, nerveuse, caracolante, trottait derrière la voiture. Cette jument s'appelait Pandora. Y a-t-il jamais eu un animal aussi justement nommé ?

Imbécile, pensa-t-elle. Il fallait être stupide pour acheter un tel cheval. Je ne t'ai rien dit, mais mon Dieu, j'aurais dû. Pourquoi donc ai-je mordu ma langue ? Je t'ai laissé dépenser trente livres pour un cheval, une jument. Et maintenant, c'est fini, elle t'a tué.

Je rentrerai en Angleterre, pensa-t-elle. Il n'y a rien qui me retienne ici. Que Dieu me protège. Il ne faut pas penser de telles choses.

Elle se frotta les mains, dans un geste nerveux. Elles étaient desséchées, calleuses. Elle se disait : je suis une essayiste. Je suis une intellectuelle. Je ne devrais pas avoir des mains dans cet état.

Jésus, mon petit Jésus, fais en sorte qu'il ne soit pas mort. Il s'est cassé un bras, il s'est brisé la clavicule. Quand elle pensait à des os cassés, elle n'était plus en colère contre lui. Elle l'aimait. Elle le soignerait.

Mais les hommes et leur charrette étaient à la barrière du petit paddock. Chas Ahearn, en pull-over à col roulé, tripotait la barrière. Elle voyait (« Dépêche-toi, Lucinda, enlève les assiettes. La bouilloire, la bouilloire, mets la bouilloire à chauffer ») qu'il y avait quelqu'un enveloppé dans une couverture à carreaux jaunes et noirs, dans la charrette. Ahearn regardait dans sa direction. Le soleil s'était couché. Il faisait très froid. Elle frissonna. Elle se dit : J'ai perdu onze ans en Nouvelle-Galles du Sud pour être récompensée de cette manière. Cet imbécile m'a rendue veuve. Quand le visage d'Ahearn se tourna vers elle — les yeux gonflés, les gestes lents — la douleur s'abattit sur elle. C'était comme un coup de poing dans l'estomac. Un coup violent qui lui coupa la respiration. Elle s'appuya au mur de torchis, la bouche grande ouverte, ses mains malaxant sa natte soigneusement tressée. Un grand souffle douloureux s'engouffra dans sa bouche ouverte, introduisant dans son corps une quantité d'air insupportable. Elle était comme une voile, tendue à craquer, incurvée, sous une pression intérieure et pourtant étrangère.

Le chariot portait le nom de Mr Savage, en lettres d'or, sur ses parois en planches noires. On avait, par erreur, écrit « vicuailles » au lieu de victuailles. La jument responsable baissa la tête pour trouver quelque chose à manger. Mais il n'y a pas d'herbe ici, animal stupide.

Chas Ahearn pensait que cette femme n'avait pas compris ce qui se passait. Elle s'avança pour lui serrer la main. Elle sourit, l'air vaguement absent, mais on savait qu'elle était hautaine et aussi un peu bizarre. Seules, les rides sur son grand front suggéraient qu'elle avait parfaitement conscience de la situation. Comme les hommes descendaient le corps de la charrette, pour le poser sur la table de la cuisine, elle fit toute une histoire, parce que les bottes avaient disparu.

Elizabeth pensait à Londres. Elle se disait : Il n'y a rien qui me retient ici. Je suis absolument libre. La raison qui m'obligeait à demeurer ici n'existe plus. Ensuite, elle se mordit l'intérieur de la joue avec une telle force que le lendemain la morsure était infectée, qu'elle dut se gargariser à l'eau salée pendant un mois pour la faire se cicatriser.

Mais c'était vrai qu'elle n'avait aucune raison de rester en Nouvelle-Galles du Sud. La vie de fermier ne l'intéressait pas. C'était son mari qui s'y intéressait. Il était géologue, pédologue, mais c'était en réalité un être romantique. C'était lui qui avait eu ces rêves de vie à la campagne, et c'était elle qui avait pris garde de ne pas scruter trop avant le puits dans lesquels ses désirs prenaient naissance, de peur d'y trouver tant de folie qu'elle aurait risqué de ne plus l'aimer du tout.

Elizabeth Leplastrier était Elizabeth Fisher — oui, cette Fischer-là — dont l'une des grandes passions était les usines. A Londres, cette passion avait attiré les plaisanteries, les quolibets. (C'était elle, Elizabeth, que Carlyle appelle dans sa correspondance « l'Usine ».)

Comme sa fille allait l'être, cette petite femme au dos droit était pleine d'enthousiasme. On disait d'elle que montée sur son cheval de bataille, elle pouvait prendre au « lasso », pour l'attirer dans son écurie, n'importe quel objet, n'importe quelle idée, n'importe quelle personne. Pour elle, l'industrialisation était le grand espoir des femmes. Ces mêmes usines que les esthètes, que les romantiques détestaient si fort, fourniraient un jour prochain à son sexe la base économique nécessaire à sa libération. Elle voyait des usines avec des crèches intégrées à la structure d'ensemble, des cuisines au personnel nombreux, utilisant les fourneaux des ateliers afin de cuire le dîner de la famille, préparé et apporté chaque matin par les femmes. Ces usines étaient comme l'essieu d'une roue supportant des rayons chaleureux et bienveillants.

Quand son mari s'éprit de la Nouvelle-Galles du Sud, Elizabeth ne pensa d'abord qu'au rapport possible avec son obsession. Elle voyait, ou plutôt pensait voir que les innovations du genre qu'elle proposait seraient plus facilement réalisables dans un endroit où la société en était encore au stade de la naissance. De plus, le couple pourrait être débarrassé du poids inconfortable (pour Elizabeth) d'une maison héritée dans Sloane Square. Ils pourraient enfin utiliser leur capital. Et c'était cela, et rien que cela, qui se cachait derrière son enthousiasme pour la colonie. Elle aurait son usine. Elle la voyait en imagination, non pas comme quelque chose d'effrayant, avec une clôture en planches et cinq grandes cheminées crachant de la fumée, mais plutôt comme d'autres gens regardent les pierres précieuses. Son usine dégageait de la lumière.

Pourtant, les choses ne se passèrent pas de cette façon. Elle laissa le gentil Abel, le passif Abel la persuader qu'il serait plus sage, à court terme, d'investir l'argent dans dix mille hectares de terre à Mitchell's Creek. C'était une affaire. C'était une affaire qui les rendit pauvres. C'était une affaire — ce n'était pas parfaitement limpide tout de suite, mais ce le fut peu après — qui éliminait l'usine que son mari avait promis de louer à Parramatta. Ce projet prenait de plus en plus la consistance d'un rêve. Et ses rêves étaient bien plus agréables à Londres.

Elizabeth ne savait pas à quel point elle était en colère, jusqu'à ce que ce bizarre rassemblement d'hommes apparaisse sur la piste, ce samedi avant le dimanche des Rameaux. Ensuite, elle eut des pensées si fulgurantes, si amères, qu'il lui vint à l'esprit, entre autres, que le diable s'était emparé de son âme.

Elle attaqua Chas Ahearn, parce qu'il n'avait pas pris garde aux bottes de cheval de son mari.

Le bungalow fut bientôt remplie de l'odeur des Irlandais, de celle de la futaine humide, de celles aussi aigres de la peau enveloppée de laine, des effluves tièdes et rances de ses voisins. La vieille Mrs Kenneally, avec des poils au menton, essayait de la convaincre qu'une veuve devait pleurer. Elle ne pleurerait pas. Elle préférerait gifler quelqu'un. (Protège-moi, mon Dieu, pensait-elle, sauve mon âme.) Mrs Kenneally tenta de persuader cette petite femme raide de boire du rhum, mais celle-ci ne dénoua même pas ses mains pour prendre le verre. Les O'Hagen et les MacCorkal emmenèrent le corps — il était tard maintenant, il faisait tout à fait noir —, allumèrent bougies et lanternes et lavèrent le pauvre Abel sur l'herbe froide, doucement, respectueusement, humblement, sans cesser de chanter avec des voix aiguës, aussi étranges que celles des Noirs. Et ceux-là arrivèrent aussi, les Noirs. Ils restaient à la limite des lumières, parmi les mimosas plantés au bord de la rivière.

Elizabeth était maintenant comme le serait plus tard — je ne parle pas seulement du physique — sa fille. Face à la douleur, elle se remplissait d'énergie. Elle prenait des décisions. Au milieu de l'incertitude, de la culpabilité, elle devenait catégorique. Elle donnait des ordres. On lui obéissait. Les fils MacCorkal — le plus petit mesurait un mètre quatre-vingt-cinq — allèrent chercher des caisses et des malles dans le grenier de la grange. Il était maintenant neuf heures du soir. Les gens étaient partout, mais Elizabeth, bien que socialiste, n'avait personne à qui parler. Elle n'avait autour d'elle que des voisins, des étrangers gentils, qui palabraient, lui apportaient un peu de ragoût, trayaient ses vaches, empilaient ses citrouilles contre la véranda, lui proposaient d'aller vendre son beurre à Parramatta.

Elizabeth était devenue une porte fermée contre laquelle sa fille ne pouvait que s'appuyer. Elle ne porterait pas de noir. Elle l'annonça cette nuit même. Elle se conforma à sa parole, le lendemain, lors de son premier petit matin glacé de veuve. Ni la mère ni la fille ne portèrent de noir aux obsèques, c'était le premier enterrement dans le cimetière de Gulgong, un petit enclos avec deux cyprès qui ne dépassaient pas un mètre cinquante.

Elles allaient partir pour l'Angleterre. C'était de cela que parlerait Elizabeth avec Lucinda, et de rien d'autre.

« Nous ne devons pas nous abandonner à la douleur, dit-elle. C'est ce que ton père aurait attendu de nous. »

Mais c'était la colère, et non la douleur, qui l'agitait le plus profondément. Elle était là, comme le piège d'un braconnier, prête à happer les imprudents. Lucinda apprit à tourner autour de sa mère avec mille précautions. Mr O'Hagen savait aussi marcher sur la pointe des pieds, pourtant sa connaissance du terrain fut insuffisante.

C'était un homme relativement petit, avec d'énormes pectoraux, approximativement de la taille et de la carrure d'Abel

Leplastrier. Elizabeth remarqua que c'était troublant de penser que la plupart des vêtements d'Abel finiraient leurs jours cinq cents mètres plus bas.

Mr O'Hagen était un jeune homme même s'il avait déjà six enfants. Il n'avait guère plus de vingt-six ans. Il était poli, timide et n'allait sûrement pas se laisser offrir une garde-robe complète d'un seul coup. Chaque vêtement devrait lui être proposé séparément. Cette nuit-là, il n'accepta qu'un gilet et une paire de bottes. Puis, il prit congé. Pour lui, sans aucun doute, ce n'était rien d'autre qu'un au revoir ordinaire. Il tapa des pieds (en laissant de la boue, mais peu importe, peu importe) et dit que c'était un bon moment pour vendre des terres. « En effet, vous n'allez pas, mesdames, troubler vos si jolies têtes avec des choses aussi ennuyeuses que les moissons. »

En vérité, il ne dit rien d'autre. Mais Lucinda, qui était dans son lit, savait que cette remarque allait amener des ennuis. Quand Mr O'Hagen fut parti, sa mère vint la faire lever. Elle devait s'habiller précipitamment. Elle n'avait pas de temps à perdre pour se brosser les cheveux, il fallait simplement se lever, ma fille, vite, très vite.

Apparemment, on ne partait plus. Elles n'allaient pas rentrer en Angleterre. C'était le résultat direct de la réflexion de Mr O'Hagen sur « vos si jolies têtes ». Elles défirent sur-le-champ, les caisses et les malles qu'elles avaient si soigneusement préparées plus tôt. Elles les remportèrent dans la grange, en s'éclairant avec des lanternes. Elles firent six voyages en tout. Dans le grenier de la grange, Lucinda frissonnait, tandis que sa mère faisait une longue tirade contre les Irlandais. Elle n'aimait pas la manière dont ils traitaient leurs femmes ni les suppositions qu'ils faisaient sur les femmes en général. Les Irlandais avaient été battus et humiliés par les soldats anglais pendant tant de siècles qu'ils devaient, comme les animaux de basse-cour, tourner en rond jusqu'à ce qu'ils trouvent un être plus faible, afin de le frapper. Elle dit tout cela, assise à la lucarne du grenier, ses jambes pendant dans l'obscurité de la nuit. Les souris cherchaient déjà leur nourriture. Les deux femmes n'étaient jamais venues ici avant. Lucinda, en pensant à l'odeur aigre des souris, l'associait à celle de l'échec lui-même. Sa mère disait que les Irlandais obligeaient leurs femmes à marcher derrière eux, la tête baissée, comme des prisonniers de guerre.

« Nous n'allons pas laisser ce pays aux Irlandais, dit-elle. Donc, tiens-toi, ma fille, et aide-moi. »

Un peu après minuit, elles brûlèrent le reste des vêtements d'Abel Leplastrier. Elles firent un grand feu sur le bord de la rivière. C'est ainsi que ces deux femmes en vinrent à s'occuper de la ferme de Mitchell's Run à Mitchell's Creek.

23

Une cheville carrée pour des trous ronds

Lucinda n'avait pas bien connu sa mère. Les choses n'avaient pas été comme elle l'imaginait. Toute sa vie, elle avait mis au point, poli une fiction qu'elle avait inventée enfant : que mère et fille étaient « amies intimes », semblables à deux sœurs. Ses souvenirs étaient pleins d'éclats de rire, de séances de brossage de cheveux, de chatouillis, de câlineries. Et bien sûr, il y en avait eu. Elles avaient pêché des chevaines avec des vers de terre noyés, avaient été piquées en même temps par d'énormes fourmis, nagé dans la rivière, tandis que leurs chemises blanches se gonflaient autour d'elles, comme des draps en train de bouillir dans la bassine, un matin de lessive. Elles s'étaient sauvées en poussant des cris et de petits rires pour échapper au taureau imbécile, à la bouche pleine d'écume, d'O'Hagen, elles s'étaient fait la lecture, à tour de rôle, pendant les soirées glacées d'hiver, tandis que de petits kangourous martelaient les murs du bungalow. Toutes ces choses étaient effectivement arrivées, mais Lucinda s'en souvenait si précisément parce qu'elles contrastaient avec les crises de mauvaises humeur et d'angoisse, bien plus courantes, de sa mère. Comme l'aversion d'Élizabeth pour les travaux de la ferme devenait de plus en plus forte, de plus en plus amère, la jeune femme s'isola davantage.

Plus sa répugnance vis-à-vis des travaux des champs augmentait, plus elle luttait pour prouver qu'elle pouvait en venir à bout. Elle se disputa avec Michael O'Hagen à propos de ses clôtures, non seulement à cause de son habitude d'utiliser des bois putrescibles, tels que l'acacia, mais aussi à cause des lignes sinueuses et incertaines que dessinaient ses poteaux à travers champs. Elle fit des réprimandes aux MacCorkal à cause des chardons qu'ils laissaient pousser partout. Elle se rendait à l'église de Gulgong les cheveux coupés courts, comme une tuberculeuse, habillée de vêtements que les fidèles trouvaient risibles. Ses lettres à Marian Evans sont remplies d'aigreur. Elle jugeait la Nouvelle-Galles du Sud vénale, matérialiste, corrompue et, si ce n'était pas le cas, d'une affligeante stupidité.

« J'ai passé dix-sept ans [écrivait-elle] à me gâter le teint. Ma vue, aujourd'hui, te ferait pleurer — une peau sèche, pleine de taches de rousseur, avec sur le cou, une marque rouge vif qui ne s'estompera jamais. En dehors de la Bible et du Rituel anglican, je n'ai pas lu un seul livre en quatre ans. Mon esprit est trop préoccupé par les problèmes d'argent, par la manière de déjouer le marchand de bestiaux qui, je le sais, me trompe, par la nécessité d'essayer de renvoyer un ouvrier agricole irlandais sur deux, de trouver un système astucieux pour notre huche — vraiment astucieux — afin de noyer les souris qui dévalisent mes provisions. Bien entendu, ce que je me suis fait à moi-même, je peux le supporter, mais ce que j'ai fait à ma jolie Lucinda, il m'est insupportable d'y penser. Elle est si heureuse, que je me sens irritée souvent de la voir ainsi plongée dans l'aveuglement. Pourtant, c'est moi qui lui ai mis un bandeau sur les yeux, moi qui l'ai tenue à l'écart de Parramatta, des voisins, des fidèles à l'église, qui auraient pu, par une réflexion des plus ordinaires, lui montrer la véritable nature de la société. Je crains que mon créateur ne me juge durement pour ce que j'ai fait, mais, chère Marian, il m'était impossible d'agir autrement. Ma fille vit dans un monde féerique que j'ai construit pour elle. Les gens qui forment la société de la Nouvelle-Galles du Sud ne pourraient la supporter. Ils haïssent les femmes comme nous, avec une force que tu ne peux deviner sans voir leurs petits yeux coléreux et vindicatifs. Ça, te donnerait froid dans le dos, Marian, de marcher dans les rues de Parramatta. Eh bien voilà ma grande réussite en tant que parent : j'ai fabriqué une cheville carrée, fière de l'être, tout en sachant qu'autour de nous, jusqu'à la mer, il n'y a que des trous rond. Nous devons rentrer en Angleterre.

« Je sais que les problèmes de notre ferme t'ennuient, même si tu es suffisamment aimable pour ne l'admettre qu'occasionnellement. Voici, cependant, les dernières nouvelles à ce sujet. Je suppose que pour une fois, elles feront exception, et, à moins que je n'exagère les sentiments que tu me portes, elles te feront battre des mains, tes fortes et ravissantes mains, en criant : Enfin !

« J'ai dit quelques méchancetés à propos de l'"occasion" que représentait l'achat de cette terre par le pauvre Leplastrier. Pourtant, maintenant, alors que le brave homme ne peut plus en être témoin, je vais en récolter les fruits. Il y a ici, comme il n'arrêtait pas de le dire, suffisamment de terre pour cinq fermes importantes et les prix sont tels qu'ils pourraient faire tourner la tête de la femme la plus posée (ce que bien entendu je ne suis pas). En bref, je vais vendre. Je vais faire venir ici Ahearn mon avocat, un anglican, afin qu'il s'occupe de l'arpentage. C'est comme ça que ça se passe ici. Les avocats dans cette colonie sont les hommes à tout faire et personne n'est étonné de les voir en aubergiste, faire la lecture de l'Évangile ou te couper trois mètres de mousseline à l'heure du déjeuner. Une fois que l'on m'aura "arpentée", je mettrai les terres en vente. Que Dieu me donne la force d'en parler à ma fille.

« Je renonce, Marian, j'abandonne, mais pas vraiment déconfite ».

Lorsque cette lettre arriva à Bayswater Road, son expéditrice avait attrapé la grippe espagnole.

Tandis qu'Oscar Hopkins passait ses examens à Oriel, Oxford, Lucinda Leplastrier soignait sa mère. On informa le docteur Savage (rien à voir avec l'épicier) qui arrivait de Parramatta, qu'on n'avait pas besoin de lui. Le révérend Mr Nelson, de Gulgong, se vit reprocher l'aspect ostentatoire de sa tenue. Lucinda soigna donc seule sa mère. Elle avait le même âge qu'Oscar — dix-sept ans — et était fort raisonnable et fort habile. Mais aucune prière, aucun gâteau de Savoie, aucun bouillon, aucune volaille ne pouvait détendre la pauvre femme au visage rouge et suant, dont l'unique préoccupation était que l'on s'occupe de rentrer la moisson avant que celle-ci ne soit perdue.

La moisson avait déjà été rentrée. Lucinda apporta une botte qu'elle plaça près du lit. Une botte n'était pas suffisante pour persuader sa mère. Celle-ci était mourante, mais n'en parlait pas. Elle s'énervait à propos du blé qui n'était pas rentré. Elle voyait le charbon, la rouille partout, les mauvaises herbes de Parramatta envahissant les moyettes, leur rongeant le cœur. Les poteaux de clôture balançaient dans le sol comme une mauvaise dent dans une gencive malsaine. Ils formaient des angles bizarres. Elle les redressait. Elle tassait la terre à leurs pieds, mais les pies-grièches se posaient de nouveau sur eux pour les faire pencher.

Elle ne pouvait parler.

Les moyettes devenaient des Noirs. Elle savait qu'ils n'étaient pas réels. C'étaient des fantômes. Ils se tenaient tout droits, dans les champs couverts de chaume glissant, en entonnant des chants funèbres. Elle se trouvait mêlée à quelque chose de terriblement trompeur. Il faisait chaud et sa soif ne pouvait être étanchée. C'était l'Épiphanie. Les O'Hagen brûlaient déjà leur chaume, si bien que des traînées bleues, comme celles laissées par la fumée d'une pipe, se déployaient devant les contreforts de la montagne. Elle percevait l'odeur de fumée. Elle croyait que c'était l'été et que les MacCorkal avaient de nouveau « laissé tomber une allumette », prise d'angoisse, elle se tordait les membres. Elle se tournait et se retournait dans son lit et les moyettes devenaient des Noirs, les Noirs des moyettes et les moyettes des Noirs. C'était Leplastrier qui avait fait ce lit. Un lit effroyablement tarabiscoté. Comment un homme, capable de tuer un Noir d'un coup de feu, pouvait-il construire un lit aussi stupide, aussi romantique ? Un lit savamment rustique, réalisé à l'aide de jeunes troncs d'arbres et de cuir brut. Son mari avait secrètement admiré Dante Gabriel Rossetti. Rossetti n'était qu'un sale réactionnaire. Elizabeth pensait à des plaisanteries méchantes, dirigées contre Rossetti et ses maîtresses. Elle ne pouvait les raconter. En tout cas, il y avait quelque chose de plus important. Elle avait besoin d'une plume.

Un mot si léger. Peut-être pourrait-elle le dire. Le visage de Lucinda était penché sur le sien. Une si adorable lèvre supérieure. Mais les cheveux indisciplinés de sa grand-mère paternelle. Une mouche verte bourdonnait. Plume. Un mot si léger. Il se transforma en bulle, une petite bulle noire, dans son cerveau. Puis, la bulle passa dans sa gorge. Elle s'était enduite de beurre, afin de faciliter son passage. Puis, elle tomba sur le sol.

Maudit soit le sol de terre battue des bungalows de la Nouvelle-Galles du Sud.

Maintenant, la bulle était couverte de poussière, de sable, elle restait collée dans sa gorge. Elizabeth avait fait une erreur. Elle avait fait une erreur terrible, vraiment affreuse. Elle avait capitulé devant Ahearn afin de ne pas blesser son orgueil de mâle. Avec une plume, elle pouvait encore réparer son erreur, mais le mot se refusait à atteindre ses lèvres. Il restait dans sa gorge, indicible, un petit pois rouge maintenant, couvert de sable qui tombait dans l'œsophage.

Que le diable t'emporte, Rossetti.

Elizabeth Leplastrier mourut sans parvenir à corriger son erreur, sans se rendre compte que cette erreur n'était pas la sienne — si c'était une erreur — mais celle des hommes qui décidaient des lois. C'était à cause de la loi que Lucinda ne pouvait entrer en possession de son héritage avant qu'elle n'ait atteint ses dix-huit ans révolus. Et même si Elizabeth s'était sentie mourir — au point de vouloir signer un testament — il n'y avait que fort peu de choses qu'elle aurait pu faire à ce propos.

Elle n'était pas allée voir Ahearn pour un testament. Elle n'avait en vue que le lotissement de sa terre. Elle voulait, avait-elle dit, « qu'on la taille, qu'on la découpe le plus possible ». Ces mots, et le ton sur lequel ils étaient prononcés, inquiétèrent beaucoup Charles Ahearn. Il y percevait une folie naissante, aussi commença-t-il à parler de testament.

Elizabeth voulait simplement protéger sa fille et l'emmener à Londres. Elle n'avait pas le temps de signer un testament. Mais alors le vieil imbécile méticuleux se montra horriblement têtu — mon Dieu c'était un tel lourdaud — de sorte qu'Elizabeth comprit qu'elle ferait mieux, pour gagner du temps, de signer le testament, afin de pouvoir ensuite concentrer toute son attention au partage.

Elle était sur le point d'apposer sa signature sur le testament quand elle vit que celui-ci empêchait Lucinda d'entrer en possession de ses biens avant l'âge de trente ans. Chas Ahearn était embêté. Il avait une horrible pomme d'Adam, qui, sur son long cou de poulet déplumé, s'agitait à cause de son « embarras ». Il s'inquiétait terriblement, disait-il, à propos d'hommes sans scrupule qui pouvaient se jeter sur une jeune héritière. Si Elizabeth avait lu sa lettre adressée au journal local, au sujet de la débauche des pauvres de Parramatta, elle aurait sans doute eu une idée plus précise de l'homme avec qui elle était en train de traiter une affaire. Mais elle ne le voyait crûment que comme un vieil imbécile. Elle dit qu'elle ne voulait aucune stipulation concernant l'âge. Ahearn se mit alors à souffler, à se fâcher. Il l'appela « madame ». Il utilisa le terme de « gamine » pour parler de Lucinda. Elizabeth le rembarra, puis se sentit prise de pitié pour lui et commença à se dire qu'elle y avait été un peu fort, oubliant aussi de l'écouter. Donc, elle accepta que Lucinda n'entre en possession de son héritage qu'à l'âge de dix-huit ans, ne se rendant nullement compte que la loi ne lui permettait rien d'autre. Elle signa le testament, puis jeta des coups d'œil impatients à Chas Ahearn, tandis qu'il saupoudrait de sciure de bois les boucles d'encre humide. Elizabeth ne se doutait certainement pas qu'elle mourrait fort peu de temps après que Lucinda ait fêté ses dix-sept ans.

Donc, c'était à cause de la loi — non à cause de « cette faute » qui torturait la mourante — que le grotesque Chas Ahearn devint le curateur du patrimoine de Lucinda pendant six bons mois. Ce n'était pas un méchant homme. Mais il était dans les questions d'argent, tout autant que dans celles concernant la morale publique, un homme sérieux, sévère même. C'était un chrétien consciencieux, avec un amour particulier pour la parabole des talents. De grande taille, doux et maladroit, il avait des hanches plus larges que ses épaules et une tête penchée en avant, à cause de la curieuse position de son cou. Il cachait son ventre avec des gilets de laine et mettait des lunettes cerclées d'or sur son gros nez. Il avait quelques minces mèches de cheveux — il aurait été facile de les compter — sur son crâne. Il portait des favoris. Il respirait en sifflant.

Mr Ahearn ne pouvait pas faire sortir Lucinda de force du bungalow lui-même. C'était une jeune fille solide, folle de douleur. Il avait soixante-deux ans et une santé vacillante. Il fit appel à deux ouvriers agricoles irlandais et leur donna une couronne (qu'il débita plus tard, au moment des comptes) pour qu'ils emmènent leur nouvelle maîtresse dans son tilbury et qu'ils les accompagnent — à quatre dans un véhicule conçu pour deux — à Parramatta.

24

La lettre de Mr Ahearn au *Parramatta Argus*

« Monsieur,

« Un de vos correspondants a récemment attiré votre attention sur des nuisances telles que "l'eau polluée", les bains en public et quelques autres incommodités. Je souhaiterais, si cela pouvait être convenable, qu'il prenne la peine de faire une promenade de temps à autre dans le très beau parc de cette ville. Il me semble que sa plume talentueuse parviendrait à décrire ce que je ne peux faire dans le meilleur des cas qu'en laissant entendre que les détails en sont trop repoussants pour qu'on ose les publier.

« Nous avons vu dans cette ville tant de ces avantages et de ces facilités inhérents aux sociétés civilisées, comme par exemple des ecclésiastiques ayant étudié à Oxford, des professeurs parlant français, des administrateurs et des magistrats intelligents, qu'il est à peine pensable que le Jardin de Parramatta se transforme en un antre d'infamie, tel qu'aucune dame respectable, qu'aucun enfant innocent ne puisse s'y aventurer, aussi bien le matin qu'à midi ou que le soir. Il était à peine trois heures lorsqu'en traversant à pied le jardin public, j'aperçus l'attentat dont j'ai déjà dit qu'il serait inconvenant de le décrire.

« Les responsables en question appartiennent à cette classe de la société qui a les moyens d'acquérir les privilèges accordés par la religion et l'éducation. On pourrait penser hautement improbable, à en juger par les apparences, qu'ils puissent se transformer en vagabonds. J'espère, en attirant votre attention sur cette infamie, grâce aux colonnes de votre journal, faire en sorte que les règles de la bienséance ne puissent être outragées sans que les coupables ne se voient exposés à la réprobation publique. Votre, etc. C. Ahearn, Parramatta. »

25

Mrs Cousins

Quand Mrs Cousins ouvrit sa porte à Mr Ahearn, dix minutes à peine s'étaient écoulées depuis qu'elle avait fini de lire la lettre qu'il avait envoyée au journal. Et dans son salon elle s'était complu à imaginer ce que pouvait être exactement cet « attentat ». Rien d'autre qu'un petit rêve éveillé, rien de bien méchant, rien qui puisse faire mal à quiconque. Et si cela lui rappelait des choses de son propre passé, c'était son affaire. Mais, en voyant Mr Ahearn lui-même s'introduire dans ses rêves comme un huissier, elle se sentit prise d'un accès de brûlante panique. Certes, Mr Ahearn ne s'était pas présenté à sa porte comme quelqu'un qui vient rendre une visite de courtoisie. Il avait frappé à dix reprises, bruyamment, secouant le marteau comme un homme fort de son mandat. Lorsqu'elle se précipita pour lui ouvrir, elle le trouva suant, haletant, tenant son haut-de-forme dans ses mains qui — elle le remarqua immédiatement — tremblaient légèrement. Mr Cousins avait sué de cette manière au cours des deux dernières années de sa vie. La raison en était, dans le cas de Mr Cousins, les petits verres de rhum. Mr Ahearn, quant à lui, passait pour être un réchabite rigoureux.

Il débita d'une manière parfaitement compréhensible tout ce qu'il avait à dire sur le pas de la porte. Mais Mrs Cousins, qui essayait de relier ses paroles avec ce qu'il avait écrit, mit un certain temps avant de l'entendre exactement. Il l'informa que la gamine (il ne dit pas de laquelle il s'agissait) se trouvait au cœur d'une « tragédie » et qu'il était chargé « d'expédier » — il aimait utiliser ce mot que beaucoup, y compris Mrs Cousins, remarquaient parce qu'ils ne l'avaient jamais entendu employer dans ce sens — les affaires concernant la propriété. La « pauvre petite gamine » serait riche. Sa défunte mère avait souhaité peu avant sa mort que la propriété soit lotie et il devait donc réaliser ce projet au plus vite, tandis qu'il avait encore le pouvoir de protéger les intérêts de la jeune personne. Pendant ce temps, il était de la plus grande importance (il devait le souligner impérativement) qu'elle soit entre les meilleures mains. Donc, si l'établissement de Mrs Cousins était complet, il fallait que la directrice fasse en sorte qu'une de ses jeunes pensionnaires soit prise en charge ailleurs pendant un certain temps. Miss Leplastrier, dit-il, toujours debout sur le pas de la porte et tordant son chapeau de castor dans ses grandes mains, avait le plus grand besoin d'être soumise à la règle chrétienne, que dis-je à la règle anglicane.

Mrs Cousins l'invita à entrer dans la pièce de devant et comme, bien qu'exposée au sud, celle-ci était sombre à ce moment de la journée, elle alluma une lampe.

Mrs Cousins était une belle femme d'une quarantaine d'années, aux cheveux noirs, à la peau pâle, aux yeux en amande. Beaucoup de personnes remarquaient — même si cette observation était plus juste en fonction d'un rapprochement avec des rôles d'opéra qu'en rapport avec la vie réelle — que son apparence avait quelque chose d'espagnol. Elle avait la taille fine, ce dont elle était fière, mais craignant maintenant de se voir accusée d'utiliser ses charmes, elle avait décidé de renoncer à la mettre en valeur. Elle s'habillait bien, avec une certaine austérité. Ses cheveux étaient tenus serrés et si vous aviez touché accidentellement ses épaules, vous auriez été surpris de constater qu'elles étaient étroitement maintenues, comme si les muscles en avaient été fortement comprimés. Pourtant, malgré toutes ces contraintes et l'excessive rigidité de la colonne vertébrale de la jeune femme, Chas Ahearn aurait pu voir (ce qu'il ne fit pas) que lorsqu'elle alluma la lampe, elle révéla, tandis qu'elle la posait sur le dessus du piano, l'ombre d'une personne bien plus mince et plus souple. Cette personne, moins raide et moins guindée, avait un jour vécu à Bendigo, Victoria. Elle y avait suivi les impératifs de son cœur plus que cette ville ne l'avait jugé sage et raisonnable. A Bendigo, on lui avait appris, d'une manière plus que désagréable, la valeur attachée aux convenances. Elle était venue à Parramatta pour mettre en application ses nouvelles connaissances.

Elle écoutait ce que lui disait Charles Ahearn et, bien qu'elle eût été naguère une femme avec un faible pour les beaux hommes, elle ne le voyait pas (ainsi qu'on pouvait le penser sans être excessivement cruel) comme quelqu'un de laid. Elle s'accordait à sa solennité, à sa morosité. Cela la calmait, la rassurait, comme une bonne laine peignée de Bradford. Ce n'est que lorsqu'il demanda à être rassuré sur le problème anglican qu'elle s'énerva de nouveau. Elle redressa sa colonne vertébrale et rejeta les épaules en arrière.

Mrs Cousins croyait à la résurrection des morts et à la vie éternelle. Mais bien qu'elle n'eût été baptisée dans aucune église, elle assistait aux offices de l'église d'Angleterre à Parramatta, comme si c'était son droit le plus strict. Elle était légèrement troublée de recevoir l'eucharistie sans avoir fait sa première communion. C'était un sacrilège. Elle essayait de mener une vie chrétienne, mais peut-être n'était-ce pas suffisant. Elle ne savait pas comment remédier à tout cela. Elle s'éveillait au milieu de la nuit, se mettait à y penser et brusquement, elle frissonnait, se sentait couverte de sueur froide. Quand Mr Ahearn aborda ce problème, elle en fut alarmée presque autant que si dans la rue elle avait rencontré quelqu'un de Bendigo. Mais elle ne montra, en dehors de la raideur excessive de son maintien, rien de tout cela à Mr Ahearn. Elle lui servit le thé et l'assura qu'elle pouvait s'occuper de cette jeune personne sans évincer qui que ce soit. Miss Leplastrier assisterait, en vérité, aux offices de l'Église anglicane et elle se chargerait elle-même de la diriger précisément parmi les écueils de la vie de société à Parramatta.

Mais lorque l'orpheline se présenta devant elle en « bloomers », Mrs Cousins, à la vue de cette culotte bouffante, fut prise de l'irrésistible envie — une envie viscérale, une tension de tous les muscles, une augmentation de la pression du sang dans ses veines, en un mot une réaction d'autodéfense qui n'avait rien à voir avec une idée abstraite — de mettre ses mains sur les épaules de la jeune fille pour lui faire redescendre les marches du perron.

26

Les bloomers

Amelia Bloomer était arrivée à Londres en 1851 avec son célèbre « costume rationnel ». C'était, comme chacun sait, une culotte bouffante sur laquelle était passée une jupe courte. Ce vêtement fut porté à Melbourne relativement tôt, mais apparemment ne retint l'attention d'Elizabeth Leplastrier que lorsqu'elle vit la nouvelle tenue rationnelle sur une jeune femme à Parramatta, dans Church Street, en 1858.

Voilà enfin un antidote à « l'obscène faux-cul » et au « dégradant panier ». A partir de ce jour, la mère et la fille ne portèrent plus rien d'autre. De temps à autre, cet accoutrement scandalisait les sales gamins de Parramatta, mais à quoi d'autre pouvait-on s'attendre ?

Malheureusement, Mrs Cousins ignorait l'existence d'Amelia Bloomer. Elle savait simplement ce qu'exige la respectabilité et ce n'était certainement pas ça. Elle conduisit la jeune fille dans sa chambre, au premier étage. Elle fut alors atterrée de découvrir dans sa valise, que les ouvriers agricoles avaient bourrée maladroitement, sept autres costumes de la même coupe, dans des couleurs différentes. Prenant prétexte de la nécessité de les laver, Mrs Cousins les emporta tous. Elle ne comprenait pas l'attachement de miss Leplastrier à cette mode, pas plus qu'elle ne comprenait la coupe de ses cheveux (elle pensait que cette jeune fille portait les cheveux courts à la suite d'une maladie). Elle fit venir une couturière. Miss Leplastrier ne voulait pas de couturière. Elle était petite, mais nerveuse et volontaire. Il y eut des larmes, des portes fermées à clef, en un mot beaucoup d'agitation dans la maison. Mrs Cousins était hors d'elle. La jeune personne essaya d'arracher la dentelle de sa robe, comme un animal ignorant qui arrache le pansement de sa patte. Elle n'irait pas à l'enterrement de sa mère avec un faux-cul. Il n'était pas question que Mrs Cousins lui rende ses bloomers. La jeune fille n'alla pas à l'enterrement qui, de toute façon, se déroula sans cérémonie. En revanche, elle pleura dans sa chambre toute la journée. On pouvait entendre ses sanglots de la rue. Une des jeunes pensionnaires, une certaine miss Knight, de Surrey, en Angleterre, prit le bateau pour Sydney en refusant de payer sa pension à partir du jour où était arrivée miss Leplastrier.

Dès cet instant, Lucinda mangea dans sa chambre. Cette dérogation n'avait jamais été accordée auparavant dans la maison de Mrs Cousins ; on en avait bien souvent fait la demande à la directrice, mais celle-ci s'y était toujours refusée. Maintenant, elle en donnait facilement la permission. De plus, elle n'avait nulle envie de voir changer cet arrangement. Quand miss Leplastrier sortit enfin de sa chambre, elle portait des bloomers. Elle les avait volés dans la lingerie, ramenés dans sa chambre et mis sous clef dans sa valise. Il était impossible de la présenter à qui que ce soit dans cette tenue. Mrs Cousins en parla à Mr Ahearn. Elle alla le voir dans son bureau pour avoir une conversation avec lui. Elle n'avait nullement l'intention de pleurer, mais pleura à n'en plus finir. Elle craignait pour cette chose précieuse et fragile entre toutes : sa réputation. Elle voulait que cette jeune fille trouve une autre pension. Mais Mr Ahearn lui rappela la parabole du bon Samaritain. Il lui récita en entier les huit versets, dont le dernier se terminait ainsi : « Jésus lui dit : "Va et toi aussi fais de même." » Mrs Cousins promit de continuer à s'occuper de sa pensionnaire.

Évidemment, Lucinda ne savait que faire à Parramatta. Elle essaya de se tenir de son mieux, mais dans la mesure où elle refusait de porter un faux-cul, personne apparemment ne voulait se conduire agréablement avec elle. Elle restait donc assise près de la tombe de sa mère. Mais ce comportement fut jugé morbide et on l'obligea à rentrer de force. Ensuite, elle décida de retourner à la ferme pour y vivre. Elle annonça la nouvelle à Mrs Cousins qui en fut si soulagée qu'elle n'empêcha pas, comme elle l'aurait dû, son départ. Elle mentionna, certes, les brigands, les voleurs de grand chemin, les Noirs, mais sans penser un instant que ses paroles changeraient le moins du monde la conduite de cette jeune entêtée.

Il y avait près de cinq kilomètres. Lucinda les parcourut en moins d'une heure. Il n'y avait pas de brigand. Les seules personnes qui l'embarrassèrent furent les tondeurs de moutons. Ils lui lançaient des grossièretés du haut de leurs montures, tandis que pétaient leurs chevaux.

Elle trouva une équipe d'arpenteurs avec des pioches et des haches, qui ouvraient une tranchée dans son verger scintillant de rosée. Du bois lisse et blanc, fraîchement coupé, luisait dans la lumière. Les haches s'arrêtèrent. Les ouvriers se tournèrent vers elle — une jeune fille dans un bloomer vert émeraude, portant une valise, les pieds dans l'herbe humide, décolorée par l'hiver. Les hommes lui sourirent, n'imaginant pas une seconde à quel point son cœur battait dans sa poitrine, ni la violence de sa colère — tout cet amour coagulé, toute cette haine envers la mort, et regardez-moi ces chardons dans nos prés. Sa colère se cristallisait sur eux, sur ces gens en chemises bleues et en pantalons de moleskine d'un blanc éclatant.

Elle les haïssait. Elle les haïssait comme on hait ce qui peut vous blesser. Une fourche à long manche était plantée dans un tas de paille pourrie, à l'intérieur du verger. Lucinda se dirigea vers elle. Dieu sait ce qu'elle aurait pu faire si Chas Ahearn, finalement alerté de la fugue de sa cliente par une Mrs Cousins repentante, n'était pas arrivé à temps, après avoir parcouru au galop, dans son cabriolet trop léger pour rouler à une telle vitesse, la distance entre la ferme et Parramatta. Lucinda se retourna pour le regarder passer d'un enclos à l'autre, poussant et tirant à chaque barrière. Quand finalement il fut à côté d'elle, près du réservoir dominant le verger, il était si essoufflé qu'il ne pouvait parler. Il se pencha hors de son cabriolet et lui fourra un morceau de papier dans ses doigts rougis dépassant de ses mitaines brunes.

Et c'est ainsi que, dans un halètement, que Lucinda apprit la trahison de sa mère. Elle déposa soigneusement dans les grandes herbes humides la valise qu'elle avait tenue fermement jusqu'à maintenant. Elle prit le plan de lotissement et fit un effort pour le comprendre. Le souffle rauque de Mr Ahearn grondait dans son oreille. Les arpenteurs la regardaient. L'un d'eux se mit à siffler « The Wearing of the Green ».

« Ce n'est pas la signature de maman », dit-elle.

Mr Ahearn ne répondit pas. Il lui sourit. Ça ne correspondait pas à la situation. Mais c'était sa manière d'exprimer sa pitié.

Un ouvrier agricole coupa une branche d'un poirier. Il le fit d'un mouvement paresseux, en tenant la hache d'une seule main. Son autre main serrait un long bâton blanc.

« Dans six mois je pourrai vous donner des ordres », dit-elle. Sa voix était faible, ses épaules tombantes et ses yeux ne pouvaient soutenir le regard de son interlocuteur, elle les baissa et les posa sur la terre rouge balafrée que son papa avait trouvée pour elle.

« Je pourrai vous donner des ordres », répéta-t-elle sans aucune conviction.

Mr Ahearn s'arma de courage. Il éprouvait ce qu'il avait senti un jour, lorsque ayant passé à cheval sur un fox-terrier, il s'était vu obligé de donner le coup de grâce à la pauvre bête estropiée, prise de convulsions. Il fit donc ce qu'il savait être juste, c'est-à-dire qu'il tint son rôle sans faiblir.

« Vous me remercierez un jour, quand vous serez plus âgée.

— Qui a pris la vache ? »

Mr Ahearn plissa les yeux. « Vous allez être riche, dit-il, au moins vous aurez cette consolation. »

Ce qu'elle entendait n'avait pas de sens pour elle. « On a volé la vache aussi », dit-elle en pleurant.

« Ma pauvre petite fille », dit-il.

Ses pieds étaient glacés, tout mouillés. La lumière limpide, pleine de soleil, manquait de chaleur. Elle avait la dureté, l'éclat de celle qui éclaire nos rêves. Les pies-grièches se posaient en lignes sur les poteaux des clôtures et se mettaient à chanter. La hache se fit entendre de nouveau. Les poules avait été également volées et tout ce que Mr Ahearn trouvait à dire c'était qu'elle était riche. Elle s'avança vers le bungalow, sa valise à la main. Il la suivit en soufflant, perdant de plus en plus de terrain au fur et à mesure de leur avance. Toute sa vie Lucinda se souviendrait de ce moment avec précision, en revanche elle oublierait les circonstances particulières qui auraient pu lui faire comprendre qu'il ne lui était pas possible à cet instant d'agir autrement. Elle s'imaginait avoir manqué de courage, avoir renoncé à la ferme trop facilement, avoir accepté sans se battre son exil.

Il y avait une tache de soleil sur l'escalier de bois. Elle plissa les yeux pour ne pas être éblouie. À l'intérieur elle vit (bien qu'elle essayât de ne rien voir en dehors de ce pour quoi elle était venue) que quelqu'un avait plié les couvertures sur le lit de sa mère.

Les pots à confiture étaient encore dans leur cachette. Lucinda aurait volontiers compté leur contenu, mais elle ne tenait pas à être surprise par Chas Ahearn. Aussi, ouvrit-elle sa valise et enveloppa chaque pot dans un vêtement différent, fourrant une manche dans l'ouverture d'un pot pour empêcher que les pièces ne se répandent en cliquetant. Puis elle retourna dans le soleil et se rendit à l'invitation de monter dans le cabriolet.

Le 7 mai 1859, les cinq fermes de Mitchell's Creek furent vendues aux enchères.

Le 10 mai, Lucinda Leplastrier avait dix-huit ans. Le jour de l'Ascension, elle emprunta le bateau à vapeur de Mr Sol Myer pour se rendre à Sydney. Elle se reprocherait aussi cette « fuite ». Elle pensait souvent que sa vie aurait été plus heureuse si elle était restée là-bas, par exemple en achetant pour elle-même une des fermes de Mitchell's Creek. Mais cette Lucinda plus mûre oubliait que la jeune fille qu'elle était alors brûlait d'impatience de connaître ce que sa mère appelait « le monde du travail », une expression qui, pour la jeune fille, amenait des images vagues et assez effrayantes, comme celles qui étaient gravées sur les boîtes de pâte à fourneaux de la marque W.G. Nixey : des usines, de la fumée, de la suie, l'Empire.

Le jour de l'Ascension, elle portait une robe avec un faux-cul. Elle avait ses pots de confiture bien enveloppés dans sa valise et une lettre de change représentant la totalité de sa fortune dans son sac émeraude en perles de verre.

27
Le P'tit Louf

De l'avis de Wardley-Fish, son directeur d'études, Mr Temple était un minable lèche-cul. Il n'est peut-être pas dans ces conditions excessif, psychologiquement parlant, d'imaginer que c'était pour cette raison — l'obséquiosité de son directeur d'études — que Wardley-Fish « oublia » complètement de se rendre au petit déjeuner qu'il devait prendre dans la salle à manger des professeurs. Sa mémoire n'était pas purement et simplement en défaut le matin, elle l'était déjà la veille au soir — dix minutes après l'invitation — lorsqu'il demanda au garçon d'étage de lui apporter pour son petit déjeuner une tourte au jambon, des œufs de vanneau, une cuisse de dinde grillée, des cornichons, le tout accompagné d'une grande pinte de bière, pour faire descendre. Ce n'est que lorsqu'il eut mangé son petit déjeuner — il y avait aussi de la moutarde, mais j'ai oublié de le mentionner — et qu'il se fut installé devant sa cheminée, après avoir commandé une deuxième pinte, qu'il « se souvint » de la promesse qu'il avait faite de prendre son petit déjeuner avec son directeur d'études.

« Et puis zut », dit-il.

Ce mot sonnait curieusement dans la bouche de Wardley-Fish. C'était le genre d'expression qu'il se hasardait à utiliser s'il pensait que Dieu pouvait l'entendre.

En tout cas, il ne paraissait ni cynique, ni coupable, ni même rempli d'indulgence vis-à-vis de son « oubli ». L'aspect psychologique de la chose ne lui venait pas à l'esprit. Il ne cherchait nullement à trouver une interprétation. Il regarda par la vitre couverte de gouttelettes la ligne confuse des toits, au-dessus de la seconde cour. Il se dit alors que son petit domestique serait d'ores et déjà à l'office, en train de tirer sa bière. Il était trop tard pour l'en empêcher. Donc, il allait attendre sa boisson, la boire, et seulement enfin réfléchir à ce qu'il devait faire.

Wardley-Fish ne s'adonnait pas volontiers aux interprétations. Elles le mettaient mal à l'aise. En revanche, c'était la passion de son directeur d'études, une passion presque égale à celle qu'il portait à ceux dont le père était mentionné dans le Debrett, possédaient cinq cents hectares, ou un siège au gouvernement. Les petits déjeuners de Mr Temple rendaient Wardley-Fish taciturne et amer. Tout d'abord silencieux, il devenait rapidement boudeur. Il lançait des regards noirs autour de la pièce, imaginait des insultes et s'en allait, persuadé que tous les étudiants d'Oriel le prenaient pour un imbécile, pour un bon à rien, tout juste capable de finir dans un évêché ultra-conservateur.

Finalement, le domestique lui apporta sa bière. Wardley-Fish le remarqua à peine. Ce ne fut qu'après son départ qu'il pensa à lui, à cause d'un fumet particulier. Il respira en effet une odeur d'urine, ce qui signifiait que le petit drôle avait encore couru trop vite et éclaboussé le bas de sa culotte avec le contenu des seaux hygiéniques.

Quand il eut fini sa seconde chope, il décida, ce qu'il savait de tout temps, d'envoyer au diable Temple avec ses moustaches souillées de vin de Bordeaux. Il allait chercher son ami Bishop pour tirer quelques coups de feu à Otmoor. Il s'aperçut alors qu'il n'était pas encore huit heures et Bishop serait sûrement encore en plein sommeil. Il commanda donc une troisième pinte au domestique. Il y avait aujourd'hui des courses à Epsom. Cela aussi lui était sorti de la tête. C'était la bruine derrière la vitre, la promesse d'un terrain lourd, qui lui fit s'en ressouvenir. Maintenant, il n'était plus question de paresser. Il n'y avait rien de plus important que d'aller à Epsom pour le début des courses. Bishop ne serait d'aucune utilité à cette occasion. En compagnie de Bishop, on s'ennuyait ferme sur l'hippodrome — sa passion n'était pas les mathématiques mais les bêtes. Non, c'était West qu'il lui fallait.

Évidemment, celui-là était devenu puritain récemment. Mais il pouvait changer d'avis. Il avait le jeu dans le sang et toute sa théologie ne servait qu'à le rendre mal à l'aise avec lui-même. Quant à lui, Wardley-Fish, il avait été corrompu dès sa naissance. Il était le fils de son père. Il prit un peu de pommade et se lissa les cheveux en arrière. C'était un beau jeune homme, avec de larges épaules et un cou puissant. Il taillait soigneusement sa barbe, afin qu'elle ne cache pas la ligne volontaire de son menton, sa jolie bouche et le grain de beauté qu'il avait sur la joue. Il s'adressa un sourire satisfait. Il leva sa chope, essaya de faire cul sec, renversa de la bière sur sa barbe et sagement la but en trois fois. Puis, il essuya la mousse sur sa moustache, appela le domestique pour lui dire qu'il ne se contenterait pas de l'ordinaire au déjeuner. Les mains toujours enfoncées dans les poches, il descendit l'escalier en courant pour gagner St Mary's Hall où il espérait trouver West.

Il se préparait à monter l'escalier comme d'habitude lorsqu'il se souvint que West avait pris une chambre plus agréable, dans l'autre aile. Wardley-Fish eut quelque mal à trouver le domestique qui s'occupait du nouvel escalier. Quand il y parvint, il était si pressé qu'il le comprit de travers. Il entendit « un » au lieu de « vingt ». En tout cas, lorsqu'il cogna avec sa canne à la porte « close », il frappait à la mauvaise adresse.

Wardley-Fish tapait fort. Il se demandait à quelle activité interdite s'occupait West, pour s'enfermer ainsi. Il redoubla ses coups. Il laissa des marques sur les panneaux qui sont probablement toujours là, sous la couche de peinture qu'on passe à Oriel tous les vingt ans. Couche après couche, la surface à la longue ressemble à du papier mâché, de sorte que la porte apparaît avoir légèrement fondu, comme une plaque de chocolat laissée trop près du feu.

Wardley-Fish entendit quelqu'un tripoter la serrure, puis deux claquements secs. Il aperçut non pas West, Seigneur, mais le P'tit Louf.

Le P'tit Louf jeta un coup d'œil par l'entrebâillement de la porte en clignant nerveusement des paupières.

Wardley-Fish comprenait les raisons de cette nervosité. On avait détrempé son lit, parce qu'il n'avait pas couru le long du chemin de halage pour encourager l'équipe d'aviron d'Oriel. A une autre occasion sa chambre s'était transformée en terrain de chasse aux rats. Les bestioles avaient été amenées par quelqu'un qui avait frappé exactement comme l'avait fait Ian Wardley-Fish. Ces rats avaient été mis dans une cage à oiseaux, ou peut-être dans un panier, mais plus probablement dans un sac. On les avait jetés sur le sol, puis libérés afin que les jeunes gens puissent les poursuivre à coups de cannes de hockey. Pendant ce temps, le P'tit Louf était monté sur son lit, en remuant les lèvres sans émettre aucun son.

Wardley-Fish s'excusa. Il n'avait pas voulu provoquer la moindre terreur chez ce pauvre diable. C'était West qu'il cherchait. Il essaya de s'expliquer, mais le P'tit Louf reculait afin d'inviter son camarade à entrer, bien qu'il fût encore — c'était évident — troublé et nerveux.

Wardley-Fish n'avait jamais vu à Oriel une chambre aussi nue. Pourtant, ce n'était pas les espaces glacés laissés entre les objets qui circonscrivaient son caractère inquiétant. C'était plutôt comme d'entrer dans une cellule, disons en Espagne, dans un pays où vous n'avez jamais mis les pieds. Il n'y avait rien de familier, rien qu'on puisse trouver chez soi, pas de porto sur le manteau de la cheminée, pas de tapis, pas de peinture représentant des scènes de chasse ou des jeunes filles romantiques planant très haut sur une balançoire. Il y avait un lit, un bureau très ordinaire, une chaise en frêne au dossier droit. Ç'avait un aspect studieux, et pourtant non, car il n'y avait que très peu de livres sur les étagères. C'était rangé, néanmoins, bien qu'il y ait ce qu'on pourrait désigner comme des « tas » de différentes choses posées çà et là — des papiers, des vêtements. Il y avait un tableau recouvert de feutre brun appuyé contre un mur, sur lequel le P'tit Louf avait épinglé des cartons. Il s'agissait de toutes sortes d'informations concernant l'université, réparties dans de petites cases carrées. Les cases étaient extrêmement nettes. En revanche, les informations qu'elles contenaient étaient maculées, gribouillées, le travail non pas d'un étudiant, mais celui d'un petit insecte ayant traîné dans la boue. Sur le manteau de la cheminée était exposé un plateau de bois, légèrement penché, à la manière dont on présente des articles de pêche dans une boutique de la Grande Rue. Wardley-Fish avait entendu parler de ce plateau. Il était célèbre jusqu'à Trinity College, ce plateau contenait les boutons de la mère du P'tit Louf.

Il n'y avait pas de feu dans la cheminée et les restes d'un maigre petit déjeuner traînaient sur la table. Wardley-Fish était bouleversé. Le P'tit Louf paraissait si fragile, si pâle et en même temps si gentil, si affreusement solitaire. Wardley-Fish voulait se montrer aimable mais ne savait de quelle manière s'y prendre.

« Que dirais-tu, P'tit Louf, de tenter ta veine ? » Puis, ayant fait cette proposition, Wardley-Fish la regretta. Il ne se sentirait pas à l'aise en compagnie du P'tit Louf. Il n'aimerait pas que ça se sache.

Oscar essayait de trouver une chaise pour son visiteur. Il entendit « veine » et pensa que cela se rapportait à son cœur, à ses nerfs, à son bouleversement. Et, effectivement, les coups frappés sur les panneaux de chêne l'avaient effrayé. Il avait ouvert de peur que la porte ne fût enfoncée une fois de plus. En respirant l'haleine aux relents de bière de Wardley-Fish, il n'avait été qu'à demi effrayé. Celui-ci appartenait à une bande de joyeux lurons dont aucun des membres n'était particulièrement brillant. Oscar, qui n'avait pas fait jusqu'ici de merveilles dans ses études, se considérait néanmoins au-dessus de cette clique de jeunes gens riches. Il était apeuré et en même temps se sentait supérieur et aussi touché par la maladroite gentillesse de ce grand type. Il poussa la chaise en direction de son visiteur. « Quelle veine, Fish ? Si c'est de l'argot, je n'en connais pas le sens. »

Wardley-Fish s'assit, puis voyant que son hôte n'avait pas de siège, se releva tout aussitôt.

C'était absurde d'imaginer le P'tit Louf en train de tenter sa chance. Il n'avait pas d'argent pour jouer. De plus, il appartenait à une confession évangélique extrêmement stricte. L'Église réformée était très sévère vis-à-vis des joueurs. Wardley-Fish recula vers la porte.

Mais Oscar était si heureux de voir l'évidente bonne disposition de son visiteur qu'il prit la décision de s'en faire un ami. C'était une question de pure volonté. Ce n'était pas quelque chose qui lui semblait facile ou naturel.

« Je t'en prie, Fish, explique-toi. »

Wardley-Fish s'immobilisa. « C'est en relation avec les champs de courses », dit-il à contrecœur.

Oscar hocha la tête.

« Tu sais ce que c'est qu'un champ de courses ? »

Oscar posa une fesse sur le bord du lit, afin que Wardley-Fish accepte de s'asseoir. (Son geste obtint le résultat escompté.) « Un endroit où les athlètes s'affrontent. »

Puis, il sourit, ou plutôt esquissa un sourire, une sorte de pâle reflet. Fish trouva son expression curieusement attirante.

« C'est en relation avec les chevaux, dit Wardley-Fish.

— Étrange », dit Oscar en souriant de nouveau. Le sourire pouvait être mal interprété. On pouvait penser qu'il était chargé de sous-entendus.

« Les épreuves ont lieu entre chevaux. P'tit Louf, tu sais sûrement ça, non ? »

C'était le sourire qui avait fait croire à Wardley-Fish que peut-être on se moquait de lui. Mais le sourire exprimait simplement le plaisir qu'avait Oscar de cette visite inattendue. (Il se demandait s'il devrait allumer le feu sans regarder à la dépense.)

« Et à quel moment la veine intervient dans la course ? »

Il y avait vraiment trop de choses à expliquer. L'écart était trop grand. L'heure tournait. Si West n'était pas ici, il devait être à l'étage au-dessus. S'il dormait, il faudrait du temps pour le réveiller. Wardley-Fish se sentit pris d'impatience. Ce qui le rendit brusque : « Pari, parier, parieur. » Il se leva. Puis il sentit qu'il avait été grossier. Il n'avait aucunement l'intention d'aboyer de cette manière. « Tu sais ce que c'est qu'un pari, dit-il cette fois plus gentiment qu'il n'en avait l'intention.

— Franchement, non, dit Oscar Hopkins. Je n'en sais rien. »

Wardley-Fish comprit que cela pouvait durer ainsi toute la journée. Il ne souhaitait pas blesser ce type (il avait une expression tendre sur le visage et on sentait qu'il était facile de le blesser) mais il ne voulait pas non plus rater la course. « Tu donnes de l'argent à des types et si le cheval que tu as choisi gagne, alors ils te rendent le double ou le triple, c'est selon.

— Grand Dieu.

— Ne te moque pas de moi.

— Mais non, Fish, mais non, voyons. Je te le jure. C'est tout nouveau pour moi. Je pensais que tu étais au courant. Car ce qu'on appelle mon « ignorance » semble être un sujet rebattu dans ce collège. J'ai été élevé terriblement à l'écart dans un petit village du Devon. On s'occupait surtout de botanique et de biologie marine. »

(« Et de boutons », pensa Wardley-Fish mais sans en laisser rien voir sur son visage.)

« On ne s'adonnait guère à ce genre de choses, mais je dois dire que l'idée me plaît assez. »

Tout cela était extrêmement embarrassant pour Wardley-Fish. Il avait l'impression d'être mêlé à quelque chose d'insensé, dont il voulait maintenant se dégager. « Bon. Écoute-moi P'tit Louf.

— Peut-être pourrais-tu m'appeler Hopkins.

— Mais oui, bien sûr.

— Il y a quelque chose qui sonne désagréablement dans P'tit Louf. On ne s'attend pas à ce qu'on se serve de cette sorte de nom dans un collège chrétien. »

Le ton digne de cette requête produisit son effet sur Wardley-Fish qui s'excusa, bien que son envie de partir ne fît qu'augmenter.

« Peut-être que la prochaine fois que tu désires aller sur un champ de courses, tu peux avoir envie d'un peu de compagnie. »

Wardley-Fish lui promit d'y penser, d'y penser sûrement. Il s'esquiva enfin et monta en courant l'escalier qui conduisait à la chambre de West. Là, on lui servit un sermon auquel il ne s'attendait pas sur les méfaits diaboliques du jeu, de la part d'un type qui avait une semaine plus tôt, dans le paddock d'Epsom, provoqué des réflexions à cause du montant et de l'audace de ses mises.

Wardley-Fish était d'une humeur massacrante après avoir quitté West. Il détestait aller aux courses seul. Ça ne rimait pratiquement à rien. Il pensa inviter le P'tit Louf, puis rejeta l'idée. Le P'tit Louf n'avait pas d'argent, il faudrait lui en prêter, très certainement à fonds perdus. Ce serait extrêmement gênant. Et puis, il semblait si jeune. Il avait des duvets blonds sur les joues, à la place de barbe. Et puis le jeu était une faute pour laquelle on risquait d'être renvoyé pendant un certain temps.

Seulement Wardley-Fish détestait aller seul aux courses, aussi, au bas de l'escalier, fit-il demi-tour pour retourner chez Oscar.

Ce n'est que plus tard, alors qu'ils étaient dans le train de Londres, que le P'tit Louf lui confia que lui, Wardley-Fish, avait été envoyé par Dieu à force de prières, qu'il était en fait un agent du Seigneur, que la « veine » serait le moyen par lequel Dieu fournirait des revenus à Oscar.

Wardley-Fish tira sur sa pipe éteinte et se sentit brusquement inquiet (d'avoir choisi un fou pour compagnon) et bourrelé de remords (pour avoir corrompu un innocent).

Il prêta cinq souverains à mon arrière-grand-père. Ne connaissant pas les usages, celui-ci lui fit un reçu.

28

Une poire pour la soif

En descendant du train à Paddington, Wardley-Fish commença à s'énerver à propos d'une clef qu'il pensait avoir égarée. Il utilisa les mêmes mots que ceux qu'Oscar avait l'habitude d'entendre dans la bouche des petits villageois de Hennacombe. Ce n'était pas un langage auquel on aurait pu s'attendre de la part d'un jeune homme qui bientôt entrerait dans les ordres. Il ne disait pas « la barbe ». Mais « nom de Dieu ». Et « merde ». Il attachait une grande importance à cette clef, mais n'expliqua pas pourquoi. Finalement, il la trouva dans son gousset. C'était une clef ordinaire, avec une petite languette en cuivre sur laquelle était porté le chiffre trente-cinq. Oscar pensait qu'il s'agissait de la clef d'une chambre. Il ne s'attendait certes pas à un casier. Il n'avait pas été à Paddington depuis l'âge de huit ans et ignorait de toute façon l'usage de la consigne. Il fut donc extrêmement surpris de voir Wardley-Fish ouvrir la porte d'un casier avec sa clef. A l'intérieur, il y avait les vêtements d'un inconnu.

Cette fois encore, Wardley-Fish ne prit pas la peine de fournir d'explication. Il envoya promener une femme qui essayait de lui vendre de la lavande. Il tendit son chapeau de castor à Oscar. Puis, sans montrer la moindre gêne, il enleva sa redingote et resta là, à la vue de tous, en manches de chemise et en bretelles.

Puis, il fouilla dans le casier pour en retirer un vêtement plié qui se révéla être une veste pied-de-poule, extrêmement voyante, avec une pochette ressemblant à un bouquet de jonquilles enfoncées dans un vase de tissu fripé. Wardley-Fish enfila la veste, la lissa un peu, puis revint au casier pour en faire sortir, comme un prestidigitateur d'un chapeau, un solide bâton, une casquette à carreaux et un long manteau aux bords couverts de boue. Lorsque tous ces accessoires furent en place sur sa personne, il reprit son chapeau de castor et sa redingote à Oscar et les plaça soigneusement dans le casier. Il ferma la porte à double tour et glissa la clef dans la poche de sa veste pied-de-poule. Puis il sourit à Oscar qui, en dépit de sa surprise et de son embarras, ne pouvait s'empêcher d'être touché par l'air heureux et satisfait de son ami.

« Tourne-toi », lui dit Wardley-Fish. Et comme Oscar hésitait, il mit ses mains sur ses épaules étroites et lui fit faire, de force, ce que celui-ci n'avait pas voulu exécuter de lui-même.

Oscar se trouvait maintenant devant un grand miroir qui présentait une publicité pour le curry Vedemma. Des Indiens, jaunes et bleus, en turban, se faisaient des courbettes tout autour de la glace. En plein milieu de toute cette obséquiosité se tenaient Oscar Hopkins et Ian Wardley-Fish.

« Crénom ! dit Wardley-Fish en frappant son bâton sur le sol, regarde-nous. Quelle magnifique paire de scélérats ne fait-on pas. »

Oscar, qui n'avait pas changé de vêtements, était étonné de se voir compris dans cette définition. Il baissa le menton pour essayer de juger de son apparence d'un œil critique.

Wardley-Fish se rendit compte que le P'tit Louf baissait la tête en portant ses mains à ses lèvres et en les frottant l'une contre l'autre, comme aurait pu le faire une mante religieuse avec ses pattes. Il avait offensé le P'tit Louf, alors qu'il n'en avait nullement l'intention.

« Allons-y, dit-il, nous sommes en retard. »

Wardley-Fish se mit immédiatement à courir et Oscar n'avait rien d'autre à faire que de le suivre. Il fallait qu'ils trouvent un fiacre qui les emmène à Epsom. Wardley-Fish jouait des coudes dans la foule du samedi, espérant que cette agitation, que tout ce mouvement feraient complètement oublier l'insulte au P'tit Louf. Mais pourtant, elle était méritée.

Le P'tit Louf, nouvellement débarqué à Oxford, pouvait arpenter la Grande Rue après avoir laissé dans sa chambre son uniforme d'étudiant sans que les surveillants ne pensent une seconde à lui chercher des poux. Ils le prenaient peut-être pour un commis, mais pas une seule fois il ne leur serait venu à l'esprit qu'il pouvait s'agir d'un gentleman. Il était difficile de rejeter la faute sur son tailleur, étant donné qu'il n'en avait pas. Il manquait dix centimètres à son pantalon et sa redingote devait être à la mode une trentaine d'années plus tôt. Du temps du Dr Newman. En vérité cette dernière supposition était des plus justes, car la redingote avait appartenu au révérend Mr Stratton. Son état pitoyable ne venait pas seulement de son grand âge, mais de l'habitude qu'avait ce pasteur d'entasser dans ses poches toutes les pommes, les poires et fruits tombés qu'il pouvait rencontrer sur son chemin.

Ils trouvèrent une voiture et demandèrent au cocher de les conduire à Epsom. Ils étaient l'un et l'autre très énervés. Wardley-Fish, parce qu'il aimait les courses et Oscar pour d'innombrables raisons — parce qu'il aurait bientôt de l'argent pour payer ses dépenses à l'université, parce qu'il était à Londres. Les rues étaient pleines de gens, de chevaux, de voitures, de femmes en faux-cul, d'enfants avec des cerceaux, d'hommes avec des chapeaux à trois étages, de charrettes remplies de pommes et de poires, de grandes maisons avec sur les portes d'entrées des boîtes aux lettres en cuivre. Il y avait même une sorte de grande poupée grotesque, représentant un nègre sur des échasses.

Ils passèrent près d'un théâtre où une immense foule s'agitait devant les portes. Oscar demanda s'il s'agissait bien de ce qu'il croyait.

« N'y as-tu jamais été ? demanda Wardley-Fish.

— Non, jamais.

— Aimerais-tu y aller ? »

Oscar hésita. Il voyait le théâtre sous deux aspects différents, le sien et celui de son père. Du point de vue de ce dernier, le théâtre était un lieu de perdition.

« Mon père se flattait de n'avoir jamais lu Shakespeare, dit-il. Trouves-tu ça étrange ?

— Pas du tout. Aimerais-tu y aller ?

— Oui.

— Parfait, dit Wardley-Fish en frappant le sol de la voiture de plusieurs bons coups de bâton. Alors, tu iras, P'tit Louf. Je t'y emmènerai. Je te le promets. Je te le garantis. » Et il commença à chanter, d'une voix chaude de baryton :

> « Oh, j'aime les courses, j'adore les courses,
> Oh, torture des plus douces,
> Oh fléau, oh oh, oh supplice.
> Mais j'aime les courses hélas, hélas,
> J'aime les courses, trois fois hélas. »

Pendant un certain temps, il chanta ainsi, offrant son flacon de cognac, donnant des coups de bâton par terre. Ensuite, il se calma, prit son menton dans sa main et regarda par la fenêtre. Oscar, afin de refroidir ses esprits, sortit sa petit Bible de voyage et se mit à lire. Il en était au milieu du deuxième chapitre de l'Apocalypse quand un énorme « Holà » de Wardley-Fish le fit sursauter.

« Qu'est-ce que tu lis P'tit Louf ? »

Oscar montra sa Bible. Il était agacé. Il n'aimait pas du tout qu'on l'appelle P'tit Louf.

« Au nom du ciel, mon vieux, on va aux courses. »

Oscar ne voyait pas où se trouvait le problème.

« Alors, range-moi ce truc, hurla Wardley-Fish.

— N'appelle pas la sainte Bible « ce truc », Fish. C'est un blasphème.

— Mon Dieu, P'tit Louf, tu es vraiment loufoque.

— Mon nom est Hopkins, sinon le tien est Fiche-le-Camp. » Il jeta un regard de défi à Wardley-Fish, mais la Bible dans sa main tremblait. Il la posa sur ses genoux afin que ça ne se voie pas.

« Est-ce vrai, Hopkins, que tu prends la Bible à la lettre ? » demanda Wardley-Fish calmement, poliment. Ce qui était pour le moins inattendu.

Oscar était reconnaissant pour le Hopkins. « Tu veux dire est-ce que je crois que l'âne de Balaam a réellement parlé avec une voix humaine ? Eh bien, oui, je le crois. Même si on dit à Oriel que je suis complètement dépassé. Tout le monde veut me faire croire que Jonas n'a pas été avalé par la baleine, que la mère de Notre-Sauveur n'était pas vierge. Et tous ces gens ont prêté serment aux trente-neuf articles de la foi.

— Alors, l'âne a réellement dit : « Je suis ton âne brave et fidèle. Pourquoi m'as-tu donc frappé trois fois ? » L'âne a parlé comme ça à ce type en grec ?

— Je ne suis pas sûr que c'était en grec. As-tu déjà vu une étoile de mer ? As-tu déjà mis une étoile de mer, en coupe, sous le microscope ? Crois-tu que c'est Dieu qui a créé l'étoile de mer ?

— Évidemment. » Wardley-Fish, qui, jusqu'à maintenant, dévissait le bouchon de son flacon de cognac, s'arrêta pour le revisser avant de le remettre dans sa poche.

« Alors, faire parler l'âne de Balaam même en grec serait comparativement bien plus facile.

— Es-tu d'accord avec la doctrine de la damnation éternelle ?

— Oui, évidemment. »

Il y eut alors un grand silence. Wardley-Fish regardait de nouveau par la fenêtre. Oscar sentant que les choses n'allaient pas en rester là attendait avec sa Bible sur les genoux.

« Est-ce que tu admets cette doctrine ? demanda-t-il enfin.

— Oui », dit Wardley-Fish. Toutefois, il resta collé à la vitre, et ce ne fut qu'à l'approche d'Epsom qu'il fut capable de se ressaisir.

Il se tourna vers Oscar, le visage rayonnant, mais également sérieux. « Plus que cinq minutes, dit-il. Quand on sera sur le champ de courses, n'agite pas tes souverains comme ça, sinon tu découvriras rapidement qu'ils se sont envolés. Il y a des pickpockets partout. Aussi, prends garde aux vendeurs de tuyaux sur la pelouse. Ils vont sauter sur toi comme des vautours. Tu es exactement le genre de type qu'ils attendent. Ils vont te renifler à des kilomètres. Ils te donneront toutes sortes de conseils. Te diront de laisser un souverain ou deux sur machin truc. Mais ils ne vendent que des tuyaux percés, aussi, ne perds pas ton temps avec eux. Tu me suis ? Bien. Ensuite, il faut à tout prix éviter de te conduire en flambeur. Les flambeurs, dit Wardley-Fish (qui avait fort peu de temps auparavant paru satisfait de ressembler à un scélérat), sont la plaie de tous. West, le type dans ton bâtiment, est un flambleur. Ce sont les opiomanes des champs de courses. Ce sont des imbéciles et des fous. C'est à cause d'eux que l'anathème a été jeté sur les hippodromes. Ils ont tout simplement un appétit sordide pour le jeu. C'est West tout craché. Il commence à jouer quelques souverains. Ça marche merveilleusement. Alors, il parie tout ce qu'il a dans la seconde course et il perd le paquet.

— Je t'en prie, dis-moi ce qu'il me faudra faire », chuchota Oscar poliment. Il n'avait nullement l'intention de suivre des conseils terre à terre. Mais Wardley-Fish avait un air si tendu, si sérieux, qu'Oscar désirait, grâce à son exquise politesse, desserrer l'étau qui étreignait le cœur de son ami.

« Tout d'abord, on essaiera de se faire voir le moins possible sur le champ de courses. Habillés comme nous sommes, personne ne nous remarquera. Puis, nous nous fierons à notre propre jugement, P'tit Louf. Nous ne demanderons les conseils de personne, et lorsqu'on nous en proposera, nous ferons comme si nous ne les avions pas entendus. Personne ne parviendra à nous faire jouer sur le « crack ».

— Crack ?

— Un supposé vainqueur. Un crack. Nous recueillerons nous-mêmes nos informations. Nous nous en tiendrons à notre système. Nous garderons une poire pour la soif. Et voilà notre système. Nous ne parions jamais sur le favori. Mais sur le deuxième ou le troisième. Nous ne parions jamais dans une course où le favori est si fort qu'il n'y a aucune chance de gain. » Ces conseils étaient donnés en rafales. La plupart d'entre eux n'avaient pas de sens pour Oscar. De sorte qu'il restait calme et satisfait. Il était heureux de voir Fish s'intéresser au jeu d'une manière si méticuleuse, si scientifique. Il était surpris du ton chargé de responsabilité de sa voix. Cela n'allait pas avec sa pochette d'un jaune éclatant, ça n'allait pas non plus avec sa veste pied-de-poule.

« Si tu as envie de gagner cinq shillings dans ta journée, il faut jouer cinq shillings à chaque course. Je vais te mettre tout ça par écrit. Si tu veux gagner un peu d'argent, tu dois t'en tenir à ça. Est-ce que tu m'entends ?

— Oui », dit Oscar qui essayait de se concentrer.

Comme ils arrivaient près de la piste, Wardley-Fish avala

une bonne gorgée de cognac. « Je suis damné, bien sûr, dit-il, mais Mr Temple et Mr Foulkes pensent l'un et l'autre que ça peut ne pas être éternel. »

Ensuite, il leva les yeux pour regarder le P'tit Louf. Celui-ci souriait sans écouter. Ses yeux verts étaient brillants et démesurés.

29

A Epsom

L'Ascension approchait. Pourtant le vent était coupant sous un ciel bas et déchiqueté. Oscar porta ses épaules en avant, comme s'il désirait enrouler son mince corps ainsi qu'une feuille de papier kraft. Ses tempes étaient douloureuses à cause du froid. Le bout de son nez était rouge. Il était si excité qu'il pouvait à peine respirer. Il faisait des enjambées maladroites pour éviter les flaques d'eau et la boue, levait la tête pour respirer l'odeur des pipes, du crottin de cheval, du cognac et des eaux de toilette féminines.

Il n'était jamais allé dans un endroit comme celui-ci. Il lui semblait incroyable que cette chose — un vrai royaume — ait pu exister durant tout le temps qu'il avait vécu à Hennacombe. Et il lui apparaissait encore plus invraisemblable que Hennacombe, ce petit village endormi, aux falaises rouges, puisse exister maintenant, en cet instant même. En effet, le champ de courses se dilatait tel un gaz volatile, au point de gagner tous les recoins disponibles de son univers. Des bookmakers aux favoris énormes appuyaient leur sacoche de cuir sur leurs gros ventres. A cet instant même, la mer bruissait sur le sable. Comme c'était agréable de ne pas être là-bas. Les petits baptistes jetaient des pierres contre les rochers quelque part dans la brume enveloppant la lande. Mais lui était ici. Il pensait à Mr Stratton, à la longue pièce humide et lugubre où le révérend et sa femme avalaient rapidement leur déjeuner. Et bien qu'il les aimât beaucoup, qu'il priât le Seigneur de leur accorder le bonheur, il préférait être ici à frotter ses épaules contre celles de gentlemen en haut-de-forme gris.

Puis, il pensa à son père. Ce qui arrêta net le train de ses pensées. Il détacha la locomotive de ces wagons perturbateurs et fit en esprit une marche arrière rapide, tandis que son corps se jetait en avant, pour suivre Wardley-Fish, en direction d'une autre rangée d'écuries où, au bout des allées couvertes de paille douce de ce nouveau monde, son camarade obtiendrait ce qu'il jurait être « des tuyaux de première bourre ».

Oscar savait que ce n'étaient pas des tuyaux de première bourre. Les Frères de Plymouth continuaient à l'influencer plus qu'il aimait le croire. La manière dont il regarda le type qui apportait les informations n'était pas, à quelque degré que ce soit, tellement différente de celle qu'aurait adoptée Theophilus en face du même individu. C'était un garçon d'écurie chétif, sans suffisamment de poil pour porter des favoris. Ses traits étaient pincés près du nez et des yeux et faisaient venir à l'esprit, en dépit de son bavardage sur le cheval qu'il fallait « essayer » et celui dont il fallait se défier, « Patron », la plus infâme odeur de corruption.

Oscar pensait que ce type serait damné. Il n'allait pas plus écouter ses conseils qu'il n'aurait accepté que le diable ne chuchote dans ses oreilles.

Et pourtant Wardley-Fish ne semblait rien voir de tout cela. Il opinait du chef et claquait de la langue d'un air entendu. Il se pencha vers le visage de furet de son interlocuteur. Oscar comprit alors brusquement que son ami avait un tel désir de croire qu'il était prêt à croire n'importe quoi.

Wardley-Fish n'avait plus rien d'un homme qui obéit à un système. Il n'y avait plus rien de systématique chez lui. Il était submergé par une passion qui l'échauffait au sens propre du terme. Sa peau était devenue rose, près de son col et ses joues, au-dessus de sa barbe, d'un rouge éclatant. Quant aux lobes de ses oreilles, ils étaient si gonflés, si charnus, si brillants, si écarlates, qu'ils faisaient penser à Oscar aux crêtes des coqs qu'il décapitait pour Mr Stratton.

Wardley-Fish déboutonna son manteau et, plongeant ses mains dans ses poches, maintint le lourd vêtement ouvert. Il ressemblait à un chapon. Il tripotait ses souverains dans sa poche, précisément comme il avait dit à Oscar de ne pas le faire. Le garçon d'écurie regarda avec convoitise en direction du bruit. Il avança que Madding Girl était un « crack ».

Oscar savait que cette information ne valait rien du tout. Mais aurait-il fait part de son avis à Wardley-Fish que celui-ci, évidement, ne l'aurait pas écouté. Car c'était précisément ce qu'il aimait le plus dans les courses — les chuchotements, le bouche à oreille, l'échange de tuyaux et de pourboires, les aspects crasseux et minables, la culpabilité, la crainte de la damnation, la jubilation, toutes ces choses se mêlant aux vapeurs d'alcool de son flacon de cognac. Il enleva son manteau et le donna à Oscar.

« Allez, viens, P'tit Louf, nous arriverons juste à temps pour voir les chevaux au paddock. »

Ils se mirent à courir, Wardley-Fish en tête. Il avait de grosses fesses et de lourdes cuisses. Oscar le voyait très bien assis sur un cheval. Il courait lourdement, mais vite. Oscar suivait péniblement. Ses genoux craquaient. Son manteau d'emprunt voltigeait autour de lui, de sorte qu'avec ses cheveux roux et ébouriffés, comme ils l'étaient toujours, il ressemblait à s'y méprendre à un épouvantail dont se moquaient évidemment des dandies éméchés. Ça lui était égal. Il était grisé.

Sa griserie était très différente de celle de Wardley-Fish. Oscar n'éprouvait aucun sentiment de culpabilité. Dieu allait lui faire gagner de l'argent aux courses, afin de décharger les Stratton du terrible fardeau qu'ils s'étaient mis sur les épaules. Ils allaient enfin être soulagés. Dieu ferait ça exactement comme il avait dit à Moïse de partager les terres entre les tribus d'Israël : « L'héritage de chaque tribu sera réparti par le sort en tenant compte du grand ou du petit nombre. »

C'est le Tout-Puissant qui serait la source des « tuyaux » d'Oscar.

« Regarde-la, dit Wardley-Fish lorsque Madding Girl arriva dans le paddock. Madding Girl était couverte d'écume. Elle en avait tout le long de ses jambes arrière. La bête avait quelque chose de fou dans les yeux.

« Regarde-moi ça », dit Wardley-Fish. Il prit Oscar par la manche de son manteau et l'entraîna si brusquement vers Madding Girl que celle-ci se cabra, fit quelques pas de côté, se retourna, puis partit à reculons, peut-être exprès, dans leur direction, de sorte qu'ils durent s'enfoncer au milieu des hommes à favoris pour ne pas avoir les pieds écrasés.

« Regarde-moi son arrière-train », dit Wardley-Fish.

C'était difficile de ne pas le voir.

« Crois-moi, P'tit Louf, c'est la première chose qu'il faut regarder chez un cheval. Et si la piste est humide, c'est alors le moment de s'intéresser aux arrière-trains de cette sorte. »

Oscar se souvenait combien il s'était senti solitaire et abattu ce matin même. Il avait froid, il était malheureux. Maintenant, il était bien au chaud dans le manteau de Wardley-Fish. C'était un garçon régénéré par l'enveloppe douce et roide d'un homme plus grand que lui, par le tweed rêche qui lui faisait comme une armure, une armure apartenant à un frère aîné, à un oncle ou à un père. On « s'occupait de lui ». Dans la boue d'Epsom, il était heureux comme un chien en boule installé dans un fauteuil.

Il adressa un large sourire à Wardley-Fish.

« J'ai l'impression que tu as attrapé le virus, dit Wardley-Fish qui voyait dans ce visage épanoui le symptôme de l'état fiévreux dans lequel il se trouvait lui-même. Tu ne devrais pas être ici. Je suis en train de te corrompre. »

Mais Oscar ne se sentait nullement corrompu. Dieu lui avait déjà parlé. Sure Blaze allait gagner la course. Ce soir, il aurait l'argent pour payer sa pension. Il achèterait des bas de laine et enverrait deux guinées et un peu de café à Mr et Mrs Stratton. Peut-être pourrait-il ouvrir un compte à la librairie Blackwell. Il aimerait bien acheter un exemplaire des *Évidences* de Mr Paley.

« Regarde-toi, dit Wardley-Fish. Tu ressembles à un épouvantail hilare. »

Oscar fronça les sourcils. Il n'avait aucun sens de l'humour lorsqu'il s'agissait de son apparence. En fait, il n'avait aucune idée de ce à quoi il ressemblait. Il se voyait « moyen et banal » de corps et de physionomie. Et quant à ses vêtements, il se trouvait pauvrement mais correctement vêtu.

« Bien sûr, dit-il finalement, je porte ton manteau. Sans aucun doute, ça doit faire un drôle d'effet. »

Wardley-Fish regarda les cheveux roux et ébouriffés du P'tit Louf, son visage parfaitement triangulaire, ses mains serrées comme des pattes de mante religieuse sur sa poitrine, et commença à rire en voyant qu'Oscar ne plaisantait nullement. Le P'tit Louf se trouvait absolument normal.

Lorsqu'ils foncèrent dans la foule en direction du paddock, Wardley-Fish riait encore. Il ne pouvait s'en empêcher. Il riait en faisant ses paris. Oscar le regardait en souriant. Il pensait que ce rire avait quelque chose à voir avec les paris. Wardley-Fish misa sans se préoccuper un seul instant de son système, allant d'un bookmaker à l'autre, plaçant tout son argent sur Madding Girl, tandis que des larmes lui coulaient sur les joues.

Mon arrière-grand-père le regarda parier suffisamment longtemps pour comprendre ce qu'il fallait faire. Ensuite, il choisit Perce Gully pour bookmaker et paria trois guinées sur Sure Blaze à neuf contre un.

Mon arrière-grand-père gagna cette première course. Dans la biographie des joueurs pathologiques, on trouve toujours la même histoire, éternellement répétée.

30

Convoitise

Quand Mr Stratton pénétrait dans les pièces confortables de ses amis à Oxford — il avait plus de relations qu'on ne pourrait le penser et il en recevait plus d'affection qu'on ne pourrait l'imaginer — il ressemblait à un chien qui, devant un feu de cheminée, s'est hissé sur un fauteuil qu'on lui interdit, mais qui, néanmoins, reste là, soufflant et pétant, en faisant semblant d'être sourd. Comme il aimait Oxford, comme il haïssait Hennacombe. Combien le contraste entre ces deux endroits était cruel. A son avis, ses distingués amis n'étaient d'aucune manière meilleurs que lui. Aussi buvait-il leur cognac la conscience tranquille. Il mangeait comme un ogre et se laissait persuader d'accepter de petits « prêts », une couronne ou deux, rien de bien important à vrai dire. Cependant, Mr Temple n'hésitait pas à proclamer que la somme aurait été suffisante pour louer un hôtel particulier à Oxford si Stratton n'avait pas tout gaspillé dans des aller et retour en chemin de fer. Jadis il se distinguait de ses amis par son attirance pour les choses profondément sérieuses. Maintenant, il était « le pauvre Stratton », et si on lui accordait de petits prêts, c'était en signe de gratitude : c'était lui, et non pas eux, qui se voyait enterré dans le Devon à cause d'un malheureux mariage. Car c'était en effet Betty Stratton (la fille du doyen controversé) qu'on rendait responsable des malheurs du pauvre garçon.

Hugh Stratton n'était pas chercheur à Oxford, il faisait des recherches sur Oxford. Exactement comme un fonctionnaire solitaire à Hong Kong peut en savoir plus sur ce qui se passe dans le quartier de Knightsbridge que quelqu'un qui y habite. Il en était ainsi pour Hugh Stratton et Oxford. Lorsqu'il amena Oscar, afin que celui-ci soit interrogé par Hawkins (le doyen d'Oriel), il fit en sorte d'apporter des nouvelles sur une controverse à propos de l'élection d'un administrateur à Merton, nouvelle qui était parvenue à Hennacombe en moins de temps qu'elle n'en avait mis à franchir les pavés rouges et glissants de Merton Street.

Néanmoins, malgré cette intimité avec Oxford et tous ses collèges, Hugh Stratton se sentait rejeté. Il ne pouvait pas franchir la grille grinçante d'Oriel ni même jeter un coup d'œil à l'herbe magnifique de la cour de devant, sans se dire : « Je ne puis rester. »

Lorsqu'il était dans l'enceinte d'Oriel, il sentait que tous les yeux se collaient aux fenêtres pour le regarder. Ses vêtements élimés disaient clairement qu'il n'était qu'un pauvre clergyman qui n'avait pas sa place ici. Il avait même de la boue rouge collée aux revers de son pantalon. Ces messieurs d'Oriel, qui le rencontraient alors qu'il se dirigeait vers la chapelle, détournaient leurs yeux pour ne pas le voir, après bien sûr, imaginait-il, avoir remarqué la couperose qui avait commencé juste cette année à apparaître sur son nez et ses joues.

Lorsqu'il eut passé les portails avec Oscar, il s'arrêta au milieu du sentier de l'autre côté de la cour, pour lui dire qu'il était jaloux de lui. Mais comme il accompagna sa remarque d'un sourire rêveur, Oscar ne se rendit pas compte jusqu'à quel point celle-ci était juste. Le jeune homme prit cette réflexion comme celle de n'importe quel homme d'âge mûr regrettant sa jeunesse. Il n'imaginait certainement pas les bords en dents de scie de cette jalousie qui avaient déchiré Hugh Stratton de plus en plus fort au fur et à mesure que passaient les jours, mais jamais autant qu'en ce moment même, quand ils se tenaient tous les deux à l'intérieur de l'enceinte. L'un resterait, l'autre serait rejeté.

Mais la jalousie n'était pas le seul serpent qui s'agitait dans les eaux bourbeuses de l'âme malheureuse de Hugh Stratton. La jalousie, il pouvait à la rigueur tenter de s'en débarrasser en l'admettant. Mais l'autre chose, il ne pouvait même pas l'admettre. L'horrible et coupable vérité était qu'il n'avait fait aucune économie en vue de payer les études d'Oscar. Quand sa femme avait soulevé la question, il avait agité son mouchoir comme si tout cela n'était rien d'autre qu'une mouche verte qu'il fallait écarter. « Je te l'ai déjà dit. Il peut fort bien servir ses camarades.

— Mais as-tu écrit à Hawkins à ce sujet ?

— Je n'irai sûrement pas embêter le doyen avec ce genre de petit problème.

— Alors, embête Temple ou Fisher, mais embête quelqu'un. Ne crois-tu pas, mon cher Hugh, que tu devrais le faire ? »

Il ne le fit pas. Il découvrait soudain qu'il n'y avait aucune possibilité pour Oscar de payer son écot en devenant serveur. Oriel avait déjà bien suffisamment d'étudiants qui devaient, sinon chanter, du moins servir à table pour pouvoir payer leur souper. S'il voulait devenir serveur, Oscar devait attendre son tour. Pendant tout ce temps, l'économe supposait que les Stratton casqueraient. Mr Stratton ne l'avait pas détrompé mais c'était hors de question. Aussi, lorsque Hugh Stratton reprit sa marche interrompue à travers la cour luisante de pluie pour conduire son protégé dans la jolie petite chapelle voûtée où autrefois — les cheveux blonds, les joues rondes — il avait été fort admiré pour la pureté de sa voix, il n'était pas seulement torturé par la jalousie au point de s'y abandonner, mais aussi coupable d'avoir négligé ce problème financier. Une chose pour laquelle il ne devrait certes pas se sentir responsable. Il avait projeté d'emmener Oscar faire une grande promenade, une promenade de trois heures dont il attendait beaucoup pour l'un et l'autre. Mais maintenant, il avait un épouvantable mal de tête. Il fit donc demi-tour à la porte de la bibliothèque, souhaita bonne chance à son protégé et se prépara aux adieux.

Les mouvements d'humeur de Mr Stratton resteraient toujours un mystère pour Oscar. Il avait d'ailleurs cessé d'essayer de les comprendre. Il savait que son mentor avait projeté de dîner avec son ami Mr Temple, et voici que, apparemment, il décidait de regagner la gare. La pluie s'était remise à tomber.

« Ton père doit prendre ses responsabilités, dit le pasteur à

Oscar, alors qu'ils s'abritaient sous le porche. Il ne peut s'en tirer comme ça. »

Theophilus, contrairement à Oscar, aurait droit aux révélations complètes de Mr Stratton sur la matière. Pourtant, il ne paierait pas un penny pour envoyer son fils unique en enfer pour l'éternité. Il le dit clairement, non seulement à ce clergyman niais à l'air pincé, mais aussi (dans une lettre passionnée) à son fils qu'il implorait de s'enfuir avant qu'il ne soit trop tard.

C'est dans ce contexte qu'on peut comprendre l'effet de l'arrivée d'un paquet de café (un cadeau d'Oscar après la victoire de Sure Blaze) au presbytère d'Hennacombe. Jamais auparavant deux cent cinquante grammes de café n'avaient produit une secousse semblable sur la constitution d'un être humain. A peine quatre jours après que l'odorant petit paquet fut arrivé avec ses deux pences de timbre collés sur son emballage maculé, Oscar, regardant par la fenêtre dans la cour de St Mary's Hall avant de s'asseoir pour prendre son petit déjeuner, aperçut à sa grande surprise son protecteur ficelé dans son grand manteau noir et boitant (à la suite d'un faux mouvement avec une hache), boitant certes, mais à toute vitesse dans la direction de l'escalier d'Oscar.

Celui-ci pensa : Mon papa est mort. Et en vérité, il croyait si fort que sa plus grande crainte (que son père meure avant leur réconciliation) était devenue une réalité qu'il se précipita pour aller chercher sa grande valise brunâtre dissimulée dans le coffre servant de siège près de la fenêtre. Il la tenait à la main lorsqu'il répondit aux coups nets et précis, comme des coups de bec, que donnait le révérend Mr Stratton sur sa porte.

Le visage du pasteur mettait toujours un certain temps avant de s'accorder aux affaires de la journée. Le matin, il fallait s'attendre à le trouver fatigué et crispé. Sa couleur à cette heure était généralement terne. La peau n'avait aucun éclat. Les rides, des lignes verticales comme des cicatrices laissées par un chirurgien de chaque côté de la bouche, étaient profondes, prononcées. Mais ce matin-là, son visage était en avance par rapport à l'habitude. Il était tendu et enflammé et les yeux avaient cette vie secrète (sans larmoyer pour autant) que le pasteur obtenait généralement grâce à une bouteille de sherry.

Le révérend Mr Stratton ne dit pas bonjour, ne donna aucune explication concernant sa présence à Oxford à cette heure matinale. Il s'empara tout d'abord de la valise vide qu'Oscar avait à la main, parut surpris de sa légèreté puis la posa par terre dans le couloir. Il fit ces gestes sans « aucune intention », à moins que, dérouté de se voir accueilli par un jeune homme tenant une valise, vide de surcroît, il ait jugé opportun de la placer de telle sorte qu'un domestique s'en empare pour la ranger dans le débarras. De toute façon, si c'était ce qu'il pensait, il n'en était absolument pas conscient. Son esprit était la proie de complots imaginaires. Il n'y avait là aucune place pour une valise.

Hugh Stratton lança : « Tu as payé ta pension. »

Cette phrase ne fut pas dite sur un ton de congratulation, mais tout au contraire, avec un accent accusateur. Il secoua la tête lentement, comme s'il était à la fois épuisé et résigné par cet exemple de la perfidie du jeune homme.

Oscar, depuis longtemps, était habitué à l'humeur changeante de Hugh Stratton. Mais ses sautes d'humeur n'avaient pas perdu le pouvoir de le troubler. Il était, comme d'habitude, atteint d'une sorte de paralysie, sachant pertinemment que tout ce qu'il dirait ne ferait qu'aggraver les choses.

Quand Mr Stratton déboutonna son manteau, Oscar tendit la main pour le lui prendre. Mais cette offre fut rejetée. Mr Stratton étendit la vieille gabardine noire démodée au bout du lit.

« Et l'on boit du café », dit Mr Stratton en s'avançant vers la table que le domestique avait préparée pour le petit déjeuner. Il souleva le couvercle de la théière comme si celle-ci était un stratagème subtil pour dissimuler un luxe secret.

« Oh non, oh non, ce n'est pas du café », dit Oscar en regardant d'un air malheureux la peau épaisse et froide qui se formait sur son porridge. Il avait faim. Il avait toujours faim.

« Non ? » dit Mr Stratton. Il regarda l'étudiant en plissant les yeux, puis jeta de nouveau un coup d'œil dans la théière. « Non ?

— J'espère que vous avez reçu le vôtre.

— Oh oui, nous l'avons reçu, bien reçu », dit Hugh Stratton. Il ne voulait rien signifier de particulier en répétant le mot reçu deux fois, il souhaitait simplement donner l'impression qu'il savait quel tour, quel qu'il soit, on était en train de lui jouer.

« Très gentil bien sûr », dit-il « oubliant » la demande de sa femme de remercier de sa part Oscar pour ce cadeau charmant.

« Comment ça va à Hennacombe ? demanda Oscar.

— J'amène une question que j'ai soulevée là-bas. La voici : As-tu un revenu ? Parce que si tu en as un, jeune homme, tu m'as trompé.

— Oh non, Mr Stratton, je vous en prie.

— Ne me prie de rien, s'il te plaît, dit Mr Stratton. Je le prendrai très mal si tu m'as trompé. Non merci, je préfère rester debout.

— Je ne vous ai pas trompé, dit Oscar, repoussant la chaise au dos droit en direction de la table du petit déjeuner. Vous avez été trop gentil avec moi pour qu'on vous joue des tours.

— Alors, comment as-tu fait pour m'envoyer du café ? Explique-toi. Ça fait quinze ans que je n'ai pu m'offrir du café. Et toi, maintenant, un pauvre gamin, qui, il y a deux ans à peine, ne connaissait pas encore le Symbole de saint Athanase, un malheureux qui doit supplier qu'on le laisse être serveur, tu trouves le moyen de m'envoyer cette denrée de luxe sans aucune explication.

— Cher Mr Stratton, c'est simplement parce que je vous aime tous les deux. Je n'avais nullement l'intention de vous offenser. »

Lorsqu'il entendit le mot « aimer », Mr Stratton cligna des yeux. « Et maintenant, j'entends que ta pension a été payée.

— Je m'émerveille devant la qualité des sources de vos informations », dit Oscar, essayant un peu de flatterie. Malheureusement il fut pris de panique à la moitié de sa phrase, quand il se rendit compte que celle-ci pouvait paraître sarcastique.

Hugh Stratton s'arrêta de cligner des yeux. « Je sais absolument tout, dit-il. Si tu vas jusqu'à Kidlington pour dire ta prière, j'en serai informé. »

Oscar se dit : Il sait que j'ai joué. Puis il se dit : Non, il n'en sait rien.

Mr Stratton se cramponnait fermement à son sujet, et ne voulait pas le lâcher. Néanmoins, apparemment, il ne savait pas non plus très bien qu'en faire. « Je perds le sommeil et la santé parce que je me demande comment je puis m'y prendre pour payer ta pension. J'ai écrit des lettres à des paroissiens auxquels j'ai, auparavant, demandé des fonds pour la restauration de St Anne. Ce n'est pas raisonnable de ma part. Ça me fait du tort. C'est une jolie vieille église. Je crains de l'avoir grandement desservie. Et toi tu m'envoies du café.

— J'ai aussi payé ma pension, ce qui doit vous soulager quelque peu de vos soucis ?

— Mais comment te procures-tu cet argent ? demanda Hugh Stratton en fronçant les sourcils et en enfonçant son menton dans son cou. D'où vient-il ? De ton père ?

— Mais non, évidemment.

— Jeune homme, ne viens pas ici m'éblouir avec des « évidences ».

— Cher Mr Stratton, je souhaite simplement alléger vos soucis. Dieu pourvoira à mes besoins. »

Le révérend Mr Stratton se frappa le front avec le poing. « Ne sois pas, je t'en prie, aussi simpliste.

— Peut-être suis-je quelqu'un de simple, dit Oscar sans pouvoir poursuivre.

— Tu es le fils de ton père. Vous êtes empoisonnés l'un et l'autre avec cette manière de penser par simplification.

— Peut-être suis-je quelqu'un de simple, dit Oscar, avec entêtement, mais j'aimerais prendre en charge ma pension. Je désire ne plus vous voir vous tracasser.

— C'est ton père qui paie.

— Je vous jure que ce n'est pas lui », dit Oscar qui devait partir pour Epsom dans un quart d'heure. Les jumelles de Wardley-Fish étaient posées sur l'appui de fenêtre à côté de la table du petit déjeuner. Elles étaient heureusement moins voyantes qu'une valise.

« Alors comment, siffla le pasteur, fais-tu pour payer ? »

Oscar se sentait obligé de dire la vérité, allait le faire lorsqu'il pensa : Il ne manquera pas de bavarder à Hennacombe et d'utiliser ce que je vais lui dire contre mon père d'une manière ou d'une autre.

« Tu trafiques quelque chose de pas net, dit Hugh Stratton. A mon avis, tu fais partie d'une bande de joueurs. Il y en avait une de mon temps. Trois nobles dedans. Tout le monde fut mis à la porte. Tu dois me promettre de ne jamais te mêler à ce genre de chose. J'essaie de trouver de l'argent ici, à Oxford, pour restaurer ma petite église. Je ne veux pas que mon nom soit entaché.

— Mon cher protecteur, dit Oscar en touchant légèrement les épaules raides de Mr Stratton, une telle promesse est tout à fait inutile. »

Il entendit des pas dans l'escalier. Il se dit : C'est Fish. Mais les pas s'éloignèrent. Ce n'était pas Fish.

« Tout à fait inutile », dit Oscar.

Hugh Stratton plissa les yeux et regarda fixement son protégé. Si Oscar ne l'avait pas si bien connu, il aurait pu imaginer qu'on le haïssait, mais un instant plus tard, le visage émacié se détendit, s'amollit et une petite langue rose passa entre les lèvres pour aller humecter les coins blancs et secs de la bouche.

« Tu es un bon garçon Oscar, dit-il. Tu ne dois pas croire que je pense autrement. »

31

Le jour de l'Ascension

Il y avait quelque chose qui n'allait pas dans la robe de Lucinda. Elle ne savait pas ce que c'était, mais ça attirait les regards. Elle n'avait aucune confiance dans cette mode stupide qui prônait affectation et afféterie. Malheureusement son jugement était de peu de poids dans la matière. Elle l'avait achetée pour se plier au goût de Chas Ahearn et de sa femme à l'odeur de lavande. Même en ce moment, le jour de son départ, ils ne la laissaient pas tranquille, la chaperonnaient, le mari en soufflant et en haletant, la femme en chancelant, en se plaignant des billots disposés dangereusement sur le quai. Les gens la regardaient fixement. Lucinda pensait que c'était à cause de la robe. Un petit voyou jeta une pierre dans l'eau afin de l'effrayer. Elle avait peur de toute façon. Elle n'avait besoin ni des voyous ni des Ahearn pour aggraver les choses. Elle avait hérité. La vie de ses parents, réduite à ça. C'est ainsi que les moutons se changent en suif. Quelque chose de vivant, doué de souffle, qui se transforme soudain en un morceau de papier, en une lettre de change qu'elle portait dans ce sac imbécile, en perles de verre. Un morceau de papier qui allait, selon les dires de Mrs Ahearn, lui « permettre de se marier en un instant à ce qu'il y a de mieux dans la colonie, à un juge et même à un gouverneur, j'en suis convaincue ».

Mr Ahearn pensait qu'espérer un gouverneur était viser trop haut. Mrs Ahearn n'était pas de son avis. Leur excitation les rendait totalement insensibles aux sentiments de la jeune héritière qui plissait les yeux afin de contenir sa colère. Comment osaient-ils ? Ils l'avaient vêtue d'une manière stupide, sans penser un instant que son père et sa mère avaient peiné dur, s'étaient tracassé pour chaque penny. Cet argent ne leur appartenait pas ni à elle d'ailleurs. On l'avait volé à la terre. Et la terre avait été volée aux Noirs. Elle ne pouvait le garder. C'étaient les trente deniers de Judas. Elle les donnerait à l'Église. En vérité, elle avait essayé. Elle avait fait une offre écrite à l'Église baptiste, mais son pasteur, au lieu d'accepter le don, avait rendu visite à Mr Ahearn, l'anglican, pour lui expliquer l'affaire. Ensemble, ils avaient décidé qu'elle devait garder sa fortune. Elle désirait la garder. Elle était seule au monde, orpheline, sans protection. Rien ne lui inspirait autant de confiance que cet argent. Elle souhaitait passionnément, violemment, le garder, même lorsqu'elle essayait de s'en débarrasser. Il n'y avait personne à qui elle puisse confier ses sentiments. Elle était diminuée, estropiée, par sa solitude. L'après-midi, elle s'allongeait sur son lit. Il y avait comme un ressort remonté à fond dans sa poitrine. Elle tenait ses bras raides, le long de son corps, ainsi qu'un piège attendant de se déclencher.

Lucinda Leplastrier quittait Parramatta pour se rendre à Sydney. Elle s'y rendait contre les conseils les plus fermes, parce qu'elle ne supportait plus d'être à Parramatta. Tout le monde voulait la pousser de-ci de-là, la diriger, la faire asseoir, se lever et pendant tout ce temps, on prenait autour d'elle des airs entendus parce qu'on la trouvait naïve. Elle pensait que c'était eux qui l'étaient. Elle remerciait Dieu dans le ciel de lui avoir donné cet argent, de ne pas être à leur merci. Et maintenant, il y avait pour tout achever cette suite de malentendus. Elle s'en allait. Le panier de sa crinoline se balançait et cognait contre les chevilles chancelantes de Mrs Ahearn. Chacun l'encourageait à penser que cette crinoline était une « amélioration ». Elle les trouvait ignares. L'incommodité de ce vêtement la mettait en rage. Et bien entendu, elle avait un chapeau ridicule. Rien d'étonnant à ce qu'on la regarde.

Mr Ahearn s'était mis dans la tête qu'elle ne devrait, sous aucun prétexte, se rendre à Sydney avec la foule du bateau à vapeur. Il faisait partie de ces hommes qui veulent toujours vous remettre en sûreté entre les mains de leurs amis, de leurs associés, de leurs collègues. Si vous vous rendez à Trifouillis, ils connaîtront sûrement là-bas le directeur de la banque Australienne, le chef de la fourrière ou Dupont-Durand, l'agent de police. Pour ce qui était de Sydney, les relations de Mr Ahearn n'étaient pas très étendues. Il lui avait quand même remis une lettre d'introduction pour le directeur de l'hôtel Petty et une autre pour Mr James d'Abbs, le patron d'un bureau de comptabilité — un drôle de petit bonhomme, qui néanmoins faisait partie des relations de sa femme. Et bien sûr, miss Leplastrier ne pouvait voyager sur le bateau à vapeur, comme tout le monde, mais devait emprunter celui de son cher ami et bon client, Sol Myer, qui ne transportait rien d'autre que des choux-fleurs d'un blanc glacé. Il l'emmènerait gratis jusqu'au quai de Market Street où il n'y aurait pas là-bas ces individus louches qu'on trouve au quai Semi Circular et qui s'intéressent aux jeunes personnes étourdies.

La jeune étourdie avait mal au visage des efforts qu'elle faisait pour sourire.

C'était l'Ascension et l'hiver s'avançait comme un serpent au bord de l'eau. Depuis trois mois, Lucinda avait été tenue éloignée des ciseaux du coiffeur. Maintenant que ses cheveux avaient poussé suffisamment pour que ses gardiens la trouve enfin féminine, Mrs Ahearn les avait tirés sur le dessus de sa tête et attachés avec des épingles et des barrettes. Mais épingles et barrettes ne servaient à rien. Elles n'avaient jamais servi à rien. Les mèches de Lucinda ressemblaient à de petits serpents en train de se battre pour retrouver leur liberté. Elle passa la main sur son cou qui la chatouillait : la première boucle venait de s'échapper. Les épingles ne servaient strictement à rien, mais les barrettes s'accrochaient aux cheveux. Elles tiraient désagréablement sur les racines. Lucinda ne comprenait rien à cette logique : pourquoi laisser pousser ses cheveux afin de les attacher ensuite pour les rendre courts. Son nez et ses joues devenaient du coup bien trop visibles dans son visage. Elle aurait eu envie de détacher ses cheveux pour soulager son mal de tête, pour adoucir ses traits. Mais non, ce n'était pas permis. A la place, elle eut droit à un nouveau chapeau et à une petite plaisanterie de Mr Ahearn.

Il faisait semblant d'être fort amusé par les modes féminines. Aussi, parlant du chapeau, il dit qu'il ressemblait à un citron sur une citrouille.

Lucinda s'imaginait que cette remarque était une allusion à ses joues rouges. Elle en fut mortifiée. Mais Mr Ahearn avait aimé cette expression pour son euphonie et non pour sa vraisemblance — le chapeau n'était pas si petit ni les joues si rouges. Chas Ahearn était un puritain un peu sot qui souhaitait montrer à la jeune femme l'intérêt qu'il lui portait, sans trouver la bonne manière de s'y prendre. Ses tentatives ressemblaient à la démarche hésitante de sa femme — tous ces clopinements et tiraillements ne voulaient rien montrer d'autre — comme ceux de sa femme — que son inquiétude, que sa sollicitude.

Il était déjà midi, une heure fort tardive pour aller au marché un jour de semaine, mais nullement pour un samedi. Ce jour-là il y avait un marché le soir à Sydney. Les choux-fleurs seraient donc vendus à la lumière des becs de gaz. Le soleil n'émettait aucune chaleur et les ombres des entrepôts de bois en mauvais état qui se trouvaient derrière le petit groupe paraissaient à Lucinda être remplis d'un froid souverainement hostile et pénétrant. On respirait une odeur de poisson avarié et il y avait un tintamarre de sirènes de bateaux, de cris, de coups sourds des troncs d'arbre heurtant les anneaux métalliques accrochés au quai. Un canot était coincé sous le débarcadère et risquait fort de couler au moment où la mer commencerait à monter. Des marins criaient pour qu'on le dégage. D'autres au milieu de l'eau manœuvraient afin de pouvoir accoster à leur tour. Sol Myer se fit insulter parce qu'il ne laissait pas la place libre suffisamment vite. On s'agita brusquement pour faire monter Lucinda à bord. Elle se cogna la cheville en sautant dans le bateau. Le temps manquait — grâce à Dieu — pour les larmes et les embrassades (en pensant à ce ventre recouvert d'un gilet de laine, elle le trouvait aussi dégoûtant que celui d'un gouverneur) ou pour quelques remontrances concernant sa conduite.

Elle se tenait toute droite sur le pont, les bras ballants.

Chas Ahearn ne pouvait pas voir l'expression de son visage. Lorsqu'elle le salua, d'une manière aussi protocolaire qu'une sentinelle, il ne sut comment interpréter ce geste. Un bateau à fond plat, transportant un gros moteur noir et brillant, lui bouchait maintenant la vue. C'était un très gros moteur et lorsque les hommes se rassemblèrent pour le débarquer, Chas Ahearn perdit complètement de vue Lucinda. De toute façon, ce n'était qu'un tout petit sourire et il est douteux que l'homme resté sur le quai eût pu le voir de cette distance.

32

Les larmes bataviques

Il y avait sur le bateau de Mr Myer un petit auvent dont la destination, malheureusement, paraissait être de protéger le moteur plutôt que le pilote. En tout cas, l'endroit était agrémenté de tant de bidons d'huile et de chiffons graisseux que Lucinda préféra afficher une affection tout particulière pour l'air vivifiant qui soufflait sur les choux-fleurs.

Une étroite barre de nuages commençait à se traîner dans le ciel. Elle était due aux broussailles que les fermiers brûlaient le long des rives. Bientôt les feux furent si nombreux que la rivière s'accorda au paysage : elle prit une teinte jaune et nacrée. Lucinda n'avait jamais été sur un bateau auparavant. Elle n'avait jamais été à Sydney. Elle s'assit à la proue sur une caisse de bois grossier, les mains sagement posées sur ses genoux. Elle frissonna.

Sol Myer, comme tous les clients de Chas Ahearn, connaissait la trame de la tragédie. Il remarquait la manière dont la jeune fille se tenait — la tension de la colonne vertébrale, la raideur des épaules. Il s'était parfaitement rendu compte de l'ironie latente de son dernier adieu. Néanmoins, il était surtout conscient de son air digne, de son isolement. La petite taille de Lucinda en augmentait les proportions. Sol Myer avait l'impression, une impression qu'il éprouvait rarement pour des étrangers, qu'il connaissait cette jeune femme.

Il aurait aimé lui donner quelque chose, lui faire un cadeau. Il en aurait eu du plaisir. En y pensant, son visage se couvrait de rides. Mais il n'avait rien à donner en dehors de ses choux-fleurs qu'elle ne se gênait pas, de toute façon — regardez-la donc — de lui voler.

Elle était assise, toute droite, le dos plat, un dos parfait, qu'on aurait remarqué même au milieu d'une foule. Et il y avait aussi sa main — une sorte de petit animal indépendant — qui s'agitait, tel un crabe parmi de minuscules serpents joyeusement amicaux, afin de lui dérober des morceaux de choux-fleurs.

Sol Myer se mit à rire doucement. On ne peut pas raconter une histoire comme celle-là. Une histoire de cette sorte il faut l'avoir vécue, la sentir.

Le voyage sur le fleuve était plein de couleurs, à cause du nombre important de belles fermes situées sur les rives. Lucinda ne pouvait les regarder sans éprouver de la colère. Elle regardait droit devant elle en frissonnant. Il faisait froid, certes, mais ce n'était pas seulement le froid qui la faisait trembler. La nervosité qu'elle ressentait était en relation avec son avenir, ressemblait vaguement à du trac et pourtant n'était pas absolument désagréable. D'une certaine manière, elle se mettait en scène. En même temps qu'elle souffrait vraiment de son deuil et de sa solitude, elle se voyait aussi telle qu'elle s'imaginait que Sol Myer se la représentait. Elle était alors une héroïne au commencement de ses aventures.

Elle ne savait pas, bien sûr, qu'elle allait bientôt voir la verrerie, les ateliers qui, en moins d'un mois, deviendraient sa propriété. Et cependant, cette anticipation ne l'aurait nullement surprise. C'était situé dans le cadre de ses attentes. Car quelles que soient les blessures qu'Elizabeth avaient infligées à sa fille, elle avait donné à celle-ci un présent d'une réelle importance : Lucinda n'attendait rien de petit ni de mesquin de sa vie.

Il serait facile de prendre cet achat — la moitié de son héritage fut englouti pour acquérir la première chose qu'elle vit portant l'écriteau « A vendre » — comme rien d'autre que le désir de se débarrasser de cet argent. Il est possible qu'il en soit partiellement ainsi. Mais le contraire est tout aussi vrai. Je veux dire qu'elle savait qu'elle aurait besoin d'argent pour jouir d'une certaine liberté. Il est préférable, concernant cet achat, de penser à un piano qu'on essaie, grâce à de multiples manœuvres, de faire passer dans un escalier. Il est impossible de dire si c'est cette manœuvre ou cette autre qui finalement a permis de le faire monter au premier étage. À vrai dire, il semble que le moindre glissement, que le plus infime déplacement ait été nécessaire pour lui faire passer ce terrible tournant sur le palier. Mais parmi toutes les forces en action, il existe cependant un facteur déterminant, une circonstance exceptionnelle et magnifique : l'expérience que Lucinda avait acquise du verre, grâce à ce phénomène connu sous le nom de larme batavique ou goutte du Prince Rupert.

Surtout, ne me demandez pas qui était le Prince Rupert et que signifie l'adjectif batavique. J'avoue que je n'en sais rien. Toutefois j'ai là, tout à côté de moi, tandis que j'écris (je la tiens dans la paume de ma main gauche tandis que la droite se déplace de gauche à droite et de bas en haut sur ma feuille de papier) une larme batavique — une larme de verre solidifiée d'à peine cinq centimètres de long de la tête à la queue. Ne vous préoccupez pas non plus du fait que cette bizarrerie, cette rareté soit à l'origine de la découverte de la Bastie pour rendre le verre pratiquement incassable, découverte qui devait aussi déboucher sur l'invention du verre Securit. Tous ces faits relèvent du domaine pratique et n'éclairent en rien l'incroyable attraction qu'exercent les larmes bataviques elles-mêmes. Cette fascination est mieux et plus rapidement comprise si l'on prend un marteau de forgeron de sept kilos et qu'on essaie d'écraser la larme sur une enclume. On n'y parvient pas. Ce verre possède la résistance la plus phénoménale qui soit. Il semblera pour un instant être fait de cette matière incassable décrite par l'alchimiste du *Mappae Clavicula*. Pourtant, si l'on renonce au marteau, pour prendre des pinces — je dis « si » je ne le recommande pas — on verra très vite qu'il ne s'agit pas du verre fabuleux des alchimistes, mais de quelque chose de presque aussi magique. Car, bien que la larme soit assez forte pour résister aux coups de marteau de forgeron, sa queue peut être sectionnée avec une pince ordinaire. Une petite pression est suffisante. Et alors, comme si on avait enlevé la clef de voûte, déplacé la clavette, mis par terre les fondations, la larme éclate en mille morceaux. Maintenant il y a de minuscules fragments de verre dans tous les coins de l'atelier et aussi dans vos yeux si vous n'y avez pas pris garde. Ce qui reste dans votre main, vous pouvez l'émietter — on dirait du sucre cristallisé — sans aucun danger.

Il n'est pas rare de voir un cueilleur ou un souffleur de verre chercher à tâtons dans un creuset, les bras enfoncés profondément dans l'eau huileuse, de petits grumeaux parmi les rognures. Il cherche des larmes bataviques. Celles-ci sont faites par hasard quand une goutte de verre fondu tombe d'une certaine hauteur et se refroidit rapidement.

On trouve dans le travail du verre des hommes adultes — bien souvent des souffleurs qui ont manipulé le verre en fusion toute leur vie — qui, lorsqu'on les met devant une larme batavique, redeviennent des enfants. J'en ai une ici dans ma main. Si vous étiez près de moi dans cette pièce, il me serait extrêmement difficile de ne pas vous en faire la démonstration. Je prendrais ma pince et en une seconde détruirais pour toujours cette merveille.

C'était donc une larme batavique en forme de goutte, mais aussi de graine, qui eut un effet puissant sur Lucinda Leplastrier. C'est dans la nature de cette chose de déchaîner les passions. La larme en question, la première que vit Lucinda — alors qu'elle avait encore des fossettes aux genoux —, était en vérité un spécimen de toute beauté. Une sorte de toron de verre, rouge et perle, provenant de l'île de Murano, cette île aux couleurs de brique humide. Elle avait été envoyée à Abel Leplastrier par son grand ami John Bell, Fellow of the Royal Society, l'auteur de cet article enthousiaste dans l'*Encyclopædia Britannica*. Et Lucinda, entrant à Sydney, sur son lit de choux-fleurs, avait quelque raison de se souvenir de ce jour, huit ans plus tôt, à Parramatta.

Les marches du bureau de poste étaient en bois et de grandes taches de lumière les éclaboussaient. On était en hiver, aussi le moindre rayon de soleil était-il le bienvenu. Lucinda pouvait sentir sa chaleur à travers le coton de sa robe. Le bateau à vapeur venait juste d'arriver de Sydney. Son père était assis près d'elle sur une marche. Il tenait le paquet de Mr Bell. C'était ce colis qui retenait toute son attention. Abel Leplastrier ne se souciait pas plus des récriminations des passants en jupes ou en pantalons (laine à l'odeur aigre, velours sentant la naphtaline) qu'il ne le faisait pour les autres lettres qu'il avait reçues d'Angleterre. Celles-ci étaient depuis longtemps dans sa musette.

Les mains d'Abel ressemblaient à son corps. Elles étaient larges et fortes. Mais curieusement ces doigts courts étaient à l'origine de mouvements élégants. Ils s'attaquèrent au paquet de Mr Bell avec une agitation rappelant des araignées au ventre pâle. Crac crac. Le sceau de cire rouge fut brisé, le papier brun d'emballage fut déchiré de telle sorte qu'il n'était plus question de pouvoir s'en resservir.

Lucinda se serrait contre son père. Elle aimait le contact rugueux de sa veste sur ses joues, l'odeur âcre de son, de tweed et de pomme. Elle aperçut la larme batavique dans son nid de papier froissé et la prit immédiatement — oh la la — pour un berlingot ou un sucre d'orge. Elle tendit la main mais son père fit un geste rapide pour l'empêcher de s'en emparer.

« Non », dit-il sans la regarder. Il lut la lettre d'accompagnement.

Il émit alors un drôle de bruit — une sorte de petit grognement et sauta sur ses pieds. Lucinda se leva également.

« Non, reste là Lucinda. »

Elle se sentit envahie par la peur. Néanmoins, elle fit ce qu'on lui demandait. Elle se rassit sur les marches. Elle prit dans ses bras la musette pour se réconforter, tandis que son père s'éloignait en courant. Il descendit l'escalier quatre à quatre, écartant de son chemin des employés de bureau aux cheveux pommadés et d'anciens forçats au dos cassé. Il traversa en courant — cet homme trapu aux jambes courtes — Church Street. Il leva un bras et jeta la larme de verre sur le mur de grès du palais de justice. Un policeman à l'intérieur du hall vitré quitta sa chaise. Il regarda Abel ramasser le berlingot de verre. L'agent de police appela un collègue en criant au-dessus de son épaule. Un autre agent de police, un homme mince, avec une grande barbe grise qui lui couvrait presque toute la poitrine, vint le rejoindre. Les deux factionnaires regardèrent ce type qui, sans se savoir observé, retraversait maintenant la rue pleine d'ornières. Il marcha dans une bouse de vache fumante qu'il essuya sur une touffe d'herbe qui avait miraculeusement survécu. L'agent de police à la grande barbe retourna à l'intérieur du palais de justice. L'autre se rassit sur sa chaise. Abel Leplastrier revint près de sa fille en traînant les pieds. Son odeur n'était plus aussi agréable. Il enfonça une main tremblante dans la poche de sa veste et en sortit son couteau. Il semblait avoir quelques difficultés à disposer la lame comme il le souhaitait, c'est-à-dire à peine ouverte. Il regarda Lucinda et lui adressa une sorte d'épouvantable sourire. Puis il mit la queue de la larme batavique entre la lame et le manche et appuya avec le pouce.

La larme, évidemment, explosa. Elle éclata en répandant une sorte de sucre roux sur les marches du bureau de poste, sur la coiffe d'une jeune veuve et sur les favoris d'une sorte de gandin, portant un pantalon de nankin. Ce ne furent pas les seuls remous que provoqua l'explosion. On se brossait, on se retournait et peut-être y aurait-il eu une bagarre — Parramatta était encore un endroit plein de violence — si ceux qui avaient été si sévèrement agressés n'avaient pas remarqué, après avoir repéré le responsable, que celui-ci était en larmes. Non seulement il pleurait, mais la petite fille au visage sérieux qui l'accompagnait pleurait elle aussi. Ces gens-là bien sûr ne pouvaient pas savoir — comment l'auraient-ils pu ? — qu'alors que le père et la fille pleuraient à l'unisson, leurs larmes étaient provoquées par deux raisons totalement différentes.

En effet, la lettre de John Bell donnait à Abel Leplastrier un rapport circonstancié de l'événement dont il venait d'être le témoin. Le verre était un symbole de force et de faiblesse. C'était un message chiffré adressé au cœur de quelqu'un d'autre. C'était une confession, une accusation, un cri de douleur. C'était pour cela que pleurait Abel Leplastrier.

Lucinda était bouleversée par quelque chose de bien plus simple. Elle pleurait parce qu'elle avait vu une chose adorable disparaître comme un ballon auquel on vient de donner un coup d'épingle. Mais ses sentiments se déployaient sur plusieurs niveaux. Il y avait, mêlée à cette terrible déception, une émotion plus profonde, plus enrichissante : l'émerveillement.

Une émotion qu'elle désirait avoir de nouveau.

Ce fut sa mère qui fournit la deuxième larme batavique. Ce n'est pas quelque chose qui arriva par hasard. Ce fut le résultat de petites annonces. Cyniquement, on peut penser qu'Elizabeth Leplastrier, bien que comptant chaque penny, ne voulait pas être privée de ce dont son mari et sa petite fille avaient joui. Avec un peu plus de générosité, on peut dire que la petite fille n'avait pas cessé de parler de ce phénomène, si bien que sa mère avait décidé de lui en offrir une pour son neuvième anniversaire.

Il s'avéra que c'était d'une folle prodigalité. Abel à cette occasion montra de la mauvaise humeur et s'en tint à l'interprétation la plus cynique.

La petite famille fit « craquer » la chose sur l'escalier de leur bungalow. C'était le matin tôt. Le soleil se glissait à travers les aiguilles enchevêtrées des casuarinas qui bordaient la rivière. Il y avait de la rosée dans l'herbe, de sorte que leurs bottes étaient humides. La larme batavique absorbait la lumière et la renvoyait, ainsi que le fait du verre en fusion qu'on regarde à travers un ouvreau. La larme supporta les coups de marteau du père et les coups de hache de la mère. Ensuite, Lucinda — c'était son anniversaire après tout — prit la pince et brisa — en poussant un grognement — la queue.

Un feu d'artifice de verre. Une explosion de rosée. Crescendo. Diminuendo. Silence.

Il y a des drogues qui ont le même effet. Je n'insinue pas bien sûr que notre ancêtre acheta l'atelier de verrerie pour posséder une grande quantité de larmes bataviques, mais il est clair pour moi que Lucinda avait été ensemencée non pas une fois mais à deux reprises et connaissait déjà l'adorable et contradictoire nature du verre. On n'eut pas besoin de lui dire, le jour où elle vit les ateliers de Darling Harbour, que le verre est quelque chose qui porte un déguisement, que c'est un acteur, que ce n'est pas un solide, mais un liquide, qu'une vieille plaque de ce matériau prend non seulement une teinte légèrement pourpre mais rélève aussi sa nature liquide lorsqu'elle est plus épaisse en bas qu'en haut. Et tandis qu'il est aussi fragile que la pellicule de glace sur une flaque à Parramatta, il résiste mieux à la compression que le grès de Sydney. Il est invisible et solide, en bref, c'est une chose amusante et paradoxale, un matériau aussi bon que n'importe quel autre pour bâtir sa vie.

33

Les ateliers du Prince Rupert

Les ateliers du quai Lanson dans le quartier de Darling Harbour étaient les premiers de Sydney. Ils n'avaient rien d'attirant, rien ne pouvait suggérer les fontes mystérieuses qui prenaient place à l'intérieur. Aucune lumière ne s'échappait du bâtiment. Il y avait juste une fumée sale et noire qui se détachait sur un ciel crayeux et froid. Il aurait été extrêmement facile pour Lucinda de ne pas les voir, facile pour un certain nombre de raisons. La première de toutes était que le quai Lanson était situé derrière le quai de Market Street. Donc, si ce dernier n'avait pas été embouteillé à cause du nombre impressionnant de bachots, de barges, de vapeurs (un des pilotes, un Cockney, s'en prenait de façon pittoresque à un Chinois qui avait amarré là son canot), Sol Myer aurait débarqué son chargement de choux-fleurs pâlots, sur ce quai et Lucinda n'aurait jamais parcouru cette distance supplémentaire dans l'étranglement de Darling Harbour, pour atteindre l'endroit où l'attendaient les ateliers de verrerie. Et même alors, il lui aurait été extrêmement facile de ne pas les remarquer. Rien dans leur architecture ne les distinguait de leurs voisins.

Le petit vapeur commença à vibrer, exhala quelques bouffées de fumée et s'éloigna de l'encombrement de Market Street. Le soleil était proche de l'horizon mais pas encore caché pourtant par le quartier industriel de Pyrmont. Il éclairait la rive est de Darling Harbour qui est aussi — pour ceux qui ne sont pas des habitués de Sydney — l'arrière-cour de la ville. Il étincelait sur toutes les surfaces blanches. Il prenait une adorable et douce couleur rose sur les grès. Malheureusement, il y avait fort peu de surface blanche ou de grès dans les parages. Et le charbon et la rouille absorbaient la lumière comme le sable boit l'eau.

Sol essuya les tuyaux de cuivre de son moteur avec un chiffon graisseux qui se mit tout aussitôt à fumer. Lucinda picorait un chou-fleur. Elle n'aimait pas beaucoup l'aspect de Sydney. Une bouteille de vin flottait dans une eau à la beauté vaguement diabolique : des reflets nacrés provoqués par les résidus d'huile d'un steamer. L'air était rempli d'une odeur de suif fondu qui peut-être n'était due qu'au passage du chiffon graisseux sur les tuyaux de cuivre brûlant. Sol essuya le verre de sa jauge de pression avec un autre chiffon sale qui ne différait du précédent que parce qu'il était accroché en haut à droite, au lieu de l'être en bas à gauche. Assez peu satisfait du résultat, il se servit finalement de son coude. Il jeta un coup d'œil par-dessus son épaule — un Chinois était repêché dans l'eau. Grâce au ciel, il y avait des Chinois ! C'était une plaisanterie un peu cruelle dont il ne pouvait jouir qu'en secret. Le petit vapeur poursuivit sa route dans l'étranglement de Darling Harbour.

Ils passèrent devant les troncs enchevêtrés, couverts de boue de la scierie de Walter O'Brien, juste au moment où le soleil se couchait derrière Pyrmont. Ils glissèrent sous le mur décrépi du moulin de Mac Arthur. C'était une grande bâtisse haute en planches grises, qui penchait curieusement d'un côté. Le quai paraissait totalement recouvert de billots, de barres métalliques, de tôles rouillées, de poutres éclatées dans lesquelles rouillaient d'énormes boulons. Lucinda avait peur. Elle se sentait toute petite. Elle avait envie que Sol Myer exige soudain qu'elle agisse en vertu de son âge et qu'elle retourne à Parramatta.

Ses bras, sous sa cape, avaient la chair de poule. Elle enroula une écharpe de coton autour de son visage et souffla dans ses mains. Sol fit tourner le gouvernail et le bateau changea de direction. C'est alors que Lucinda aperçut l'enseigne : Manufacture du Prince Rupert. La pancarte qui portait ces mots était en piteux état et les lettres à demi effacées — un vert acide contre un bleu de cyanure.

Les ateliers étaient plongés dans l'ombre, comme le visage d'un étranger sous un chapeau à large bord. Rien d'attirant dans tout cela. On ne pouvait voir ce que c'était, ni comment c'était fait ni comment ça tenait ensemble. Il y avait des hangars et une cheminée qui crachait de la fumée noire. Ç'aurait pu être une forge s'il n'y avait pas eu, devant, des caisses remplies de bouteilles.

Cette manufacture était à vendre. Une pancarte en informait les passants, non pas un écriteau flambant neuf, mais dans un état légèrement moins délabré pourtant que celui qui portait le nom du Prince Rupert. Ces ateliers avaient quelque chose d'inquiétant, à la limite du maléfique. Parfait, pensa-t-elle, si ça doit être comme ça ça le sera. Elle prit sa décision sans avoir conscience qu'il existait en ville des endroits avec des arbres, de l'herbe et des fleurs.

Sol amena son embarcation contre le quai, la faisant glisser doucement parmi les petits bateaux, avec un soin qui évoquait une main effleurant des pommes. Lucinda se leva. Le panier de sa crinoline se mit à balancer. Elle avança le long du plat-bord timidement. Elle avait l'impression que toutes les personnes sur le quai la regardaient. Bien entendu, elle se trompait. Elle descendit sa valise qu'on avait placée sur le toit de l'auvent. Elle était lourde à cause des livres. Elle cognait contre sa cuisse en la meurtrissant. Lucinda ne savait rien de Sydney. Elle ne savait pas comment prendre un omnibus ou un fiacre, ni le prix qu'il fallait payer, ni où ils allaient, ni comment faire pour les arrêter. Elle donna à Mr Myer six pences pour le voyage. Il lui offrit un chou-fleur, puis, pris d'une impulsion soudaine, il déposa un baiser piquant sur ses joues froides. Il la laissa sur le quai parmi des sacs de jute et des fardiers aux roues métalliques. Deux Chinois, l'un trempé, l'autre sec, fixaient de lourds paquets à des perches. Lucinda marchait comme quelqu'un qui n'a pas l'habitude de porter des chaussures. Elle quitta le quai pour escalader tant bien que mal la colline avec sa valise qui cognait à chaque instant contre son côté droit, tandis qu'elle serrait le chou-fleur dans sa main gauche. Sa valise décentrait affreusement sa crinoline. C'est ainsi qu'elle arriva à l'hôtel

Petty. Tout d'abord, on pensa qu'elle s'était trompée d'adresse. Elle posa son chou-fleur sur le bureau de la réception et demanda, en rougissant jusqu'aux oreilles, s'il y avait une bonne bibliothèque proche de l'hôtel.

Elle avait décidé d'étudier le verre de fond en comble.

34

Après le dimanche de la Pentecôte

Le révérend Dennis Hasset, pasteur de All Saints à Woollahra, était heureux, après avoir reçu sa lettre, d'inviter L. Leplastrier et de discuter avec lui des questions concernant « les propriétés physiques du verre et sa fabrication ». Ce n'était pas Lavoisier, mais Leplastrier, néanmoins, c'était un Français. Lavoisier était un savant rendu célèbre par ses travaux sur les gaz. De toute façon, Lavoisier était mort. Dennis Hasset se sentait cependant flatté.

C'était le lendemain des baptêmes de la Pentecôte — quatorze bébés dans des langes et le père de Morton, l'épicier. Dennis Hasset avait projeté une journée de repos et cette visite était la bienvenue. Il s'y préparait avec une application qu'il trouvait amusante. Il plaçait çà et là, dans son bureau, des magazines savants qui contenaient ses travaux. Il le faisait avec un soin attentif (dont il se moquait aussi, mais ce n'était pas là la question) afin que les yeux de son hôte ne puissent faire autrement que de se poser sur eux. Il pouvait donc se mettre en vitrine comme on le fait pour les lépidoptères de Tasmanie, avec des épingles étincelantes enfoncées dans son nez et les lobes de ses oreilles. Il disposait les revues comme un valet de chambre prépare les habits de son maître. Et tandis qu'il s'amusait de lui-même, de sa conduite puérile, il continuait toutefois de préparer le terrain avec le plus grand soin.

« Vous voyez, monsieur, dit-il à la pièce vide, c'est comme ça. » Comme quoi ? Il n'en savait rien. Il mit deux grosses bûches fendues de bois rouge dans le feu et alla s'asseoir derrière son bureau, tandis que les premières bûches commençaient à crépiter et à s'enflammer.

Le bureau était sombre, mais nullement obscur. De sa table de travail, disposée dans un coin, Dennis Hasset apercevait une vue nette et froide : une route jaune en lacet, qui serpentait entre deux rangées d'eucalyptus, avant de disparaître. Derrière, on découvrait une bande d'océan de cinq centimètres de large ressemblant à un lavis d'aquarelle. Malgré l'heure, on était au beau milieu de la journée, quatre lampes étaient allumées. Dennis Hasset les avait disposées astucieusement, afin de contrebalancer la lumière éclatante arrivant de la fenêtre. Le révérend Dennis Hasset trouvait tout cela extrêmement satisfaisant. Il posa ses mains sur le dessus de cuir rouge du bureau. Il fut brusquement contrarié à la vue de la tache ronde laissée par un verre de vin de Bordeaux, mais heureux en même temps de se souvenir que ce château beychevelle était d'excellente qualité.

C'était un homme grand, bien fait, ayant à peine dépassé la trentaine. On pouvait presque dire qu'il était beau — on le disait souvent d'ailleurs — car il accordait à ses interlocuteurs un intérêt si profond que ceux-ci passaient facilement sur ses lourds sourcils qui, se rejoignant au-dessus de l'arête du nez, apportaient une note discordante à son visage. Il avait des cheveux noirs bouclés, d'élégants favoris, un visage plutôt allongé et une fossette au menton. Son teint un peu olivâtre virait de plus en plus, à cause du goût prononcé du pasteur pour le bordeaux, au rouge, dans une mesure que ne pouvait expliquer la saison hivernale. Bordeaux ou non, Dennis Hasset faisait partie de ces gens qui, lorsque l'on pose une main sur eux — disons par amitié — donnent une surprenante impression de solidité : surprenante pour n'importe qui, mais sûrement pas pour les vingt-quatre jeunes gens de l'école de St Andrew qu'il entraînait au rugby.

Célibataire, il aimait à dire qu'il ne l'était pas par goût. Il ne souhaitait rien de plus dans sa vie qu'une épouse et des enfants. Cependant la vérité, qu'il acceptait maintenant en réglant l'intensité de la lampe posée sur son bureau afin qu'elle jette une lumière douce et dorée sur le bois de cèdre encadrant le dessus de cuir, laissait plutôt apparaître qu'il était devenu si maniaque qu'il lui aurait fallu la plus incroyable indulgence — aussi bon garçon soit-il — pour accepter que sa bien-aimée change la disposition, le nombre et l'intensité des lampes. Était-ce cela la vérité ? Ou ce qu'il craignait être la vérité ? N'avait-il aucun plaisir en la compagnie des femmes ? Ne serait-il pas capable, comme on dit « de s'y faire » ?

Il ne lui avait pas fallu longtemps pour découvrir que les femmes étaient de loin le sexe le plus intéressant dans cette colonie. C'était quelque chose qu'on ne pouvait imaginer si on les rencontrait avec leurs compagnons. Car alors elles affichaient une très remarquable platitude. Mais seules ou entre elles, elles se révélaient fort savantes lorsqu'on en venait aux problèmes du cœur humain.

De plus, il savait pertinemment qu'il était vaniteux. Il s'admirait et aimait qu'on l'admire. Il adorait étirer son grand corps sur les canapés recouverts de chintz des dames et accepter une deuxième tasse de thé. Il en jouissait infiniment. Cela aurait été bien coupable s'il n'avait, en même temps, mis en pleine lumière, pour les observer, le petit scarabée de l'orgueil, la mouche de la lubricité, la chenille segmentée et ondulante de la suffisance. Donc, alors même qu'il allongeait une jambe en dégageant une cheville recouverte de laine noire, il se décrivait minutieusement comme il aurait pu le faire l'œil vissé au microscope, pour les mandibules d'une libellule de la colonie. C'était sa grande force. C'était aussi sa grande faiblesse, ce détachement excessif de sa propre vie.

Il se savait intelligent, mais nullement exceptionnel, influent mais non puissant. Et uniquement d'ailleurs par un moyen détourné : il agissait sur les pères qui s'intéressaient à l'équipe de rugby de leur fils.

En attendant Mr Leplastrier, le révérend Dennis Hasset disposa une rognure de verre sur son bureau, un morceau parfaitement limpide, ressemblant à un gros diamant, suffisamment limpide pour qu'il puisse servir, après polissage, de lentille. Cette rognure était faite avec les sables magnifiques, immaculés, de la baie de Botany.

Le verre était son passe-temps, non sa passion. Si par exemple il avait pris plaisir à faire des conférences (« Quelques propriétés surprenantes du verre ») à la East Sydney Mutual Improvement Society — c'était sans doute le compte rendu du journal qui avait attiré chez lui Leplastrier dont l'arrivée était maintenant imminente —, il ne portait pas à cette matière un intérêt fanatique. Il y avait en lui quelque chose qui l'en empêchait. Ce n'était pas un homme à se lancer dans des escalades difficiles.

En revanche, les escalades difficiles ne faisaient pas peur à la jeune femme qui pénétrait à l'instant dans la maison. Le révérend Dennis Hasset n'avait pas entendu la sonnette. Il disposa le morceau de verre sur son bureau, le tournant un peu, afin qu'un rayon de soleil matinal vienne le frapper pour être renvoyé (le révérend émit de petits rires à cette mise en scène bon marché) vers le diplôme de Cambridge accroché dans son cadre au mur. Il était si occupé par ses ridicules préparations qu'il ne remarqua pas le « Miss » au lieu du « Mr » quand son domestique lui annonça la visiteuse.

« Très bien, Frazer, dit Dennis Hasset. Faites-le entrer. »

Il fut évidemment surpris de voir Mr Leplastrier en jupe, il n'en fut pas pour autant choqué. Il était même enchanté. Il fit rougir sa minuscule interlocutrice en continuant de l'appeler « monsieur » jusqu'à ce qu'il se rende compte de son indélicatesse.

Elle s'assit en face de lui. Elle était très jeune, mais il était difficile de lui donner un âge. Ses manières, à beaucoup d'égards, appartenaient à une femme d'une vingtaine d'années, mais cette impression était immédiatement contredite, non seulement par sa petite taille, mais aussi par la façon dont sa confiance en elle — si éclatante, si forte au commencement d'une phrase où les mots étaient aussi sans ambiguïté, aussi découpés que l'arc parfait de ses sourcils — paraissait s'évaporer lorsqu'elle commençait non pas à bafouiller, mais à parler moins distinctement et que ses yeux, qui avaient tout d'abord lutté avec les siens, se glissaient furtivement vers les rayons de la bibliothèque et l'appui de fenêtre. Il y avait aussi ce geste charmant, européen, qu'elle faisait avec les mains. Celles-ci extrêmement souples étaient rejetées en arrière, à partir des poignets, tandis que les paumes ouvertes formaient un angle droit avec les doigts. Il y avait dans ce geste quelque chose de si volontairement mondain, de si expressif, de si expansif même, qui donnait, combiné à la timidité que trahissait le regard incertain, une impression de grand courage. Dennis Hasset était touché par cette jeune femme.

Elle portait des vêtements curieux : une robe de soie grise

avec une sorte de pantalon en dessous. Dennis Hasset — peu importe ce que pensait son évêque — n'était certes pas un révolutionnaire et cette manière de s'habiller le choquait. Bon, le mot est peut-être un peu fort. Mais cet accoutrement donnait un caractère légèrement ambigu à leur rencontre, bien que cette fausse note eût été en partie couverte par la qualité de la soie et le talent du couturier. C'étaient des choses que le pasteur n'ignorait pas. Cette tenue donnait à entendre clairement que celle qui la portait était à la fois riche et pas absolument respectable. Elle était « élégante » certes mais ce n'était pas une beauté. Il y avait chez elle quelque chose de condensé, de réduit. Ses pieds et ses mains étaient fort délicats mais c'était dans son visage que cette réduction, que cette concentration, prenait toute sa force. Pourtant ses yeux n'étaient pas petits, ils étaient même très grands. Les iris n'étaient pas d'un vert foncé ni d'un vert clair, ils étaient nets et purs, mais d'une manière que le révérend ne pouvait pas rationnellement expliquer. Ils possédaient une intensité due à quelque espèce de distillation. Ses yeux donnaient accès à une intelligence ardente et vive. Ils étaient comme ces jeunes coquillages qui, après avoir perdu leur coquille, ne peuvent se protéger eux-mêmes.

Petite, sa bouche ne suggérait aucune mesquinerie, mais à cause de la ligne bien dessinée et droite des lèvres, elle exprimait la détermination. Quand le visage se détendait et que la lèvre inférieure, curieusement charnue, apparaissait, on prenait conscience alors d'une sensualité troublante (sans doute parce qu'elle semblait inconsciente).

La visiteuse portait un chapeau gris à large bord, avec une plume bleue de martin-pêcheur, piquée dedans. Cet « accent » un peu fort n'était pas d'une justesse de ton absolue. Ses cheveux châtains — du moins ce qu'on en pouvait voir — étaient rien moins que soignés. Cette petite négligence, alors que le reste de sa personne était si propre, si net, déclenchait une vague impression de malaise. Ils paraissaient fous. Il ne vint pas à l'esprit du révérend Dennis Hasset que les cheveux de la jeune femme étaient, pour la citer, « rebelles ».

En tout cas, il savait qu'il venait de rencontrer une personnalité remarquable.

« Bien sûr, dit-il, en enlevant les fragments de thé en suspension de la première tasse de Lucinda avec la feuille d'odiante qu'il gardait à cet usage, bien sûr, vous devez acheter cette verrerie. »

Il lui servit beaucoup de lait — bien plus qu'elle n'aimait — à cause de son jeune âge qu'il se sentait dans l'obligation de bien mettre en évidence.

« Mais vous comprenez, n'est-ce pas, que même si j'ai écrit une brochure ou deux, je ne sais réellement rien du processus de fabrication. Je peux parfaitement regarder des ateliers de verrerie et ne rien voir de plus que vous-même. »

Lucinda commençait à avoir très chaud. Si on ne pouvait pas l'aider ici, elle irait chez ce comptable que lui avait recommandé Chas Ahearn. Elle le paierait. Elle lui donnerait un chèque pour qu'un de ses employés la seconde pour réaliser ce qu'elle avait envie. Ou est-ce que cet homme-ci était réellement en mesure de l'aider ? Il parlait moins directement, plus légèrement qu'elle n'en avait l'habitude. Sa mère avait été fière d'appeler un chat un chat. Chez elle on méprisait ceux « qui tournaient autour du pot ». Le thé était encore plus mauvais que celui de Mrs O'Hagen. La pièce était surchauffée. Lucinda était gênée d'atterrir chez un pasteur, alors qu'elle avait commencé avec une petite brochure intitulée « Les arts de laboratoire », un guide pratique pour la fabrication du verre dans un laboratoire de chimie. Elle avait écrit à l'imprimeur et celui-ci lui avait donné le nom et l'adresse de l'auteur.

Elle ne pensait pas que les pasteurs fussent des gens pratiques. Mr Horace (à Gulgong près de Mitchell's Creek) avait réussi à se couper trois doigts en essayant de tuer une poule malade. Celui-ci semblait confirmer ses préjugés. Il s'enorgueillissait de ses incapacités.

« Il faut que vous sachiez, dit-il, que tandis que j'ai des théories satisfaisantes — en fait votre soucoupe repose sur l'une d'elles — je n'ai aucune connaissance ou expérience particulière concernant les questions commerciales.

— Alors, vous ne pouvez m'aider.

— Bien au contraire », lança-t-il.

Il la vit faire un effort pour se mettre au diapason. Elle ne lui dit pas merci, mais précisa : « Les vendeurs ne doivent pas savoir que je suis une femme.

— Et pourquoi pas ?

— Ils agiraient bizarrement », dit-elle en offrant ses paumes de main et en repliant ses doigts en arrière, tandis que ses yeux glissaient sur le côté. (Devrait-elle payer le pasteur pour sa peine ?) « Cela va vous prendre beaucoup de temps, murmura-t-elle. Il y aura des livres, n'est-ce pas, à examiner ? » (Il ne peut être pauvre, se dit-elle, s'il allume quatre lampes un jour ensoleillé.)

« Oui, reconnut-il, un tas de choses à faire. Mais l'objet est fort agréable, n'est-ce pas ? C'est cet objet que nous devons glorifier. »

Il la regarda avec une telle excitation qu'elle détourna les yeux et devint cramoisie. Quand elle le fixa de nouveau, il vit que ses yeux s'étaient d'une certaine manière durcis. Elle releva le menton et se redressa sur sa chaise.

Elle l'avait mal compris.

Dennis Hasset s'empressa de dissiper le malentendu. Il parla de verre. Il lui montra un gros morceau de rognure, comme s'il s'agissait d'un cristal de roche. Elle n'y connaissait rien, rien du tout. Des milliers de livres à dépenser sans absolument rien y connaître. Il lui demanda de prendre le bout de verre dans sa main. De son tiroir, il sortit un fragment de verre soluble. Il sonna Frazer pour que celui-ci lui apporte un récipient dans lequel ils puissent le dissoudre. Il lui montra le verre émeraude de Melbourne, couleur obtenue grâce à l'adjonction d'oxyde dans le sable. Il lui fit toucher les grains de sable blanc, parfaitement purs, de la baie de Botany. On pouvait trouver là une couche d'un mètre du sable le plus fin, le plus immaculé qui puisse exister, puisqu'il avait été débarrassé de ses impuretés par des siècles et des siècles de pluie. A partir de ce sable, on pouvait fabriquer des lentilles de télescope d'une limpidité incomparable, alors que — voyez vous-même, il lui montra deux lentilles côte à côte afin qu'elle puisse les comparer — celles de Hallet à Londres ont un reflet jaunâtre nullement souhaitable.

Lucinda trouvait cette lentille de Botany absolument adorable. Elle sortit un petit mouchoir de dentelle de son sac, un de ceux qui avaient appartenu à sa mère, afin de pouvoir tenir la lentille sans la souiller. Et même lorsque le pasteur lui dit qu'elle pouvait sans crainte poser les doigts dessus, elle renonça à le faire, parce qu'elle était bien trop consciente de la moiteur de ses mains, provoquée par l'excitation.

Bientôt, il y avait plein de petits objets disposés sur le dessus de cuir rôuge du bureau de Dennis Hasset. Ceux-ci n'étaient pas rangés avec autant d'artifices qu'on en avait mis pour préparer la pièce avant la venue du professeur français. Non, c'étaient simplement des morceaux de verre : un petit cube de bleu de cyanure, obtenu par l'addition d'oxyde de plomb, une rognure d'une bouteille de verre ordinaire ressemblant à la tête d'un vieillard. Le révérend dit qu'il s'agissait de son évêque, et que celui-ci ne l'aimait pas, on pouvait d'ailleurs s'en rendre compte à son expression. Elle le voyait effectivement. Il lui montra une brique de verre, la seule qui eût résisté aux tests de compression. Finalement, bien sûr, il lui proposa de faire exploser une larme batavique.

« Non, je vous en prie. Il ne faut pas.

— Et pourquoi donc ? » Dennis Hasset était étonné de sa propre irritation. Pendant un instant, il détesta sa visiteuse. Il n'aimait pas l'acuité de son regard. Il était agacé par son ton. Il fouilla dans le tiroir du bas de son bureau pour trouver une pince. Il ne parvint à mettre la main que sur une clef qui pourrait peut-être faire l'affaire. Puis, il rejeta cette idée, parce que la démonstration aurait manqué d'élégance et que, de plus, il savait qu'elle avait raison. Cette pensée ne dissipa nullement sa mauvaise humeur. « Et pourquoi ne faut-il pas ?

— Parce que vous savez ce qui arrivera, dit la jeune fille simplement. Et moi aussi. Et quand c'est fait, on ne peut plus jamais la regarder. » Et alors, comme elle apercevait sur son visage les signes du sale caractère qu'il avait la réputation d'avoir, « Oh », fit-elle. A vrai dire elle ne prononça pas cette exclamation, mais la forma sur ses lèvres.

« Oh ? demanda-t-il sur un ton assez agressif qui le surprit lui-même, comme s'il avait dit : Ah, c'est donc ainsi qu'on me voit.

— Mr Hasset, je suis vraiment désolée. »

Il avait l'impression d'être deviné.

« Miss Leplastrier, il n'y a rien ici qui doive vous désoler.

— Je suis venue chercher votre aide. Vous avez été plus qu'aimable. Et voilà que je commence à vous disputer l'utilisation de votre propre bien. C'est sans doute parce que je suis jalouse.

— Sûrement pas. » Il ferma le tiroir du bas et posa la larme batavique sur le buvard qui se trouvait devant lui.

« Oui, extrêmement jalouse. » Elle souhaitait baisser la tête, regarder par terre, mais s'interdit cette facilité.

Dennis Hasset vit les yeux de la jeune femme devenir excessivement brillants, comme des pierres recouvertes d'eau. Elle avait un curieux sourire aux lèvres et le nœud de son foulard semblait être le seul lien qui retenait ensemble les traits de son visage.

« Et pourquoi », dit-il, se penchant en avant, se sentant maladroit, cherchant son équilibre, et de ce fait prenant par dérision l'accent irlandais. « Et pourquoi devrait-il en être ainsi maintenant ? »

Son accent était parfait, mais Lucinda ne savait pas que les Irlandais étaient une cible facile et que le fait d'imiter leur façon de parler provoquait le rire. Elle savait seulement que les hommes marchaient devant, tandis que leurs femmes les suivaient comme des prisonniers.

« Je suis jalouse parce que c'est votre larme et non la mienne. Parce que, plus important encore, vous pouvez entrer dans la verrerie.

— Par la porte principale, exactement comme vous.

— Mais non, pas du tout, ne le voyez-vous pas ? Ils me traiteraient avec une horrible condescendance. Et de plus, ils me transformeraient en cette personne qu'ils s'imaginent que je suis. Est-ce que vous me comprenez ? »

Elle ne le quittait pas des yeux. C'était une enfant. Ce n'était plus une enfant. Ses yeux étaient clairs, assurés, tandis que sa voix amplifiait le léger tremblement de sa lèvre inférieure.

Dennis Hasset était prisonnier de cette force et bouleversé par cette fragilité. « Non, dit-il, je ne vous comprends pas.

— A cause de la manière dont ils me regarderaient, à cause de l'idée qu'ils se font de moi. Ils me transformeraient en la personne qu'ils croient percevoir. Je me sentirais amoindrie. C'est le pouvoir des hommes.

— Mais je suis un homme.

— Non, dit-elle, trop impatiente de poursuivre pour lui laisser développer son point de vue. Des hommes. Des hommes en groupe, des hommes enfoncés dans leurs certitudes, des hommes au coin des rues, des hommes rassemblés dans une salle. C'est comme le vaudou. Connaissez-vous le vaudou ?

— Oui », dit-il, extrêmement impressionné. Il n'accorda aucune attention à la présence de Frazer qui venait l'informer de l'arrivée, pour déjeuner, des trois dames distinguées de la paroisse, qu'il avait invitées avec un certain Mr Jenkins, un homme récemment venu d'Edimbourg, avec une lettre de recommandation. Il fit un geste de la main à l'intention de son domestique. Lucinda crut qu'il chassait une mouche. Ce n'était pas la saison des mouches.

« Vous m'engagez comme votre mandataire, alors, dit le pasteur. C'est bien ça, n'est-ce pas ?

— Vous vous moquez de moi et très probablement vous le faites avec raison. Je me suis montrée lâche, dit-elle en faisant un signe de tête qui ne s'adressait pas tant à son interlocuteur qu'à elle-même. C'est évident pour tout le monde que je suis lâche. Mais j'ai pensé à tout cela et il m'apparaît que je dois agir à l'intérieur des limites de ma personnalité.

— Je ne me moquais absolument pas de vous.

— Vous auriez tous les droits...

— Ho ! Rossinante ! » s'exclama Dennis Hasset.

Lucinda se tut.

« Vous souhaitez acheter une usine afin de faire du verre. C'est quelque chose d'assez simple. Ne trouvez-vous pas ? », dit-il en souriant. Son sourire parvint à faire ce que n'aurait jamais pu son accent irlandais.

« Oh oui, effectivement !

— Et vous avez besoin d'un peu d'aide.

— Je connais les usines, voyez-vous, dit-elle en se penchant légèrement. Nous — je veux dire mes chers parents quand ils étaient encore vivants — en visitâmes un certain nombre et je suis tout à fait consciente que ce sont des endroits plutôt horribles et effrayants. Mais je ne désire pas m'arrêter à cela. J'y ferai face, bien sûr.

— Je serai là dans un instant, Frazer, dit Dennis Hasset. Oui, oui, bien sûr. Ne vous occupez pas de lui. Non, restez, je vous en prie. Dans un instant, dans un instant. J'ai mes devoirs de pasteur à remplir. Rien d'aussi amusant que le verre. Mais oui, bien sûr, je vous aiderai. Il y a une demi-heure, je ne vous connaissais pas encore, miss Leplastrier, et je vous dirai que je suis surpris de m'entendre dire « oui » avec un tel enthousiasme. Mais, ma parole, je crois que je brûle d'envie de voir ça. Évidemment, nous aurons besoin de recourir à la cooptation. J'ai un ami, un garçon extrêmement malin, appelé Dawson...

— Je possède plus de dix mille livres. »

Dennis Hasset, qui s'était levé pour mettre un terme à l'entrevue, s'assit de nouveau, le visage illuminé par un sourire éblouissant. « Sapristi.

— Je ne souhaite investir que la moitié de mon capital dans cette entreprise. » Elle s'excusait, regrettant d'avoir mentionné la somme. Elle n'était qu'une jeune fille. Elle n'avait rien fait pour mériter une telle somme. Elle crut voir une critique dans les yeux de son interlocuteur.

« Et le reste ? » demanda-t-il, s'engouffrant dans la question, avant que sa politesse naturelle ne le retienne. S'il avait eu « plus de dix mille livres », il aurait quitté les tumultes de l'église le lendemain.

« Quant au reste, je serai prudente.

— Miss Leplastrier, vous vous êtes engagée sur la voie opposée. Vous êtes admirablement audacieuse. Quand nous avons commencé notre petite entrevue, j'imaginais que ce serait mon austère devoir de vous mettre en garde contre votre passion. Maintenant, il me semble que vous la maîtrisez — je veux dire la passion — et que vous seriez stupide de la gaspiller sur quelque chose de moindre envergure. Et je vous dirai encore, avant que Frazer ne vienne me chercher à coups de bâtons pour mon insoumission notoire, pourquoi je tiens si fort à vous aider.

— Parce que vous portez une affection particulière au verre », suggéra Lucinda. Elle étendit ses petites mains fermes au-dessus du bureau sur lequel étaient disposés les divers morceaux de verre. Vous avez suffisamment explicité vos motifs.

— Vous êtes par trop assurée. Non, ce n'est pas parce que le verre m'amuse, mais parce que vous avez une passion. C'est pour votre passion que je vous aide. Je suis un homme frigorifié qui se réchauffe au feu de son prochain.

— Mais il me semblait qu'une passion n'avait rien d'admirable.

— Effectivement, c'est une chose dangereuse, reconnut le pasteur qui rangeait maintenant les divers objets éparpillés sur son bureau : le petit cube bleu, la lentille jaunâtre, le verre fondu avec le visage de l'évêque, la brique de verre, la fiole pleine de sable, la larme batavique. Il les rangea à leur place, referma ses revues, dégagea sa table de travail, afin d'y accomplir des tâches bien moins intéressantes. Il se souvenait du baptême qui aurait lieu cet après-midi, de la séance d'entraînement des joueurs de rugby, de ses exercices d'élocution, des vêpres, du sermon à écrire, du canif à acheter, du papier pour le sermon qu'il fallait couper à la bonne taille, celle d'une carte postale. « Une chose dangereuse, en vérité », reconnut-il, se souvenant encore qu'il n'avait plus que deux jours avant qu'on « enquête » sur ses récents sermons. L'évêque le croyait latitudinarien. Il aurait aimé que sa foi ait cette dimension.

« Je suis jaloux de votre passion, miss Leplastrier. Je prendrai plaisir à vous aider à l'assouvir.

— Mais vous m'aiderez à l'assouvir raisonnablement, j'espère, dit-elle en se levant et en ramassant les gants et le sac de sa mère. Vous m'empêcherez de me blesser avec elle, car je suis encore très jeune et ne connais rien du monde. »

Elle lui tendit la main comme un homme. Il hésita, puis la prit et la serra. Elle était étonnament chaude. On ne pouvait s'empêcher de prendre conscience du flot sanguin qui courait sous cette paroi faite de veines, d'artères, de glandes sudoripares, dans ces minuscules ateliers secoués par les remous d'une fabrication effroyablement compliquée. Dennis Hasset la regarda dans les yeux, et sachant comment les yeux se comportent, généralement, fut étonné, pas pour la première fois, de l'infini complexité de la création. Il se demandait comment cette chose, cet instrument pour voir, ce sens de la vue, pouvait transmettre si clairement une supplique, et en même temps — regardez, je ne suis qu'un œil — nier le fait qu'il se livrait à ce genre d'opération.

35

Un ticket d'hippodrome

Dès qu'il ouvrit la longue enveloppe bleue et la trouva « vide », Oscar sourit, se disant que le révérend Mr Stratton l'avait cachetée sur la table de la salle à manger. C'était, comme Mrs Stratton aimait le rappeler à son mari (en s'excusant, mais avec vigueur), une dangereuse habitude. En effet, il avait alors ses lettres mélangées avec les assiettes à dessert et les verres de sherry. Il y avait au moins un exemple d'une lettre destinée à un évêque qui fut envoyée à un ami malheureusement cancanier — ce fut un des mauvais coups portés à la carrière de Hugh Stratton — et vice versa.

Mais par ce beau matin d'été, il apparut d'abord que l'enveloppe, au lieu de contenir la mauvaise lettre, ne contenait rien du tout. Et si Oscar, qui était plus méticuleux que ses manières sautillantes et impulsives auraient pu le suggérer, ne l'avait pas tenue dans la lumière, il n'aurait certes pas découvert le message affreusement désagréable qu'avait glissé à l'intérieur Hugh Stratton.

Voici de quoi il s'agissait : un ticket d'hippodrome, qui n'était pas bien entendu celui de Hugh Stratton, mais celui d'Oscar. Il avait été délivré par John Rush, bookmaker, c/o Tattersall's Club. Il y avait plusieurs séries d'inscriptions sur ce ticket. Tout d'abord, l'épais gribouillage de l'employé bossu de John Rush avec qui Oscar avait parié à huit contre un sur une pouliche appelée Nigger Princess. Ensuite, il y avait des inscriptions d'une écriture plus élégante : les remarques qu'Oscar faisait sur chacun de ses tickets perdants — son code de parieur pour des détails tels que la position au départ, l'état de la piste et aussi, s'il y en avait, les circonstances inexplicables (la main de Dieu) qui avaient empêché le triomphe de ses calculs scientifiques. Dans le cas de Nigger Princess, elle était restée piégée dans la cage de départ sans parvenir à en sortir. En déchiffrant ces inscriptions, si on y parvenait, on en arrivait à la conclusion que le comportement de la pouliche était de quelque manière la faute d'Oscar Hopkins.

Les tickets gagnants, bien sûr, restaient en possession de l'employé du bookmaker, en revanche les autres, les perdants, étaient ramenés à Oxford et classés aussi méticuleusement par Oscar qu'il avait naguère rangé les boutons de sa mère. Les indications qu'ils comportaient étaient reportées sur un cahier plein de taches dans lequel les pages étaient soigneusement divisées en colonnes. Les tickets eux-mêmes étaient glissés dans de petites enveloppes de papier bulle, puis conservés dans une boîte à chaussures sur laquelle était portée l'inscription Personnel. La boîte était gardée dans le tiroir du bas de la table de travail d'Oscar.

Comment ce ticket avait pu atterrir à Hennacombe, relevait d'un mystère des plus désagréables. Oscar, qui avait jusqu'ici montré une allégresse et même une certaine désinvolture dans la manière de se tenir devant sa petite table, était maintenant la proie de picotements, provoqués par une sueur brûlante et irritante.

C'était un viol. On pouvait penser qu'il y en avait eu d'autres, des secrets mis au jour, des intrusions invraisemblables. Mr Stratton avait dit : « Si tu te rends à pied pour aller à Kidlington, je le saurai. » Tandis qu'il tournait le ticket entre ses doigts et découvrait l'écriture noire et serrée de Mr Stratton, Oscar ne pouvait plus considérer cette phrase comme une image.

Hugh Stratton avait écrit ce qui suit sur le ticket : « Puis-je donner l'assurance à ton père que ce ticket n'est pas à toi ? Ou peux-tu plutôt m'assurer qu'un tel jeu se révèle effectivement source de profits ? » Le billet était signé HS.

Il ne vint pas à l'esprit d'Oscar de traiter Hugh Stratton de fou. Que son mentor essayât de le faire chanter le surprenait mais ne le choquait pas. La pitié qu'il éprouvait pour le révérend Mr Stratton lui permettrait de pardonner cet écart et tous les autres agissements mesquins et minables que le pasteur commettait sans cesse envers tous ceux qui passaient dans son orbite. Il était de la nature de Hugh Stratton d'être d'autant plus aimé qu'il devenait, apparemment, moins aimable.

Mais Oscar était choqué que ce petit morceau de papier, extrêmement personnel, puisse être dérobé dans sa chambre afin de servir de preuve contre lui. Qui donc était le voleur ? Est-ce que Hugh Stratton avait fait une de ses « visites éclair » tandis qu'Oscar participait en toute tranquillité d'esprit à une séance de travaux dirigés ? Il ne savait pas. Il se rendait compte aussi que cela n'avait guère d'importance.

Il alla chercher son porte-plume et son encrier et — sans penser que Hugh Stratton était une fois de plus responsable du refroidissement de son porridge — il écrivit :

« Mon cher Mr Stratton, comme j'étais ravi de recevoir aujourd'hui une de vos rares (et d'autant plus attendue) épîtres. Et combien je fus déçu en découvrant que ce n'était nullement ce que je pensais. En effet, vous avez cacheté l'enveloppe sans y mettre ce que l'un et l'autre nous espérions. Je suis sûr que la bonne Mrs Millar a, dès maintenant, découvert la lettre parmi les assiettes du dîner. Je vous envoie un timbre afin que celle-ci puisse m'être rapidement expédiée et m'apporter ainsi des nouvelles de Hennacombe, et en particulier des progrès concernant les fonds nécessaires à la restauration de St Anne. Le professeur Arnold me demande de vous transmettre son bon souvenir en ajoutant quelque chose à propos d'un livre emprunté. Malheureusement j'ai oublié le message et si cela ne vous dit rien, j'irai le trouver pour lui demander des précisions qu'il me sera alors facile de vous communiquer fidèlement. Mes pensées affectueuses à Mrs Stratton. Votre, etc. O. Hopkins. »

A partir de ce jour, Oscar laissa ses tickets sur l'hippodrome. Et durant tout son séjour à Oxford, écrivit ses remarques dans son cahier en utilisant un code qu'il était seul capable de déchiffrer.

Quant à Mr Stratton, il crut Oscar au pied de la lettre. Ce n'était vraiment ni bon ni juste qu'un petit étudiant et un joueur le fasse se sentir aussi corrompu.

36

Une petite amie

Lucinda n'avait pas réellement envie d'une usine. Les usines l'effrayaient. Elle descendait à pied Sussex Street et regardait sur les quais sortir les ouvriers des scieries et des ateliers. Ils la répugnaient autant qu'ils l'apitoyaient — l'état des revers de leurs pantalons, l'aspect misérable de leurs vestes. Pour elle, ils étaient des créatures d'un autre monde. Elle les regardait comme s'ils étaient derrière une vitre, comme nous, un siècle plus tard, nous pouvons regarder les taudis de Delhi au moment où atterrit notre jumbo jet. Elle ne pouvait pas savoir que deux ans après la fin de cette histoire, elle serait elle-même si démunie qu'elle se considérerait bienheureuse de travailler à l'usine de condiments d'Edward Jason dans Druitt Street. Elle plongerait alors ses mains dans des eaux immondes et brûlantes, des mains rougies par la chaleur, avec des yeux qui piquent et qui pleurent. Elle serait pourtant au bord du plus grand ravissement de sa vie.

Mais à ce moment-là (1859) ses mains étaient blanches et douces. Elle éprouvait de la pitié pour les ouvriers, pour leur pauvreté, pour leur épuisement. Néanmoins, ils la regardaient d'une manière qui lui faisait peur et provoquait son aversion. C'était en relation avec son âge, son sexe, sa classe. Elle le savait. Elle le savait aussi bien que vous, mais ce savoir ne lui rendait pas les choses plus faciles, car elle se voyait, comme on dit, tenue de poursuivre. C'était la manufacture, elle le sentait parfaitement, qui lui donnait ses entrées chez le pasteur de Woollahra. C'était le verre qui lui offrait cet abri confortable. De plus, ses rencontres avec Dennis Hasset amenaient un effet certain, provoquaient autour d'elle une sorte de concentration, d'intensification. Précédemment la ville de Sydney lui avait paru immense et éventée, les rues peu sûres, pleines de voyous et de « gens bien » prêts à huer, à se moquer, à montrer du doigt tout ce qui dépassait les limites de leur expérience rétrécie. Elle était pleine du bruit des sabots, des roues métalliques. Et tout cela se déroulait sur la toile de fond immense et informe d'inconnus toussant et crachant. Elle ne pouvait supporter cette atmosphère plus d'une heure, sans être saisie d'un horrible mal de tête. Et même si la bibliothèque de George Street (son refuge préféré) avait quelque chose de rassurant avec ses murs tapissés de livres, avec les bustes de Voltaire et de Shakespeare, elle restait néanmoins un endroit verdâtre, glacé, guindé, le territoire d'hommes hostiles, portant des cols cassés qui pouvaient — c'était arrivé — claquer la langue pour montrer leur étonnement de la voir ici. Donc, elle restait même au milieu des livres une étrangère sans ami, totalement perdue. Il en fut ainsi jusqu'à ce qu'elle trouve le pasteur de Woollahra presque par hasard. Le monde s'était alors rétréci, concentré autour d'elle.

Ce n'est qu'à partir de ce moment qu'elle accepta de voir à quel point elle avait été apeurée et solitaire.

Ayant découvert que le verre était le moyen par lequel pouvait s'épanouir une amitié, elle n'avait nullement l'intention d'y renoncer. Son besoin d'amitié était tel que les lampes restaient allumées dans le bureau du pasteur de Woollahra jusqu'à des heures qui auraient mieux convenu à une salle de jeux de George Street. Une telle dérogation ne pouvait passer inaperçue à Sydney. Toutefois, si on le lui avait fait remarquer, elle vous aurait demandé de cesser de vous mêler de ses affaires. Elle était bien la fille de sa mère. Elle sentait que Mr Hasset et elle-même étaient « au-dessus de tout soupçon ». C'étaient des associés qui avaient besoin de parler d'affaires, des industriels se battant avec la chimie, des philosophes s'occupant de philosophie. Ils devaient étudier attentivement les registres moisis de la manufacture du Prince Rupert. Ils devaient le faire en silence, comme des détectives menant une enquête sur un usage de faux. Il y avait aussi les échantillons de bouteilles. Mes bouteilles, pensait-elle. Bleues, ambrées, transparentes. Des bouteilles pour les acides, pour les cornichons, pour les poisons, pour la bière, pour le vin, pour les pilules, pour la confiture. Il y avait des bouteilles avec des feuilles de vigne, avec des martins-pêcheurs, avec des fleurs d'eucalyptus, avec des serpents et aussi des lettres en relief déclarant : PROPRIÉTÉ DE.

Des années plus tard, quand elle se souviendrait de la manière dont le pasteur et elle avaient regardé ces bouteilles, avec quelle curiosité abstraite et supérieure ils les avaient examinées, une curiosité totalement détachée des liquides, des conserves, des confitures, pour lesquelles elles étaient faites, et bien entendu détachée aussi du bruit et des sueurs qu'elles exigeaient, Lucinda jugerait durement cette jeune personne, oubliant que ce qu'elle allait devenir était déjà en gestation à ce moment-là. Elle n'était ni aussi ignorante ni aussi innocente qu'elle allait se l'imaginer plus tard. Mais elle prenait plaisir à manipuler ces bouteilles et ne voyait pas comment on pouvait être jugé « inconvenant » en restant levée tard, pour s'adonner à cette occupation. Elle n'avait pas honte, pas de cela, ni (parfois, assez souvent, habituellement) de s'endormir dans le fauteuil de cuir, près du feu, où quelques instants plus tard on la réveillerait en lui offrant une tasse de chocolat crémeux. Elle entourait la tasse de ses mains et regardait le feu en souhaitant qu'elle ne soit pas obligée de marcher sur le sentier argileux éclairé par la lune qui conduisait à son hôtel.

Cette jeune fille n'avait pas suffisamment la pratique du monde pour se soucier de l'opinion de la bourgeoisie de la ville, mais Dennis Hasset n'avait pas cette excuse. Bien mieux informé, il se rendait pourtant — non sans quelque irritation — aux exigences innocentes de sa protégée.

Lucinda avait l'habitude d'arriver à n'importe quel moment, selon son humeur. Elle s'excusait bien sûr. Elle espérait toujours qu'elle ne dérangeait pas, qu'elle ne gênait pas. Toutefois, la manière dont elle levait son petit menton n'avait rien qui puisse indiquer la moindre contrition. Dennis Hasset rentrait chez lui après avoir fait une conférence sur « le Sel ordinaire » disons, à la Mutual Improvement Association, et la trouvait assise près du feu, dans son bureau, ou à sa table de travail, en train de lire un livre. C'était vrai, comme il le disait souvent du lutrin, qu'il voyait l'éducation comme une échelle dressée sur terre, pour atteindre le ciel, qu'à chaque place élevée et glorieuse il y avait un chemin partant des conditions de vie de chacun. Néanmoins, il n'aurait certes pas souffert que quelqu'un d'autre lise ses livres comme le faisait Lucinda. Elle enlevait le signet de cuir, joliment découpé, et le replaçait bien plus avant dans l'histoire. Et s'il sonnait pour qu'on lui apporte un sandwich, ce n'était qu'après une attente interminable qu'il découvrait que la cuisinière était en train de faire des crêpes pour cette fille qui, confortablement installée, s'adonnait à la lecture dans la salle à manger.

Et cependant, il croyait, contre toute évidence, qu'elle était très indépendante. Les soirs où il ne la voyait pas, il s'imaginait qu'elle lisait au Petty's Hotel. Il ne soupçonnait pas qu'elle avait aussi — car les chats se présentent toujours à plusieurs cuisines à la fois — trouvé sa place dans la ménagerie de Mr d'Abbs.

Mr d'Abbs était le directeur d'un cabinet de comptabilité, la société d'Abbs et Fig. Il était aussi, apparemment, un vieil ami de Mr Chas Ahearn. Lucinda avait consulté Mr d'Abbs en secret, parce qu'elle se méfiait du sens des affaires de Dennis Hasset. Elle avait manqué de courage nécessaire pour dire au pasteur de Woollahra qu'elle avait sollicité ce deuxième avis, qu'elle avait ensuite été invitée à dîner dans la maison, pour manger de l'oie à la grande table de bois sombre placée devant des murs couverts de peintures à l'huile ; des paysages que Mr d'Abbs qualifiait de « paradisiaques ». Les soirs où Lucinda jugeait que Dennis Hasset en avait assez d'elle, c'était là qu'elle allait, c'était là qu'elle s'asseyait, entourée de Mr d'Abbs, de Mrs Burrows, de Miss Shaddock, de Miss Malcolm et de Mr Tomasetti. Lucinda aimait la compagnie.

Le journal intime de Dennis Hasset rend compte de l'arrivée de Lucinda dans sa vie. Il décrit la première rencontre — les trente minutes accordées à Mr Leplastrier le mardi suivant la Pentecôte. Ensuite, il y a un grand nombre de traits rouges, biffant des rendez-vous pris précédemment, surtout des réunions de comités (la construction de St Andrew, le délabrement des écoles, le petit déjeuner chaud pour les pauvres), mais aussi celle de la Zoological Society. Sont également annulés un dîner avec un vieil ami et même une réunion du conseil de fabrique de la paroisse qui fut déplacée trois fois en moins d'un mois. Dennis Hasset ne pouvait rien refuser à Lucinda. Et même si souvent il s'imaginait qu'à la prochaine occasion il la ficherait à la porte, il ne le fit jamais. Il avait trente-trois ans, c'était un homme adulte, mais il n'était pas de taille avec elle. De plus — et ceci est sûrement le fond du problème — quelle que fût son irritation de la voir ainsi assise d'une manière si possessive dans le fauteuil de son bureau, il se sentait tonifié par sa présence. Quand elle s'endormait, il s'asseyait d'un air ravi en face d'elle, et souriait en l'entendant ronfler.

Bien entendu, il savait que sa conduite était imprudente. Cela ne correspondait pas à son caractère. Il désirait réussir, être à son aise. Il espérait finir ses jours dans un évêché, avec un doyen intelligent qui travaillerait à ses côtés. Et pourtant, il reconduisait cette fille — biologiquement une femelle pubère de son espèce — la reconduisait lui-même au Petty's Hotel trois fois, et même quatre fois par semaine, et cela rarement avant minuit. Bien souvent ils réveillaient le portier de nuit à deux heures du matin. Le gardien savait que la jeune femme était aussi une amie de Mr d'Abbs. Il trouvait la situation amusante. Aussi, lorsqu'il faisait un clin d'œil à Dennis Hasset, celui-ci était si réjoui de l'incompréhension grossière du bonhomme, qu'il ne pouvait s'empêcher d'émettre de petits rires sur le chemin du retour. Il était alors assis dans la voiture, à la place où aurait dû se trouver son domestique — un pasteur en vêtements ecclésiastiques roulant dans une ville abandonnée à cette heure tardive aux voyous et aux vauriens.

Tout au début du mois d'août, l'évêque Dancer le fit venir afin de lui donner ce qu'il aimait appeler une « petite correction ». De toute façon, les deux hommes ne s'aimaient guère. L'évêque s'adonnait à la chasse à courre. C'était un conservateur convaincu, qui n'avait aucune indulgence pour les subtilités théologiques des progressistes. Ce n'était pas la première fois que l'évêque et son pasteur s'affrontaient. Ils s'étaient déjà disputés à propos d'un sermon dans lequel

Dennis Hasset avait rejeté l'idée de damnation éternelle, en suggérant (« Vous n'êtes pas là pour suggérer », avait grondé l'évêque) que c'était ridicule de postuler que Dieu ait un sens moral moins développé que le nôtre. Il s'ensuivait que la damnation éternelle était une chose impensable. L'évêque n'avait pas perdu son temps à contrecarrer cette argumentation. Il avait interdit à Hasset de défendre ces idioties latitudinariennes devant ses ouailles. Quand le pasteur avait dit qu'il n'était pas latitudinarien, le visage de l'évêque était devenu aussi violet que son gilet.

L'évêque Dancer commença son interrogatoire d'une manière provocante. Ce dont il n'avait pas conscience. Il croyait au contraire être un homme compréhensif. Il en vint immédiatement au cœur de ce qu'il pensait être le problème : « Bien évidemment, Hasset, nous avons tous nos appétits. »

Dennis Hasset ne se croyait pas excessivement délicat mais il trouva néanmoins cette manière d'ouvrir le débat sur Lucinda Leplastrier assez dégoûtante. C'était une enfant, dont l'haleine, lorsqu'elle dormait, avait encore une odeur de lait. Durant un instant, la belle bouche du pasteur fit une grimace semblable à celle qu'elle aurait pu faire si ses lèvres s'étaient refermées sur une huître pourrie. Cette grimace ne dura qu'un instant, de sorte que l'évêque Dancer ne la remarqua pas.

L'évêque était bien placé pour parler d'« appétits ». Il était connu pour faire faisander le gibier jusqu'à ce qu'il grouille d'asticots. Dennis Hasset essaya de lui faire comprendre la nature de ses relations avec miss Leplastrier. Il parla intelligemment et franchement. L'évêque hochait la tête, passait ses grandes mains sur son crâne bombé et chauve, glissait sa langue entre ses dents, plissait les yeux.

« Alors, publiez les bans, dit-il, ne comprenant rien à rien.

— Mais non, mais non, s'exclama le pasteur de Woollahra en riant. Nous formons un couple bien trop hétéroclite.

— Eh bien, dit l'évêque Dancer qui en avait plus qu'assez d'essayer de comprendre ce que lui disait son pasteur, vous feriez bien de toute façon de vous marier.

— Oui, effectivement. »

Et c'est sur cette note ambiguë que prit fin l'entrevue. L'évêque s'imaginait qu'il avait ordonné à son pasteur de renoncer à sa petite amie. Le pasteur, quant à lui, pensait qu'il avait expliqué de la manière la plus satisfaisante la nature innocente de ses relations avec Lucinda Leplastrier : ils formaient un couple bien trop hétéroclite.

37

Une partie de cartes

Plus tard, quand elle connut bien la maison de Mr d'Abbs — et elle en arriva à la connaître effectivement très bien — il lui arrivait de sourire en pensant à la manière dont elle l'avait vue au début, dont elle avait exagéré dans son esprit les dimensions, l'agrandissant, la compliquant jusqu'à ce qu'elle devienne une sorte de palais, de château, la demeure d'un pair, s'étendant le long du rivage de Rushcutters Bay.

La demeure était loin d'être aussi grande que Lucinda l'avait imaginée dans son innocence provinciale. Mais c'était néanmoins une maison qui favorisait les exagérations. Elle avait quelque chose d'une pelote de ficelle. Un labyrinthe désordonné de couloirs et d'escaliers conduisait toujours dans le lieu auquel on ne s'attendait pas. Il y avait de longs corridors obscurs, débouchant sur de minuscules pièces merveilleusement claires, qui ne contenaient rien d'autres qu'une paire de fauteuils inconfortables, avec des têtières couvertes de poussière. Si on cherchait la bibliothèque, on risquait de se retrouver dans une grande buanderie où sur le sol de ciment s'entassaient des piles de draps enchevêtrés. En revenant sur ses pas, on arrivait dans un jardin où des sentiers en terrasses menaient, grâce à des escaliers aux marches trop hautes, au port. Les hydrangeas avaient déjà été taillés pour l'hiver et un jardinier à l'haleine chargée de rhum (et portant d'étranges chaussures aux pieds) offrait de vous montrer les cicatrices qu'il avait dans le dos, des crottes de kangourou, les grattements d'un péramèle. Finalement, il avait retourné une limace à l'aide d'une brindille — « C'est seulement une manière de la tuer, Mam'zelle. »

La maison apprenait à Lucinda autant de choses sur Mr Ahearn que sur Mr d'Abbs. C'était évident que Mr Ahearn n'avait jamais vu la maison. Elle l'aurait choqué de toutes les manières possibles. Il l'aurait trouvée inutilement luxueuse, prétentieuse, en contradiction avec l'esprit chrétien. Lucinda se rendait compte qu'il ne pouvait certainement pas connaître Mr d'Abbs. Mais son désir avait été si grand de la remettre entre de « bonnes mains » qu'il avait prétendu connaître un homme dont il n'avait qu'entendu parler.

Mr d'Abbs était plutôt petit, avait une quarantaine d'années, et des gestes et des mouvements extrêmement précis et personnels. Il portait des vêtements coûteux et à la mode. Il adorait la serge et le velours dans des nuances de vert olive ou de bleu marine. Ses cravates étaient en laine ou même en soie. Il aimait se servir d'une canne, bien que ses jambes fussent en parfait état. Il avait un petit sourire discret en coin lorsqu'il tripotait sa petits moustache. Cela lui donnait un air pas exactement respectable. Il était ravi qu'il en soit ainsi — ce n'était pas un défaut dans le monde du commerce à Sydney. Pourtant, cette impression était totalement fausse.

Mr d'Abbs était marié et père de trois enfants mais il semblait que sa famille ne parvenait pas à le satisfaire. Sa femme était très jolie et toute petite. Tout le monde remarquait son joli sourire et ses boucles dorées. Lucinda fut immédiatement conquise par elle. Elle avait envie de s'asseoir pour lui parler tranquillement, malheureusement ce n'était pas une maison qui favorisait de calmes conversations. Mrs d'Abbs s'asseyait dans la salle à manger avec des yeux chargés de colère et, plus souvent que de raison, s'excusait de quitter la table avant que le dessert ne soit fini. Peut-être était-ce à cause de cela, à cause de ce mariage profondément malheureux, que Mr d'Abbs aimait rassembler des gens autour de lui, les avoir dans son salon, non pas simplement un soir par semaine, mais tous les soirs.

Lucinda n'aurait jamais pu imaginer une pièce comme celle-ci. Et bien qu'elle ait lu de nombreuses descriptions de grands salons dans des romans, il n'y avait rien dans sa culture littéraire qui l'eût préparée au laisser-aller de la maison de Mr d'Abbs, à la manière dont un tapis pouvait être jeté sur un canapé au dossier doré pour cacher les ressorts mis à nu, ni à sa longueur, ni à sa largeur, ni à l'incroyable quantité de poussière qu'on trouvait partout, ni, bien entendu, à la vue hallucinante des rochers en surplomb et des remparts du rivage est de Rushcutters Bay. Et au milieu de cet enchevêtrement coûteux et prétentieux sautillait l'immaculé Mr d'Abbs. C'était un oiseau des îles parmi des lantaniers touffus, un oiseau-lyre grattant les brindilles et les feuilles de son nid en désordre.

Ni Elizabeth Leplastrier ni Mitchell's Creek n'avaient préparé Lucinda à cette manière de vivre. On ne trouve certes pas ce genre de personnage dans une étable. C'était d'ailleurs quelque chose dont Mr d'Abbs était parfaitement conscient. Debout, à sa place favorite, le dos appuyé contre la bibliothèque aux portes vitrées, un verre de bon cognac français à la main, il jetait un coup d'œil circulaire sur son salon et n'arrivait pas à croire que c'était bien lui, Jimmy d'Abbs, le fils de Ditcher d'Abbs, qui se tenait là.

Les murs de ce salon étaient couverts de tableaux de toutes les sortes possible. Ils étaient entassés, serrés les uns contre les autres — des aquarelles aux verres poussiéreux, des huiles aux gros cadres dorés, des lithographies chromos reproduisant des chefs-d'œuvre, des caricatures, une illustration en couleurs du *London Illustrated News,* montrant lord Elgin dans les rues de Pékin, un dessin au crayon noir représentant des Noirs attaquant la demeure d'un colon. Mr d'Abbs avait appuyé contre la plinthe les peintures de sir Arthur Gibbs, de la Royal Academy, afin d'avoir de la place pour accrocher les paysages de sa nouvelle découverte, Mr Tomasetti, qui, en ce moment même, se tenait dans la véranda pour regarder tomber le soir sur Rushcutters Bay. Mr Tomasetti était commercialement intéressé par la promotion de variétés de blés toscans qui, proclamait-il, ne pouvaient attraper la rouille, cette maladie des céréales qui infestait encore la colonie. Mais c'était aussi un Italien, un artiste, un athée, et tout cela en faisait quelqu'un d'intéressant. Mr d'Abbs était heureux de l'entendre parler de n'importe quel sujet de son choix. Il ne parlait pas beaucoup lui-même, plus maintenant, il préférait sourire, hocher la tête et s'émerveiller aux aspects que pouvait prendre la vie. A cet égard, il partageait plus de choses qu'il ne l'aurait pensé avec sa nouvelle protégée, miss Leplastrier. Bien qu'il la trouvât, en dépit de son courage évident, extraordinairement terne. Plus tard dans la soirée, bien sûr, elle sortirait de sa coquille, mais cela ne servait à rien pour l'instant. Cette jeune femme le rendait un peu tendu, et ce n'était pas ainsi qu'il aimait être. Elle s'était installée dans un fauteuil, près de miss Shaddock qui faisait de la tapisserie à côté de la petite table en noyer. Il se rendait compte que miss Leplastrier n'était pas heureuse. Elle était orpheline, bien sûr, et arrivée tout récemment à Sydney. Il lui fit un clin d'œil. Elle détourna la tête.

Lucinda, assise, les mains sur ses genoux, offrait un masque impassible à la pièce. Personne n'aurait pu deviner ses sentiments, des sentiments si contradictoires qu'il était vraiment étonnant qu'elle pût les abriter sans trahir aucune espèce d'agitation.

Premièrement : tout comme Jimmy d'Abbs, elle était surprise de se trouver dans un tel lieu. La pièce, avec son méli-mélo de peintures et de tapis, son curieux mélange de raffinement et de laisser-aller, suggérait que la vie pouvait être bien plus complexe que Lucinda ne l'avait précédemment imaginée. Et tandis que tout cela l'offusquait à cause de son goût de l'ordre et de la retenue, un goût qu'on lui avait soigneusement inculqué dans son enfance, elle se sentait également séduite.

Deuxièmement : elle était reconnaissante à Mr d'Abbs de sa gentillesse. Elle continuerait — peu importe les choses qui pouvaient l'en dissuader — de lui être fidèle en amitié à cause de cela.

Troisièmement : elle était gênée de voir que les yeux de Mrs d'Abbs se tournaient continuellement dans sa direction. En ce moment, elle se demandait si elle l'avait blessée de quelque façon.

Quatrièmement : elle n'aimait pas la manière dont Mr d'Abbs tenait ses enfants à distance, à l'écart, au loin, comme s'ils étaient, même après leur bain, trop collants pour les inciter à la tendresse.

Cinquièmement : elle se sentait très seule. Les amis de

Mr d'Abbs la traitaient en étrangère. Miss Malcolm, miss Shaddock, Mrs Burrows, Mr Tomasetti étaient certes polis avec elle mais ne semblaient guère pressés de l'introduire dans leur cercle.

Sixièmement : elle était contrariée de constater que Mr d'Abbs et Mr Tomasetti n'attachaient que peu d'importance à la religion. Quand Mr d'Abbs lui faisait un clin d'œil, elle faisait semblant de ne pas s'en apercevoir.

Septièmement : elle aurait préféré être dans son lit juste au moment de sombrer dans le sommeil. Cet espace, entre veille et sommeil, était son véritable refuge, c'était cela qu'elle cherchait dans les fauteuils de Dennis Hasset.

Huitièmement : elle attendait que Mr Tomasetti revienne de la véranda afin que le véritable but de cette soirée puisse être atteint.

On attendait en fait que Mrs Burrows s'en aille, afin de pouvoir commencer à jouer aux cartes. Et Mrs Burrows ne partirait pas avant que Mr Tomasetti ne soit prêt. Celui-ci admirait Rushcutters Bay à la tombée du jour. Et bien qu'il ne fît partie que depuis peu de la petite bande, il avait déjà lié des liens d'amitié avec Mrs Burrows. Personne ne savait clairement jusqu'où allait cette amitié.

Mrs Burrows, un supporter têtu des sudistes américains, était la veuve d'un capitaine tué par les Noirs dans la région des « Falls » près des sources de la Manning River. Lucinda ne l'aimait pas du tout. Elle s'était vu vertement réprimandée par elle sur le sujet des Noirs. Mrs Burrows voulait leur donner « le goût du pain », c'est-à-dire leur distribuer du pain fait avec de la farine mêlée de strychnine. Elle savait que c'était une position extrémiste. Elle aimait avoir des positions extrémistes. Elle faisait partie de ceux qui demandaient qu'aucun Blanc ne soit pendu pour avoir abattu des Noirs en état de légitime défense. Ses opinions s'accordaient à son visage. Elle avait un nez rouge, des joues creuses, un air pincé. C'était une femme qui trouvait toujours quelque chose à redire, et l'on ne se serait pas attendu à ce qu'elle se liât d'amitié avec Mr Tomasetti, ne serait-ce qu'à cause de l'athéisme affiché de celui-ci. Elle était si passionnément contre les jeux de cartes qu'on devait attendre son départ pour commencer la partie. Et pourtant, elle était là, attendant humblement qu'un athée revienne de la véranda avant de pouvoir annoncer son intention de rentrer chez elle.

Ensuite, tout le monde jouerait au cribbage. Lucinda appuyait son dos au dossier de son fauteuil à oreillettes. C'était sans doute un péché mais elle aimait jouer au cribbage. Elle aimait ça énormément, en vérité. Elle se surprenait, durant la journée, à attendre impatiemment le moment de la partie comme naguère elle attendait les beignets au sirop. Quand elle jouait aux cartes, elle n'était ni terne ni irritable. Elle riait, elle paraissait bien plus jolie. Elle sentait elle-même sa propre transformation. Les gens lui souriaient.

Elle était excitée pour jouer aux cartes à un point qu'elle ne pouvait s'expliquer. Elle avait une impression, non pas exactement la même, mais vraiment très proche de celle qu'elle avait eue lorsqu'on avait lutté contre le feu de prairie dans Bishop's Plain, cette rangée d'hommes, de femmes, d'enfants, même ce vieux salopard de Michael Halloran, qui luttaient en ligne avec des sacs de jute et des branchages face à une fumée étouffante. Les cartes ne ressemblaient pas vraiment à cela, et pourtant ça y ressemblait. On se groupait, on formait un cercle qui symbolisait tous les aspects des efforts de l'homme.

Mais en ce moment, elle était seule, consciente de son isolement, et de celui de tous, vis-à-vis les uns des autres.

Sur une table ronde, en noyer, à trois pieds, il y avait une lampe hollandaise. Elle était faite en filigranes de fers noirs, avec un joli abat-jour blanc. A côté de cette table était assise miss Malcolm, l'institutrice des enfants. C'était une jolie jeune personne, ou du moins elle l'avait été naguère. De l'autre côté de la table était assise miss Shaddock avec sa tapisserie. Tandis que miss Malcolm était blonde et menue, miss Shaddock était brune et forte. Et alors que miss Malcolm donnait une impression d'innocence plus grande qu'il ne convenait à son âge, miss Shaddock exhalait une odeur de catastrophe imminente, comme si les entreprises dont on parlait devaient mal finir.

Et cependant, Mr d'Abbs, appuyé contre sa bibliothèque, était de toute évidence extrêmement satisfait et heureux d'avoir la compagnie de miss Shaddock. Il l'appréciait tout autant que celle de Mr Tomasetti, qui, à l'instant — Lucinda entendait craquer ses semelles de cuir — sortait de sa rêverie et commençait à remuer dans la véranda.

Mr d'Abbs collectionnait les gens. C'était sa passion. C'était un honneur que le capitaine ait été tué en défendant des colons isolés, que miss Malcolm soit la sœur d'un ténor, que les tapisseries de miss Shaddock aient été offertes au prince de Galles. De temps en temps, Mr Horace Borrodaile apparaissait. Un jour, il avait amené Mr Henry Parkes (Mr d'Abbs avait encore sa reconnaissance de dette). Et voici qu'arrivait maintenant Mr Tomasetti, il se tenait sur le seuil de la porte ouverte et parlait avec autorité du paysage.

Lucinda n'écoutait pas réellement ce que disait Mr Tomasetti. Une vache était en train de s'embourber dans les marais qui se trouvaient en contrebas de la maison. Personne, dans la pièce, ne songeait à la secourir. Cette vache ne leur appartenait pas. On attendait le départ de Mrs Burrows afin de pouvoir jouer aux cartes.

« Ne devrions-nous pas faire quelque chose pour cette vache ? » demanda Lucinda à miss Malcolm. Mais celle-ci, qui s'était pourtant tournée vers elle, ne semblait pas intéressée par ce qu'elle venait de dire. Lucinda était indignée mais ne savait que faire. Personne ne la regardait. Elle se sentait submergée par l'ennui, par l'indécision. La bête se mit à mugir. Elle savait qu'elle allait mourir. Ses congénères ne l'aideraient d'aucune sorte.

« D'accord, d'accord, disait Mr Tomasetti à miss Shaddock, pourtant ce n'est pas un paysage chrétien. » Mr Tomasetti avait les yeux enfoncés et un air triste. Il avait des cheveux noirs bouclés et une barbe également noire extrêmement fournie. Et au milieu de tout cela, comme des lampes au fond d'une pièce tout en longueur, on apercevait des yeux étincelants. On aurait dit un homme qui vient d'être volé de quelque chose auquel il tient et qui attend que les autres prennent conscience de l'injustice dont il vient d'être victime afin qu'ils fassent en sorte de remettre les choses en ordre. « Ça n'a rien à voir avec un paysage chrétien.

— Mais vous n'êtes même pas chrétien, dit miss Shaddock avec un tremblement dans la voix, comme c'était toujours le cas lorsque la conversation s'engageait dans cette voie.

— Ça n'a rien à voir avec la question, Irene, dit Mrs Burrows.

— Dieu a fait tous les paysages, dit miss Shaddock. Sûrement vous êtes d'accord avec moi sur ce point, Mildred ?

— Bien sûr », dit Mrs Burrows en restant tournée vers Mr Tomasetti.

Lucinda s'impatientait à l'idée que cette conversation puisse s'éterniser. C'était hypocrite de se proclamer chrétien tandis qu'une telle souffrance vous assaillait. Néanmoins, elle savait ce que voulait dire Mr Tomasetti. Elle l'avait ressenti elle-même et elle retourna en pensée au bras mort de la rivière. A cet endroit, l'eau était sombre, immobile, brunâtre à cause du tanin, avec des taches de lumière çà et là, comme on en voit à l'intérieur d'une église. C'était là qu'elle avait arraché les cheveux de sa poupée, qu'elle avait pleuré quand son père était mort, qu'elle avait vu deux Noirs, debout, immobiles comme des arbres. Elle avait seize ans. Elle avait retenu son souffle. Et soudain, il y en avait deux autres. Et deux autres encore. C'était dans les années où les Noirs de Parramatta venaient d'être battus. Leurs torses étaient bruns, à cause de la boue dont ils se couvraient et qui se fissurait au point de les faire ressembler à des eucalyptus. Elle était effrayée, non pas qu'ils lui fassent mal, mais de quelque chose de bien plus fort que cela. Elle avait fait demi-tour et s'était mise à courir, à courir à toute vitesse dans la prairie verte, tandis que des pluviers criaient au-dessus de sa tête. Elle avait couru près du tas de poteaux jetés pêle-mêle sur un lit d'écorces fibreuses, éclatées. Les poteaux avaient un côté rond et luisant, là où l'écorce avait été enlevée, et les deux autres étaient mats et rugueux.

Elle savait ce que voulait dire Mr Tomasetti. On pouvait le sentir dans les ombres tranquilles, le long des cours d'eau. Lucinda devinait qu'il y avait des fantômes dans ces endroits, mais ce n'étaient pas des fantômes chrétiens, ce n'était ni saint Jean-Baptiste ni Jésus de Galilée. Là, se trouvaient d'autres esprits, d'autres histoires, fuyants comme des ombres.

Elle aurait aimé le dire. Elle était capable de mettre en ordre ses idées et de les exprimer correctement. Mais elle savait que seul Mr d'Abbs en serait heureux. Il se tenait debout, appuyé contre sa bibliothèque, portant de temps en temps son verre ballon, plein de cognac, à ses lèvres. Il la regarda et lui fit de nouveau un clin d'œil, comme pour lui dire : « Quel joli numéro nous fait Tomasetti, comme c'est amusant, n'est-ce pas ? »

La vache, dans le marécage, mugit de nouveau. Lucinda se dit : « Je ne devrais pas être là. »

« Il y a quelque chose que je ne comprends pas chez vous, Mr Tomasetti, dit miss Malcolm. C'est la manière dont vous vivez. » Elle n'ajouta pas « en mécréant », mais chacun comprit la signification de sa phrase.

Mais Mrs Burrows se leva, que ce fût ou non dans le but d'empêcher qu'on réponde à la question. De toute façon c'est ce qui se passa. Elle poussa un petit cri de douleur en portant sa main au bas de sa colonne vertébrale. « Vos affaires seraient plus prospères, dit Mrs Burrows, si vous vous couchiez plus tôt. »

Est-ce que cela signifiait que Mrs Burrows était au courant des parties de cartes ? Miss Malcolm fit faire brusquement à sa tête un angle de dix degrés pour rencontrer les yeux de miss Shaddock. Mais celle-ci resta fermement penchée sur sa tapisserie. Pourtant son cou, charnu et blanc, commença à rougir lentement.

« Passez la nuit ici, dit Mr d'Abbs. Je vais demander qu'on prépare un lit pour vous.

— Je vous en prie », dit Mrs d'Abbs, qui jusqu'à maintenant était restée immobile et silencieuse, son tricot sur les genoux (miss Shaddock était toujours surprise de voir à quel point Mrs d'Abbs tricotait lentement). Personne, en dehors de Lucinda, qui, nouvelle, ne comptait pas, n'était bien disposé en faveur de Mrs d'Abbs. « Je vous en prie, restez.

— Merci, vraiment, mais pas ce soir. Mr Tomasetti va me ramener chez moi. »

Mr Tomasetti avança dans la pièce, en se frottant le cou.

« Nous déposerons miss Leplastrier à son hôtel, dit Mrs Burrows en posant son châle sur ses épaules.

— Oh non, s'écria Lucinda en cherchant des yeux Mr d'Abbs, afin qu'il vienne à son secours. Non, pas encore. »

Mr d'Abbs leva un sourcil. Miss Shaddock regarda au-dessus de ses lunettes à la monture invisible, en plissant les yeux. Cette exclamation était curieusement passionnée.

« Huuum », fit Mrs Burrows. C'était sa technique afin de faire croire qu'elle connaissait des choses.

« Nous ne sommes pas assez bien pour vous, dit une grosse voix d'homme du seuil. Nous sommes trop en dessous de vous Mrs Burrows. Même morts, vous ne voudriez pas être vue en notre compagnie. Et qui pourrait vous en blâmer ?

— Absurde, lança Mr d'Abbs évidemment ravi.

— Vous me prenez pour un coquin », dit le nouvel arrivant, à Mrs Burrows. Celle-ci, tout en partant avec Mr Tomasetti, parvenait à avoir l'air à la fois outrée et en même temps ravie d'être taquinée de la sorte.

« Fig, vous êtes un vaurien », dit Mr d'Abbs en faisant une grimace à l'homme au crâne chauve, aux joues rouges, qui affichait une petite bedaine étroitement maintenue. Le visage de Mr d'Abbs, crispé dans une grimace, suppliait Mr Fig de se tenir tranquille encore un instant.

« Est-ce que la seconde séance a commencé ? » demanda Mr Fig en clignant de l'œil et en faisant le geste de battre des cartes, tandis que quelqu'un aidait Mrs Burrows à enfiler son manteau.

« Il faut rentrer », dit-il à Lucinda en agitant son index, en aspirant ses joues, dans le but d'imiter, sans réellement y parvenir, la femme qui maintenant quittait la maison, permettant enfin aux épaules de miss Malcolm de se détendre. « C'est une vraie maison de fous », ajouta Mr Fig avec soulagement. Mrs d'Abbs se leva. Elle ramassa son tricot et le fourra dans la boîte à chapeaux qu'elle utilisait à cette fin. Lucinda n'entendit pas ce qu'elle disait.

« D'accord, Henny, d'accord », dit Mr d'Abbs à sa femme.

Lucinda était malheureuse de voir Mrs d'Abbs partir ainsi furtivement, les bras croisés sur sa poitrine, le dos voûté, exprimant avec son corps la plus grande humilité, tandis qu'en même temps — quiconque avec ne serait-ce que la moitié d'une âme pouvait le voir — ses yeux humides étaient pleins d'une fureur noire.

Elle n'aimait pas ce qui se passait dans sa maison. Elle avait donc le droit d'y mettre un terme. Son mari avait le devoir d'être de son côté. S'il n'avait qu'un quart des bons sentiments qu'il affichait, il n'aurait pas ressenti cela comme un sacrifice. Cependant, même alors qu'elle était exaspérée par ce qu'on infligeait à Mrs d'Abbs, Lucinda était bien forcée de reconnaître qu'elle avait envie de jouer aux cartes, de vider sa bourse sur la table. Donc, elle faisait partie de ceux qui obligeaient Mrs d'Abbs à garder le dos courbé. Car si celle-ci se redressait, elle enverrait sûrement miss Malcolm préparer la leçon de demain, demanderait à miss Shaddock de regagner son appartement dans Macquarie Street et dirait à Mr Fig de revenir à jeun.

Mrs d'Abbs, évidemment, ne faisait rien de cela. Elle embrassa son mari sur la joue et fit quelques signes de tête en souriant gentiment avant de prendre congé et de gagner son lit.

Lucinda se leva de son fauteuil pour aller trouver Mr d'Abbs qui prenait les cartes dans la cachette de la bibliothèque.

« Vous sentez-vous en veine ce soir ? lui demanda-t-il.

— Eh bien, oui, dit Lucinda. Mais la pauvre vache, là-bas, en a beaucoup moins.

— Fig, cria Mr d'Abbs, savez-vous comment on vous appelle ?

— Mais non, mais non, dit Lucinda en riant. Ce n'est pas vrai, Mr Fig. Il y a une vache enlisée dans le marécage.

— Oui ? fit Mr d'Abbs.

— Je me demandais si vous ne pourriez pas envoyer quelqu'un pour la sortir de là. »

Mr d'Abbs la regarda puis cligna des yeux. Lucinda était embarrassée. Elle l'avait blessé de quelque manière, mais sans savoir comment.

« Je vais y veiller immédiatement », dit Mr d'Abbs. Et bien qu'il lui sourît, Lucinda se sentait mal à l'aise.

« J'espère que je n'ai pas parlé mal à propos.

— Bien sûr que non, bien sûr que non. » Mais à vrai dire Mr d'Abbs ne pouvait supporter qu'on lui donnât ce qu'il pensait être des « ordres » dans sa propre maison. Il exécuta tout un manège pour faire croire qu'il allait quitter la pièce et demander à Jack son jardinier de se rendre près de la vache, mais il n'en fit rien du tout.

38

Comme un poisson dans l'eau

« Ah ah, dit Lucinda, vous m'avez battue à plate couture, Mr Fig.

— Effectivement, miss Leplastrier », dit Fig qui, récemment, avait participé à la soirée de « l'Ethiopian Concert » à la Balmain School of Arts. Il avait mis la salle en joie avec son imitation d'un contrôleur noir. Mais maintenant, il arrondissait ses voyelles et roulait ses r. « Je vous ai volée comme dans un bois, dit-il. Je vous ai dévalisée, soulagée de vos doublons et de vos ducats.

— Je suis battue, dit Lucinda, mais je vous le promets, nullement déconfite. »

Mr d'Abbs aimait Lucinda à ce moment. Il aimait son courage, la manière dont elle riait. Il aimait l'aspect charnu de sa lèvre inférieure, ses paupières lourdes, l'impression qu'elle serait capable de la plus excessive audace. Sa lèvre supérieure était irrésistible. Elle s'étirait, s'allongeait — un charmant petit tic — dès que Lucinda était excitée.

« Ferons-nous une balade ensemble ? » demanda-t-il. Sa proposition était plus innocente qu'il n'y paraissait. Il rassembla les cartes au milieu de la couverture grise qu'il avait étalée sur la table en noyer avant le début de la partie. « Harry Briggs a ramené un steamer. Il nous le louera si nous voulons. Nous pouvons aller jusqu'à Pittwater.

— Oh oui, s'écria miss Shaddock. Oh, j'aime tellement Pittwater. »

Miss Malcolm regarda fixement miss Shaddock avec une expression à la fois rêveuse, étonnée et légèrement méprisante. Mr d'Abbs voyait très bien quel secret cette expression dévoilait. Bientôt, il allait être forcé de renvoyer miss Malcolm.

Miss Leplastrier prit les cartes des mains de Fig et commença à les battre. Deux semaines plus tôt, elle les aurait éparpillées partout, mais elle se sentait maintenant aussi à l'aise pour le faire qu'un poisson dans l'eau. Mr d'Abbs trouvait à la fois comique et attendrissant qu'une jolie femme batte les cartes avec l'habileté d'un croupier dans une salle de jeux.

Il était deux heures dix. Lucinda n'avait pas la moindre envie de dormir. Elle but une gorgée, maintenant tiède, de punch à la cannelle, puis distribua les cartes.

Miss Malcolm se mit à bâiller.

« En avez-vous assez des cartes ? demanda Fig, sans toutefois poser directement la question à Mr d'Abbs.

— Oh, je vous en prie, dit Lucinda, encore une.

— Vous avez déjà perdu trois guinées », dit miss Malcolm. Le ton de sa voix n'était pas amical. Elle jeta un regard lourd à Lucinda, en prenant cette même expression méprisante qu'elle avait décochée à miss Shaddock un instant plus tôt.

« Une seule, dit Mr d'Abbs, en regardant miss Malcolm, les yeux plissés. Donnons à miss Leplastrier la possibilité de se refaire. »

La carte que Lucinda destinait à miss Shaddock glissa au-dessus des autres et sortit de la table. Miss Shaddock essaya de la rattraper mais l'envoya en direction de Lucinda. La carte rebondit sur l'épaule de Lucinda et tomba à ses pieds. Celle-ci se pencha pour la ramasser.

Elle ne voulait certes pas regarder la carte, mais elle vit que Mr Fig avait enlevé sa chaussure et que sa jambe était étendue sous la table. Son pied, dans sa chaussette, se trouvait parmi les plis de la jupe de miss Malcolm. Lucinda s'en aperçut sans éprouver le choc qu'on aurait pu être en mesure de s'attendre. Elle pensa seulement : ma mère trouverait cette maison épouvantable. Elle répondit à la question qu'on lui avait posée sur ses pertes.

« Une dernière, supplia-t-elle.

— Comme un poisson dans l'eau », dit Mr d'Abbs.

Lucinda savait qu'elle allait gagner cette partie parce qu'elle l'avait distribuée. Elle sentait qu'elle pouvait influencer les cartes grâce à la puissance de sa volonté, tenez, en voici la preuve : deux cinq et une suite de cœurs. Elle pouvait se défausser du cinq et du roi et faire rentrer le cinq d'atout. C'est ce qu'elle allait faire. Bon, ce n'était pas le cinq d'atout. Aucune importance. Elle gagnerait de toute manière.

Je suis riche, pensa-t-elle. Je peux faire ce dont j'ai envie. Il ne s'agit que de pennies. C'est seulement un amusement. Ma mère ne voudrait pas me condamner éternellement à la solitude.

Demain, elle aurait perdu ou gagné mais, quoi qu'il arrive, le bonheur ne serait pas pour elle. Elle ne pouvait être heureuse que maintenant, pas après. Car si elle gagnait, elle aurait l'impression d'avoir volé les gens : elle était déjà riche. Elle l'était sans avoir mérité sa fortune. Vouloir plus d'argent était coupable, c'était un péché, de la cupidité. Mais si elle perdait, ce serait pire. Elle ne serait pas prise de remords mais de panique. Son argent était sa protection, son armure. Elle était avare. Elle aimait compter son argent, elle s'affolait à l'idée d'en être séparée. Elle le savait déjà. Elle courrait alors au presbytère de Woollahra avec la queue entre les jambes. Elle lirait la Bible et assisterait aux vêpres. Mais en ce moment, elle était grisée par le jeu et n'avait qu'une envie : continuer. Les cartes étaient bien dessinées, gaies, avec des outremers purs, des rouges d'un carmin éblouissant, comme le cœur sur les images des catholiques. Elle vit de nouveau cette curieuse expression dans les yeux de miss Malcolm. Elle entendit la vache beugler dans la boue. Elle porta la main à son cou et sentit sa paume frôlée, caressée, par des mèches de cheveux désordonnées, indisciplinées, rebelles. Quelle tête elle devait avoir ! Sa mère, si elle était encore là, lui brosserait les cheveux avec frénésie. Mais Lucinda ne se souciait pour le moment de rien d'autre que des cartes, de faire en sorte que le jeu se poursuive.

« Regardez-moi ça, dit-elle. Regardez comme je peux rendre les enchères intéressantes. »

Elle vida le contenu de sa bourse — l'équivalent de seize pots de confiture — sur le tapis.

Mr d'Abbs était ravi. Il se préparait à qualifier son geste de puéril mais elle leva la tête. Quand il vit la lueur verte de défi dans ses yeux clairs, il ne sut plus que penser.

39

Des effets personnels

Mrs Burrows n'aimait pas sentir qu'on avait besoin d'elle. Ça la rebutait. C'était cela qui faisait obstacle à ses relations avec Mr Jeffris et nullement le fait qu'il était un employé de Mr d'Abbs. Alors que Mr Tomasetti avait un regard froid et ne laissait rien transparaître de ses ardeurs, Mr Jeffris avait une nature exaltée que visiblement il avait quelque mal à contenir. Les larmes jaillissaient facilement de ses yeux couleur écaille. Ses poings étaient souvent fermés ou enfoncés profondément dans ses poches. Il était totalement étranger à l'ironie et aux sarcasmes. Il était aussi direct qu'un couteau. En dehors de sa grande passion pour la veuve du capitaine Burrows, il était obsédé par l'idée qu'il devait devenir explorateur, parcourir des territoires inconnus. Il n'était pas aussi grand que Burke ni aussi cultivé que Mitchell. Mais en l'entendant parler, on ne pouvait douter un instant qu'il finirait par y arriver.

Mr Jeffris était réellement très beau. Il avait une grande tignasse de cheveux noir corbeau, un large front, une bouche pleine, agressive, joliment dessinée et des yeux noirs étonnamment vifs. Il était carré, précis, critique vis-à-vis de lui-même. Il était le cadet d'un marchand des quatre saisons de Covent Garden et s'était consacré entièrement à sa propre réussite. Il était, à presque tous les égards, un parti idéal pour Mrs Burrows, sauf qu'il avait besoin d'elle.

Mr Tomasetti ne manquait pas, lui aussi, de passion, mais

elle était d'un type différent. Elle était aussi froide qu'une vitre dans une pièce surchauffée. C'était à cause de cela que Mrs Burrows se sentait en confiance avec lui. Elle aimait qu'on garde ses distances, retrouver l'équivalent sentiment que, toujours en mission, le capitaine Burrows lui avait offert en mettant entre elle et lui un nombre appréciable de kilomètres.

La différence entre Mr Tomasetti et Mr Jeffris est fort bien illustrée par leurs réactions face au petit coffre en fer-blanc que le commandant du capitaine Burrows avait étiqueté « Effets personnels du capitaine Burrows ».

Le coffre contenait une paire de gants, quelques lettres de Mrs Burrows, une enveloppe avec des images représentant des cosaques et seize cahiers reliés en cuir, de son journal de voyage, rempli de cartes, de récits de randonnées, de raids contre les Noirs et de petits croquis à la plume de bivouacs, de traversées de rivières, etc.

Mr Tomasetti, qu'on avait invité à regarder le journal, déclara tout de go à Mrs Burrows que son mari ne savait réellement pas se servir d'une plume. Il fit des remarques peu flatteuses sur sa manière d'écrire l'anglais et attira l'attention de la jeune femme sur les tirets qu'utilisait le capitaine Burrows à la place des virgules et des points. Il ne s'en tint pas là. Il lut une phrase à voix haute, avec un ton qui la rendait ridicule. Il lui montra aussi comment la « ferme des colons attaquée par les Noirs » ne pouvait que s'effondrer à la seconde où le petit croquis était achevé.

Mrs Burrows, comme Mr Jeffris, croyait aux « améliorations ». Mr Tomasetti proposait des « améliorations » à haute dose, où plutôt les punitions que Mrs Burrows avait appris à considérer comme nécessaires aux améliorations. Et bien qu'elle le giflât à deux reprises à la suite des choses qu'il disait, il n'en restait pas moins qu'elle était par ailleurs frustrée par les remarques enthousiastes de Mr Jeffris. Mr Jeffris arrivait les mardis et les jeudis avec son papier à lettres et sa plume. Il portait une veste à l'ancienne, avec un pli creux, comme celle de son héros, le major Mitchell. Il s'asseyait à la table à abattants dans le salon, et recopiait le journal du capitaine Burrows. Il avait une écriture agréable, lisible, avec cependant quelques fioritures. Il ne faisait aucune grimace désobligeante devant les bibelots en cuivre et en porcelaine que choisissait Mrs Burrows pour décorer la pièce. Mr Tomasetti, quant à lui, lorsqu'il fut seul avec elle pour la première fois dans la maison, lui dit carrément qu'elle n'avait aucun goût. Il avait pris des objets sur les meubles pour les poser par terre. Mrs Burrows était debout dans le salon. Elle tenait un petit éléphant en porcelaine dans la main. Mr Tomasetti lui faisait face, le dos tourné vers la fenêtre. Il avait son chapeau haut de forme à la main.

Elle tenait encore l'éléphant à la main au moment où ils s'embrassèrent. Plus tard, elle le retrouva sur la desserte.

Quand Mr Jeffris admira cet éléphant, il se mit à son niveau à elle et ce niveau n'était pas suffisamment élevé à son goût. Paradoxalement, l'intérêt culturel de Mr Jeffris pour les éléphants fit que Mrs Burrows ressentait pour lui une affection semblable à celle qu'on peut avoir pour un ami de l'école maternelle.

Ni Mr Jeffris ni Mr Tomasetti ne se rendaient compte du curieux état de Mrs Burrows. Elle ne donnait nullement l'impression d'avoir perdu les pédales. Son deuil était terminé et ses voiles de veuve avaient été donnés à une œuvre de bienfaisance. Mais elle était encore secouée, ébranlée, par les remous laissés par l'assassinat du capitaine Burrows. La nouvelle lui était parvenue en trois vagues sucessives.

Tout d'abord, elle avait reçu une lettre de condoléances polies du commandant. Ensuite, était paru le compte rendu des journaux. Burrows avait été tué à coups de hache, hache que les Noirs avaient volée aux tondeurs de moutons de Manning. On lui avait percé le cou et les yeux avec des pieux.

Puis, alors qu'elle suffoquait encore sous le choc, les effets personnels arrivèrent. Au milieu des cahiers du journal se trouvait une enveloppe contenant seize images sur carton, numérotées de un à seize, des images comme celles qu'on trouve dans les paquets de cigarettes et que collectionnent les petits garçons. Chacune de ces images avait pour titre « Violée par les cosaques ». Mrs Burrows ne fut pas particulièrement choquée par les accouplements qu'elles représentaient (ou moins choquée qu'elle ne l'aurait pensé) ni par les organes génitaux exagérément grossis des hommes. Mais en revanche, elle le fut par l'association de choses sexuelles avec des épées et des cimeterres, par les seins tailladés des femmes, par les bouches grandes ouvertes, tordues de douleur, par les yeux exhorbités de terreur. Et encore plus, bien que cela fût déjà assez terrible, lorsqu'elle essaya de comprendre pourquoi le capitaine Burrows, qui avait aimé glisser sa tête endormie sur ses seins, était en possession d'images comme celles-là.

Elle ne pouvait les chasser de son esprit. Elles la troublaient et l'effrayaient. Il n'y avait personne à qui elle pût en parler. Et lorsqu'elle les posa comme les cartes d'une réussite, sur la table à abattants, un mardi soir, elle n'était pas dans son état normal.

Quand Mr Jeffris arriva, elle prit son manteau et le conduisit à sa place habituelle. Il comprit qu'il devait s'asseoir. Il s'assit. Elle tenait toujours son manteau, tandis qu'il regardait les images.

« Est-ce que ça vous plaît ? demanda-t-elle.

— Si ça me plaît ? »

Elle le regarda avec des lèvres humides, la bouche à demi ouverte. Elle n'avait pas besoin d'entendre sa réponse. Elle voyait ses yeux. Il n'était plus maître de lui. Il avait peur de ce qu'il avait vu. Cette attitude, évidemment, ne pouvait lui être d'aucune utilité. Elle-même était déjà effrayée. A quoi cela pouvait-il servir qu'il le soit aussi ?

Elle ramassa les images et les remit dans leur enveloppe. Elle refusa d'en parler avec lui. Il s'inquiétait pour elle. Elle aimait qu'il s'inquiète, mais elle détestait les timides. Elle avait toujours pensé que Mr Jeffris était un homme courageux, solide, viril. Maintenant, elle commençait à lui dire des choses effrayantes sur un ton neutre. Elle parlait vite, le souffle court, il est vrai qu'elle s'exprimait toujours plus ou moins ainsi. En arrangeant la nappe blanche sur la table à abattants, elle déclara que les Noirs devraient être empoisonnés tous sans exception.

Elle ne savait pas pourquoi elle disait ce genre de choses.

Il ne vint pas à l'esprit de Mr Jeffris que Mrs Burrows n'était pas très bien, car les vues qu'elle formulait ne différaient de l'opinion générale, en Nouvelle-Galles du Sud, que dans la mesure où elles étaient avancées sans aucune ambiguïté. Mr Jeffris lui-même craignait les Noirs du Manning et du

Macleay. Il était probable qu'un jour ou l'autre il devrait les affronter. Il tenta d'expliquer leur conduite à Mrs Burrows, non pas tellement pour la calmer elle-même grâce à des explications, mais pour dissiper sa propre inquiétude. Ces Noirs, dit-il, étaient les plus dangereux de tous, parce qu'on les avait dépossédés de leurs terres et repoussés dans un pays chaotique et inhospitalier, les « Falls » où ils se sentaient acculés.

Mais ce genre de discours n'aidait en rien Mrs Burrows. Elle n'entendait qu'à peine les mots, mais reniflait quelque chose qu'elle aurait pu cataloguer comme « un manque de virilité ». Des taches rouges apparurent sur ses joues et son visage prit un aspect anguleux, nerveux, crispé. Puis les tendons de son cou devinrent brusquement visibles.

Elle parlait de faire appel à l'armée, d'une guerre totale et définitive contre les Noirs. Mr Jeffris y répondit de son mieux, mais en fait il ne s'adressait qu'à la mince couche de glace cassante qui recouvrait la mare bien plus profonde de l'argumentation de Mrs Burrows, dans laquelle les Noirs, les cosaques et le capitaine Burrows prenaient les uns et les autres la forme de poissons aux dents acérées comme des couteaux.

Mrs Burrows ne se sentait pas en sécurité. Elle le dit à plusieurs reprises mais ne fut pas comprise.

Lorsqu'elle sortit de chez Mr d'Abbs, avec Mr Tomasetti, elle décida de lui montrer également les images. C'était ce qu'elle avait en tête lorsqu'ils folâtraient dans son lit. Elle les avaient placées sur la petite table de nuit où elle préparait généralement le thé. Ils le burent — comme ils en avaient l'habitude — assis dans le lit.

C'est à ce moment-là qu'elle tendit l'enveloppe à Mr Tomasetti. Il alluma une cigarette et envoya un mince filet de fumée vers le plafond. Puis, avec l'air d'accomplir un devoir particulièrement ennuyeux, il ouvrit l'enveloppe et regarda les images, une à une, en buvant de temps en temps une gorgée de thé ou en aspirant sur sa cigarette. Il grignota aussi un biscuit. Il restait silencieux.

Mr Tomasetti était brun, avec des muscles allongés et durs. Il avait des poils noirs qui bouclaient un peu partout sur son corps. Il était fin comme un lévrier. Il avait un pénis long et mince, au large prépuce, qui tandis qu'il prenait une nouvelle image, se dressa nettement sous les draps.

Mr Tomasetti sourit à Mrs Burrows avec, sur le visage, une expression n'ayant rien de sucré ni de délicat, c'était aussi fort qu'un whisky sec. Mrs Burrows se serra contre lui en frissonnant, ainsi qu'un jour, dans une poterie de Stafford, elle avait pressé de la terre humide dans un moule en plâtre.

Eh bien, grands dieux, elle serait une assiette ! Et que le décorateur sur porcelaine, avec son grand tablier sur le ventre, peigne, s'il en a envie, des cosaques en train de danser sur le bord là où des Noirs raides morts partent comme des rayons d'un point d'eau empoisonnée.

40

Pas amoureux

Le pasteur de Woollahra n'était pas amoureux. Lucinda n'était pas suffisamment jolie pour qu'il en soit ainsi. Elle était également trop jeune. Elle n'était pas un parti « convenable ». Ce jugement concernant les convenances était porté principalement en fonction, non pas de l'expression de ses besoins personnels, mais de son sens social particulièrement développé.

Sydney (ou plutôt cette petite partie de la ville qui pour lui était « Sydney ») n'aurait pas trouvé ce mariage convenable. Et Dennis Hasset aimait être aimé. Il n'aimait pas en revanche, même s'il se jugeait révolutionnaire dans une certaine mesure, se sentir en dehors de l'atmosphère confortable du bercail. Il n'aimait pas être critiqué. Et pourtant, c'était ce qui lui arrivait sans cesse maintenant. Personne — en dehors de l'évêque — ne lui disait les choses en face. Mais il ne pouvait accompagner la jeune femme dans la salle d'attente d'un notaire sans percevoir, même parmi les clercs et les garçons de course, ce frémissement de la société. Il n'était pas au courant des relations de Lucinda avec Jimmy d'Abbs ni des parties de cartes, pourtant, il savait — sans pouvoir lui donner de nom — qu'il y avait quelque chose. Il en voyait les signes. Exactement comme on peut situer la présence d'un rocher invisible grâce aux remous à la surface de la mer.

Trois semaines plus tôt, Sydney ne la connaissait pas et

maintenant tout ce qu'on savait d'elle c'était qu'elle avait posé un chou-fleur sur le bureau de la réception de l'hôtel Petty. Ensuite, on remarqua — c'était avant qu'elle ne renonce à la crinoline que Mrs Ahearn avait fait faire pour elle à Parramatta — qu'elle s'habillait bizarrement. Puis on changea d'avis et on trouva qu'elle était élégante.

Elle jouait aux cartes avec Jimmy d'Abbs et compagnie. Mais ensuite elle allait prendre le thé chez le pasteur de Woollahra. C'était un peu comme si, contrevenant à quelque loi naturelle, elle eût été au même moment de la glace et de la vapeur. En effet ces deux activités s'excluaient l'une l'autre.

Et puis, le pasteur de Woollahra l'emmena faire des courses, et la bonne société qui pense toujours que faire des courses à deux dénote une certaine intimité, fut heureuse de sentir monter la pression. Elle pouvait ainsi se préparer à être ouvertement scandalisée — ses tuyaux gargouillaient, se dilataient déjà. On entendait fort bien ces bruits dans les murs et dans les caves. Les gens s'imaginaient que c'était lui, le pasteur, qui payait les vêtements. Quand ils apprirent qu'il n'en était rien, que la jeune femme avait des souverains plein sa bourse — assez, disait-on, pour offrir au pasteur une paire de boutons de manchettes en onyx — la pression ne tomba pas pour autant. Elle restait au contraire constante, de sorte que sans atteindre le point où le scandale risquait de passer en sifflant à travers les valves de sécurité, elle entretenait néanmoins un grondement sourd, une rumeur étouffée, qui ressemblait aux grognements d'un roquet.

La bonne société — si on l'appelle ainsi, ce que n'aurait certes pas fait Lucinda — ne savait comment se comporter. Elle ne pouvait tolérer de voir ces deux-là ensemble et pourtant, c'était d'une certaine manière amusant. Elle se tortillait, grimaçait, sifflait de voir le pasteur se déplacer avec une démarche aussi assurée et aussi virile que si les choses étaient absolument normales. Le spectacle n'aurait pas été plus drôle si Dennis Hasset avait marché à côté d'un bouc en l'appelant ma bien-aimée. Et quant à « elle », elle balançait les bras. Effectivement, c'était ce qu'elle faisait, comme un petit soldat de plomb à la parade. Cette attitude n'aurait pas été aussi irritante si cette fille n'avait pas marché à côté de ce « bon Dennis Hasset ». Qu'elle marche ainsi, si elle le voulait, aux côtés de Jimmy d'Abbs, de Harvey Fig ou de ce mécréant d'Italien. Qu'elle boive du vin et danse avec eux, et bonne chance pour elle, dans cette vie tout au moins. Mais ne la laissons pas piétiner les lieux où miss Barley Wilkes ou Miss Harriet Crowley ont le droit le plus strict, de par leur vertu, de fréquenter.

Les gens regardaient ce bel homme qu'était le pasteur de Woollahra comme un somnambule en équilibre sur le rebord d'une fenêtre. Il était allé avec elle dans les bureaux de Jimmy d'Abbs pour parler de l'achat de la verrerie. Et même à ce moment-là il ne se rendit compte de rien. Il sortit de là aussi innocent qu'il y était entré. Ses amis essayèrent de l'en informer, mais il se refusa à les entendre. A cause de cela, il rompit ses relations avec son ami Tom Wilson, le professeur de grec et de latin à l'université, l'homme qu'il aimait appeler « la seule personne cultivée de Sydney ». Cette rupture eut lieu le jour même où l'affaire de la verrerie fut conclue, au moment où le pasteur devait mettre un terme à ses relations avec miss Leplastrier.

Son « ami » Wilson se révélait avoir une étroitesse d'esprit semblable à celle des autres. Il soutenait que miss Leplastrier passait la nuit à jouer aux cartes avec des « individus » tels que Harvey Fig. Dennis Hasset serra nerveusement les mains et s'exclama : « Ahhh ». Il se trouvait plongé dans un état qu'il pouvait avec justesse qualifier de « malheureux ». Il écrivit ce mot sur un morceau de papier qu'il déchira et jeta ensuite dans le feu. Il lui semblait, en se balançant sur son fauteuil au cuir crissant, qu'il avait été, jusqu'à ce qu'il propose à Lucinda de l'aider à acheter les ateliers de verrerie du Prince Rupert, un homme excessivement heureux. Il fut bientôt pris de nostalgie pour l'époque où il pouvait s'asseoir pour lire seul dans son bureau ou sentir son grand corps athlétique admiré, tandis qu'il s'étirait dans les fauteuils, agréablement recouverts de chintz glissant, de Mrs Wilson. Et même s'il y avait encore des moments — comme celui-ci — où il pouvait s'asseoir seul dans son bureau, ce n'était plus la même chose que par le passé.

La colère, comme une mouche verte, avait été introduite dans la pièce et bourdonnait contre la vitre exposée au soleil. Dennis Hasset ne comprenait pas cette colère. Il pensait que c'était purement la sienne, pourtant une bonne partie était le fait de Lucinda. La jeune femme transportait avec elle une agitation nerveuse, une terrible intensité. Elle ne pouvait s'asseoir dans un fauteuil, jusqu alors parfaitement paisible sans qu'on ne prenne conscience du grand réservoir d énergie que d'une certaine manière, contre toutes les lois de la physique, ce siège recélait. Même lorsqu elle n était pas là Dennis Hasset sentait son agitation. Il était furieux même si ce n'était pas une attitude chrétienne que ce calme refuge, que cet endroit dans sa vie où il pouvait être à l abri des exigences de ses paroissiens, lui ait été enlevé. Il ne pouvait plus se concentrer sur Dickens ou sur Wilkie Collins. Il était irrité, même lorsqu'il priait. Si Lucinda était assise chez lui, il désirait qu'elle s'en aille. Si elle n y était pas il s'asseyait dans un petit fauteuil près de la fenêtre, sans quitter des yeux la route poussiéreuse, espérant — il ne pensait pas convenable de prier pour cela — voir le nuage de poussière qui signifierait peut-être l'arrivée de son cabriolet.

Mais le soir du jour où il avait rompu ses relations avec son ami Tom Wilson, il n'eut pas besoin de l'attendre. Elle arriva sans tarder à la tombée du jour, afin de fêter avec lui l'achat de la verrerie. Elle était à l'heure bien sûr, mais d'une certaine manière, ils n'étaient pas au diapason. Ils ne sentaient pas ce qu'en principe ils auraient dû éprouver. Lucinda avait ce poids effrayant dans la poitrine qui l'étreignait lorsqu elle avait perdu trop d'argent au cribbage. Pourtant, cette fois, cette impression n'était pas provoquée par une activité douteuse, mais au contraire par quelque chose qui aurait dû l'élever moralement, je veux dire l'achat d'une manufacture. On s'attendait à ce qu'elle soit triomphante. C'est ce qu elle essayait d'être.

Dennis Hasset éprouvait encore les contrecoups de sa dispute avec le professeur Wilson. Il était furieux et accablé. Il servit un sherry pour porter un toast, mais se lança immédiatement dans le récit de son histoire. Sa voix, dans cette circonstance, avait des intonations métalliques et ses yeux, bien qu'il ne le désirât pas, avaient quelque chose de sinistre, d'accusateur, qui empêchaient Lucinda d'avoir envie de s'asseoir. Elle restait debout, comme si c'était elle et non Wilson qui était au ban des accusés.

Dennis Hasset avait tendance à oublier que Lucinda n'était qu'une jeune fille, comme il oubliait aussi de la même manière, qu'elle n'était plus une enfant. Il l'informa de ce que l'on disait d'elle.

Lucinda redressa les épaules et sourit. Sa lèvre supérieure devint extrêmement fine. Autrement, elle ne montra d'aucune manière à quel point elle était touchée. Elle ne comprenait pas pourquoi on devait la détester à ce point. Évidemment, elle le comprenait parfaitement. Les gens n'aimaient pas Mr d'Abbs parce qu'il aimait rire, s'amuser, parce qu'il portait une veste de velours et qu'il était suffisamment chrétien pour ne pas avoir peur d'inviter un athée à sa table. Mais en même temps, elle ne comprenait pas. Elle se sentait si petite, si faible devant cette cascade déchaînée de haine.

Elle aurait dû être navrée que Mr Hasset se soit disputé avec son ami. Elle en était responsable. Elle devrait s'occuper de lui, le consoler de cette perte, exactement comme elle devrait fêter, comme il se devait, l'achat pour lequel elle l'avait supplié de négocier à sa place. Elle leva son verre et sourit d'une manière qu'elle savait maintenant être séduisante. Elle faisait une légère moue avec la bouche et laissait tomber ses lourdes paupières sur ses yeux. Elle savait que ce sourire était attirant parce qu'elle l'avait répété devant son miroir. Il lui donnait un air à la fois malicieux et casse-cou.

Mais la pièce était froide, les rideaux étaient tirés. La vitre, faite avec du verre verdâtre de Melbourne, paraissait noire. Le carreau, excellent conducteur, était extrêmement froid au toucher. Elle se tenait debout devant la fenêtre. Lucinda se voyait comme un portrait suspendu dans la pénombre.

« Eh bien, dit-elle en se retournant, je dois partir. »

Elle ne savait pas qu'elle allait prononcer cette phrase. Elle regarda Dennis Hasset dans les yeux. La bouche du jeune homme était légèrement ouverte, et deux profondes rides s'étaient brusquement creusées dans son front.

« Nous allons manger du rôti de bœuf », dit-il. Il enleva ses lunettes. Il joignit les mains. Elle sentait sa douleur s'écouler de lui pour la submerger. Elle ne pouvait supporter sa déception. Elle ne pouvait regarder son visage se débattant avec toute cette souffrance.

« J'ai une telle envie de dormir », dit-elle en bâillant.

La seule chose à laquelle elle pouvait penser était qu'il lui fallait à tout prix faire une partie de cartes. Elle était quelqu'un de méprisable. Bon, elle était méprisable. Et puis après. Mais elle devait partir. Elle égrena un chapelet de mensonges, se coupant à plusieurs reprises. Ce n'était qu'un château de cartes construit à seule fin de pouvoir abandonner le presbytère et filer — aussi vite qu'elle pourrait descendre Glenmore Hill — vers la maison de Rushcutters Bay où l'on distribuait des images étincelantes et glacées sur une table recouverte d'une couverture de laine grise.

41

A celui qui demande un poisson, donnera-t-on un serpent ?

Notting Hill, vous n'êtes pas obligé de le savoir, doit le tracé de ses rues si particulières aux courses de chevaux qui, finalement, conduisirent à la banqueroute de leur promoteur, Mr John Whyte. Et s'il est vrai que les années qu'il avait passées à Oriel avaient donné à Oscar une vive passion pour les courses de chevaux, elles avaient également produit seize cahiers reliés en toile, aux pages maculées, dans lesquels n'étaient pas mises noir sur blanc les pensées du Divin Maître ou les méditations philosophiques des Anciens, mais où se trouvaient, page après page, des chiffres bleus, en pattes de mouches, qui renvoyaient à des noms de chevaux, à leur pédigree, à leur position au moment du départ, au nombre de jours écoulés depuis la dernière course, au poids des handicaps, aux progrès et aux défaillances, au propriétaire du cheval, au jockey, etc. On ne peut pas rester assis sur son derrière à Oxford et rassembler des données comme celles-ci, il faut pour cela prendre le train, les omnibus, se servir de ses jambes, si bien que le parcours effectué ressemble en fin de compte à une toile d'araignée s'étendant sur tout le sud de l'Angleterre. Donc, alors qu'il s'adonnait à sa grande passion (elle prenait des proportions bien plus majestueuses que celles que j'ai suggérées — son système de prévision exigerait un livre encore plus important que celui du pronostiqueur de Pittsburgh) alors qu'il avait adopté les méthodes scientifiques de son père pour les appliquer aux brides pleines d'écume et de boue des chevaux de course, il était venu vivre à Notting Hill en ignorant complètement que les signes fantomatiques d'un hippodrome se cachaient sous ses rues.

Il n'entendait pas le tonnerre des pouliches de deux ans galopant dans Lansdowne Road. Il ne voyait pas la boue voltiger au virage à droite de Stanley Crescent. Il lisait, bien sûr, le nom de Ladbroke. Il est impossible de manquer ce nom à Notting Hill. Il était là, sur les places, les rues et les avenues. Mais Ladbroke n'était pas encore devenu une firme célèbre de bookmakers londoniens. Et si le nom des rues était un message codé propulsé tout droit du futur, Oscar ne savait pas comment le déchiffrer.

Il était venu à Notting Hill, il insistait là-dessus, uniquement parce qu'il connaissait l'endroit, ou tout au moins son quartier le plus agréable. Il avait eu l'habitude de descendre dans l'hôtel particulier des Wardley-Fish dans Ladbroke Square. Un endroit que le médecin de la reine, inconscient des porcheries qui se trouvaient à un kilomètre plus loin à Notting Dale — probablement parce qu'il s'était rendu dans ce lieu un jour où le vent soufflait du sud-est — avait déclaré être l'endroit le plus salubre de Londres.

Oscar, qui y habitait maintenant en permanence, ne pouvait plus s'attendre à être logé dans Ladbroke Square. De toute façon, la maison était de nouveau fermée, les domestiques condamnés à la portion congrue, mourant de faim, n'ayant aucun reste, aucun bout de gras à vendre à la porte de service. Ils attendaient que lady Wardley-Fish veuille bien décider qu'elle était une fois de plus fatiguée de la campagne.

Le logement d'Oscar se trouvait sur le côté sud d'Uxbridge Road, à une centaine de mètres du vacarme des omnibus, des voitures, des charrettes. Devenu instituteur, Oscar possédait une chambre mansardée, au troisième étage de l'école pour garçons de Mr John Colville. Il était pasteur et avait choisi de porter le col romain. Toutefois, en ce moment, il était impossible de savoir s'il le portait ou non. Il était en effet allongé dans son lit, tout habillé, les draps remontés jusqu'au cou, retenus entre ses dents, blanches et bien rangées.

Ses horribles chaussures — râpées à l'intérieur du talon au point d'en être blanches — reposaient là où il les avait laissé tomber, sur le plancher noir, la droite sur le côté, la gauche dressée, le bout relevé. On n'avait pas besoin d'être cordonnier pour savoir que les chaussures de mon arrière-grand-père étaient trop grandes pour lui. La pièce était froide. Il y avait une cheminée, mais elle était vide. Le bac à charbon en cuivre était fermé, mais il ne servait pas de toute façon à garder du charbon ou du bois, mais les lettres de Theophilus, écrites de sa petite écriture serrée sur un papier blanc, inexplicablement coûteux, des lettres qui servaient à déchirer une conscience déjà aussi mal en point que le foie de sir Ian Wardley-Fish.

Oscar se savait infâme. Ses yeux, grands ouverts, fixaient le plafond en pente de sa mansarde, parsemé de traces brunâtres, comme celles qu'on peut trouver sur un vieux matelas douteux. C'était dimanche. Les cloches de Saint-Jean l'Évangéliste s'étaient arrêtées de sonner une dizaine de minutes plus tôt. L'atmosphère de la journée était mieux définie, du moins c'est ce que pensait Oscar, si l'on mettait l'accent sur les relents de graisse de cochon que faisaient fondre les redoutables habitants de Notting Dale.

Greyhound Row, la rue où se trouvait l'école de Mr Colville était agréable et tranquille. Seuls les bruits du balai de paille de Mrs Fenn troublaient le silence dominical. Mr Fenn, le tailleur, avait soigneusement fermé son volet fraîchement repeint en vert éclatant. La boutique du boucher, qui lui était contiguë, avait un superbe loquet de cuivre relié à sa gâche par un gros cadenas noir émaillé. Mr Brewer — dont l'établissement jouxtait celui du boucher — ne vendrait aujourd'hui ni fromage, ni céréales, ni ses cornets de papier remplis de bonbons multicolores. Il était, on pouvait en être sûr, installé sur son prie-Dieu, au milieu de sa famille, à Saint-Jean.

L'auberge du Cygne, près de l'octroi, était également fermée. Mais Oscar, allongé dans son lit, au-dessus de l'école vide de Mr Colville, pouvait voir les panaches de fumée de l'hôpital s'élever dans le ciel jaune. Il entendait les aboiements des chiens. C'était un endroit rempli de chiens, d'amateurs de chiens, de voleurs de chiens. Certains individus pariaient même sur les chiens.

Oscar se sentait infâme. Cette infamie était peut-être due à la forme de Notting Hill. Peut-être s'était-il conformé à ce plan ou avait-il choisi ce plan sans s'en douter, ayant été attiré par lui comme de la limaille de fer par un aimant, attiré par la forme en fer à cheval qui avait inspiré le plan de ce quartier. Dès le début de ses relations avec Wardley-Fish, il était venu à Notting Hill et toujours, depuis cette époque, il s'était senti infâme.

Il n'en rejetait pas le blâme sur son ami. Wardley-Fish avait renoncé au jeu.

Il avait une paroisse et travaillait avec acharnement sur ses sermons. De toute façon, ce n'était pas le jeu lui-même qui était infâme. Grâce au jeu, inondé par la grâce de Dieu, Oscar avait pu se nourrir et s'habiller. C'est vrai qu'il avait eu des moments difficiles, des moments où il avait faim, où il se sentait seul et abandonné (une très mauvaise période en 1862 dura de Pâques à la Trinité), mais même s'il avait perdu à ce moment-là, il avait encore, comme on dit sur les champs de courses, « de l'avance ». Il travaillait dur. Il s'était rendu à Newmarket et à Newbury, à Catterick et à Sandown Park. Il recueillait des informations et les classait. En fait, en regardant ses résultats, on pouvait penser qu'il les avait obtenus sans l'aide de Dieu. Mais ce n'était pas du tout de cette manière qu'Oscar comprenait les choses. Il voyait la main de Dieu partout — dans les chevaux favoris des bookmakers enfermés contre la barrière, déportés dans les virages, coincés de quelque manière, à bout de souffle, refusant l'obstacle ou encore — un exemple extrême mais confirmé par le jockey — ce cheval qui avait retenu son souffle au commencement de la ligne droite, permettant ainsi à Desire de gagner à trente-trois contre un.

Oscar pariait aussi sans système. Il avait perdu de l'argent à Magsmen et à Macers. Il avait parié sur des pois secs, sur des toupies, sur la progression de fourmis le long d'une canne à bout doré. Il avait joué au cribbage pour deux ou trois livres la partie. Mais il n'avait jamais parié par avarice ou cupidité. L'état de son bac à charbon, de ses chaussures le prouvait indiscutablement. Il ne pariait que dans un but pieux.

Ce n'était pas le jeu en lui-même qui était infâme. Ce qui était mauvais, c'était la passion qu'il y mettait, l'extraordinaire excitation qu'il ressentait, la fébrilité qui le poussait à parier dans toutes les courses affichées au programme, non parce que c'était raisonnable, mais parce que cela le maintenait dans un état de frénésie, lui permettait d'encourager ses chevaux jusqu'à ce qu'il soit pratiquement aphone, à peine capable de se faire comprendre à la guérite des paris. Ce qui était infâme, c'était ce besoin qui s'emparait de lui, comme en ce moment où il savait qu'à Notting Dale on regroupait les chiens. Ses dents glissèrent le long du drap.

Quelles que soient les raisons pieuses pour lesquelles il jouait, c'était impie de s'adonner à sa passion le dimanche. Sa participation à des paris sur les chiens était mauvaise. C'était Wardley-Fish — grâce au ciel, ce n'était pas sa faute — qui l'avait emmené tout d'abord dans ce lieu. Oscar avait été choqué mais excité aussi. Il y avait l'odeur menaçante des bas quartiers : celle du coton imprégné de sueur, de la futaine, des harengs grillés. Les hommes étaient assis en rangs, sur des bancs, avec leurs chiens. Tout à l'heure, quand l'horloge serait mise en marche, ils vociféreraient. Mais tout d'abord, au moment où ils arrivaient dans l'enceinte, il y avait une curieuse tranquillité qui enveloppait hommes et chiens. Ils caressaient et flattaient leurs bêtes. Il y avait une sorte de doux murmure, rappelant les roucoulements d'un colombier.

Tout le monde regardait en direction du trou. Ce n'était pas un grand trou, à peu près deux mètres de diamètre. Mais il était peint d'un blanc éclatant. Au milieu du trou se trouvait un tas gris sombre. Le tas, d'aspect pelucheux, remuait. Il était composé de rats accrochés les uns aux autres, rampant les uns sur les autres.

Les hommes roucoulaient.

Puis ils se turent. Ils se mirent à s'agiter sur leurs sièges, à cracher, à tousser, à parler à mi-voix à leurs voisins ou à lancer une plaisanterie à la ronde.

On fit entrer un fox-terrier dans l'arène. Le chien s'appelait Tiny. Il portait pour collier un bracelet de femme. Il saisissait les rats un par un, les soulevait comme des fruits qu'on prend dans une corbeille et leur cassait les reins, tandis que l'horloge faisait entendre son tic-tac. Les hommes criaient si fort qu'il était impossible de comprendre ce que disait son voisin.

Le jour où il assista pour la première fois à ce jeu, Oscar n'aurait jamais pensé qu'il en viendrait finalement à parier sur une chose comme celle-là. Puis, il céda à la tentation, non parce qu'il désirait voir mourir des créatures, mais parce que c'était un dimanche et qu'il était impossible de parier sur rien d'autre. Jouer c'était quelque chose comme ça. C'était un monstre qu'il fallait nourrir.

Il mordait ses draps et se demandait, comme il le faisait souvent, si ce n'était pas cela — son besoin de nourrir le monstre — qui se cachait derrière la face bien astiquée de son désir, apparemment chrétien, d'économiser de l'argent, afin d'affronter les terreurs informes des océans, d'apporter la parole du Christ en Nouvelle-Galles du Sud.

Et pourtant, le monstre n'était pas la cause de sa décision, car quand il l'avait prise — deux ans avant qu'il ne soit allongé dans son lit à ruminer sur des rats — il avait pensé qu'il n'aurait nullement besoin d'argent.

Ce serait la Church Missionary Society qui paierait la traversée. Il n'aurait besoin que d'un casque colonial (trois shillings) et aussi d'un morceau de celluloïd (deux shillings) afin de surmonter sa terreur de la mer.

42

Appelé

Wardley-Fish n'aimait pas beaucoup les gens de son entourage. Ils l'ennuyaient. Ils l'ennuyaient, il les voyait comme de lourdes bêtes broutant dans une prairie à l'herbe haute et dense, mâchant, avalant, ruminant à un bout du pré puis s'affalant à l'autre. Évidemment, il ne leur disait pas ce qu'il sentait. Il se montrait jovial, et même plein d'affection, ce qui n'était pas totalement hypocrite, car il éprouvait ces sentiments mais il les exagérait grandement. Il avait seulement tendance à les grossir fortement. Il s'inquiétait du visage ensanglanté de son père, riait des histoires de son frère à propos d'un braconnier qu'il avait réussi à prendre au piège. Il pouvait chevaucher à leurs côtés toute une journée et boire avec eux toute une nuit. C'étaient des gens affables et ronds dans tous les sens du terme. Ils n'avaient aucun de ces côtés acérés qui risquent d'entamer le rembourrage de la complaisance.

C'était donc cette qualité, cet aspect aigu qu'il appréciait tant chez son emcombrant ami. Celui-ci était anguleux et à vif de tous les côtés. Quels que soient les défauts qu'on pouvait lui reprocher, il était impossible de porter la complaisance sur la liste.

Il y avait une multitude de choses que Wardley-Fish n'appréciait pas chez le P'tit Louf : ses phobies, son fétichisme et ses attachements à des attitudes d'esprit si étranges qu'elles ne pouvaient même pas être imputées à la bizarrerie de son père. Car celui-ci, aussi inquiétant fût-il dans ses croyances (« Faites-vous partie des élus, Mr Wardley-Fish ? »), était au moins extrêmement soigné dans son apparence. Mais le fils, quel que soit le nombre de liasses de billets souillés de bière que les bookmakers lui fourraient dans les mains, ne dépensait jamais d'argent pour améliorer sa tenue. Ses gains ne lui appartenaient pas. C'était ainsi qu'il voyait les choses. Le Seigneur avait trouvé bon de lui fournir de l'argent pour payer ses études et Oscar aurait considéré comme un péché de l'utiliser pour des satisfactions qui étaient, du moins c'est ce qu'il imaginait, empreintes de vanité. Il avait donc acheté ses vêtements dans des échoppes puantes, tenues par des Juifs, dans Petticoat Lane, ses chaussures à un marchand ambulant scrofuleux, qui n'avait rien d'autre à vendre que quelques harengs et un foulard de soie verte de l'université de Cambridge, probablement à la mode quelques décennies plus tôt, et qui avait très certainement été volé par son grand-père.

Wardley-Fish trouvait ostentatoire cette manière de s'habiller de son ami. Ainsi, quand, par exemple, il découvrit que le P'tit Louf avait été refoulé de Cremorne Gardens parce qu'il s'était refusé à faire la moindre concession à la mode, il fut pris d'un accès momentané de rage.

Wardley-Fish portait un gilet blanc et son habit. Il avait passé beaucoup de temps à lisser les bouts de sa moustache. Il descendit du fiacre, un peu en retard il est vrai, pour trouver son ami attendant debout calmement, dans le magnifique hall du lieu, tandis que le portier le regardait l'air mauvais. Le P'tit Louf n'avait fait aucun effort de toilette. Pourtant, c'était lui qui avait proposé le lieu du rendez-vous. Il savait parfaitement de quelle sorte d'endroit il s'agissait. Néanmoins, il n'avait fait aucun effort. Son manteau été élimé. Ses cheveux roux étaient encore plus fous que d'habitude. Une énorme boucle se tortillait maintenant sur le dessus de sa tête, afin de rivaliser avec les mèches folles des côtés. Le portier ne comprenait pas que son aspect était le symbole de son incorruptibilité, en conséquence il lui avait interdit de pénétrer à l'intérieur.

Le P'tit Louf regardait le parc, les mains serrées contre sa poitrine, un sourire ahuri sur le visage, en attendant patiemment que Wardley-Fish arrive pour rétablir la situation.

Le cocher, un peu voleur, voulait à tout prix une demi-couronne, et Wardley-Fish était trop agacé pour se lancer dans une dispute. La tenue d'Oscar lui semblait relever de l'affectation. Wardley-Fish n'arrivait pas à croire qu'il n'en était pas, au moins partiellement, ainsi. En même temps, il ne pouvait douter de l'honnêteté du P'tit Louf, en tout cas pas pour très longtemps. Car il l'avait vu, à maintes occasions, se débarrasser de la partie de ses gains aux courses, qu'il considérait inutile à ses besoins. Il fourrait les billets blancs de cinq livres dans le tronc des pauvres de n'importe quelle paroisse, parce qu'il pensait avoir suffisamment d'argent à sa disposition pour le moment. Sa charité intermittente ne s'arrêtait pas là. Il y avait un clergyman au nez rouge, dans son village, qui recevait aussi de grosses lettres recommandées, pleines d'argent et celles-ci, d'après ce que pouvait en savoir Wardley-Fish, déclenchaient mille sortes d'émotions chez le destinataire, sans qu'aucune d'entre elles ne ressemble, même de loin, à de la gratitude.

La sainte prodigalité d'Oscar irritait Wardley-Fish. Pourtant, c'était exactement ces actes de charité qu'il chérissait le plus chez son ami. Il ne parvenait jamais à avoir l'esprit tranquille concernant cette question. Celle-ci ressemblait à un de ces dessins truqués de *Punch,* dont la structure contradictoire est telle qu'on semble y voir, selon le moment, soit un clocher, soit un puits insondable.

Wardley-Fish prit le coude élimé, luisant de son ami et le poussa en avant, pour lui faire passer l'obstacle du portier et lui permettre d'entrer dans Cremorne Gardens. Il était cinq heures de l'après-midi, c'est-à-dire l'heure où la marée, si l'on peut parler ainsi, était déjà en train de changer. La clientèle, qui avait été en général tout à fait respectable durant le journée semblait maintenant se modifier — le portier lui aussi fut relevé au bout d'une trentaine de minutes. Les gens étaient maintenant plus attirants et plus louches.

Oscar se laissa pousser. Il était heureux de ne pas avoir à décider. Il sentait le luxe le submerger, et cette sensation était à la fois calmante et irritante. Il aperçut une table. Il décrocha son parapluie de son bras et le mit contre le dos de la chaise. Il prit le rouleau qu'il avait dans la poche intérieure de sa veste et le posa sous la table. Il exécuta tous ces gestes sans précipitation. Et lorsqu'il fut assis, personne n'aurait pu penser qu'il était dans tous ses états. Il était venu ici pour prendre une terrifiante décision. Il sourit gaiement à Wardley-Fish. Il passa sa main dans ses cheveux, rapprocha sa chaise et appuya solidement ses coudes évangéliques sur la table. Il ressemblait, en dehors de sa tenue, à un touriste venu à Cremorne Gardens pour jeter un simple coup d'œil sans intention de participer à quoi que ce fût. Oscar admirait la pièce, les globes et les supports des lampes à gaz, les pendeloques des lustres, les immenses miroirs entourés de moulures et même aussi les couples qui, pourtant, ne portaient pas d'alliances pour justifier leur évidente intimité.

« Quel magnifique endroit », dit-il. Mais Wardley-Fish pouvait sentir les pieds du P'tit Louf s'agiter sous la table. Ils tambourinaient. Ce n'étaient pas d'ailleurs que les pieds. Les doigts aussi tapotaient sur les montants de la chaise. La surface de la table semblait être une peau tendue ultrasensible chargée d'énergie. On pouvait être pris d'angoisse rien qu'à la toucher.

Wardley-Fish commanda du champagne. Il ne pouvait se le permettre, mais il ne supportait pas cette tension nerveuse sous la plaque de marbre. Il avait besoin de champagne pour pouvoir affronter cette terrible nervosité.

« Comme c'est excitant », dit Oscar.

Wardley-Fish ne prenait pas au sérieux aucune de ses affirmations. Le P'tit Louf faisait son numéro de « sainteté » et se lançait dans des digressions. Il admirait, afin de pouvoir critiquer, était ébloui, afin de pouvoir ensuite se déchirer, se reprocher d'être venu dans ce lieu.

« Tu te souviens, dit Wardley-Fish, qui de nous a eu l'idée qu'on se rencontre ici ?

— C'est moi », s'exclama le P'tit Louf, en regardant couler le champagne dans les verres. On pouvait sentir sa volonté frémissante se répandre sur le sol et sur la table. Il donnait l'impression d'être une truite au bout d'une ligne — une énergie vitale s'efforçant de résister à l'horreur de la matière inerte.

Wardley-Fish avait désiré impatiemment venir à Cremorne Gardens. Ce rendez-vous avait pris la forme d'une promesse douce et vague au bord de sa conscience. Il n'avait aucunement l'intention de « faire » quoi que ce soit, mais il avait déjà vu entrer la plus délicieuse des créatures. C'était une « actrice ». Elle avait un teint velouté et ses cheveux dorés étaient artistiquement décoiffés. Elle avait sur elle dix mètres de taffetas moiré. Wardley-Fish avala sa première coupe de champagne. Elle fut immédiatement remplie. La table avait cessé d'émettre des vibrations.

Il leva la tête et vit que les yeux vert pâle du P'tit Louf attendaient d'avoir retenu son attention.

« Fish », dit le P'tit Louf.

Wardley-Fish se sentait accablé.

« Fish, j'ai passé une bonne partie de cet après-midi avec la Church Missionary Society.

— Oui ?

— On m'acceptera si je le désire.

— Pour quoi faire ?

— Je me suis renseigné sur la Nouvelle-Galles du Sud. »

Wardley-Fish posa sa coupe de champagne, et garda les yeux baissés. Il se disait qu'il n'y avait aucun penchant naturel entre le verre et le marbre.

« Tu m'as entendu ?

— Ne tambourine pas comme ça sur la table. C'est agaçant. »

Wardley-Fish repoussa son verre d'une dizaine de centimètres, puis le rapprocha. Oscar replia ses mains aux phalanges rougies, l'une contre l'autre, comme si c'étaient les pièces d'un puzzle qu'il ne parvenait pas à imbriquer.

Lorsque Wardley-Fish commença à parler, ce fut sur un ton calme et serein. « Il n'est nullement nécessaire, dit-il, que tu te fasses peur avec des idées pareilles. »

Mais Oscar, lorsqu'il répondit, avait sa voix haut perchée, tendue, légèrement grinçante. « Il le faut », dit le P'tit Louf. C'était comme un ongle glissant sur un tableau noir.

« Alors, pourquoi sommes-nous ici ? » demanda Wardley-Fish en se rejetant en arrière et en croisant ses bras sur son gilet blanc. Vas-tu chasser les agents de change du temple, refouler les jolies petites putains dans le parc ?

— C'est un endroit adorable, Fish, je me sens très bien ici.

— Alors, détends-toi mon vieux Louf, et ne tambourine

plus sur la table. Cesse de t'agiter comme un dément. Tu vas retourner dans ton école ce soir et ce ne sera pas aussi drôle. »

Ils restèrent silencieux durant un instant. Wardley-Fish s'énervait avec son cigare. Il essayait d'en couper le bout avec un nouvel objet, dûment patenté, qui ne semblait pas fonctionner comme on le lui avait promis. Oscar le regardait, les mains posées bien à plat sur la table.

« Mais j'ai changé, dit Oscar, lorsque Wardley-Fish fut parvenu à allumer son cigare. Regarde-moi. Regarde ce que je suis devenu.

— Sacré nom d'une pipe », rugit Wardley-Fish. Il repoussa sa chaise, sans s'inquiéter d'avoir poussé un tel beuglement dans un endroit aussi paisible. « Tu ne ressembles pas à ça », dit-il, en faisant un grand geste circulaire de la main pour indiquer la sorte de fioritures qui n'étaient certes pas l'illustration de la personnalité d'Oscar. « Tu es fatigant, P'tit Louf. Tu parles toujours de la même chose. Et ça n'a aucun sens. Tu ne colles pas plus à cet endroit que tu ne colles ailleurs. P'tit Louf, tu dois comprendre que tu ne colles à rien en général.

— Pas si fort.

— Tu ne colles pas. Tu es merveilleux, tu es absolument unique. Te sentais-tu « coller » à Oriel ? »

Oscar regarda dans son verre. « J'avais des amis.

— Qui ?

— Pennington, Ramsay.

— Pennington, c'est un ivrogne, et de plus, un puseyiste. Ramsay accueille avec joie tous ceux qui le regardent. Mais est-ce que tu avais des amis à Hennacombe ? Est-ce que tu collais là-bas ? »

Oscar paraissait bouleversé, troublé.

« Tu ne colles pas plus ici. Tu n'es pas corrompu. Ce serait totalement faux de suggérer que tu l'es. Tu n'as aucune raison de faire pénitence en t'imposant ce voyage en Nouvelle-Galles du Sud ?

— Et toi ?

— Moi ? Oh, je "colle". Je "colle" probablement trop bien. » Wardley-Fish se pencha en avant et s'empara de la main du P'tit Louf. Il lui serra le poignet. « Tu m'as montré que je pouvais être sauvé. » Il avait un sourire figé sur le visage. Oscar pouvait sentir sa grande main trembler. « Aussi, murmura-t-il, ne commence pas à nous faire croire que tu dois traverser le monde pour sauver ton âme, parce que moi je te dis que ce n'est pas vrai. Tu ne dois pas partir. Et de toute façon, dit-il pour finir, en enlevant sa main pour rallumer son cigare, tu ne peux pas. »

Oscar était entouré de volutes de fumée bleue. Il cligna des yeux, agita sa main, tandis qu'un petit sourire se formait lentement sur ses lèvres.

« Et pourquoi ne pourrais-je partir ?

— Parce que tu ne supportes absolument pas la moindre flaque. Tu ne pourrais même pas faire la traversée jusqu'à Calais. »

Oscar se baissa et ramassa, parmi les choses qu'il avait posées par terre un petit cylindre enveloppé dans du papier. Il le déballa lentement, tout en continuant de sourire à son ami. Ce qu'il brandit était une chose souple et transparente, mais nettement moins limpide que du verre. Sur cette plaque étaient tirées ces lignes que ma mère croyait représenter des latitudes et des longitudes.

« Qu'est-ce que c'est que ça, Oscar ? »

Wardley-Fish appelait rarement Oscar par son prénom. Il y avait dans ces syllabes quelque chose de lourd, de triste, qui incita leur propriétaire à garder un instant le silence avant de répondre.

« Ça s'appelle du celluloïd et c'est extrêmement proche de ce à quoi ça ressemble. Tu vois que j'ai pu faire ces marques dessus et aussi l'enrouler. C'est extrêmement léger et très souple.

— Et c'est ça qui va te guérir de ta phobie ? »

Oscar alors expliqua qu'il projetait de regarder l'eau à travers ce morceau de celluloïd. Il lui serait alors facile de ne regarder qu'un carré à la fois, donc de ramener l'étendue infinie à des fragments finis. Ce qui était terrifiant en grande quantité deviendrait « tout à fait supportable » en petite quantité.

Wardley-Fish ne s'intéressa pas à la théorie. Son ami parlait trop, trop vite, dans un registre trop élevé. Ça ne marcherait pas. Seul, le désespoir pouvait faire croire que ça marcherait.

« T'est-il jamais arrivé de penser, dit-il, quand Oscar en

eut terminé avec ses explications, et enroulé de nouveau le morceau de celluloïd, que ce que tu appelles ta « phobie » est en réalité la voix du Tout-Puissant ?

— Ne te moque pas de moi, Fish.

— Contrairement à ce que tu penses, je suis tout à fait sérieux.

— « En vérité même si je marche dans la vallée de l'ombre et de la mort.... » — non, Fish, si mon âme était pure je n'aurais pas peur — « Ton bâton, ta houlette, voilà qui me console ».

— Mais n'as-tu jamais pensé que ce que tu appelles ta phobie n'est que la parole de Dieu qui te demande de ne pas aller près de l'eau ?

— Très intelligent, Fish. »

Wardley-Fish haussa les épaules. La superbe femme s'était trouvée un compagnon. Le P'tit Louf poussait un florin sur la table, dans sa direction. Wardley-Fish le prit dans sa main, puis le reposa. « Tu as envie que je tire à pile ou face avec ça ?

— S'il te plaît, Fish.

— Tu sais que je ne tire à pile ou face qu'avec mes propres pièces. » Il repoussa le florin sur la table et chercha dans sa poche. Son beau visage parut soudain fatigué, gonflé autour des yeux.

Il trouva finalement un penny. Il lança la pièce l'air endormi, comme s'il n'avait pas deviné qu'il était en train de jouer la destinée de son ami. C'était un penny terne et sale qu'il envoya tournoyer dans le vide.

« Pile ou face », dit-il.

Le P'tit Louf était devenu tout pâle et sa peau avait pris un teint cireux. La paume de ses mains était serrée contre sa poitrine et ses doigts s'agitaient nerveusement. Il ressemblait à une mante religieuse.

« Pile ou face », répéta Wardley-Fish, à voix si haute, cette fois, que toutes ces femmes blondes se retournèrent pour le dévisager. Le penny était toujours plaqué contre la paume de sa main.

« Je ne peux pas, Fish. Tu le sais bien. »

Wardley-Fish colla le penny sur le dos de sa main gauche,

tout en le couvrant avec la droite. « Pourquoi pas ? demanda-t-il.

— J'ai peur, souffla Oscar. Tu sais que j'ai peur.

— Alors, pourquoi te mets-tu ainsi à la torture, dit Wardley-Fish en souriant. Allons, mon P'tit Louf et...

— Face », dit Oscar.

Wardley-Fish soupira. Il souleva la main pour découvrir la tête de la reine Victoria.

Le visage du P'tit Louf était devenu mortellement pâle, il ressemblait à un masque sculpté dans du savon. Il n'est pas nécessaire d'être voyant pour savoir que Dieu envoyait Oscar en Nouvelle-Galles du Sud.

Cela se passait le 22 avril 1863. Mon arrière-grand-père avait vingt-deux ans.

43

Le *Leviathan*

Mon père, je pense l'avoir déjà dit, était un petit type légèrement crâneur, un joueur de cricket redoutable, un fumeur de cigarettes minces comme des allumettes et un terrible plaisantin. Il était petit, mais fier de se tenir droit, les épaules rejetées en arrière. Je l'ai vu se battre avec Hector Thompson, un type deux fois plus grand que lui, sur la piste de ravitaillement déserte de la station-service de Carl Foster. Il avait terrassé son adversaire, l'avait réduit en bouillie, lui avait coupé le souffle et ouvert une lèvre avant que quelqu'un dans le café, de l'autre côté de la rue, se rende compte de ce qui se passait.

Mais lorsqu'il était question de celluloïd, mon père devenait lâche.

Le celluloïd était définitivement la propriété de ma mère. C'était le même morceau qu'Oscar avait apporté en Australie en 1865. C'était certainement le premier échantillon de cette matière introduit sur le continent. Peut-être était-ce aussi le premier produit de synthèse parvenu dans l'hémisphère Sud. C'était une chose sur laquelle mon père, étant chimiste de formation, avait souvent médité, mais une seule fois bien sûr à voix haute. Ma mère ne voulait pas l'entendre parler de ça. Non pas parce qu'elle était sotte, mais parce qu'elle comprenait, comme les femmes le font plus facilement que les hommes, que le sens déclaré d'une phrase prononcée à voix haute n'est que son enveloppe, son manteau et que la véritable signification est cachée derrière les étoffes et les boutons.

Quand mon père parlait de l'aspect historique et scientifique du celluloïd (ce dont il avait le droit le plus strict, étant donné qu'il possédait un diplôme de chimie industrielle), ma mère sentait qu'il mettait en question son droit de propriété sur cet objet, ainsi que son utilisation première, son sens et son histoire.

Et elle avait raison. Quand mon père disait « produit de synthèse », il déclarait en réalité : « J'ai raison. Ce truc m'appartient. »

Mais ma mère ne voulait certes pas le lui donner. Ce morceau de celluloïd lui appartenait à elle. Sa signification aussi. Les traits qu'on avait tracés à sa surface — j'ai été élevé dans cette croyance — étaient destinés à indiquer la latitude et la longitude. Elle posait souvent ce petit morceau jaunâtre, éraflé, sur une carte routière, pour nous expliquer la manière de nous en servir. Elle devenait alors extrêmement émotive, ce qui lui arrivait souvent lorsqu'elle parlait du passé. Et parce qu'elle souhaitait qu'Oscar soit un « missionnaire » et un « pionnier » de l'Église anglicane, nous avons grandi en croyant que notre arrière-grand-père avait voyagé dans l'entrepont d'un bateau à voiles, où s'entassaient de pauvres immigrants. Nous l'imaginions avec sa carte, son bout de celluloïd, sa Bible, son Rituel anglican. Nous le voyions — même lorsque le ton compassé, dévot, de ma mère, nous faisait nous tortiller de gêne — lisant le service funèbre pour des bébés perdus à jamais, bébés qu'on avait enroulés dans une toile, avant d'en faire un triste petit paquet cousu par un marin-voilier à la bouche édentée. Tandis que le jeune Oscar, ses cheveux roux dressés comme des flammes, sa peau blanche et délicate, toute brûlée, regardait en plissant les yeux le soleil des antipodes, pendant qu'une mer bleu foncé se gonflait au-dessus de lui.

Mon père savait sûrement sur quelle sorte de bateau avait voyagé Oscar. Il connaissait son nom, et s'il connaissait son nom, il avait certainement cherché à connaître « ses caractéristiques ». En tout cas, il ne disait rien à propos du *Leviathan* qui pourtant n'était pas plus un petit bateau à voile que le morceau de celluloïd un moyen de connaître les latitudes et les longitudes.

Le *Leviathan* avait deux cent dix mètres de long, vingt-six mètres de large et dix-huit mètres de profondeur. L'arche de Noé (si l'on admet que la coudée est égale à zéro mètre cinquante-deux) avait cent cinquante-six mètres de long, vingt-sept de large et seize de profondeur. Cette coïncidence ne passa pas inaperçue aux yeux d'Oscar qui « découvrit » le *Leviathan* deux semaines après cette soirée fatale au Cremorne Gardens.

A cette époque, le paquebot très controversé d'Ishmael Kingdom Legare se trouvait au cœur d'une crise qui agitait les ateliers de construction navale de Tyneside. On pensait généralement que la compagnie allait tomber en faillite. Ces incertitudes ne troublaient nullement Oscar. Il les ignorait. Il voyait seulement que c'était le bateau sur lequel il voulait voyager. Il était insubmersible. *Punch* écrivait qu'un homme allant de Southampton à Sydney — si grandes étaient les dimensions de ce navire, si nombreux les couloirs, les promenades, les passerelles, etc. — que le pauvre homme donc — bien qu'il puisse danser jusqu'au point de ne plus avoir de semelles à ses chaussures de cuir et manger jusqu'à ce que saute son dernier bouton — pouvait faire cette traversée et ne jamais trouver l'objet le plus simple et le plus essentiel à un voyage en mer : un hublot donnant sur la mer.

C'était exactement cette sorte de bateau que désirait Oscar. Il avait une double coque (en cas d'iceberg), un pont de structures cellulaires et la possibilité de transporter tout le charbon dont il avait besoin pour son voyage.

Oscar Hopkins s'était rendu en Australie non pas comme ma mère l'imaginait mais au milieu du luxe le plus insolent. Et même s'il apparaissait aux personnes qui l'entouraient détaché des biens de ce monde, au point de ne pas remarquer cet aspect de son voyage, d'être insensible aux plaisirs procurés par des « portières de soie cramoisie », on devrait se souvenir néanmoins qu'Oscar avait choisi le *Leviathan* exactement comme il avait choisi Cremorne Gardens. Quelqu'un qui avait grandi dans la maison austère de pierres calcaires de Theophilus ne pouvait être inconscient ni de l'un ni de l'autre.

La Church Missionary Society, naturellement, ne voulut

pas payer son billet sur un bateau aussi luxueux. Qu'elle eût pu avoir le culot de suggérer que cela risquait de produire un certain mauvais effet, Oscar ne s'en rendit pas compte.

Il paierait la traversée. Seul, Dieu pouvait fournir une telle somme.

Il paria sur les chiens et sur les chevaux.

Au plus profond de son cœur, il ne savait pas s'il était bon ou mauvais, saint ou corrompu. Il prenait des bains d'eau froide, alors qu'il avait de l'eau chaude à sa disposition. Il se passait de charbon, alors qu'il pouvait facilement en acheter. Mais il rencontrait Wardley-Fish le vendredi après-midi pour boire du champagne rose.

44

Le gendre d'un évêque

Wardley-Fish aurait adoré tenter sa chance de temps en temps. Mais il avait un vicariat à Hammersmith, une fiancée et son mariage était imminent. Ces circonstances signifiaient qu'il avait non seulement été obligé d'abandonner son logement apparemment « suspect », près de Drury Lane — personne ne semblait trouver « suspect » qu'il vienne vivre dans la même maison que sa future épouse — mais il avait également dû renoncer à sa vie agitée. Il avait de bonnes raisons d'y renoncer, mais il aurait aimé pouvoir passer, ne serait-ce qu'une heure, au Holborn Casino, disons, ou encore mieux, à Epsom. Et il aurait aimé s'y rendre en compagnie de son vieil ami vaguement ridicule et un peu gênant. Malheureusement, ils étaient des adultes maintenant. Et le beau garçon qu'il était s'était fiancé à la fille d'un évêque.

Sa fiancée, miss Melody Clutterbuck, ne savait pas que Wardley-Fish allait se servir dans un instant de la voiture de l'évêque son père pour rendre visite à ce détestable personnage dont il se moquait sans cesse. Elle se rendait compte que cette amitié était sur le point de se terminer. Elle avait écarté ce sujet irritant de son esprit. Pas tout à fait pourtant, car il y avait toujours la crainte que le bateau, qu'avait choisi cet hurluberlu au cou de poulet pour se rendre en Australie, ne soit (le *Times* disait même que c'était probable) jamais achevé. Melody ne pouvait entendre parler du *Leviathan* (les problèmes qu'il soulevait allaient de Charybde en Scylla dans la City) sans voir la tête de mante religieuse de mon arrière-grand-père et ses poignets blancs, ridiculement longs, sortant de ses manches luisantes de crasse. N'étant pas dans le secret de cette curieuse amitié, Melody Clutterbuck s'imaginait que le révérend Mr Hopkins avait une mauvaise influence sur son fiancé. Celui-ci, bien que se sentant mal à l'aise en face de cette méprise, manquait du courage nécessaire pour rétablir la vérité. La jeune fille n'avait aucune sympathie pour le P'tit Louf et d'apprendre par exemple qu'il restait assis près d'un bac à charbon vide parce qu'il aurait jugé répréhensible de dépenser ses gains pour son propre confort — c'était ce qui en fait agitait fort en ce moment Wardley-Fish — l'aurait tout simplement confirmée dans ce qu'elle savait déjà, que cet imbécile de petit protestant évangélique était fou à lier.

Après toutes les plaisanteries qu'il avait faites sur le compte du P'tit Louf, Wardley-Fish ne se sentait pas capable de se justifier auprès de sa fiancée. Il y avait des choses qu'il ne pouvait expliquer. Et ce qu'il était en train d'entreprendre en ce moment même en faisait partie : pourquoi descendait-il sur la pointe des pieds l'escalier de la maison de l'évêque, son futur beau-père, avec un joli panier en bambou, contenant des « choses » enveloppées dans du papier de soie usagé ? Sa fiancée avait accompagné sa mère au premier service religieux à Knightsbridge. Il n'y avait donc que l'obstacle de l'évêque à surmonter. Celui-ci, assez peu à cheval sur la sanctification du dimanche, se trouvait dans son bureau en train de classer ce qu'il appelait ses « babioles et brimborions », ce qui signifiait en fait des objets provenant du pillage de Pékin, après la victoire de lord Elgin. L'attention de l'évêque était entièrement fixée sur ce travail. Il y avait fort peu de chance qu'il entende quoi que ce fût. Malheureusement Wardley-Fish descendit l'escalier si lentement qu'il le fit grincer et craquer d'une manière peu naturelle. Il atteignit enfin le bas des marches. Plongés dans la pénombre, des parapluies noirs, accrochés à leur support de cèdre, pendaient comme des chauves-souris. Dans un instant, il serait sauvé, il se trouverait dans la cour, se dirigerait vers l'écurie. Mais avant cela, l'évêque, qui désirait aller chercher le vase à la glaçure craquelée du salon, ouvrit la porte de son bureau et se trouva nez à nez avec Wardley-Fish.

« Oh », fit-il.

Ce n'était nullement une exclamation de frayeur. L'évêque n'était pas facile à effrayer. C'était plutôt un signe de timidité, de politesse — les deux hommes se sentaient toujours un peu mal à l'aise lorsqu'ils se trouvaient l'un en face de l'autres. Ils voulaient trop montrer leur bonne volonté. L'évêque était en bras de chemise. Il avait ses lorgnons posés sur son nez camus. Il tenait un paquet de fiches roses à la main.

« Des pommes ? » demanda-t-il l'air affable en tendant la main. Lorsque la forme dure et irrégulière de l'objet, sous le papier de soie, lui dit que ce n'était pas des pommes, il se troubla. C'était un peu comme s'il était entré dans la chambre d'amis pour découvrir son hôte entièrement nu. Il ne savait que faire. Fallait-il se comporter comme si tout était normal ou remettre l'objet dans le panier et retourner rapidement dans son bureau ? Il regarda Wardley-Fish tandis que ses sourcils broussailleux se soulevaient sous son front ridé.

« Du charbon », dit Wardley-Fish, simplement parce qu'il n'avait pas le culot de rester silencieux.

L'évêque tira sur le papier de soie et découvrit qu'effectivement le jeune homme avait dit la vérité. Il en émietta un petit bout entre le pouce et l'index, le porta à son nez et le renifla. Mais ensuite, il n'y avait vraiment plus rien d'autre à faire. Il n'avait guère envie de demander à quoi allait servir cet étonnant machin. Son futur gendre ne semblait pas pressé de le renseigner. Wardley-Fish, debout, au bas de l'escalier, avec ses vingt morceaux de charbon rangés dans ce panier ridicule, n'aurait pu, de toute façon, l'expliquer, même pas à lui-même.

45

Des hymnes

Le mardi suivant, Wardley-Fish se retrouva à la librairie Martindale. Sa fiancée avait une passion pour les histoires romanesques de Mrs Plumber. C'était pendant qu'elle s'informait sur les plus récentes (avec une voix qui semblait dans cette atmosphère feutrée trop haute et trop assurée) que Wardley-Fish tomba sur un exemplaire de *Hennacombe Rambles* du père Hopkins. Et là, à l'instant, avec son parapluie accroché à son bras, il découvrit un jeune Oscar inconnu, qu'on appelait le « petit botaniste en jupe ». Cela, bien sûr, le fit sourire. Mais quant au reste, le sourire s'estompa avant de disparaître complètement.

Wardley-Fish avait l'impression d'avoir piégé Oscar dans son véritable élément, si bien qu'il pouvait le voir pour la première fois, comme il était réellement alors que pourtant il était allé dans la petite maison aux murs nus, au plancher de bois de Hennacombe, et qu'il avait écouté les interminables discours du vieux Hopkins (qui apparemment ne souffrait d'aucune manière du courant d'air glacé qui arrivait par la fenêtre ouverte). Le vieux bonhomme parlait de son désir de voir « le royaume du Christ se réaliser durant notre vie ». Maintenant, en lisant ce livre, Wardley-Fish se rendait compte que l'élément dans lequel trempaient Oscar et son père n'était ni ce qu'il avait vu ni ce qu'Oscar lui avait décrit.

Il avait eu là-bas l'impression d'avoir affaire à un rabat-joie, à un pisse-vinaigre, à un homme à qui il était impossible d'envoyer un cadeau d'anniversaire de peur qu'il ne respire immédiatement une odeur de champ de courses, un homme capable d'arracher un morceau de pudding de Noël de la bouche d'un enfant. Mais là dans le livre où il aurait pu s'attendre à trouver un esprit rigide, austère, méprisant la vie, il découvrait un amour tendre et ému des haies, des marais, des rouges-gorges et des plus petits habitants de la mer, si bien que même Wardley-Fish (c'était lui qui mettait le « même ») était ému et impressionné. Appuyé au comptoir de chez Martindale, avec toute la lourdeur embarrassée d'un homme qui attend sa femme chez la modiste, il lisait ce passage : « On trouve en quantités la *ploycera ocellata* d'un joli vert. Mais l'*eolis coronata* appartient à l'espèce la plus abondante et en même temps la plus belle, avec ses tentacules entourés de petites couronnes membraneuses et tout un buisson de papilles d'un bleu et d'un carmin éclatants, qui ressemble à l'éclat des pierres précieuses. »

Wardley-Fish se prenait pour un homme viril, adonné au cognac et aux bons cigares et si — bien à propos — il avait renoncé aux champs de courses, il n'avait aucunement l'intention d'abandonner la chasse qu'il aimait pratiquer à Amersham, lorsque c'était possible. De plus, il se croyait stupide. On le lui avait suffisamment répété, et si ce n'avait pas été aussi l'avis de son père, on ne l'aurait jamais bien sûr poussé à devenir pasteur. Au départ, il avait voulu faire son droit, mais on l'avait immédiatement prévenu qu'il n'avait pas la tête assez solide pour ça. Il n'avait jamais mis en question cette affirmation et avait donc décidé, alors qu'il était toujours à Oriel, qu'il ne pouvait espérer arriver que grâce à ses relations et que la manière la plus sûre de s'en faire était en rapport direct avec le mariage.

Il proclamait qu'il n'avait aucun sens de la poésie ni de la musique et pourtant, il était ému — au point d'en avoir le souffle coupé — par la prose du vieil Hopkins. Où il s'était attendu à trouver les flammes de l'enfer et des cataplasmes à la moutarde, il avait découvert les cheveux de Vénus et des chapelets d'œufs. « J'ai trouvé que les petits étaient parfaitement formés, chacun à l'intérieur d'un œuf globulaire, à la paroi transparente et incolore. »

Pour pouvoir sentir ces choses, pour exalter l'œuvre de

Dieu dans un hymne aussi pur, Wardley-Fish aurait donné absolument n'importe quoi. Il trouvait, dans ces descriptions si simples du naturaliste, ce qu'il n'avait jamais senti — alors qu'il l'aurait dû — dans le psaume commençant par « Mon Dieu, mon Roi, je t'exalterai et je bénirai ton nom à tout jamais. »

Il était debout, au comptoir, la tête penchée, avec le regard humide qu'on s'attend à trouver chez quelqu'un qui est plongé dans une histoire sentimentale. Sa fiancée revint pour découvrir son changement d'humeur et le paquet qu'un vendeur, aux yeux grands comme des soucoupes, était en train de faire pour lui. Elle comprit immédiatement le rapport existant entre les deux choses. Dès le départ, elle n'était guère disposée en faveur du livre. Elle connaissait un Wardley-Fish brillant et gai et elle l'aimait surtout lorsqu'il portait une veste rouge d'un mètre cinquante de long.

Ils trouvèrent un fiacre devant le magasin et demandèrent au cocher de les conduire à Kensington. Traversant Hyde Park, au moment où les arbres d'un noir profond commençaient à laisser apparaître le vert de leurs bourgeons, Wardley-Fish continuait de penser, comme il y pensait continuellement depuis son étrange visite, depuis l'affaire du panier de charbon, à cet ami qui s'était enfermé dans une pièce, avec, pour toute compagnie, un ciel sans oiseaux et la perspective d'un voyage terrifiant.

Lorsqu'il était jeune, si jeune qu'il n'était pas encore pensionnaire à Harrow, Wardley-Fish avait eu une mésaventure à cause d'un des timbres de l'importante collection de son père. Un timbre bleu, unique, avec dessus l'image d'un cygne. Il l'avait manié avec le plus grand soin, presque avec respect, et cependant, curieusement, les dents avaient été abîmées. Son père, évidemment, l'avait remarqué. Ce n'étaient pas les coups de fouet, pourtant, qui l'avaient fait pleurer dans le giron blanc et amidonné de sa nurse, mais le fait que son admiration, son respect, avaient provoqué une catastrophe irréversible. C'était dans son caractère de supporter le poids de ses fautes, de les porter en permanence avec lui et il en serait ainsi avec Oscar. Il ne pouvait se débarrasser de lui. Il ne pouvait le chasser de son esprit.

Le fiacre commença à cahoter sur le pont qui traversait la

Serpentine. Et comme sa fiancée lançait une exclamation de mauvaise humeur, Wardley-Fish la regarda et comprit qu'il ne l'aimait pas. Ses petits poignets ronds lui semblaient repoussants. Il se sentait étouffé, coincé, à cause en particulier de la poudre qui recouvrait les fossettes de ses joues.

Il regrettait de ne pas être parti en Afrique. Il y avait pensé pendant un certain temps. Il avait même fourré cette idée dans la tête du P'tit Louf. On avait parlé de se rendre en Afrique ensemble — c'était bien avant le rendez-vous de Cremorne Gardens. Mais il y avait eu, évidemment, le problème de la phobie de la mer. Mais, en ce moment, il savait qu'il aurait dû aller en Afrique de toute façon. L'ambition qui l'avait poussé à faire la cour à la fille de l'évêque lui apparaissait méprisable.

Il savait qu'elle n'aimerait pas le livre du père Hopkins, pourtant lorsqu'il lui demanda s'il pouvait lui lire quelques petits extraits, il ne le fit pas par provocation, mais au contraire, dans l'espoir qu'il se trompait.

« Melody, dit-il, j'ai un secret à partager avec toi. » Ils étaient restés silencieux depuis qu'ils avaient quitté le West End. Comme ce silence était des plus inhabituels, il savait que la jeune fille était mal à l'aise. Habituellement, il ne lisait jamais et donc n'ignorait pas que l'achat de ce livre semblerait étrange à sa fiancée. Néanmoins, il défit la ficelle du paquet vert, en souriant bizarrement.

« Nous sommes presque arrivés, mon chéri », dit-elle, en tendant la main pour plier le papier et rouler la ficelle. Wardley-Fish ne vit pas le reproche implicite contenu dans ce geste.

« Rien qu'un petit passage, dit-il. Tiens, là. C'est écrit par le paternel du P'tit Louf et ça ne ressemble pas du tout à ce qu'on pourrait s'attendre. »

Elle inclina la tête d'un air sévère, espérait-elle.

Wardley-Fish n'ouvrit pas le livre au début, mais au hasard. « Le corps a environ quatre centimètres d'épaisseur, dit-il (ce n'était pas exactement la sorte de chose qu'il cherchait) et la même hauteur. D'un brun mauve, il est strié de bandes longitudinales d'un lilas assez sourd, chaque bande étant bordée d'une couleur plus foncée. »

Melody Clutterbuck regarda son fiancé d'un air perplexe.

Des soldats de la garde passèrent à cheval, spectacle que Melody aimait beaucoup habituellement. Elle ne les remarqua même pas. Elle ouvrit la bouche pour écarter le parfum nauséabond — il n'y avait pas d'autre mot pour qualifier ce genre de chose — que dégageaient ces phrases. Très certainement, elles ne convenaient pas à l'oreille délicate des dames. Mais son fiancé était déjà loin. Il courait à la recherche de preuves plus convaincantes. Un paragraphe ici. Une ligne ou deux là.

« Tu vois, tu vois », s'exclama-t-il les yeux humides et brillants. Elle ne l'avait jamais vu aussi excité, sauf lorsqu'il était question de chevaux. « Ce vieux type est merveilleux. Ce vieux type est inquiétant. C'est le « Oui ! », Melody. Tu ne trouves-pas ? Le « Oui ! » de ton père, l'éternel Oui ! de Mr Carlyle. Celui dont ton père parle toujours.

— Ian, je t'en prie.

— De ça, dit-il, en agitant le livre avec beaucoup d'émotion, à une chambre sans feu.

— Mon chéri, ce que tu dis n'a pas de sens.

— « Après un jour ou deux, deux autres de la même espèce déposent leur frai. » Non, non, ma chérie. C'est de la botanique, de la zoologie. Le vieux bonhomme appartient à l'Église réformée. Tu n'as aucun besoin de te préoccuper de savoir si c'est convenable ou non. »

Mais, malgré ses paroles, il savait qu'il avait dépassé les bornes. Il lui remit le livre lorsqu'elle tendit la main — elle était, en dépit de son menton levé, très agitée. Ses deux mains essayaient de s'accorder pour refaire un paquet présentable.

J'ai peur d'elle, pensa Wardley-Fish, et je suis trop jeune pour éprouver un tel sentiment.

A la maison, c'était le jour de l'honorable Mary Braden-Loch. Le jeune pasteur se montra étonnamment brillant. Melody Clutterbuck était ravie de le voir si admiré et avait déjà oublié sa petite crise dans le fiacre. Elle était néanmoins inquiète en remarquant, lors d'un silence dans la conversation, que les adorables yeux de son fiancé paraissaient soudain morts. Elle ne pouvait deviner qu'ils regardaient encore l'infini du ciel par une fenêtre du troisième étage d'un immeuble donnant sur les rues de Notting Hill.

46

En un clin d'œil

Ce fut Mr Paxton — le même Mr Paxton qui dessina les plans du Crystal Palace — qui conseilla à Lucinda Leplastrier de rentrer à Sydney sur le *Leviathan*. Il parlait en tant qu'ingénieur, disait-il. Sans aucun doute, Lucinda ne verrait rien de semblable « aussi longtemps qu'un esprit sain est considéré comme une condition nécessaire à l'exercice de ma profession ».

Lucinda émit alors quelques doutes. Devrait-elle confier sa vie à un navire de cette espèce ? Mr Paxton, en parlant ainsi, donnait l'impression que le bateau n'était rien moins que sûr.

« Sa capacité de tenir la mer est inversement proportionnelle à son aptitude à rester à flot dans le monde du commerce. Embarquez là-dessus, dit-il. C'est aussi sûr qu'un éléphant. Ce sera une magnifique expérience. Oui, oui, oui. D'autant plus rare que la compagnie fera faillite avant deux ans. Mr Legare se remettra à construire des ponts, ce qui est bien plus son affaire. »

Lucinda acheta son billet avec l'habituelle confusion qu'elle montrait dans les questions d'argent. La traversée coûtait cinquante-cinq livres en seconde classe, ce qui était bien trop cher. Et soixante-dix livres en première. Ce qui était dans ses prix. Elle acheta donc un billet de première. Pourtant, au cours de ses hésitations à propos du bien-fondé et de la justesse de sa décision, elle n'imagina pas un seul instant que le plus grand bateau jamais construit serait pratiquement vide. A Londres, elle s'était sentie extrêmement seule, mais c'était encore pire à bord. C'était à cause de tous ces espaces vides et solennels qu'elle descendit sur le quai. Et dès qu'elle eut posé le pied à terre, elle se sentit bien plus heureuse.

Elle eut l'impression de sortir de l'hôtel de ville pour se retrouver sur la place du marché. Brusquement, la vie grouillait autour d'elle. Des voies ferrées longeaient le quai, des grues avançaient et reculaient, des moteurs pétaradaient, des panaches de fumée blanche fleurissaient çà et là. Même la pluie, qui mouillait ses souliers, ne la gênait pas. Elle était contente d'être ici en bas, parmi des gens simples. Il y avait aussi des odeurs ordinaires, celles du coke, de l'anthracite et celle des hydrocarbures. Ce fut l'huile minérale qui lui fit penser à ses ateliers de verrerie pour lesquels, durant son absence, elle s'était prise d'une affection toute particulière. Elle avait oublié les tensions, les anxiétés qu'elle avait éprouvées, ressenties, à cause d'eux. Sur le quai de Southampton, elle eut un élan de sympathie vers l'homme qui dégageait cette odeur — probablement un mécanicien, se dit-elle, un Écossais au visage crispé, couvert de taches de rousseur, qui ne serait certes pas le bienvenu dans le salon de Marian Evans. Ses ateliers avaient cette même odeur. Tous les ateliers de verrerie sentent comme ça. Les ateliers qu'elle avait visités à Trent, à Londres et aussi ceux de Nottingham où on fabriquait des plaques de verre pour Mr Paxton. Il y avait partout cette même odeur, l'odeur de ses ateliers de Darling Harbour. Le bois de poirier, dont on se servait pour tourner le pied des vases était trempé non seulement dans l'eau, mais aussi dans l'huile minérale. Lucinda fut brusquement prise du désir impatient de rentrer. Son impatience était égale à celle qu'elle avait eue de partir. Elle voulait sentir de nouveau les effluves du bois de poirier en train de brûler, ceux de l'huile minérale, des produits chimiques, des sulfates, des chromates qui se transformaient en vert ou en jaune.

Elle avait vingt-quatre ans et était élégamment vêtue de taffetas moiré gris. Son dos était cambré, ses fesses, comme c'était alors la mode, saillantes, mais nullement au point que le suggérait George Eliot dans une lettre à la plume acérée écrite à l'époque. La fille de son amie pamphlétaire, selon la célèbre romancière, aurait pu poser un plateau à thé sur le rebord de son derrière. Mais Marian Evans avait alors quarante-six ans et était acariâtre à cause de sa néphrite. De toute façon, elle n'avait rien compris à la jeune femme.

> « Elle est si minuscule, qu'on dirait qu'il n'y a aucune place chez elle pour la conversation. Elle s'assied les mains posées sur les genoux, en gardant le plus complet silence. Toutefois, elle n'a aucune conscience de son étrange comportement en société, et il est bien difficile, après l'avoir vue plus de deux heures, de conserver quelque sympathie pour elle. George [Lewes] fut assez aimable pour l'emmener au British Museum puis dans un salon de thé, où, apparemment, elle essaya de l'entraîner à je ne sais quel jeu de hasard. En dehors de ce curieux souhait, elle semble n'avoir que peu parlé. C'est difficile, en effet, quelles que soient les intentions qu'on puisse avoir, de poursuivre une conversation avec quelqu'un qui se refuse à parler. »

Lucinda s'était attendue à ce que George Eliot partage les enthousiasmes de sa mère. Mais l'auteur, qui avait encouragé Elizabeth à écrire essais et pamphlets, n'avait jamais apprécié son goût « fanatique » pour les usines. Et si elle fut intriguée en apprenant que l'orpheline avait effectivement acheté une manufacture, elle ne désirait aucunement parler de la fabrication du verre. Si Lucinda avait employé des souffleuses de verre, peut-être les choses auraient-elles été différentes. Malheureusement, sa seule tentative dans ce sens avait été un échec. George Eliot ne s'y était donc pas intéressée, d'ailleurs elle avait son propre travail.

Lucinda pensait que George Eliot était snob. Elle préférait Mr Paxton qui se moquait d'elle ouvertement mais qui, aussi, lui avait expliqué son nouveau projet en lui en montrant des contrecalques. Il lui avait aussi écrit une lettre d'introduction sur le directeur de l'atelier de verre avec qui il travaillait. Être pris en charge par Mr Paxton était réellement plus agréable que de se sentir critiquée par la célèbre amie de sa mère.

Lucinda était venue à Londres en pensant se retrouver « chez elle ». Elle découvrit bientôt que cette grande chose pleine de suie n'était nullement son chez-soi. Elle avait quitté Sydney avec en tête des idées de mariage et d'enfants. Elle l'avait quitté — ça ne lui était guère agréable de s'en souvenir — dans un mouvement d'humeur contre Dennis Hasset qui, tout en restant son confident, son meilleur ami, ne la considérait pas, de toute évidence, comme un parti convenable. Elle s'était envolée pour le laisser mijoter au milieu de ses propres regrets. Elle n'avait pas douté un instant qu'elle aurait de nombreuses demandes à Londres, ne serait-ce qu'à cause de sa fortune. Elle s'était donc cuirassée pour se protéger des indésirables. Malheureusement, personne ne l'avait demandée en mariage, en revanche l'homme sérieux qu'était Mr Paxton s'était conduit deux fois à son égard avec la plus désagréable liberté.

Elle recula de quelques pas pour permettre à la grue à vapeur de passer sur ses rails. En levant la tête pour découvrir ce qu'elle portait, elle aperçut une vache beuglant, retenue par une bande de toile qui lui passait sous le ventre. La grue s'arrêta et commença à descendre son chargement au sommet de cette falaise verticale, couverte de boulons, qui n'était autre que le *Leviathan.*

Le quai ressemblait à un marché aux bestiaux et rappelait à la jeune femme élégante, en robe de taffetas, l'époque où elle se rendait à Parramatta avec son père pour acheter un cochon ou vendre quelques veaux. L'air était chargé d'effluves où se mêlaient l'odeur du poil mouillé et celle de la peur. Les bêtes avaient, pour la plupart, la diarrhée. A cette pensée, Lucinda décida de ne plus rester en dessous des grues.

Elle passa devant des enclos remplis d'animaux et n'attacha aucune attention aux regards appuyés que lui jetaient les vachers et les bergers en cirés, qui ne parvenaient pas à comprendre pourquoi une femme de sa classe marchait sur un quai grouillant, sous la pluie. Lucinda avait maintenant l'habitude de cette sorte de regard et sans ignorer la menace qu'ils contenaient — cette espèce de vaudou des hommes en groupe -, elle faisait désormais partie des femmes qui employaient cette sorte d'individus. La crainte qu'elle éprouvait devant leur assurance insultante était mêlée à la claire conscience de la force que lui donnait sa fortune. Bien sûr, c'était mal de l'avoir, mais grâce au ciel, elle l'avait et en était heureuse. Elle ne leur fit pas baisser les yeux, bien qu'elle sût avoir ce pouvoir. Un pouvoir que lui permettait l'argent, mais qui n'était pas uniquement dû à lui. C'était cela, cette conscience agitée, souvent agacée de son propre pouvoir, qui l'avait, en grande partie, condamnée à la solitude à Londres. Même George Eliot, quoi que ses livres puissent suggérer, était habituée à des jeunes femmes qui baissaient les yeux respectueusement devant les siens. Il n'en fut pas ainsi pour Lucinda. Les deux femmes se regardèrent face à face et l'écrivain mentionne (dans la lettre déjà citée) « une curieuse tendance à avoir l'œil fixe ». Il est bien possible que ce soit ce regard et non son effroyable accent, son goût du commerce, son manque de conversation, ses jugements quelquefois tranchants, ou sa manière peu féminine de se moucher — comme un morse, écrit George Eliot — qui la fit apparaître si étrange. Et lorsque finalement elle baissa les yeux, ses paupières apparurent excessivement lourdes et sensuelles. Elles produisirent un effet, taxé sans aucune générosité, d'« hypocrite ».

Lucinda passa devant des cochons du Derby, au long museau, serrés les uns contre les autres comme les pièces d'un puzzle. Elle découvrit un nombre impressionnant de cages rouillées, toute mouillées. Deux hommes se disputaient à propos de l'une d'elles. Un fiacre, qui passa en les frôlant, était rempli de pasteurs, du moins c'est ce qu'il lui apparut. Elle remarqua les cheveux d'un roux étonnant de l'un d'eux, mais sans y accorder d'importance, étant donné qu'elle était bien plus intéressée par la dispute concernant la cage. Celle-ci, remplie de lapins trempés et tremblants, se trouvait là, apparemment, par erreur.

« Mais bon Dieu de bon Dieu, s'exclama le plus petit des deux hommes — il avait un visage coléreux avec des sourcils blonds, épais, descendant bas sur ses yeux plissés — cette foutue colonie est déjà à moitié boulotée par les lapins. Pourquoi en voudrais-je encore d'autres ? » Il fit une grimace et prit une voix de fausset.

« C'est pas mon affaire, mon vieux. Tout est écrit là.

— Je prends le reste, mais pas les lapins.

— Navré, mon vieux, c'est le lot complet. Tout ou rien. »

Lucinda marchait parmi les cages : lapins, pigeons, faisans.

Les bêtes étaient destinées à la société d'acclimatation de la Nouvelle-Galles du Sud. Il y avait aussi une demi-douzaine de biches et trois cerfs. Les mâles dans une seule cage : l'un d'eux saignait déjà abondamment de la tête. Finalement, elle trouva des lamas transis et trempés, mis dans des cages séparées. Il y avait de grandes pancartes interdisant de les toucher. Lucinda essaya de caresser une femelle, mais celle-ci recula la tête brusquement. Quand elle essaya de nouveau, la bête voulut la mordre.

Elle revint alors vers la passerelle des premières classes. La pluie se transformait maintenant en l'habituel crachin. Un officier, avec des moutaches à l'italienne, la salua. Le voyage jusqu'à Sydney durait cinquante-cinq jours. Cinquante-cinq jours avant de savoir si Dennis Hasset — elle se mordit la lèvre inférieure et plissa les yeux — avait épousé Harriet Borrodaile ou Elizabeth Palmer. Les lettres du jeune homme avaient parlé « d'horribles danses ». Mais elle ne faisait pas confiance à son récit. Mon Dieu, faites en sorte qu'il soit encore célibataire, non pas afin que je puisse l'épouser, mais pour qu'il reste mon ami. Mon Dieu, laissez-moi quelqu'un à qui je puisse parler.

Il se remit à pleuvoir à verse et la passerelle restait encombrée. Lucinda, sur la quatrième marche, leva son parapluie afin de mieux voir. Apparemment, il y avait un problème à cause d'un invalide. Elle reconnut le pasteur aux cheveux roux, celui qui était arrivé dans un fiacre, ou plutôt elle reconnut les cheveux. C'était lui l'invalide. Elle trouvait bizarre qu'on portât à reculons un homme sur une passerelle, mais bientôt elle se rendit compte que le groupe ne montait pas à bord, mais en descendait. C'est ainsi que Lucinda vit Oscar pour la première fois, si l'on peut dire, étant donné qu'il avait les mains appuyées contre son visage.

Elle recula vers le quai, tandis que le Révérend Oscar Hopkins, gémissant, était descendu du *Leviathan*. Le révérend Ian Wardley-Fish portait le brancard du côté des pieds, tandis que le révérend Hugh Stratton, en dépit du mauvais état de son dos, se raidissait à l'autre bout. Il y avait aussi, dans ce groupe, Mrs Stratton, Melody Clutterbuck et Theophilus Hopkins, un homme pâle dont les sourcils auraient eu besoin d'être brossés. Il portait une boîte pleine d'outils à souder, qu'il avait construite spécialement pour son fils.

Lucinda vit qu'on mettait un bandeau sur les yeux du pasteur aux cheveux roux.

L'autre, le beau jeune homme à la barbe blonde, claqua des mains. Le pasteur aux cheveux roux continuait de gémir. Celui à la barbe blonde dit : « Il faut faire vite. Il faut faire très vite, Hopkins. Voilà l'astuce. » Puis il claqua de nouveau des mains et regarda autour de lui comme quelqu'un qui cherche un bâton pour tuer un serpent. Il dégoulinait de pluie.

Le vieil homme, à la barbe grisonnante, tenait son cadeau comme un roi mage ruisselant qui se serait trompé de destination.

« Sûrement, dit-il, en jouant avec le bouton du col de son ciré, sûrement, Oscar tu peux marcher. »

Une grande femme blonde, un peu négligée, avec une voix forte et une énorme poitrine, s'avança et commença à tirer sur la manche de l'homme en manteau. « Allez, viens, dit-elle, viens, nous monterons à bord. »

Lucinda passa devant le groupe pour gagner la passerelle avant que ces gens ne provoquent d'autres désordres. Elle trouvait les Anglais ennuyeux au possible. Elle répondit à un autre salut cérémonieux et se dirigea rapidement vers sa cabine. Elle laissa son parapluie s'égoutter près de la porte, enleva son chapeau, délaça ses bottines, puis, avec rien d'autre aux pieds que ses bas, s'assit devant son petit secrétaire et essaya de se concentrer sur son journal intime.

Sur tout ce qui lui était arrivé, sur tous les gens qu'elle avait rencontrés, sur les kilomètres qu'elle avait parcourus sur l'océan, elle ne trouvait rien d'autre valant la peine d'être raconté, que : « Un appartement trop grand que j'ai endommagé à cause de cette nervosité, de cette irritation qui me prend partout. Ferais volontiers une partie de cribbage. »

Elle entendit plus nettement le moteur de la grue. Elle se pencha en avant pour tenter d'apercevoir une autre vache. C'est alors qu'une grande cage passa devant son hublot, si près qu'elle eut un mouvement de recul involontaire. Dans la cage, il y avait trois pasteurs. Celui aux yeux bandés, le visage livide, était assis au milieu. Il avait la bouche ouverte.

Lucinda n'entendait pas les sons qu'il émettait. Le plus vieux (on aurait dit un gamin déguisé en vieillard) tenait le bras de l'infirme. Immobile, très pâle, il gardait la bouche fermée. En revanche, le blond, le jeune, celui avec le grain de beauté, paraissait extrêmement excité. Il levait et agitait les mains. Ses yeux regardaient dans toutes les directions à la fois. On avait l'impression qu'il allait bientôt sauter comme un ressort vers le ciel.

Lucinda pouvait entendre assez distinctement ce qu'il disait.

« En un clin d'œil, hurlait-il. Je te l'ai dit, Hopkins, en un clin d'œil. »

47

Babylone

Les salons et les cabines du *Leviathan* étaient spacieux, très décorés. Il y avait des bas-reliefs, des volutes, des peluches. Le grand salon, dans lequel Lucinda Leplastrier se trouvait presque seule, était à peu près trois fois aussi haut qu'elle, mesurait vingt mètres de long et douze mètres de large. Deux grands tuyaux de cheminée y passaient, mais ils étaient dissimulés par huit panneaux décoratifs. Les quatre plus grands étaient des miroirs, et les quatre autres ornés de peintures représentant des enfants et des emblèmes de la mer. Il y avait des canapés recouverts de peluche rouge, des divans tendus de velours d'Utrecht, un orgue en acajou travaillé, des tables et un bar en noyer élégamment sculpté et des panneaux de style arabe, couverts de peintures sentimentales. Le sol était parsemé de tapis flamands et il y avait aussi — cette chose que Wardley-Fish avait choisie pour exprimer la quintessence incomparable du luxe du *Leviathan* — des portières de soie cramoisie.

En se penchant sur la balustrade du grand salon, ainsi que le faisait à l'instant Lucinda, on apercevait la galerie promenade des secondes. Et s'il est vrai que Mr Ishmael Kingdom Legare n'avait pas été aussi généreux pour cet endroit, il avait quand même fait preuve de largesse concernant le confort et l'espace. Si de grossières poutrelles métalliques traversaient le plafond des secondes classes — Lucinda était déjà descendue pour y jeter un coup d'œil — elles étaient aussi agréablement décorées (à la manière orientale). Elles étaient peintes alternativement en bleu et rouge, et les côtés en dorés, tandis que l'espace laissé entre elles présentait des motifs décoratifs avec des couleurs rehaussées d'or.

Lucinda regarda les secondes classes et les trouva plus agréables que l'endroit où elle se trouvait. Elle pensa : « On m'a refait encore une fois ».

Elle avait gaspillé de l'argent, afin de se trouver dans un lieu auquel étaient attachés certains privilèges dont elle se croyait en droit de profiter. Mais après avoir été dépouillée des quinze livres supplémentaires, Lucinda comprit que les privilèges ne servaient qu'à la faire se sentir coincée et étranglée. Sa voix apparaissait vulgaire, non seulement aux autres, peut-être sans doute pas tellement aux autres, mais à elle-même. Elle ne pouvait imaginer comment quelqu'un, avec du sang chaud dans les veines, pouvait se sentir chez lui, au milieu des espaces glacés et vernis des premières. Elle avait fait semblant de croire qu'elle appartenait à cette classe, mais ce n'était pas le cas. Aussi, s'imaginait-elle qu'elle se sentirait bien plus à l'aise en deuxième classe. Elle aimait la manière dont étaient disposées les cabines de seconde. Elles étaient construites sur deux rangs, les unes au-dessus des autres, comme de petites terrasses. Elles ouvraient toutes sur un espace central. Lucinda, parfaitement consciente de l'absence évidente d'admirateurs, se sentait fortement attirée par la masse des gens de deuxième classe. Tout le monde se regroupait autour des hommes qui étaient arrivés dans la cage. Ce n'était pas seulement la curiosité qui lui faisait désirer de se trouver parmi eux, mais quelque chose de plus fort, de plus physique, le besoin de côtoyer ceux de son espèce, exactement comme un cochon du Derby ou un lapin dans sa cage.

La foule, qui entourait les pasteurs, avait augmenté depuis qu'elle les avait vus sur la passerelle. Il y avait maintenant des écoliers. Tout à l'heure, ils étaient quatre, maintenant ils n'étaient plus que trois. Et ces trois-là offraient un parchemin en souvenir à l'homme aux cheveux roux qui s'empressa de faire un petit discours de remerciements. Il agitait excessivement les mains en parlant. Il se moucha. On applaudit. Un homme, aux larges épaules, avec une grande barbe — ce n'était pas un pasteur, mais selon toutes les apparences un pédagogue — entraîna les enfants dans un coin et leur fit apporter du thé et des gâteaux. Le quatrième gamin réapparut. Lucinda se demandait quels étaient ceux qui allaient rester à bord et ceux qui allaient retourner à terre. Elle agita encore dans sa tête l'idée de faire descendre ses bagages en seconde classe. Mais elle ne s'en sentit pas le courage en songeant à l'expression hautaine et ennuyée des stewards.

Le pasteur aux cheveux roux marchait maintenant près du vieil homme à la barbe noire (très probablement son père). Il le conduisait, d'un endroit à l'autre, dans la galerie promenade, en faisant de grands gestes, exactement comme un jeune artiste finalement admis à la Royal Academy. Le vieil homme, qui avançait avec une prudence excessive, lui donnait parfaitement la réplique. La jeune femme du groupe s'installa (avec précaution, elle était élégamment vêtue) sur un sofa de velours et appuya ses mains sur ses yeux. Puis, elle leva la tête. Lucinda aperçut son sourire et le lui rendit, ne devinant pas que ce qu'elle prenait pour un sourire était en réalité une grimace.

Melody Clutterbuck — c'était elle qui avait grimacé — était gênée au point de se sentir malade. Elle était mal à l'aise et sur des charbons ardents. Elle était intimidée par le bateau et pourtant, ce n'était pas lui qui l'accablait. En effet, elle n'aurait pas eu cette sensation en compagnie d'autres personnes. Si elle avait été ici seule avec Ian, tout aurait été différent, ou avec son père, ou presque avec n'importe qui des personnes qu'elle connaissait. Mais elle était, par un concours de circonstances injustes et aveugles, obligée de se trouver en compagnie de gens pour qui ce bateau n'avait sûrement pas été construit. Et elle faisait malheureusement partie maintenant du groupe. Elle n'arrivait pas à savoir lequel de ces individus était le pire. Ces gens formait un ensemble ; leur comportement était grotesque, insupportable à regarder. Il y avait par exemple les Stratton, ce genre était très familier à Melody Clutterbuck. Elle avait pu observer dès sa petite enfance cette sorte de gens aux dîners que donnait son père, l'évêque. Ils sentaient la poussière et le sherry et leurs vêtements étaient couverts de taches luisantes. L'homme de ce couple-ci avait des yeux fuyants qui ne pouvaient vous regarder en face au-delà d'une fraction de seconde. La femme avait de grandes idées et faisait certainement du bruit avec ses couverts. L'un et l'autre avaient des manières qu'on peut poliment qualifier d'« ordinaires ». Les Stratton montraient toutes les caractéristiques de leur milieu. Ils se penchaient avidement sur des assiettes de gâteaux qui n'avaient été préparées que dans le but d'amuser les enfants. Lorsqu'ils avaient la bouche pleine, pendant ce bref instant où il ne leur était plus possible de mordre dans quoi que ce fût, ils jetaient autour d'eux des regards pareils à ceux des employés de chez Sotheby, venus estimer du mobilier. Ils étaient sales, bien entendu, mais leur saleté n'était pas visible de loin. Elle se trouvait incrustée si profondément dans l'étoffe de leurs vêtements qu'on pouvait penser qu'elle faisait partie d'eux, ce qui, en vérité, était exactement le cas. Leur voix dénotait une certaine culture et c'était cela, ce contraste entre leur allure et ce qu'ils disaient, qui les rendait si gênants.

Mais ces deux-là étaient la fine fleur des personnages qui l'entouraient en ce moment. Eux, au moins, avaient des prédécesseurs dans son monde. Ils étaient des « caractères » et mêmes s'ils étaient agaçants, ils avaient une place bien déterminée dans la ménagerie de la vie. Mais Oscar la faisait se rétracter, se déchirer les mains. Ses ongles s'en prenaient à sa chair comme si ce geste pouvait créer une confusion dans son cerveau, un brouillard de douleur qui estomperait l'acuité de l'autre souffrance. Melody ne supportait pas cette tête osseuse en forme de triangle. Un triangle bien trop long. Avec une bouche occupant un espace ridiculement petit. Quant aux cheveux, ils étaient, à proprement parler, inimaginables. Oscar avait maintenant une petite moustache, mais si ridiculement clairsemée qu'il aurait été charitable de lui dire de ne pas s'entêter. Melody Clutterbuck avait une liste, une liste complète de choses à lui reprocher. Elle ne pouvait, par exemple, supporter sa voix flûtée, ses mains effroyablement agitées, sa totale incompréhension de ce qu'elle ressentait à son égard, au point qu'en dépit de tout il lui décochait à chaque instant le plus bienveillant des sourires. Même la manière dont il commandait un chocolat au steward était au milieu de ce luxe inouï d'une naïveté qui frôlait l'idiotie. Les stewards, c'était facile à voir, étaient d'horribles petits snobs. Mais Melody Clutterbuck éprouvait de la sympathie pour eux (elle les jugeait aussi — ce n'étaient que des stewards) parce qu'ils allaient bientôt découvrir la sorte de personne qu'il leur faudrait servir. En première classe, pensait-elle, on ne doit pas être gêné comme ça. Elle leva la tête vers une dame des premières et fit une petite grimace. Elle fut heureuse de recevoir un sourire en retour.

Le célèbre Theophilus Hopkins (il s'était ridiculisé en écrivant des lettres au *Times* pour attaquer Mr Darwin) était, si tant est que ce soit possible, encore pire que son fils. Melody trouvait qu'il ressemblait à un somnambule. Ses yeux l'avaient regardée sans donner l'impression de voir ce qu'ils avaient devant eux. Il portait sa boîte en fer-blanc comme s'il s'agissait des cendres d'un être cher. Quand il s'assit, il la plaça sur ses genoux et posa sa tasse de thé dessus. Pourtant, ce n'était pas son manque de manières que Melody trouvait gênant. A vrai dire, il pouvait poser sa coupe et sa soucoupe sur la boîte et faire en sorte que cela semble presque respectable. Ce qui la troublait, c'était de savoir qu'il était réellement toqué. A sa manière, c'était un bel homme, correctement vêtu. Il est vrai que ses mains étaient grandes et calleuses, des mains de commerçant plutôt que des mains de gentleman. Mais tout cela n'avait guère d'importance. Ce qui était important, c'est qu'il s'était mis dans la tête que ce bateau était Babylone. C'était cela que craignait Ian. Melody observait le vieil homme d'un air inquiet, sans trop savoir de quoi il était capable. Elle avait déjà dû supporter deux prières, l'une au pied de la passerelle et l'autre lorsque l'affaire incroyablement gênante de la grue avait pris place. Ian pensait qu'il était capable de distribuer des coups de fouet, comme Jésus l'avait fait pour chasser les marchands du temple. Elle se demandait ce que contenait réellement la boîte en fer-blanc et s'était même proposée de s'en charger. L'offre avait été courtoisement repoussée. Elle pensait qu'il fixait les portières cramoisies d'un œil louche. Ian proclamait que ce seraient les premières choses qu'il arracherait.

Leur groupe, cependant, était loin d'être le seul à se trouver dans la galerie. Il y avait une dominante d'hommes et si certains d'entre eux apparaissaient, dans leurs habits neufs, être des coloniaux du type le plus rude, c'était tant mieux. L'énergumène serait rapidement maîtrisé.

Il prit sa boîte en fer-blanc. Melody se raidit brusquement. Le fils saisit le bras de son père. Les deux hommes s'éloignèrent un peu, puis s'arrêtèrent. Les yeux du père jetaient des regards noirs tout autour de lui.

48

Qui peut forcer les portes de son museau ?

L'auteur des *Coraux de la côte du Devon* avait un œil d'une remarquable acuité. Bien qu'on puisse penser que cette faculté était due à des synapses reliés à sa passion (des millions de connexions semblables aux nœuds du filet à papillons qu'il accrochait au mur de son bureau à Hennacombe, chaque nœud nécessaire et en même temps consolidé à chaque utilisation), Theophilus Hopkins, Fellow of the Royal Society, en homme fier, était éternellement en opposition avec ceux qui pensaient qu'il y était pour quelque chose. Quand, en parlant de son talent, il disait que c'était un « don », il ne pensait pas un instant que ce mot fût le synonyme de l'autre, mais bien au contraire, qu'il en était l'explication. Que son don fût considérable est attesté par les dessins qu'il a faits des habitants de la mer, l'œuvre de toute sa vie.

Lorsqu'on en arrive au *Leviathan*, il est bon de mettre l'accent sur ce don, car nous parlons d'un des plus grands esprits réalistes de son époque, un homme qui était capable de regarder un papillon disons dix secondes et de dessiner ensuite avec précision les formes et les couleurs du corps, ainsi que les différentes parties des ailes.

Cet homme pourtant ne vit absolument rien du *Leviathan*. Par la suite, il n'en garda pratiquement aucun souvenir, en dehors du souci (inutile) qu'il s'était fait à propos de l'énorme roue à aubes fixée sur un des côtés qui était apparemment le seul moyen de locomotion. Donc, si ses yeux étaient, comme le pensait Melody Clutterbuck, « en train de jeter des regards noirs tout autour de lui », il faut en conclure que ce qu'il cherchait à voir ne pouvait être trouvé dans le pont promenade des deuxièmes classes, ni dans le salon, ni dans la bibliothèque, ni dans les salles de jeux, ni dans la salle à manger, ni dans aucun des endroits où il mit le pied. (Un pas après l'autre, aucun ne dépassant trente-cinq centimètres.) Il essayait par cette démarche de dissimuler la douleur provoquée par son arthrite à ce fils bien-aimé que lui avait enlevé le Seigneur.

Oscar avait quitté son père en 1857. On était maintenant en 1865 et les deux hommes ne s'étaient rencontrés que quatre fois dans l'intervalle. Ces rencontres avaient été excessivement pénibles à l'un et à l'autre, non parce que le fils était devenu « turfiste » — le père ignorait totalement la source des curieux revenus du jeune homme, il s'imaginait qu'Oscar avait été pris en charge par une œuvre charitable anglicane — mais parce que leur désaccord enfonçait ses racines dans les fondements mêmes de la théologie. Néanmoins, chaque matin et chaque soir, Theophilus avait prié pour l'âme de son fils, afin que celui-ci puisse, malgré tout, s'asseoir à la droite de Dieu au jour du Jugement dernier, que mère, père, enfants se trouvent enfin réunis pour se tenir dans la gloire de Dieu, parmi les saints. Ce n'étaient nullement des prières rabâchées. Elles étaient nouvelles chaque fois et quiconque empruntait le long sentier rouge conduisant à Morley se trouvait être mis dans le secret des extraordinaires détails qu'elles contenaient.

Les circonstances les plus intimes de la tristesse de Theophilus étaient le sujet des conversations de tous à Hennacombe. Pourtant, celui-ci n'avait personne à qui parler de ses problèmes. Les Stratton étaient gentils avec lui, bien qu'ils fussent pauvres, bien plus pauvre qu'il ne l'était, ils lui apportaient du bouillon et des puddings avec des raisins secs. Mais Theophilus ne pouvait parler de ses problèmes avec eux. Ces gens ne se tiendraient pas près de Dieu au jour de la résurrection.

Une cousine issue de germain de Mrs Stratton avait travaillé à Londres pour la Church Missionary Society. C'était ainsi que les Stratton avaient appris qu'Oscar allait s'embarquer pour la Nouvelle-Galles du Sud. C'étaient eux qui avaient annoncé la nouvelle à Theophilus, car son fils n'avait pas encore eu le courage de le lui dire. Theophilus était furieux. Plus que ça, il était jaloux. Il se mordit la lèvre inférieure au point de la faire saigner. Il ne supportait pas que ces gens l'invitent à les accompagner dans le train afin de faire ses adieux à son garçon.

Dieu m'a remis à la merci des mécréants, mis entre les mains des méchants.

Pourtant, il lui fallait bien le supporter. Les Stratton étaient dans l'erreur, mais c'étaient également de braves gens. Theophilus ne devait pas s'abandonner à l'orgueil. Il supplia Dieu de l'empêcher de commettre « ce péché qui bien trop souvent m'assaille ».

Il partagea un compartiment de deuxième classe avec les Stratton pour se rendre à Southampton. Il but leur thé trop sucré, noyé dans le lait, en ayant l'impression d'être hypocrite. Il se promettait de sauver son fils, non pas du voyage en Australie, mais de l'hérésie anglicane. Pour ce faire, il se plongeait dans sa Bible. Il était enveloppé dans son vaste pardessus parce que le compartiment n'était pas chauffé. Tandis que le train passait avec fracas sur le grand pont de Teignmouth, il se refusa le plaisir de regarder le paysage : les jambes nues des femmes ramassant des coquillages dans la vase, les reflets merveilleusement luisants du rivage humide, le ciel brumeux d'un bleu pâle superbe. Il connaissait la Bible par cœur. Il suffisait de lui citer un verset pour qu'il continue à la réciter jusqu'à ce qu'on lui dise d'arrêter. Pourtant ce jour-là, tandis que le train filait vers Exmouth, il déchirait de petits bouts de papiers sur lesquels il portait de brèves remarques. Il s'en servait comme signets qu'il glissait dans sa Bible, il agissait ainsi en prévision des prières qu'il réciterait en présence de son fils.

Les Anglicans voulaient bavarder. Leur conversation ne tournait qu'autour de l'argent. Theophilus savait que leur situation était difficile. Il avait une certaine sympathie pour eux. Mais il n'avait jamais été le témoin d'un matérialisme aussi grossier. Mrs Stratton lui dit qu'un éditeur lui avait commandé un roman. Theophilus acquiesça poliment. Il fulminait intérieurement. Il ne doutait pas une seconde que Satan s'exprimait dans les romans. Mrs Stratton souhaitait parler des conditions financières que lui offraient les éditeurs.

Theophilus n'avait aucune envie de dire quoi que ce fût qui puisse l'aider dans son projet. Mr Stratton, quant à lui, aurait aimé savoir comment Oscar avait trouvé l'argent nécessaire à son voyage. Il ne posa pas la question directement mais s'en approcha peu à peu, comme une souris inspectant une plinthe : des avances rapides, des arrêts nets, des mouvements furtifs. Theophilus trouvait ces manières impudentes. Il s'excusa et se replongea dans son travail. Mais cette attitude négative n'arrêta en rien les Stratton qui continuèrent de parler entre eux de pennies et de shillings. Theophilus avait l'impression de partager son compartiment avec un couple d'épiciers.

Les Stratton l'agacèrent si fort — bien sûr, il pensait que ce n'était pas un sentiment chrétien — qu'il n'était nullement préparé à la rencontre avec son fils. Il reçut le choc avant d'y avoir soumis ses nerfs. Il restait là, debout, dans la gare grisâtre, pleine de suie de Southampton, et éprouva une impression d'égarement. Il regarda Mrs Stratton embrasser son fils. La jalousie le déchira intérieurement. Il se mit à trembler. Il ne l'embrassa pas. Il lui serra la main froidement, mais se sentit brusquement la tête si vide qu'il craignit de s'évanouir. Il s'assit sur un banc, sous prétexte de rattacher un lacet de chaussure, mais finalement renonça à se baisser, de peur que la tête ne lui tourne. Il posa sa boîte en fer-blanc à côté de lui, sur le banc, et sa Bible sur le couvercle. Quelques signets qu'il y avait placés tombèrent sur le sol, Mr Stratton les lui ramassa. Theophilus les enfonça dans sa poche de son pardessus, comme si ce n'était rien d'autre que des feuilles mortes.

Il avait toujours été sujet à ces sortes de défaillances. Il avait l'impression d'être un homme qui arrive à Osaka alors qu'il s'attendait à trouver Édimbourgh. Tout était bizarre, lointain, brouillé. Son fils, pourtant, était beau. Son cœur entonna l'hymne de Salomon. Il avait le joli visage en forme de cœur de sa mère, ce visage que Theophilus prenait dans ses mains au moment magnifique où jaillissait sa semence. *Mon amour, pour moi, est comme de la myrrhe : entre mes seins il passera la nuit*. Il avait les cheveux magnifiques de sa mère, sa peau laiteuse, sa vivacité, son enthousiasme, ses grands yeux et par-dessus tout son air ouvert et confiant. Ce n'était pas un visage sombre, un de ceux qui risquent d'être la proie de l'orgueil ou de la jalousie. C'était un bon visage, un très bon visage. Theophilus offrit son cadeau. C'était tout ce qu'il avait.

La boîte, comme nous le savons déjà, était en fer-blanc et contenait un nécessaire de soudure, une technique que Theophilus appréciait grandement, mais que son fils ne parvint jamais à maîtriser correctement. Il avait fabriqué non seulement la boîte, mais également les manches en bois des fers à souder. Il y avait placé ses deux meilleurs flacons (ceux avec des bouchons de verre) pour les acides. Il avait également fabriqué une toute petite boîte destinée à la résine. Sur le couvercle, il avait fixé, avec des rivets, une plaque en cuivre sur laquelle il avait gravé : « Pour O.J. P. Hopkins, un don de son père ».

Mais même lorsque son fils eut accepté la boîte et l'en eut remercié, Theophilus ne pouvait le regarder calmement. Il désirait s'agenouiller avec lui pour prier. Ce n'était pas la timidité qui l'en empêchait, ici, dans la gare de Southampton. (Il n'avait jamais honte de témoigner en faveur de Dieu.) C'était, à vrai dire, la crainte d'être submergé par l'émotion. C'était sa faille, son talon d'Achille. Une chose d'autant plus terrible qu'elle surprenait chez lui. Quelqu'un qui pouvait prêcher sans crainte, même devant une assistance hostile, pouvait également s'effondrer et perdre tous ses moyens en public s'il était ému. Il s'était couvert d'opprobre à l'enterrement de la mère de son fils. Il avait essayé de prier pour elle. On avait dû l'emmener. Il n'avait pas été capable d'articuler les mots. Sa voix était devenue étrangère à sa gorge.

Quand il entendit prononcer le nom du *Leviathan,* il se trouvait avec les Stratton dans un fiacre, qui les emmenait, parmi des rues glissantes, vers les quais. Il n'avait pas pensé à un bateau. Il savait, bien sûr, qu'il s'agissait d'un bateau. Il avait supporté la leçon que lui avaient faite, avec une immense autorité, les Stratton sur ce sujet. Mais lorsqu'il entendit le mot *Leviathan* à Southampton, il pensa à la bête géante, inventée par Dieu, pour faire toucher du doigt à Job son ignorance et son impuissance.

Pourquoi dissimulerais-je ses membres, sa puissance,

la beauté de ses proportions. Qui pourrait ouvrir le devant de son vêtement ? Qui pourrait ouvrir les portes de son museau ? Ses dents inspirent la terreur. Il s'enorgueillit de ses écailles serrées, fermées, comme un bouclier. De sa gueule jaillissent des lumières, des éclairs, des étincelles. Sa chair est massive, dure, inébranlable.

C'était le *Leviathan* que voyait Theophilus. Debout sur le quai, il le dévorait des yeux.

Il voyait son fils trembler devant le museau du *Leviathan*.

Des gouttes de pluie décoraient ses cheveux comme des aubépines en fleur.

« Bien sûr, Oscar, bien sûr, disait Theophilus, bien sûr que tu peux marcher. » Et puis, brusquement, il y avait une civière, un bandeau, une cage. Il désirait prier, mais lorsqu'il commença à le faire, personne ne s'en aperçut. Les douleurs, dues à son arthrite, ressemblaient à des broderies sur l'étoffe de sa journée, faites avec une aiguille étincelante, munie d'un fil sombre. La douleur l'empêchait de se concentrer, mais ce nom, *Leviathan*, s'incrustait dans son esprit et lui procurait un soulagement étrange et inattendu. Il lui rappelait qu'il ne devait pas mettre en question la volonté de Dieu, qu'il ignorait Ses intentions, que finalement son fils pouvait fort bien ne pas être damné.

Theophilus Hopkins ne voyait pas ce bateau comme l'œuvre de Satan. Et ce qu'il n'aimait pas — le satin, la soie, les peluches — il ne le regardait pas. Si l'intérieur lui faisait penser à quelque chose, c'était à une cathédrale anglicane. Mais il avait décidé de n'en retenir aucun détail. Il ne voulait se souvenir que du visage de son fils.

Il avait envie de monter sur le pont, de se retrouver à l'air libre. La mer était propre, aucunement souillée.

Oscar ne pouvait monter sur le pont. Ils restèrent donc à l'intérieur, faisant les cents pas bras dessus, bras dessous, à la manière italienne.

Oscar appréciait à voix haute la lumière naturelle et la parfaite ventilation. Il avait une bonne connaissance des principes.

Ils entrèrent dans sa cabine, où se trouvait un morceau de celluloïd — cette nouvelle substance dont Theophilus avait entendu parler mais n'avait jamais vue. La plaque, divisée en carrés, était appliquée contre le hublot. Theophilus n'arrivait pas à comprendre les explications que lui donnait son fils à propos de son utilité, mais il n'insista pas. Il pensa qu'on pourrait peut-être dire une prière. Mais il se demandait si celle qu'il avait imaginée dans le train était finalement la bonne. (Elle avait été inventée sous l'emprise de l'orgueil et de la jalousie.)

Oscar lui montra comment le lit était rabattu contre la paroi durant la journée et baissé le soir. Lorsque la couchette fut descendue, Theophilus s'assit dessus et, durant un instant, ses articulations furent soulagées. Oscar s'installa sur une chaise basse au dossier travaillé. Mais il ne pouvait tenir en place et remuait sans cesse ses genoux et ses mains.

C'est à ce moment-là que Theophilus donna à Oscar son deuxième cadeau. C'était un petit paquet, enveloppé dans du papier de soie et attaché avec un ruban noir. Le tout avait quelque chose de sinistre. Le ruban noir (sans doute un des accessoires du deuil pris dans le tiroir de la commode de Theophilus) se trouvait peut-être là en l'honneur de la femme dont la matrice avait fourni le cadeau. C'était une coiffe, la petite membrane qui couvrait la tête d'Oscar au moment de sa naissance. Sa mère l'avait gardée parce qu'on dit — une superstition bien sûr — que cette chose protège l'enfant de la noyade.

« Tiens, dit-il, en tendant le paquet avec une main qui tremblait. C'est ta coiffe. » Et comme Oscar ne comprenait pas : « Celle qui était sur ta petite tête à ta naissance. »

Il tira son mouchoir. Sa poche libéra les effluves de la planche à repasser de Mrs Williams. Il se moucha sans regarder son fils. Il se souvenait d'une femme et d'un enfant dans un sentier du Devon — des myrtes, des haies odorantes, de la boue rouge voluptueuse qui se collait en de telles épaisseurs sur les chaussures que les pieds devenaient lourds, pesants, comme ceux de personnages de rêve.

Oscar mit la coiffe dans la boîte de fer-blanc. Ce qui se révéla une opération assez difficile. Il la poussa, l'enfonça près de la bouteille d'acide, l'écrasa contre la boîte de résine, froissant le papier, entortillant le ruban de deuil. Il n'avait pas l'intention de l'abîmer. Il était extrêmement touché par ce cadeau. Il referma le couvercle et prit un temps interminable pour disposer la boîte sur une longue étagère qui se trouvait derrière lui. Quand finalement il se retourna pour se retrouver face à face avec son père, il avait un air perplexe et fermé.

Il était effrayé par le flot d'émotions qui submergeait Theophilus. Il ne pouvait leur donner un nom. Il ne parvenait pas à imaginer leurs formes, leurs couleurs. Alors qu'il allait passer le reste de sa vie à se demander ce qu'étaient réellement ces émotions, maintenant, alors qu'elles étaient là étalées devant lui, aussi éclatantes que des couteaux et des fourchettes sur une nappe blanche, il faisait tout ce qui était en son pouvoir pour s'en écarter.

Il se souvenait de la peau de son père, de cet endroit où la barbe noire s'éclaircissait sur les joues, pour laisser apparaître une sorte de marécage ridé sous les yeux. La peau ressemblait à quelque chose qui a été enveloppé depuis trop longtemps. Il y avait aussi une odeur familière et gênante lui rappelant celle d'une maison familiale qui a été délaissée durant toute une saison. Ce mélange de quelque chose de familier et de lointain était oppressant. Il y avait aussi les bruits. On les entendait depuis un moment : relayés par les porte-voix électriques. Le départ était proche. Oscar sentait l'eau s'étendre sans limite derrière son dos. Les lignes, sur le morceau de celluloïd, la fragmentaient, la découpaient en carrés, qui se divisaient, puis se rejoignaient, se divisaient, se rejoignaient, se divisaient, se rejoignaient.

Oscar lança une remarque enjouée et se glissa dehors vers le pont promenade.

Il flottait dans l'air une odeur de peinture fraîche et d'électricité et aussi celle diffuse du cognac et du cuir, semblable aux effluves qu'on respire dans la boutique d'un cordonnier à St James, une semaine avant Ascot. Et, en filigrane, bien sûr, il y avait l'odeur subtile mais entêtante de la mer. Oscar pensa déceler un mouvement du *Leviathan*. Il se tenait devant la porte de sa cabine. Sa main gauche agrippait la rampe. Il grimaça un sourire à l'intention de Melody Clutterbuck.

Miss Clutterbuck prit à peine conscience de ce sourire émanant de la tête de mort. C'était le père — celui qui se trouvait sur le seuil derrière son fils — qui l'inquiétait. Elle le vit sortir de la cabine de la rangée du haut et se dit qu'il regardait autour de lui comme s'il était en chaire. Lorsqu'il se mit à marcher, il le fit lentement. Elle ne pensa pas un instant à attribuer cette démarche à la douleur.

Elle se leva et se dirigea vers l'autre escalier, comme le ferait une femme dans une banque qui, sans se fier entièrement à son intuition, sent pourtant qu'il y a des voleurs dans la queue devant elle.

Donc, elle ne put éviter d'éprouver un sentiment de gêne. Elle s'immobilisa, le visage pâle, tandis que des rougeurs apparaissent sur ses mains potelées. Elle serrait de toutes ses forces les gants qu'elle avait enlevés pour prendre le thé. Elle vit alors le père de Hopkins se mettre à genoux. Elle crut entendre un grognement. Elle se dit : « Les fondamentalistes ne s'agenouillent pas ! »

Un steward s'avança vers le vieil homme, puis s'arrêta net. La mante religieuse prit place à côté de son père. Miss Clutterbuck crut entendre le bruit sourd des rotules sur la moquette, dont l'épaisseur aurait pourtant suffi à étouffer n'importe quel son. Elle croisa alors le regard de son fiancé, juste une fraction de seconde, parce que lui aussi — l'imbécile, oh, quel imbécile — singeait les fondamentalistes. Elle regarda Mr Stratton qui avait déjà mis ses genoux luisants par terre et sa femme qui l'imitait, posait pour s'aider une main sur l'épaule de son mari. Et maintenant, des étrangers faisaient pareil que ceux qui n'avaient absolument rien à voir avec ce groupe pitoyable. Un petit homme, qui sentait la fourrure humide, vint s'agenouiller à côté d'elle. Il y avait quelque chose d'horriblement intime dans cette vision de sa calvitie. D'autres personnes, tenant même des verres de vin en cristal à la main, les imitèrent. Les stewards restèrent debout, mais ramenèrent leurs mains devant eux et inclinèrent la tête comme le font les baptistes. Dehors, le porte-voix continuait de beugler, mais ici, à l'intérieur, tout était tranquille. Melody Clutterbuck, ne voulant pas passer pour une mécréante, finit par s'agenouiller.

Il y eut un grand silence d'une minute, peut-être de deux, avant que Theophilus Hopkins, Fellow of the Royal Society, commence à prier.

« Oh, mon Dieu », commença-t-il. Ses mots étaient embrouillés. Il reprit ; « Mon Dieu, voici mon fils. »

Le silence suivant fut plus court, mais encore plus pénible.

« Et voilà ses amis, et voilà ses compagnons de voyage. »

On pouvait entendre la respiration asthmatique de Mrs Stratton. Elle balançait un peu sur ses genoux. Mr Stratton lui frottait le dos.

« Oh mon Dieu », dit le père d'Oscar, sa voix grave était brisée au point que beaucoup des assistants n'entendirent pas les derniers mots : « Que pouvons-nous faire ? »

Puis il se releva rapidement. Il toucha son fils, ou plutôt le frôla si légèrement qu'Oscar n'arrêta jamais de se demander s'il n'avait pas inventé ce geste. Theophilus monta l'escalier vivement malgré sa souffrance. Il disparut en clopinant, à petits pas rapides, le visage crispé. Tout le monde se mit debout lentement et personne n'avait envie de regarder son voisin.

Sur le quai, Theophilus Hopkins se remit à prier. Alors qu'il était planté devant le *Leviathan*, une foule se rassemblait autour de lui. Mais les écailles du géant étaient étroitement serrées, si bien que la voix du père ne pouvait atteindre le fils qui se refusait à quitter le pont promenade.

Il attendait en fait le retour de Theophilus. Et tandis qu'il attendait, tandis qu'il prenait conscience que celui-ci était parti pour toujours, il ne pouvait regarder dans une autre direction que celle du fronteau grouillant où avait disparu le vieillard. Une grande douleur lui brisait le cœur et oppressait sa poitrine. Il restait là, debout, au milieu de ses amis, la bouche entrouverte, sans qu'aucun air ne vienne le secourir.

Il se disait : Je ne reverrais jamais ce vieux visage sage.

Il se disait : J'ai été un bien mauvais fils de le laisser tout seul. Il embrassa Mrs Stratton, serra la main de Wardley-Fish, de Miss Clutterbuck, de Mr Colville et des élèves de l'école. Il y eut soudain une grande agitation, un bruit de sirènes, de cloches, de feux d'artifice. Lucinda, qui regardait d'en haut, se demandait pourquoi ce pasteur était maintenant assis seul sur cette chaise longue d'un rouge éclatant.

Oscar pris dans les filets de sa phobie, au centre géométrique du bateau, s'imaginait que tout le monde était parti.

49

Un système

Mr Stratton effraya Oscar. Il approcha son visage brusquement sans prévenir. Il avait marché lentement sur la moquette, un dernier verre de sherry à la main. Le jeune homme n'avait pas levé les yeux, mais Mr Stratton ne pensait certes pas être invisible. Tout au contraire. Il était le seul visiteur à être encore sur le pont promenade. On lui avait déjà demandé à deux reprises de descendre à terre. Son défi se trouvait maintenant sous le feu des projecteurs.

Il s'imaginait qu'Oscar s'attendait à le voir, ce qui, de son point de vue, aurait été parfaitement naturel. Il y avait des choses, qu'on remettait depuis trop longtemps, qui demandaient une explication. Il avait espéré qu'on les lui éclaircirait plus tôt, mais étant donné que ce n'était pas le cas, elles devaient l'être maintenant. Mr Stratton était un homme qui avait un respect maladif des horloges et des horaires. Les cloches, les sonneries, les sirènes agissaient directement sur ses nerfs. Mais aujourd'hui, il ne se laisserait pas impressionner par des sirènes. On le ramènerait à terre à la rame, si c'était nécessaire.

Mr Stratton s'assit sur le canapé à un mètre d'Oscar. Il posa son verre de sherry sur le rebord du dossier. Il le mit doucement en équilibre, sans s'inquiéter un instant que l'alcool puisse abîmer le vernis.

Oscar ne le voyait pas. Oscar ne voyait que l'image du visage de son père, que le départ de celui-ci avait imprimée sur sa rétine, et plus particulièrement ce morceau de peau vulnérable, grand comme une pièce de monnaie, situé sous les yeux.

« Tu ne peux plus me laisser dans l'incertitude », dit Mr Stratton, en approchant brusquement son visage de celui d'Oscar.

Celui-ci fit un bond d'au moins dix centimètres sur son siège.

« Hou », fit-il.

Le visage de Mr Stratton ne recula pas d'un pouce et prit un air suffisant. Sa main, en revanche, s'éloigna pour atteindre à l'aveuglette le rebord du canapé où se trouvait le grand verre de sherry.

Oscar avait gardé toute son affection aux Stratton et la pitié qu'il éprouvait pour le mari n'avait diminué en rien ses sentiments, bien au contraire. Aujourd'hui, toutefois, il était révulsé par les signes trop évidents de ruse qu'il voyait sur ce visage qui avait été autrefois — le passé apparaissait encore derrière la présente corruption — si innocent et juvénile.

Oscar était bien trop bouleversé par la perte de son père pour comprendre clairement les intentions du pasteur. Il posa sa main sur l'épaule de Mr Stratton. « C'est l'heure, dit-il. Et une heure bien triste. »

Mais le visage de Mr Stratton avait prit un air crispé et soupçonneux. C'était un visage qui savait que le monde ne ressemble pas à la description qu'on en fait généralement, que c'est un endroit plein de tours et de détours, auxquels se complaisent évêques, doyens d'universités, rois et même les pasteurs de village. C'était un visage mûr pour l'hérésie, prêt à faire du Seigneur des armées célestes rien d'autre qu'un démiurge vaniteux et orgueilleux, dont la prétention à la toute-puissance ne peut prendre racine qu'au milieu de l'ignorance et de la vanité.

« Arrête, s'il te plaît, de me faire lanterner, dit Mr Stratton en enfonçant ses yeux dans ceux d'Oscar. Tu dois tout me dire maintenant. »

Quand le jeune homme vit les yeux de Mr Stratton, il se rendit compte qu'il ne les avait jamais regardés auparavant. Par politesse, par délicatesse excessive, il les avait évités, sachant qu'il n'y trouverait qu'une vision du malheur. Aujourd'hui, il ne lui était pas possible de les ignorer. Ils étaient bleus, humides, le blanc jaunâtre, plein de vénules et de petites taches, comme le lavabo en porcelaine du Cygne à Morley.

La main de Mr Stratton approcha le verre de sherry de sa bouche. La lèvre supérieure s'avança goulument. Le pied du verre toucha presque le nez d'Oscar.

« Nous nous sommes occupés de ton pauvre père, dit-il, du mieux que nous avons pu. Nous l'avons nourri, alors que nous pouvions à peine manger à notre faim. Nous n'attendions aucune récompense, tout au moins pas sur cette terre. De la même manière, nous nous sommes occupés de toi. Tu ne peux pas penser que nous avions dans la tête l'idée du moindre profit. » Mr Stratton se mit à rire en faisant un bruit creux, celui de l'air vicié mis en mouvement au fond de sa gorge. « Nous avons fait ton éducation, afin que tu puisses porter témoignage de la parole du Christ. Mais nous ne pensions pas, alors, aider un homme riche. »

Mr Stratton jeta un coup d'œil circulaire sur le pont promenade, pour souligner la magnificence du lieu d'une manière qui, si elle avait été représentée sur une scène de théâtre, aurait passé pour du pur cabotinage, mais qui, ici, portée par le courant tumultueux de sa souffrance, réussit à remplir de honte le cœur d'Oscar.

« Je vous en remercie, dit Oscar. J'ai toujours...

— J'ai déjà été remercié, dit Mr Stratton. Je ne parviens pas à percevoir qu'il y ait eu le moindre agrément à être raillé par l'envoi de paquets de café fantaisistes ou de billets de banque mystérieux. »

Oscar sentit durant un instant monter en lui la colère. Les sommes qu'il avait envoyées aux Stratton n'étaient pas si petites.

« Naturellement, tu as envie de me parler, dit Mr Stratton. Tu ne désires pas te moquer de moi plus longtemps. » Il entrouvrit la bouche, comme c'était son habitude lorsqu'il attendait que quelqu'un se mette à parler. Le bout de sa langue rose passa rapidement sur ses lèvres poisseuses imbibées de sherry.

Les sirènes se mirent à mugir. Elles avaient changé leur

rythme. Celui-ci était devenu bref, coupant, insistant, comme un poignard enfoncé dans une toile blanche tendue.

« Maintenant, grâce au ciel, tu vas tout me dire. Tu ne peux partir sans me mettre au courant. » Mr Stratton s'empara du poignet d'Oscar et le serra de toutes ses forces. Il ne le lâcherait pas. Ça faisait mal. « Comment un chrétien, un pasteur, trouve-t-il l'argent nécessaire pour voyager dans un tel luxe ? Je ne suis pas un parasite. Je ne suis pas venu ici avec un permis de mendicité dans ma poche. Je suis bien bas, il est vrai, mais pas à ce point. Tu dois me dire comment tu t'y es pris.

— Ce n'est pas très beau.

— Tu n'as pas besoin de t'inquiéter de ma délicatesse, mon garçon, dit-il en serrant un peu plus fort le poignet, tandis que sa bouche, au même moment, se tordait de colère. Ma pauvreté ne me permet plus d'en avoir.

— Vous ne serez pas fier de moi.

— Vraiment ? Je ne le suis pas. Oh, Seigneur, empêche-le de tergiverser plus longtemps.

— Si je vous le disais, et que mon père l'apprenne, ce serait pour lui une torture qu'il ne pourrait supporter.

— Je te donne ma parole qu'il ne le saura jamais », dit Hugh Stratton. Et voyant qu'Oscar hésitait encore : « Écoute, mon petit Oscar, tu dois croire à ma parole.

— J'ai joué, dit Oscar, comme vous l'aviez soupçonné il y a bien longtemps.

— Ainsi, dit Mr Stratton, en exhalant un peu d'air, c'est le jeu.

— Je crois que le bateau bouge.

— Tu as une martingale, alors ? N'est-ce pas comme ça que ça s'appelle ?

— Une martingale ?

— Oui, une martingale. Temple m'en a expliqué quelques-unes. Tu as donc un système. Tu dois me le mettre par écrit tout de suite. »

Et effectivement, il choisissait dans les poches archipleines de son manteau à l'étoffe luisante une enveloppe utilisée et un bout de crayon qu'il poussait vers Oscar sans pour autant lui lâcher le poignet, qui était maintenant devenu douloureux.

« Ce n'est pas si simple. Ce n'est pas quelque chose qu'on peut mettre par écrit comme ça. Je n'ai plus le temps. »

La main de Mr Stratton relâcha son étreinte et ses joues s'affaissèrent. Toute la peau de son visage apparut sans vie, fripée, un produit vendu en solde, resté au fond d'une étagère dans l'arrière-cuisine.

Oscar avait envie de retirer son poignet, mais y renonça.

« Mets-moi ça par écrit, mon garçon, je t'en prie. »

Mr Stratton ne savait pas ce qu'il demandait. Ce n'était pas possible. Les tableaux et les graphiques qui composaient le système se trouvaient dans seize cahiers reliés de toile noire. Ils étaient aussi bien en ordre que les boîtes de boutons qu'Oscar avait classés dans la maison de son père — colonnes et subdivisions — et en même temps, gribouillés et pleins de taches. Sa main n'obéissait pas à son cerveau. La première était une souillon, tandis que le second était un personnage méticuleux, avec des poignets de chemises amidonnées, un tyran minutieux.

Ses cahiers étaient dans sa malle. Ils ne lui serviraient à rien en Nouvelle-Galles du Sud. Très certainement, il avait le temps de courir jusqu'à sa cabine et de les fourrer dans les mains de Mr Stratton. Le pasteur, évidemment, n'y comprendrait rien, mais les explications pourraient être fournies par la poste. Ce qui était important, d'ailleurs, c'était le cadeau. Car les livres prouvaient qu'un homme pouvait gagner confortablement sa vie sur les champs de courses, s'il se conduisait en chrétien zélé.

Mais non, il ne pouvait les abandonner ainsi.

Il ne savait pas pourquoi, mais il ne pouvait pas. Il ne s'était pas attendu à ce qu'on les lui demande et lorsque c'était arrivé, il n'avait éprouvé aucun sentiment de générosité mais seulement de la colère et de l'embarras. Ses cahiers étaient trop intimement mêlés à sa vie, ils étaient sa vie, son obsession, son journal intime, sa relation avec son Dieu, son lien avec le monstre qu'il fallait nourrir. C'était quelque chose de privé, de secret. Ils représentaient cinq années de travail. Il avait parcouru tout le sud de l'Angleterre, pour recueillir des informations qu'il avait codées et portées sur leurs pages. Il avait rassemblé une documentation, qui, gribouillis et taches mis à part, était nettement supérieure à celle de n'importe quel bookmaker de Tattersall. Il s'agissait du compte rendu de cinq cent vingt-cinq courses de chevaux. Les positions, le poids, les progrès, les défaillances, les longueurs, les conditions de la piste, tout avait été enregistré. Et bien qu'il ne jouât pas sur les juments et les pouliches, il avait, néanmoins, exactement les mêmes renseignements sur elles.

« Je vous en prie, laissez-moi, Mr Stratton, dit gentiment Oscar. Vous êtes en possession d'un secret dangereux. Vous pouvez donc être sûr que je vous écrirai de la Nouvelle-Galles du Sud. Je vous dirai précisément comment j'ai réalisé tout cela. »

Il lésinait. Il ne se conduisait pas en chrétien. Il devait donner ses cahiers. Même s'il n'avait pas eu une dette vis-à-vis des Stratton, il devait les leur donner. Mais il se conduisait en renard, en vieux rusé qui se retranche derrière des excuses et offre des succédanés.

« Je vous enverrai une lettre au premier courrier qui partira de Sydney. Je vous en donne ma parole d'honneur devant Dieu. Et vous avez raison, j'ai été insouciant et j'ai manqué de gentillesse en ignorant votre situation. Je craignais seulement que vous en informiez mon père. »

Hugh Stratton continuait de regarder son jeune interlocuteur dans les yeux, n'osant encore lui faire confiance.

« Écris-moi ça, tout de suite.

— Ce n'est pas si simple. Je ne peux pas.

— Tu le jures devant Dieu ?

— Je le jure. »

Qu'avait-il juré ? Simplement qu'il ne pouvait pas recopier les cahiers en cinq minutes. C'était vrai, totalement vrai. Toutefois, il était devenu trop malin à ce petit jeu, à ces ruses autour d'une « vérité » qui n'était en rien la vérité.

« Étaient-ce les courses ? »

Donne-lui les cahiers. Donne-les-lui.

« C'est ça ».

Mr Stratton lâcha le poignet. Il inclina la tête. Il ouvrit la bouche pour dire quelque chose mais les sirènes l'en empêchèrent. Il secoua de nouveau la tête à plusieurs reprises. Il venait de prendre une décision dangereuse sur la manière de trouver des fonds pour mettre sur pied son programme de paris. Il monta l'escalier en courant, le visage tordu de douleur, à cause de sa sciatique. En haut de l'escalier, il cria quelque chose à Oscar que celui-ci n'entendit pas. Le jeune homme examinait la marque d'un rouge vif que Mr Stratton avait imprimée sur sa peau. Puis il s'assit dans la grotte somptueuse du pont promenade des secondes classes, seul avec cette connaissance toute fraîche de sa propre corruption.

50

Pachinko

Afin que j'existe, deux joueurs, l'un obsessionnel, l'autre passionné, doivent se rencontrer. Une porte doit s'ouvrir à un moment donné. Et de l'autre côté de la porte il doit y avoir un divan en peluche rouge. Le joueur obsessionnel, celui qui possède seize volumes reliés faisant en tout huit cent quatre-vingts pages, à raison de dix colonnes par page, doit encore se trouver assis sur le canapé rouge, l'Usuel anglican ouvert sur ses genoux serrés dans un pantalon froissé. Quant à l'autre, la joueuse passionnée, elle doit se sentir poussée en avant, sur le seuil de la porte ouverte, elle doit se diriger vers le joueur obsessionnel et lui mentir. (Il est possible même qu'elle ignore à l'avance la phrase qu'elle allait lui dire) : « J'ai l'habitude de me confesser. »

Mais cette conclusion exige, de la partenaire active, un voyage aussi complexe que celui effectué par une boule d'acier inoxydable dans un jeu de pachinko. (Elle doit rouler le long de tunnels métalliques rainurés, descendre des pentes, faire des écarts, s'enfoncer dans les entrailles du *Leviathan*, remonter vers la surface, plus haut, toujours plus haut, franchir une porte, pour se retrouver devant le canapé rouge.) Cela aurait pu ne pas avoir lieu si le système de ventilation du *Leviathan* n'avait pas montré une bizarrerie des plus particulières dont ses architectes avaient été certainement inconscients.

Voici de quelle sorte de bizarrerie il s'agissait. Le système de ventilation portait les conversations d'une cabine à l'autre. C'était ainsi que Lucinda se trouvait obsédée par les bruits de stewards oisifs, jouant aux cartes toute la nuit. Ils ne jouaient pas dans la cabine contiguë à la sienne. Celle-là était vide, comme toutes les autres des premières classes. Pourtant, Lucinda avait imaginé, en lisant les brochures de la compagnie de navigation, qu'on lui procurerait des compagnons de voyage. (Il y avait bien des Bavarois en première classe impériale, mais celle-ci était séparée de la première classe ordinaire par un cordon de soie bleue.) Les stewards se tenaient dans une cabine séparée de la sienne par plusieurs autres, totalement vides. A vrai dire, le système de ventilation était tel que, si ces hommes avaient été plus proches de sa propre cabine, il aurait été tout à fait possible qu'elle ne les ait pas entendus.

Mais dans la disposition présente, leurs conversations lui parvenaient parfaitement claires, comme si chacun des interlocuteurs avait eu un porte-voix.

Ces conversations l'empêchaient de lire. Ce n'était pas à cause du bruit, c'était du sujet en question. Elle se disait : maintenant ils jouent au tuppeny, maintenant au blind jack, maintenant au poker. Le Londonien à l'accent cockney, à la voix aiguë, était le meilleur joueur. Lucinda l'aimait. Elle l'imaginait avec des cheveux blonds hérissés, et le voyait souvent plisser les yeux. Il devait bien sûr sourire énormément. Par moments, elle le voyait aussi sucer une allumette. Il ne laissait pas deviner ses secrets. Il y en avait un au contraire qui parlait plus rapidement quand il avait de bonnes cartes. Celui-là était de Liverpool. Il était parmi eux tous celui qui aimait le moins son nouveau travail. Précédemment, il avait été chef steward sur le *Sobraon*. Lucinda aurait appris, si elle ne le savait pas déjà, que le *Sobraon* était un bateau fort estimé. Le chef de ce marin avait été si furieux de son départ, de son engagement sur un autre bateau, qu'il lui avait dit qu'il ne travaillerait plus jamais avec lui : « Absolument jamais, n'arrêtait-il pas de répéter, quelles que soient les circonstances. »

Les stewards se considéraient comme « le dessus du panier ». Ils étaient fiers de leur travail. Ils n'étaient pas les snobs que croyait Melody Clutterbuck. C'était elle qui était snob. Ces gens étaient perfectionnistes. Ils étaient aussi fiers que des souffleurs de verre. On les avait trompés. Ils s'attendaient à servir des gens qui respecteraient, ou tout au moins reconnaîtraient leur subtilité. Au lieu de cela, ils se retrouvaient face à une masse de coloniaux brutaux, qui voulaient jouer aux grands seigneurs. En bas, en seconde classe, il y avait un certain Mr Borrodaile, un homme riche, ergoteur, qui s'enivrait et jetait ensuite des biscuits dans le ventilateur.

Lucinda aimait ces stewards sans les voir. Elle aurait voulu s'asseoir à leur table. Ils auraient pu fumer et boire un coup de trop. Elle n'y aurait attaché aucune importance.

Elle ne se sentait pas à l'aise dans cette cabine avec ces grands espaces courbes et vides, sa moquette marron, son glacis insolent de luxe. Elle ne se sentait pas détendue dans ses vêtements, les élégants vêtements qu'elle s'était fait faire chez le couturier de Marian Evans, dans Burlington Arcade. Elle s'aperçut, la première nuit dans sa cabine, avec *Barchester Towers* de Trollope sur les genoux, que ce n'était que dans la maison de Mr d'Abbs, parmi des gens ordinaires, qu'elle pouvait se laisser aller.

Si ces stewards l'avaient rencontrée en compagnie de Mr d'Abbs, de Mr Fig et de Miss Malcolm (ce qui était une chose bien possible), ils auraient joué aux cartes avec elle sans penser à rien. Ils auraient vu qu'elle pouvait rire, boire et même, s'ils n'étaient pas attentifs, les dépouiller de leur solde à trois heures du matin. La maison était un peu vulgaire, il est vrai, et dans de nombreuses occasions, d'une moralité douteuse. C'était assez désagréable de se rendre compte pourtant que l'on s'y sentait « à l'aise » — c'était de deuxième choix, colonial, borné et, néanmoins, Lucinda, en s'asseyant à cette table, n'avait cessé d'étouffer dans le corset des conventions. Elle perdait cette impression de contrainte qui lui serrait la gorge, lui ligotait les bras, lui écrasait la poitrine.

Dans la salle à manger, ces stewards jouaient un rôle comme des acteurs — ils utilisaient des voix différentes. Lucinda n'arrivait pas à faire correspondre les voix qu'elle entendait la nuit avec celles qui la servaient le matin au petit déjeuner. Lorsqu'elle était à table, elle éprouvait un sentiment de complicité avec eux. Elle s'imaginait que, comme elle, ils se sentaient entravés par leur rôle.

Les repas, de toute façon, lui étaient pénibles. La salle à manger, de style grec, était remplie de tables vides, près de colonnes cannelées. Quatre officiers avaient été désignés pour dîner avec elle. Ils ne montraient aucun enthousiasme à tenir leur rôle. Elle entrait dans la pièce en rougissant et mangeait aussi rapidement que la politesse le lui permettait. Elle savait (ou imaginait) que sa manière d'être, que sa passion, que ses occupations, auraient paru inacceptables, même choquantes, à cette table. Les officiers pensaient qu'elle était une petite souris apeurée. Et c'était vrai. C'était ce qu'ils avaient fait d'elle. Elle aurait préféré jouer au blind jack ou au poker. Il y avait, pensait-elle, tandis qu'elle découpait sa tranche de rosbif grisâtre, tant de choses à dire en faveur des jeux de cartes. Il n'était pas nécessaire, en jouant aux cartes, de faire semblant, on pouvait garder le silence sans passer pour ennuyeux, froncer les sourcils sans que les gens s'inquiètent outre mesure à votre sujet, écraser un homme sans avoir à minauder ou à émettre de petits rires. On pouvait tuer le temps, supprimer la solitude, avoir une relation amicale avec des étrangers qu'on ne reverrait jamais plus. Et l'on pouvait surtout pénétrer dans le cercle excessivement doux et onctueux de l'espoir, de l'attente de quelque chose de délicieux. Ce qui ne veut pas dire que ces plaisirs étaient toujours liés à l'appât du gain, à l'avidité. On pouvait aussi éprouver cet étourdissement léger consécutif à une perte, au savoir qu'une pierre de plus avait été enlevée aux fondations de sa fortune, que son sac était vide, totalement vide, en dehors d'une épingle de sûreté et d'un peu de poussière sur la doublure soyeuse coulante comme de l'eau. Et peu importait la panique et le remords du lendemain matin, on avait au moment de ces pertes un tel sentiment de soulagement incommensurable — l'abandon de la responsabilité, du choix. On pouvait s'imaginer n'être rien d'autre qu'un bouchon dérivant dans le courant d'une rivière dans une histoire romantique de Mr Kingsley.

Dans les premiers mois qui avaient suivi son achat des ateliers du Prince Rupert, Lucinda avait joué au cribbage avec les ouvriers durant l'heure d'interruption. Elle avait pensé que c'était un moyen de les connaître. Mais, au bout d'un mois, ils lui avaient fait parvenir un message (par l'intermédiaire, grand Dieu, de Mr d'Abbs) l'informant qu'ils ne pensaient pas « convenable » de continuer ainsi.

Lucinda ne serait jamais capable de penser à ce message — communiqué par Mr d'Abbs mal à l'aise dans le salon de l'hôtel Petty — sans sentir l'aiguillon amer de leur rejet. Cela l'avait blessée hors de toutes proportions. Elle en ressentirait toujours la blessure. Elle se disait : Pendant tout le temps que je prenais du plaisir au jeu, ils me considéraient comme une dévergondée ou pour quelque chose d'encore pire. Elle aurait aimé pleurer sur sa stupidité, ou les gifler à cause de la leur.

Elle avait été fière de ce que produisaient les ateliers. Elle était touchée comme elle le serait toujours par les possibilité de travail en commun des hommes. Elle avait acheté une bouche de l'enfer qui resterait toujours une bouche de l'enfer et pourtant elle était émue par la manière dont ces ouvriers formaient une chaîne qui, prenant son point de départ dans le chaos, s'achevait en pleine civilisation — le premier cueilleur de verre, un petit gars qui louchait, le second cueilleur de verre, un homme costaud, au torse énorme, le troisième cueilleur, un beau vieillard qui ne passerait jamais contremaître, le souffleur avec sa grande barbe grise et ses bras aussi gros que les cuisses d'un adolescent, le préposé aux bouchons à l'air minutieux, qui courait à tout vitesse ici et là, avant de se pencher comme un martin-pêcheur perché sur une branche. Elle avait senti que ce n'était pas bien d'être la propriétaire d'un tel pandémonium où les hommes devaient travailler dans de grands sacs de protection bourrés de paille humide, se réveiller à trois heures du matin (ou à dix heures du soir, ou à l'aube) pour alimenter les fourneaux. Et si elle ne put jamais avoir une vision romantique de la dureté de leur vie, elle enviait aussi leur camaraderie créatrice à laquelle elle espérait participer grâce au jeu de cartes. Elle n'aspirait qu'à jouer un rôle utile dans la manufacture, même si elle était leur « maître ».

Leur rejet déclencha chez elle une passion dépourvue de tout sentiment chrétien. « Aucun gentleman, lui dirent-ils, ne jouerait avec une femme. » Ses sentiments ressemblaient à ceux d'une mère qui veut jeter par terre son bébé pleurnicheur.

Elle écoutait les stewards du *Leviathan* et se voyait déjà

admise à leur table de jeux. Elle frapperait à leur porte. Elle se présenterait.

Mais elle savait, bien sur, qu'ils retourneraient immédiatement à leur rôle de « steward », ce serait une intrusion dans leur intimité d'une grossièreté insupportable. Mais sûrement quelque part il y avait un jeu en train. Elle imaginait les charpentiers, les mécaniciens dans l'entrepont. Elle prit son propre jeu de cartes dans ses mains, le nouveau qu'elle avait acheté dans Old Bond Street. C'étaient des Wetherby Supremes, avec le magnifique filet noir et or sur leur dos rayé qui, pensait-elle, lui portaient chance. Elle enleva le ruban cacheté qui les maintenait en place et les battit dans ses petites mains habiles. Sa lèvre supérieure s'allongea, comme c'était toujours le cas quand elle était excitée — un tic assez gênant pour un joueur de poker. Elle coupa les cartes, les étala, fit un château qu'elle abattit. Elle avait mal à la tête. Elle sentait aux creux de ses genoux, dans ses articulations, une tension à la fois agréable et insupportable.

Si elle descendait, par exemple, du côté des entreponts, elle trouverait une porte ouverte. Une partie de cartes serait en train. Elle resterait là, debout, à observer. Personne ne se soucierait d'elle. Elle imaginait la scène avec précision. Quatre hommes, quatre marins, assis à une table. Elle leur montrerait ses propres cartes.

Stupide. Trop stupide pour l'énoncer.

Elle glissa ses Wetherby Supremes dans son sac en velours et sortit de sa cabine. Elle allait faire une promenade, rien de plus.

Elle allait bien sûr jeter un coup d'œil à son chargement dans la cale. C'était son droit. Elle était une industrielle. Peut-être que vous ne vous en apercevez pas, monsieur, mais cela montre simplement votre lourdeur coloniale. Tous les industriels n'ont pas des favoris ni de cigare à la bouche.

Le matériel venait des Chance Brothers. Il servirait à fabriquer la première vitre en Nouvelle-Galles du Sud. Lucinda n'espérait pas qu'une ville porte son nom à cause de cela. Mais elle ne s'attendait pas, non plus, monsieur, à ce qu'on lui montre de la condescendance.

Elle ouvrit la porte du pont C et descendit l'escalier. Elle ne pensait pas à ce qu'elle faisait.

Lucinda cherchait quelqu'un avec qui jouer.

Elle suivit des corridors en forme de boyaux métalliques d'où elle apercevait, non pas quatre hommes autour d'une table, mais des cabines vides avec des matelas neufs encore enveloppés de papier brun. Dans certains, il y avait même des copeaux et de la sciure. Sur le pont D, elle trouva une boîte à outils de charpentier, avec des ciseaux si aiguisés que cette passagère, un peu trop fureteuse, se coupa le doigt. Elle n'avait rien d'autre à sa disposition que de la sciure pour arrêter l'hémorragie.

On n'avait nullement l'impression d'être à l'intérieur d'un bateau. Mais plutôt dans les entrailles d'un énorme pont métallique, dans un grand monstre mécanique, dans les organes vitaux d'un immense territoire dont les cheminées se dressaient haut dans le ciel de l'Atlantique.

Sur le pont E, il y avait des animaux — stalle après stalle — des moutons, des bovins, des lamas. Une sorte de terreur régnait ici. L'atmosphère n'était guère agréable. On respirait un air lourd, épais, qui la fit — cette jeune femme qui pensait être une paysanne, qui se sentait à l'aise parmi les bêtes, la boue, les bouses — qui la fit, cet air épais et lourd, avoir des haut-le-cœur. Il y avait également des oiseaux en cage et un jeune garçon qui lui dit que son travail consistait à les nourrir et qui, par-dessus tout, voulait savoir comment c'était là-haut. C'était un jeune garçon solide, bien bâti, mais qui avait un visage pâle, un visage qui s'avançait vers elle dans cette pénombre fétide — une lampe électrique jaunâtre tous les dix mètres — de sorte qu'elle se sentait gênée en face de son agressive curiosité. Ce n'était pas le genre d'homme qu'elle cherchait.

Il lui demanda si elle était infirmière. Non, elle n'était pas infirmière. Puis, il voulut savoir si c'était vrai, comme on le lui avait dit, qu'il y avait des dames et des messieurs qui jouaient avec des raquettes et des maillets. Voudrait-elle, lorsqu'on serait à Sydney, le prendre à son service ? Il s'entendait bien avec les animaux et s'en occupait avec soin. Il ne voudrait pas, même pour sauver sa vie, madame, retourner dans cette cruelle Angleterre. Lucinda l'entendait à peine.

Elle lui demanda où se trouvait la cale. Il n'en savait rien mais fit semblant d'être au courant. Elle savait qu'il lui indiquait n'importe quelle direction et pourtant elle s'apitoyait sur lui et le trouvait innocent, contrairement à elle-même — elle, une bête en chaleur qui cherchait des compagnons de jeu.

Elle arriva, par erreur, à la salle des machines. Elle n'y entra pas mais ouvrit une grande porte métallique où l'odeur de graisse était étonnamment forte. En regardant en bas, elle aperçut, dans une sorte de puits métallique insondable, les deux barres de transmission géantes qui tournaient sans relâche — un cauchemar digne de Gargantua. Les marins étaient si loin en dessous qu'ils ressemblaient à des statuettes d'ivoire souillées. Nus jusqu'à la taille, ils tenaient de minuscules pelles. Personne ici ne jouait aux cartes. Les hommes se figèrent et levèrent la tête pour regarder l'intruse. Elle recula d'un pas et ferma la porte.

Si elle s'était sentie aussi mal à Sydney, elle se serait calmée en se rendant chez les Chinois. Malheureusement, il n'y avait pas de Chinois ici.

Elle n'aimait pas l'ambiance de ce bateau. Il avait ballotté comme un bouchon dans le golfe de Gascogne et ses longs couloirs d'acier semblaient avoir été peints avec d'innombrables gouttes de sueur. Il n'y avait aucune vie à bord. Des courses pour dames avaient été prévues par un comité de jeux, mais elles avaient été apparemment annulées. En effet, les quelques femmes qui se trouvaient sur le bateau avaient pour la plupart passé l'âge de courir. Lucinda escaladait des escaliers d'acier qui la menaient toujours plus haut. Elle croisa un officier qui rougit en voyant une femme dans un endroit où on ne s'attendait pas à en voir. Elle ne lui demanda pas où se trouvait la cale. Elle continua de monter. Elle ouvrit une porte derrière laquelle quelque chose d'inconvenant semblait apparemment se passer.

Elle tomba finalement sur une petite cuisine, du genre salon de thé, dans laquelle donnaient deux portes. Elle choisit celle de droite. Devant elle se trouvait un pasteur aux cheveux roux, assis sur un canapé de peluche rouge. C'était le pont promenade des secondes classes. Elle se sentit brusquement « coincée » prise la main dans le sac. Elle se dit qu'il serait lâche de faire demi-tour. Elle redressa la tête, rejeta les épaules en arrière et s'avança. Elle marcha droit sur lui. Elle se présenta, et Oscar lui dit son nom. Elle l'oublia tout aussitôt.

« J'ai l'habitude, dit-elle, de me confesser.

— C'est bien, dit-il.

— Peut-être est-ce quelque chose que vous n'approuvez pas.

— Non, non, dit-il. Bien sûr que non.

— Je me demande alors, bredouilla-t-elle, si vous seriez assez aimable pour me rendre ce service à n'importe quel moment de votre choix. » Puis, sans savoir très bien ce qu'elle faisait ni bien sûr pourquoi, elle fila vers ces régions du bateau où Oscar n'osait s'aventurer.

La mer ressemblait à une étendue d'eau lugubre et morne. Vers l'est, Lucinda apercevait quelque chose de brouillé, qui devait être le Cap Finisterre. Les grandes cheminées, au-dessus de sa tête, rejetaient les déchets contenus dans le ventre du bateau, des vapeurs noires qui remplissaient les chambres du ciel.

51

Mr Borrodaile et Mr Smith

Mr Borrodaile d'Ultimo et Mr Smith de l'Acclimatization Society observaient bien souvent le jeune pasteur. Il était resté assis à la même place ces quatorze derniers jours, et même maintenant, alors qu'il faisait assez chaud pour que Mr Borrodaile s'installe dans un hamac à l'air libre, le Mollusque n'avait pas bougé d'un pouce. Il avait refusé de monter sur le pont pour voir Ténériffe, bien que — il l'admettait volontiers — il n'eût jamais quitté l'Angleterre auparavant. Dans le port de Ténériffe, il était resté assis, exactement comme il l'était resté au milieu du golfe de Gascogne, avec sa Bible sur ses genoux et ses lèvres — c'était Mr Borrodaile qui l'avait remarqué le premier — curieusement en mouvement. Mr Borrodaile en avait conclu que le pasteur remuait les lèvres lorsqu'il lisait sa Bible. Percy Smith, quant à lui, bien qu'il pensât préférable de ne pas contredire son colossal compagnon, savait parfaitement que le pasteur priait. Celui-ci avait certainement reçu une éducation suffisante pour ne pas lire de cette manière. (Mr Borrodaile, qui valait dix mille livres, bougeait les lèvres en lisant. Mr Smith l'avait vu faire.)

« Sans aucun doute, c'est un drôle de lascar, dit Mr Borrodaile, l'homme à la veste de tweed à carreaux, aux énormes favoris, au menton fendu, celui-là même qui avait jeté des biscuits dans le système d'aération du bateau.

— Sans aucun doute », dit Percy Smith, sans méchanceté.

Mr Smith était un homme petit (le haut de sa tête n'arrivait pas aux épaules de Mr Borrodaile), mais trapu, avec des bras solides qui sortaient des manches relevées de sa chemise et donnaient à penser que ses cuisses et ses mollets devaient être de même nature. Il roulait légèrement des épaules en marchant, ce qui sentait le fermier. Son allure campagnarde était d'une certaine manière renforcée par la profusion de poils incolores qui jaillissaient de ses oreilles. Cela lui donnait un air de sanglier blond, fort loin d'être désagréable. Cependant, malgré cette apparence campagnarde (les poils d'animaux incrustés dans sa veste, l'odeur de troupeau qui l'imprégnait), Mr Smith était un homme cultivé. Même si sa culture avait été acquise par bribes, à la lueur de chandelles de suif, il n'en était pas moins cultivé.

Percy Smith avait parlé de nombreuses fois avec le pasteur, mais ne lui avait jamais demandé pourquoi il restait toujours assis au même endroit, et pourquoi il n'était pas venu voir les moulins à vent de Santa Cruz. Les deux hommes avaient parlé de Darwin. Mr Smith avait été étonné de trouver un pasteur qui demeurait impassible en discutant de ce sujet. Il avait aussi été ravi d'entendre la réflexion d'Oscar — il en avait fait un petit paragraphe dans son journal — que si Darwin se trompait, alors Dieu avait probablement mis des fossiles de dinosaure sur la terre pour intriguer l'Homo sapiens. Ce n'était pas seulement le sens de ce qu'il avait dit qui était intéressant, mais aussi sa façon de le dire. Il y avait une légèreté, une transparence dans ses manières, qui évoquaient pour Mr Smith — qui était, malgré sa ferveur pour ce qui était australien, extrêmement sentimental à propos du « home » — tout ce qui était agréable, cultivé, civilisé, dans « cette bonne vieille Angleterre ». Mr Smith ne pouvait imiter les façons d'Oscar et quand il répéta la remarque du pasteur à Mr Borrodaile, il ne semblait pas avoir trouvé le ton juste. Il regarda son interlocuteur et attendit sa réponse puis cligna des yeux. Il ne pouvait s'en empêcher. Quelles que soient l'acuité et la fermeté de son regard, il donnait toujours une impression de timidité.

Mr Borrodaile grogna et commença à parler d'une bête qu'il avait tuée à Cowpastures. C'était, précisa Mr Borrodaile, qui avait toujours les lèvres humides, un vrai démon. Mr

Smith ne comprenait pas très bien ce que ce diable venait faire dans la discussion. Cela l'embarrassait, ce qui ne l'empêcha pas pourtant de hocher la tête en regardant le grand type droit dans les yeux, mais en clignant des paupières plus que jamais.

« Mazette », dit Percy Smith, en commençant à secouer minutieusement la poussière de ses genoux.

Mr Borrodaile pensa : Un chien avec des puces. À l'autre bout du pont promenade, Oscar était assis sur son canapé. Il avait avec lui son Tacite, sa Bible et son Rituel anglican. Il avait aussi une bouteille d'eau de Floride, une tasse à thé, une soucoupe et un numéro de *Punch*. Tout cela était placé sur le canapé de peluche qui, parce qu'aucune table ne se trouvait dans les parages, avait pris, à cause de cette occupation continue et prolongée, un air fané et fripé. De la même manière, les cheveux carotte du titulaire de l'emplacement étaient devenus incroyablement frisés, tirebouchonnés, à cause de l'atmosphère humide du lieu.

Certains passagers, comme des gens récemment tombés amoureux, ne pouvaient s'empêcher de faire l'article. Le pasteur ne savait pas les couchers de soleil qu'il manquait. On ne lui laissait jamais ignorer aucun des zéphyrs, aucune des brises embaumées, ni les plaisirs du hamac sous un ciel nocturne. La Polaire, encore visible, disparaîtrait peut-être à jamais de sa vie. Le jeune homme, aux os fins, au visage de porcelaine, souriait, hochait la tête et posait des yeux respectueux et attentifs, sans excessive intensité cependant, sur les visages passionnés et bronzés. Il souriait, acquiesçait, mais inexplicablement, se résignait à suer dans son costume. Cet entêtement avait le pouvoir de rendre furieuses certaines personnes. La phobie d'Oscar provoquait chez lui des effets secondaires qu'il lui fallait maîtriser, et dont le plus pressant était celui-ci : Quelle était exactement la taille des hublots dans la cabine de miss Leplastrier ?

Il avait promis d'entendre sa confession, malheureusement un steward l'avait informé que les hublots des cabines de première classe étaient si grands « qu'on pouvait voir jusqu'au Japon ». C'était exactement le type de panorama qu'il ne pouvait supporter. Il avait des étourdissements rien qu'à y songer.

Et pourtant, il avait promis. Deux jours s'étaient déjà écoulés et ce devoir inaccompli lui restait lourdement sur le cœur.

Beaucoup d'Anglicans, la majorité, à vrai dire pensaient que la confession était une idée typiquement puséyiste. Ils voulaient dire par là qu'elle était catholique et par conséquent nuisible. Toutefois, ce sacrement se trouvait dans le Rituel. Si Oscar n'avait jamais confessé d'étrangers, il avait souvent rendu ce service au pauvre Wardley-Fish qui, périodiquement, devenait si malheureux à cause de ses propres péchés qu'il sombrait dans une horrible dépression qui lui faisait toucher du doigt sa probable damnation. Oscar en était donc venu à considérer le sacrement de la confession comme un acte d'amour, une manière de soulager un ami malade. Et même si ce sacrement dégageait bien souvent une fort mauvaise odeur (les sécrétions de l'âme sont parfois aussi dérangeantes que celles du corps), on pouvait néanmoins tirer une profonde satisfaction en rendant ce service.

Il ne s'attendait pas, dans le cas de miss Leplastrier, à ce que sa miséricorde soit mise fortement à l'épreuve. Il ne croyait pas que ses péchés puissent être autre chose qu'un peu d'orgueil ou de convoitise. Il serait heureux de lui offrir la paix de Dieu — malheureusement il ne pourrait le faire si ses hublots étaient aussi grands, aussi impressionnants qu'il le soupçonnait maintenant. Sa lâcheté mettait son esprit à la torture, au point qu'il fut soulagé lorsque Mr Borrodaile vint faire diversion en lui parlant des tarifs douaniers existant entre les différentes colonies. Oscar put alors plus facilement oublier la vision périphérique qu'avait miss Leplastrier en se promenant au-dessus de lui, dans le pont promenade des premières classes. Il s'imaginait qu'elle regardait vers le bas, c'est-à-dire dans sa direction, dans l'espoir qu'il lui apporte cette paix qui va bien au-delà de la simple compréhension.

Mr Borrodaile dit que c'était une honte que les gens qui habitaient Wodonga soient obligés de payer la douane pour faire venir des marchandises de Melbourne. Oscar ne comprenait rien ni à la politique ni à la géographie. Mais ce fait ne paraissait pas évident à Mr Borrodaile qui n'était pas le genre d'homme à poser d'innombrables questions. A vrai dire, il n'en posait aucune, bien qu'il ait beaucoup de choses à dire.

Il raconta à Oscar qu'il avait abattu un démon à Cowpastures. Il lui décrivit sa toison, le contenu de son ventre. Selon lui, les ecclésiastiques étaient plus que nécessaires en Nouvelle-Galles du Sud, il y avait des régions entières dénommées « paroisses » sur les cartes du gouvernement, où les enfants grandissaient dans l'ignorance de Dieu aussi bien que de l'école et où les blasphèmes et les jurons étaient d'une grossièreté telle qu'elle choquait même un homme comme lui, pourtant bien plongé dans le siècle.

Si Oscar s'était mis en tête de convertir les Noirs, il ferait bien d'y renoncer s'il ne voulait pas perdre son temps. La chose la plus remarquable, chez ces « lascars » était leur absence totale de croyance religieuse. Tous les autres pays, affirmait Mr Borrodaile, en frottant la curieuse petite partie plate de l'arête de son nez aquilin — ainsi que les bras d'un fauteuil de cuir, cette partie étant devenue luisante à force d'être lustrée — tous les autres pays donc, quel que soit leur degré de sauvagerie, ont forcément des dieux ou des idoles de bois ou de pierre, tandis que les Noirs australiens ne croient en rien, sauf en un diable — diable qui, pensent-ils, doit les manger. Il avait appris cela non pas par ouï-dire mais par un Noir lui-même qu'il appelait « le Bœuf » à cause de son allure.

Oscar ne pouvait s'empêcher de jeter des coups d'œil furtifs sur les grandes chaussures noires de Mr Borrodaile. Il n'en avait jamais vues de si grandes. L'homme avait aussi de grandes mains puissantes, qui sortaient agressivement de ses manchettes rayées et amidonnées. Il se rongeait les ongles jusqu'à la peau. Oscar regardait les grandes mains se plier et se déplier. Mr Borrodaile disait qu'il y avait des salles de jeux et des fumeries d'opium à Sydney. Il ne quittait pas des yeux son interlocuteur en disant cela, mettant l'accent sur quelque chose qu'Oscar ne saisissait pas très bien. Ses yeux étaient cernés, le blanc terni, strié de veinules rouges. Il y avait des bars, disait Mr Borrodaile d'un air accablé, avec « de drôles de luronnes ». Il dit aussi que Sydney était une ville positive, et qu'Oscar aurait bientôt le visage cramoisi, à moins qu'il ne prenne soin de garder en permanence son chapeau sur la tête. Il dit que ça ne ferait de mal à personne qu'on récite le bénédicité à table et qu'il était grand temps pour « votre révérend » de cesser de rester ainsi assis tout seul. Puis, il annonça qu'il allait bientôt faire une promenade sur le pont, que deux tours équivalaient à un kilomètre, qu'il ne servait à rien de demander « à votre révérend » qui avait donné un nouveau sens au terme « Mollusque », car il apparaissait qu'il était non seulement un mollusque lui-même, mais qu'il était également (« Ah ah ») assis sur un autre.

Mr Borrodaile alla chercher Mr Smith (qui dormait dans un fauteuil club), le débarrassa de l'*Illustrated London News* (étalé sur sa large poitrine comme un plaid) et monta l'escalier dans l'espoir d'apercevoir un poisson volant.

Oscar s'imaginait observé par la jolie jeune femme des premières classes. Il s'arrangea pour prendre une pose qu'il espérait exprimer l'autorité. Il croisa les jambes, redressa les épaules et tourna les pages de son livre à intervalles réguliers. Il demanderait à Mr Smith de se renseigner pour lui sur la taille des hublots en première classe. Oscar fixait son Tacite et attendait. Il fixa ainsi la page pour environ une vingtaine de minutes avant d'entendre l'accent chantant des colonies de Mr Smith.

« Bonjour, monsieur le pasteur. Toujours plongé dans vos études ? »

Il s'affala à côté d'Oscar qui eut juste le temps d'enlever son eau de Floride.

« Nom d'une pipe, ce Borrodaile marche à une de ces vitesses, dit Percy Smith, en essuyant avec un mouchoir son front couvert de sueur. Il est encore là-haut. J'oserais affirmer qu'il a une enjambée de cinq pas. Il m'a laissé à la proue.

— Quand vous marchez ainsi, demanda Oscar en posant son livre, passez-vous devant les cabines de première classe ?

— Oh, c'est probable, mais nous avançons à une telle allure, dit Percy Smith en riant, que tout se confond un peu et que je ne sais pas très bien devant quoi je passe en suivant les grandes jambes de Borrodaile. Je ne le critique pas. Il est admirable. Mais je crains bien de l'avoir déçu à cause de cette chaleur. Mais vous, dit-il, en tapant sur les mollets d'Oscar, vous avez les muscles qu'il faut. Savez-vous qu'il a jeté son dévolu sur vous. Il vous emmènera sur le pont, je peux vous le garantir.

— Oh non.

— Il me l'a affirmé, dit Mr Smith avec malice.

— Grand Dieu.

— Il a comparé mes pauvres jambes avec les vôtres. Ce n'était pas à mon avantage.

— En longueur, peut-être, mais pas en force.

— En force aussi.

— Il se trompe.

— En force, et à tous les égards, dit Percy Smith en souriant. Franchement, je crains que vous n'ayez été choisi. J'ai été éliminé. Si j'étais un cheval, je crois bien qu'on m'abattrait.

— Mais je ne peux aller sur le pont, Mr Smith. C'est absolument impossible.

— Quand vous avez refusé de jouer aux cartes avec lui, il vous a compris. Il m'a même dit alors qu'il avait un grand respect pour vous. Mais c'est un homme avec des sentiments violents, il risque de prendre votre refus comme un affront personnel. Mais peut-être que je me trompe. Je viens juste de faire sa connaissance, mais c'est quelqu'un d'extrêmement susceptible. Je peux vous le garantir. Il m'a dit que sa grand-mère était une de ces incroyables beautés espagnoles. Cela peut sans doute expliquer ceci.

— Oui, dit Oscar, mais le fait qu'il m'est impossible de monter sur le pont n'a rien, absolument rien à faire avec Mr Borrodaile.

— Mr Borrodaile ne verra pas les choses de cette façon », dit Percy Smith qui pouvait par son sourire légèrement réprobateur — c'était difficile à dire — laisser apparaître une sorte de critique de l'attitude de Mr Borrodaile.

Il y avait chez Oscar quelque chose d'opiniâtre, au cœur même de sa nervosité et de son excitation. Il avançait toujours d'un air déterminé en face de n'importe quelle difficulté. Cette attitude ne lui permit pas de voir le sourire déloyal de Mr Smith. « Mais, dit-il, je suis sujet à une indisposition. »

Quand Percy Smith entendit que le pasteur était sujet à une indisposition, il enfonça son menton dans son cou. Ses sourcils blonds se rapprochèrent de ses doux yeus bleus. Il croisa ses gros bras égratignés sur sa poitrine.

« Et c'est à cause de cette indisposition, dit Oscar en commençant à ouvrir et à fermer ses mains comme si elles étaient montées sur charnière, que je vous demanderai de bien vouloir me décrire la taille des fenêtres des premières classes.

— Des hublots ? corrigea Percy Smith. Mais quelle est donc cette indisposition ? »

Mais même alors qu'il posait la question, il en était déjà arrivé à la conclusion. Il n'y avait qu'une raison possible de vouloir regarder à travers les vitres de première classe. Il n'y avait qu'une seule passagère en première classe et celle-ci avait — comme le lui avait fait remarquer Mr Borrodaile avec un enthousiasme un peu gênant — une très jolie chute de reins.

« Hublot semble un terme inapproprié. J'ai entendu dire que ces ouvertures étaient fort grandes et mon état ne me permet pas de découvrir la vérité par moi-même.

— Vous me taquinez comme une fillette espiègle. Serions-nous en train de jouer aux devinettes ?

— Je suis désolé, mais je trouve la situation embarrassante.

— Est-ce qu'il ne s'agirait pas par hasard d'une jeune dame ? » dit Percy Smith de l'air le plus sérieux du monde. Mais il se mordit la lèvre inférieure et ses sourcils blonds s'écartèrent de ses yeux bleus.

Oscar sentit le sang bourdonner dans ses oreilles. Il le sentit envahir, comme un courant chaud, chacun de ses lobes. « Oh non », dit-il. Il avait véritablement l'air prude à cet instant. » Il n'y a rien là de déshonnête. Je souhaite simplement connaître la dimension des fenêtres. C'est la vue de la mer, vous voyez, qui en vérité me soucie. C'est la quantité de mer…

— La quantité de mer ?

— Oui, la quantité de mer, la quantité d'eau, qu'on voit d'une cabine de première classe. »

Le pasteur paraissait réellement fâché. Il gratta une petite tache de sauce séchée sur la jambe de son pantalon, à la hauteur de la cuisse. « Il s'agit d'une question professionnelle, Mr Smith, je vous en prie, ne vous moquez pas de moi. Ça n'a rien à voir avec une quelconque intrigue.

— Allons, allons, mon cher pasteur, dit Mr Smith en caressant l'épaule d'Oscar comme s'il s'agissait d'un animal rétif qu'il fallait calmer, je me soucie de cela comme d'une guigne. Je suis, à mon avis, un homme paisible, mais je pense aussi que vous n'avez rien d'un pisse-vinaigre — et croyez-moi je n'en suis pas un non plus. »

Oscar n'avait jamais entendu cette expression auparavant, mais il avait bien d'autres choses plus importantes à éclaircir.

« Tout d'abord, dit Percy Smith en enlevant le poil d'un bovidé de sa veste, vous devez desserrer les dents et m'écouter. Est-ce que vous m'écoutez ?

— Bien sûr, mais votre sourire me fait penser que vous croyez savoir quelque chose que vous ne pouvez savoir.

— Je viens de vous le dire, jeune homme, détendez-vous. Rien ne sera fait en votre faveur aujourd'hui. Mais demain peut-être. Alors, vous n'aurez plus besoin d'errer par clair de lune comme un certain Montaigu sous la fenêtre d'une certaine Capulet. »

Cette conversation fut interrompue brusquement par l'arrivée de Mr Borrodaile qui venait chercher Mr Smith pour jouer au palet sur le pont. Comme on allait jouer à « un penny le coup », Mr Borrodaile supposa à voix haute, bien sûr, que le jeu n'intéresserait pas le Mollusque.

52

Montaigne

Mr Borrodaile n'aimait pas avoir une femme à sa table. Cela élevait des barrières, imposait des contraintes au flot naturel de la conversation. Ça signifiait que presque toutes les portes étaient fermées temporairement devant vous. On était entravé, enchaîné sur place, sans pouvoir parler de rien. De rien, vraiment ? Bon. De quoi ? Des fleurs ? De la santé des enfants ? De cette servante « qui se croit » ou qui s'en va pour épouser le valet de pied. Un homme ne pouvait pas, s'il était un gentleman, parler politique (elles n'y connaissaient rien) ou mettre en question Dieu (ça leur faisait peur), parler affaires n'était pas concevable, ni sport, et quant à la bouteille, qui pouvait en d'autres occasions aller et venir si gaiement, elle restait à sa place sur le buffet incapable de remplir ses vraies fonctions.

Aussi, lorsque Mr Borrodaile pénétra dans la salle à manger des deuxièmes classes, deux verres sous la ceinture, aussi léger et irisé que la lumière du soir au sud, il fut décontenancé d'apercevoir à sa table non seulement le jeune pasteur (il l'avait invité lui-même) mais la jeune femme des premières classes que Mr Smith avait pris sur lui de lui présenter. Il était au courant, bien sûr. Mr Smith l'avait informé de sa supposition. Mais ça lui était sorti de l'esprit. Il l'avait totalement oublié. Maintenant, bien sûr, il s'en souvenait. Tout le bien-être qu'il avait si soigneusement emmagasiné au cours de sa promenade tranquille autour du pont, les grandes aspirations d'ozone et les petits coups tout aussi satisfaisants de bon cognac, tout cela partait en fumée.

Il s'assit à la table en silence. Mr Borrodaile était un homme grand et il savait que ses silences pouvaient être pesants. Il posa ses « demi-lunes » sur son nez et regarda le menu. Il fit semblant de ne pas entendre les salutations qu'on lui adressait. Il jeta un coup d'œil autour de lui pour trouver le sommelier et aussi, certes, le responsable de cette bourde, ce drôle d'oiseau qui vérifiait sans doute sa cargaison dans l'entrepont. Le commissaire de bord — un garçon fort chaleureux, lui — se trouvait à la table des fermiers de Cornouailles, ceux-là mêmes qui appartenaient à la ligue antialcoolique.

Il entendit le pasteur — des poignets de fille, une voix haute comme celle d'une flûte — questionner la jeune femme sur le livre qu'elle était en train de lire.

« Montaigne », répondit-elle.

Mr Borrodaile sentit des démangeaisons dans son cou, comme si deux ou trois tiques s'y étaient installées. Ainsi qu'il l'aurait fait pour des tiques, il porta ses gros doigts à la source de la démangeaison mais sans se gratter. Il n'y avait rien d'autre que sa peau.

« Ah oui, dit le pasteur, en repliant ses doigts blancs et en inclinant la tête comme il aurait pu le faire pour une prière. Ah oui, Montaigne. »

Mr Borrodaile n'aimait pas du tout cette sorte de conversation. C'était un homme pratique. Son père avait été charron et il avait d'ailleurs lui-même appris le métier. Quand il pensait au mot « pratique », cela ne voulait pas dire qu'il fallait dépenser sans compter et ne rien laisser à la banque. Il s'imaginait que le pasteur était nettement « au-dessus de lui » et il n'aimait pas ça du tout. Pourtant, dans le cas de Montaigne au moins, il n'en était pas ainsi ou, en tout cas, l'avantage n'était guère plus important que celui qu'on a en montant sur une brique — voilà pour le nettement au-dessus. Mais s'il n'y a pas de brique, alors le volume l'emportant, la balance penchait de son côté. Oscar, après avoir dit « Montaigne », n'avait plus rien à ajouter. Il ne connaissait de cet auteur que ce qu'on peut en tirer en somnolant trois soirs de suite sur un volume à l'odeur de moisi, posé sur les genoux. Il n'avait même pas atteint le second chapitre (celui sur l'oisiveté) que son menton pointu s'enfonçait dans sa poitrine et que ses lunettes tombaient par terre. Donc, il n'avait pas lu — et c'était vraiment dommage — l'essai de Montaigne sur les odeurs. C'était dommage parce que le sens de l'odorat d'Oscar était aussi développé que celui de la vue chez son père. Il aurait particulièrement apprécié cette première phrase : « Il se dict d'aucuns, comme d'Alexandre le Grand, que leur sueur espandoit un'odeur souefve, par quelque rare et extraordinaire complexion. »

Mr Percy Smith, hélas, ne faisait pas partie de ces hommes privilégiés. Quand il arriva, débordant d'excuses, il apporta avec lui l'odeur des lamas affolés qui l'avaient mis en retard. Lucinda, entre autres, ne trouvait pas cette odeur désagréable et l'aurait volontiers appelée honnête, contrairement à celles des cognacs et des cigares de Mr Borrodaile.

Mr Smith pencha la tête pour avaler son consommé qui n'était, selon Mr Borrodaile, rien d'autre qu'un bouillon de bœuf dans une assiette plate. Mr Smith acquiesça, mais leva les yeux en battant des paupières sous ses sourcils blonds pour s'enquérir de la conversation. Il avait pris plaisir à celle qu'il avait eue sur Darwin avec le pasteur et quand il entendit prononcer le nom de « Montaigne » il jugea que le couple serait bien assorti. Il se préparait à avouer qu'il ne savait pas grand-chose sur Montaigne, mais qu'en revanche il serait ravi d'en entendre parler. Il aimait l'assemblée réunie autour de la table, surtout depuis que le commissaire de bord, au visage couperosé, avait cédé sa place. L'atmosphère maintenant était plus amicale.

Ce fut Lucinda qui répondit à Mr Smith. C'était elle qui avait dit « Montaigne ». Mr Borrodaile n'aimait pas la tournure que prenaient les choses. Si bien qu'elles déclenchèrent l'attaque de trois autres tiques fantômes qui, cette fois, s'en prirent à un emplacement situé sous son col, emplacement qu'on ne pouvait atteindre. Il s'imaginait que la jeune femme, par pédantisme, utilisait un mot étranger pour « montagne » là où le mot anglais aurait parfaitement convenu. Il n'en était pas absolument sûr mais désirait cependant en avoir confirmation d'une manière relativement peu dangereuse.

« Montaigne, dit-il, en gloussant un peu et en remettant

ses demi-lunes dans la poche de sa veste. Montaigne, colline et monticule. »

Cette intervention produisit un silence bourdonnant. Cet instant de perplexité pourtant ne dura guère plus d'une seconde ou deux, parce que Percy Smith — il aurait réagi plus vite s'il n'avait pas été en train de manger son consommé — émit très vite un petit rire de complaisance. Il redoutait les susceptibilités de Mr Borrodaile.

« Grande-Britaine », dit Mr Borrodaile, s'enfonçant à coups de machette dans la végétation tropicale d'un pays qu'il ne connaissait pas. Vlan, vlan. Dieu seul sait quelle liane le faisait trébucher, quelle ronce s'accrochait à lui. Vlan. « Bourgogne, Bretagne, Montana, absolument parfait. » Il riait maintenant à gorge déployée, un rire curieusement haut pour un homme de son gabarit. On aurait dit les crépitements d'un feu d'artifice, des larmes coulaient sur ses joues et se perdaient dans sa moustache. « Seigneur, dit-il en mouchant son grand nez. Mes aïeux. »

Les deux hommes sentaient que quelque chose d'important leur avait échappé, mais Lucinda Leplastrier, bien qu'elle ne comprît pas le sens des mots, discernait et percevait le revers de la médaille derrière le rire de Mr Borrodaile. Cela lui rappelait des choses de Sydney qu'elle avait oubliées. Cet homme était riche et puissant à Sydney. Elle ne le connaissait pas, mais elle était certaine qu'il allait dîner au palais du gouverneur. C'était un barbare.

« Mais pour parler sérieusement, dit Mr Borrodaile, tandis qu'on placait le *corned beef* devant lui (il le poussa avec son couteau pour en séparer les tranches, mais sans faire de remarque sur le plat), pour parler sérieusement, poursuivit-il, en regardant tour à tour Mr Smith et Oscar, j'aimerais avoir l'avis du pasteur sur le suif.

— Je n'en ai pas », répondit Oscar en souriant et en agitant quelque chose dans sa poche. Lucinda lui jeta un coup d'œil de côté et approuva sa réponse d'autant plus qu'elle se sentait — après avoir situé Mr Borrodaile — remplie d'hostilité vis-à-vis de ce sauvage qui avait fait fortune en achetant des terres pour les lotir. C'étaient ces sortes d'opérations qui déclenchaient chez elle de redoutables accès de colère. Et pas uniquement parce que dans son jeune âge elle en avait été la victime.

Donc, voilà Mr Borrodaile, celui qui donne lui-même son nom à des rues.

« Vous ne pouvez voyager... », dit Mr Borrodaile en avalant un trop gros morceau. Pardon. Il s'arrêta de parler pour se nettoyer le gosier avec un peu de bourgogne. Il essuya le creux luisant qu'il avait au menton, placé entre les pointes de ses moustaches tombantes. « Vous ne pouvez aller jusqu'en Nouvelle-Galles du Sud sans avoir un avis sur ce sujet. Ma parole, pasteur, ce serait comme d'aller en Irlande sans emporter son parapluie. S'il s'agissait de lamas, ça n'aurait pas la moindre importance que vous ayez une opinion ou non, même Mr Smith pourrait vous le dire. Mais le suif, mon jeune révérend, c'est une chose qui vous concerne. Le prix du suif en ville, quand nous sommes montés à bord, était de deux livres pour cinquante kilos. Si j'étais jeune, avec un peu d'argent, c'est là-dedans que j'investirais.

— Mais les prix peuvent changer », dit Lucinda.

Mr Borrodaile la regarda en plissant les yeux.

C'était un sujet sur lequel il n'accepterait pas de contradiction, même si son adversaire se plaçait sous la protection des crinolines et des corsets. Il n'avait pas de temps à perdre pour quelqu'un qui désirait faire l'élevage de mouton pour la boucherie. Il y avait déjà trop de viande dans la colonie. Il était un homme du suif, un homme pratique et réaliste qui ne rechignait pas à le faire savoir.

« Peuvent changer ! s'exclama Mr Borrodaile en levant son couteau et sa fourchette et en regardant Lucinda, de haut en bas, le long de la ligne luisante de son nez. Bon Dieu, ma petite demoiselle, bien sûr qu'ils changeront. Ils monteront. »

Oscar trouvait cet éclat fort désagréable. Il n'aimait pas les blasphèmes. C'était même encore plus choquant lorsqu'ils sortaient d'un tel coffre. Il voyait bien que la minuscule Miss Leplastrier n'avait rien fait pour mériter un tel jet de vitriol. Cette empoignade offensait son sens de la justice et il était d'humeur à se mettre publiquement du côté de la jeune femme.

Cependant, il ne pensait pas qu'il y eût de « côté », il voulait seulement se prononcer, prendre ses responsabilités concernant l'harmonie de la table. C'était d'ailleurs son grand talent, c'était grâce à cela qu'il était un fort bon professeur. Ce talent lui était venu à cause de son horreur de la discorde, de son aversion du tapage. Sa faiblesse s'était donc transformée en vertu. Il apportait ce sens de la justice à toutes les situations sociales. De sorte qu'il consacrait son attention et sa curiosité à ses interlocuteurs, comme un bon socialiste les distribue selon les besoins réels des participants. Quant à lui, si l'on met de côté les courses de chevaux — auxquelles il pensait avoir renoncé — et la structure du *Leviathan* — dont tout le monde autour de la table connaissait les détails — il pensait qu'il n'avait rien à dire d'intéressant sur les questions séculières. Il avait trouvé ses élèves, à l'école de Mr Colville, bien plus plongés dans le monde que lui-même.

« Et dans quoi alors feriez-vous vos investissements, miss Leplastrier ? » Il posa cette question en toute innocence, n'imaginant pas un instant que cette jeune femme était en situation d'investir dans quoi que ce fût.

Lucinda Leplastrier posa son couteau et sa fourchette côte à côte sur son assiette, les dents de la fourchette tournées vers le haut. Elle savait que ses cheveux étaient à faire peur. Elle les sentait qui se détachaient de ses barrettes. Ses joues étaient brûlantes, mais elle s'obligea à faire le tour de la table du regard, afin de voir chaque visage avant de parler. On lui avait appris cette astuce à Sydney. C'était une ancre jetée par-dessus bord, dans le but de mettre un frein à la tempête de ses émotions. Et, bien qu'elle ne s'en rendît pas compte elle-même, cela lui donnait un air de dignité presque royal.

« J'investirais », dit-elle. Elle compta jusqu'à trois. Elle ne savait plus ce qu'elle voulait dire. « Je mettrais mon capital dans quelque chose que j'aimerais vraiment beaucoup.

— Merveilleux, merveilleux, s'écria Mr Borrodaile, en applaudissant bruyamment.

— Peut-être, Mr Borrodaile, que le mot « aimer » est trop fort. Disons que j'investirais dans quelque chose qui me procurerait un véritable plaisir. Si c'était dans la terre, par exemple, je trouverais en premier lieu un terrain qui produirait ce que je désire, puis je me préparerais aux bonnes et aux mauvaises saisons, mais je chérirais ma terre.

— Ma chère enfant... »

Lucinda eut une petite crispation du visage qui se situait dans ce territoire douloureux entre grimace et sourire.

« Mais principalement, Mr Hopkins, dit-elle à Oscar (qui penchait en avant et donc, bien que ne souhaitant pas être grossier, était complice de l'exclusion de Mr Borrodaile), je conseillerais à quelqu'un qui aurait des capitaux de se conformer à ce que je comprends de la parabole des talents. Je lui conseillerais de produire quelque chose qui n'était pas là avant. Je n'aime pas votre manufacture destinée à la fabrication du suif, je dois l'avouer, Mr Borrodaile. » Elle se tourna vers lui tout en parlant. Sa voix était douce, presque navrée. « Et ce n'est pas purement et simplement parce qu'elle dégage une odeur extrêmement désagréable, mais parce que j'ai vécu et travaillé dans une ferme et qu'il m'est difficile de comprendre comment un animal peut servir à faire une chose aussi commune. Maintenant, je vois bien que je vous ai donné la permission de me qualifier de sotte et de féminine.

— Ma chère enfant, je n'ai rien pensé de tel. » Mais ses yeux cernés, injectés de sang, laissaient apparaître des choses bien pires, qu'ils étalaient l'une après l'autre, ouvertement. C'était un numéro secret dont Percy Smith n'était nullement conscient. Il sourit à Lucinda et secoua la tête d'une façon si stupide, si supérieure, que celle-ci revint immédiatement sur la bonne opinion qu'elle avait de lui.

« Ce principe, dit Oscar, les invitant à joindre les mains dans une communion à laquelle ils n'avaient — même Lucinda — aucune envie de participer, ce principe, Mr Borrodaile, est sûrement une bonne chose.

— Mais bon Dieu », s'exclama Mr Borrodaile, en essayant tout aussitôt de retenir son juron avant qu'il ne lui échappe. Sa bouche, durant une seconde, resta ouverte, comme quelqu'un qui a avalé un morceau brûlant qu'il aurait envie de recracher, de rejeter de n'importe quelle manière, ce que la politesse bien sûr lui interdit. Mr Borrodaile ne pouvait rattraper ce qui lui avait échappé. Il ne pouvait que continuer, forcer son chemin en avant, sans s'inquiéter de savoir où le conduiraient ses prochains pas. « Je savais que vous étiez pasteur, même en vous apercevant de dos. Vous voyez, ça se voit dans votre démarche. » Il avala une gorgée de bourgogne. « Sapristi, je vais vous le montrer. »

Lucinda retint sa respiration. Même Mr Smith, qui était habitué aux impulsions fantasques et violentes de son ami, à ses mouvements passionnés, à ses susceptibilités, à ses insolences, à ses rancunes, même Percy Smith posant son couvert à côté d'un morceau de pudding pour le moins hors de saison, parut inquiet. Cette inquiétude ne retint d'aucune façon Mr Borrodaile.

Oscar et Lucinda étaient cramoisis l'un et l'autre, comme s'ils avaient été pris en flagrant délit d'adultère.

Mr Borrodaile se mit debout, le dos contre la colonne recouverte de miroirs. Il sourit d'un air idiot. Il donna une petite pichenette au bout de ses moustaches. Il tira sur ses manchettes comme un baryton qui va chanter. Il était ivre évidemment. Il donna une expression bien précise à ses traits mais son visage n'était pas l'important. L'important, c'était que Mr Borrodaile allait « faire » une imitation.

Il réunit ses grandes mains sur sa poitrine, inclina son buste en arrière, rentra en aspirant ses joues rouges et leva les yeux comme un enfant de chœur dans une procession. Il se mit à marcher. Il était devenu une poupée en bois actionnée par des fils enchevêtrés. Ses jambes partaient brusquement sur le côté pour remonter ensuite. Son buste balançait comme le mât d'un brick à l'ancre, secoué par la houle. Ses mains se joignaient, se séparaient, puis partaient brusquement dans une direction pour attraper — quoi ? un papillon ? un brin d'espoir ? une prière ?

Mr Borrodaile déambula, se balança, ondula et sourit sur toute la longueur de la salle à manger, se glissant avec habileté entre tables et colonnes.

Le commissaire de bord recula sa chaise et les passagers de seconde, qui s'étaient plaint auprès de lui des « histoires » de Borrodaile, regardaient maintenant, les yeux en attente, en direction de l'officier. Celui-ci n'avait pas repoussé sa chaise pour mettre fin au spectacle, mais bien plutôt pour applaudir l'artiste. Mr Borrodaile marchait exactement comme le pasteur aux cheveux roux. Non, pas « exactement ». Il ne ressemblait pas du tout à ce garçon, et pourtant il en était l'essence. L'image qu'il présentait était à l'original ce que peut être une danse de mort à une danse paysanne.

Le gros visage de Mr Borrodaile, avec sa fossette au

menton, était rouge de plaisir. Il avançait à grandes enjambées. Il rejeta la tête en arrière et balança les bras. Les applaudissement éclatèrent rapidement de tous côtés.

Quelle petite brute il a dû être dans son enfance, se dit Lucinda en voyant cette imitation extrêmement fidèle, une imitation qui, en dépit de sa résolution de rester impassible, la fit sourire. Mais elle n'applaudit pas. Ce qui se cachait derrière était trop cruel, on voulait transformer tout ce qui était bon et gentil chez ce jeune homme en quelque chose de mou, de méprisable. Elle avait honte de son sourire et fut donc assez surprise lorsqu'elle osa enfin regarder l'objet de la plaisanterie, de voir que celui-ci avait un large sourire sur le visage, qu'il applaudissait avec autant d'enthousiasme que les butors qui se trouvaient à la table du commissaire de bord.

Oscar avait réussi à l'étonner. Comme il doit être sûr de lui, se dit-elle. Elle décida sur-le-champ d'essayer de le mieux connaître.

« Eh bien, eh bien », dit Oscar qui était loin d'être aussi sûr de lui que se l'imaginait Lucinda. Il était en fait protégé par un curieux aveuglement sur lui-même. Il ne pouvait, bien sûr, éviter de voir le grotesque et le comique de la démarche de Mr Borrodaile, et pourtant il ne lui venait pas à l'esprit, pas un seul instant, que cette démarche, dans son aspect physique, pouvait lui ressembler. Il ne s'était jamais senti étrange et ne voyait, en conséquence, dans les excentricités de Mr Borrodaile que des trucs de théâtre destinés à traduire une réalité intérieure. C'est ainsi qu'il comprenait les mains jointes, comme le symbole de son détachement du monde, les jambes sautillantes comme l'expression de son enthousiasme, le sourire d'idiot, signe de sa gentillesse. Et ces caractéristiques, bien entendu, ne lui déplaisaient pas. En vérité, il était touché que Mr Borrodaile puisse si facilement percevoir ses qualités alors qu'elles étaient enfoncées dans une argile qu'il avait eu tant de mal à façonner.

« Eh bien, eh bien, dit-il en s'enfonçant dans sa chaise et en faisant craquer les articulations de ses doigts. Apparemment nous ne pouvons dissimuler les secrets de notre cœur à ceux qui nous observent avec attention. » Il leva la tête vers Mr Borrodaile qui était venu se placer en souriant d'un air satisfait, près de son épaule. « Mes félicitations, Mr Borrodaile, vous possédez un don remarquable. »

Mr Borrodaile ne pouvait s'empêcher de se sentir agacé. Il se pencha et « emprunta » le verre de vin du pasteur et resta debout, à côté de lui, buvant et souriant sans un seul mot d'excuse.

« Un don admirable en vérité », dit Oscar en tordant son grand cou, afin de pouvoir parler en face à Mr Borrodaile, sans pour autant regarder en direction des hublots qui s'alignaient le long du mur. « Et par là, je ne parle pas de votre représentation — j'avoue que je n'y connais rien en théâtre et ne peux donc être juge. »

Mr Borrodaile se sentait mal à l'aise. Il reposa le verre de vin du pasteur et regagna sa place. C'est alors qu'Oscar vit ce qu'il avait jusqu'ici réussi à éviter.

L'étendue soyeuse de la mer amena une boule nauséeuse dans sa gorge.

Il s'arrêta de parler.

« Ce n'est pas la représentation », souffla Mr Smith, tandis que Mr Borrodaile comprenant enfin que l'on parlait de lui avec admiration et considération, s'assit poliment et se pencha en avant pour écouter attentivement ce que sa victime avait à dire.

« Je ne peux être juge, dit Oscar, en repoussant la boule nauséeuse de sa gorge avec un peu de croûte de pain. Pourtant, la sensibilité dont vous faites montre, en face de l'intériorité de l'être humain, en face de ces choses qu'on ne dévoile pas facilement au monde, qu'on prend soin, à vrai dire, bien souvent de cacher, cette perspicacité, Mr Borrodaile, est franchement admirable. »

Mr Borrodaile paraissait très satisfait.

Lucinda cacha son ravissement derrière son verre d'eau.

« C'est un véritable don, dit Oscar en se penchant en avant, en faisant un geste comme s'il soulevait un coffret d'un bon poids. C'est quelque chose qui ne devrait pas servir uniquement à amuser des passagers au cours d'un long voyage. C'est quelque chose qu'un chrétien devrait utiliser dans sa vie. »

Tandis qu'il parlait, Oscar devenait plus excentrique, plus encombrant qu'il ne l'était dans l'imitation de Mr Borrodaile.

Il était, à cause de son excitation, de sa gêne, du peu de vin qu'il avait bu, fort proche du personnage qu'aimait Warley-Fish et du professeur que les soixante garçons de l'école de Mr Colville garderaient enfoui dans leur souvenir, même lorsqu'ils seraient devenus gâteux. Il était incroyablement animé. Ses grands bras s'agitaient au-dessus de la table, ratant de peu les verres de bourgogne et les bouteilles de vin du Rhin, uniquement d'ailleurs parce que ses compagnons de table les avaient enlevées de son rayon d'action. Sa voix était montée d'une octave et avait retrouvé ses intonations de flûte. Ses yeux passaient d'un visage à l'autre pour les entraîner dans le chaudron bouillonnant de son enthousiasme afin qu'ils sentent que ce qu'ils avaient vu n'était pas une plaisanterie cruelle, mais quelque chose de positif, un coup de sonde mystérieux, une chose d'une importance bien plus grande que ce qu'ils avaient peut-être imaginé. Ils la polissaient donc cette idée, l'astiquaient, la vernissaient jusqu'à ce qu'elle brille dans leur imagination comme une chose précieuse. Si bien que son inventeur, ce Mr Borrodaile, méprisant et grossier, se trouvait être, du moins temporairement, transformé en un être raffiné.

Lucinda, qui avait d'abord pensé que Mr Hopkins était tout simplement intelligent, fut, lorsqu'elle découvrit qu'il n'y avait aucune sorte de ruse dans son enthousiasme, si touchée par sa bonté, que des larmes montèrent à ses yeux.

Mr Borrodaile était touché lui aussi, mais d'une autre manière, durant un petit moment — une demi-heure environ — il devint une autre personne. Il montra quelque intérêt pour les sentiments et les opinions de ses compagnons de voyage. Et ses yeux, lorsqu'ils regardaient Lucinda Leplastrier, ne ressemblaient plus à de froids instruments, ils n'étaient plus ces outils de chirurgien, dont il s'était si méchamment servi (en ouvrant brusquement le couvercle : Regardez ! Mais regardez donc !) si peu de temps auparavant.

La mer était phosphorescente tout autour du bateau. La nouvelle fut apportée par le chef steward. Il y eut une petite bousculade pour gagner le pont où l'on pouvait profiter plus pleinement du spectacle. C'est pourquoi Oscar, qui ne désirait pas que ses compagnons de table quittent la table, dirigea brusquement les feux de son enthousiasme sur les problèmes de la phosphorescence, sans jamais, un seul instant, jeter un coup d'œil par-dessus son épaule, pour voir les lueurs qui dansaient devant les hublots de la salle à manger.

53

La mer phosphorescente (1)

Oscar voyait bien où ses discours allaient entraîner ses compagnons de table : inévitablement, inexorablement vers l'escalier qui débouchait sur ces nuits tièdes que lui interdisait sa phobie. Plus il les fascinait par ses descriptions, ses explications, plus il se rendait compte que finalement ils le quitteraient afin de pouvoir regarder *de visu* le phénomène dont il parlait si brillamment.

C'était pour miss Leplastrier (cette jeune femme avec cette adorable lèvre supérieure et ces yeux brillants et curieux) qu'il parlait principalement. Finalement, lorsque la pression de son enthousiasme rencontra l'attraction du phénomène, tout le monde se leva de table d'un seul coup. Oscar se leva aussi. Et bien qu'il ne promît pas de les accompagner sur le pont, il ne laissa pas non plus entendre qu'il ne le ferait pas. Pourtant, si un tribunal aurait pu déclarer qu'il n'avait nullement trompé ses compagnons sur ses intentions, le jugement de Dieu n'aurait certes pas été aussi facilement contourné.

En bas du grand escalier glissant qui conduisait au pont supérieur, Oscar quitta doucement ses bruyants amis. Il se sentait brusquement semblable à ces créatures laides et tristes qu'on trouve dans les contes de fées, celles qui sont pour toujours tenues à l'écart de la lumière et contraintes d'errer, pâles, les yeux exorbités, la peau couverte de sueur, dans les régions métalliques et obscures de l'enfer.

54

La mer phosphorescente (2)

Une mer aussi blanche que du lait, parsemée de magnifiques scintillement bleus, ondulait autour de la proue du *Leviathan*. Le lait cailla. La mer était maintenant de marbre, avec des traînées d'eau noire et claire. On fit descendre un seau. Il se balança, heurta la coque, puis disparut dans le noir. Le nuage blanc s'estompait mais les scintillement continuaient. Puis une des lueurs, brusquement, explosa. C'était un flamboiement au-dessus de l'eau. Le grand bateau paraissait flotter dans une lumière liquide. Le seau n'avait toujours pas atteint l'eau. Lucinda voyait, dans cette mer luminescente, de splendides globes de feu qui tournoyaient, qui ondoyaient, comme ces choses dont on parle dans les prophéties.

Malheureusement, les spectacles ne l'intéressaient guère. S'ils l'avaient intéressée, elle serait restée seule en première classe. Elle avait soif d'intelligence, de gentillesse et la mer phosphorescente n'avait été que l'agent, que le relais de ces qualités. Mr Hopkins les avait montrées l'une et l'autre, d'une manière aussi spectaculaire que personnelle. Elle avait aimé, bien plus que n'importe quel phénomène naturel, la façon dont il remuait les mains. C'était quelque chose qui n'avait vraiment rien d'anglais. Il était si plein de vie que celle-ci paraissait jaillir de lui. Son col amidonné était détaché, et Lucinda l'aimait pour cela plus que pour n'importe quoi d'autre.

« Alors, allons-y, avait-elle dit en se levant de table. Allons donc assister à ce miracle. » Son invitation avait un son vaguement ironique, alors qu'elle ne se sentait rien moins qu'ironique. Puis, tout le monde s'était levé de table, pour sortir de la salle à manger et gagner l'escalier. Elle marchait devant Mr Borrodaile. Sa main la dirigeait, comme s'il avait été indispensable de la guider pour franchir un seuil, comme s'il pouvait y avoir des récifs dangereux qu'elle n'aurait pas autrement l'intelligence d'éviter. Elle n'avait pas regardé derrière elle. Elle pensait que Mr Hopkins faisait toujours partie du groupe.

Il n'y avait pas suffisamment de passagers à bord pour encombrer le pont, mais la mer phosphorescente avait exercé une forte attraction, ainsi que le font les marées. Les passagers, contre toutes les règles de hiérarchie et de bienséance, avaient été attirés là-haut, s'étaient rassemblés dans l'air chaud de la nuit, autour du grand réservoir d'eau douce, situé au milieu du navire. Il y avait là des stewards, des garçons de cabine, des mécaniciens, le jeune homme qui soignait des animaux, des passagers de troisième classe avec des voix venant de Limehouse, de Holborn, de Liverpool et de Manchester. Ce n'est qu'à ce moment-là, lorsqu'elle se vit prise dans cette foule, qu'elle s'aperçut que Mr Hopkins avait quitté le groupe. Elle pensait qu'elle y était peut-être pour quelque chose. Elle avait été de nouveau insolente. Elle l'avait effrayé avec son impétuosité. Il avait été blessé par son ironie. Elle n'avait pas montré suffisamment de retenue, mais pourquoi fallait-il toujours se retenir ? On voulait l'attacher aux chevilles avec une corde de soie, l'entraver dans sa démarche. Même Dennis Hasset avait essayé de la persuader de faire des enjambées moins longues. Il avait pris prétexte de l'étroitesse de sa crinoline, mais ce n'était pas, supposait-elle, la véritable raison.

Elle aurait évidemment bien fait de suivre son conseil, de se contenir, de toute façon partout où elle allait, elle était contrainte. C'était la condition même de sa vie d'adulte de se sentir ainsi. Elle avait refusé l'usage des baleines et des élastiques, mais elle était néanmoins maintenue, serrée, comprimée, entravée.

Lucinda était furieuse contre cette mer phosphorescente. À cause d'elle, elle avait jeté par-dessus bord quelque chose de bien plus précieux. Tandis qu'elle regardait la mer, sa lèvre supérieure se rétrécit, comme si ce qu'elle voyait n'était rien d'autre qu'un champ de foire — des lumières mouvantes, des sucreries écœurantes, des bonimenteurs tapageurs. Mr Borrodaile était désagréablement attentionné. Il dit que les globes lumineux étaient des anémones de mer. Lucinda n'aimait pas sentir son grand corps se courber vers elle pour lui chuchoter quelque chose à l'oreille. Il avait oublié qu'il venait d'entendre cette précision de la bouche de Mr Hopkins, exactement comme elle. Elle n'arrivait pas à comprendre le fonctionnement de son cerveau. Car, voilà maintenant qu'il régurgitait la plupart de ce qu'il avait ingurgité au cours du dîner. Il lui dit que les anémones de mer étaient appelées actinies, ou méduses et que ce qui paraissait être des étincelles étaient en réalité des entomastracas, bien qu'il ne répétât pas le mot correctement.

« Entromysteriosa », dit Mr Borrodaile, sans grande assurance.

Mr Hopkins ne lui avait même pas dit bonsoir. Elle ne voyait pas ce qu'elle lui avait fait pour mériter un tel outrage.

La mer phosphorescente était merveilleuse, bien sûr. Comment pourrait-ce ne pas être merveilleux ? Mais l'émerveillement, même l'émerveillement devant un des plus grands miracles de Dieu, ne peut persister si l'on se sent malheureuse et stupide. Lucinda s'obligea à rester sur le pont durant quinze interminables et pesantes minutes. Puis, elle déclara qu'elle était pleinement satisfaite par ce qu'elle avait vu.

Mais Mr Smith voulait l'obliger à rester. Il prit la manche de sa jaquette entre le pouce et l'index. Il le fit en clignant des yeux, avec un air de hibou, si bien que cette familiarité ne put déclencher sa colère. A vrai dire, elle était contente de voir qu'il en était venu à la fin à penser à elle avec gentillesse.

« Mais le seau n'est pas encore là, miss Leplastrier. Vous ne devez pas partir avant d'avoir vu le spectacle du seau.

— Mais oui, restez », dit Mr Borrodaile. Mais Lucinda sentait qu'elle avait, en écartant son oreille de ses chuchotements, épuisé sa bonne volonté à son égard.

« Mais ce qu'on verra dans le seau ne sera rien d'autre que ce qu'il y a dans la mer, dit Lucinda. Il n'y aura aucun piment supplémentaire.

— Attendez de voir, dit Mr Smith. Tenez, le voici qui vient.

— Laissez-nous passer », dit Mr Borrodaile.

Il marcha sur le pied de Lucinda. La douleur était extrêmement vive, mais elle ne dit rien. Elle devinait déjà toutes les histoires qu'il ferait, elle ne supportait pas l'idée qu'il allait, en s'excusant, mettre sa grande main sur son bras ou sur son épaule.

Il y eut pas mal de bousculade sur le pont lorsque le seau arriva. Lucinda était la plus petite de tous. On se pressait autour d'elle. Et alors qu'elle était venue dans les secondes classes, afin de respirer l'odeur de son espèce autour d'elle, elle était maintenant oppressée, se sentait étouffée par cette multitude de corps. Elle se fraya un chemin vers les premiers rangs, bien plus pour échapper aux odeurs lourdes de l'humanité que pour contempler le contenu du seau. Il était plein de corps lumineux.

« Allez-y, Smith, dit la voix rauque de Mr Borrodaile.

— Une minute, Borrodaile », dit Percy Smith. Son ton, contrairement à l'habitude, respirait l'assurance. « J'attends le mécanicien.

— C'est moi le mécanicien », dit quelqu'un derrière Lucinda, avec une odeur forte, non pas de graisse, mais de whisky.

Le mécanicien tendit une bouteille fermée par un bouchon de verre. Mr Smith se pencha au-dessus de l'épaule de Lucinda et la prit. Il s'avança dans le petit espace vide au milieu duquel se trouvait le seau en zinc. Puis, après avoir débouché la bouteille, il chercha Lucinda du regard dans la foule. « H_2SO_4, lança-t-il. C'est-à-dire de l'acide sulfurique. » Il s'agenouilla et versa un peu d'acide dans le seau. « Instantané, dit-il en reculant. Instantané et fulgurant. »

Lucinda était poussée en avant si violemment qu'elle ne pouvait d'aucune manière éviter la « démonstration », même si elle l'avait souhaité. Les points lumineux, dans le seau, devinrent plus brillants, certains blancs, d'autres jaunes d'une étrange intensité, comme si de minuscules étoiles fleurissaient brusquement dans le ciel. Puis, ils clignotèrent, pâlirent et s'éteignirent. Le seau était maintenant noir.

« Vous voyez, Borrodaile, cria Mr Smith, voilà la preuve. »

Lucinda pensait : Ces gens obtus pourraient tuer Dieu avec leur esprit borné.

Elle recula tant bien que mal et, tandis que la grosse voix de Mr Borrodaile continuait à déclarer que rien n'était prouvé du tout, elle marcha en direction de la partie déserte du pont, pour regagner sa cabine plus vide que jamais. Elle leva la tête pour chercher l'étoile Polaire, mais le *Leviathan* avait vomi un rideau de fumée noire, si bien que le ciel était aussi mort que l'intérieur du seau. Elle pensa : Je n'aime pas les usines. Est-ce que je continue à vivre pour faire plaisir à ma mère ? Elle pénétra dans le pont promenade des premières classes et sans se rendre compte de ce qu'elle y verrait, jeta un coup d'œil dans le pont promenade des secondes.

Elle aperçut Oscar Hopkins, assis — avec ostentation pensa-t-elle, absolument seul. Quand il lui adressa un petit signe, elle fit semblant de ne pas le voir.

55

De la jalousie

Ce que Wardley-Fish avait dit de lui au Cremorne Gardens était vrai : il ne cadrait pas. Sa situation même, seul dans le pont promenade des secondes classes, mettait ce fait en évidence. Il était un drôle d'oiseau, une cigogne, une mante religieuse, un dadais, un P'tit Louf. Il avait peur de l'eau. Il était coupé de la vie elle-même. Assis sur son canapé, comme dans un fauteuil roulant, les merveilles des océans se réduisaient à ce qu'on lui apportait dans un horrible seau de pompier.

Mr Smith descendit l'escalier dans un état d'ébriété avancé et essaya de mettre une seule méduse dans un verre de gin. Il soutenait que c'était la boisson à la mode en Amérique. L'animal devint d'un jaune éclatant — un cri de lumière — avant de mourir.

Mr Smith dit à Oscar qu'il était « socialement intéressant » et partit jouer au poker avec Mr Borrodaile et le mécanicien. Les stewards enlevèrent le seau et épongèrent la moquette.

Oscar était, à beaucoup d'égard, quelqu'un d'assez humble. Mais il avait aussi ce trait caractéristique des dissidents qui se savent sauvés alors que tous leurs voisins sont damnés. Aussi, peu importe l'ascendant que Mr Borrodaile, par exemple, avait par rapport à lui, à la table du dîner, puisque Oscar se sentait, dans le secret de son cœur, « au-dessus de lui ». Et il était offusqué, offusqué au plus haut degré, qu'un tel homme puisse prendre l'escalier pour assister au spectacle de la mer phosphorescente, alors que lui, qui en savait plus que quiconque à bord sur le phénomène, ne le pouvait pas.

Il avait regardé le petit groupe monter l'escalier, comme il avait un jour regardé des mécréants chanter et danser au solstice d'été à Hennacombe. Il en avait été jaloux. Il avait été jaloux de voir de vieille femmes avec de grandes coiffes tourbillonner et rire, tandis qu'il devait rester caché derrière un arbre. Il avait éprouvé la même sorte d'émotion en regardant son père dans la mer. Même lorsqu'il avait peur de l'eau, même au moment où sa terreur atteignait son point culminant, il était fouetté, cinglé par la jalousie.

Il avait vu miss Leplastrier dans le pont promenade. Il lui avait fait signe, mais comme il était myope, il ne pouvait être sûr de sa réaction. Il ne supportait pas l'idée qu'il l'avait éloignée de lui. Il se disait qu'il s'était engagé sur l'honneur à entendre sa confession. C'était cela, et nullement ses grands yeux, ou sa jolie lèvre supérieure, il en était convaincu, qui le faisait se lever enfin de son canapé de peluche, pour regagner d'un pas hésitant sa cabine.

Il prit sa trousse de toilette, pleine de brosses, et son petit miroir dans le tiroir de cèdre. Il brossa avec énergie ses cheveux roux et rebelles en essayant de leur donner un air plus civilisé. Malheureusement, plus il les brossait, plus ils partaient dans tous les sens. Lorsqu'il eut fini ses préparatifs, le sommet de sa tête ressemblait aux feuilles d'un arbre pris dans la tempête. Il s'aperçut qu'il avait perdu son bouton de col et remit les choses en ordre. Il remarqua l'apparition d'une petite rougeur sur son nez. Il trouva un pot de porcelaine plein de pommade (servant à coller les cheveux), l'ouvrit, le renifla et le referma.

Il souleva le couvercle de la boîte à souder et en sortit le petit paquet avec la coiffe. Il l'enfonça dans la poche extérieure de sa veste. Cela ne diminuait en rien sa phobie. Il se mit alors en route en direction de l'escalier qui conduisait au pont promenade des premières classes. Là-haut, il demanda la cabine de miss Leplastrier d'un air si lugubre que le steward qui l'y conduisit ne pensa pas à une phobie mais à une crise spirituelle particulièrement aiguë.

56

Un leurre

Lucinda prit son jeu de cartes pour le battre. Le vernis en était intact, éclatant. Les encres de couleurs luisaient merveilleusement en dessous, comme des pierres colorées dans un aquarium. Debout devant la jolie table de noyer, elle se distribua une main de poker. Elle appuyait très fort ses cuisses contre le rebord de la table. Elle aligna les cinq cartes, puis en retourna une avec son ongle. Le roi de pique. Elle la retourna de nouveau. Ses mains étaient douloureuses. Elle les serra de toutes ses forces l'une contre l'autre. Elle fit le tour de la table et se plaça de l'autre côté des cinq cartes. Elle en distribua alors cinq de plus. Elle coupa le paquet et retourna un trois de carreaux. Debout, immobile, elle regardait la table. Si elle avait été assise à la place où les cartes suggéraient qu'elle devrait être, elle aurait pu regarder, au-dessus de l'épaule de son adversaire, la lueur du clair de lune sur la mer. Mais si elle avait effectivement joué, la mer n'existerait pas. Rien n'existerait que le petit monde en forme de sphère, ayant pour centre géométrique exact le paquet coupé.

Elle se dirigea vers son secrétaire. Elle s'y dirigea d'un pas assuré, qui ne donnait aucune place au rêve. Elle prit son sac dans un des tiroirs. Elle le porta sur la table. Elle en éparpilla le contenu — de gros pennies, des souverains épais, des billets d'une livre et un seul de cinq.

Elle contourna la table n'ayant plus aux pieds que ses bas.

A portée de voix des hommes jouaient aux cartes. Montrons-leur qu'ils ne sont pas seuls à s'adonner à cette passion. Elle tira un cordon, une corde tressée rouge, avec un gland doré au bout. C'était destiné à appeler le steward. Mais lorsque celui-ci arriva, ses yeux refusèrent de voir le beau leurre que Lucinda avait construit pour lui. Il quitta la cabine et revint avec un service à thé sur un plateau d'argent. Il n'évitait pas son regard, mais n'essayait pas non plus de rencontrer ses yeux. Il souhaita une très bonne nuit à la jeune femme.

Elle s'était ridiculisée deux fois dans la même journée.

57

La confession

Quand elle aperçut le révérend Mr Hopkins, debout sur le seuil de sa porte, la première chose qu'elle pensa, lorsqu'elle se mit à penser, fut ... les cartes. Elle les avait disposées comme un piège, mais sûrement pas pour lui, pour n'importe qui d'autre mais pas pour lui. Pourtant, il y avait eu un moment avant cela où elle n'avait pensé à rien du tout. Sa bouche faisait pendant à la porte ouverte.

Puis elle se dit : les cartes. Il ne fallait pas qu'il voie les cartes, ni l'argent, bien sûr. Il y avait des pièces, des billets, une coupure de cinq livres aussi blanche que le voile d'une mariée, un blanc d'une éclatante luminosité, telle celle d'un gardénia odorant dont la destinée est de lancer des appels vers des insectes à la démarche incertaine pour qu'ils l'aident à se reproduire sans qu'ils en soient conscients. Tout cela avait été imaginé pour capter l'attention, attirer le regard, mais certainement pas ce regard-là.

Elle se dit : Quel adorable visage. Le raffinement, la délicatesse extrême de ses traits s'imprimaient en elle. Elle ne se posait pas — pas encore — de questions à propos du bien-fondé de cette visite, de la présence d'un homme dans sa chambre, sans aucun chaperon. Cela viendrait plus tard, en amenant l'angoisse, comme la chaleur d'un whisky chaud. Elle avait totalement oublié le désir qu'elle avait exprimé de se confesser. Elle ne voyait maintenant que l'homme particulièrement agréable qu'elle avait craint d'avoir éloigné à cause de son impétuosité.

« Entrez, je vous en prie. » Ce furent les seuls mots qui furent à cet instant prononcés. Elle essaya de le conduire dans la partie circulaire de la cabine, le plus loin possible du jeu de poker. Elle pensait lui montrer la luminescence de la mer. On lui avait donné gentiment une cabine avec « une vue panoramique ». Lucinda voulait se servir de ce détail pour mettre en branle la conversation. Mais le pasteur tournait le dos aux hublots avec une sorte d'obstination. Il se déplaçait tel un crabe, en direction du côté opposé. En aveugle, il trouva son chemin jusqu'au fauteuil placé précisément près de la table qu'elle ne voulait pas qu'il voie.

Prise de panique, terrorisée à l'idée que son vice fût découvert, elle ne songeait pas à ce qu'il y avait d'étrange dans son attitude. Elle remarquait bien la sueur sur son front, mais n'en comprit la signification que bien plus tard, lorsque cette visite fut terminée. Elle trouvait bizarre qu'il ne s'excusât pas d'être déjà assis alors qu'elle était encore debout. « Vous devez m'excuser, dit-il en échange, de ne pas être venu plus tôt. »

Elle sourit et inclina la tête. Elle restait debout, afin que les yeux du pasteur, qui devaient se lever pour la regarder, ne risquent pas de tomber sur la table qui se trouvait devant lui. Il l'avait déjà vue. Il devait déjà l'avoir vue. Et pourtant, on aurait dit qu'il n'en était rien. Mais que raconte-t-il ? De venir plus tôt où ? Sur le pont ? Elle se demandait si elle ne pourrait pas trouver une pièce d'étoffe à jeter sur la table.

« Voyez-vous, dit-il, je suis atteint d'une phobie en relation avec l'océan. C'est quelque chose dont je souffre depuis ma plus tendre enfance. Mon père est naturaliste et était sans arrêt plongé dans l'eau. Et moi avec lui, quand j'étais gamin.

— Je vois », dit-elle. Elle ne voyait rien du tout. Oscar suait, s'agitait sur son siège, mais Lucinda ne le remarquait pas. Elle était comme quelqu'un qui entend parler espagnol là où il se serait attendu à entendre du grec. Le pasteur avait ramassé une carte sur la table et jouait avec elle.

« En tout cas, cela m'a rendu les nerfs malades, exactement comme ceux des personnes atteintes de vertiges. Aussi, pour vous accompagner sur le pont ce soir ou pour venir ici avec toutes ces vitres — pour entendre votre confession — eh bien, je craignais que ce ne fût au-dessus de mes forces. »

Mais elle ne pouvait sûrement pas se confesser à lui. Elle désirait par-dessus tout qu'il ait une bonne opinion d'elle.

« Ni Mr Smith ni Mr Borrodaile, dit-il, n'est au courant. Franchement, je préférerais que les choses continuent ainsi. Mais je vous dois des excuses pour ne pas avoir répondu plus tôt à votre demande de confession, alors que, comme vous le voyez, j'étais libre à tout moment. »

Mais il était hors de question qu'elle puisse se confesser. Elle aurait aimé qu'il repose la carte sur la table. (Sûrement il savait ce que c'était.) Elle répéta ce qu'elle avait entendu dire par George Lewes, en multipliant toutefois par dix le débit de ce personnage à l'élocution remarquablement lente. La reine avait prié avec les presbytériens à Crathie et s'était enflammée à propos des dangers des génuflexions et de la confession. Donc, finalement, ce ne serait pas sage de se confesser.

« Oui, oui, dit-il, la reine. Et pourtant, voyez-vous (et comme il agitait ses jambes sous la petite table on entendait distinctement cliqueter les pièces de monnaie), cela ne suffit pas. Car voyez-vous, l'Église d'Angleterre a ce sacrement écrit dans son Rituel. Il faudrait plus que la reine, plus que Notre Seigneur — il faudrait un décret du Parlement — pour le supprimer. Je ne défends pas cette manière de codifier les choses, miss Leplastrier, mais vous pouvez vous confesser comme vous le désirez, sans risquer un seul instant d'être hérétique. »

Oscar avait un minuscule livre de prières, de dix centimètres de long et de sept de large. Il en tournait les pages avec dextérité, comme s'il recevait des confessions chaque jour.

Lucinda était maintenant prise de panique. Elle ne pouvait se confesser à ce jeune homme. Elle voyait ses poignets — de longues allées blanches conduisant à de fort belles mains — et un petit bout de tibia contusionné, qui apparaissait entre la chaussette froissée et le bas du pantalon. Le pasteur avait un visage en forme de cœur, comme un ange dans une peinture de Dante Gabriel Rossetti. Elle ne pouvait se confesser à lui et pourtant les choses avaient déjà commencé. Le pasteur grasseyait légèrement en prononçant les voyelles, un accent qui venait de l'ouest. Quant à Lucinda, elle avait perdu sa voix.

Pourtant, il lui fallait parler. Elle entendit des exclamations, dehors, sur le pont. C'étaient les Belges qui appelaient leur loulou de Poméranie. Elle s'agrippa au dossier du fauteuil. Elle se rendait compte qu'elle avait une toute petite voix. Elle regarda la chaussure, le tibia du pasteur qui sortaient du dessous de la table, comme une branche. La chaussure sautillait. Elle ne s'accordait pas du tout au sacrement. Mais quand Lucinda leva la tête et vit les cheveux du pasteur, des cheveux qui ressemblaient à ceux des anges, et ses yeux gris-vert, tranquilles et limpides, elle se confessa. Elle chuchotait si légèrement qu'Oscar dut se pencher pour l'entendre.

C'était juste un filet de voix argentée, qui se serait accordé parfaitement avec un dé à coudre, mais qui ne correspondait pas aux choses qu'on disait. La chaussure s'arrêta de sautiller. La pénitente avait baissé les paupières. Elle parlait rapidement, tout bas, avec une sorte de précipitation cascadante.

Elle disait qu'elle s'était rendue dans Drury Lane, dans le but de jouer au fan-tan. (Bien qu'elle ait fui lorsqu'elle avait vu ce que c'était.)

Elle dit qu'elle avait joué aux dés dans un train plein de « turfistes » et que, si elle n'était pas allée au courses, elle était montée dans ce train parce qu'elle avait lu que de telles choses s'y passaient. Elle y était montée expressément pour jouer aux dés. On lui avait demandé d'ailleurs de renoncer à jouer parce que son sexe, apparemment, dérangeait les habitués.

Elle avait tenté de persuader Mr Paxton de l'emmener voir un combat de coqs.

Elle avait écouté frauduleusement les conversations des stewards. Elle avait disposé des cartes sur une table, dans sa cabine, pour qu'elles servent d'appât. Elle avait désiré jouer au poker.

Il y avait d'autres péchés, mais son confesseur les entendit à peine. Il était assis la tête inclinée, essayant de calmer les furieux battements de son cœur. Il joignit les mains et les serra violemment entre ses cuisses. Il poussa un grognement.

Lucinda entendit le bruit. Elle était assise la tête penchée, n'osant pas le regarder. Elle attendait l'absolution. Elle entendit un autre bruit étouffé, à la signification douteuse. Elle se dit : Il ne sera plus mon ami désormais. Elle ferma les yeux pour essayer d'éloigner toute pensée temporelle, les ferma si fort que de petits points lumineux commencèrent à danser sur le fond noir de sa rétine.

Quand Oscar essayait d'avoir de bonnes pensées, il faisait venir à son esprit l'image de son père. C'est ce qu'il fit maintenant. C'était cela qui l'avait fait grogner — la solitude qu'il avait imposée à cet homme aimant et grave.

Les voix des stewards arrivaient par les ventilateurs, mais ni Lucinda ni Oscar n'écoutait.

Le pasteur ne lui donnait toujours pas l'absolution.

« Cette partie de dés que vous avez faite dans le train, demanda-t-il, était-ce les dés hollandais ? »

Lucinda leva les yeux rapidement. Mais la tête du pasteur était toujours inclinée et légèrement tournée vers son épaule droite. « Oui, en effet, dit-elle. Nous avons joué aussi à un autre jeu.

— Au quatre Anglais, peut-être. »

Lucinda sentait des taches de rougeur envahir son cou. « En Nouvelle-Galles du Sud, dit-elle, on appelle ça le septième homme. »

Ses sentiments étaient diffus, flous comme ces rougeurs qui vous montent soudain aux joues, provoquées par le sang et la chaleur.

Oscar ne parvenait pas à garder nette l'image de son père. Une sorte de joie insouciante — quelque chose sans forme définie, semblable à un brouillard, à un courant électrique — remplaça les pensées saintes et simples.

« Et qui était-ce, demanda-t-il, déjoignant les mains pour les poser sur la table, qui fournit le peter ? »

Lucinda Leplastrier inclina la tête sur une épaule. Elle ouvrit les yeux. Son confesseur avait un visage neutre, un visage neutre qui ne l'était pas tout à fait à cause de la légère compression des lèvres.

Lucinda plissa ses yeux vers. « Le peter ?

— Vous ne connaissez pas ce mot ? »

Lucinda regardait la bouche du pasteur. Elle n'était pas très sûre de ce qu'elle y lisait. « Si, dit-elle avec prudence. Si. Je pense qu'il m'est assez familier.

— Je le pensais aussi », dit Oscar Hopkins. Il referma le petit livre de prières et l'enfonça dans la poche qui contenait la coiffe. Quand sa main toucha le petit paquet, il se souvint de l'océan qui se trouvait derrière son dos. Cela ne lui fit sentir rien de plus qu'un picotement dans la colonne vertébrale.

« Et ces termes, Mr Hopkins, vous sont-ils également familiers ?

— J'en ai peur », dit-il avec sur le visage un sourire lumineux et heureux.

Lucinda sourit aussi, mais avec moins d'assurance. « Mr Hopkins, ça n'est réellement pas convenable. »

Oscar prit un mouchoir dans la poche de sa veste pour essuyer tout d'abord ses mains moites et ensuite la sueur de front. « Oh, vraiment ? dit-il. Je ne le pense pas du tout. » Il paraissait très content de lui.

« Mais vous ne m'avez pas donné l'absolution.

— Pour quel péché ? »

Elle était retournée, moins par ce qu'il disait que par le soudain changement d'humeur qui s'était emparé de lui. Il prononçait ses mots avec une sorte de passion querelleuse, tout à fait étrangère à sa personnalité. Ses yeux s'étaient durcis. Il fit un geste saccadé en direction des cartes — ah ! il les avait donc vues — placées devant lui. « Toute notre foi, miss Leplastrier, repose sur un pari. Nous parions — tout cela est très sagement expliqué dans Pascal, même si la reine d'Angleterre peut trouver ce raisonnement peu presbytérien — nous parions qu'il y a un Dieu. Nous jouons notre vie là-dessus. Nous calculons les chances, les gains, nos possibilités de nous asseoir au milieu des saints au paradis. Nos doutes concernant notre pari nous réveilleront avant l'aube couverts de sueur froide. Nous sautons du lit pour nous agenouiller, même au beau milieu de l'hiver, et Dieu nous voit, nous voit souffrir. Et comment ce Dieu peut-il, un Dieu qui nous voit prier à côté de notre lit... » Ses mains continuaient d'avoir des mouvements saccadés. Il y avait une sorte de passion sauvage chez lui et ses yeux, au milieu de ce visage au menton pointu, reflétaient la lumière des lampes électriques. Lucinda sentait se dresser ses cheveux sur sa nuque. Ses paupières s'abaissèrent. Si elle avait été une chatte, elle se serait mise à ronronner.

« Je n'arrive pas à croire, dit-il, qu'un tel Dieu dont l'exigence fondamentale vis-à-vis de nous est de jouer notre âme mortelle à chaque seconde de notre existence temporelle... c'est parfaitement vrai ! Nous devons jouer à chaque instant de la mince portion de vie qui nous est allouée. Nous devons tout miser sur le fait improuvable de Son existence. »

Lucinda frissonna. Ce n'était pas un frisson désagréable, il n'était pas non plus causé par le froid. Il y avait beaucoup de raisons à ce frémissement involontaire dont la moindre n'était pas la certitude que son vice ne lui ferait pas perdre l'amitié du pasteur. Mais il était également provoqué par une sorte de reconnaissance : elle se voyait reflétée en lui, elle percevait soudain chez lui comme chez elle cette passion froide des joueurs — quelque chose d'inflexible, de violent même, qui ne voulait pas être renié. Elle était également bouleversée bien sûr en découvrant que son confesseur dépréciait la valeur de sa confession, comme s'il avait tiré la nappe sous les assiettes du déjeuner. Cela relevait son émotion, alors même qu'elle en jouissait, qu'elle la célébrait, d'une petite touche de colère. Mon arrière-grand-père développait son argumentation vitale comme un horloger angélique aux cheveux ébouriffés, qui se débat avec de minuscules engrenages, des ressorts rebelles, vérifiant chaque partie, chaque fonction, avant de l'insérer dans la structure miroitante de ses croyances.

« A tout moment », dit Oscar en dressant l'index pour attirer l'attention de Lucinda sur le rire gras qui arrivait du ventilateur.

« Vous voyez », dit-il avec un air de triomphe, comme s'il avait attrapé le rire, comme si celui-ci était la clef de tout, comme s'il l'avait attrapé comme on attrape une sauterelle, en plein vol, en souriant comme si l'objet du miraculeux exploit lui chatouillait la paume de la main.

« Vous voyez. Nous n'entendrons plus jamais cet homme rire de cette manière. Cet instant est passé pour toujours. »

Il n'aurait été évident pour personne qu'Oscar Hopkins était ce jeune homme qui avait juré de renoncer au jeu, maintenant qu'il n'en avait plus besoin. Son point de vue était non seulement défendu avec passion, mais semblait également profondément ancré dans ses pensées. En tout cas, même si l'on n'était pas d'accord avec lui, on ne pouvait ignorer sa conviction.

Lucinda ne se doutait pas qu'elle avait été le témoin d'un discours plaidant coupable. Elle pensa à un tas de choses, mais sûrement pas à ça. Elle se disait : Quel homme unique et merveilleux. Elle se disait qu'elle ne devrait pas rester seule avec lui dans sa cabine. Elle se disait qu'ils pourraient jouer aux cartes. Elle se disait : Je pourrais me marier, non pas avec lui, bien sûr pas avec lui, mais avec quelqu'un lui ressemblant. Son âme était soudain d'une extrême légèreté.

« A chaque instant », dit-il.

Elle avait l'impression de le connaître. Elle imaginait fort bien non seulement sa passion dans la recherche du salut, mais également sa crainte de la damnation. Elle voyait la peur qui le saisissait « avant l'aube ». Elle regardait dans un miroir qui était aussi une fenêtre grande ouverte.

« Qu'un tel Dieu, dit Oscar, connaissant nos angoisses et nos tremblements d'espoir, tandis que nous parions... » Il s'arrêta alors de parler pour regarder avec émerveillement ses mains qui tremblaient. Ce tremblement était provoqué par la ferveur de ses croyances au moment où il les exposait, mais il y avait aussi une autre sorte d'excitation en œuvre, une excitation due au visage ouvert et admiratif de miss Leplastrier. « Qu'un tel Dieu puisse regarder sans indulgence quelqu'un qui risque quelques billets sur les chances d'un animal obtus de passer en tête une ligne d'arrivée, n'est pas possible, à moins (et alors ses lèvres s'entrouvrirent pour laisser passer un sourire de plaisir causé plus sûrement par le visage admiratif de Lucinda que par la nouvelle pensée qui venait juste à cet instant de lui traverser l'esprit) à moins — personne n'a jamais émis une telle supposition — à moins qu'on puisse considérer comme blasphématoire d'utiliser pour des plaisirs vulgaires ce qui est par essence de nature divine.

— Mr Hopkins, dit Lucinda en venant finalement s'asseoir, nous ne devons pas mettre nos âmes en danger avec des chimères. »

Elle aussi avait l'air sincère. Mais elle non plus n'en croyait pas un mot — il n'y avait rien qu'elle chérissait autant que de bâtir des chimères. Elle accordait énormément d'importance aux chimères et n'avait pas l'habitude d'utiliser ce mot d'une manière péjorative. Le Crystal Palace, ce bâtiment qu'elle admirait par-dessus tout, n'était rien d'autre qu'une sorte de chimère. Il y avait des idées de cet ordre, les équivalents philosophiques des grandes cathédrales d'acier et de verre. Elles étaient sa passion. Elle les gardait secrètement enfoncées au plus profond d'elle-même.

« Non, ce n'est pas une chimère », dit Oscar.

Il ramassa les cartes pour refaire le paquet. Ce n'était pas son intention de jouer avec elle. Ce fut Lucinda qui proposa une partie. Mais plus tard, lorsqu'elle connut mieux Oscar, elle avoua qu'elle ne l'avait fait que parce qu'elle pensait que tel était son désir.

58

Une réputation

C'était déjà un scandale. Mr Smith, Mr Borrodaile, Mr Carraway, Mrs Menzies, Mr et Mrs Johnston étaient au courant. Les stewards aussi, bien sûr, car ils étaient non seulement des juges, mais aussi des corps conducteurs. Ils portaient la nouvelle d'une classe à l'autre et même dans les entrailles d'acier rivetées du navire, sans atteindre pourtant le jeune Master Smiggins (dont le travail consistait à préparer le cheptel en vue de l'arrivée de la tempête). Il savait qu'une dame avait « perdu sa réputation », mais il l'avait appris par Clemence, l'apprenti-mécanicien au long nez. Il ne savait pas que c'était « sa » dame, celle pour qui il avait projeté de travailler.

« Elle a été culbutée. Elle l'a perdue, dit Clemence, qui avait peur des animaux.

— Quoi ? demanda Master Smiggins.

— Sa réputation. Je te l'ai dit, non ? Tu piges ?

— Bien sûr. J'ai une sœur, quoi ? Maintenant, tire-toi. Je dois m'occuper de mes animaux et la mer commence à se soulever.

— C'est pas tes fesses qui vont se soulever », dit Clemence, en reculant pour se préparer à courir.

Master Smiggins donna un coup de pied à la femelle du lama, dans l'arrière-train, pour la faire rentrer dans sa cage qu'il ferma ensuite avec des courroies.

« La voilà bien bordée, dit-il. Elle ne peut pas tomber du

lit, quoi qu'il arrive. » Il alla alors s'occuper du mâle. « Toi, ne fais pas d'histoire ». Il regarda autour de lui. Clemence était parti. « Perdu sa réputation », dit-il. Il avait un bâton pour aiguillonner le lama.

« Bien sûr, dit-il. Bien sûr que j'ai foutrement pigé ».

59

Tu commandes à la mer déchaînée

Lucinda aimait jouer au poker sur une table recouverte d'une couverture de laine grise. C'était, bien sûr, ainsi qu'elle avait joué pour la première fois au cribbage dans la maison de Mr d'Abbs. Durant ses longues nuits pleines de vent, seule dans sa maison louée de Longnose Point, elle étendait parfois une couverture sur la toile cirée de sa table de cuisine, afin de faire une réussite. Ça la réconfortait de boire du thé, de tisonner la grille du poêle, de sentir le doux lainage sous les cartes glissantes. Elle n'éprouvait pas la même chose devant les tables des salles de jeux. Elle aimait les maisons de jeux, aucun doute là-dessus, mais c'était une tout autre sorte d'« affection », que celle qu'elle avait pour une table recouverte d'une couverture grise, comme celle de chez elle ou de la maison de Mr d'Abbs. Les tables, dans les maisons de jeux, étaient froides, glissantes. C'était un plaisir glacé, un frisson de danseuse audacieuse, un sourire énigmatique, ou une paire de souliers vernis.

Dans sa cabine, seule avec le jeune pasteur, Lucinda tira une couverture de son lit et la jeta sur la petite table. Elle savait que ce geste n'était pas convenable, mais elle ne voulait pas se sermonner à ce sujet. Il fallait bien préparer la partie. Elle se mettrait des œillères. S'il était choqué, elle ne le regarderait pas. Elle mettrait chaque chose en place. Elle prit une petite lampe couleur d'ambre et la posa sur un des côtés de la table.

Elle pensait : Seule dans ma chambre à coucher avec un pasteur.

« Et voilà », dit-elle. Elle ne pouvait se décider à lever les yeux vers lui. Elle posa sa main à plat sur la couverture. Elle s'était rongé les ongles. Elle cacha cette faiblesse sous la paume de sa main.

« Et voilà », répéta-t-elle en le regardant hardiment dans les yeux.

Son visage ne ressemblait pas à ce qu'elle avait imaginé. Elle l'avait reconstruit dans sa tête, l'avait fait long, sévère, ironique, alors qu'en réalité il était doux, ravissant, avec des yeux de biche qui la regardaient derrière de longs cils.

« Allons-nous jouer ? » demanda-t-il.

Lucinda rougit.

Ils jouèrent de petites sommes.

C'était un jeu étonnamment calme. Lucinda aurait bien pu ne pas le remarquer, si elle n'avait pas su que son partenaire était habituellement d'une extrême nervosité : il donnait des coups de pieds, frottait ses chaussures l'une contre l'autre, se tortillait sur son siège. Elle l'avait senti remuer ainsi près d'elle au déjeuner, elle avait senti l'étonnante vitalité de son corps passer dans le bois de la table, dans les pieds de sa propre chaise. Mais maintenant, elle découvrait son calme, sa concentration. Ce n'était pas une tranquillité froide, ça ne ressemblait en rien à un masque figé aux yeux morts, comme ceux des statues, que la plupart des hommes se collent sur le visage pour jouer au poker. Ce jeune homme ressemblait plutôt à un violoncelle, à un violon. Il était attaché par des cordes, tel Ulysse à son mât.

Elle perdait. Elle se sentait le cœur léger, un sentiment aérien, semblable aux ailes d'une libellule. Il en était toujours ainsi lorsqu'elle perdait. Elle éprouvait après coup une telle impression de culpabilité et de peur, qu'elle ne se doutait pas qu'elle aimait perdre. Pourtant, cette sensation de légèreté arrivait toujours lorsqu'elle perdait. Un jour, en voyant la carcasse d'une sauterelle dévorée par les fourmis, dont il ne restait que la forme délicate, parcheminée, elle avait reconnu, dans cette adorable enveloppe creuse, l'incarnation des sentiments qu'elle éprouvait lorsqu'elle perdait.

Elle perdait son argent comme une fleur ses pétales. Un

penny, un autre penny, une pièce de trois pennies. Mr Hopkins jouait un poker absolument exquis. Elle le complimenta comme une autre femme aurait pu tourner un compliment à son valseur. Elle était assise le dos bien droit et tenait dans sa main ses cartes soigneusement rangées. Elle avait déjà perdu un souverain, mais elle ne désirait pas en rester là. Elle savait que son voyage ne pouvait plus maintenant qu'être parfait. Elle se sentait heureuse.

A une heure et demie, le bateau commença à être le jouet du vent. Lucinda sentit que c'était le début d'une longue et forte tempête. Le *Leviathan* émettait des bruits qui lui faisaient penser à un pianiste faisant craquer ses jointures. Elle reliait les mouvements du bateau à son idée du bonheur.

Elle sourit à Oscar. Il lui rendit son sourire. Il posa sa cheville gauche sur son genou droit. Il agita un peu le pied, mais sans heurter la table, de sorte qu'elle ne remarqua rien.

A deux heures trente, le jeu avait de nouveau pris une nouvelle direction. Oscar attaqua, bluffa avec succès, durant trois levées de suite. Il respirait maintenant la bouche ouverte. Il y avait des gouttes de sueur sur son front, mais Lucinda pensait qu'elles provenaient de l'excitation apportée par le jeu.

Il fit remarquer que le bateau, bien que fort grand, semblait remuer exactement comme une frêle embarcation. Il fit également une réflexion sur la taille de la mer. C'est une chose tellement grande, dit-il. « Qui a pu mesurer les eaux dans le creux de sa main, mesurer le ciel avec son empan, rassembler les poussières de la terre dans une mesure et peser les montagnes et les collines dans une balance ? » Il sourit en montrant la rangée parfaite de ses dents du bas.

Elle sourit aussi. Elle n'avait aucune idée de l'étendue de sa phobie.

Il fit monter les enchères. Une couronne pour voir. Il y avait un tremblement dans sa voix que Mrs Williams aurait bien volontiers expliqué.

Le jeu avait changé. Il n'avait plus rien de calme et de tranquille. Lucinda ne jouait plus avec le dos bien droit. Elle se penchait en avant. Elle se frottait le cou. Elle faisait, rien que par ce simple geste, apparaître des rougeurs sur sa peau.

Oscar était pâle. Sa chaussure heurtait le pied de la table.

Lucinda ne s'en souciait pas le moins du monde. Il avait déjà gagné deux livres et cinq shillings. Elle augmenta les enchères. Elle se sentait légère, presque ivre. Elle avoua son bonheur à voix haute. Elle remarquait à peine le tangage du bateau. Son carton à chapeaux glissa de l'étagère et un vase de fleurs artificielles — laissé imprudemment sur un coin de table — roula et glissa par terre sans se casser.

Il était trois heures vingt-trois. Une première grosse vague balaya le pont. Ils se retournèrent (« Hou », fit Oscar) pour voir la suivante. Sa crête blanche se dressa au-dessus d'eux, comme un fantôme dans la nuit.

C'était effrayant. Lucinda trouvait ça effrayant. Elle fit sottement un petit commentaire et se retourna vers son partenaire. Celui-ci, le visage vert de terreur, la bouche ouverte, recroquevillée sur la table, essayait de ramasser les cartes sans les regarder. Il ne les prenait pas comme l'aurait fait un joueur, mais comme un sauvage. Il les entassait dans sa poche. Il émettait un bruit répétitif — « Hou là, hou là, hou là, hou là », qui semblait venir du fin fond de sa gorge, du haut de son ventre.

Une vague s'écrasa sur le pont. Oscar pouvait sentir son poids à l'intérieur de ses organes vitaux.

« Hou là, hou là, hou là. » Il fourrait de plus en plus de cartes dans sa poche. Lucinda était furieuse contre lui. C'étaient des Wetherby Supremes de chez Hare dans Old Bond Street.

'« Je vous ai fait sortir du droit chemin », dit-il. Il s'était redressé maintenant, se tenant au rebord de la table. Il ne la regardait pas. Il prit un petit paquet enveloppé de papier dans sa poche. En le tirant, il fit tomber un tas de cartes froissées.

Le paquet, bien sûr, était sa coiffe.

Le bateau se cabrait, puis retombait si bas qu'Oscar sentait ses entrailles descendre à leur tour, lorsque la chute était terminée. On n'aurait jamais pensé qu'un si grand bâtiment pût être secoué de cette sorte.

Sur le pont, il fallut dix hommes pour maîtriser cette bête en furie.

Malgré le tapage (craquements, hurlements, portes claquées), Lucinda entendait sonner des cloches.

Oscar dit : « Il faut me pardonner. »

Le vase passa en roulant devant les pieds de Lucinda. Elle eut le temps de se dire qu'une chose aussi laide ne se casserait probablement pas, qu'elle resterait même sûrement intacte dans un naufrage, alors que tout ce qui était beau et utile finirait au fond de la mer. Elle ramassa le vase. Elle le tint sur ses genoux. Le pasteur se frappait les cuisses avec ses poings fermés.

« Oui, hurla-t-elle, bien sûr que je vous pardonne. »

Mais elle ne comprenait pas vraiment de quoi il s'agissait. Elle ne reliait pas les deux choses, les cartes et la tempête. Il ne lui venait pas à l'esprit que l'une puisse être la cause, et l'autre, la conséquence. Il ne lui était pas possible de penser d'une manière aussi primitive. Comment aurait-elle pu deviner qu'un homme qui savait que la phosphorescence est produite par des méduses puisse aussi croire que cette tempête était un signe de Dieu.

Mais Oscar savait qu'il n'aurait pas dû jouer simplement pour le plaisir. Il savait que sa plaidoirie en faveur du jeu avait déplu à Dieu. Il savait qu'il avait entraîné la jeune femme dans les voies du péché. Les vagues fouettaient l'avant du bateau. L'eau déferlait sur le plus haut des ponts. Le puissant *Leviathan* se cabrait, puis roulait devant la falaise d'eau, soulevée par la tempête.

« Oh mon Dieu, dit Oscar, j'ai peur. »

Les hublots pouvaient être ouverts à l'aide d'une petite manivelle. Oscar serra sa coiffe sur sa poitrine et commença à faire une maladroite escalade dans cette direction. Puis, il se redressa et regarda en face le trou noir de la mer, tandis qu'il s'obligeait à faire la chose qu'il craignait le plus — tourner la manivelle.

Lucinda pensait qu'il avait envie de vomir. Elle s'avança en vacillant sur le sol en pente, afin de l'aider. Et alors elle découvrit ce qu'il faisait. Il jetait ses Wetherby Supremes par la fenêtre, glissant les valets et les reines comme des missives dans une boîte aux lettres.

« Non », hurla-t-elle dans son oreille. Elle essaya d'attraper ses mains pour les écarter du hublot. Les lèvres du pasteur remuaient. Ses yeux étaient clos. Elle lui griffa le dos de la main, mais ne parvint pas à l'arrêter. Elle réussit à sauver un deux de trèfle et un cinq de carreau. Ses sentiments étaient confus — colère, sympathie et inquiétude. Il se tourna pour la regarder et elle vit que ses yeux n'arrivaient plus à se fixer. Il s'accrocha à elle. Effrayée, elle recula d'un pas. Il tomba évanoui à ses pieds.

Elle ne savait pas à quel point il était malade. Elle n'était même pas certaine de ce qui venait d'arriver. Elle prit son pouls puis aurait probablement desserré son col si elle avait su comment s'y prendre. Elle essaya de trouver le bouton, mais le cou était d'une tiédeur par trop intime. Ce n'était pas bien d'être en colère, mais elle l'était à cause de ses cartes, à cause de la couverture qu'il avait arrachée à la table. On aurait dit que la pièce avait été le théâtre d'une horrible turpitude. Lucinda ramassa l'argent et la couverture. Elle fut projetée contre le mur à deux reprises. Elle remit la couverture sur son lit et la tendit aussi bien qu'elle put.

Elle devait appeler le médecin de bord, mais il était quatre heures du matin. Sûrement le pasteur allait se réveiller dans un instant. Elle s'assit et attendit.

Oscar s'éveilla effectivement, mais il n'était pas capable de quitter la cabine de la jeune femme sans aide. Elle dut donc faire appel à deux stewards juste avant l'aube. C'était la partie peu enviable de leur métier. Le bateau roulait et tanguait à un point extrême. Il était donc particulièrement difficile, d'emprunter l'escalier, de marcher, en portant cet homme aux membres raides de la cabine de la célibataire au pont promenade des deuxièmes classes. Pourtant il fallait bien le ramener chez lui pour le fourrer au lit.

60

Du Cap à Pinchgut

Mr Borrodaile avait été le témoin de la scène, du moins c'est ce qu'il revendiquait, car il put au petit déjeuner, le lendemain matin, faire un tableau extrêmement détaillé du scandale au profit d'un Mr Smith dont le teint cireux était dû au mal de mer.

Le capitaine aussi rendit visite à Lucinda et il est fort possible que ses manières aient été influencées par la découverte que son grand bateau se comportait fort mal par gros temps. Un de ses timoniers se trouvait à l'infirmerie, le bras cassé. Quoi qu'il en soit, il prit une attitude guindée et malveillante qui, se dit Lucinda, ressemblait à celle d'un vendeur de gants de chez Harrod qui sent qu'on ne devrait pas l'obliger à servir des coloniaux.

Lucinda était blessée bien sûr, mais elle pouvait le supporter. Elle endurcit son cœur vis-à-vis de tous les passagers, en dehors de Mr Hopkins, et se prépara à attendre le rétablissement de ce dernier. Elle espérait, bien évidemment, que le pasteur s'excuserait. Elle rêvait du moment où elle lui dirait, avec sincérité, qu'il n'y avait rien qui vaille la peine qu'on s'excuse. C'était le capitaine qui aurait dû s'excuser, et si elle en avait eu le pouvoir, elle l'aurait obligé à le faire. Il y avait chez elle, dans son caractère, quelque chose de vindicatif dont elle était consciente et aussi très fière. Tout d'abord ç'avait été une toute petite chose mais celle-ci s'était enflée grâce au combustible apporté par des hommes tels que le capitaine et ce Borrodaile ricaneur. Elle avait rencontré ce dernier avec un suroît sur la tête. Il était sur la dunette glissante et instable accompagné de son espèce de laquais, qui avait un sourire grimaçant sur le visage.

Après cet incident, elle ne retournerait plus sur le pont. Elle n'était pas libre non plus de chercher à voir Mr Hopkins elle-même. Et si la visite du pasteur ne pouvait en aucune sorte rétablir sa réputation, au moins celui-ci pourrait-il lui offrir son soutien et son amitié.

Le temps resta mauvais tout le long des côtes d'Afrique. Et même si Lucinda comprenait que cette perturbation atmosphérique puisse retenir Mr Hopkins chez lui, il n'en restait pas moins que lorsqu'elle eut passé cinq jours prisonnière dans sa cabine, elle se mit à sentir qu'elle méritait de réelles excuses.

Il ne vint pas.

Elle prenait ses repas dans sa cabine qui, sans doute, pour compenser tous ces ciels gris et ces mers vertes semblables aux pupilles d'un chat, était très désagréablement chaude. Elle descendit à terre au Cap et dut supporter les claquements de langue pharisaïques de Mrs Penhaligon (la femme d'un fermier de Cornouailles). Malheureusement, elle ne réussit pas pour autant à apercevoir Mr Hopkins.

Après le Cap, le temps se gâta de nouveau et Oscar resta hors de vue, claquemuré et gémissant dans sa cabine, le visage verdâtre. Il était servi par un steward au nom comique de Cotécu. Il serrait sa coiffe entre ses doigts, continuellement, si bien que celle-ci devint bientôt, sous l'effet de la nervosité et de la transpiration, quelque chose de particulièrement déplaisant à regarder. Il ne pouvait avaler que du bouillon et du pain grillé. Il lisait sa Bible lorsque ses yeux acceptaient de supporter le sautillement des lettres. Il priait. Il promettait à Dieu de ne plus jamais jouer.

Mon arrière-grand-père ne parvint à sortir de sa cabine que lorsque les canons de Pinchgut saluèrent l'entrée du gros navire dans le port de Sydney. Lucinda Leplastrier, qui en avait enfin fini avec le voyage le plus désagréable de sa vie, aperçut le jeune pasteur assis au centre géométrique du bateau, sur un canapé rouge en peluche, dans le pont promenade des deuxièmes classes.

Il leva la tête et sourit, mais Lucinda avait attendu si

longtemps ce sourire que, lorsqu'il arriva, il ressemblait à quelque chose qui l'aurait hantée durant un accès de fièvre. Il produisit un effet désagréable, il évoquait les convulsions tyranniques d'une maladie à laquelle on a fini par échapper.

61

D'un principe en affaires

Posséder une affaire c'est comme avoir de la volaille. On ne peut partir et la laisser indéfiniment aux soins des voisins. On peut acheter une mangeoire automatique, il y en a de très bonnes sur le marché, on en voit souvent la réclame dans les pages du *Weekly Times*. On peut faire en sorte qu'un ami ou un voisin « jette un œil », pour un soir ou deux, et rien de désagréable ne se passe. Mais n'espérez pas pouvoir partir six mois ou un an en vous attendant à retrouver vos poules en parfaite santé. Elles auront des poux, la pépie, l'eau sera tarie, votre meilleure pondeuse aura été tuée par un chien, et votre coq blessé par un renard. Cette liste n'a nullement l'intention d'être exhaustive et ne peut servir que d'indication. Le point important, en tout cas, c'est qu'il n'est pas possible d'agir de cette manière. Si vous avez envie de voir Venise, Florence, le Vieux Monde, alors, commencez par manger votre volaille ou vendez-la. Vous saurez alors que, la pire chose à laquelle vous puissiez vous attendre à propos de votre poulailler sera de le retrouver à votre retour, envahi de mauvaises herbes.

Lucinda ne savait pas cela. Ou si elle le savait, elle fit en sorte de croire qu'elle ne le savait pas. Elle partit pour Londres, dans l'intention de se marier (et bien qu'elle en eût réellement l'envie, elle pensait — Dieu sait comment — revenir. Elle imaginait un certain type de mari qui rendrait cette chose possible.) Elle pensait aussi pouvoir quitter l'Australie pendant un an et confier les ateliers du Prince Rupert à des tiers. Remarquez le pluriel. Cela aggravait le problème, car s'il y a quelque chose de pire que de laisser son affaire aux soins d'un tiers, c'est de la laisser entre les mains de deux tiers, et s'il y a quelque chose de pire que deux tiers, c'est de prendre ce que finalement choisit Lucinda Leplastrier. Elle laissa la direction de son affaire à trois personnes, dont une seule avait une expérience pratique du verre.

Il est vrai que le pasteur de Woollahra avait certaines connaissances sur la compositon chimique du verre, mais il était le dernier à se prendre pour un industriel. Il partageait avec Wardley-Fish une aversion pour la saleté. Il ne pouvait supporter d'en avoir sur les mains. Il n'aimait même pas être dans un endroit — par exemple l'école minable où il allait prêcher le lundi matin toutes les trois semaines — où d'autres personnes en avaient sur les mains. Lorsqu'il était dans les ateliers de la verrerie, il ne pouvait se concentrer.

Si Dennis Hasset s'était imaginé réellement responsable de la bonne marche des ateliers il se serait — car c'était un homme consciencieux — déclaré incompétent. Mais il savait que Lucinda avait également demandé à son comptable, Mr d'Abbs, du cabinet d'Abbs et Fig, de s'occuper de son affaire. Celui-ci devait mettre en banque les rentrées, payer les factures et les salaires. Pour cela, il devait toucher des honoraires. Le révérend Mr Hasset ne recevait pas d'honoraires. Sa participation était amicale. Il était là pour « avoir un œil sur ce qui se passait ».

Lucinda avait demandé à ces deux hommes de faire confiance aux avis de son maître souffleur, Arthur Phelps, qui non seulement s'y connaissait dans la fabrication du verre, mais qui était aussi, par sa position, le chef naturel des ouvriers dans l'atelier. Il y a une hiérarchie particulièrement rigide parmi les travailleurs du verre. Les maîtres souffleurs en sont l'aristocratie. Il suffisait de regarder travailler Arthur Phelps pour savoir que c'était vrai. L'embout à la bouche, ses joues gonflées comme celles d'un joueur de trompette, il faisait passer, en contournant la canne sa cigarette sans l'aide de la main, du côté gauche au côté droit.

Mr d'Abbs était un petit homme pimpant dont l'habillement

(un costume bleu en velours, une cravate de laine et parfois un jonc torsadé) évoquait plus facilement un esthète qu'un comptable. Il s'exerçait à la peinture et s'était essayé aux vers. Malheureusement, il n'était pas sensible au spectable de la virtuosité d'Arthur Phelps. Il ne voyait absolument pas les conditions de travail à l'atelier. Il en était de même d'ailleurs, quelles que soient ses autres qualités, pour le passeur de Woollahra.

Arthur Phelps était un homme costaud, avec un visage mobile, une poitrine impressionnante et un gros ventre qu'il appelait volontiers son « soufflet ». Il prenait ses responsabilités très au sérieux et s'était senti abandonné par Lucinda. De plus il considérait que les deux autres lui faisaient perdre son temps. On lui donnait sans arrêt des ordres contradictoires, si bien qu'il en était arrivé à avoir des insomnies. (Mr d'Abbs ne pouvait supposer qu'un travailleur ignorant, un souffleur de bouteilles, puisse réagir de cette manière.) Arthur Phelps se tournait et se retournait dans son lit, pendant la nuit, de sorte que sa femme allait maintenant dormir avec les enfants dans la cuisine. Il s'inquiétait du stock trop important de bleu de cyanure et de celui insuffisant de bouteilles de bière, de la diminution du sable (les employés de Mr d'Abbs n'avaient pas encore payé le voiturier de sorte que le chargement suivant risquait fort de ne pas arriver), du pied des vases dont la forme était démodée, de l'augmentation de production qu'exigeait Mr d'Abbs. Mais le pasteur de Woollahra surgissait le lendemain en agitant son parapluie, et ouvrait la porte au mauvais moment si bien qu'un courant d'air gâtait l'anse d'une chope. Il arrêtait la production et embêtait Arthur à propos des « semences », ces petites bulles d'air récemment apparues dans leurs articles.

Ce défaut, les semences, choquait également Arthur. Il en était honteux. Mais la cause provenait tout simplement de la précipitation qui avait suivi les ordres de Mr d'Abbs. Personne ne se rendait compte à quel point les gars travaillaient dur ni de leur acharnement. Ce n'était pas pour le Freluquet ni pour le Lécheur de Bible qu'ils le faisaient, mais pour miss Lucinda. Ils parlaient d'elle avec affection. S'ils étaient avec elle aussi contraignants qu'un frère ou qu'un père, ils désiraient tout autant la protéger. Ils essayaient de satisfaire les exigences de ses conseillers. Ils s'efforçaient de travailler vite, même si les ordres émanaient d'ignorants qui ne respectaient pas la compétence ni la hiérarchie qui en découlait. A cause de cette précipitation, un jeune cueilleur de bouchons eut les poumons brûlés. Bien que cet accident fût toujours à craindre, il n'arrivait jamais dans un atelier bien organisé. Ce garçon n'était pas stupide, mais serviable. On organisa une quête mais la participation de Mr d'Abbs fut insuffisante. Tout allait de travers. C'est à cause de cela qu'Arthur commença à pleurer. C'était en pensant à ce qui était arrivé à ce garçon, à la terre du nouveau creuset qu'on ne livrait pas, à la manière dont il allait falloir s'y prendre pour vendre les vingt grosses de bleu de cyanure ensemencé. Arthur était assis sur son tabouret, tandis que le deuxième cueilleur travaillait le verre en fusion. Il but un coup de bière pour se préparer pour la prochaine pièce. Le cueilleur lui tendit la canne et c'est à ce moment-là qu'il se mit à pleurer. Le cuiseur, qui venait d'entrer, se précipita dans Sussex Street pour aller chercher Mr d'Abbs. Mais les ouvriers pensaient si peu de bien de Mr d'Abbs que ça ne fit que confirmer la pauvre opinion qu'ils avaient déjà du cuiseur. Arthur ne dit rien à Mr d'Abbs. Il se moucha, finit sa bière, puis prit une bouteille en souvenir. Mr d'Abbs eut le bon goût de ne pas le retenir.

Arthur trouva rapidement du travail à la scierie, comme scieur de long. Il dit qu'il était content de son travail.

On garda les fourneaux en marche durant une autre semaine, mais les ateliers avaient perdu leur cœur. Dennis Hasset se rendait compte de ce qui se passait, mais il n'essaya à aucun moment d'arrêter le processus. Son esprit était occupé ailleurs. Il venait d'être convoqué par l'évêque de Sydney qui désirait avoir une explication concernant ses sermons.

62

Chez soi

Dennis Hasset considérait que l'attribution de la naissance de Jésus à une mère vierge était sans fondement, non prouvée, incompatible avec la nature parfaitement humaine du Christ. Il rejetait les miracles de l'Ancien Testament. Il doutait de nombreux miracles du Nouveau. Il ne pensait pas que les Évangélistes aient été inspirés par l'Esprit divin. Il ne trouvait pas qu'il y ait des preuves suffisantes de la résurrection du corps du Christ. Il acceptait la théorie de l'évolution de Darwin, non seulement lorsqu'on l'utilisait pour les insectes et les animaux, mais aussi (c'était là que l'évêque Dancer établissait la frontière) lorsqu'on l'appliquait au genre humain. Il parlait de sa position comme étant celle de l'Église élargie.

L'évêque Dancer cataloguait cette manière de voir en lui donnant l'appellation plus ancienne d'hérésie. C'était un ecclésiastique de la vieille école conservatrice qui n'avait pas de temps à perdre avec les extrémistes, qu'ils soient réformés ou puséyistes. Il ne supportait bien entendu ni les génuflexions ni les vêtements sacerdotaux. La vue des bougies — en dehors de leur utilisation pratique — lui faisait émettre des bruits avec son dentier. Il était de l'école de théologie terre à terre et réaliste et pensait que les sermons polis et raisonnables du pasteur de Woollahra étaient le commencement de la putréfaction. Il aurait aimé — en langage clair — « l'étriller », pour lui faire ravaler son hérésie. Mais si le nouveau Clerical Subscription Act ne permettait plus d'agir ainsi, l'évêque allait néanmoins enlever ce pasteur rebelle à son feu de cheminée, à ses douillettes petites lampes de Woollahra pour l'envoyer du côté de la Bellinger River vers Boat Harbour, dans la paroisse du Néant-Néant où il trouverait des ouailles à peu près aussi sympathiques que celles que lui-même avait connues en Angleterre, au moment du Reform Bill (une époque dont l'évêque ne se souvenait que trop bien — on l'avait bombardé à coups de navets et on avait cassé les vitres de ses fenêtres). Boat Harbour était rempli de bûcherons, incroyablement grossiers, qui étaient tous, sans exception, d'anciens forçats. Ils représentaient pour l'évêque, dans la mesure où l'on pouvait en avoir une idée, un petit morceau de l'enfer. Grâce aux difficultés que son pasteur allait rencontrer là-bas, la foi du révérend Mr Hasset pourrait se régénérer, reprendre vie. C'est, en tout cas, ce que l'évêque essayait de lui faire entendre.

Quand Lucinda arriva au presbytère de Woollahra, le mardi avant les Rameaux, elle n'était au courant de rien. Elle était dans tous ses états, pour des raisons qui lui étaient propres. Elle ne savait pas si elle était venue pour accabler de critiques Dennis Hasset à cause de ce qu'elle avait découvert aux ateliers de verrerie ou si elle était là dans l'espoir de trouver du réconfort en face de cette même catastrophe. Durant le trajet en ville — elle pensait maintenant que c'était une minuscule ville — elle avait imaginé les phrases sarcastiques, blessantes, qu'elle pourrait lui dire. Mais comme elle descendait de voiture, devant le presbytère (qui était aussi plus petit que l'image qu'elle en avait gardé dans son souvenir), elle se mit à craindre brusquement — peut-être était-ce l'aspect morne des briques, l'ombre vide de la véranda de devant — que l'état lamentable dans lequel elle avait trouvé ses ateliers était dû à une tragédie personnelle qui se serait abattue sur son ami.

Elle avait retrouvé les ateliers du Prince Rupert abandonnés, les creusets grisâtres et sans vie, la matière première durcie dedans. Sous le siège en bois du maître souffleur, elle avait déniché un petit chat miaulant désespérément. Ses yeux étaient pleins de pus et ses pattes arrières paralysées, une petite bête si mal en point que Lucinda, avec sur la tête un chapeau de plumes d'autruche, et aux mains des gants noirs extrêmement coûteux, dut prendre un gros tisonnier et, le visage grimaçant, les yeux clos, le tuer. Elle sentit le coup mortel remonter le long de son bras.

Quand le petit chat ne fut plus qu'une masse informe et sans vie, elle posa le tisonnier, outil de l'exécution, contre le siège du maître souffleur et elle pensa : J'en ai eu la force.

Et bien qu'elle fût extrêmement secouée par ce qu'elle avait fait, elle éprouvait en même temps un sentiment de fierté.

Aussi, lorsqu'elle fut en présence de son vieil ami, avait-elle déjà eu une journée particulièrement rude. Elle ne le trouva pas dans le lieu tranquille qu'elle s'était imaginée, dans l'adorable bureau tapissé de livres dont elle s'était souvenue si souvent, mais dans une pièce pleine de caisses en bois. C'était là que Dennis Hasset était autorisé à camper, tandis que le nouveau titulaire de la charge et sa famille installaient leur foyer dans le reste de la maison.

Sans feu, la pièce se révélait froide et humide. Lucinda se recroquevilla dans son manteau de fourrure. On ne l'avait même pas introduite dans la pièce poliment. Elle avait été accueillie à la porte d'entrée par une trop jolie petite fille tenant un cerceau. Elle avait trouvé son ami assis sur une caisse de bois brut. Le sol, autour de lui, étant rendu glissant à cause de vieilles lettres éparpillées. Il était plus petit que naguère. Ses épaules s'étaient voûtées. Et même s'il n'avait pas mis un plaid sur ses genoux, sa silhouette y faisait penser. Et lorsqu'il se leva, il ne parut pas se redresser réellement. Sa main était froide et exsangue. Ils se regardèrent. Alors que Lucinda s'efforçait de retrouver le cher visage familier, elle n'arrivait à voir dans les traits du jeune homme rien d'autre que capitulation et épuisement.

« Quelle triste journée », s'exclama-t-elle.

Dennis Hasset se dit qu'elle avait des poches sous les yeux, une peau blafarde. Il avait terriblement attendu cet instant, cette réunion, mais maintenant le ton de sa voix l'irritait. Elle s'arrangeait pour donner à penser qu'il était responsable du mauvais temps. Il regarda par la fenêtre, haussa les épaules et se rassit. Il songeait à la vitesse avec laquelle vieillissent les femmes.

« Je crains, dit-il, de ne rien avoir d'autre à vous offrir

qu'une caisse. Les chaises ont été enlevées, non pas particulièrement pour servir de sièges, mais parce qu'il fallait les enlever. Je suis réellement désolé pour vos ateliers. C'est arrivé au mauvais moment.

— Votre bureau n'est plus que ruine », dit-elle.

Il haussa les épaules.

« Je trouve tout cela extrêmement déroutant, dit-elle.

— Nous avons tendance à trop nous attacher aux choses.

— Bien sûr, mais ça me fait un coup. » Le bouleversement n'était pas tellement dû à l'état actuel de la pièce, mais à la prise de conscience que cet endroit — qu'elle s'était bien gardée d'éliminer de sa mémoire — était le siège de tous ces sentiments qui nous font dire d'une ville « là-bas chez moi » de préférence à toute autre. Ce lieu avait été son « chez soi » bien plus que sa maison de Longnose Point. Il l'était bien plus aussi que la maison de Mr d'Abbs, même si cette dernière avait été également fortement idéalisée par Lucinda durant son absence. Elle en avait fait un endroit de « camaraderie » et de « bon temps ». Ces appellations ne prenaient nullement en compte l'aspect clinquant et vaguement corrompu de la maison et de ses habitants.

Mais cette pièce-ci, la pièce de Dennis Hasset, avait été le réceptacle de tout ce qu'il y avait de bon et de vrai dans sa vie. Elle l'avait un peu oublié parce que le pasteur ne lui avait pas demandé sa main comme elle avait pensé qu'il le ferait, provoquant ainsi sa colère. Mais maintenant qu'elle était de retour, elle se rendait compte que Sydney serait insupportable sans cette amitié et sans cette pièce. Tout son être était pris de l'envie de pleurer comme une enfant, en voyant comme son « chez soi » avait été injustement traité. Mais elle n'était plus une enfant, il ne lui était plus possible de réclamer son chocolat et son fauteuil pour s'endormir au coin du feu. Elle était une femme, maintenant, l'amie d'un homme meurtri. Elle se força à lui montrer sa sollicitude en l'aidant à dérouler son histoire, tel un bandage sur un membre gelé.

Et pourtant, il y avait chez elle un côté, un côté important, qui se moquait éperdument de l'histoire de Dennis Hasset. Ce côté était rempli de colère. Il considérait le pasteur comme un être faible et un ami pitoyable. Il le jugeait durement parce que le jeune homme ne lui accordait pas suffisamment de prix, s'affaissait sur sa caisse, n'allumait pas de feu. Ce côté coexistait avec l'autre, qui aimait le jeune homme. Et ces deux attitudes contradictoires se combattaient l'une l'autre, tandis qu'elle écoutait son récit. Elle trouvait qu'il avait un visage gentil et intelligent, mais aussi que ce n'était pas raisonnable de parler avec tant d'indulgence de ses ennemis.

« Mais bien sûr, dit-elle à la fin, on peut faire appel contre Boat Harbour ? »

Il secoua la tête.

« Mais c'est injuste. Vous vous considérez toujours comme un chrétien ? » Elle aurait aimé qu'il se tînt le dos droit.

« Bien sûr.

— Alors, qu'il aille au diable, dit Lucinda sans aucune douceur. Et qu'il y reste. » Des larmes commençaient à couler sur les joues de la jeune femme. Dennis Hasset se pencha et prit sa main dans la sienne. Mais elle n'avait aucune envie qu'on lui tienne la main. C'était trop tard pour cela maintenant. Et d'ailleurs, ses pleurs étaient des larmes égoïstes, elle ne les versait pas sur lui, mais sur elle-même. Il avait une grande main qui ne la réconfortait pas, qui lui faisait simplement voir à quel point la sienne était petite. « Votre évêque se conduit comme un goujat, dit-elle en enlevant sa main, sous le prétexte de prendre un mouchoir. Oh, Mr Hasset, dites-moi donc, s'il vous plaît, où se trouve Boat Harbour ? »

Il sourit et haussa les épaules. Elle vit alors qu'il ne se rendait pas compte que sa vie à elle en serait aussi bouleversée.

« Est-ce réellement très loin ? » Elle était venue pour s'en prendre à lui, à cause de sa négligence vis-à-vis des ateliers. Elle méprisait la manière dont il était assis, tassé sur sa caisse, mais elle ne voulait pas non plus qu'il la laisse seule. C'était un homme bon, un homme doux aussi.

Elle sentait que ses joues étaient brûlantes et rouges. Les petites veines de ses paupières devaient être gonflées.

« Encore assez loin, dit-il. C'est le territoire des Kumbaingiri. Mais que signifie « loin » dans ce pays ? Je ne sais pas, miss Leplastrier. Je suis affreusement désolé pour vos ateliers. Les deux crises sont arrivées conjointement.

— C'était tout ce que j'avais.

— Vous les avez encore, dit-il sur un ton de reproche, ayant l'impression qu'elle accordait trop d'importance à ses propres malheurs.

— Mais sans mon partenaire. »

La douceur de sa voix lui fit retenir sa respiration. Il se maîtrisa. Il avait été, en général, bien trop émotif ces derniers temps.

« Je crois que je n'oublierai jamais la première fois où vous êtes venue dans mon bureau, lorsque je pensais que vous étiez Mr Leplastrier. Vous souvenez-vous du remue-ménage que nous avons provoqué ?

— Notre conduite était sans doute déplacée.

— Oh, elle avait certainement un degré ou deux de plus dans l'échelle des températures de la bienséance.

— Et nous étions repérés, dit Lucinda, qui, malgré son sourire, sentait ses épaules et son cou envahis de petits picotements brûlants.

— Ça ne pouvait être autrement, dit Dennis Hasset avec un grand sourire.

— Alors, c'est moi qui suis responsable de votre exil.

— Mais non.

— Mais si. Et vous avez essayé de me le cacher. J'étais une telle gamine. Je n'ai jamais pensé au tort que je vous faisais.

— Taisez-vous.

— Je n'y ai jamais pensé.

— Chut. Vous m'entendez ? Vous vous trompez. Vous vous trompez complètement. Bon, écoutez-moi. C'est purement théologique, je vous le promets. » Ce qui n'était pas tout à fait vrai. Ses rapports avec elle n'avaient pas arrangé les choses.

« M'en donnez-vous votre parole ?

— Bien sûr », dit-il. Elle n'aperçut pas la petite grimace qu'il fit lorsqu'il s'entendit prononcer ce mensonge.

« Alors, ne partez pas, dit-elle. S'il en est réellement ainsi, vous n'avez aucune raison de partir.

— Excusez-moi, mais je ne suis pas très bien votre logique.

— Il n'y a pas plus de logique dans mon affirmation qu'il n'y a de vérité dans la vôtre », dit-elle doucement.

Il ne savait pas s'il devait sourire ou froncer les sourcils. Il se souvenait des après-midi où il la trouvait, sans qu'elle ait pris la peine de le prévenir, endormie dans son fauteuil. « Comme la vie est triste », dit- il.

Lucinda se leva et gagna la fenêtre. Elle fut surprise de constater que la vue n'avait pas changé. Elle remonta le col de son manteau de fourrure. Elle mit ses gants, comme si elle avait l'intention de partir, puis les enleva de nouveau et les posa sur une caisse pour les lisser, tirant sur les doigts, aplatissant le pouce. « Vous n'êtes pas obligé de partir. Vous pouvez choisir. »

Dennis Hasset s'étira et personne, en voyant la languide tranquillité de son geste, n'aurait imaginé qu'il s'était rendu compte qu'on venait de l'accuser de faiblesse coupable. « J'ai besoin de gagner ma vie, dit-il. Et seul un évêque peut m'en donner les moyens. Je n'ai pas le choix.

— Oh, il ne faut pas.

— Il ne faut pas quoi ? dit-il de mauvaise humeur. Qu'est-ce qu'il ne faut pas ?

— Il ne faut pas rien », soupira-t-elle. Elle se rassit sur la caisse. Elle sentait la rugosité, les asperités du bois s'accrocher à sa fourrure. Elle pensa aux favoris de son père sur son visage d'enfant.

Il leva une main (tendue, ferme, aux doigts écartés), puis la laissa retomber (un vieux jouet de chiffons avachi). La main molle passa sur le visage et les favoris. « Oh, miss Leplastrier, sourit-il, nous nous devons l'un à l'autre plus de charité que cela. »

Lucinda ramassa ses gants et les examina attentivement. « Cher Mr Hasset, dit-elle, je vous aime beaucoup. » Elle fronça les sourcils comme si la couture ne lui donnait pas entière satisfaction. Elle avait une tache rouge, de la taille d'un florin, sur chaque joue. « Je suis très très peinée d'être la responsable de la distance que vous êtes obligé de mettre entre nous. Et j'admets, même maintenant, que je ne pense qu'à moi, qu'à la triste solitude dans laquelle je vais me retrouver et au grand plaisir que j'ai eu à acheter ces ateliers avec vous. J'ai toujours espéré que nous pourrions faire davantage ensemble. J'ai acquis le système avec cylindre de Chance and Brothers. »

Dans le corridor, tout proche, une voix de femme cria : « Arthur, ne fais pas ça ! »

Lucinda se pencha en avant en fronçant les sourcils, puis parla plus lentement. « C'est déjà livré et demain j'engagerai des mécaniciens pour l'installer. Les fourneaux seront allumés avant la fin de la semaine. Et il me semble, bien que je n'aie pas une connaissance approfondie des trente-neuf articles ni du nombre exact de miracles que vous mettez en question, que rien ne vous oblige à partir. »

Il y eut un bruit de pas rapides dans le corridor. On aurait dit qu'ils allaient avoir de la visite. Mais non. Le bruit de pas s'arrêta puis repartit dans la direction d'où il était venu.

« Ce sera comme d'être enfermé dans la Tour de Londres. »

Dennis Hasset sourit. « Je dois aller où l'on m'envoie.

— Où Dieu vous envoie ?

— Bien sûr.

— Ou un homme, ou un évêque ? »

Il appuya ses mains contre ses yeux.

Elle dit : « Vous n'êtes pas d'accord avec votre évêque, n'est-ce pas ?

— Oh, je vous en prie, miss Leplastrier, laissons cela, voulez-vous.

— Je n'en ferai rien.

— Mais — il leva la tête, le visage rouge, les yeux étincelants — quelle impertinence. »

Lucinda se dressa. Elle se sentait humiliée, comme si on l'avait giflée, comme si on l'avait frappée sur le derrière avec une pantoufle de cuir. Elle se remit à tripoter ses gants. « Donc, c'est impertinent d'être en colère lorsque vos amis sont maltraités, bafoués. C'est impertinent de penser que l'injustice ne devrait pas être acceptée les yeux baissés. Vous n'acceptez pas la virginité de Marie, Mr Hasset. Je n'accepte pas de tendre l'autre joue. »

Il ne pouvait être en colère longtemps. C'était son handicap, le corollaire de son manque généralisé de passion. Ses accès ressemblaient à des étincelles provoquées par un silex, mais il n'y avait pas d'amadou pour entretenir la flamme. Quand il parla, il le fit avec ironie, dérision, vis-à-vis de lui-même. Les mots apparemment simples qu'il employait renvoyaient en fait à d'autres pensées autocritiques qu'il s'imaginait qu'elle verrait, mais qui étaient, bien entendu, obscures pour tout le monde, sauf pour lui-même. « Vos opinions, dit-il, sont avancées avec force. »

Les gants de Lucinda ne voulaient pas se mettre dans leurs plis. Un pouce était retourné. Elle dut souffler dedans pour l'obliger à reprendre sa position. « En effet. Et en général je ne suis pas présentable. Je parle trop fort et j'ai mes idées. Ou alors je suis sotte et silencieuse. Je suis une gêne dans la bonne société. Les amis de ma mère, ceux qui m'ont écrit avec le plus de chaleur pour m'inviter en Angleterre, ont découvert, lorsque je me suis retrouvée dans leur salon, que leur intérêt pour moi avait été mal placé. Ils ont remercié le Seigneur — ceux qui ne jouaient pas les athées — de n'avoir pas perdu une fille dans les colonies. Ils seraient d'accord avec vous. Je ne devrais pas vous parler si crûment. Je ne devrais pas m'adresser à vous de cette manière, même si, effectivement, je suis blessée pour vous, pour vous et pour nous. Que va-t-il vous arriver, Mr Hasset ? Vous êtes beaucoup trop bien pour être envoyé dans un endroit où il n'y a rien d'autre que de la boue et des tavernes. Il n'y a même pas d'église, n'est-ce pas ?

— Il n' y a pas d'église au sens matériel du mot.

— Restez. » Elle avait mis ses gants, comme si elle était prête à partir. Il ne se leva pas. Elle se rassit « Nous pouvons nous occuper des ateliers ensemble. »

Et voilà, se dit-elle, que je mendie.

Elle le vit réfléchir à la question. Un peu de vie anima ses yeux. (Dis oui, dis oui.) Il redressa son dos. Il croisa les jambes.

« Je ne connais rien à ce genre d'affaire.

— Ni vous ni moi. »

Il la regarda. Elle avait les joues rouges, les yeux brillants, les lèvres entrouvertes. Elle était penchée en avant et serrait ses petites mains gantées l'une contre l'autre. Il sourit et secoua la tête. « Vous faites de la négation elle-même un puissant argument en faveur du positif. »

Elle savait qu'elle pouvait le garder. Dans une minute, deux minutes, tout serait résolu. « L'important n'est pas ce que nous savons. Vous m'avez dit, quand j'étais Mr Leplastrier, lorsque je venais d'entrer dans votre bureau (ce bureau que voilà), vous m'avez dit que j'avais quelque chose de passionné.

— Et c'était vrai.

— Et vous m'avez dit que c'était la passion qui comptait.

— Je le pense toujours.

— Alors, ce n'est pas important que nous ignorions l'un et l'autre le processus des affaires. Notre ignorance ne sera que temporaire. Oh, Mr Hasset, cher Mr Hasset, nous ferons de bonnes et belle choses, des choses qui en valent la peine, des choses dont nous serons fiers, nous ne ressemblerons jamais à ces marchands de suif, à ces lotisseurs. Nous pouvons être la plus magnifique des manufactures de verre.

— Et nous ne serons plus jamais seuls. »

Elle le regardait la bouche entrouverte, sans savoir que sa lèvre inférieure était gonflée d'une manière presque indécente. Elle ne pouvait le regarder en face. Ses yeux étaient gris et doux, mais elle ne pouvait les regarder. Elle ferma la bouche. Elle se sentit rougir jusqu'au cou, jusqu'aux épaules. Elle commença à retirer ses gants de nouveau. Tout était calme. Une charrette, tirée par un bœuf, montait la colline dehors, le bouvier ne criait pas. Il y avait juste le grincement des roues et deux fois le claquement du fouet qui déchira l'air tel un cri d'oiseau dans la forêt, cette forêt de leur conversation qui n'était plus, à cause de ce simple commentaire, que souches et buissons, sans la moindre trace d'arbre où se cacher.

« Je dois aller là-bas, dit-il lorsque le silence fut devenu intenable.

— Et ainsi, vous pourrez enseigner ce que vous ne croyez pas à des hommes qui ne s'intéressent à aucune croyance.

— Ce n'est pas très gentil.

— Mais c'est juste.

— Non. Ce n'est pas juste non plus. Je n'enseignerai que ce que je crois.

— Que Marie n'était pas vierge.

— Que le Christ est mort pour nos péchés, que nous pouvons être rachetés grâce au sang qu'Il a versé, que nous pourrons nous asseoir à la droite de Dieu dans le ciel. »

Elle était surprise par la passion qui colorait sa voix. Elle avait été trop habituée à l'entendre dire qu'il n'en avait aucune, et bien trop disposée à le croire pour éviter les complications. Ils avaient souvent parlé de la politique de l'Église, mais pas une seule fois de religion. Ils avaient parlé de ses préoccupations à elle : du verre, des usines, des bienfaits de l'industrie. Il avait entretenu ses désirs, ses enthousiasmes. Elle avait été prétentieuse et égoïste. Pourtant, aujourd'hui, en ce moment, elle préférerait ne pas être une industrielle, elle préférerait, si on pouvait la convaincre que c'était une vie chrétienne, avoir une petite ferme quelque part là-haut, à l'intérieur des terres.

« Donc, dit-elle, en hochant la tête, et faisant mentalement la liste de ses découvertes, il y a une partie de vous qui désire être envoyé là-bas ?

— Une très grande partie, reconnut-il.

— Et tout cela — elle fit un geste de la main en direction de la pièce en désordre, des caisses, des papiers éparpillés sur le sol — dans une certaine mesure, vous plaît. »

Il acquiesça, brusquement gêné. Il frotta ses mains, regarda par terre, puis par la fenêtre. Il était en train de lui cacher le plaisir qu'il éprouvait. Elle le lui dit. Il l'admit. Et ces mots, — l'accusation, l'acceptation — étaient prononcés d'un côté comme de l'autre si calmement qu'ils ressemblaient à la coupure d'un rasoir si parfaitement aiguisé qu'il ne provoque aucune douleur sur le moment.

Pourtant, lorsque Lucinda vit qu'elle s'était engagée bien plus avant dans leur amitié qu'il ne l'avait fait lui-même, elle se sentit bien plus que sotte.

« Emporterez-vous tous vos livres ?

— On dit qu'il y a généralement un problème avec les moisissures.

— Donc, vous allez les laisser ici ?

— Oh non, je les emmènerai. »

En regardant ce beau visage sur lequel apparaissait un sourire d'excuse, Lucinda se mit à le haïr. Ce ne fut qu'une crispation qui la saisit puis l'abandonna. « Et ne craignez-vous pas que les moisissures puissent vous atteindre aussi ? » s'exclama-t-elle.

Dennis Hasset la regarda alors avec un air inquiet, malheureux, appréhendant la suite. Il comprit qu'il pouvait lui demander sa main et qu'elle accepterait. C'était une idée bizarre, tout à fait nouvelle. Elle était encore une enfant lorsqu'elle était partie et il avait été son protecteur. Cette nouveauté n'était pas sans charme. Il entrevit une vie passionnée, libérée de la tyrannie des évêques, une vie réellement originale. Il s'était toujours vu marié à une grande et belle femme. Il ne trouvait pas que Lucinda fût belle. Ce n'était pourtant pas un obstacle.

Les obstacles étaient ailleurs. Le premier concernait le salut de son âme, et aussi curieux que cela puisse paraître, il était d'accord avec l'évêque Dancer quant au profit qu'il tirerait de Boat Harbour. Il ne vivait pas sa foi suffisamment. Elle était surtout le fruit de son intelligence et il brûlait d'envie de quelque chose de plus simple, de plus rude, de plus vrai selon le Christ.

L'autre obstacle n'était rien de plus qu'une pierre sous une roue. (Il n'en était qu'à peine conscient, mais c'était suffisant pour empêcher la roue de tourner.) Dennis Hasset était snob lorsqu'il s'agissait de commerce. Et malgré son désir de se libérer de la tyrannie des évêques, il ne pouvait supporter de descendre la rue sous le regard des autres, dans la peau d'un marchand ou d'un industriel. Il pensait que le verre était un matériau de grande beauté, mais l'originalité même de la vie que lui proposait Lucinda Leplastrier, cette même chose qui la faisait paraître si attirante, était également ce qui la rendait absolument inacceptable.

Il ne s'appesantit pas un instant sur ces points. Ces idées et ces sentiments faisaient bien trop partie de lui-même. Il ne donna à Lucinda aucun indice sur les raisons qui l'obligeaient maintenant, toujours avec subtilité, à dénouer les liens qu'il y avait entre eux. Elle mettait un gant puis le retirait. Elle se rendait à peine compte qu'elle était en train de feuilleter des livres dans une caisse ouverte. Elle ne comprenait pas les raisons de ce rejet, de son humiliation.

Au moment où elle désirait le plus s'enfuir, elle voulait encore rester. Elle s'obligea à l'interroger sur son voyage et même prit rendez-vous pour boire une tasse de thé avec lui, avant son départ. Mais lorsque finalement elle quitta le presbytère de Woollahra, c'était avec la lugubre conviction qu'il n'y avait plus personne qu'elle pouvait voir à Sydney.

Elle dut envoyer un gamin chercher son cocher dans une

taverne toute proche. Son domestique ne marchait pas très droit. Elle s'en moquait éperdument. Elle ne pouvait se défaire de l'image du visage souriant et triste de Dennis Hasset. Cette image devait rester fixée dans son esprit encore longtemps, malgré les ruses qu'elle tenta d'utiliser pour l'effacer.

63

Longnose Point

Savoir qu'on sera solitaire et l'être n'est pas la même chose. Quand Lucinda descendit la Parramatta River, dans le bateau de Sol Myer, elle se doutait que sa vie serait solitaire et ce pressentiment lui donnait une grande force. Cependant, ce qu'elle imaginait n'était pas la solitude, cette chose bourbeuse et rance, mais quelque chose de différent, de dur, d'étincelant. La différence entre ce qu'elle imaginait et ce que finalement elle dut vivre est la même que celle qui existe entre la lame d'un poignard — un objet d'une beauté glacée — et la douleur sourde d'un coup de couteau.

Elle s'imaginait qu'elle avait été seule à Sydney et à Londres, seule dans sa cabine recouverte de sucre glace du *Leviathan* mais, jusqu'au départ de Dennis Hasset pour Boat Harbour, elle n'en avait éprouvé que les prémices. Elle était alors comme une danseuse qui essaie de prendre de vitesse un pétard allumé. Elle était très occupée, avait des projets, partait pour Londres, en revenait. Sa vie avait été une suite d'attentes. Et même au cours de ses premières années à Sydney, durant lesquelles elle avait passé de nombreuses nuits solitaires, avec pour toute compagnie celle de ses chats, elle avait toujours eu la possibilité de rencontrer des gens si elle le désirait. Elle croyait qu'elle était solitaire, en fait elle jouissait de sa solitude.

Elle avait déménagé pour s'installer à la limite de Balmain. Elle avait loué une maison abandonnée à Whitfield's Farm, à côté de ce promontoire rocheux qui se termine à Longnose Point. La maison en pierre avait un étage, une grande cuisine donnant sur la Parramatta River. Joubert et Borrodaile (oui, le même) n'avaient pas encore commencé à lotir ces terrains. C'était un domaine en friche, avec juste un gardien à la ferme et un verger lourd d'une odeur sucrée, entêtante, à cause des fruits qui pourrissaient par terre. L'herbe montait jusqu'à la taille en été et s'aplatissait sous le cabriolet qu'elle conduisait elle-même dans le chemin d'un vert argenté qui menait à sa porte. Elle fit réparer le toit de l'écurie, planta quelques gueules-de-loup et quelques pensées. Ses caisses de livres arrivèrent et elle les fit monter au premier étage, par l'escalier grinçant de bois brut. C'était un lieu romantique et il ne cessa pas de l'être après le départ du pasteur à Sydney Heads sur le *Susanna Cuthbert.*

Lucinda formait des projets. Elle avait du matériel à mettre en place. Elle rencontrait Mr d'Abbs, mais rarement pour le plaisir. Ruschcutters Bay lui paraissait maintenant trop loin, et elle s'imaginait que la passion du jeu l'avait définitivement quittée. Son travail exigeait beaucoup d'elle et elle s'endormait une heure après avoir dîné. Elle se réveillait tôt. Elle était seule mais pas encore solitaire. Sa tête s'enflammait. Elle avait des rêves de verre, des formes s'agitaient aux limites de sa vision, des constructions dont elle n'imaginait pas encore la véritable fonction.

Elle construirait une pyramide de verre.

Une tour.

Des arcades le long de George Street.

Elle ne pensait plus à des travaux de ferme ni au mariage.

Elle mangeait son porridge de la main gauche, pour pouvoir tenir un crayon de la droite. Il y avait de petits éclats de colère dans sa passion — je vais vous montrer, Mr Hasset, ce que vous auriez pu faire.

Elle ne savait pas dessiner. Elle mit ses rêves sur le papier où ils prirent un aspect grossier et difforme. Elle trouva un Français, un certain monsieur Huille, un artiste, un ami de Mr d'Abbs, pour la conseiller. Les leçons furent un échec. M Huille, tout en étant extrêmement libéral dans ses critiques, se refusait à poser lui-même un crayon sur le papier, jusqu'au jour où, sur l'insistance sans échappatoire de son élève, il exécuta un chêne affreux et médiocre, avec des cochons (ou peut-être des chiens) qui avaient l'air de brouter sous ses branches grêles. Le dessin était réellement si mauvais que M Huille, se déclarant après coup offensé par cette insistance à lui faire subir cette « épreuve », démissionna. Il emporta avec lui la preuve de son incompétence. Il dit pourtant que son dessin valait vingt livres, mais plus tard Lucinda le trouva délavé par la pluie, porté là par le vent, dans le foin de l'écurie.

A Pâques, elle se rendit seule à l'office religieux à Balmain, mais ce même soir, elle alla en cabriolet à Ruschcutters Bay. Mrs Borrows était là, de sorte qu'on ne joua pas aux cartes. Lucinda trouva la conversation ennuyeuse. Elle était indépendante, mais pas encore solitaire.

Après Pâques, elle passa une annonce pour trouver une femme désireuse d'apprendre les techniques du verre soufflé. Elle s'était dit qu'elle pourrait peut-être ainsi se trouver une interlocutrice. Elle tomba sur une femme qui jouait de la trompette au Her Majesty's. C'était une fille solide, aux poumons en bonne santé, aux mains larges et puissantes. Mais les hommes ne voulaient pas travailler avec elle. Les fourneaux s'éteignirent de nouveau et Arthur Phelps, qui était revenu travailler pour elle, décida de retourner à la scierie.

Elle écrivait des lettres irritées à Boat Harbour. Mais même ces lettres, une fois qu'on a fait abstraction de la rancune sous-jacente, magnifient les choses. Elle décrit avec un plaisir évident ce qui se passe dans son bureau rempli de caisses, durant les vacances de Pâques de 1865. Si elle ne savait pas dessiner, elle pouvait en revanche composer une fort jolie nature morte avec des mots. Elle montrait à l'exilé, à Dennis Hasset, la profondeur des ombres orangées, l'éclat blanc coquille-d'œuf d'un livre ouvert, le tombé d'une écharpe bleue de Delft sur un fauteuil, le chat roux en train de dormir, le long rai de soleil qui passait comme une lame à travers le rideau de la fenêtre exposée au nord, pour s'allonger, mince et argenté, sur le parquet de cèdre. Sciemment, elle donnait au pasteur la nostalgie de Sydney, bien que celui-ci n'ait jamais considéré cette ville comme « sa ville ». Il en sentait la chaleur, la limpidité de l'air. Il imaginait un léger vent du nord, chargé d'humidité, qui amènerait la pluie, mais seulement plus tard, en douceur.

Dans une lettre datée du 22 août, elle avance qu'une lectrice intelligente ne se sent jamais seule dans la mesure où elle peut passer ses soirées à Barchester ou avec Mr Nickleby, par exemple.

Août est le premier mois des vents d'ouest, violents, désagréables, qui arrivent de Drummoyne ou qui descendent le fleuve en hurlant, à partir de Bedlam Point et de Chicken Bay. En août, les pièces du premier étage de la maison de Lucinda devenaient froides et sombres. Il n'y avait plus de rayon de lumière argentée sur le plancher de cèdre. Le chat avait trouvé refuge au rez-de-chaussée. Il éraflait la porte en pin déjà affreusement griffée, miaulant d'un air mauvais, jusqu'à ce que sa maîtresse le laisse entrer pour se mettre au coin du feu.

Que peut-on s'attendre à trouver au rez-de-chaussée ? La jeune industrielle penchée sur une planche à dessin avec des règles à la main ? Ou, lorsque le travail de la journée est terminé, subissant le charme de Mr Dickens ou de sir Walter Scott ? *Waverley* et *Bleak House* sont posés par terre près de son fauteuil. Mais elle ne peut les lire. Chaque mot la conduit, par un chemin ou un autre, à Dennis Hasset, à sa situation à elle, à son manque d'étude, de connaissances pratiques dans le domaine de l'industrie, à sa condition publiquement pitoyable de célibataire, à son isolement.

Lucinda dort, sa tête repose sur son épaule, son livre est resté à l'endroit où il est tombé, sur le tapis turc. La lèvre inférieure, qui était apparue si violemment sensuelle à Dennis Hasset, à peine deux mois auparavant, maintenant, alors que la jeune femme est endormie, semble maussade et morne. Les joues ont perdu leur rondeur. Les yeux frémissent derrière les lourdes paupières striées de veinules bleues. La mâchoire est lourde, sans vie. Le vent secoue les vitres dans leur chassis, avec un bruit de racloir. Le feu siffle. Il n'y a pas de lampe à gaz, mais une lampe à pétrole dont le verre noirci aurait besoin d'être nettoyé. Le chat, inquiet, fixe les fenêtres qui craquent.

Ce n'est pas la fatigue qui la fait s'endormir. Le sommeil est venu bien sûr après deux verres de cognac et à cause du manque d'oxygène dans la pièce, mais surtout à cause de l'amalgame aigre, visqueux, pâteux de la solitude.

Vous me direz qu'elle pourrait avoir une servante. Mais elle a une servante. Bon, alors une servante pour vivre avec elle. Elle en a eu une, mais elle ne veut plus de servante à demeure. Les servantes sont jeunes et pleines de vie. Elles ont des petits amis. Elles s'assoient dans la cuisine pour glousser. Elles ne la servent que pour lui faire sentir davantage sa solitude.

Bon, alors elle devrait sortir. Pour aller où ? Chez Mr d'Abbs, évidemment, où elle a eu des moments si agréables. Mais ce n'était pas seulement la mésentente conjugale de Mr d'Abbs qu'elle trouvait déprimante ni cette combinaison si particulière à Sydney d'ignorance et d'outrecuidance, c'était aussi la détermination chez Mr d'Abbs de faire en sorte qu'elle ne mène plus une vie solitaire. Il y avait toujours maintenant placé à sa gauche quelque « philosophe » ou quelque « poète » qui, commençant à se faire vieux, désirait se marier.

Bien. Alors, elle devrait accepter d'autres invitations et, à vrai dire, elle aurait aimé prendre le thé et papoter de choses et d'autres. Elle aurait aimé danser le quadrille et parler des exploits du bébé. Est-ce que tout cela n'était pas passionnant dans les romans ? Alors pourquoi ne le serait-ce pas dans la vie ?

Mais Lucinda s'était mise à dos tous les gens qu'elle aurait maintenant souhaité rencontrer. Ce n'était pas seulement la longueur de ses pas, ses étranges coiffures, ses vêtements qui ne tenaient généralement aucun compte des opinions des autres, c'était aussi qu'elle se montrait distante. Elle ne cachait pas qu'elle n'éprouvait aucune sympathie pour ce groupe plus ou moins vague qu'on pourrait appeler « son milieu ». Même sa maison, la maison qu'elle s'était choisie, la mettait à l'écart. On n'allait certes pas lui pardonner sa morgue ni son arrogance. La bonne société ne l'inviterait pas une deuxième fois.

Heureusement, elle ne se rendait pas encore compte qu'elle n'était pas la bienvenue dans ses propres ateliers. Elle croyait que cette manufacture, sèche, au sol en brique, était son « chez soi ». C'était son seul lien avec la vie. Elle aimait l'odeur des hommes au travail, et je ne dis pas cela dans un sens vulgaire. Elle attachait du prix aux odeurs de l'homme ordinaire, à celles qui font penser au travail, à la chaleur, à des choses utiles.

En hiver, sa maison était froide. Elle sentait la cire. Elle ne supportait plus d'être là.

64

La multiplicité de tes sorcelleries

A un moment, elle avait été heureuse, réellement heureuse, profondément heureuse. Maintenant, tandis qu'elle accrochait sa lanterne au clou de l'écurie, et s'en prenait à son hongre rétif, elle n'arrivait pas à croire ce qui lui arrivait.

Il était neuf heures du soir et elle partait faire un petit trot.

Elle ne savait pas où cette promenade la conduirait. Elle ne pensait guère non plus au lieu où elle débuterait. C'était assez effrayant, dehors, ici, à Longnose Point.

Il y avait tant de choses auxquelles elle ne pouvait penser. Son esprit filait le long de corridors qu'elle parcourait en claquant des portes derrière elle.

Elle allait faire un petit trot. Elle resserra les courroies du harnais. Elle avança au pas dans le sentier plein de boue qui passait devant Birchgrove House. Le gardien chantait. Il était seul et chantait. Il était ivre aussi. La semaine dernière, il avait brûlé les piquets de la prairie durant la nuit. Lucinda gardait deux pistolets, enveloppés dans une couverture, sous son siège.

La pluie tombait en immenses rafales ondulantes. Retrouver l'époque où elle avait été heureuse. Elle se débarrassa de la voix de l'ivrogne, du vent d'ouest. Elle était à Parramatta avec son père. Ils rentraient chez eux. Leur grosse voiture à quatre roues s'ébranla sur les pavés et se mit en marche. Leur vieux waler mordillait son ennemi intime, le percheron attelé à côté de lui. Les chevaux commencèrent à trotter allègrement, un peu trop vite, le long de High Street (Faites donc attention, vous là-bas !). Ils doublèrent le phaéton du médecin. Ils croisaient les chariots des fermiers, des essaims de fardiers et de sulkys. Il y avait des femmes avec de grandes jupes, des boutiquiers en blouse, des fermiers avec des cordes roulées autour du bas de leurs pantalons, si bien que leurs gros mollets ressemblaient à des saucisses ficelées. Quand le waler essaya de mordre le percheron, son père le frappa avec un long bâton. Lucinda se mit à rire en voyant le petit écart que fit la bête, ignorant qu'un cheval pouvait tuer un homme.

Ils transportaient des odeurs derrière eux. Elle pouvait encore les nommer, l'odeur de son, de mouture, d'avoine et celle douce, poussiéreuse, jaune, de la semence de blé. Ces odeurs se mêlaient à d'autres pour former une sorte de collier : certaines se trouvaient à Parramatta, d'autres le long du chemin qui ramenait à la maison, où, par exemple, l'air se chargeait brusquement d'un parfum de miel. Et au bord de la route, les haies de troènes qu'on n'appelait pas encore de la mauvaise herbe, agitaient la masse éclatante de leurs fleurs blanches, dans votre direction, où apparaissaient aussi, car ce n'étaient pas les troènes eux-mêmes mais plutôt — Regarde Lucy, regarde vite, regarde là — un superbe perroquet, non pas un, mais trois ou quatre, avec des couleurs éclatantes, rouges, bleues, des joyaux vivants, qui secouaient les vapeurs blanches des troènes à l'odeur de miel.

Après Grass Corner, ils passaient avec fracas sur un pont de bois pour prendre un petit raccourci. Un jour, son père s'arrêta à cet endroit. Il lui donna les rênes à tenir et sauta à terre. C'était un homme trapu, avec des bras et des épaules solides. Il faisait des exercices pour fortifier ses jambes, mais avait toujours gardé la même stature. Il sentait les pommes et parfois — lorsqu'on se rendait à Parramatta — l'eau de Cologne. Il avait toujours avec lui des sacs en papier. Tous les sacs qui passaient à sa portée étaient soigneusement pliés. Il n'hésitait pas à en mendier ou à en emprunter à ceux qui en possédaient, car ils ne leur accordaient aucune valeur. Lucinda ne se sentait jamais gênée à cause de cela. Elle ne passa jamais cette étape de la vie où tout ce que font les parents — la manière dont ils parlent, dont ils se peignent — est ressenti comme gênant. Lucinda ne voyait pas d'un œil critique cette collection de sacs en papier. Elle savait qu'ils étaient destinés aux échantillons de sol que ramassait son père. Celui-ci pouvait à tout moment (comme c'était le cas maintenant, sauter du chariot et déplier le manche de sa jolie petite bêche), se servir du sac qui, jusqu'ici avait contenu des berlingots, pour y mettre une pelletée de sable astringent ou une terre noire, lourde, à l'odeur âcre, ou encore une argile si parfumée qu'elle semblait, pour les jeunes sens de Lucinda, être aussi riche que celle des troènes. L'argile, dans ce chemin, était extraordinaire. Vous pouviez passer ici comme tout le monde, comme les voisins appelés Houlihan, Molloy ou Rourke, comme quelqu'un qui ne prête pas plus attention à l'argile qu'il n'en prête à Livy ou à Montaigne, sans rien voir. Mais une fois qu'on s'y arrêtait, on pouvait contempler un rouge cramoisi digne de toutes les robes du paradis, un jaune chamois, qui aurait pu être celui de la moutarde — c'était une plaisanterie de son père — sur son assiette. C'était cette plaisanterie qui la poussa à manger un peu de terre lorsqu'ils se remirent en route (montant péniblement Dyer's Hill pour atteindre le grand plateau d'où ils redescendraient ensuite dans leur petite vallée), espérant qu'elle goûterait ainsi à ce condiment épicé et interdit. Elle ne sentit qu'une boue grumeleuse, que son père enleva avec son mouchoir d'un visage de petite fille, devenu mortellement sérieux.

C'était cette même argile que son père utilisait pour faire les pots de la cuisine. Sa mère se moquait de ces pots. C'était vrai qu'ils étaient forts rêches au toucher et fort difficiles à fermer hermétiquement. Si bien que les précieux sacs en papier étaient également utilisés à combler les vides, comme le papier mâché qui servait à bourrer les trous entre les plaques de terre de leur bungalow. Ni dans un cas ni dans l'autre, le papier ne réussissait à arrêter les fourmis (aussi bien les rouges que les petites noires) qui gâchaient la nourriture en lui donnant une odeur désagréable d'acide formique.

Sa mère installa une planche et lui montra comment rouler l'argile pour en faire un petit serpent, puis comment utiliser ce rouleau pour en faire un pot. Lucinda se souvenait de la manière dont les choses se passaient. Tout commençait toujours agréablement, des doigts secs, de l'argile malléable.

Mais à un moment donné, elle ne savait pas pourquoi, tout se gâtait. Sa mère, à côté d'elle, parvenait à faire obéir la terre et même lorsqu'elle faisait une erreur, pouvait la rattraper, remodeler son travail. En le pinçant. Tandis que l'argile dans les mains de Lucinda étaient bientôt détrempée, couverte de barbotine. La petite fille s'acharnait jusqu'à ce que le pot qu'elle essayait de faire devienne gluant, glissant, sans forme, pour finalement s'effondrer entre ses mains. Et ça ne servait à rien que sa mère trouve des mots d'explication (elle avait toujours des mots en réserve pour expliquer les choses) ou lui montre comment la terre ne pouvait plus être contenue parce qu'elle avait changé de structure, était passée d'un état à un autre, comme le papillon qui redevient larve. Ça ne servait non plus à rien qu'elle comprenne parfaitement ce qui se passait. Ça ne changeait rien. Ça ne pouvait en tout cas arrêter la sensation — ses mains d'abord glissantes puis affreusement sèches, sa peau pleine de crevasses, sans vie — la terrible sensation de désespoir qui la saisissait quand un joli pot, déjà bien avancé, se transformait en une masse informe, en une chose sur laquelle on a marché par erreur.

Les routes recouvertes de moutarde de sa mémoire la conduisaient ce soir à cet endroit. Ce n'était pas la diversion qu'elle avait souhaitée. Le cercle se refermait, de désespoir en désespoir. Elle se trouvait maintenant sur l'avancée rocheuse à laquelle on avait donné le nom du gouverneur Darling. Il y avait maintenant des maisons à cet endroit, blotties les unes contre les autres, pour se protéger. A travers les douces lueurs jaunâtres des fenêtres, elle croyait entendre la voix des femmes, des femmes au ventre arrondi, remuant des pots, essuyant des visages d'enfants. Il était neuf heures du soir et la pluie tombait par rafales. Mais à l'intérieur des maisons, elle imaginait des enfants, des baignoires en zinc, de la vapeur et des petits corps rougis et brûlants. La manufacture de verre, une fois de plus, lui apparaissait dérisoire. Elle s'effondrait comme ces pots d'argile trop travaillée. Lucinda aurait aimé, pensait-elle, s'asseoir à une table pour faire l'argenterie. Elle n'aurait pas eu de haut-le-cœur en respirant l'odeur aigre-douce de lait que dégagent les enfants.

Et pourtant, elle ne s'arrêta pas. Bien entendu qu'elle ne s'arrêta pas. Elle ne connaissait personne dans ces maisons.

Elle resserra son grand manteau imperméable autour d'elle et enfonça son suroît jusqu'aux sourcils.

Il y avait un feu allumé près des Rocks. Lucinda en fit un symbole chrétien, puis chassa le symbole de son esprit. Pourquoi pouvait-il bien y avoir un feu dans la vie réelle aux Rocks ? C'était à cause d'une invasion de rats. On en faisait des tas qu'on brûlait dans les rues.

Elle descendit la piste pleine d'ornières de la corniche. Elle avait peur de nouveau d'être seule dehors. Ses peurs allaient et venaient, comme les courants d'air froid qu'on rencontre près des cours d'eau. Elle ne croyait pas aux fantômes mais était facilement effrayée. Elle fit un bond de dix centimètres sur son siège lorsque quelqu'un, couvert d'un grand manteau, coupa la piste en courant devant elle. Elle désirait maintenant être rentrée, puis elle se souvint ce que c'était, en réalité, que d'être chez elle. Elle se servit de son fouet sans passion, donna un petit coup sur le flanc de son hongre. Le rythme devint plus rapide, la tête du cheval partit en avant et la voiture se mit à avancer plus vite, le long des traînées d'argile blanche et glissante qui bordaient les rives de White Bay.

Il y avait des imbéciles qui passaient à toute vitesse sans lanterne, un charretier ivrogne, avec la moitié de son chargement ballottant derrière lui. Comme Mr Hasset avait été lâche de l'abandonner ainsi, ici, alors qu'il ne souhaitait même pas partir.

Elle était furieuse contre Dennis Hasset, contre les cris des cavaliers qui jaillissaient du noir au galop, contre la piste pleine d'ornières, contre la flaque de boue dans laquelle le charretier ivre laissa tomber une planche qui faillit se coincer dans ses roues.

La colère la rendit audacieuse. Elle augmenta son allure. Elle était sortie pour faire un petit trot. Elle descendit George Street, bien qu'elle n'aimât pas cette artère à cette heure tardive. Elle se mettait au défi. Elle s'en moquait. Elle passa avec son cabriolet devant les salles de spectacles. Her Majesty's. Le Rappallo. Le Lyceum. Le mauvais temps n'avait pas empêché les gens de sortir. Les rues étaient un flot de voitures et de chevaux, les bas-côtés une marée d'hommes en chapeaux.

Il y avait des bandes de voyous à pied, un peu plus haut

que les Rocks, qui glissaient leurs pouces d'un air bravache sous leurs bretelles. Lucinda avait peur. Sous son grand manteau, elle se sentait petite, avec une peau blanche, des seins fragiles, des bras minces, et couverte de sueur dans le vent froid de la nuit. Un homme, dans une voiture, lui adressa la parole. Elle mit son hongre fatigué au petit galop. Elle entendit des cris « Hue cocotte ». Des rires. Elle arriva dans l'ombre de St Andrew. Elle haïssait St Andrew. L'église se dressait sombre et menaçante, le château de l'évêque Dancer. Un rassemblement près du grand portail ne s'était pas formé à cause d'un service nocturne, mais d'un pugilat. Deux agents de police couraient dans cette direction, leurs silhouettes extraordinairement nettes, leurs visages livides dans la lumière des lampes à gaz. Elle bifurqua dans Bathurst Street au dernier moment, évitant de justesse un autre sulky non éclairé. Le sulky laissa échapper des cris provenant d'une montagne de soie et de plumes. Lucinda se sentait pleine de mépris. Un mépris qui se cristallisait en jalousie. Elle fouetta son cheval et longea une rangée de vérandas, comme si elle se rendait chez son cher ami de Woollahra. Mais il n'y avait rien à Woollahra, seulement une enfant trop jolie, avec un cerceau, qui disait que cette maison était la sienne.

« Je suis en train de devenir folle », dit-elle. Elle le dit à voix haute. « Je suis débridée comme un cheval, sans point de contact avec le mors. » C'était une ville effrayante lorsqu'on songeait à la folie : d'une dureté insoutenable, pleine d'eucalyptus, de piquets pointus, de rochers déchiquetés, aux parois fendues, aux bords coupants. On ne pouvait pas, sûrement pas à Sydney, ô mon Dieu, se laisser aller et tomber dans cet état.

« Une folle, murmura-t-elle. Hue dia. »

Elle était sortie pour faire un petit trot. Le cheval le savait. Il connaissait la destination. « Non, pas une folle », dit-elle tandis qu'elle descendait vers l'obscurité enfumée des Rocks. On ne pouvait pas s'approcher du feu. Il se trouvait de l'autre côté. Les caniveaux dégorgeaient. Ils dégorgeaient partout. C'était pire ici, vers le quai. Ses nerfs étaient à vif. « Ô mon Dieu, pardonne-moi. »

Elle ne cherchait rien d'autre qu'un petit pak-ah-pu. Il y avait une loterie tenue par un Chinois, au bout de George

Street. Il faisait sombre par là, c'était dangereux. Devant l'établissement, il y avait une bougie allumée — pas de gaz — à l'intérieur une lanterne en verre. Des hommes se tenaient par groupes de deux ou trois. Lucinda sentait l'odeur de la viande avariée, mais aussi celle de l'alcool. Ces deux odeurs se mêlaient aux effluves salés du port. Le vent jouait dans les gréements de bateaux aux grands mâts. Elle attacha les rênes à la rambarde. Même avant qu'elle ne trahisse son sexe par le bruit de ses pas, les hommes, autour d'elle, gardèrent un étrange silence. Le grand manteau mouillé n'était pas un bon déguisement. Elle redressa sa colonne vertébrale et prit un air hautain. Elle se dit : « C'est toi la patronne. »

La pièce de devant voulait donner l'impression d'être une boutique. Tout le monde savait qu'il n'en était rien, même les agents de police qui faisaient leur ronde (ils portaient des bagues en or et de grosses montres). Lucinda ne regarda pas les quelques objets poussiéreux exposés çà et là, mais se dirigea — elle entendit le bruit de ses pas résonner sur le plancher — vers la porte au fond de la salle, dissimulée en partie par un rideau. Elle se rendait compte à quel point ses pieds étaient petits. Elle sentait leur terrible féminité.

La vérité, c'est qu'elle désirait bien plus maintenant qu'un simple billet de pak-ah-pu. Elle faisait seulement un petit trot d'entraînement. Le pak-ah-pu n'est rien d'autre qu'une loterie, on n'y éprouve pas « le piquant » (c'était son propre terme) qu'on obtient si bien dans un jeu véritable. Mais elle commença cependant à jouer ici, à cette table, pour justifier qu'elle avait fait semblant de le croire au départ. Il était presque neuf heures et demie, l'heure du dernier tirage de la journée. Il y avait donc foule autour de la table. Quelques hommes étaient ivres mais ne balançaient pas. Ils avaient plutôt cette tranquillité morne qui est le signe caractéristique des salles de jeux en fin de journée. Le sol était recouvert de papiers froissés, de mégots, d'allumettes cassées en trois par des mains nerveuses. Ces hommes avaient l'air à la fois ébouriffés et figés. Elle sentait — ou croyait sentir — une colère mal contenue, mais cette colère après tout pouvait fort bien être la sienne.

Elle donna au Chinois qui se trouvait à la table six pences. On lui remit un ticket dont elle cocha rapidement, fébrilement même, dix des caractères chinois qui se trouvaient dessus. Il y en avait quatre-vingts en tout. Elle ne savait pas ce qu'ils signifiaient. Ils étaient imprimés sur un papier gris, de mauvaise qualité. Deux fois, elle fit passer le petit bout de crayon désagréablement mâchouillé (propriété de la maison) à travers le papier. Elle porta son nom (pas son vrai nom, bien sûr) sur le papier et le remit au Chinois qui le fourra dans un bol, apparemment de couleur noire, mais en réalité très probablement d'un bleu nuit-de-Chine. L'éclairage était faible. Elle aperçut le mégot d'un gros cigare écrasé à côté de son pied. Elle s'efforça de ne rien regarder tandis qu'elle attendait neuf heures et demie.

Encore trois minutes et trente secondes. Durant tout ce temps, elle resta immobile. L'air autour d'elle était tranquille. De temps en temps, un homme lançait une phrase à voix basse, généralement suivie de rires. A un moment donné, elle entendit un mot qu'elle savait relié à la copulation. Elle était trempée de sueur à l'intérieur de son grand imperméable. Toute cette peur qu'elle éprouvait, à cause de l'hostilité, du danger, n'était qu'un halo entourant quelque chose d'autre, un faisceau de sensations extrêmement denses, compactes, un noyau de volonté pure. Lucinda voulait gagner à tout prix. Sa colère devint aussi insignifiante que le vol d'une mouche et, peu après, que celui d'un éphémère.

Six marques justes lui rapporteraient dix shillings. Sept lui feraient gagner quatre livres huit shillings, huit pence. Huit marques exactes rapportaient vingt-trois livres, six shillings et huit pence. Tout cela était écrit sur le tableau noir accroché au mur du fond. Elle n'était pas suffisamment sotte pour gaspiller sa volonté sur dix marques. Elle décida de choisir huit caractères, se disant que c'était dans ses possibilités. Il y avait des odeurs d'encens, de chien mouillé et celle de corps d'hommes ayant sué abondamment dans leur travail, d'hommes ne prenant qu'un bain par semaine. On peut provoquer une odeur semblable en laissant des chiffons sales tremper dans un seau. Une odeur assez déplaisante que Lucinda, pourtant, aimait. Le fumeur de cigarillo en avait allumé un autre et remplissait l'air de traînées légèrement bleutées. Au milieu de tout cela arrivèrent soudain, d'une autre pièce, les cris étouffés d'un bébé. On lui avait dit que beaucoup de Chinois avaient des femmes européennes. On disait aussi qu'ils étaient très gentils avec elles. C'étaient des femmes déchues, absolument infréquentables. On lui avait dit — son ami pasteur le lui avait dit — qu'elles étaient aimées et heureuses. Lucinda essaya d'étouffer le bruit. Elle referma sur lui une grande et lourde porte sur laquelle — parce qu'il ne voulait pas disparaître — elle appuya de toutes ses forces.

On commençait à remuer maintenant. Une épaule, vide de sensations, s'appuya sur elle. Les hommes poussaient en avant, comme des poissons qu'on essaie d'appâter ou des petits cochons qui cherchent leurs tétines — toutes les sensations concentrées dans la bouche, le reste du corps devenu totalement gourd. Il y avait quatre-vingts caractères. On en mettait vingt dans un bol. De ces vingt, on en choisissait encore dix. C'est ce qu'on était en train de faire maintenant. Lucinda était écrasée de tous côtés. Le Fils du Ciel, un œil fermé à cause de la fumée de sa cigarette, tira dix jetons de couleur ivoire et les plaça sur un petit plateau de bois.

On avait dit à Lucinda que ces caractères représentaient des vertus. Elle avait du mal à les reconnaître dans cette lumière. Il y avait celui avec le toit, celui avec les deux F, se tenant dos à dos, l'air fâché, celui avec des yeux de chat à l'affût dans l'herbe, celui qui ressemblait à une rivière, ô Doux Jésus, Dieu Tout-Puissant, ses huit marques étaient les bonnes.

Elle se sentit soudain aussi légère qu'un cerf-volant partant à l'assaut du ciel. Le Chinois lui paya ses gains en désapprouvant visiblement sa présence dans ce lieu. Lucinda ne pouvait pas imaginer qu'il soit gentil avec sa femme. Elle se souciait comme de sa première chemise de ce qu'il pouvait penser. Elle faisait un petit trot d'essai. Elle partait pour l'enfer.

Ne pense pas ça !

Elle contracta tous ses muscles pour repousser cette idée. Puis, presque aussitôt, elle n'y attacha plus aucune importance. Les parieurs virent la petite femme dans le grand manteau se diriger vers la porte. Elle y allait rapidement, l'air décidé et autoritaire. Elle se dirigeait non pas vers la porte de la rue, mais vers la porte ouverte dans le mur du fond.

Elle faisait un petit trot d'essai.

La deuxième pièce abritait le fan-tan. Les murs étaient plongés dans l'ombre, bien plus que ceux de la salle du pak-ah-pu. Mais la lumière, au-dessus de la table recouverte de zinc, était éclatante. Le zinc lui-même éclairait d'une lueur terne les visages des joueurs qui, du coup, semblaient avoir un teint maladif, verdâtre. Personne ne releva la tête lorsqu'elle entra. Elle resta un moment à l'abri de la pénombre. Elle se sentait brusquement merveilleusement bien. Elle n'arrivait pas à expliquer comment ce changement était survenu, comment elle avait pu passer de cette crainte de l'enfer, qui lui marbrait le visage, à cette curieuse sensation d'extase qui l'électrifiait, en passant d'une pièce à l'autre. Elle se sentait damnée et ne s'en souciait guère. Elle ne serait pas aimée, n'aurait pas de mari, ne serait pas mère.

Elle expérimentait cette parfaite sensation de froid qu'éprouvent parfois les alpinistes

Le croupier était mince, avec beaucoup d'or dans la bouche. Lucinda sentait l'huile rance qui imprégnait la tresse de ses cheveux. Il y avait toutes sortes d'odeurs ici, celles des cabans de marins et celles aussi de chaussures récemment cirées. Le croupier poussa un petit cri — probablement en anglais, même si les mots paraissaient exotiques, curieusement mécaniques, comme si cet homme était un extraordinaire automate de l'Exposition universelle de Paris. L'obscurité enveloppait Lucinda, la réchauffait comme du cognac. Le croupier jeta — avec quel mouvement « élégant » — les pièces de cuivre. Elles résonnèrent, en frappant le zinc, avec un bruit à la fois sourd et aigu, un bruit léger, sans matérialité, chargé pourtant de lourdeur mortelle. C'était agréable de regarder, aussi agréable que de regarder un boucher découper une carcasse, les rapides mouvements du couteau, la douceur élastique de la graisse autour des reins, la nette séparation de la chair et des os. La coupe en étain du croupier recouvrit quelques pièces, tandis que la main droite écartait les autres. Lucinda était chrétienne. Son esprit l'entraîna à faire un parallèle avec le Jugement dernier — les pièces de monnaie sauvées et les autres — sans qu'elle l'eût cherché. Les moutons à droite, les chèvres à gauche. Elle rejeta cette image, lui tourna le dos et accorda toute son attention au païen qui levait la coupe et disposait les pièces — regardez comme cela est fait sans heurt, la souplesse des longs doigts (trois portant des bagues, dont une émeraude) — par paquets de quatre. Il y avait beaucoup de brouhaha maintenant. On criait : oui c'est ça, non ce n'est pas ça, des grognements, puis une bizarre exclamation, un peu grinçante, comme celle d'un écolier qui s'attire des réflexions désagréables.

« C'est le deux.

— Le teux », dit le Fils du Ciel. « Nombre teux. »

Le Chinois avait mis toutes les pièces en paquets de quatre. Il en restait encore deux. Tous ceux qui avaient mis leur argent sur le côté du zinc numéroté « deux » avaient triplé leur mise.

Le Chinois paya les gagnants. Il fit glisser six pièces de l'autre côté du zinc. Un homme émit le désir d'aller uriner d'une manière très imagée. Un autre péta. Il y eut des rires et des commentaires grossiers. Lucinda n'était plus seule. Elle poussait en avant maintenant afin de placer sa mise, mais aussi pour qu'on la voie. Il fallait qu'on sache qu'elle était là. C'était pour éviter de les gêner. Elle aurait préféré ne pas se montrer, mais elle ne pouvait plus atermoyer. Elle ne chercha pas à voir le visage des hommes, tandis qu'elle jouait des coudes, au milieu d'eux, pour atteindre le grand carré brillant de zinc gravé.

Elle dit : « Excusez-moi. »

Il fallut plus longtemps pour qu'on la remarque qu'on aurait pu le penser, en partie à cause de l'alcool qui donnait à l'atmosphère de la pièce sa volatilité, mais aussi à cause de l'attention intense qu'on portait au carré de zinc. Elle choisit le moment où il ne contenait rien d'important, en dehors des numéros rouges (1, 2, 3, 4), pratiquement effacés d'ailleurs par le va-et-vient incessant des pièces.

Finalement, les hommes sentirent son étrangeté, sa féminité. Les corps s'écartèrent d'elle. Où elle avait senti tout à l'heure une chaude pression, elle éprouvait maintenant le froid absolu de la différence.

Mais elle n'était plus seule et n'éprouvait ni peur ni timidité. Elle regarda le Chinois. C'était lui, ce jeune homme, qui était seul. Elle s'en rendait compte, sans que pour autant soit mise en branle sa compassion ou sa pitié. Ce qui la touchait, c'étaient les mains baguées, la coupe de métal noir, les pièces de cuivre, les numéros rouges à demi effacés. Ces choses n'étaient que de purs instruments qui fournissaient pourtant les prémices d'un plaisir intense bien que mécanique.

Elle mit un florin sur le quatre. Il fut bientôt rejoint par des pièces de moindre valeur, plus ordinaires. Le « 4 » était le numéro gagnant. Lucinda se sentit aimée. Elle perçut les chaudes pulsations de leur approbation. Elle passa du froid au chaud. Le changement s'opéra aussi rapidement que celui qui survient à un coq lorsqu'on lui tranche la gorge d'un coup de couteau. Elle fit semblant de ne pas le voir, mais l'accueillit avec plaisir. Elle n'était plus seule. Elle ne regardait personne. Elle jouait avec une audace inspirée. Elle sentait qu'elle pouvait contrôler le jeu avec rien d'autre que sa volonté.

4, 3, 2, 4, 4, 4, 4, 1, 4, 3, 3, 3, 4, 1.

Elle gagna jusqu'à ce qu'elle touche les sables mouvants du « 1 » final. Alors, elle se sentit rejetée hors du courant. Elle n'était plus en mesure. Il y avait des pulsations cachées qu'elle n'arrivait pas à saisir. Les hommes arrêtèrent de la suivre dans ses mises. Ils n'annonçaient plus leur jeu en disant « comme la petite dame ». Mais ils ne s'écartaient pas d'elle pour autant. Et lorsque, à trois heures du matin, elle referma son porte-monnaie, elle n'avait pas plus d'argent sur elle que le plus pauvre d'entre eux. Le porte-monnaie était vide, ne pesait presque plus rien, il ne contenait maintenant qu'une soie propre et fluide. Lucinda se sentait aussi légère et propre qu'un morceau de papier de riz. Elle se permit alors de regarder ses compagnons. Aussi molle qu'une poupée de chiffon, elle se sentait en parfaite sécurité.

Elle découvrit que l'odeur de chaussures cirées provenait d'un soi-disant gentleman, dans un costume aux manches trop courtes, qui dégageait une odeur rance très différente de celle des Chinois. C'était un homme âgé, avec des sourcils filasse, emmêlés, rebelles, et un accent écossais prononcé. Il y avait aussi un vieux type bizarre, habillé dans le style de George IV et deux jeunes marins qui ne devaient pas avoir plus de seize ans. Elle remarqua aussi la gravure de la reine Victoria dans l'ombre du mur et, immédiatement au-dessus, un visage de chair et d'os, en trois dimensions, qui lui parut familier d'une manière déconcertante, bien qu'elle ne parvînt pas à le situer immédiatement.

Elle ouvrit de nouveau sa bourse. Elle fit semblant d'y chercher quelque chose. Il n'y avait dedans, comme je l'ai déjà dit, absolument rien. Elle l'ouvrit pour dissimuler sa gêne. Elle connaissait ce visage fort bien, presque intimement. Elle s'arrangea pour trouver, dans cette bourse jusqu'ici vide, un ticket d'omnibus de Londres. Elle leva les yeux et s'aperçut que le jeune homme la regardait en plissant les yeux. Elle déchira le ticket et le jeta par terre. Elle referma sa bourse d'un coup sec. Elle l'enfonça dans son sac. Elle se voyait déjà dégageant son épingle à chapeau de son fourreau de feutre, lorsqu'elle se souvint où elle avait déjà vu ce visage en forme de cœur aux cheveux d'ange flamboyant.

« Pas possible, s'exclama-t-elle, en se retournant, pour sourire et tendre la main au jeune homme, oubliant totalement que ces manières n'étaient pas en usage dans cette partie de George Street. Eh bien, poursuivit la mystérieuse jeune femme, abandonnant sa contenance réservée, aussi facilement qu'un dessinateur arrache des feuilles à son bloc. Eh bien, répéta-t-elle en s'avançant sans la moindre hésitation vers mon arrière-grand-père brusquement terrifié. Eh bien, mon révérend Mr Crabe. »

Elle jura plus tard qu'Oscar était resté bouche bée. Elle lui en fit la description. Il ressemblait à la poupée d'un ventriloque abandonnée à elle-même, affaissée, sans colonne vertébrale, incapable, sans l'aide des doigts qui l'animaient, de lever ne serait-ce qu'un bras.

Le silence qui régnait maintenant dans la petite pièce n'était pas total. Le Chinois commençait à ranger sa coupe d'étain et ses pièces de monnaie. Il ne pouvait y avoir aucun doute sur le malentendu qui obnubilait son esprit : il craignait une nouvelle inspection de la Commission royale des jeux. Il croyait que le jeune homme aux cheveux roux, aux joues molles, était un pasteur chargé d'une enquête tendant à prouver que son père était un fumeur d'opium et sa femme une prostituée. Il glissa les pièces dans la poche de sa veste flottante, la coupe dans sa poche arrière, et se fondit doucement dans l'ombre du mur.

La salle ne se vida pas immédiatement, il y avait ceux dont

la curiosité l'emportait sur la crainte, qui attendirent une minute ou deux, en faisant du bruit, pour tenter de comprendre les rapports exacts de ce pasteur et de la femme au manteau. Très vraisemblablement, ils en vinrent eux aussi à l'hypothèse d'une Commission d'enquête royale, en tout cas ils quittèrent rapidement les lieux.

« Oh, pardon, dit Lucinda, je suis vraiment désolée.

— Je ne m'appelle pas Crabe.

— Je sais. Je sais. Je suis désolée. Je ne comprends pas comment ce nom m'est venu à l'esprit. »

C'était un mensonge. Elle savait parfaitement d'où il venait — l'image d'un crabe avançant de biais d'un canapé rouge à une cabine, puis regagnant pareillement le canapé.

« Je ne m'appelle pas Crabe, mais Hopkins », insista-t-il.

Elle trouvait sa réponse d'une susceptibilité gênante et totalement dépourvue d'humour. « C'est à cause de mon révérend, dit-elle, que je voulais en premier lieu m'excuser. »

Cette remarque amena un sourire sur les lèvres du pasteur et Lucinda se souvint alors à quel point il lui avait plu.

« Eh bien, dit-il, en lançant une pièce de monnaie en l'air et en la rattrapant (clac) sur le dos de sa main, il me faut, je suppose, admettre les faits. Mon déguisement est découvert. Mais à Londres, comme vous le savez sans doute, on n'est pas aussi pointilleux. Dans Drury Lane, on s'attend à voir quelques vêtements ecclésiastiques.

— Vous pouvez essayer d'aller chez Ah Moy.

— C'est vrai, mais c'est une terrible randonnée.

— Je suis désolée.

— Oh, dit-il en bâillant et en s'étirant — elle pouvait voir ses amygdales, une caverne d'un joli rose, curieusement en parfait état — je me sens mieux maintenant que je suis découvert. Je devrais vous remercier, miss Leplastrier, de m'avoir arraché à ma faiblesse. »

Ils traversaient maintenant, côte à côte, un peu maladroits, l'air gêné, indécis, la salle du pak-ah-pu. Les clients étaient partis mais deux Chinois, sur une échelle, accrochaient un grand drapeau du Royaume-Uni au mur. Ils s'inclinèrent poliment, malgré la difficulté qu'il y avait à le faire au sommet d'une échelle instable. L'un d'eux perdit l'équilibre ou peut-être sauta-il volontairement. C'était un vieillard agile, qui atterrit avec un imperceptible « ouh ». Il les escorta jusqu'à la porte qui donnait dans George Street, avec d'interminables courbettes.

« Il me semble, miss Leplastrier, que vous vous adonnez à quelque chose d'un peu dangereux », dit Oscar, lorsque la porte eut été verrouillée derrière eux et qu'ils se retrouvèrent seuls dans une rue obscure, luisante de pluie. « Vous savez sûrement que nous ne sommes qu'à une minute du Cabaret du Faux Billet où Trucmuche trouva le pistolet dont il se servit pour pousser ce pauvre Gentil au suicide ? Avez-vous une voiture ? Pour moi, hélas, c'est les jambes.

— Vous n'avez donc pas de paroisse ?

— Je n'en souhaitais pas. Mais l'évêque ne voulait pas entendre parler de mission. Il m'envoya à Randwick (c'était bien trop important pour moi). Il y avait une jolie voiture et un hongre du nom de Prince. Malheureusement, j'ai suivi quelques mauvais conseils. »

Lucinda avait froid et désirait être chez elle au chaud, avec une tasse de chocolat. Mais elle ne pouvait pas le laisser faire cinq kilomètres à pied par ce temps. Elle devait le conduire à son presbytère qui se trouvait exactement à l'opposé de la direction qu'elle avait envie de prendre. Elle le regarda l'air perplexe, bien plus détachée qu'à son habitude, alors qu'il se tenait devant elle en agitant ses longs bras, dans l'air humide des quais, expliquant dans un anglais si pur, si innocent, comment il en était arrivé à perdre son cheval et sa voiture (qui lui avaient été fournis par le conseil de fabrique de la paroisse de Randwick) au profit d'un des pronostiqueurs du champ de courses qui était aussi, il le découvrit le dimanche suivant, un membre de sa congrégation. Elle était à la fois enchantée et terrifiée par son innocence. C'était cette qualité qui la mettait mal à l'aise, ne sachant pas si elle était authentique ou si elle n'était qu'un vêtement d'emprunt dans lequel s'enveloppait un fou ou peut-être même un criminel.

Elle le conduisit à Randwick. En route, ils firent en sorte de ne pas toucher à la cicatrice encore sensible qu'avait laissé leur voyage à bord du *Leviathan*. Quand il lui proposa une partie de cartes, elle se surprit, contre toute raison, à lui demander s'il accepterait une reconnaissance de dettes.

65

Le furet de l'évêque Dancer

L'évêque Dancer est un homme que vous pourriez cerner plus rapidement si vous le voyiez un samedi à Camden, habillé de sa veste de chasse rouge et de ses grandes bottes noires, penché sur l'encolure de son cheval pour boire le coup de l'étrier. Il avait un beau visage rougeaud, qui, à cette époque, remontait jusqu'à son crâne. Les quelques cheveux qui lui restaient s'accrochaient à ses tempes et à sa nuque. Ils étaient fins et blancs, coupés courts, ainsi que sa barbe. Sans mitre pour vous aider à le situer, vous auriez pu penser qu'il s'agissait d'un gentleman farmer. Il avait de fortes cuisses et de larges épaules. Et s'il avait un ventre, celui-ci, loin d'être rempli de duvet, était d'une fermeté surprenante. Il montait fort bien son cheval — une belle bête — un mètre soixante et rien que des pur-sang parmi ses ancêtres.

Dancer ne pouvait pas, bien sûr qu'il ne pouvait pas, avoir dans son évêché un pasteur fréquentant de notoriété publique les champs de courses et perdant de surcroît son cheval et sa voiture, simplement parce qu'il avait entendu dire qu'un outsider allait « faire des merveilles ». Bien que vénale, Sydney était une ville trop puritaine pour admettre une telle chose. Mais si vous aviez raconté cette histoire à l'évêque Dancer à la fin d'un bon dîner, il l'aurait trouvée amusante. Il n'y avait rien dans son cœur qui s'opposât aux courses. Il laissait les baptistes et les méthodistes se déchaîner à ce propos. La véritable Église d'Angleterre, il le sentait bien (mais ne l'aurait jamais dit), était une Église de gentlemen et il arrive que les gentlemen contractent des dettes.

Il avait interrogé de près Oscar lors de son arrivée. Il l'avait mis à l'épreuve. Il avait questionné ce jeune homme agité aussi minutieusement qu'un candidat à Cambridge. Il cherchait des signes de cette hérésie de l'Église prétendument élargie. Il n'en avait trouvé aucun. Ce jeune pasteur acceptait la virginité de Marie, la résurrection du corps, le miracle de la multiplication des pains. L'évêque admit avec quelques malaises son interprétation de la Genèse, mais ce n'était plus guère politique de faire mousser ce sujet. Il renifla bientôt pourtant le passé baigné d'austérité d'Oscar. Dans des circonstances ordinaires, il n'y aurait attaché aucune importance. Il détestait les protestants évangéliques et leur « enthousiasme » brutal. Il n'aimait pas leurs manières « dépouillées » d'approcher le rituel. Et cette attitude évidemment était loin d'être étrangère à Oscar. Curieusement, l'évêque Dancer se réjouissait pourtant de la situation. « Ce type, se disait-il, sera mon furet à Randwick. » Et lorsqu'il pensait à ça, il voyait effectivement Oscar en furet, son long cou blanc disparaissant au fond d'un trou.

Il demanda au candidat mal peigné ce qu'il pensait des cierges sur l'autel. Oscar pensait que les bougies devaient être réservées aux illuminations. Il l'interrogea sur les vêtements sacerdotaux. Oscar pensait qu'un surplis était acceptable, mais préférait une simple soutanelle noire. Il lui parla des génuflexions. Oscar avoua se sentir gêné par cette pratique.

L'évêque Dancer devint alors extrêmement chaleureux. Il invita le jeune homme à déjeuner. Il lui offrit du bœuf — du bœuf froid certes — et ne fut pas le moins du monde déconcerté lorsqu'on refusa son bordeaux. Ça allait être assez drôle à Randwick, ce repaire de puséyistes qui se complaisaient dans le rituel de Rome. Il allait y avoir une bagarre de première classe. Qu'il emporterait évidemment. Qu'il devait gagner. Car il avait, par une de ces anomalies qui rendaient ce diocèse si intéressant, le droit de nommer lui-même le bénéficiaire des charges. Si le conseil de fabrique de Randwick n'était pas content, il pouvait rejoindre l'Église de Rome. En tout cas, ils ne verraient pas leur nouveau pasteur habillé de soie blanche et de satin rouge. Ce jeune homme était d'une grande nervosité, se disait l'évêque, mais il ne faiblirait pas sur ce point. Il n'était pas attiré par les puséyistes, mais seulement par le travail missionnaire. Même au cours du déjeuner, il continua d'insister pour qu'on l'envoie « à l'intérieur » (où que cela puisse être — mais quand on l'interrogea sur l'idée qu'il se faisait de cet intérieur, il ne sut que répondre). L'évêque Dancer lui dit carrément que les missionnaires perdaient leur temps. Les Noirs mouraient comme des mouches et s'il en doutait il lui fallait regarder les rues de Sydney et jeter un coup d'œil, jeune homme, sur les spécimens qu'il pouvait y rencontrer. Le pays regorgeait de missionnaires, les méthodistes luttant avec les baptistes pour savoir lesquels des deux donneraient à ces « malheureux » le plus grand nombre de couvertures. Laissez donc les Noirs aux dissidents, conseilla Dancer. Dieu a du travail pour vous à Randwick.

Il ne vint pas à l'esprit d'Oscar qu'un évêque pouvait lui mentir. Il accepta l'histoire de Dancer et la transmit à Theophilus qui en fit un article pour les colonnes du *Times*. Ce fut donc à cause de sa crédulité qu'Oscar se retrouva dans une paroisse voisine du célèbre champ de courses de Randwick. Il était bien sûr le furet de l'évêque Dancer, mais ce n'étaient pas ses paroissiens, Keble, Pusey et Newman, qui lui causaient les plus grands soucis dans son ministère, mais les cracks de l'hippodrome, Volunteer, Rioter, Atlanta, Mnemon et Kildare.

66

St John

Sydney était un endroit aveuglant. Cette ville le faisait grimacer. Les histoires de l'Évangile s'étalaient sur le rude paysage comme des feuilles de journaux sur un plancher ciré. Elles glissaient sur la surface, sans entrer en contact avec rien de ce qui se trouvait en dessous. C'était un lieu sans mousse, sans lichen, où les gens grattaient le sol à tâtons, pour essayer de se nicher quelque part, comme des soldats pris dans un tir de barrage en plein milieu d'une aire cimentée. St John, à Randwick, était construite avec des briques jointes par un mortier très blanc. La fine poussière d'argile, qui se posait partout, même sur la haie de cyprès à côté du presbytère, ne pouvait en rien améliorer les choses. Tout ici avait des bords coupants, comme les faces éclatées des cailloux cassés par les forçats.

Oscar s'était préparé à se mettre au service de sa paroisse, mais il découvrit bientôt que ses ouailles ressemblaient au paysage. Non seulement elles ne le prirent pas dans leurs bras, mais firent en sorte de garder leurs distances. Oscar trouvait leurs conversations aussi directes que des clous. Ses paroissiens le trouvaient embrouillé et pensaient que ses opinions étaient aussi insaisissables que le bout du fil dans un écheveau emmêlé.

Ils le mirent en garde contre les serpents, les araignées et lui conseillèrent de fermer ses fenêtres le soir. Oscar pensait qu'il était responsable de cet état de fait. Il demanda à sa gouvernante de faire des petits pains et invita le conseil de fabrique à prendre le thé. Ces gens restèrent assis, raides comme des piquets, sur leurs chaises et il ne fut pas possible de rompre la glace. Oscar se sentait jeune, sans expérience, incapable. Il les interrogea sur les fidèles, mais apparemment, ils ne savaient pas grand-chose. Ce n'est que lorsqu'il leur demanda s'il y avait des autochtones parmi la congrégation qu'ils parvinrent à sourire.

Ils savaient qu'il était l'homme de Dancer. Ils regardaient et attendaient. Ils trouvaient sa manière de célébrer le service aussi appétissante que du pain sec.

Oscar demandait à Dieu de lui confier la clef de leurs cœurs. Il n'avait rien d'autre à faire que de prier et d'écrire ses sermons. Au cours des longs après-midi d'hiver, il écoutait le martèlement des sabots des chevaux. Il envoya ses seize volumes de remarques sur les courses à Mr Stratton et jura de ne plus jamais jouer. Il l'avait promis à Dieu au milieu de cette épouvantable tempête. Mr Stratton avait bien des raisons pour jouer, mais ce n'était pas son cas. Il était vêtu, entretenu. Il avait une demeure suffisamment grande pour une famille de huit personnes. Il gagnait trois cents livres par an et avait une gouvernante qui lui faisait manger du mouton tous les soirs. Il n'avait pas envie d'être riche, il ne convoitait rien. Les sabots des chevaux martelaient ses longs après-midi. Le terrain était dur en avril, mais léger ensuite grâce aux pluies de mai. Il fit des sermons contre le jeu.

Ce fut Mrs Judd, sa gouvernante, qui le mit en garde au sujet de ces sermons contre le jeu. Elle lui parla des « généreux gentlemen » qui non seulement dotaient l'église, mais tenaient aussi les comptes du champ de courses voisin. Cette information lui fournit l'excuse que son esprit de joueur rusé attendait. Il devait aller aux courses pour s'informer lui-même.

Parce qu'il ne pouvait parier avec des hommes contre lesquels il avait prêché, il se vit mêlé à une kyrielle de messagers, de démarcheurs, de pronostiqueurs, d'escrocs, qui emmenaient son argent et ne lui en ramenaient que fort peu. Il jouait sans aucun système. Il voulait juste prendre « un peu de plaisir » comme un fumeur peut encore « en griller juste une » prise au paquet d'un ami. Les pronostiqueurs et les démarcheurs l'entraînèrent dans les salles de jeux des cinq hôtels situés, comme les perles de verre d'un collier, à égale distance de Randwick et de St Andrew. On jouait au fan-tan dans George Street. Au poker, au two-up et à tous les jeux inimaginables dans les tavernes de Paddington. Oscar n'avait jamais vu une telle passion pour le jeu. Elle n'était pas, d'ailleurs, réservée à certaines classes ni à certains milieux. On aurait dit que c'était l'industrie principale de la colonie.

Il avait le mal du pays, se sentait perdu. Il avait des ennemis, tout autour de lui, et on pourrait penser qu'il aurait pu, si l'envie lui prenait de faire une partie de rummy avec miss Leplastrier, avoir l'intelligence de tirer les rideaux. Il n'était pas suffisamment lourdaud pour ignorer qu'il avait des ennemis, mais il jugeait mauvais d'être au courant d'une telle chose. Donc, bien que son savoir lui enlevât son innocence, il sentait, d'une certaine manière presque superstitieuse, qu'il devait agir comme s'il l'avait encore. Il laissait donc les rideaux ouverts.

« Oh, s'exclamait-il, ne montrant dans son fauteuil que des coudes et des genoux, que c'est gentil. »

Lucinda Leplastrier ne se trouvait pas particulièrement snob, mais elle avait hérité de sa mère une défiance bien ancrée concernant le mot « gentil » utilisé de cette manière. Elle sentait là quelque chose de dissonant. Ça ne s'accordait pas avec la prononciation légèrement affectée des voyelles. Elle ne pouvait s'empêcher, à ces moments-là, de le comparer à Dennis Hasset, ce qui l'incitait à penser que tout ce que faisait Oscar était à la fois puéril et frivole.

Et pourtant, lorsqu'on voyait la manière dont il distribuait les cartes, on ne pouvait s'empêcher de sentir que toute son attitude n'était peut-être qu'une pose. Rien ne collait.

Il n'était pas vulgaire, mais l'ameublement de son presbytère était d'une extrême vulgarité. Lucinda n'arrivait pas à croire qu'il puisse se déplacer parmi ces objets sans y être sensible. Le tapis avait des motifs si raides, si grands, qu'on pouvait facilement avoir l'impression de s'y prendre les pieds. Il était d'un vert éclatant et criard. Le manteau de marbre de la cheminée vous incitait à penser qu'il avait été taillé par un artisan spécialiste des sarcophages. Le miroir qui le surmontait était recouvert d'un filet de gaze vert, placé là pour empêcher les mouches de laisser leurs chiures sur la glace. Il y avait un nombre gênant de fauteuils neufs sans compter le divan, sur lequel elle s'asseyait. Son partenaire paraissait s'accroupir dans l'un d'entre eux et se penchait avec une telle passion en avant, que Lucinda craignait souvent d'être repoussée en arrière. L'ennui, avec ces fauteuils, c'était leur couleur. Les teintes les plus vives étaient de règle. Un bleu digne d'un martin-pêcheur, sans aucun doute fort beau sur l'oiseau, n'était pas cependant une couleur qui risquait de s'accorder avec le tapis. Personne n'avait pensé, malgré la dépense extravagante, que ce canapé criard allait être placé, qu'on le veuille ou non, sur ce tapis tape-à-l'œil.

Elle ne pouvait vraiment pas l'épouser.

Bien entendu, il ne lui avait pas demandé sa main, mais parfois, en se rappelant leur rencontre, elle regrettait de ne pas avoir répondu à son dernier sourire. Mais il lui suffisait alors de regarder cet assortiment ridicule de petites tables — du chêne, du cèdre, de l'érable — pour se rendre compte qu'elle ne devait plus avoir aucun doute.

Il y avait aux murs des peintures qui malheureusement n'étaient pas des peintures mais des « chromos ». La seule chose que Lucinda avait en commun avec cet homme était une faiblesse dont elle n'était nullement fière. Solitaire ou non, si l'incident suivant n'était pas survenu, il est fort probable qu'elle n'aurait pas cherché à le revoir.

67

Le Messie

La gouvernante, à Randwick, était une certaine Mrs Judd, qui, si elle n'avait pas eu des raisons bien à elle de nettoyer les planchers, d'astiquer le poêle et d'écraser les mouches qui se laissaient piéger derrière les vitres orange et lilas de la grande salle de séjour, aurait pu rester tranquillement chez elle, à manger des chocolats, car les Judd faisaient partie des membres riches de la congrégation. Le père de Mr Judd pouvait, ou non, avoir été l'un des forçats envoyés dans la colonie, mais Mr Judd, lui, était en tout cas le propriétaire heureux d'une entreprise de transports. Il avait des équipes d'employés de toutes sortes qui parcouraient la colonie. Il possédait un bateau qui transportait les marchandises le long de la côte et un superbe hôtel particulier à Randwick même. C'était un homme solidement charpenté et malgré une hanche abîmée — une infirmité qui lui faisait pencher son grand corps lorsqu'il se trouvait à la proue et lui donnait l'apparence de quelqu'un portant un ballot de paille invisible sur le dos — il travaillait encore aussi dur que les ouvriers qu'il employait. Non seulement sa femme contrôlait le presbytère de St John, mais lui-même aimait l'inspecter de temps à autre. Il avait un sentiment possessif vis-à-vis de cette maison, à juste titre d'ailleurs — c'étaient ses dons qui en avaient payé la plus grande partie et c'était donc son goût (ou celui de son tapissier) qui régnait à l'intérieur. S'il y avait une ardoise de travers ou qui manquait sur le toit, Mr Judd n'appelait pas le couvreur, mais s'arrangeait pour faire la réparation lui-même. C'était un homme rude, mais extrêmement précieux pour l'église. Au cœur même du labyrinthe de ses sentiments favorables envers cette institution se trouvait une chose très particulière : Mr Judd avait une jolie voix de baryton et en était fier.

Chaque année, à Randwick, il y avait un grand nombre de services religieux au cours desquels on jouait les œuvres capitales de la musique sacrée. *Le Messie*, par exemple, devait être donné cette année même. Mr Judd, cet homme rude, querelleur, se sentirait, alors qu'il déviderait le fil d'or de la plume de Mr Haendel, transformé en quelque chose de beau. C'est pour cette raison qu'il aimait l'église et que, généralement, il se faisait tout petit devant l'être qui lui ouvrait la voie des grands moments de sa vie, je veux parler du pasteur.

Personne n'avait encore fait allusion au *Messie* devant Oscar. On avait donné la *Passion selon saint Matthieu*, juste avant son arrivée. A cause de quelques tiraillements au moment de l'intronisation du nouveau pasteur, personne n'avait parlé du *Messie*. Mr Judd ne pouvait pas mettre le sujet sur le tapis lui-même. Il aurait passé pour vaniteux. Et pourtant, il se rendait compte que de ce concert était rien moins que sûr. Il avait entendu dire que l'évêque Dancer se souciait fort peu de Haendel, mais quelqu'un d'autre lui avait certifié le contraire. Mr Judd était un homme carré, dans tous les sens du terme. Il n'appréciait pas ces valses hésitations qui étaient la marque des classes dirigeantes. Mais dans ce cas particulier, sa sensibilité était trop fortement en jeu. Il ne pouvait poser simplement au pasteur la question qui le préoccupait tant. En conséquence, il se faisait tout petit. Il coupait du bois qu'il rangeait lui-même dans la caisse. De même, il décapait les volets, les ponçait, pour mettre le bois à nu, puis les repeignait. Tandis que le reste des membres du conseil de fabrique demeuraient sur la réserve et bouche cousue, Mr Judd était entreprenant, amical. Il cherchait à amener les conversations qu'il avait avec ce gamin aux mollets de cigogne sur la musique.

Oscar avoua joyeusement qu'il n'avait pas l'oreille musicale et qu'il ne pouvait pas plus discuter de musique que des possibilités d'élevage du mérinos, si cela même avait le moindre sens. Ce dont il avait envie c'était de parler des Noirs. Ce qui n'était pas le cas de Mr Judd. Il passait les persiennes au papier de verre en silence. Il s'inquiétait si bien qu'il lui fallut — vanité ou pas — sonder les plus fervents amateurs de musique de la congrégation pour connaître leur opinion concernant l'attitude de ce petit loustic. Les pronostics, découvrit-il avec consternation, étaient contre Haendel. N'oublions pas que c'est l'homme de l'évêque Dancer. Regardez sa tenue. Il n'y aura pas de Haendel cette année, Matty, Dieu du ciel, non.

Mr Judd vint tailler les haies puis réapparut avec sa femme, à six heures le vendredi matin, afin d'enlever les branchages. Il était profondément malheureux. Et il était aussi — cela venait en crises qu'il éteignait puis rallumait — en colère.

Il fut surpris de trouver les lumières allumées et les volets de la fenêtre ouverts. Il ordonna à sa femme de rester sur le sentier, tandis qu'il grimpait — très doucement — sur la véranda pour voir ce qui se passait.

Eh bien, vous savez ce qu'il vit. Il y avait aussi de l'argent sur la table. Il le vit, bien sûr. Il vit une femme, des cartes qu'on remue, de l'argent. C'est alors qu'il commença à tambouriner sur la vitre.

68

De terribles dégâts

A moins que vous n'ayez des habitudes de lecture très particulières, il est peu probable que vous ayez entendu parler des prétendus « meurtres du mercredi ». Les personnes de la génération de ma grand-mère parlaient encore d'eux, mais ils sont oubliés maintenant. Le trait le plus caractéristique de ces meurtres n'était pas en relation directe avec leur nom qui simplement mettait l'accent sur une coïncidence — les deux premiers crimes survinrent dans la nuit du mercredi de deux semaines consécutives. Mais le meurtrier n'avait nulle envie de se laisser étiqueter aussi facilement et par conséquent frappa ses prochaines victimes le mardi (la troisième) et le dimanche (la quatrième). Malgré cela — et que ça serve de leçon à quiconque a affaire avec la presse — le nom est resté.

Les meurtres étaient si horribles qu'on peut trouver curieux que Lucinda, quelle que soit l'étendue de sa solitude, ait accepté de bouger de chez elle, ou si on l'admet, on risque alors de lui attribuer à tort un grand courage lorsqu'on apprend qu'elle s'est aventurée, non accompagnée, dans des rues qui étaient encore pour la plupart sans éclairage. De plus, ces meurtres ne la laissaient d'aucune manière insensible. Elle savait qu'ils étaient très probablement le fait d'un boucher ou, du moins, c'est ce que laissaient entendre les journaux, d'un apprenti boucher sans emploi. Ce n'était nullement du mélodrame ni d'ailleurs les imaginations débridées d'une presse à sensation. C'était tiré de détails parfaitement clairs sur la manière dont les meurtres avaient été commis, les entailles, le découpage, le désossement.

On ne pouvait pas vivre seul sans penser au meurtrier du mercredi et Lucinda, lorsque sa servante était partie à la tombée de la nuit, était non seulement seule, mais seule sur un promontoire entouré d'eau, dans une maison battue par le vent, dans laquelle les planchers parfois grinçaient désagréablement et les poutres — ou étaient-ce les clous dans les poutres ? — faisaient des bruits inexplicables. Lucinda, seule avec son chat, lui aussi très impressionnable, pensait parfois à ces choses si intensément qu'elle ne pouvait quitter son fauteuil près du feu, pas même lorsque le bac à charbon était vide, qu'il était trois heures du matin et que le froid était tel qu'un petit nuage blanc se formait devant sa bouche. Donc, si cette promenade peut nous apparaître si courageuse, elle lui semblait à elle d'une grande lâcheté. Elle fuyait ainsi non seulement la solitude, mais la peur. Elle croyait qu'elle était plus vulnérable dans sa maison que sur les routes, dans son lit que dans une salle de fan-tan. Et même si la bonne opinion qu'elle avait d'Oscar avait été sérieusement entamée par la conduite égoïste du pasteur à bord du *Leviathan* (un dommage qui se faisait sentir dans l'agacement irraisonné qu'elle ressentait en voyant l'angle de son coude, ou la manière dont son pantalon se plissait pour découvrir un tibia osseux et blanc, avec des traînées rouges, semblables à des marques de crues, au-dessus des chaussettes en accordéon), elle n'était pas mécontente de passer ces heures avec lui ou en tout cas moins agacée qu'elle l'aurait été si le meurtrier du mercredi n'avait pas été en liberté. Elle attendait l'aube.

Il lui dit que l'horloge, sur sa cheminée — un énorme dispositif dont on apercevait le mécanisme de cuivre — avançait de dix minutes. Elle ne doutait pas un instant de sa criante inexactitude et préférait donc se fier à la plus ou moins grande luminosité du ciel. Elle estimait qu'il était presque six heures du matin. Elle avait pris un certain plaisir, même s'il n'était pas aussi intime que celui qu'elle avait eu à la table de Mr Borrodaile. Au cours de ce repas, elle avait tiré son plaisir d'Oscar, elle avait laissé son esprit se livrer à toutes sortes de fantasmes agréables. Elle avait pensé qu'il était un ange peint par Mr Rossetti. C'était bien sûr avant qu'il ne se montrât si inconséquent. En revanche, le rami était un jeu qu'on pouvait jouer avec des gens parfaitement étrangers, avec un homme masqué par exemple, ou même (s'imaginait-elle) avec une machine perfectionnée. Elle était arrivée la bourse vide et maintenant elle avait gagné presque cinq livres. Ses gains étaient là en billets et en pièces de monnaie devant elle. Elle les avait gagnés lentement et avait trouvé cette opération aussi satisfaisante que d'arracher des clous tordus dans une vieille planche. Elle y avait pris plaisir autant qu'elle avait joui de son vertige, de sa légèreté, en perdant au fan-tan. Il ne lui vint pas une seule fois à l'esprit que peut-être elle était en train de le punir.

Elle n'était pas fatiguée. Elle ne pouvait pas se permettre d'être fatiguée. Elle avait bien le temps de rentrer chez elle pour se baigner, avant de prendre le thé avec Mr Rolls, un entrepreneur arrivé récemment de Melbourne. Elle commença à ramasser ses gains. Les billets étaient plus grands à cette époque. Elle avait donc quelque chose de substantiel pour récompenser ses efforts. Si vous sortiez un billet d'une livre, personne ne pouvait le confondre avec une feuille de papier à cigarette, ou — si vous ne faisiez pas partie de cette classe sociale — avec une carte de visite. C'était au moment où Lucinda commençait à rassembler ces billets merveilleusement proportionnés, que Mr Judd appuya sa figure rougeaude contre la fenêtre. Il avait été boxeur dans sa jeunesse, si bien que son visage était légèrement asymétrique, le nez était nettement déporté sur un côté et les oreilles totalement indépendante de la tête. Quand on le connaissait, on le trouvait étrangement doux, et quoique ses mains fussent sur le dessus couvertes de cicatrices, et sur le dessous calleuses, il était aimable lorsqu'il s'agissait de sujets aimables — je pense à la musique bien sûr en faisant cette remarque. Mais c'est assez facile de comprendre qu'un tel visage, se montrant à l'improviste, pût apparaître — je ne dirais pas semblable au masque d'un assassin — mais effrayant.

Lucinda aurait dû faire la part des choses à cause du verre. La vitre n'était pas plate, mais bombée, avec une épaisseur irrégulière et tachetée de jaune, à cause des différents sels minéraux contenus dans le sable. On peut affirmer qu'elle aurait dû réagir d'une manière plus rationnelle. Ce ne fut pas le cas. Elle vit le visage d'un boucher aux sourcils broussailleux, elle vit un groin d'une couleur jaune irréelle. Que ce visage fût en partie caché par un voile de condensation ne le rendait pas moins effrayant.

Elle ne pouvait crier.

Elle fit un bruit qui pouvait signifier quelque chose comme : « Erg. »

Oscar sourit, l'air absent.

« Erg. »

De toute façon, elle le rendait nerveux. Elle savait fort bien le grec, elle semblait avoir de sérieuses connaissances en théologie, elle ne souriait pas facilement. Elle jouait aux cartes avec une élégance froide et une dextérité qu'il trouvait choquante. Il aimait son odeur. Il ne savait pas comment se conduire avec elle et lorsqu'elle le regarda en lui disant « Erg », il se sentit gêné.

« Bien, dit-il en battant les cartes. Bien, bien, bien. » Il les battit en accordéon. Il s'était forcé à apprendre ce truc, bien qu'il l'ait vu faire dans un « bouge » de Jermyn Street. Il avait été exécuté par un vieil acteur frêle, complètement ivre, qui pouvait battre les cartes en faisant un pont mobile de près d'un mètre de long. Oscar s'était entraîné pour réussir cet exploit à son tour. C'était, supposait-il, une petite scène de genre.

Mr Judd vit l'éventail et ne put se contenir davantage.

Il cogna à la vitre.

Oscar se comporta exactement de la même manière que lorsque Lucinda l'avait appelé « Crabe ». Son visage perdit toute force, toute couleur. Les muscles de son crâne se contractèrent et firent se redresser ses cheveux. Il laissa tomber sa mâchoire et Lucinda eut droit cette fois non pas à un joli tunnel rose se terminant par le petit triangle de l'épiglotte, mais à un macaron à la noix de coco, à moitié mâché.

Mais alors, bien sûr, il se retourna et aperçut Mr et Mrs Judd.

Lucinda ne parvenait pas à croire ce qu'elle lui voyait faire. L'attitude hostile des intrus était suffisamment claire, pourtant ce pasteur dégingandé se leva, essuya sa bouche avec son mouchoir, se dirigea vers la fenêtre, l'ouvrit pour les laisser entrer. Bon, ils n'entrèrent pas. Pas immédiatement en tout cas. Mais la voix de l'homme se fit entendre et Lucinda n'eut pas le temps de la séparer de son cauchemar. Elle ne comprit pas tout de suite l'étendue du scandale, elle se sentit simplement submergée par une vague de colère à odeur de tabac.

« Mr Judd, entendit-elle dire à son hôte, Mrs Judd, je vous en prie, entrez. »

Entrer ? Lucinda n'en croyait pas ses oreilles. Entrer ? Elle porta la main à son chapeau pour trouver la petite larme, de la grosseur d'un pois, qui en couronnait le sommet. Elle pensait aux propriétés du verre, non à sa tendance à jaunir lorsque le sable contient certains sels, mais de sa faculté de se casser en morceaux. Ces morceaux recouvriraient le tapis en prenant des formes de croissants de lune, de cimeterres, de poignards, de dagues, de coutelas, un arsenal merveilleusement tranchant, qui n'attendait pour être libéré des contraintes de son cadre qu'une clef, qu'un caillou, qu'une pièce de monnaie, qu'un morceau de charbon.

« Je vous en prie, dit Oscar en joignant les mains et en les frottant l'une l'autre. Je vous en prie, entrez. »

Lucinda enleva son chapeau et tint son épingle derrière son dos. Oscar recula d'un pas et les deux Judd, la femme avec grandes difficultés — non seulement elle était forte, mais elle était embarrassée par ses jupes — passèrent, en enjambant l'appui de fenêtre, de la véranda à la salle de séjour.

Oscar les regardait avec presque autant d'étonnement que Lucinda. Il s'était à peine, tant il était nerveux, rendu compte de ce qu'il venait de dire. Et si c'était vrai qu'il invita les Judd à entrer et qu'il se tenait, lorsqu'il le fit, d'un côté d'une fenêtre ouverte et eux de l'autre, il n'avait nullement pensé qu'ils se serviraient de sa fenêtre comme d'une porte. Et pourtant — il l'admit plus tard, lorsque, assis, gémissant, enfonçant son point gauche dans sa main droite, tandis qu'il se jugeait lui-même — c'était lui qui avait reculé. Et ce mouvement ressemblait quelque peu à celui d'un aimant qu'on déplace devant un clou. Il faut s'attendre, si l'on a quelques connaissances des sciences naturelles, que le clou va suivre et que ça ne sert à rien — son père le lui aurait dit — d'affirmer son innocence quand on sait qu'on a affaire à une loi qui, même si elle ne porte pas de nom, n'en est pas moins une loi physique. Lorsqu'il y a une telle concentration d'énergie et que tous les vecteurs sont dirigés dans votre direction, si l'on dit « entrez » et qu'on recule au même moment, l'objet de votre attention suivra — comme l'eau sur un plan incliné — la ligne de moindre résistance et entrera effectivement.

Bien entendu, Mr Judd n'avait pas conscience d'obéir à une loi physique. Il ne connaissait rien à la physique. Il ne s'intéressait qu'à la toile de jute, aux sacs de pommes de terre, à la paille, à l'avoine, aux attelages, aux proues, aux chaînes pour les bestiaux, à la longueur de l'herbe dans les prairies qui bordaient la route de Sydney à Yass. Il était en conséquence ignorant des forces qui le mettaient en mouvement. Lorsqu'il se retrouva debout sur le tapis de laine de première qualité de Bradford du pasteur, il se sentit mortifié. Il regarda ses chaussures et s'aperçut que la droite n'était pas correctement lacée et que la gauche avait des morceaux de feuilles accrochés à la semelle. Puis, il leva la tête et aperçut sa femme — grand Dieu — qui essayait de le suivre. Ça c'était bien elle. C'était elle tout craché. Pourquoi ne se rendait-elle pas compte du spectacle qu'elle offrait ? Elle n'était que poitrine et fesses et ses pauvres petites jambes étaient bien trop courtes, trop dodues, pour enjamber l'appui de fenêtre, et malheureusement il n'était plus maintenant possible pour elle de faire marche arrière. Il fallut donc qu'il vienne à son secours.

Mr Judd était furieux contre sa femme, mais il ne le lui montrerait pas en public. Il lui dispensa donc son aide avec une extrême sollicitude et fit de son mieux pour lui permettre d'effectuer un passage plein de dignité. Lorsqu'elle se retrouva finalement à l'intérieur, il s'assura que sa robe étaient bien dans ses plis avant de pouvoir penser à quelque chose d'autre.

En conséquence, il se retrouvait, lui un homme viril, à s'agiter autour de jupes, comme une couturière. Durant un moment, il se sentit embarrassé à l'idée de l'image qu'il offrait. Puis, les habitudes de toute une vie réapparurent d'elles-mêmes et il fit ce qu'il faisait toujours lorsqu'il était à son désavantage : il attaqua.

« Je ne suis pas le genre d'individu qui arrive en passant par les fenêtres, dit-il. Vous devriez le savoir maintenant. Mais je vous dirai ceci, monsieur — nous ne le tolérerons pas ! Nous ne l'admettrons pas ! Tout ce que nous voulons, c'est notre Haendel. Ce n'est rien d'autre que la gloire de Dieu, mais vous ne le voyez pas. « Ne t'enivre pas de vin », il n'avait nullement l'intention de faire une citation, mais les mots avaient jailli de sa bouche. Il ne voyait de vin nulle part. Ce n'était pas de vin qu'il parlait. « Ne t'enivre pas de vin », il regarda les cartes. Elles étaient étalées à côté de l'argent. « Mais où est l'excès d'être rempli avec l'esprit ; parlez à vous-même grâce aux psaumes et aux hymnes, aux chants religieux, chantez, faites de la musique dans votre cœur à l'intention du Seigneur. »

Cette citation provoqua un silence. Tout le monde était là, debout, le visage rouge, essayant de comprendre la situation. Oscar pensait « un d'elle ? » Un courant d'air froid arrivait de la fenêtre ouverte.

« Vous étiez en train de jouer, dit Mr Judd, en brandissant en direction du pasteur un doigt curieusement élégant.

— C'est vrai, Mr Judd, dit Oscar, en serrant ses bras contre son étroite poitrine et en se frottant les mains. Je jouais. Je suis désolé si cela a pu vous offenser

— Ça ne sert à rien de le nier.

— Je ne le nie pas.

— Ne pensez-vous pas que le Tout-Puissant a des oreilles ? N'imaginez-vous pas qu'Il aimerait entendre les hymnes de nos louanges ?

— Oh si, bien sûr, Mr Judd. Bien sûr.

— Alors, vous ne devriez pas jouer, monsieur. C'est une folie et c'est un péché. »

Lucinda n'était pas très sûre de ce qui se passait. Elle ne croyait plus que ces gens étaient des assassins, mais elle trouvait la situation extrêmement trouble. L'homme paraissait violent et la femme semblait croire que son devoir d'épouse lui demandait de tendre silencieusement vers elle, Lucinda, un niveau de colère équivalent. Ses yeux jetaient des lueurs noires et elle agitait ses pieds sous sa jupe, comme une vache qu'on met à l'étable pour la traire. Lucinda se leva.

« Il m'apparaît, disait Oscar, que nous tenons les fils de soucis totalement différents dans l'écheveau de cette petite agitation. »

Lucinda ne dit rien. Néanmoins, elle trouvait ce ton conciliateur totalement déplacé.

« Je ne suis pas agité, dit Mr Judd.

— Elle file à l'anglaise, lança Mrs Judd.

— D'un côté, nous avons le problème du jeu, de l'autre nous avons, il me semble, celui de l'amour de la musique.

— De la musique sacrée. De la musique sacrée.

— Elle est en train de mettre son chapeau.

— Elle est mon invitée, Mrs Judd.

— Quel joli mot vous avez trouvé là.

— Mrs Judd, dit Mr Judd sur un ton de reproche.

— On ne m'arrêtera pas, dit Mrs Judd. Je n'ai jamais vu un tel hypocrite. Oui, un hypocrite. Nous lui avons fait de jolis vêtements qu'il ne veut pas porter. N'est-il pas vrai ? Croyez-vous que Dieu préfère vous voir ressembler à un corbeau.

— Je porte... dit Oscar, qui ne put achever sa phrase.

— Vous vous habillez comme un épouvantail, dit Mr Judd.

— On ne m'arrêtera pas. C'est vrai, il s'habille comme un épouvantail et met aux rancards notre *Messie*. Et maintenant, le voilà en compagnie de cartes et de femme dans le temple lui-même. Et... elle regarda derrière elle la fenêtre ouverte et s'arrêta un moment. Et nous y sommes aussi », finit-elle par dire.

Cette dernière phrase semblait signifier qu'elle avait, malgré son attachement naturel aux bonnes manières, été poussée — c'était peut-être de la sorcellerie — à escalader la fenêtre de son employeur et à se tenir, les chaussures pleines de boue, sur un tapis coûteux.

Lucinda s'était écartée du courant d'air et se chauffait au feu. C'était vrai qu'elle avait mis son chapeau, mais nullement parce qu'elle avait envie de partir. Elle avait simplement replacé l'épingle. Elle n'aurait pas besoin de ce type d'arme.

« Vous êtes l'un et l'autre d'une grossièreté affligeante », dit-elle.

Mrs Judd ouvrit la bouche. Mr Judd marcha sur le pied de son épouse. La bouche de Mrs Judd resta ouverte et sa tête se tourna, tel un ressort, en direction de son mari, pour essayer de lire sa pensée sur son visage.

« Vous vous imaginez, dit Lucinda en tirant sa jupe

étroitement contre ses jambes jusqu'à ce qu'elle les sente brûler, que vous êtes des personnes civilisées. Mais vous n'êtes que des sauvages en chapeau haut de forme et en habits. Vous n'êtes aucunement civilisés et si le jeu est un péché c'est un péché moindre, en tout cas, que celui que vous venez de commettre. Vous devriez prier Dieu de vous pardonner votre grossièreté. »

Oscar était atterré en entendant ce discours d'une insolence patricienne, surtout sortant de la bouche d'une femme qu'il avait vue, il y avait à peine une demi-heure, allumer une cigarette et faire passer la fumée bleue par ses narines dilatées (une chose qu'il trouvait particulièrement sensuelle). Il se serait volontiers excusé auprès des Judd mais on ne lui en laissa pas le temps.

« Personne ne vous retient », dit Lucinda.

Et les Judd, effectivement, gagnèrent la porte d'un air hésitant.

« Par où vous êtes entrés », lança Lucinda.

Et les Judd repartirent par la fenêtre. Lucinda la leur fit refermer derrière eux. Puis elle les regarda s'éloigner — le jour commençait à se lever enfin. Ils marchaient le long du chemin jaune moutarde et parlaient tous les deux en même temps.

Elle se mit alors à rire. Ce n'était pas un rire ordinaire. Il était provoqué autant par sa conduite, qui la surprenait elle-même (comme elle devait être en permanence dans un état de fureur à Sydney), que par la délectation qu'elle éprouvait en constatant sa propre méchanceté. Et ce visage qui s'abandonnait au rire était ravissant. Pour la première fois, depuis qu'elle venait au presbytère, elle était elle-même, spontanée, naturelle, détendue. C'était une jeune fille qu'il était facile d'imaginer à l'époque où elle vivait dans une ferme, près de Parramatta. Elle paraissait jolie. Mais Oscar ne s'en aperçut pas, car il était de nouveau assis dans un horrible fauteuil vert, les mains enfoncées dans ses cheveux roux ébouriffés.

« Cette fois, ça y est, dit-il. Je suis fichu. »

Lucinda se sentit alors brusquement comme un athlète qui, le corps chaud, ne se rend pas compte tout de suite qu'il s'est claqué un muscle. Comme elle se refroidissait, elle se raidit et apprécia — cela faisait plus mal qu'on aurait pu le penser — les dégâts.

69

La nappe

Le bureau de l'évêque Dancer — comme toute sa maison — était totalement remis à neuf. Il lui était particulièrement pénible de rester sur place. Il ne supportait pas d'entendre sa femme appeler à grands cris les artisans. Il avait horreur des brusques courants d'air arrivant inévitablement des fenêtres ouvertes, des coups de marteau et des grincements de scie, tout aussi inévitables. C'était affreusement agaçant d'être là. Il n'arrivait pas à régler ses affaires avec sa diplomatie habituelle. Et en particulier cette affaire-là.

C'était pour cette raison que l'évêque Dancer déjeunait avec le doyen de St Andrew et sa femme. Habituellement, il ne se souciait guère du doyen, mais il avait besoin de trouver un bureau et celui du doyen était le seul qui pouvait apporter la note juste. « La note », vous pouvez le deviner facilement, n'était pas une chose qui, habituellement, aurait troublé un homme tel que Dancer. Il avait une personnalité suffisante pour avoir sa propre « note » sans qu'il ait besoin d'avoir recours à celle donnée par des draperies de velours et par le lourd bureau du doyen. Mais, dans ce cas, il avait dû se rendre à l'évidence. Le bureau qu'il recherchait était le seul — il n'y avait pas moyen de l'éviter — dans lequel il pouvait effectuer sa reddition au conseil de fabrique de Randwick.

L'évêque Dancer n'aimait jamais perdre, mais il détestait encore plus perdre en face de gens tels que ceux-là — des commerçants enrichis, des garçons d'écurie, des chiffonniers dont on pouvait naguère reconnaître l'état aux trois chapeaux qu'ils entassaient l'un au-dessus de l'autre. Aujourd'hui, ils portaient les vêtements des classes qu'ils servaient il n'y avait pas si longtemps encore. Parfois l'évêque pensait que Sydney ressemblait à un bal masqué d'orphelins. Quelle vision grotesque, se disait-il. Des marchands de pâtés qui s'habillent comme des gentlemen, des servantes qui portent des diadèmes de verre. Ils étaient tous là maintenant, dans l'antichambre du bureau du doyen. Mr Allcock, avec son haut de forme et son pantalon brillant, Mr Judd, Mr Henry et leur chef, Mr Graham, un membre du Parlement, le célèbre puséyiste.

L'évêque restait à table, bien que celle-ci fût en grande partie débarrassée. Il souhaitait faire une sorte de démonstration, qui inquiétait pas mal le doyen. Ce dernier avait invité l'évêque à déjeuner par simple courtoisie. Il l'avait regardé boire une bouteille entière de son meilleur bordeaux, et maintenant il craignait les conséquences.

« Laissez-moi vous montrer, dit l'évêque.

— Monseigneur », commença le doyen. Il se rendait compte que Dancer était d'une humeur massacrante et en connaissait la raison. Les journaux s'étaient emparés de l'affaire du presbytère de Randwick où, disait-on, il s'était passé des choses d'une effrayante immoralité. Il s'agissait de cartes et de femmes. Et le titulaire du poste avait été nommé par Dancer. Celui-ci s'en était même vanté. Il avait appelé le nouveau pasteur « mon révérend Mr Furet ».

« Ne m'appelez pas monseigneur, lança Dancer. Laissez-moi vous montrer ce truc et vous comprendrez alors que je ne me vante pas. »

L'évêque évaluait la table. Elle avait été modestement mise à cause de la réunion qui allait suivre. Presque tous les couverts avaient été enlevés de la nappe blanche. Il y avait encore un petit plateau d'argent avec les épices, une saucière prétentieuse, une bouteille de bordeaux avec un bon centimètre de tanin dedans, deux verres à vin, trois verres à eau. Il faisait très beau. Le vent d'ouest était tombé momentanément et le soleil s'enflammait sur le pêcher en fleur qui se trouvait devant la fenêtre, avant d'éclairer joliment la table.

« Je n'ai jamais imaginé qu'il s'agissait de vantardise, dit le doyen, reculant un peu sa chaise, mais manquant de courage pour se lever. Mais une longue attente n'est pas pour améliorer l'humeur de vos visiteurs. J'imagine qu'ils vont s'échauffer et prendre de plus en plus une attitude fermée.

— Qu'en savez-vous ? » dit Dancer. Il recula aussi sa chaise. Il tenait la nappe, comme il avait vu un jour sa sœur tenir la traîne de mariée de la duchesse d'York, lors de son mariage. Il regarda le doyen. Celui-ci était un homme soigné. Il avait à côté de lui, à table, un ramasse-miettes et ne se sentait nullement gêné de s'en servir de temps à autre. Ses cheveux étaient, pour le goût de Dancer, un peu trop bien coiffés. Ils étaient épais, d'un gris acier, et paraissaient avoir été coupés un à un au rasoir. « J'ai toujours pensé, mon cher doyen, que des hommes dans notre position devaient savoir se détendre. »

Le doyen essayait de paraître détendu, mais n'y parvenait pas. Il croisa les bras. Il avait une large poitrine. C'était un homme encore jeune et bien bâti. Pourtant Dancer pensait qu'il se conduisait comme une volaille tatillonne. C'était facile de l'imaginer en train de picorer les miettes une à une, sur la nappe blanche.

« Je suis tout à fait détendu, mon cher évêque, je vous assure. En fait, je me demandais plutôt — et ici le doyen remonta ses lunettes sur son nez et sa bouche se plissa d'une manière à la fois guindée et suffisante — si Votre Seigneurie ne ressentait pas les pressions de ce scandale de Randwick.

— Quel scandale ? demanda l'évêque en évaluant la tension de la nappe. Il n'y a pas de scandale.

— Qui risque de faire passer votre protégé devant la cour ecclésiastique.

— Mon protégé ? Ha ha. Franchement, mon cher doyen, ne saviez-vous pas que ce petit sot était évangélique ? On peut difficilement dire qu'il était mon protégé. Maintenant, concentrez-vous. Regardez. Vous ne verrez pas ça dans beaucoup d'autres doyennés. » Dancer sentait ses muscles se contracter d'une manière nullement désagréable. Ils étaient tendus comme une ligne au bout de laquelle se débat une raie.

« Permettez-moi alors d'enlever la saucière.

— Restez assis », ordonna l'évêque Dancer. Le doyen se rassit. Il boutonna sa veste.

L'évêque évalua la tension de la nappe. Il la trouvait à point. Il plissa les yeux, se concentra. Il sentait, grâce à la résistance de la toile, la position de la bouteille de vin (qui était assez dangereuse, étant donné sa grande taille et son absence de poids), celles de la saucière et du vinaigrier. Il tira un peu plus fort, afin d'atteindre le point précis de rupture de l'immobilité.

Puis, il arracha la nappe d'un coup sec.

La bouteille se souleva, vacilla, mais retrouva bientôt son équilibre sur le bois de cèdre poli. Elle tinta longuement, gravement, avant de s'immobiliser.

Il n'y avait jamais eu de problème pour le vinaigrier. Seule, la saucière, un machin bizarre à trois pieds, s'accrocha à la nappe. C'était, en partie, à cause de ses pieds, et en partie la faute du doyen qui demandait que les nappes soient toujours fortement amidonnées. Un pli cassant avait retenu le pied, croyait l'évêque. Ça n'aurait provoqué que fort peu de dégâts si le doyen lui avait seulement fait confiance. Mais celui-ci, aussi nerveux qu'un lapin, avait bondi de sa chaise à l'instant où la nappe avait été arrachée. S'étant mis à découvert, si l'on peut dire, il s'était ainsi placé directement sur la ligne de feu.

A vrai dire, il restait fort peu de sauce, à peine une cuillerée. Ça ne fit qu'une petite tache sur la cuisse du doyen, une tache qui, de toute façon, ne se verrait pas — qu'on l'éponge ou non — une fois sèche.

« Et voilà, dit l'évêque Dancer. Et pourtant vous ne croyiez pas que je pouvais le faire. »

Ce soir, le doyen demanderait à Dieu de lui pardonner les mauvaises pensées qu'il avait eues à ce moment-là. Mais tandis qu'il ramassait les morceaux de la saucière, sa colère n'était nullement atténuée à la pensée qu'il n'avait jamais aimé la forme de cet objet.

« Je la remplacerai, dit Dancer en pliant la nappe avec une précision fort surprenante (pour le doyen).

— Bien sûr que non, dit le doyen, le visage pâle, ses mains pleines de morceaux coupants. Vous allez gentiment recevoir votre conseil de fabrique et laisser tout cela à mes soins. »

L'évêque dut faire un effort pour arrêter de s'ébouriffer les cheveux, et ce n'est que le soir, au moment de la prière, qu'il trouva lui aussi place dans son cœur pour un peu de remords. Mais même en s'adressant à Dieu, les genoux nus dans sa chemise de nuit, un sourire passa sur son visage. Il ne put le retenir. Sûrement que Dieu lui permettrait cette petite contradiction.

70

Le bon Samaritain

La nappe fut également retirée du dessous de la vie d'Oscar. Mais ne croyez pas que le petit tour de prestidigitation de l'évêque était une métaphore. Car, s'il en était ainsi, il faudrait équilibrer les terribles dégâts. Si nous désirons faire une juste comparaison, nous devrions poser sur la table du doyen des porcelaines de Doulton, des assiettes à soupe, des assiettes plates, des plats, un huilier, des terrines, des tasses, des soucoupes, des chandeliers, des saucières, des ramequins, des vases remplis de fleurs languides, mais même alors, nous n'aurions rien encore qui puisse approcher des torts que l'évêque Dancer fit à Oscar. Pour en avoir un équivalent, il nous faudrait attaquer la table à la scie ou à la hache.

Dès que l'imprudence d'Oscar atteignit les journaux, c'en était fait de lui. Peu importe que Dancer lui-même fût un joueur de cartes et qu'il n'eût rien contre le fait de mettre « quelques petites choses sur les dadas ». Ces sympathies secrètes ne servaient à rien. Il devait se dégager de cette affaire. Il devait jeter le blâme, se tenir à l'écart, etc. Donc, Oscar Hopkins, dont la personnalité s'était construite autour de la certitude qu'il faisait partie des élus, se trouvait maintenant être publiquement rejeté. Son nom fut mis à l'index à Sydney. Personne n'aurait eu l'inconvenance de lui donner du travail.

Qu'il ne fût pas à la hauteur de cette affaire scandaleuse, aussi bien par son apparence que par sa personnalité, ne poussait nullement les gens à mettre en question les calomnies que l'on disait maintenant sur lui. En vérité, ses manières innocentes rendaient sa culpabilité encore plus choquante.

Il trouva une chambre dans un bouge de Bathurst Street. Il apprit alors combien nous sommes dépendants de notre situation sociale, l'instant d'avant tout est douillet et chaleureux, nous sommes dignes de l'affection, de l'estime de gens qui nous sont totalement étrangers, chacun nous respecte sans poser de question, nous fait crédit sans hésitation et l'instant d'après, nous sommes une créature méprisable, sur laquelle tout le monde peut cracher. Quelqu'un que le propriétaire débraillé de cette pension minable, mal rasé, sans col, un tatouage sur son poignet velu, n'admit qu'à la condition de recevoir une importante avance.

On considérait que généralement septembre et octobre étaient les meilleurs mois pour l'arrivée de nouveaux colons à Sydney. En septembre, les froids étaient finis et le vent tombait. Octobre n'était pas encore vraiment chaud. Les mouches, dans les maisons ou à l'extérieur, n'étaient pas encore le fléau qu'elles seraient lorsqu'on mettrait les jambons d'York à fumer, et que les puddings, enveloppés de gaze heurteraient les parois des marmites de fonte dans lesquelles on les faisait bouillir.

Septembre et octobre furent des mois sombres pour Oscar Hopkins. Il était coupé de ceux qui l'aimaient. Aucune lettre ne lui parvenait et quant à lui, il se sentait bien trop honteux pour informer qui que ce soit en Angleterre de sa disgrâce.

Son courrier attendait dans les bureaux de l'évêché. Ses lettres étaient enfermées dans le tiroir d'un employé, près des sandwiches aux œufs que l'occupant de ce bureau apportait chaque jour pour son déjeuner. Les enveloppes commençaient à être recouvertes de taches graisseuses. Elles sentaient l'œuf. Elles restaient là, non ouvertes, si bien qu'Oscar ne savait pas que Wardley-Fish qui se débattait au cœur d'un grave problème avait recours à lui, qu'il n'aimait pas Melody Clutterbuck, que les fiançailles étaient rompues, que lui, Fish, avait été un misérable, un opportuniste, un petit snob et qu'il se préparait à faire voile pour Sydney sur le *Sobraon.*

Si Oscar avait lu cette lettre en souffrance, il aurait vu qu'on le considérait comme « bon ». Cette bonté était mise en parallèle avec « le goût de la mondanité et du clinquant » de l'expéditeur qui, en achetant ce billet sur un clipper, se débarrassait de ces défauts ainsi que « de cochons, cher P'tit Louf, que je pousse vers les collines de Douvres afin qu'ils puissent casser leurs affreux dos poilus et noyer pour l'éternité leur âme vulgaire et porcine ».

Si Oscar avait lu cette lettre, il se serait senti coupable de la rupture des fiançailles. Mais si la culpabilité était une marchandise comme les œufs ou le beurre, il en avait déjà un chargement plus important qu'il ne pouvait porter. Et pourtant, tandis qu'il priait Dieu de le soulager de son fardeau, il regardait autour de lui pour en trouver un autre à se mettre sur le dos. Il priait comme s'il était avide de punitions. Il priait comme un homme de quarante ans qui découvre brusquement le mauvais état de ses gencives et qui commence à se brosser les dents non pas trois fois, comme le recommandent les dentistes, mais neuf fois par jour, jusqu'à ce que celles-ci deviennent rouges, à vif, gonflées, douloureuses, à cause des soins excessifs du zélateur.

Il priait pour ne pas être jeté en enfer.

Ses voisins, dans la pension, se plaignaient de son comportement. Ils l'entendaient gémir. Ils ne regardaient pas le dos de ses mains, et s'ils l'avaient vu, n'auraient probablement pas su déterminer les causes des blessures qui s'y trouvaient. Il faut avoir appartenu à un ordre contemplatif pour comprendre que ces profondes déchirures étaient faites par les ongles d'une main qui s'en prenait au dos de l'autre. Ce n'étaient pas des stigmates mais les marques sanglantes de la prière.

Et pourtant, dans le même temps, le jour même, il se rendait aux courses. Il pariait sur Falcon, Presto et Maid of the Lake, tout en étant convaincu à chaque instant que c'était (que ce devait être) une offense à Dieu qui l'avait frappé à cause de ça. Il sentait néanmoins les effets par vagues de ces produits chimiques euphorisants que son corps savait fabriquer sur un champ de courses. Il ne pariait pas parce qu'il recherchait le plaisir — au contraire il le craignait — il pariait parce qu'il était désespéré et n'avait pas d'autres moyens de gagner sa vie.

On ne peut jouer avec efficacité durant la journée si on passe sa nuit à craindre l'enfer. Toutes les angoisses de cet ordre empêchent le fonctionnement des facultés analytiques qui sont le seul atout du joueur. En conséquence, Oscar perdait plus qu'il ne gagnait. Il ne lui était d'aucune utilité de tourner autour des garçons d'écurie et des jockeys, de les payer d'un shilling pour gagner leur amitié, d'étudier les programmes comme s'il était en période d'examens à Oriel. Il passa les deux mois de la saison des courses dans de déplorables conditions. Au commencement du Drapers' Purse il était la proie des escrocs.

Il se mit à maigrir, bien qu'il n'eût pas grand-chose à perdre. Son col pendait autour de son cou comme un harnais et il marchait à la manière des hommes qui veulent se rendre invisibles. Il longeait les murs, les mains profondément enfoncées dans ses poches, les yeux fixés sur le point de rencontre des bâtiments et du trottoir. Ce fut dans cet état que le retrouva Lucinda, alors qu'il n'avait même pas l'abri d'un mur pour marcher. Il était exposé de tous côtés. Il traversait la cour située derrière le bureau de poste. Le *Bombay*, avec deux semaines de retard, avait, la veille, apporté les lettres d'Angleterre. Donc, tout le monde s'était rassemblé dans George Street où le courrier était ramassé. La cour, elle, était pratiquement déserte. Il n'y avait aucune cohue qui lui aurait permis de s'abriter de ces yeux inquisiteurs qui, en voyant la coupe de son costume sale de drap noir, allait penser immédiatement à un état ecclésiastique. La démarche saccadée et abattue de l'homme qui portait ce vêtement était à la fois en accord avec la lettre qu'il était venu poster et aussi en totale contradiction avec elle. Un observateur n'aurait jamais en effet soupçonné la parfaite correction du style de la missive :

> « Cher papa, je suis vraiment désolé d'être responsable, à cause de mon long silence, que cette lettre va finalement rompre, de tant d'inquiétudes. Vous penserez, lorsque vous aurez reposé cette feuille, que je suis destiné au feu éternel contre lequel pourtant on nous a mis en garde. Je dois avouer que je me sens actuellement vivre au purgatoire. J'y erre, rempli par moments d'un profond désespoir et même de terreur, et l'instant suivant, dans un état (peut-être maladif) d'exaltation. Je pense que celui qui

m'a accordé une âme, trouvera bon, malgré tous mes péchés, de me racheter de nouveau.

« Mais mon cher papa, j'ai une requête à vous faire. Écrivez-moi, s'il vous plaît, mais abstenez-vous de le faire totalement de la manière que votre cœur aimant vous dictera d'abord. Je sais en effet que votre inclination affectueuse voudra me montrer le chemin que je dois prendre pour sauver mon âme immortelle. Ces conseils, je les chérirai, certes, et je ne vous demande pas de négliger votre rude devoir. Néanmoins, dans un post-scriptum, s'il vous plaît, parlez-moi des sentiers de Hennacombe dans lesquels nous avons un jour, tous les trois, marché avec tant de bonheur.

« J'ai la nostalgie des haies et des oiseaux, de leur merveilleux chant, du ciel d'un bleu crayeux d'Angleterre. Cette colonie semble si rude, si nouvelle, jaillie si récemment du sol. Elle est couverte d'argile et de grès, mais dépourvue de ce qui rend la terre friable. Les oiseaux ont des couleurs éclatantes, mais des cris rauques. Tout manque de gentillesse, d'attention, et la société, dans son ensemble (quoique les gens soient bien mieux habillés qu'on ne le pense généralement en Angleterre), paraît se préoccuper fort peu du bien commun, mais uniquement de profits individuels. Ce point de vue est peut-être sombre sans nécessité, et je prie de tout mon cœur qu'il soit dû à une distorsion produite par la situation malheureuse dans laquelle je me trouve aujourd'hui. Cependant, il me semble qu'il n'y a rien que puisse faire un homme, une fois qu'il a acquis la réputation qu'on m'a si injustement mise sur le dos. »

Le poids de la confession détaillée qui suivait était tel que ce n'était pas étonnant qu'Oscar marchât d'un pas si pesant. Lucinda, qui n'avait pas cessé de penser à lui depuis qu'elle avait découvert « le scandale », dans le *Sydney Mail*, ne le reconnut pas.

Tout d'abord elle n'avait pas pensé à lui en lisant l'article du *Mail*. Elle avait lu le nom, bien sûr — Hopkins — mais elle ne pensait jamais à lui sous le nom de Hopkins, mais sous celui de Crabe, ce personnage qui marchait curieusement de biais pour éviter de regarder les hublots, tant sa terreur était grande. On parlait de Judd, du révérend Mr Hopkins et d'une « dame » inconnue. Il lui fallut une bonne minute avant qu'elle comprenne de qui il s'agissait.

« Oh mon Dieu, pardonne-moi », dit-elle. Elle était alors assise dans sa cuisine à Longnose Point. Elle ne se soucia pas un instant de savoir où se trouvait sa servante, mais s'agenouilla sur-le-champ. Elle porta ses mains à ses yeux pour les frotter, comme si elle pouvait, par ce geste, éteindre toute cette lumière, défaire ce qu'elle avait si imprudement construit.

Elle pensa : On ne devrait pas me laisser sortir. C'est le deuxième homme que je perds. Elle s'assit de nouveau et déplia le *Mail* sur ses genoux. Elle allait immédiatement se rendre à Randwick pour s'excuser, ou chez l'évêque ou qui que ce soit qui avait quelque poids dans cette affaire. Ensuite, elle se dit qu'elle devait se tenir à l'écart pour ne pas compromettre davantage le pauvre homme. Sa troisième pensée — et ce fut celle-là que finalement elle suivit — fut qu'elle devait aller là-bas pour voir quelle aide elle pouvait apporter. Elle s'habilla donc dans ses vêtements les plus ternes, les plus convenables, un lainage d'un brun sourd et un bonnet noir extrêmement strict qui ne servait, contre ses véritables intentions, qu'à accentuer la pureté de son teint comme une pomme reinette voit ses lavis de carmin relevés par des bruns éteints. Elle conduisit elle-même son cabriolet pour se rendre à Randwick. Là, elle ne vit pas le révérend Mr Hopkins, mais Mrs Judd, qui, droite dans la véranda, se refusa à communiquer quoi que ce soit si ce n'est le plaisir qu'elle prenait à se trouver dans une position de toute évidence dominante.

Lucinda fit glisser son fouet le long des flancs du hongre et s'éloigna à toute vitesse du presbytère. Elle frôla la grille et laissa derrière elle un nuage de poussière d'argile aussi fin que du talc, afin d'obliger Mrs Judd à quitter la véranda.

Elle se dit : Je n'ai fait qu'aggraver les choses. Elle se dit : Il faut que je laisse tout ça tranquille.

Elle se dirigea vers la corniche, en passant par Darlinghurst, avec l'intention de se rendre dans ses ateliers. Elle ne le formula pas clairement dans sa tête, mais son visage, qui s'était, par l'intermédiaire des contractions de sa lèvre supérieure, terriblement allongé, s'adoucissait maintenant et reprenait ses contours habituels. L'idée de cette visite à la verrerie était l'anticipation d'un plaisir sans forme et sans nom, tel celui qu'un fumeur invétéré peut tirer en sortant de l'église. Ça allait être la prochaine chose, la prochaine chose agréable. Mais ce n'était au fond qu'une habitude et quand Lucinda vit à quoi elle pensait, elle découvrit que le paquet de cigarettes était vide.

Cela faisait maintenant trois semaines qu'elle avait promis à Arthur Phelps — celui qui appelait son ventre « son soufflet » — qu'elle ne viendrait plus dans les ateliers. Comment avait-elle pu promettre une telle chose ? N'était-ce pas elle la propriétaire, après tout ?

Arthur avait gardé ses larges mains occupées en se roulant une cigarette. Ses yeux s'étaient concentrés sur le fait de lécher et d'allumer. Il ne l'avait pas regardée. En revanche, elle l'avait regardé, avait regardé ce grand torse suant, pris dans un sac humide en toile de jute, avait observé l'étrangeté virile de sa peau recouverte de poils blancs. Il lui avait parlé — n'arrêtant pas de remuer sa cigarette toute fraîche, comme s'il voulait l'hypnotiser — avec beaucoup de politesse et de gêne. Il l'avait entraînée dans la cour là où l'on emballait les vitres dans des caisses de bois, un bois qui avait été récemment scié et qui embaumait d'une odeur de sève sucrée l'air printanier. De la paille jaune d'or, soulevée par le vent, restait en suspens, griffant le ciel. Arthur, de lourdes chaussures aux pieds, donnait de grands coups dans les ornières d'argile séchée.

Lucinda attendait. Elle voyait qu'il avait une conscience claire de sa propre autorité, un sens « naturel », bien plus juste que celui qui l'avait conduite à prendre une cabine de première classe.

Quand il eut fini de faire remuer sa petite cigarette, il l'alluma en abritant la flamme à l'intérieur de ses mains. « M'dame, dit-il, c'est mieux de m'envoyer chercher pour que je vienne à votre bureau. »

La scierie voisine hurlait, un cri interminable et effrayant de douleur, arraché au cœur d'une nouvelle bille de cèdre.

Arthur avait déjà travaillé là-bas et s'il n'était pas heureux à la verrerie, il retournerait très probablement à la scierie.

« Vous ne voulez pas faire de mal, m'dame, je vous l'accorde. Mais ça met mes garçons sur les nerfs et les coince dans la politesse. Et nous voyons le cueilleur se tromper dans son travail, et le second souffleur a ses parois irrégulières et ça ne vaut pas la peine de continuer l'objet, m'dame. Ce sont de pauvres garçons ignorants, qui se laissent facilement distraire par une dame. »

Ces simples remarques jetèrent Lucinda dans un désespoir si profond qu'il n'était pas question de larmes ni même de colère. Sa bouche s'ouvrit.

« Si par hasard vous désiriez nous rendre visite, dit Arthur, alors peut-être, m'dame, que le mieux serait de nous prévenir avant.

— Combien de temps avant, Arthur ? » Elle regardait l'emballeur. Il ne mettait pas suffisamment de paille.

« Oh, juste un jour avant, m'dame, ça suffira. Vous nous faites savoir et nous serons prêts pour vous recevoir, m'dame. Ce sera une vraie inspection, m'dame, comme dans la marine de Sa Majesté, pas de chiffon, pas de sac, pas de vieille chaussette. Tout parfaitement rangé, un ordre impeccable.

— Mais c'est mon affaire, Arthur. » Il n'y avait aucun agacement dans sa voix — une voix que pourtant on trouvait souvent froide, sarcastique. Elle était privée de volonté. Ses yeux étaient secs, éraflés, comme ce ciel griffé par les brins de paille. « Je suis le propriétaire. »

Et Arthur Phelps dit : « Je sais, m'dame, mais c'est notre métier, m'dame, vous voyez. C'est notre métier. »

Et elle avait accepté. Elle avait accepté parce qu'elle ne pouvait oublier le vide, le creux, qui s'était installé au centre même de son être quand, en revenant de Londres, elle avait trouvé les ateliers vides, les fourneaux éteints et ce petit chat — le craquement final de son crâne relevait de la même sensation de solitude, de malaise, sans rien de brillant, de doux ou d'agréable. Elle savait qu'elle n'aurait pas dû accepter les demandes d'Arthur Phelps, elle était furieuse d'avoir cédé. Elle allait maintenant à la verrerie la nuit, lorsque les chauffeurs étaient au travail, chargeant les fourneaux, ou parfois installant un nouveau creuset d'argile. Elle gênait également les chauffeurs, mais ils n'avaient pas la prétention ni la compétence d'Arthur. Ils n'osaient pas lui demander de ne pas s'asseoir sur le trône de bois dans lequel celui-ci buvait ses pintes et exerçait son art. Il faisait chaud dans la verrerie, une chaleur sèche. Lucinda était là presque chaque soir. Elle ruminait. Et maintenant, elle ruminait beaucoup sur Oscar Hopkins. Les portes des fourneaux s'ouvraient silencieusement et se refermaient d'un bruit sec. Les pelles des chauffeurs raclaient le sol. Elle s'asseyait sur le trône d'Arthur et buvait du cognac qu'elle gardait dans un flacon. Elle pensait à un chez soi, un chez soi qu'elle n'avait pas, un chez soi qu'elle avait perdu.

Dans une sorte de rêve éveillé, elle écrivait des lettres à l'évêque, qu'elle n'envoyait pas, des messages publicitaires destinés aux colonnes du *Sydney Morning Herald*, qu'elle n'adressait pas au journal. Elle se rendit au Ah Moy's, mais ne vit pas Oscar. Elle assista aux courses de Homebush et de Randwick. Elle joua comme si un cheval pouvait, par la force de ses sabots, éteindre aussi facilement sa douleur qu'il faisait jaillir la boue. Elle jouait avec acharnement, mais elle ne le voyait nulle part. Et quand enfin elle le vit, dans la cour de la poste, elle ne le reconnut pas, pas tout de suite. L'écart entre l'image qu'elle avait gardée de lui et le visage qu'il avait maintenant lui procura d'abord une forte impression de gêne.

« Mr Hopkins ? »

L'homme pivota. Il avait un bouton sur la lèvre supérieure. Bouton est peut-être un euphémisme pour une telle infection, d'un rouge cru, qui gonflait les chairs. Il avait une coupure sur la joue, qui elle aussi, s'était apparemment envenimée. Quand il reconnut la jeune femme, il boutonna sa veste, comme si, par ce geste, il allait pouvoir empêcher son cou maigre de sortir d'un col trop grand, qui n'avait plus rien d'ecclésiastique.

« Miss Leplastrier », dit-il. Il n'avait pas de chapeau à enlever. Il sortit une lettre de sa poche et l'agita à la place.

Elle aussi avait une lettre. Elle était destinée à Mr Paxton. Lucinda lui demandait des détails sur les rigoles qu'il avait conçues pour empêcher la condensation de tomber des plafonds de verre. Elle l'agita aussi.

Ils postèrent leurs lettres. Elle essaya de ne pas regarder

Oscar, tandis qu'il comptait de la petite monnaie pour acheter les timbres nécessaires. Elle vit sur ses mains les marques laissées par la prière. Elle n'avait jamais auparavant dans sa vie pris conscience d'avoir fait tant de mal. Tous ces traits qui l'avaient naguère irritée, sa nervosité, sa fragilité, sa puérilité, son innocence, toutes ces choses qui l'avaient gênée lui semblaient maintenant être étonnamment précieuses.

Elle avait laissé sa voiture dans une cour de Druitt Street. Elle héla un fiacre et n'eut pas besoin de le prier pour qu'il y monte. Elle se conduisait en ce moment de cette manière qu'Arthur Phelps qualifiait d'« autoritaire ». Elle demanda au fiacre de se rendre à la pension de Bathurst Street.

Lucinda fut atterrée en découvrant ce qu'elle était. Elle fut scandalisée par les conditions de vie, par la saleté des planchers, par les traces noires sur les murs laissées par les lampes, par l'aspect négligé du propriétaire, dont — quand cette créature souleva la question de savoir s'il était convenable qu'elle visitât la chambre de Mr Hopkins — elle frappa de son parapluie le sommet du bureau.

Lucinda ne regarda pas de très près ce qui se trouvait dans la chambre de Mr Hopkins. Pourtant, une bouteille à demi pleine de vin blanc australien se fixa dans sa mémoire. Oscar possédait une malle. Elle demanda au cocher de la descendre et de les conduire dans Druitt Street. Passagers et bagages prirent place alors dans sa voiture pour gagner Longnose Point.

Elle avait laissé le scandale derrière elle et maintenant elle le poussait devant. Elle ne s'en souciait pas. Elle faisait passer toutes ses émotions dans un canal extrêmement étroit. Elle demanda à sa servante de lui apporter de l'eau chaude et des bandes. Elle étala des torchons sur la table de la salle à manger et y fit poser les mains meurtries. Elle pensait que les blessures provenaient d'une bagarre à coups de poings. Elles étaient rouges, violacées, s'ouvraient sur des chairs jaunes. Elles ressemblaient à des lèvres à vif. Elles étaient, se disait-elle, comme des fleurs de chair, comme des banksies.

Elle nettoya le pus des blessures, tandis qu'Oscar poussait des cris aigus et étouffés, semblables à ceux d'un oiseau de nuit.

71

Les Stratton jouent

Si le révérend Mr Stratton avait été un cheval, vous n'auriez pas parié sur lui. Vous auriez vu de l'écume mousser sur ses flancs, bien en vue, au lieu qu'elle ne soit cachée dans les plis secrets de ses vêtements de laine. Cheval ou non, ces symptômes, reliés à des nerfs fragiles, étaient apparents pour quiconque avait envie de les voir : une sorte d'égarement dans l'œil, une tendance en sortant à passer la grille, avant que sa femme ait même fermé la porte d'entrée de la maison. Il piétinait ensuite à côté du portail, tandis qu'elle s'avançait sur le sentier.

« On a tout notre temps, mon chéri », dit-elle, allongeant néanmoins le pas, et arrangeant une écharpe autour de son cou. Bien qu'on ne fût qu'en septembre, un vent froid soufflait de la mer.

« D'après quelle pendule ? demanda-t-il.

— Nous n'en avons qu'une, Hugh. Nous n'avons jamais eu deux pendules depuis huit ans.

— Neuf ans, dit Hugh Stratton, en lui offrant le bras. C'était ce que je voulais dire.

— Alors, je ne comprends pas le sens de ta question. Je t'en prie, explique-moi », dit-elle avec ce ton humble et neutre dont elle était secrètement si fière. Elle savait que c'était peut-être un ton un peu risqué à prendre en ce moment avec Hugh qui aujourd'hui était d'une humeur particulièrement nerveuse et irritable. Mais elle n'aurait pas pu, même si elle l'avait voulu, répondre d'une autre manière.

« Le sens de ma question, dit Hugh Stratton, en apercevant Theophilus Hopkins qui les attendait un peu plus loin sur la colline, c'est que nous n'avons qu'une horloge certes, mais Tommy Parsons lui en a une qui ne ressemble nullement à la nôtre. »

C'était Tommy Parsons qui amenait sa charrette anglaise sur la grand-route, chaque jour, entre huit heures et neuf heures du matin. C'était sur lui que Mr Stratton comptait pour se rendre aujourd'hui aux courses de Newton Abbot.

« Tommy Parsons, dit Mrs Stratton, n'a, selon toute vraisemblance, aucune horloge. Je serais extrêmement surprise, Hugh, vois-tu, d'apprendre que Tommy Parsons a une horloge. »

Hugh Stratton soupira avec mauvaise humeur. « Ce que je veux dire, ce que je voulais justement dire, ma chère Betty, c'est que ce petit méthodiste n'a pas d'horloge. Qu'il n'a aucune idée de l'heure. Il peut parfaitement trotter sur la grand-route en ce moment même, tandis que nous discutons de l'heure. Et regarde, l'évangélique nous attend pour nous mettre en retard. »

Effectivement, Theophilus descendait maintenant le petit sentier de chez lui, son carnet à la main. Il essayait de faire croire qu'il n'avait pas vu les Stratton, et tenait tellement à sa ruse qu'il les laissa arriver sous son nez avant de les « découvrir ».

« Ho, fit-il.

— Ho, fit Mr Stratton, mais sur un ton qui incita Mrs Stratton à donner à son bras une petite pression pour lui notifier un peu de retenue.

— Avez-vous des nouvelles ?

— Le courrier ne marche pas bien, dit Mrs Stratton. Il a fallu deux semaines pour que nous recevions les journaux d'Oxford. Je ne vois pas ce qui a pu provoquer ça.

— Ah oui », dit Theophilus qui, sans tenter de poursuivre la conversation, se tenait là, les regardant l'un après l'autre en hochant la tête. Il avait un peu de porridge au coin de la bouche, ce qui lui donnait un air négligé.

« Et comment va votre santé, Mr Hopkins ? demanda Mrs Stratton.

— Il faut nous excuser, dit Mr Stratton.

— Il n'est pas encore huit heures, dit Mrs Stratton, qui se sentait toujours mal à l'aise lors de ses rencontres avec Theophilus et qui, parce qu'elle aurait eu envie de s'enfuir, se sentait obligée de les prolonger.

— Alors, allez-y, dit Theophilus, d'une voix forte, qui fit apparaître la tête grise ébouriffée de Mrs Williams à la fenêtre. Je ne cherche pas à vous retenir.

— C'est vrai, dit Betty Stratton. C'est moi qui cherche à vous retenir, tandis que mon époux prend la position opposée.

— Oh, Seigneur », fit Hugh Stratton.

Theophilus regarda l'anglican, comme il le regardait toujours, comme s'il était une variété particulière de coléoptère que Dieu, dans son infinie et ineffable sagesse, avait mise sur terre. Il voyait les yeux jaunâtres, le teint livide et les rides, creusées comme des cicatrices de chaque côté de la bouche. Il voyait de la colère dans ses yeux et s'imaginait que c'était parce que le pasteur avait perdu de nouveau un membre de sa congrégation au profit des Frères de Plymouth. Le Grand Loup lui-même devait montrer une telle rage, des yeux pareillement jaunes, quand un agneau se retrouvait en sûreté à l'intérieur du troupeau.

« Il faut nous excuser, dit Hugh Stratton en enlevant son chapeau, mais ma position contraire, dans ce débat, m'oblige à aller me placer sur la grand-route. » Et, après un petit sourire crispé, qui n'avait pas l'intention d'être hostile, mais qui, étant donné l'effervescence de ses émotions, était tout ce qu'il était capable de produire, il se mit en marche dans le sentier et laissa sa femme et Theophilus Hopkins se débattre dans les écheveaux emmêlés de leur gêne mutuelle.

Hugh Stratton portait sur lui cent vingt et une livres et seize shillings. Les six shillings tintaient dans la poche de son pantalon. Les billets formaient un paquet doux, épais et feutré contre son cœur. C'était le capital appartenant à sa femme, dont les intérêts leur avaient jusqu'ici permis d'adoucir la médiocrité de leur situation. Cette somme avait permis de payer les revues de Mrs Stratton, les voyages à Oxford de Mr Stratton et une bouteille de sherry toutes les semaines.

Aujourd'hui il allait se servir de cet argent pour mettre en œuvre le système que lui avait confié le jeune master Hopkins.

Hugh Stratton était très impressionné par ce que ce système pouvait apporter, il l'avait été d'autant plus à la vue de son protégé, confortablement installé dans le luxe du *Leviathan*. L'image de ces colonnes recouvertes d'or était restée longtemps dans son esprit. Malheureusement, il n'était pas fait pour passer la colline, et aller négocier avec des bookmakers. Il n'avait pas une personnalité suffisante pour contrôler ce système compliqué. Sa femme en revanche était minutieuse, têtue, pondérée, des qualités que sa démarche dévoilait clairement aux yeux du monde. Mais Hugh Stratton — chacun le disait à Oxford — avait des intuitions fulgurantes, mais n'avait jamais eu la patience nécessaire pour devenir un chercheur de premier plan. Il était toujours bien trop pressé d'arriver au résultat, à la solution, à l'assurance que son travail ne reposait pas en totalité sur des bases erronées.

Les deux Stratton avaient décidé de jouer la totalité de leur petit capital. Betty aurait été parfaitement capable de se débrouiller sur un champ de courses, de prendre son temps, d'examiner chaque détail avec attention, de rassembler les informations nécessaires au bon fonctionnement du système d'Oscar. Mais Hugh — à qui il incombait de le contrôler — était trop nerveux, trop désireux de l'utiliser à bon escient. Il gribouillait des notes qu'il n'arrivait plus tout aussitôt à lire. Il regardait une course, mais en fait, il ne voyait rien. Il parlait aux jockeys, mais, voulant passer pour expert, ne demandait pas l'explication des termes qu'il ne comprenait pas.

Et cependant, il partait maintenant jouer aux courses pour mettre toute leur fortune dans la gueule grande ouverte des bookmakers. Il pensait que ce soir ils seraient riches, et pourtant, il ne le croyait pas vraiment. Alors que la façade de ses attentes était peinte de couleurs vives, toutes fraîches, agrémentée de tentures rouges et de colonnes cannelées, il y avait, derrière, quelque chose de menaçant, comme le souvenir d'un rêve où sont apparues des dents gâtées. Il savait que sa préparation n'avait pas été sérieuse. Pourtant, il ne parvenait pas à regarder en face ce qui allait de travers. Il devait se ruer en avant. Il ne devait surtout pas manquer la charrette anglaise. En voyant la sueur sur sa lèvre, l'éclat coléreux de son regard, on pouvait facilement deviner que cet homme avait déjà décidé de se ruiner et que, seule sa femme, qui se pressait derrière lui, avec son corps fortement penché en avant, pouvait encore penser qu'ils pourraient finalement améliorer les conditions financières de leur vie.

72

Mrs Smith

Lucinda avait une servante, une certaine Mrs Smith, une veuve sans enfant, qui venait d'avoir trente ans. Elle n'était ni bavarde ni gaie, mais ces qualités que Lucinda avait naguère considérées comme essentielles lui semblaient maintenant — après que dix servantes eurent été essayées sur une période d'un an — nullement indispensables.

Mrs Smith faisait bien son travail. Elle était petite et mince, mais il ne serait venu à l'esprit de personne de dire qu'elle était menue, car ses membres étaient aussi solides que ceux d'un athlète. Elle aimait récurer, balayer, battre les tapis et la crème. Elle faisait son travail silencieusement, comme si elle retenait son souffle. Quand elle parlait, ses yeux restaient curieusement vides. La seule chose qui semblait leur donner quelque vie était l'église. C'était une baptiste. Elle ne trouvait pas la maison solitaire, contrairement aux servantes qui l'avaient précédée et qui avaient mal supporté l'isolement, elle ne désirait pas aller danser à Manly ou se promener dans le Domain, elle voulait simplement pouvoir faire chaque dimanche ce qu'elle appelait son « devoir de chrétienne ». Elle en parlait d'une manière si véhémente, si passionnée, que Lucinda s'imaginait que la religion de Mrs Smith était une sorte de chambre secrète, éclatante comme un joyau, où la présence d'une anglicane aurait été mal accueillie.

On s'était entendu sur quinze shillings par semaine, avec, tous les quinze jours, l'après-midi et la soirée du dimanche libres, plus une soirée de libre aussi une fois par semaine. Lucinda n'avait pas essayé de marchander. Elle offrit à Mrs Smith seize shillings par semaine et accepta toutes les autres conditions. Mrs Smith lui dit qu'elle donnerait le shilling supplémentaire au Seigneur.

L'arrangement n'était pas exaltant, mais pratique. L'argenterie était correctement astiquée et il n'y avait pas, sur les dents des fourchettes, ce dépôt amer qui avait marqué de son sceau le passage de la neuvième servante.

La salle de bains avait une odeur piquante, vivifiante, de produits de nettoyage brevetés. Des bouffées d'ammoniaque semblaient émaner des fenêtres donnant sur le bord de l'eau. Mais les vitres, quel que soit le temps, étaient d'une transparence étincelante. Et si l'atmosphère de la maison avait quelque chose de chimique, d'hostile durant la journée, l'air était rempli le soir des riches effluves des ragoûts que réalisait, avec un talent consommé, Mrs Smith. Ses ragoûts étaient effectivement surprenants. Il y a une luxuriance, une exubérance dans les meilleurs ragoûts. Leur préparation exige qu'une grande spontanéité soit mise au service d'une juste intuition. Ces qualités étaient précisément celles qui auraient pu paraître manquer à Mrs Smith. On se serait attendu à ce qu'il n'y ait dans ses faitouts qu'un liquide sans corps, transparent. Il était difficile de penser que cette femme pouvait jeter dans ses préparations des fines herbes à poignées, couper de gros morceaux de viande et affirmer que les champignons qu'elle avait trouvés en bordure des paddocks de Whitfield étaient comestibles malgré leur couleur sulfureuse et leur forme inquiétante en éventail.

Quand Oscar Hopkins se retrouva dans la maison de Lucinda, Mrs Smith ne se montra nullement hostile, comme aurait pu le donner à penser sa bouche, mais, au contraire, pragmatique et compatissante. Il ne lui vint même pas à l'esprit de savoir s'il était convenable d'introduire un homme dans une maison dans laquelle il n'y avait que des femmes célibataires. Elle ne voyait rien à redire au fait de panser les blessures du jeune homme sur la table de la salle à manger. Elle alla chercher des serviettes dans l'armoire à linge, les choisit épaisses, afin que l'eau chaude qu'on lui avait demandé de faire bouillir n'endommage pas le plateau verni du meuble.

Évidemment, elle ne savait pas qui était Oscar Hopkins. Elle ne savait pas qu'il était à lui seul le symbole du scandale.

Elle vit ses mains, et, ayant plus d'expérience des paroxysmes de la prière que sa maîtresse, décela tout de suite l'origine de ces plaies infectées. Elle déchira une chemise de coton — franchement encore trop bonne pour s'en débarrasser, mais qui avait la texture, la douceur requises pour faire de la charpie. Puis elle recula d'un pas, croisa les bras, la tête légèrement penchée sur une épaule, les yeux apparemment aussi vides d'expression que ceux d'un oiseau, et regarda sa maîtresse s'occuper du jeune homme.

Elle ne dit rien en sa présence, mais son visage s'adoucit un instant, lorsqu'elle joignit ses grandes mains et imprima au dos de l'une un mouvement de va-et-vient contre les ongles de l'autre.

Dans la cuisine, elle glissa à Lucinda : « C'est des coupures qu'on se fait en priant. » Elle en fit la démonstration en fermant les yeux.

Lucinda jugeait cette manière passionnée de prier à la fois repoussante et excitante. Elle lui paraissait étrangère, papiste, comme ces peintures italiennes qui représentent les tortures des saints. Elle se sentait, d'une certaine manière, prise à partie, jugée. Elle respectait cette attitude peut-être excessivement, parce qu'elle pensait quant à elle que les coussins des prie-Dieu, à Balmain, n'étaient pas assez doux. Elle trouva la teinture d'iode derrière la cochenille, où Prucilla Twopenny l'avait cachée.

L'iode fait mal, et lorsque Lucinda ne supporta plus d'être le bourreau d'Oscar, ce fut Mrs Smith qui prit la relève. Elle banda les mains du jeune homme et lui demanda s'il pensait pouvoir, malgré cela, tenir une tasse de chocolat.

Ce fut aussi Mrs Smith qui fit le lit d'Oscar. Il semble que le problème de savoir si cette opération était un péché ou non ne lui avait pas encore effleuré l'esprit. En vérité, elle n'y pensa pas avant de se rendre à l'église le dimanche.

Le samedi, elle les servit tous les deux, leur apportant des toasts et du porridge, dans la petite pièce du premier étage, d'où, à travers le feuillage gris et léger des eucalyptus, on apercevait le ruban bleu cobalt de la Parramatta River. Mrs Smith n'était nullement malveillante. En vérité Lucinda était touchée de voir comme elle était devenue vive et gaie. On devinait quelle épouse elle aurait pu être pour un mari et quelle mère pour un fils. Elle insistait gentiment auprès d'Oscar pour qu'il ajoute un peu de sirop de mélasse à son porridge et, tenant une cuillerée appétissante au-dessus de l'assiette du jeune homme, souriait d'un air complice à sa maîtresse assise de l'autre côté de la table.

Dans cette parcelle de temps, douce comme un nectar, Lucinda était émue. Elle pensait : Je suis heureuse.

Il y avait encore des cacatoès sur l'Ile des Cacatoès à cette époque. On entendait leurs cris, leurs coups de bec, ce lundi-là, à l'heure du petit déjeuner. Ils se rassemblaient dans le figuier planté du côté sud de la maison. Lucinda ne pouvait s'empêcher de rire lorsqu'ils dressaient leur crête jaune, ou se dandinaient, l'air important, sur les branches souples ou noueuses de l'arbre.

C'est ce moment que choisit Mrs Smith pour demander à sa maîtresse de lui parler à l'écart. Lucinda, ne lisant rien sur son visage, la suivit innocemment, s'imaginant qu'il serait question d'un problème domestique, ou que sa servante allait lui demander congé pour la Pentecôte ou le vendredi des Cendres. Elle la suivit donc, tenant toujours sa serviette à la main.

Mrs Smith ne put contenir son émotion jusqu'au salon. Arrivée en bas de l'escalier, elle se retourna brusquement et dit : « Je ne peux plus rester, m'dame. Tant que vous vous comporterez de cette manière, m'dame.

— De quelle manière ? » demanda Lucinda. Elle ne sentait qu'une grande surprise, comme si son cabriolet avait brusquement, et silencieusement, perdu une roue, et s'était renversé sur le bas-côté de la route, la jetant au milieu des cailloux, alors qu'une minute auparavant, elle était encore enfoncée dans un coussin et pensait rêveusement à la forme des nuages.

« Le "monsieur" », dit Mrs Smith. C'était tout ce qu'elle parvint à articuler. C'était comme si le mot lui-même l'étouffait.

« Mais, Mrs Smith, c'est vous-même qui avez fait son lit. Et, étant donné que vous êtes dans la maison, il ne m'apparaît pas qu'il y ait là quelque chose d'inconvenant.

— Votre morale vous regarde, m'dame. Mais j'ai la mienne.

— Est-ce que vos amis, à l'église, vous ont dit quelque chose ? »

Mrs Smith ne voulut pas répondre à une question aussi directe mais une lueur dure et sombre, chargée de vertu et de sévérité, apparut dans ses yeux. Elle leva le menton et plaqua ses mains sur le devant de son tablier. Le couloir où elles se tenaient était un endroit humide. Aucune des deux femmes ne bougea pendant deux bonnes minutes.

Quand Lucinda retourna s'asseoir devant Oscar, celui-ci ne remarqua pas immédiatement la détresse qui marquait les traits de la jeune femme. Il vit cependant qu'elle avait fait à sa serviette un grand nœud, serré d'une telle manière qu'elle ne parvenait pluss, quels que soient ses efforts, à le dénouer.

73

Tu ne jugeras pas

Si vous aviez vu Mrs Smith avec son châle couleur sable sur les épaules, son panier de rotin dans le creux de son bras maigre, si vous l'aviez vue monter la colline, passer devant le boucher de Mort Street à Balmain, vous auriez pu deviner, si vous aviez remarqué quelque chose, que c'était une femme qui gardait étroitement fermés les volets destinés à empêcher les regards curieux de prendre connaissance des péripéties de sa vie. Elle marchait le long du ruban d'ombre qui longeait les murs, bien que le reste de la rue fût baigné de soleil. Une femme secrète, auriez-vous dit jusqu'à ce que quelque chose de plus pittoresque retienne votre attention (un chaudronnier assis dans le caniveau, en train de réparer une petite saucière au manche d'un noir de suie). Puis vous l'auriez sans doute oubliée.

Et pourtant, trois jours après que Mrs Smith eut quitté la maison de Lucinda, il n'y avait pas à Sydney une servante qui ne fût au courant de la situation peu orthodoxe qui régnait à Whitfield's Farm. Ce qui ne veut pas dire qu'il n'y avait plus de cuisinière ou de servante disposée à servir dans cette maison, mais plutôt que celles qui se présentaient étaient des opportunistes qui s'imaginaient qu'elles pouvaient, étant donné les mœurs qui régnaient là-bas, demander un petit supplément pour leur service. Elles exigèrent toutes au moins une guinée par semaine. C'était, bien sûr, offensant. Mais il y avait encore d'autres choses assez difficiles à saisir, concernant leur attitude. Tandis qu'elles se livraient à leur chantage, ou du moins à leur tentative de chantage, elles imprimaient à leurs traits (dans les yeux et dans la bouche) une expression de supériorité morale.

Ces entrevues laissaient Lucinda avec un sentiment de dégoût et de colère. Probablement aurait-elle renoncé à se faire aider si Mrs Froud ne s'était présentée.

Mrs Froud était la femme du second cueilleur de Lucinda. Elle venait « faire » deux après-midi par semaine. Mrs Froud était enjouée et chaleureuse, mais l'on pouvait voir — ou du moins c'est ce qu'il semblait à Lucinda — qu'elle avait son opinion. Sa supposition était bien sûr dépourvue de fondement. Il n'y avait aucune supposition à faire.

Oscar était couché dans sa chambre et suçait son drap. Il avait écrit à Mr Stratton une lettre sur les dangers de la vie de joueur.

> « Mon cher protecteur [avait-il écrit], je ne peux qu'émettre les plus grandes réserves à propos du serpent que j'ai placé dans le creux de votre main confiante, à un moment où je ne connaissais que trop bien les effets de son venin. Je vous ai envoyé mes cahiers, parce que je vous l'avais juré. Mais aujourd'hui je vous supplie de me faire la promesse de les brûler. Je regrette le jour où je me suis rendu pour la première fois aux courses. L'opium, sûrement, ne doit pas être une plus grande malédiction. Tout cela vous apparaîtra sans doute tiré par les cheveux. Laissez-moi vous dire pourtant qu'en ce moment je suis aimablement logé par un compagnon de souffrance, et, bien que nous soyons dans une petite maison, pas plus grande que celle de mon père, nous nous parlons à peine, de peur que ce que nous puissions dire ou faire nous entraîne vers un champ de courses ou une partie de cartes et nous précipite de nouveau, malgré nous, dans cet état de folle intoxication. »

Il y avait des pages et des pages de cette mouture. Elles reflétaient l'idée que se faisait Oscar de ce qui se passait dans la maison. Mais ce qui lui paraissait si évident ne l'était pas le moins du monde pour Lucinda. Tandis qu'il évitait les conversations, craignant les chausse-trapes qu'elles pouvaient receler, Lucinda ne demandait qu'à en avoir. Tandis qu'il essayait de passer inaperçu, de paraître tout petit et inoffensif, elle s'asseyait à table et attendait qu'il vienne la rejoindre. Elle n'aimait pas courir vers sa chambre à tout propos, mais ne pouvait pas non plus le laisser seul. Elle s'imaginait qu'il était dévoré par la solitude. Elle voyait bien qu'il ne la haïssait pas, et pourtant, elle le sentait se dérober devant elle. Elle en découvrit la raison un soir alors qu'elle se préparait à aller au lit.

Il croit que je pense à lui en tant que mari.

Ce ne fut donc que pour apaiser l'esprit de son compagnon qu'elle inventa l'histoire romanesque de sa passion pour ce pasteur que l'évêque Dancer avait si cruellement exilé à Boat Harbour. Elle désirait faire en sorte qu'Oscar s'imaginât que son cœur était déjà pris et que tout ce qu'elle attendait de lui était sa compagnie et sa conversation. Elle désirait le calmer, le rasséréner, le délivrer de cette nervosité qui le poussait à l'éviter à l'intérieur de la maison.

Malheureusement, elle inventa cette histoire pour un homme dont l'état émotif était tel qu'il pouvait à peine supporter les charges qu'on lui avait mises sur le dos. Ne parlons pas, alors, de la triste histoire qu'elle lui demandait soudain d'arrimer au sommet. Il en fut bouleversé, affreusement bouleversé. C'était ridicule, il le savait — il la connaissait à peine —, mais il lui fallut faire un effort démentiel pour ne pas fondre en larmes. Il se mordit la lèvre, grimaça, s'excusa et se leva, alors qu'il restait un morceau de cake aux raisins dans son assiette. Elle entendit les marches gémir. Il referma la porte de sa chambre. Lucinda prit sa tasse de thé et la fracassa contre le mur.

74

Le plus simple des jeux de hasard

Lucinda avait fait un portrait de Mr d'Abbs. Elle en avait fait une créature timide, une sorte de loir en gilet, portant une chaîne d'or. Oscar avait imaginé un petit nez rose, frémissant, et des mains nerveuses se portant au visage pour en faire la toilette. Il était venu au rendez-vous donné par Mr d'Abbs rempli de tendresse non seulement pour sa timidité, mais aussi pour sa charité chrétienne qui lui faisait prendre le risque de mettre en danger sa réputation en affaires afin d'engager un homme frappé de disgrâce publique. Mais lorsque finalement il vint s'asseoir dans le bureau de Mr d'Abbs, il découvrit que celui-ci n'était nullement timide, ou, s'il l'était, sa timidité possédait un pouvoir hautement discriminatoire. Elle était sans doute influencée par la différence de sexe et très certainement de rang, exactement comme l'oreille des Chinois. Ceux-ci sont si sensibles en effet au diapason de la voix humaine que lorsqu'on leur demande la direction de Li-Po, par exemple, ils peuvent fort bien ne pas vous comprendre, à moins que les hauteurs de ton ne soient parfaitement justes.

On était le 11 octobre, en début d'après-midi. La pluie frappait les vitres de Mr d'Abbs et, bien que les stores vénitiens aient été remontés, le ciel était si sombre, si tourmenté, qu'on avait dû allumer une lampe. Le bureau donnait sur les fenêtres de bureaux semblables, dans lesquels il y avait aussi d'autres lampes allumées. Oscar écoutait le tonnerre en pensant qu'il serait bientôt trempé et que sa chemise lui collerait à la peau.

« Votre écriture est des plus mauvaises, dit Mr d'Abbs. Votre écriture ne peut être utile le moins du monde à qui que ce soit. »

Oscar était assis sur le bord de sa chaise. Il avait pleinement conscience des taches qui parsemaient les jambes de son pantalon. Ses tentatives, pour les enlever, n'avaient fait qu'empirer les choses. C'étaient des taches sombres, entourées de cernes. Il se rendait compte qu'elles étaient le symbole de sa disgrâce. Et bien qu'il se fût mis en garde contre les dangers de la nervosité, lorsque Mr d'Abbs lui jeta un regard de mauvaise humeur, de l'autre côté du bureau, Oscar ne put s'empêcher de frotter son pantalon avec l'ongle de son pouce.

Il inclina la tête de côté et regarda Mr d'Abbs.

Mr d'Abbs avait l'habitude des excentriques. A vrai dire, il en faisait même la collection — artistes, poètes, philosophes. C'était la grande fierté de sa vie qu'il lui soit permis de leur offrir, au milieu de ses activités commerciales, un petit refuge.

Il ne pouvait dire à personne, pas même à sa femme, quel plaisir il éprouvait de savoir que maintenant, à cet instant, dans la pièce des employés, contiguë à la sienne, il y avait Mr Jeffris, le poète et géomètre, Mr Trevis-Dawes, le pianiste, Mr Coyle, l'aquarelliste — dont les vues de Pittwatter et de Hawkesbury avaient été admirées par Henry Kingsley. Il ne désirait certes pas leur parler et n'avait nullement l'intention de les inclure dans ses relations. Mais il était très content, plus content que de n'importe quoi d'autre de leur présence ici.

Mais cet être-là n'était pas un artiste. C'était un clergyman. Il avait espéré trouver quelqu'un à la fois de plus grossier et de plus soigné. Il ne s'était pas attendu à trouver des qualités « artistiques » chez un pasteur mis à pied. Ce garçon était en vérité un drôle de loustic. Et Mr d'Abbs, qui l'observait sans détour, s'étonnait de ce que ce fût cet être, aux cheveux ébouriffés, aux mollets de coq, cette espèce de sauterelle qui finalement avait réussi à mettre par terre le système défensif de celle que Harvey Fig avait surnommée « notre Vénus de poche ».

Des grêlons blancs sautillaient sur le rebord de la fenêtre.

Un cheval effrayé dans le chemin en contrebas poussa un hennissement sauvage. Mr d'Abbs étira ses jambes sous son bureau, croisa ses minces chevilles blanches et se dit qu'il aurait aimé n'avoir jamais eu cette démangeaison qui lui faisait promettre n'importe quoi à miss Lucinda Leplastrier.

L'échantillon d'écriture du pasteur était encore en train de se défroisser — il l'entendait fort bien — dans la corbeille à papiers placée à côté de son fauteuil.

« J'ai vu de bien mauvaises écritures, dit Mr d'Abbs.

— Oui, bien sûr », fit Oscar posant sa cheville sur son genou, puis prenant conscience que cette position laissait voir sa chaussette et que, de toute façon, ce n'était pas une attitude convenable pour un employé. Il reposa son pied bien à plat sur le sol. « Je n'en doute pas.

— Et bien avant tout ceci, dit Mr d'Abbs, en faisant un large geste de la main, alors que rien dans la pièce ne justifiait un mouvement d'une telle envergure, celle de mon propre frère par exemple. » Et Mr d'Abbs vit ce que ne pouvait deviner Oscar, l'image d'un petit garçon avec des bras qui le démangeaient horriblement à cause de ces minuscules insectes rouges appelés « aoûtats » qui apparaissent à l'époque des moissons et s'enfoncent profondément sous la peau. Leurs attaques étaient un vrai supplice. Ils étaient bien pires que les chardons qu'on rencontrait dans les gerbes d'avoine.

« Il était gaucher, comme vous, dit Mr d'Abbs, en revoyant son frère tordu autour de son porte-plume. On a bien tenté de le faire passer de l'autre côté, voyez-vous, mais peut-être était-il déjà un peu trop grand lorsqu'on a essayé, car, bien que ma mère fût une femme de caractère, ça n'a jamais réellement marché. Ce n'était pas vraiment important pour mon frère, mais pour vous, monsieur, dans votre précédente profession... »

Oscar devint tout rouge à l'évocation de sa « profession ». Il avait cru qu'elle resterait secrète dans ces circonstances. Maintenant il baissait la tête sous le poids de la honte. « Oui, dit-il en s'obligeant à regarder Mr d'Abbs dans les yeux. C'est un grand handicap. »

Mr d'Abbs voyait quelque chose de « fou » dans ce regard. Il le jugeait inquiétant.

Oscar sourit.

Mr d'Abbs trouva un cigare dans un tiroir. Il était tout effrité, vraiment en mauvais état. Il le sortit néanmoins et le plaça sur le buvard. « Un handicap, monsieur. Effectivement, un grand handicap. J'ai connu un pasteur à Basingstoke qui était gaucher et qui ne réussit jamais à entrer en fonctions. Dès que ses ouailles le virent tenir le Très Saint Sacrement de la main gauche, elles n'en voulurent plus. Elles allèrent trouver l'évêque, pif-paf, et revinrent avec un nouveau pasteur. »

Oscar imagina Mr Judd à cheval sur la route et Mrs Judd derrière lui, sur une vieille carne au gros ventre. Pif-paf.

« Et voilà que vous souriez. Mais je vous garantis que vous n'auriez jamais eu une paroisse dans la campagne anglaise.

— Je n'en ai jamais eu.

— Je sais bien que vous n'en avez jamais eu, monsieur. Vous n'auriez pas souri si vous aviez essayé. J'ai rencontré une sorcière à Mousehole, en Cornouailles. Elle me serra la main comme si elle était un homme. On ne peut pas être pasteur dans ces pays si l'on est gaucher. Vous savez le latin ? Sinister ?

— Sinister, sinistra, sinistrum, sinistro, sinistris.

— Sinistartorium », dit Mr d'Abbs. Il glissa la main dans son tiroir. Il trouva son coupe-cigare.

« L'ablatif ? »

Mr d'Abbs ne répondit pas, mais quand il releva la tête, il paraissait plus content. « Eh bien, dit-il, on ne se sert pas du latin ici, quoique mon chef de bureau, Mr Jeffris, ait un penchant pour les classiques. Mais qu'allons-nous faire de vous ? Vous barbouillez, voyez-vous. Je pourrais à la rigueur vous supporter mais Jeffris est un vrai démon. Il vous frottera les oreilles. Non, monsieur, ce n'est pas une image poétique. C'est la description exacte de ce qui se passera. On se croirait dans la préhistoire. C'est la preuve, s'il y en a une, du singe qu'il y a en nous. A un moment, un homme civilisé, l'instant suivant, un véritable animal. Et pourtant, c'est un tel génie dans son travail, que je dois tout accepter. Car un bon employé est le secret de la réussite de n'importe quelle affaire. Ne vous laissez pas dire le contraire. Ce sont les pauvres employés de bureau, avec leurs manchettes tachées d'encre, qui nous permettent, à nous gentlemen, de trouver du temps pour aller au club ou dîner chez le gouverneur. Ce n'est possible que grâce aux employés de bureau, monsieur, et croyez-moi je ne suis pas révolutionnaire. Mon observation est purement scientifique. Ma tâche consiste à me tenir à la poupe pour incliner le gouvernail d'un cheveu par ici, d'un autre par là. Mais encore, qu'allons-nous faire de vous ? Êtes-vous capable de ce travail ? C'est autre chose savez-vous que de prier. »

Oscar ne trouvait rien à répondre à une telle question. Il se passa la main dans les cheveux. Il y trouva une brindille, une brindille qui s'y était accrochée ce matin même, lors de sa promenade matinale à Longnose Point. Il la tira et la regarda. C'était une brindille d'eucalyptus de cinq centimètres de long environ.

« J'espère que vous en êtes capable », dit Mr d'Abbs, en regardant la brindille, après avoir appuyé son menton contre sa poitrine.

Il y eut un petit silence. Oscar mit la brindille dans sa poche.

« J'espère que vous en êtes capable, parce que s'il y a une chose encore plus désagréable que d'engager quelqu'un — et vous ne voyez probablement pas que dans votre situation, eh bien, le fait de vous engager est déjà désagréable en lui-même — donc, s'il y a une chose encore plus désagréable que d'engager quelqu'un, c'est d'avoir à le remercier. »

Le fauteuil de cuir de Mr d'Abbs était neuf, glissant. Celui-ci, tout en parlant, s'était laissé descendre mais il se redressait maintenant, tapotait ses revers, tripotait sa cravate de soie et plaçait ses coudes de velours sur le bureau.

« Vous ne croiriez pas les scènes dont cette petite pièce a été le témoin, Mr Hopkins. Des hommes qu'on penserait civilisés, des hommes sortant de Merton ou d'Oriel, des astronomes, des professeurs de poétique, se sont assis là, exactement où vous êtes, et m'ont menacé de s'en prendre à mes enfants, à mes biens, des gentlemen aussi, du moins c'est ce qu'ils prétendaient qui brusquement vous menacent de procès et parlent de leurs amis proches du gouverneur, etc. Et ça ne servait à rien que longtemps avant, bien longtemps avant, j'aie eu une petite conversation des plus calmes avec eux, juste comme j'en ai une maintenant avec vous, pour leur expliquer les désagréments et les soucis de la situation. En fin de compte, ça ne change rien. Mais, s'il vous plaît, mettez par écrit, après votre départ, notre conversation d'aujourd'hui. Faites un petit résumé de ce que je vous ai dit, et lorsque Mr Jeffris jugera que vous n'êtes pas à ses yeux à la hauteur et qu'il lui viendra des envies de jeter des pierres contre la fenêtre de ma chambre à coucher, relisez ce que vous aurez écrit. »

Ce ne fut que lorsque Mr d'Abbs se leva et lui tendit la main, qu'Oscar comprit qu'il avait été engagé comme employé de bureau. Il aurait dû en être heureux, mais il ne l'était pas. Il ne ressentait aucune allégresse, mais seulement l'angoisse de ce qui allait lui tomber sur le dos.

« Bien », dit Mr d'Abbs en prenant la petite cloche sur son bureau. Il l'agita, en espérant donner l'impression qu'il le faisait gaiement. Pourtant, il ne se sentait nullement joyeux. Car maintenant, il allait devoir supporter l'agressivité de Mr Jeffris parce qu'il s'était permis d'engager ce lascar. Il y aurait des journées entières, peut-être des mois, de portes claquées, de papiers jetés par terre, de lèvres serrées, de réponses monosyllabiques, toute une série d'accords dissonants et de roulements de tambour, qui, finalement, conduiraient au renvoi de l'épouvantail. Il reposa la clochette sur son bureau et regarda son nouvel employé. Le garçon tapait du pied et agitait des pièces de monnaie dans sa poche droite — un faisceau de gestes qui lui donnaient une silhouette des plus bizarres, le bassin en avant, l'épaule droite baissée, avec, pour couronner le tout, un sourire épouvantable dont la signification était pour le moins obscure.

Oscar avait fort peu de pièces, à vrai dire, dans sa poche. Il y avait deux pennies, de lourdes et grandes pièces — d'à peu près dix grammes chacune — et cinq pièces de trois pence — celles-ci étaient si légères qu'il était impossible de sentir leur poids dans une poche vide. Pour le moment, Oscar sortait un penny et le regardait. Il le fit d'un air si inoffensif que Mr d'Abbs, qui le fixait, s'imagina que le grand dadais voulait simplement savoir ce qui avait fait ce bruit dans sa poche. Mr d'Abbs n'y pensa que le temps d'un éclair. Mais lorsque le nouvel employé, à la silhouette asymétrique, lança le penny en l'air et le rattrapa — clac —, Mr d'Abbs y regarda à deux fois, il y regarda, crénom ! réellement à deux fois.

Mais même si ce geste ne pouvait faire penser à rien d'autre qu'à quelqu'un jouant à pile ou face, et même s'il était caractéristique d'un joueur, il ne correspondait absolument pas à l'allure de ce type, ni bien entendu à la situation dans laquelle il se trouvait, c'est-à-dire le bureau, l'entrevue, le cigare de l'employeur, la porte des employés de bureau tout à côté. De sorte que lorsque Oscar examina la pièce sur le dos de sa main, Mr d'Abbs en conclut qu'il s'agissait simplement d'un tic nerveux, comme d'agiter un pied ou de tirer des brindilles dans ses cheveux. Des tics malencontreux, certes, mais qui n'allaient pas au-delà de la sorte d'excentricités que miss Leplastrier considérait — qui pourrait en douter ? — digne d'une chaleureuse recommandation. Il soupira.

Oscar entendit le soupir. Il le prit à son compte, ne pouvant lâcher celui qu'il aurait voulu. Le penny était un signe de Dieu.

Face.

Il devait accepter ce travail.

75

Mr Macule

Mr Jeffris ne lui frotta pas les oreilles. Oscar s'était attendu à ce qu'on le frappe, et il ne le fut pas, pas une seule fois durant tout le temps qu'il travailla dans ce bureau. Il ne vit pas non plus un autre employé — ils étaient vingt dans cette pièce interminablement longue — recevoir plus — et ce n'était que dans un seul cas — qu'un petit coup sec sur le nez. Et comme cette attaque était dirigée contre le plus jeune des employés, elle provoqua de grands rires, même chez la victime, et pourrait apparaître, lorsqu'on la rapporte, comme une chose nullement terrible.

Et cependant, il y avait dans cette pièce une tension presque insupportable. Si on ne recevait pas effectivement de coups, il y avait toujours en suspens la possibilité d'en recevoir. Et c'était cette menace, pensa Oscar, quand ce cauchemar fut terminé, qui rendait le travail, sous les ordres de Mr Jeffris, aussi épuisant. A peine avait-il fini de manger son repas du soir, qu'Oscar ne désirait plus qu'une seule chose, aller se coucher. Et si les circonstances le permettaient, de passer au lit dix heures sans bouger.

Ses muscles restaient tendus, contractés toute la journée, bien que personne ne le menaçât, et que l'on ne parlât jamais de cette éventualité. A vrai dire, il y avait fort peu de mots d'échangés, sur quelque sujet que ce fût. Et si Mr Jeffris ne lui avait pas dit que c'était la règle, il était clair, après une heure passée dans ce bureau, que son chef ne désirait pas que les employés parlent entre eux. Oscar eut l'impression. en entrant dans la pièce, que l'atmosphère n'était pas tellement différente de celle d'un omnibus dans lequel les gens voyagent chaque jour. Tout le monde finit par se connaître, au point d'échanger un petit signe de tête (peut-être même pas) tout en continuant néanmoins à s'ignorer les uns les autres, jusqu'à ce que survienne un accident ou une mésaventure amusante. Alors, les passagers se sentent soudain une communauté, et expriment leur solidarité en riant. Oscar fournit aux employés cette opportunité presque immédiatement.

Mr d'Abbs avait agité la petite cloche non pas gaiement, mais sèchement et nerveusement. Il avait présenté Oscar à Mr Jeffris, qui n'apparut pas, à première vue, le moins du monde préhistorique. Quant à ce qui en était de la preuve qu'il représentait de la présence du singe en l'homme, Oscar n'en vit rien. Mr Jeffris était un homme jeune, à peu près du même âge qu'Oscar, avec une moustache et la silhouette d'un officier de la Garde. Malheureusement, étant un peu plus petit que Mr d'Abbs, il n'aurait certes pas rempli les conditions physiques pour faire partie de ce corps d'élite. Il avait des cheveux noirs de jais et en dehors de sa moustache — une moustache plus épaisse, plus fournie que celle de Mr d'Abbs — il était glabre. Il avait une fossette au menton et sa peau extrêmement blanche avait une sorte de reflet bleuté. Mr Jeffris n'était pas souriant, mais il n'avait pas non plus l'air renfrogné. Son visage était pratiquement sans expression, et pourtant, il exprimait la plus colossale et peut-être même la plus dangereuse des passions. Tout était là, parfaitement clair, dans l'écart entre l'intensité coléreuse des yeux et la tranquillité, le calme, la retenue de ce corps musclé.

Mr Jeffris fut très poli avec Mr Hopkins. Il le conduisit dans le bureau. Au milieu de cette très longue pièce se trouvait un grand poêle. Le tuyau noir suivait un parcours bizarrement compliqué, avant d'atteindre le mur, en faisant une sorte de coude interminable. Il était facile de voir, à la manière dont les bureaux étaient disposés le long de son parcours, qu'il devait fournir une chaleur fort désirable en hiver et que le passage des parties chaudes aux parties froides indiquait le niveau hiérarchique des employés. Mr Jeffris était le plus proche du poêle et le plus jeune employé, le plus loin.

Oscar remarqua la bizarrerie du tuyau, mais n'en comprit pas l'utilité. Il était à vrai dire bien plus surpris, d'une part, par le papier peint fort coûteux, mauve et brun, qui tapissait le mur, et de l'autre, par la peinture mouchetée, grossière, qui recouvrait le sol. Ces choses étaient contradictoires, mais personne ne prit la peine de les lui expliquer. C'était en fait parce que les anciens locataires, des avocats dont le bureau marchait fort bien, avaient emporté leur moquette avec eux. Ce qui impressionna le plus Oscar fut la profondeur de la pièce qui n'avait pourtant que cinq fenêtres. Elles donnaient toutes sur le bout de Sussex Street. Il fut surpris d'être emmené vers la lumière et de se voir attribuer un bureau près d'une fenêtre d'où il pouvait apercevoir non seulement l'animation de Sussex Street, avec ses voitures aux roues cerclées de fer, ses pavés, mais aussi les allées et venues, confuses, de Darling Harbour, qu'on découvrait au bout de deux allées qui débouchaient de l'autre côté de la rue. Oscar pouvait voir aussi la grande cheminée des ateliers du Prince Rupert.

Quand on lui montra son bureau, Oscar craignit d'être favorisé outre mesure. Il ne désirait pas se faire des ennemis aussi facilement.

« Mais cette place et ce bureau sont sûrement trop bien pour moi. » Il prononça sa phrase à voix basse, car la pièce était extrêmement tranquille. Néanmoins, celle-ci produisit un rugissement de rire chargé de méchanceté. Des chaises raclèrent le sol, des toussotements se firent entendre, ainsi que des grognements, des bruits de respiration, un remue-ménage de basse-cour. Les joues d'Oscar s'aplatirent comme la boule de terre d'un potier sur laquelle on vient de donner un coup de battoir. Il regarda Mr Jeffris qui mordillait ses moustaches. Puis, il se tourna vers les employés qui avaient déjà repris leur sérieux. Personne ne regardait dans sa direction.

Il se dit : Je ne supporterai pas cette grossièreté.

Puis il pensa : Il le faut.

Les petits vaisseaux qui dessinaient sur ses joues une sorte de toile d'araignée se gonflèrent de sang. Il s'assit à son bureau. La surface cirée et poisseuse avait quelque chose de désagréable sous les doigts. Il posa ses mains jointes sur ses genoux. L'envie de se relever et de partir était encore très forte. C'était une envie qui arrivait par vagues, comme les crampes d'estomac. Mr Jeffris posa sur son bureau trois registres sentant le moisi, au dos de cuir mangé aux mites. Il s'agissait des livres de John Hill & Co, de John Bell (des pharmaciens homéopathes) et de Senior, également un pharmacien mais qui, celui-ci, ne se réclamait pas de l'homéopathie. Oscar n'avait rien contre le commerce, mais cette activité lui était complètement étrangère. Quand il vit les livres, il sentit qu'il n'arriverait jamais à les comprendre. Mr Jeffris lui donna la chemise des factures impayées de ces affaires, et lui demanda de reporter celles-ci dans les registres. Vous pouvez bien sûr penser que ce travail n'était pas quelque chose de réellement étranger à un jeune homme qui avait la passion de tenir des cahiers sur les courses de chevaux. Mais Oscar ne voyait pas la similarité. Il se sentait simplement pris de désespoir à l'idée qu'on pouvait passer sa vie sur quelque chose d'aussi vulgaire, d'aussi ennuyeux, d'aussi absurde. Mr Jeffris lui donna une plume neuve, un encrier, un morceau de buvard rose qui parut, peut-être à cause de sa couleur, mais peut-être pas, provoquer de nouvelles quintes de toux et des raclements de chaises parmi ses compagnons de travail.

Et c'est ainsi qu'Oscar devint employé de bureau. Il essayait de se sentir reconnaissant, tandis qu'il était assis sur une chaise de bois, sans coussin, à une table avec un pied branlant qui contribuait souvent à lui faire faire des ratures et des taches. Il trouvait ce travail fastidieux et les heures de présence excessives. Rien à Hennacombe, à Oxford, à Notting Hill, à Randwick, n'avait été aussi abrutissant. Lorsqu'il était pasteur, il avait pris plaisir à se retrouver à sa table de travail le matin. Il buvait un peu de thé au jasmin, tandis qu'il réfléchissait à son travail le plus difficile de la semaine — son sermon. Rien ne l'avait préparé à des saveurs aussi fades et désagréables.

Il inscrivait le nom d'objets qu'il ne pouvait même pas imaginer et, dans la colonne contiguë, des prix qu'il n'aurait pas pu payer.

Il écrivait Bains-Douches.

Sabotières.

Bains de siège.

Bains de pieds.

Tablettes.
Chiffonniers.
Surfin.
Poudre de millefleurs.

Il suait sous les rayons implacables du soleil d'après midi, qui frappaient son burau et devenaient chaque jour de plus en plus chauds. Il ne demanda pas de rideau. Il savait quels rires méchants ponctueraient sa requête. Il finissait ses journées sans aucune impression de soulagement, mais avec un mal de tête sourd et une chemise qui lui collait désagréablement à la peau. Ses rêves se rétrécissaient maintenant au point qu'il ne pouvait contenir rien de plus qu'une idée de rideau, et de chemise en popeline amidonnée et bien repassée. Oscar n'avait que deux chemises. La blanche qu'il portait deux jours, la bleue qu'il faisait durer trois jours. Et bien qu'il se baignât trois fois par semaine et changeât de col chaque jour, ses chemises sentaient comme les vieux chiffons que Mrs Williams mettait à tremper dans la buanderie à Hennacombe. Ses collègues s'arrangèrent pour le lui faire remarquer sans qu'une seule parole ne fût prononcée. Ça se passa en silence, quoique « silence » ne soit peut-être pas le terme exact. C'était plus que cela. C'était un silence oppressant, un mur de silence derrière lequel s'agitaient des sons bizarres et secrets.

Le révérend Oscar Hopkins, assis dans sa propre odeur, au-dessus d'une rue de Sydney pleine de crottin, était sujet alternativement à des crises de colère et de dépression. Celles-ci pouvaient se déclarer à la vue d'une mouche prise derrière une vitre violemment éclairée ou par le bruit des cloches de St Stephen à Pyrmont, ou de St Andrew en ville.

Il avait dit à la Commission d'enquête ecclésiastique qu'il n'avait jamais joué par appât du gain, mais il ne s'était pas bien défendu. Il s'était montré nerveux, subjugué par l'assurance et l'autorité des membres de la Commission. Il s'était senti aussi vénal qu'ils pensaient qu'il l'était. Sa voix tremblait, tandis qu'il se tenait debout devant eux, des évêques habillés en violet, qui buvaient du thé dans des tasses décorées de motifs floraux. Il avait dit qu'il n'avait jamais joué en vue de gains personnels, mais on ne l'avait simplement pas cru. Et c'était ainsi qu'on l'avait rejeté, recraché, frappé de malédiction.

Mr Jeffris l'appelait Mr Macule. C'était, en principe, une bonne plaisanterie puisque c'était lui qui était chargé de préparer l'encre, un travail fort sale, qui mettait mal en point ses poignets de chemise et qui le faisait rentrer tous les lundis soir avec de la crasse si profondément incrustée dans sa peau qu'il devait se servir d'une pierre ponce pour l'enlever, ou tout au moins en enlever la plus grande partie, car même après de multiples frottements douloureux, une ombre demeurait sur ses doigts, une ombre bleue qu'il appelait en plaisantant avec Lucinda, l'ombre du lundi.

La fille d'Elizabeth Leplastrier ne regardait pas d'un bon œil tout ce désordre — l'encre bleue, l'odeur désagréable des chemises. Et pourtant, elle pensait qu'il était de son devoir de chrétienne de l'aider, si bien qu'elle travaillait avec lui (pas vraiment de bonne grâce) le samedi matin, remuant ses vêtements dans la lessiveuse. Le visage de Lucinda ruisselait à cause de la vapeur. La fumée lui piquait les yeux. Oscar éclaboussait de l'eau bouillante tout autour de la lessiveuse, sur elle, sur lui, émettait des oh et des hou tandis qu'il donnait des coups de battoir à sa chemise bleue et à sa chemise blanche qui trempaient dans la cuvette.

Il n'était pas doué de ses mains, cela crevait les yeux. Il s'attaquait aux choses avec trop de précipitation pour faire un bon travail. Il était dégingandé, tout en angles et se serait blessé sérieusement s'il avait dû un jour travailler dans une verrerie.

Lucinda s'intéressait au travail des hommes, à la façon dont ils s'organisaient. Elle faisait asseoir son hôte dans sa cuisine et l'interrogeait sur la fabrication de l'encre. Elle était surprise de voir avec quelle minutie il répondait à ses questions — ça ne correspondait en rien aux coups de battoir sur les chemises et aux éclaboussures.

Pour faire cette encre, Oscar devait d'abord prendre un sac en papier brun rempli de poudre, un petit récipient métallique et une grande bouteille. Il portait tout cela dans le passage qui traversait de part en part le bâtiment. Dans ce passage, il y avait un robinet. Il y avait bien sûr d'autres robinets dans cet immeuble, mais il était interdit — des écriteaux au-dessus de chaque robinet l'interdisant expressément — de préparer de l'encre dans ces lavabos. Oscar devait donc aller dans ce passage qu'utilisaient non seulement les jeunes coursiers morveux qui prenaient ce raccourci pour aller de Kent Street à Sussex Street, mais aussi les voitures et charrettes qui repartaient de chez le charron installé dans la cour encombrée située au centre du bâtiment. Le vent soufflait dans ce passage, même par beau temps. Le robinet avait un large bec, de la sorte qui gargouille et « crache du vent et pas de flotte », comme le lui avait fait remarquer un chiffonnier en passant. Là, accroupi contre le mur de brique à l'odeur d'urine aigre, le fils de Theophilus Hopkins, âgé maintenant de vingt-quatre ans — à cet âge son père avait déjà publié deux monographies remarquables —, devait mesurer le colorant en poudre, pris dans le sac en papier, avec une spatule d'acier et le verser, en évaluant au plus près la quantité nécessaire, dans le récipient métallique. Ce n'était pas seulement un travail dégradant, c'était aussi un travail difficile. Le pigment en poudre emporté par le vent venait irriter, telles de petites poussières coupantes, des yeux déjà affreusement injectés de sang. Oscar devait transformer la poudre en une sorte de pâte dans le petit récipient. Le robinet gargouillait, crachotait, giclait. Le manche de la spatule devenait humide, puis prenait une teinte bleue. Cette couleur se répandait maintenant sur ses mains, sur son visage, et ce n'était pas fini. Il devait encore diluer cette boue, afin de pouvoir la verser, la transvaser dans la bouteille d'encre. Alors, s'il lui restait un peu de temps, si l'on n'avait pas envoyé le jeune Summers lui dire de se dépêcher, qu'on avait maintenant, Mr Macule, un besoin urgent de cette encre, il pourrait se laver.

Oscar faisait rire Lucinda mais lorsque l'excitation du moment était passée, la jeune femme découvrait dans sa bouche quelque chose de noir et de légèrement amer. Cette scène ne correspondait pas à l'idée qu'elle se faisait de Mr d'Abbs, que, quelle que soit sa vanité et ses faiblesses, elle avait toujours considéré comme un homme gentil, quelqu'un en tout cas qui n'aurait pas placé un autre être humain dans une situation à la fois ridicule et avilissante.

Lucinda avait beaucoup de raisons de s'inquiéter à cette époque, pour des choses qu'elle aurait pensées bien plus importantes à ses yeux que les tribulations de ce pensionnaire nerveux et taché d'encre.

Mais elle ne supportait pas qu'on ose l'appeler Mr Macule. Il n'aurait pas dû accepter une chose pareille et encore moins en faire un sujet de plaisanterie. Les gargouillements du robinet continuaient d'emplir ses oreilles. Elle voyait clairement son grand bec gris et sa clef de cuivre pleine de vert-de-gris. Cette image produisait chez elle une sensation sans rapport avec son importance réelle. C'était elle qui était la responsable de cette situation et elle en acceptait la faute plus qu'elle ne l'aurait dû, pensait-elle. Elle s'en accusait, tout en se jugeant stupide de le faire. Et alors qu'elle avait des problèmes d'une autre étendue à régler, elle sortit de son bureau (juste un peu plus bas que Sussex Street et un peu avant Druitt Street) pour se rendre — le dos droit, la démarche assurée comme celle que doit avoir une femme d'affaires — dans ce passage qui conduisait chez le charron.

Le robinet se trouvait sur le mur exposé au sud. Lucinda avait pensé qu'il aurait été au nord. Il y avait une odeur — celle d'urine d'homme — qui lui aurait fait normalement accélérer le pas. Aucune partie du robinet n'était en cuivre. C'était un objet d'un gris terne, plat et laid, taché d'encre, la source apparemment de l'odeur d'ivrogne.

Elle l'ouvrit puis le referma. Sa lèvre inférieure était rentrée dans sa bouche. Elle éclaboussa ses chaussures. Si Mr d'Abbs utilisait ainsi ses poètes et ses astronomes, il n'était même pas alors l'ombre de l'homme qu'il prétendait être, mais un barbare comme les autres.

Lucinda était brusquement très en colère. Elle n'aimait pas que ses chaussures soient mouillées. Elle verrait la pièce dans laquelle son ami « l'esthète », le Medici, gardait ses poètes. C'était peut-être une étable, un placard, un étouffoir, le fond d'un puits.

Elle monta l'escalier aux boiseries de cèdre, pour gagner les bureaux et trouva Mr d'Abbs (il devait être passé près d'elle tandis qu'elle tripotait le robinet) sur les marches devant elle. Il regarda ses chaussures mouillées, mais ne dit rien sur l'objet qui en était la cause. En fait, ils avancèrent de conserve jusqu'à l'antichambre de Mr d'Abbs, sans avoir échangé d'autres paroles que « Bonjour ». Mr d'Abbs était agité. Lucinda pensait que cette agitation était en relation, d'une manière ou d'une autre, avec le robinet. Mais Mr d'Abbs ne l'avait pas vue, près du point d'eau. Il était agité parce qu'il n'aimait pas que quelque chose vienne déranger l'étiquette de son arrivée au bureau. Il n'attendait pas miss Leplastrier. Il n'aimait pas être surpris. Il était en ce moment même en train de l'accueillir, alors qu'en réalité, ce n'était aucunement son rôle. C'était celui de Mr Jeffris, comme on l'avait établi bien longtemps auparavant. Pour le moment, Mr d'Abbs ne savait pas très bien s'il devait entrer dans son bureau en laissant miss Leplastrier dans l'antichambre ou la faire venir avec lui, à l'encontre des règles. Mais alors, il apparut qu'elle ne désirait pas pénétrer dans son bureau de toute façon.

Elle voulait inspecter la pièce des employés.

Oh non, jamais de la vie.

L'antichambre était fort petite et bien que le divan fût confortable et qu'il y eût un cendrier, un crachoir et un numéro de l'*Illustrated London News*, elle était à peine plus grande que la voiture dans laquelle Mr d'Abbs avait été amené en ville. Ils se tenaient debout, donc, proches l'un de l'autre, assez gênés d'une telle intimité avec une personne du sexe opposé.

« Il n'en est pas question », dit-il, faisant du bruit, en plaçant son parapluie dans le porte-parapluies. En principe, celui-ci était destiné aux visiteurs. Il regarda ses manchettes et sourit en direction de l'épaule de sa cliente (non pas calmement, mais comme s'il était une machine dont certaines parties n'auraient pas été connectées et qu'il souhaitait, contre toutes les règles de son propre mécanisme, faire ces trois choses en même temps). « Il n'est pas question que vous dérangiez les employés ».

Lucinda se préparait à inventer un prétexte. Puis, elle se dit : non, je ne me rabaisserai pas à mentir. Elle rejeta ses épaules en arrière et essaya de regarder son interlocuteur dans les yeux. Elle expliqua qu'elle désirait voir les conditions dans lesquelles travaillaient les employés.

Mr d'Abbs pensa : Ah !

Il était sûr maintenant que cette femme s'était amourachée. Et tandis que cette explication amenait un sourire en coin sur ses lèvres (elle souhaitait voir son bien-aimé, voilà tout), elle ne le détendait d'aucune manière.

Elle posa sa petite main fureteuse sur la porte du bureau

des employés. Il y avait un écriteau émaillé sur le panneau qui disait « Privé ». Un petit éclat déformait le « é » mais le sens en restait clair. Mr d'Abbs regarda la plaque, comme si la seule intensité de son regard allait forcer miss Leplastrier à lui obéir. Elle n'en fit rien, elle tourna la poignée grinçante, en dépit de tout.

Zut en fin de compte. Il lui dirait la vérité. Il allait se mettre à sa merci. On peut faire ça avec une femme. Elle allait comprendre l'accord qu'il avait passé avec Mr Jeffris. Ça n'avait rien, en fait, d'un accord. On n'en avait jamais parlé, mais c'était sous-entendu : de l'autre côté de la porte s'étendait le territoire de Mr Jeffris. Pas même Mr d'Abbs, le capitaine du navire, n'entrait dans cette pièce. S'il désirait consulter les registres, on les lui apportait dans son bureau, il lui suffisait de sonner.

« Allez, venez, miss Leplastrier, dit-il avec bonne humeur, en ouvrant la porte qui donnait dans son bureau. Allez venez. Nous allons prendre le thé ensemble. »

Mais il entendit derrière son dos un bruit sec.

Lucinda avait franchi le seuil du bureau des employés. Il y avait un grand nombre d'hommes là-dedans et de rangées de bureaux. La pièce n'était pas si désagréable, mieux en tout cas que son bureau à elle. Elle remarqua le grand poêle, le papier peint. Tout semblait ordonné, professionnel, quoique l'endroit manquât de lumière. Elle vit un homme petit — à peine plus grand qu'elle — qui s'avançait dans sa direction. Lucinda se demandait où était assis Oscar. Le petit bonhomme, elle pensait qu'il s'agissait de Jeffris, avait de larges épaules et était plus beau et d'aspect plus sportif qu'elle ne l'avait imaginé. Il était séduisant, mais d'une manière trouble, ténébreuse, sur laquelle elle préférait ne pas s'étendre. Il paraissait caracoler. Il avait des bouts ferrés à la semelle de ses chaussures. Le bruit de ses pas vous martelait les oreilles. Tap, tap, tap. Elle se sentit brusquement, sans raison aucune, apeurée. Elle avait ouvert une porte et se retrouvait nez à nez avec un chien noir, enragé, aux poils hérissés, qui émettait de dangereux grognements tout au fond de sa gorge.

Elle entendait (sans le comprendre) Mr d'Abbs : « Je lui ai confié ce bureau, voyez-vous. Un chef de bureau est essentiel.

C'est sur lui que tout se construit. Vous comprenez, n'est-ce pas ? Un chef de bureau c'est du granit, du basalte, voyez-vous. Peut-être n'y avez-vous jamais songé jusqu'ici. » Les mots n'étaient rien d'autre que le crissement de feuilles mortes. Elle sentait que les doigts de Mr d'Abbs s'accrochaient à elle comme ceux d'une gitane en train de mendier, des petits doigts secs s'agrippant aux épaules en crêpe de sa robe, à la dentelle de ses manches.

Lucinda n'attachait aucune importance aux regards de ce Mr Jeffris. Il avait des yeux sombres, hostiles. Elle avait provoqué sa haine simplement en ouvrant sa porte. Il était trop tard pour battre en retraite. Elle se dégagea des mains suppliantes de Mr d'Abbs et s'avança dans l'allée du bureau. Les employés, pourtant des adultes, qui pour certains avaient une allure raide et militaire, traînaient les pieds et se cachaient derrière leurs registres, comme des écoliers.

Lucinda, finalement, aperçut Oscar. La lumière était éblouissante derrière la vitre, si bien que celui-ci se découpait en silhouette. La masse emmêlée de ses cheveux lui permit pourtant de le reconnaître, mais ce ne fut que lorsqu'elle se trouva près de lui qu'elle put voir l'expression de son visage. Oscar ne la renierait pas. C'est ce qu'elle vit. Il la regarda et sourit d'une manière pitoyable. Oh, mon Dieu, pensa-t-elle, le pauvre homme va devoir se lever. Elle pivota sur les talons. Elle sentait les yeux de tous les employés posés sur elle. Elle respirait l'odeur du passage, l'aigre odeur d'urine. Elle sentit leur mépris, parce qu'elle était petite, parce qu'elle était femme, parce que sa démarche était différente. Elle fit un signe de tête à Mr Jeffris et à Mr d'Abbs qui était retourné vers la porte ouverte, comme un chien à qui l'on interdit d'entrer dans le salon. Lorsqu'elle fut à sa hauteur, elle se tourna vers lui.

« Merci, dit-elle. J'avais envie de voir leurs conditions de travail. »

Elle ne resta pas pour parler à Mr d'Abbs. Elle se sentait stupide. Elle se dépêcha de retourner à son bureau en se disant qu'elle connaissait vraiment peu de choses sur l'organisation de l'univers masculin.

Ce soir-là, elle apprit les suites curieuses de sa visite. Tout avait été mis sens dessus dessous. Mr Jeffris s'était jeté comme un ouragan dans le bureau de Mr d'Abbs. On avait entendu des cris. Les employés étaient restés à leur table, n'osant se regarder l'un l'autre.

76

Le bonheur

Lucinda ne s'attendait pas à être heureuse, alors qu'elle était ficelée dans un tablier crasseux, avec des sabots aux pieds, en train de frotter ses propres planchers, alors qu'elle essuyait des rebuffades chez l'épicier, qu'elle n'avait pas le droit d'entrer dans ses ateliers, qu'elle était privée de la compagnie de Dennis Hasset, et qu'elle était finalement coupée de la vie, au point que son seul compagnon était un vagabond sans gîte, un pasteur défroqué, avec des mains pleines de taches bleues, et une odeur de sueur. Ces circonstances rébarbatives servaient à détourner son attention, tandis que le bonheur se glissait dans sa vie, comme un braconnier dans la nuit.

Elle ne savait pas qu'elle était heureuse, mais les autres, en revanche, l'avaient remarqué, les souffleurs, Mr d'Abbs, Mr Chas Ahearn qui lui avait rendu visite et lui avait apporté quelques œufs de poule naine. On l'avait remarqué parce que ses manières étaient plus douces, parce qu'elle évitait ces sarcasmes et ces réflexions acerbes que Mr Ahearn, entre autres, avait trouvés bien trop fréquents ces derniers temps. Elle l'avait embrassé sur la joue en l'appelant « P'tit Oncle » et le vieux bonhomme avait rougi jusqu'aux oreilles, jusqu'aux lobes de ses grandes oreilles charnues.

Pourtant, Lucinda ne s'était pas aperçue du moment où l'aiguille de la balance était passée de « bas » en « haut ». Elle avait été trop occupée pour le remarquer, jusqu'à ce matin-là, ce dimanche avant l'avent. Elle marchait avec son pensionnaire et s'éloignait de sa maison pie (badigeonnée pour moitié en blanc, tandis que l'autre était en brique). C'était une heure environ avant le premier service à Balmain, et les cloches de l'église étaient encore silencieuses. Un troupeau de Herefords au pelage luisant (appartenant au domaine en faillite de Whitfield's Farm) se gorgeait d'herbe printanière. Lucinda portait une longue écharpe de coton blanc, brodée de minuscules roses. Elle avait des gants et tenait son missel d'une main et son chapeau de l'autre. Elle marchait dans le chemin emprunté par le bétail, sur la crête du promontoire. La rosée n'avait pas totalement disparu et Lucinda la sentait imbiber le bas de sa robe. Elle ne s'en souciait guère. Oscar avançait à côté d'elle dans l'herbe qui lui montait à mi-mollets. Rien de particulier n'arrivait. Rien n'était dit. Pourtant, Lucinda pensait : Je suis heureuse.

Elle fixa Oscar. Il ne s'en aperçut pas. Il essayait d'apercevoir un serpent, il regardait en direction du port — la mer ondulait comme des collines de verre argenté. Il levait la tête, la baissait, jetant des coups d'œil partout à la fois. Il avait glissé une petite fleur bleue sous le ruban de son grand chapeau noir. Quel agréable compagnon il s'est révélé être, se disait Lucinda. Et si on les méprisait au point que le pasteur de Balmain, un homme presque inculte, trouvait préférable de ne pas les « voir », lorsqu'ils passaient à côté de lui, devant son église, c'était en fait une sorte de mépris fort agréable.

Elle l'avait jugé trop vite. C'était sa mauvaise habitude. Cela lui avait déjà amené des ennuis. Elle l'avait comparé à Dennis Hasset, si bien qu'elle ne pouvait s'empêcher de faire une petite moue lorsqu'il prenait sa tasse de thé d'une certaine façon, ou replaçait la théière sur la table un peu lourdement. Elle avait été également blessée lorsqu'il s'éclipsait dans sa chambre en lui fermant la porte au nez. Et pourtant — comme cela était arrivé rapidement — elle en était venue à être fière de la manière parfaite dont ils partageaient la maison. Grâce à la discipline et à la retenue (une vertu qu'elle admirait beaucoup) qu'ils montraient dans leur conduite, ils parvenaient à être proches, intimes même, tout en gardant cependant une distance essentielle, celle non pas d'étrangers, mais de voisins. Ils se trouvaient dans une position bien supérieure à celle de ces Philistins qui les méprisaient et les offensaient. Dieu, qui voit toute chose, ne pouvait juger leur conduite inconvenante.

Ils ne jouaient pas aux cartes ni à aucun jeu, quel qu'il soit.

Oscar n'avait aucune expérience des amitiés féminines. Tout d'abord, il fut intimidé, il bafouillait, trébuchait, essayait de passer inaperçu. Seuls ses rêves impies lui faisaient imaginer quelque chose d'encore plus intime. S'il y avait eu une servante, les choses en seraient probablement restées là. Mais Mrs Froud était partie lorsqu'elle s'était trouvée dans une position intéressante, il n'y avait donc plus de servante. En revanche, il y avait une maison qu'il fallait entretenir, un poêle à passer au minium, du savon à faire, des tapis à battre, des boutons de porte à nettoyer avec des demi-citrons. En voyant comment travaillait cette jeune maîtresse de maison — rapide, le pas vif, les coups de brosse et de chiffon nerveux, en entendant les claquements de la serpillière, le tintement du seau, en la voyant déployer une énergie tellement supérieure à ce qu'on aurait pu s'attendre d'une si petite personne — son pensionnaire ne put qu'enlever sa veste luisante d'usure, remonter ses manches, découvrant ainsi des bras minces, d'un blanc de lait, et se mettre à travailler à ses côtés. Lucinda se sentit d'abord gênée : elle pensait que cette attitude manquait de virilité.

Et pourtant, c'est ainsi qu'ils devinrent amis, en frottant les damiers du carrelage piqueté, de la cuisine, travaillant côte à côte, glissant à reculons. Ils accomplissaient ces tâches sans trop savoir comment s'y prendre. Ils buvaient du thé en abondance et en gardaient les feuilles pour nettoyer les tapis. Lorsqu'ils en avaient finalement terminé, habituellement autour de minuit, Lucinda se débarrassait de ses chaussures et les laissait tomber sur le sol humide. Oscar, quant à lui, allongeait ses jambes sur une chaise. Il était recouvert de taches de minium, ou de noir à fourneau, et avait de la cire collante aux coudes. Lucinda pensait qu'il était une « vieille bonne femme », une « bonne âme », un « drôle de type ». Parfois, elle le regardait et le voyait comme si elle ne l'avait jamais vu auparavant — il lui apparaisait comme une « image ». Il fredonnait, remuait son thé avec le manche de son couteau, s'esclaffait, parlait latin, croyant qu'elle le comprenait. Sa conversation était étonnamment allusive, elliptique, si bien qu'elle se sentait grossière, inculte, lourdaude. Elle n'imaginait pas qu'il pouvait trouver sa manière de laisser tomber ses chaussures « délicate », que ce geste était en fait l'objet de son admiration.

Elle voyait ce qu'elle avait entrevu à bord du *Leviathan*, que ce n'était pas un homme qu'on pouvait facilement traiter avec condescendance. C'était quelqu'un de passionné, d'enthousiaste, qui se jetait à cœur perdu dans la jungle des idées, sans aucune crainte, avec impatience (flap, flac, sur les vêtements humides dans la lessiveuse), mais aussi avec plaisir.

Il avait la nostalgie de l'Angleterre et aimait en parler. C'était une Angleterre différente de celle qui l'avait si fortement déçue. C'était un endroit verdoyant, précieux. Elle ne pouvait pas deviner que la maison des Stratton était humide et froide, que les petits baptistes lui faisaient manger des cailloux. Il parlait tendrement des Stratton, qu'il appelait « mes protecteurs ». Il ne lui disait pas que Hugh Stratton, qui avait aussi merveilleusement réussi dans les courses de chevaux que dans l'agriculture, avait, grâce au système d'Oscar, perdu tout son argent et que ses dettes étaient si importantes qu'il se voyait maintenant obligé de mendier auprès d'hommes qu'il n'avait pas revus depuis qu'il était étudiant à Oriel.

Il y avait un paquet de cartes, d'un blanc éclatant, dans l'armoire en cèdre tout à côté d'Oscar. Il le voyait, posé de travers, près d'une pelote de laine et d'un mètre de couturière emmêlé. Il le voyait très souvent, chaque soir, lorsqu'il allait chercher le carafon de sherry (sur lequel était gravée l'image d'un émeu) pour en verser deux dés à coudre qu'ils buvaient avant d'aller se coucher. Il ne disait rien à propos des cartes. Il s'imaginait que son hôtesse — qui montrait tant de discipline dans son rôle de maîtresse de maison — n'était pas attirée par elles. Il aurait aimé avoir la force de caractère suffisante pour les jeter. Mais, en pensant à la manière dont il s'était ridiculisé à bord du *Leviathan*, il n'osait pas le faire.

Ils ne parlaient pas de cartes, mais cette chose dont ils ne parlaient pas donnait à leurs soirées un caractère légèrement tendu, excitant, qui les rendait heureux, oui, mais les tenait aussi éveillés dans leurs lits.

Lucinda pouvait se glisser hors de sa maison à minuit, pour

aller jouer ailleurs, mais elle n'osait pas toucher le paquet qui se trouvait dans son armoire. Elle savait de quelle manière passionnée il considérait sa « faiblesse ». Elle n'osait même pas lui demander comment il en était arrivé à changer totalement d'opinion à ce sujet. Mais, oh oui, comme elle brûlait d'envie d'en discuter avec lui, comme elle aurait aimé distribuer les cartes sur une couverture laine grise. Il n'aurait plus alors été question de mal de tête, ç'aurait été le doux symbole de leur amitié.

Mais elle n'en disait rien. Et, même si elle avait fait tomber avec « délicatesse » ses chaussures sur le sol, de sorte que l'on vît maintenant ses orteils sous ses bas, et qu'elle eût pris un verre de sherry à la main, en bref, se montrant ainsi révolutionnaire, elle était cependant trop timide, pensait-elle, trop semblable à une petite souris, pour oser montrer à Oscar son cœur de joueuse. Elle n'aimait pas ce côté timoré de sa nature. Comme toujours, elle se trouvait trop prudente, trop retenue.

Un soir, elle dit : « J'aimerais avoir dix sœurs et une grande cuisine pour y rire avec elles. »

Son pensionnaire fronça les sourcils et épousseta ses genoux.

Elle se dit : Il est aussi proche d'une sœur qu'il est possible de l'être, mais il ne le comprend pas.

Elle aurait dû avoir une amie, elles se seraient brossé mutuellement les cheveux, si bien qu'elle aurait pu enfin, Seigneur, mettre de côté cette horrible armure clinquante.

Elle ne lui révélait pas les rêves qu'elle avait à propos du verre, même lorsqu'elle paraissait en parler. Il l'écoutait avec admiration, mais elle ne lui montrait que la surface opaque de ses rêves — les vitres, le coût des transports, la difficulté de faire payer leurs dettes dans les six mois aux entrepreneurs. Il s'imaginait que c'étaient ses affaires et, bien entendu, il avait raison, mais toutes ces choses dont elle parlait étaient un brouillard qu'elle faisait descendre sur le paysage, un paysage si rempli de montagnes majestueuses, qu'elle aurait été gênée d'en revendiquer la propriété. Sa véritable ambition, celle dont elle ne lui parlait pas, était de construire quelque chose de beau et d'extraordinaire en verre et en fonte. Une sorte de Crystal Palace, mais pas exactement un Crystal Palace. Une serre, mais pas exactement une serre. Du verre avec une dentelle de fonte, tissée comme une toile d'araignée — l'idée dansait aux limites de sa conscience, sans jamais devenir tout à fait claire. Lorsqu'elle essayait d'en faire un croquis, tout devenait mesquin, raide, sans élégance. Parfois, dans ses rêves, elle avait l'impression d'en avoir enfin trouvé la forme, mais si c'était le cas, celle-ci, comme une photographie mal fixée, s'estompait au point de disparaître totalement à la lumière. Elle avait suffisamment de sagesse ou de folie pour croire que ça n'avait pas d'importance, que cette forme s'offrirait à elle en fin de compte.

Avant d'en arriver là, il y avait un tas de choses dont elle devait s'occuper. La plus sérieuse était de trouver un fondeur qui l'écouterait suffisamment longtemps pour comprendre ce qu'elle voulait réaliser. Elle avait déjà parcouru dans tous les sens les rives de Darling Harbour et monté jusqu'au chemin enfumé de Leichhardt, lorsque ce dimanche matin, elle découvrit finalement qu'elle était heureuse. Une partie de ce bonheur provenait certainement du fait qu'elle avait trouvé dans ce vieux misogyne aigri de Mr Flood l'homme qui — même s'il était sans Dieu, sans goût et sans aucun sens de l'humour — pouvait fondre les structures dont elle aurait besoin et faire en sorte qu'on puisse les assembler. A vrai dire, il lui apporterait un « prototype » mardi.

Elle montra du doigt un ibis à Oscar, comme il s'élevait au-dessus des palétuviers de Snails Bay. Elle lui en dit le nom mais ne pouvait se résoudre à lui parler de son secret. Celui-ci, elle ne le partagerait qu'avec le pasteur de Boat Harbour.

Oscar avait vu les lettres qu'elle écrivait à Boat Harbour, elles étaient posées sur la cheminée, toute gonflées, tumescentes. Il croyait que c'étaient des lettres d'amour. Elle savait qu'il le pensait. Elle s'était arrangée pour qu'il en soit ainsi. Ce malentendu leur permettait de vivre ensemble dans la maison, d'être amis. Mais elle était sans arrêt sur le point de partager avec lui cette chose unique, si extraordinairement importante pour elle.

Le matin où elle découvrit qu'elle était heureuse, elle regarda son compagnon et vit son beau visage en forme de cœur, la vivacité de ses gestes, semblables à ceux d'un oiseau, la masse éclatante de ses cheveux. Elle vit la manière dont il frappait l'herbe avec sa canne. Elle vit sa main s'enfoncer profondément dans la poche de sa veste. Elle vit qu'elle avait un compagnon, un ami qui lui était cher. Mais elle voyait aussi un jeune homme légèrement dangereux, facilement excitable, et même égocentrique. Elle pouvait lui confier son secret (fragile, aussi impalpable qu'un nuage) et le voir brisé brusquement parce qu'il ne comprenait pas la manière dont il fallait s'y prendre avec lui. Ou il pouvait le comprendre parfaitement, mieux qu'elle et le lui arracher, le lui voler, à cause de son enthousiasme excessif.

Donc, elle ne lui montrait pas le château de verre, aux jolies nervures de fonte, semblables à celles des ailes d'une chauve-souris. S'il s'agissait de nuage, alors c'étaient des cumulus remplis de colonnes, d'abîmes, de tourbillons, de fonds vertigineux. Quand elle y pensait, tous les nerfs de ses mains se contractaient. Elle tendit l'index vers Longnose Point. Elle ferma les yeux, grimaça légèrement. C'était une sensation exquise — irritante, insupportable, une démangeaison, un tourment délicieux. Sydney Harbour était recouvert d'un voile d'argent. Un cormoran en déchira la surface, comme une idée invraisemblable déchire la membrane qui sépare le rêve de la réalité.

77

Une cérémonie

Le dimanche qui suivit les régates de Balmain, Arthur Phelps fit trois kilomètres pour se rendre à Whitfield's Farm. Il emmena le plus jeune de ses garçons avec lui. Ils étaient tous les deux habillés en dimanche, le gamin en costume marin, et Arthur en complet de tweed. Ils portaient leurs chaussures à la main, pour ne pas abîmer le cuir. Ils s'arrêtèrent ensuite à Birchgrove House, pour les remettre. Ils acceptèrent aussi un peu d'eau et une carotte fraîchement arrachée au jardin.

Arthur avait lavé et peigné sa barbe. Elle était d'un blanc de neige, aussi douce que les poils d'un chien qu'on vient de baigner. Lucinda faillit ne pas le reconnaître. Il paraissait si important, comme Mr Henry Parkes. Il dégageait une odeur de savon et de naphtaline.

Elle l'invita à entrer, mais il refusa. Elle tint alors la porte ouverte et remarqua que des moustiques arrivaient pendant que son visiteur essuyait ses chaussures sur la lame du décrottoir de la porte d'entrée. Elle avait déjà reçu cette sorte d'« égard ». Cela la mettait toujours très mal à l'aise.

Arthur avait un message à délivrer. Il se redressa et rentra son « soufflet ». Son petit garçon était piqué par les moustiques, mais Arthur faisait son petit laïus sans lâcher la main du gamin. Quand il eut fini, Lucinda sentit ses oreilles rougir et bourdonner. Arthur, non seulement connaissait le nom d'Oscar, mais il le mettait en relation avec elle. Il avait aussi « sa petite idée ». C'était la première chose qui la choqua. La seconde, c'était qu'Arthur les invitait tous les deux à rendre visite à la verrerie. On les invitait en tant que couple.

De toutes les façons dont elle se sentit choquée, voici celle qui la blessa le plus. Cet homme, ce souffleur de verre, qui s'était permis de lui demander de ne pas rendre visite à ses propres ateliers sans l'en avertir, parcourait, à l'instant où il supposait qu'elle était liée à un homme — et peu importe que cette relation fût jugée scandaleuse —, parcourait à pied trois kilomètres, le dimanche, pour faire en sorte que le seigneur et maître inspecte son nouveau territoire.

Et pourtant, elle accepta. Mon Dieu, qu'elle était faible ! Parce qu'elle était touchée qu'il eût parcouru trois kilomètres, et honteuse de la grande vague de colère qui menaçait de l'emporter. Elle ne se permit même pas le moindre sarcasme. Elle accepta. Elle dit : « Très bien » (imbécile, petite imbécile) et referma la porte alors qu'Arthur n'avait pas fini de lui dire au revoir. Elle enverrait un message plus tard, trouverait un autre engagement, un prétexte. Mais elle remit ce soin à plus tard, ajourna sans arrêt sa décision, de sorte que le samedi suivant, on la vit descendre à pied la colline, de Druitt Street, pour se rendre à la verrerie. Il était clair pour Oscar, qui marchait le mollet raide et les orteils tordus à côté de son amie harnachée comme un petit soldat, que celle-ci n'était pas de bonne humeur. Il se dit : Elle est trop serrée. Mais elle ne portait pas de corset. En fait elle était simplement furieuse. Son visage était tiré de tous les côtés, comme par des lacets. Ses lèvres étaient pincées, sa bouche rétrécie. Même son chapeau à large bord ne cachait pas totalement son expression.

Le chapeau d'ailleurs était trop grand pour quelqu'un de sa taille. Mal proportionné, il la rendait encore plus petite. Elle le savait. Deux fois, elle s'arrêta en pleine rue pour le tripoter, mais elle ne parvint qu'à se donner un air vaguement négligé.

Oscar ne comprenait pas cet accès d'humeur. Il venait juste de quitter le bureau de Mr d'Abbs et n'avait guère envie de passer son samedi après-midi, son premier moment de loisir de la semaine, à inspecter une manufacture à l'apparence aussi laide. Il avait pris l'habitude des pique-niques à Manly et à Watson's Bay. Ici, l'air était fétide, sans qu'on puisse déterminer quels étaient les ateliers responsables. Une scierie hurlait. Ils traversèrent la rue pavée de Druitt, recouverte de saletés, et entrèrent dans une cour. Dans la cour, il y avait des ateliers ouverts. Ils marchèrent entre les flaques. Il y avait des piles de casiers à bouteilles (une pile bleue, l'autre brune) remplies de verre cassé.

L'Australie était un endroit répugnant. Il souhaitait n'y être jamais venu. Et voilà maintenant qu'il avait lancé ce pauvre Wardley-Fish sur ses traces. Il en avait été informé par une vieille lettre couverte de taches de graisse, récemment sortie des oubliettes de l'évêché. Le bateau de Wardley-Fish était en mer et l'on ne pouvait plus rien arrêter. Qu'allait penser Fish en le voyant confronté à tout cela ?

Un homme en costume, au pantalon effiloché, traversa la cour en courant et disparut dans le bâtiment rond en brique, au toit de tôle rouillée. Lucinda fit un geste, montra le pantalon, la porte par laquelle il était entré. Elle le faisait en se servant de son parapluie japonais, d'un geste sec empreint de mauvaise humeur.

Oscar sentit cette mauvaise humeur se glisser en lui. La pointe du parapluie lui perçait la cage thoracique. Il savait qu'on n'avait pas envie qu'il soit là. Eh bien, il n'avait pas envie d'y être ! Il regarda le visage hargneux de Lucinda et se dit qu'il n'aimait pas cet air-là. Il sourit et leva les sourcils. Ce fut avec cette expression singulière sur le visage, qu'il ne pouvait plus cacher sous son grand chapeau, qu'il entra dans la verrerie.

Rien ne ressemblait à ce qu'il avait imaginé. Alors qu'au-dehors tout était en désordre, humide, à l'intérieur, tout était rangé et agréablement sec, comme la paume de la main d'une pâtissière. Il n'y avait pas de fenêtres aux murs. Elles étaient là-haut, près du toit. Six fourneaux étaient allumés au milieu de la pièce et cinq autres le long d'un mur. Il y avait des chariots sur rails et des machines dont on ne se servait pas pour le moment. Oscar supposa qu'on les utilisait à la fabrication des vitres. Il ne se trompait pas.

Mais ce à quoi il s'attendait le moins était de trouver les ateliers décorés de guirlandes de fleurs : des bleuets, des lachenalias, des coquelicots, des marguerites jaunes et blanches, des freesias, des iris, des jonquilles et des narcisses. Elles étaient attachées en bouquets au pilier qui supportait le toit. Il y en avait aussi dans de grands pots en verre, tout le long du mur. Il y en avait disposées dans un filet de pêche tendu entre les fourneaux et la porte d'entrée. Sous cette décoration florale se tenaient les ouvriers. Leurs grosses jambes arquées risquaient de faire craquer l'étoffe de leur costume. Au moment où Oscar et Lucinda entrèrent, ils se mirent à chanter :

« Ô Seigneur toi qui remplis nos âmes d'un amour illimité. »

Lucinda regardait droit devant elle. Elle était émue bien sûr, bien sûr qu'elle l'était. Ces imbéciles avaient travaillé si dur pour lui faire plaisir. Mais elle était furieuse aussi. Les larmes qui coulaient sur ses joues étaient provoquées par des forces totalement différentes de celles qui avaient amené le même phénomène chez son pensionnaire. En revanche les larmes de l'un, comme celles de l'autre, étaient certainement salées. Je pense aussi que la teneur en sel devait approcher de la normale, c'est-à-dire entre un et deux pour cent. Mais cela ne fait que montrer les limites de la chimie, car tandis que les larmes de Lucinda étaient produites par des émotions contradictoires, celles d'Oscar jaillissaient d'une seule source, celle qui alimente les territoires immenses de la joie, de l'émerveillement, de l'humilité, celles-là étaient provoquées par l'affection qu'Oscar portait à ces ouvriers engoncés dans leur costume, ces ouvriers qui lui avaient publiquement apporté leur estime à lui, un étranger, un banni.

78

La bouilloire et le faitout

Ils étaient étrangers l'un à l'autre, deux récipients sur un même poêle, la bouilloire sifflant en lâchant de grands nuages de joie, le faitout bouillonnant doucement, mais chacun ignorant l'état dans lequel se trouvait le voisin.

On lui montra comment on soufflait le verre. Lucinda pensait qu'Oscar s'ennuyait terriblement et s'efforçait d'être poli. Il but une pinte de bière avec les ouvriers qui n'en offrirent pas à sa compagne. Lucinda cacha derrière un petit sourire le mépris qu'elle éprouvait pour ces imbéciles.

Elle rejetait violemment les vertus chrétiennes.

La langue de Mr Hopkins se gonfla rapidement sous l'effet de la bière. Elle était boursouflée, aussi grosse, aussi épaisse à l'intérieur de sa jolie bouche, aux petites dents bien rangées, que celle d'un bœuf. On lui fit chanter un hymne. Il n'avait pas de voix. Lucinda, bien que sachant que tout le monde s'en moquait, ne pouvait s'empêcher d'y attacher de l'importance.

Elle se sentait lourdaude, mal fagotée. Il était aussi flou et mou qu'une poupée. Il les regarda lui montrer six fois comment il fallait s'y prendre pour faire un pot à bière. Personne ne semblait se préoccuper de la dépense nécessaire à l'entretien des fourneaux. Elle ne pouvait en parler. Elle essaya donc de se maîtriser. Ils renversaient leur bière sur le sol de brique et passaient leurs bras autour du cou d'Oscar en l'appelant (tout au moins Michael Casey) « Petit père ».

Lucinda se trouvait au centre d'un grand espace glacé. Elle

sourit jusqu'à ce que son visage lui fasse mal. Elle interrogea Billy, celui qui avait des oreilles en chou-fleur, sur sa femme et ses enfants et découvrit qu'il ne savait pas leur âge. Elle ne se souciait pas qu'il fût pauvre. Elle lui sourit. Il était ivre. Il lui tapait sur l'épaule, tout en parlant. Elle le quitta alors qu'il essayait de calculer l'âge de son aîné.

Mr Hopkins était dehors, dans la cour. Il avait pris sur lui d'inspecter les tas de sable et de charbon. Il était avec Arthur Phelps.

Elle aurait pu se mettre à hurler. Courir en rond autour de la cour comme un chien qui vient d'être blessé par la roue d'une charrette. Et le soleil était maintenant si éblouissant.

Elle pensait qu'elle se comportait en enfant : « Je crois, Mr Hopkins, dit-elle, que nous avons un autre rendez-vous. »

Il comprit alors, ou du moins c'est ce qu'elle pensa. C'était à son avantage. Il serra la main d'Arthur et refusa, malgré la demande qu'on lui en faisait, de revenir à l'intérieur pour dire au revoir aux « gars ». Arthur lui tenait toujours la main dans les deux siennes.

« C'est un grand plaisir, dit-il, sans lâcher la main fine d'Oscar, dans une étreinte dont le contact faisait penser à celui de gants fourrés de percaline, c'est un grand plaisir, monsieur, de voir notre patronne liée avec un gentleman tel que vous, monsieur. A n'importe quel moment, si vous désirez savoir quelque chose, monsieur, sur la fabrication des vitres lorsque celle-ci bat son plein, il vous suffira de venir et nous vous expliquerons la chose. »

Oscar se retourna, sa main toujours prise dans la poigne de fer du souffleur. Il vit que Lucinda, qui se trouvait à ses côtés au début de ce discours, s'écartait maintenant de lui. Les épaules de la jeune femme étaient rentrées, son cou penché en avant. Oscar ne savait pas quelle mouche l'avait piquée. Ne s'était-il pas montré suffisamment viril au milieu des ouvriers ?

« Merci, Arthur, je le ferai. »

C'est alors qu'il entendit les acclamations. Il se retourna et vit que les ouvriers étaient sortis des ateliers et s'étaient rangés le long du mur, en levant leur verre de bière. Ils acclamaient la patronne qui passait devant eux, la tête basse. Quand les acclamations commencèrent, elle ouvrit son parapluie pour se protéger le visage.

« Au revoir, Arthur.

— Au revoir, monsieur. Et c'est un privilège, monsieur, parce que même si j'ai une femme et des enfants, je ne suis pas marié moi-même, c'est comme ça, monsieur, et ce n'est pas parce que je ne suis pas chrétien. Ma mère était baptiste et mon vieux père unitarien. On va à l'église de temps en temps, mais je vous dirai ceci, monsieur, parce que c'est un réconfort pour moi et peut-être un aussi pour vous...

— Merci, Arthur.

— Un vieux bonhomme, un certain Mr Hollis, un qu'on appelle je crois un chrétien socialiste, m'a dit que l'institution du mariage — je vous accompagne, monsieur — ne vous en faites pas pour les gars. Faites-leur un petit signe, monsieur, et ça ira. Ce vieux type, oh, il avait une de ces barbes d'un blanc d'argent qui lui descendait jusqu'à la ceinture. Il pouvait l'enfoncer dans son pantalon et parfois il le faisait lorsqu'il était saoul. Il me dit que ce sacrement n'avait rien à voir avec la parole du Seigneur, mais avait été introduit bien plus tard, sans doute par un des papes et que c'était quelque chose qui avait affaire avec la propriété et rien avec Jésus, que c'était lié à l'interprétation que faisait l'Eglise des choses. Malheureusement, ma mémoire est une vraie passoire. Faites-leur un petit signe, monsieur, ils sont heureux de vous avoir vu. Ils sont heureux pour la patronne, qu'elle ait enfin un homme. Ça a été dur pour elle. Il y en a quelques-uns parmi nous qui seront réellement soulagés, monsieur. Eh bien, au revoir, ça a été vraiment un bien grand plaisir. »

Oscar se précipita derrière la silhouette noire, aux épaules rentrées, surmontée d'un parapluie. Il fit un petit signe d'adieu. Il paraissait si comique, à cause de son chapeau rejeté en arrière, de ses grandes enjambées pour éviter les flaques, des mouvements de son parapluie, de ses sauts pour contourner les bouses, qu'il déclencha le rire des ouvriers, un rire sans méchanceté. Puis ceux-ci retournèrent à leur tonneau en souriant et en hochant la tête. Leur nouveau maître était un drôle d'oiseau mais sûrement pas un filou.

Quel rendez-vous ? Oscar n'était au courant d'aucun rendez-vous. Un rendez-vous pour elle, peut-être, mais sûrement pas pour lui. Il était déçu car il n'avait rien au monde qu'il désirât autant que de lui parler. Il sentait qu'il avait enfin ouvert une porte sur sa vie secrète. Il aurait aimé s'asseoir quelque part, dans un lieu avec des tables en marbre. S'il avait été à Londres, ils seraient allés au Café Lux dans Regent Street. Un verre de porto pour madame. Ou peut-être du thé de Chine. Ils auraient alors parlé de ses affaires, de sa verrerie.

Il ne lui était jamais venu à l'esprit que l'activité d'une manufacture puisse être source de beauté. Lui aurait-on demandé une heure auparavant de dire ce qu'il appelait beau, il se serait tourné vers la nature et aurait désigné les différentes espèces qui poussaient le long des sentiers du Devon, ou fait apparaître devant vous, en enfonçant profondément ses mains dans le creux des rochers de sa mémoire, les anémones de mer que son père avait dessinées et à qui il avait donné un nom. Ces jolies petites créatures sans âme étaient exactement comme nous, l'œuvre de Dieu. Il vous aurait montré les moyettes de la moisson des Stratton (oubliant qu'elles lui avaient mis les bras à vif et condamné à se gratter toute la nuit) ou encore cette mer dangereuse, agitée, qu'on apercevait à travers une fenêtre familière, derrière un appui de cinquante centimètres de large. Il ne vous aurait certes jamais entraîné dans un bâtiment avec un toit rongé par la rouille, ou emmené dans un passage étroit, pris entre des casiers de bouteilles, ou recouvert de débris de verre scintillants. Dans ces endroits, on s'attend à trouver de la saleté, des détritus, de la puanteur et, évidemment, aucune merveille.

Et pourtant, c'étaient des merveilles qu'il avait trouvées. Il avait senti, dans son ventre — il le sut à l'instant où il franchissait la porte —, avant même qu'il les aperçoive, que cet endroit sec, bien balayé, contenait quelque chose d'exceptionnel.

On le conduisit à un ouvreau. On le fit regarder à l'intérieur des fourneaux, dans ce monde protéen où il n'est plus possible de distinguer le blanc de la chaleur pure, le blanc des creusets et le blanc du verre fondu qu'on appelle ici « le métal ». Quand Arthur avait dit « le métal », Oscar avait pensé à de l'étain, à de l'argent, à de l'or. Et lorsque le cueilleur avait sorti cette matière-là, elle était effectivement toutes ces choses à la fois. La boule chauffée à blanc, au bout de la longue canne, passait d'un ouvrier à l'autre, d'un ouvreau à un autre, se chargeait au fur et à mesure de « métal ». Puis on l'a soufflée légèrement, on l'a balancée, on l'a passée à quelqu'un d'autre, jusqu'à ce qu'elle arrive au plus grand, au plus débraillé de tous. Et alors celui qui se vantait (glissant son secret dans l'oreille d'Oscar) de n'être rien d'autre que le célèbre chevalier de Lapisse et Duvent s'empara de la longue canne. Il se transforma tout aussitôt en tambour-major, en joueur de cornemuse, en trompettiste, en alchimiste, tandis qu'il donnait au métal l'aspect d'un pot à bière. Il s'assit finalement sur son trône de bois et fit rouler la longue canne d'avant en arrière, sur ses bras, tandis qu'il égalisait le pied avec un morceau de bois de poirier humide, qui sifflait et fumait près de ses moustaches tachées de thé et de bière. Il prit au troisième cueilleur un petit serpent de verre rouge élastique, qu'il leva très haut — on aurait dit un serpent en colère entre les serres d'un aigle — et en fit, avec un grand geste du bras, d'abord un point d'interrogation et ensuite une anse. Tout cela était exécuté avec élégance et précision. Il semblait étrange que ce miracle fût l'œuvre d'un Falstaff moustachu au gros ventre, dans un maillot de corps crasseux, caché par des couches de toile de jute humide et aigre.

« Je suis un soufflet fait homme, monsieur, proclama Arthur en faisant un signe pour qu'on vienne lui prendre son œuvre. C'est ce que j'ai réussi à faire de moi. »

Mais ce n'était pas cela qui excitait Oscar à propos du verre, le fait qu'un hommme ait plié son corps aux besoins de la manufacture, mais bien plutôt qu'un homme si évidemment grossier et imparfait puisse produire quelque chose d'aussi délicat.

Le verre. Une lueur aveuglante. Un rougeoiement. Une matière élastique. Protéenne. Liquide. Un réceptacle pour la lumière.

Il se jetait sur la trace de la propriétaire. Il était un usurpateur à la démarche pataude, un voleur en costume élimé. Il était un collectionneur de papillons, un amateur d'art qui marchait à toute vitesse vers ce qui avait produit cette merveille. Il y prendrait part, de n'importe quelle manière.

Elle le fuyait, filant à toute vitesse, comme un citoyen honnête qui sent un pickpocket à ses trousses. Elle gagna

York Street, puis tourna pour rejoindre la foule rassemblée au marché. Oscar se fraya un chemin dans les allées étroites, tracées entre les éventaires. C'était un jour de printemps ensoleillé, mais ici, il y avait des lanternes pendues entre les saucisses. Il suivit son grand chapeau noir, comme elle contournait, en se cognant à la foule, des pièces de calicot, des piles de moleskine, des présentoirs de pelles métalliques bleues, alignées comme des armes dans une armurerie, et se retrouva dans la lumière aveuglante de George Street. Elle marchait à un tel pas que même Oscar, avec des jambes ayant trente bons centimètres de plus que les siennes, qui faisait des enjambées de près de soixante centimètres de plus, avait du mal à ne pas la perdre de vue.

Mais il ne la laisserait pas s'échapper. Il bousculait les gens, les évitait, les poussait, s'excusait. Il la suivit jusqu'en bas de Sussex Street. Ils empruntèrent le passage au-dessus duquel la plupart de ses collègues travaillaient encore sur leurs registres. Six bâtiments plus loin, mais sur l'autre côté de la rue, elle pénétra dans un immeuble de brique, avec de grands rebords de grès jaune en dessous des fenêtres. Les bureaux des ateliers du Prince Rupert étaient au quatrième étage.

Des machines à imprimer occupaient le rez-de-chaussée et les deux premiers étages, le bâtiment vibrait à l'unisson de leur rythme. La cage de l'escalier était pleine de l'odeur volatile et aigre de l'encre. Par une porte ouverte il aperçut des hommes en tablier qui remplissaient leurs formes avec des lettres prises à la fondeuse. Oscar suait autant que lorsqu'il était assis à sa place habituelle, dans le bureau de Mr d'Abbs.

Les sociétés du troisième étage manquaient soit de clientèle ou avaient une direction progressiste qui se faisait un devoir de fermer ses bureaux le samedi après-midi. Le palier était presque désert, en dehors d'une femme de ménage, à quatre pattes, qui fit claquer sa langue pour la deuxième fois lorsque un nouveau vandale piétina le sol au beau milieu de son travail. Que le passage s'effectuât sur la pointe des pieds n'améliora en rien son humeur.

Trois sociétés avaient leurs noms inscrits sur les portes en bois sombre du quatrième étage. Inscriptions faites dans des caractères différents, sur des plaques d'un noir de jais aux lettres dorées. La première qui lui tomba sous les yeux était celle de la verrerie du Prince Rupert.

Il frappa un petit coup et entra après une seconde d'attente. Ce n'était rien d'autre qu'une pièce ordinaire, avec un bureau, trois fauteuils, tassés sous un toit mansardé. Il n'y avait pas de tapis sur le sol, mais au mur, derrière le bureau, était accrochée une gravure encadrée du Crystal Palace. Sur l'autre mur, celui faisant face à la fenêtre où Lucinda se tenait maintenant, son affreux chapeau dans une de ses mains, il y avait de grandes étagères de verre, sur lesquelles étaient placées une collection de bouteilles parfaitement époussetées (des vertes, des jaunes, des bleu de cyanure) et des plaques de verre de la grandeur d'un livre, dans des couleurs et des finitions variées. Comme le soleil tombait maintenant sur ces étagères, elles luisaient, étincelaient, mêlaient leurs reflets comme le contenu d'un coffre à bijoux dans un conte pour enfants.

En souriant Oscar pensa : Un oiseau du paradis.

Le bureau de Lucinda, en cèdre, était recouvert d'une plaque de verre. Il n'y avait dessus qu'un encrier et une plume, pas même de buvard. Un grand vase bleu contenait un iris qui avait depuis un certain temps déjà perdu sa fraîcheur. Un pétale et un peu de pollen étaient tombés sur le dessus en verre du bureau.

La cheminée de l'usine de miss Leplastrier se voyait au-dessus de son épaule gauche. Lucinda ne se retourna pas. Oscar remarqua les douces mèches de cheveux à la base de son cou. Il se plaça derrière elle — très près, à quelque dizaines de centimètres — de sorte qu'il pouvait maintenant voir les ouvriers lutter à la corde dans la cour. Il était évident que plusieurs d'entre eux étaient sérieusement ivres.

Ce fut seulement alors, au moment où il était tout près d'elle, qu'il s'aperçut que ses épaules tremblaient. Cette émotion lui fit peur. Il ne s'y attendait pas. Maintenant, il ne savait plus ce qu'il devait faire. Il joignit les mains. Il découvrit alors à quel point il était poisseux, couvert de sueur. Il se dit : C'est un lieu secret. Il se dit : Je dois sentir mauvais. Il l'appela par son prénom. Il lui toucha l'épaule. Elle se retourna. Son petit visage fier était décomposé, comme une lettre froissée mise au panier. Sa peau claire était striée de petites rigoles qui semblaient creuser sa peau, la fendiller pour former une sorte de delta sur son nez et sur son menton. Ses yeux étaient comme deux verres remplis à ras bord, sans rien de gai bien sûr, mais gonflés par un mouvement de marée, de va-et-vient, lié à la colère et à la blessure reçue.

Oscar n'avait aucune idée de ce qui avait provoqué tout cela, mais, en se penchant un peu, il ouvrit les bras et la serra contre lui. Elle était si petite.

79

La douceur secrète de sa peau

Il fut tendre avec elle. Il lui essuya les paupières avec son mouchoir, sans remarquer à quel point il était sale. Il était taché d'encre, froissé, avec l'étoffe collée à plusieurs endroits. Elle avait de grandes et douces paupières, tandis que le mouchoir était raide et cassant. Oscar en humidifia un coin dans sa bouche. Il avait douloureusement conscience de la douceur secrète de sa peau et du tremblement de ses yeux sous leur voile. Il sécha les larmes avec une tendresse, une minutie dont il ne se croyait pas capable.

Il alla chercher la chaise derrière le bureau. Quand il la leva, le dos se sépara du siège et s'écrasa avec un claquement sec sur le sol.

« Oh la la, fit Lucinda, en reniflant près de l'appui de fenêtre. Tout s'écroule. » Et, à vrai dire, c'était ainsi que le bureau lui apparaissait, pas seulement aujourd'hui, mais aujourd'hui plus que jamais. Il n'avait pas réussi à être ce qu'il semblait devoir être — le monument matériel de son succès, de sa force. Il y avait certes une table de travail très lourde, des vitrines, des classeurs, des échantillons provenant de la manufacture pourtant elle ne les voyait pas comme quelque chose d'utilitaire, mais comme quelque chose de théâtral. Ce bureau était le lieu de son exil et d'autant plus en ce moment que la fenêtre encadrait l'image d'hommes ivres luttant pour une corde. Elle se sentait humiliée, sans pouvoir, comme un enfant entraîné dans la rue par le gros chien qu'il tient en laisse.

Il y avait un marteau pied de biche dans le tiroir de son bureau. Oscar — bien qu'il y allât au début trop fort et parût ne pas y parvenir — réussit à remettre le dossier en place à coups de marteau. Elle lui fit plaisir en s'asseyant sur ce siège. Son dos était baigné par les rayons du soleil de l'après-midi.

Elle dit : « Vous devez me trouver complètement ridicule. »

Il dit : « Oh non, non, pas du tout. »

Elle tendit la main, prit le mouchoir qu'il lui offrait et se moucha. Elle avait maintenant une petite tache d'encre bleue sur le visage. Elle était juste là, au bout de son nez. « Ai-je tort de penser que vous devinez la raison de mes larmes ? »

Il n'avait rien deviné du tout. Il se sentait grand, lourd, maladroit. Elle était si dense, si concentrée. Il n'y avait rien de superflu en elle. Il s'accroupit, le dos appuyé au mur qui lui faisait face. Ses jambes, trop longues, trop minces, qui partaient dans tous les sens, ressemblaient à un tas de bois de chauffage attendant d'être scié.

« Non, dit-il, vraiment pas. Je n'en ai aucune idée. »

Un changement subtil apparut sur son visage. Il est difficile de dire ce qui s'était passé, peut-être une diminution de la lèvre inférieure, un aplatissement des joues, un rétrécissement des yeux. Mais ce qu'elle exprimait maintenant était sans ambiguïté. Elle lui avait retiré brusquement sa confiance. « Si vous n'en avez aucune idée, dit-elle, comment pouvez-vous penser que je ne suis pas ridicule ?

— Parce que vous êtes le contraire de quelqu'un de « ridicule ». »

Ils échangèrent un coup d'œil et découvrirent alors qu'ils passaient de l'état d'étrangers hostiles à celui d'amis intimes, puis revenaient rapidement sur leurs premières positions, incapables de garder suffisamment longtemps une impression pour s'y accrocher avec certitude. Elle avait des iris d'un vert velouté, d'une extraordinaire beauté. Le blanc de ses yeux était strié de minuscules filaments rouges.

« Et êtes-vous curieux, demanda-t-elle, en continuant de le tirer, de le pousser, de le provoquer, alors même qu'elle promettait de se confier, de connaître la raison de ses larmes ? Êtes-vous un petit peu curieux ? »

Il était curieux, bien sûr qu'il l'était, mais il avait une curiosité d'amoureux, et il craignait ce qu'elle pouvait dire. Il s'imaginait que les larmes étaient d'une certaine manière en relation avec les grosses lettres qu'elle laissait traîner sur le manteau de marbre de sa cheminée, qu'elles avaient été provoquées par Dennis Hasset. Néanmoins, il était curieux. Et puis non, il ne l'était pas. Il avait l'égoïsme des amoureux, il était heureux de cette intimité qu'avaient permise les larmes et furieux de ce qu'elles semblaient maintenant mettre en danger.

Ils se regardèrent jusqu'à ce qu'ils sentent qu'ils n'étaient plus en train de se regarder mais de se dévisager. Ils perdirent alors l'un et l'autre contenance.

« Oui, dit-il, bien sûr que je suis curieux. »

Il humidifia de nouveau le coin de son mouchoir et tendrement enleva la tache d'encre qu'elle avait sur le nez. Elle releva un peu la tête et ferma les yeux.

Elle lui dit alors que les ouvriers, *ses* ouvriers, lui avaient offert à lui une amitié qu'ils lui avaient refusée à elle. Sa bouche changea de forme tandis qu'elle prononçait cette phrase. Elle devint plus petite. Oscar prit soudain conscience de l'aspect coupant de la rangée du bas de ses dents.

Il était désolé. Il s'était conduit en imbécile et s'était joint à un acte dépourvu de gentillesse. Il était désolé, vraiment désolé et il le lui dit. Il était aussi secrètement ravi que les larmes n'aient rien à faire avec Dennis Hasset et bien qu'il essayât de ne pas sourire, il ne put s'en empêcher.

« Eh bien, dit-il, vous devez alors sûrement savoir pourquoi je me suis lancé à vos trousses.

— Ce n'était pas pour sécher mes larmes ?

— Êtes-vous curieuse ?

— Bien sûr que je suis curieuse », dit-elle en souriant.

Il apprécia son ironie en hochant légèrement la tête. « Je vous ai suivie pour vous dire que je n'ai jamais vu quelque chose dans toute ma vie d'aussi splendide que vos ateliers. » Il fronça les sourcils.

Lucinda sentit le rouge lui monter aux joues, mais elle ne savait pas clairement ce qu'elle éprouvait.

Il glissa ses mains sous ses genoux.

Elle dit : « Oh, mon Dieu. »

Il soupira et dit : « Oui.

— Oui quoi ? »

Il n'avait dit « oui » qu'en réponse à ce qu'il attendait de ce « Oh, mon Dieu », mais il n'était pas suffisamment courageux pour être plus explicite. « Peut-être, dit-il, en ramassant son chapeau cabossé par terre, pourrions-nous prendre le thé ? » Il pensait au Café Français, dans cet endroit qui possédait des tables de marbre.

« Je vais vous montrer », dit-elle, en se levant et en tirant sur sa jupe de velours. Ce que cette phrase signifiait était pour le moins sibyllin.

Il ne lui demanda pas « quoi », ni « où ça », mais la suivit lorsqu'elle quitta le bureau. L'esprit d'Oscar était devenu flou à la périphérie, toute son acuité s'était concentrée au centre. La démarche de Lucinda était, d'une manière assez inattendue, vive, gaie, nette, décidée. Sur le palier, elle ouvrit une porte sur laquelle était écrit « Société d'Acclimatation de la Nouvelle-Galles du Sud ».

Oscar pensa : Mr Smith.

« Parti, dit-elle, en tapant sur la plaque. A filé. C'est à moi maintenant. »

Elle tourna la clef dans la porte et l'ouvrit en la poussant d'un geste vif. Oscar attendait qu'elle entre, mais elle n'en fit rien. Elle s'écarta et fit un geste à son attention, comme une ouvreuse dans un théâtre. Ils se cognèrent finalement en s'empêtrant dans leur propre politesse. « Regardez, dit-elle impatiemment, juste regardez. »

Ce qu'elle lui demandait de regarder c'était le « prototype » de Mr Flood, cette construction, qui, il y avait une seconde encore, occupait le centre limpide de sa vie. Mais lorsqu'elle se retrouva debout à côté de Mr Hopkins, sur le seuil de la porte, elle ne vit plus du tout l'habileté qu'avait déployée Mr Flood, cet homme aux bras poilus et roussis, qui se servait de compas et de tableaux pour lui prédire « le rétrécissement réel ». Elle ne voyait plus l'ingénieux système de collets — et de tiges — employés pour l'armature de la construction. Elle voyait seulement une petite chose trapue, avec un toit incliné, semblable à celui d'un vulgaire appentis.

« Vous pouvez approcher, dit-elle d'un ton sec. Ce n'est

pas sacro-saint. C'est simplement, dit-elle en imitant la voix nasale de Mr Flood, un « prototype ». »

Mais Oscar ne voyait pas ce que s'imaginait Lucinda. Comme la poussière dansait dans le rayon lumineux du soleil couchant, il découvrait non pas une petite chose trapue ni un vulgaire appentis, mais de la lumière, de la glace, une gamme de couleurs. Il voyait le verre comme ceux qui l'aiment le perçoivent. Il se rendait compte que c'était le matériau le plus proche de l'âme ou de l'esprit (ou de ce qu'il aurait aimé que fût l'âme ou l'esprit). Que c'était une chose dépourvue des habituelles imperfections, de la poussière, de la rouille, que c'était en fait l'avenue qui conduisait à la gloire éternelle.

Il ne voyait pas un appentis. Il voyait une petite église avec des grains de poussière dansant autour, comme des anges microscopiques. C'était quelque chose d'immaculé, de pur, dépourvu de vanité. C'était à la fois d'une parfaite beauté et en même temps totalement honnête. La lumière pénétrait sa transparence, son enveloppe si simple, et projetait des couleurs, sur les murs badigeonnés du bureau, aussi somptueuses que celles des vitraux des cathédrales.

« Oh la la, dit-il, oh la la. »

Quand il se tourna vers elle, Lucinda s'aperçut que le visage d'Oscar avait rosi. Sa bouche était devenue plus petite, comme si la chose qui l'avait fait sourire était un sorbet qu'il fallait déguster en secret.

Il dit : « Je suis extraordinairement heureux. »

Cette déclaration le fit apparaître plus droit, plus grand. Ses cheveux flamboyaient à la hauteur de ses tempes.

Lucinda sentait un agréable picotement au niveau de sa nuque. Elle pensa : Tu t'engages sur un terrain glissant.

Oscar apparaissait si léger, presque sans substance. Il restait debout devant elle, en se grattant la tête, en souriant à belles dents. Elle lui renvoya son sourire.

« Vous avez fait une jolie petite niche pour les anges de Dieu. »

Houa, pensa-t-elle.

Elle se dit : C'est à cela que ressemble le diable, un doux visage en forme de cœur et des mains de violoniste.

« Je sais bien sûr que les anges de Dieu n'habitent pas dans des niches. » Il entra dans la pièce (elle le suivit) et s'accroupit à côté de la petite maison de verre. Elle avait deux mètres de long et tous ses murs et son toit étaient de verre. Seul, le plancher était en bois. « Mais si c'était le cas, c'est sûrement cette niche qu'ils voudraient avoir.

— Je vous en prie, dit-elle.

— Mais il n'y a rien d'irrespectueux, d'irréligieux, là-dedans, dit-il. Comment pourrions-nous avoir un sens de l'humour si Notre-Seigneur ne l'avait pas ? »

Elle sourit. Elle se dit : Oh la la.

« Ne pensez-vous pas, dit-il, que Notre-Seigneur rit volontiers avec ses anges ? »

Elle se dit : Je suis amoureuse. Que c'est extraordinaire.

« Comment Dieu, qui sait tout, ne comprendrait-il pas les fondements sur lesquels est construite cette plaisanterie ? Je veux dire : voici quelque chose de la taille d'une niche de berger allemand qui, grâce à votre travail, dégage une telle beauté, une telle joie, qu'elle pourrait être l'habitation rêvée pour Ses anges. »

Il s'était relevé et se tenait immobile maintenant, ayant, tandis qu'il parlait, dansé comme un enfant autour de la petite construction de verre. Il ouvrit les bras, comme s'il allait l'embrasser et puis les ramena pour les croiser sur sa poitrine, en voûtant légèrement le dos.

Elle se dit : Il me demandera ma main, non pas maintenant, mais plus tard.

« Et est-ce que vous n'avez pas vraiment fait quelque chose ? N'avez-vous pas vraiment fait quelque chose avec votre vie ? Je dois vous avouer que je vous envie. »

Le soleil couchant se reflétait sur le mur de brique rouge de l'entrepôt voisin. C'était ce reflet qui colorait de rose la petite pièce. La lumière réfractée par la construction en verre posée sur le sol faisait apparaître une sorte de comète spectroscopique au bord de laquelle ils se tenaient tout droits de chaque côté. Lucinda imitait le maintien de son compagnon sans s'en douter. Et alors qu'elle croisait les bras et plaçait ses mains fermement sous ses aisselles, pour enfermer son petit corps, elle eut l'impression que l'espace qui les séparait était quelque chose de vivant.

80

Une promenade

Tout cela, pensait Lucinda, je l'ai hérité de ma mère. Je suis trop critique, je prends mes rêves pour la réalité, j'ai mauvais caractère, je n'arrive pas à me détendre, à être calme et à cause de cela j'écarte de moi ceux qui me veulent du bien. Ça ne me suffit pas que quelqu'un soit simplement « un brave type » comme ça l'était pour mon père. Comment puis-je être amoureuse de lui et lui faire en même temps si peu confiance ?

Ces pensées lui venaient à l'esprit à cause de la réaction qu'elle avait eue vis-à-vis d'Oscar, tandis qu'ils remontaient Druitt Street vers Castelreagh. Il avait essayé de lui prendre le bras et le premier réflexe de Lucinda avait été de le repousser vivement. Elle s'en était immédiatement mordu les doigts. Ses larmes formaient une sorte de halo autour des réverbères, comme si ceux-ci avaient été peints à l'aquarelle. Ne pleure pas. Je ne pleurerai pas. Prends son bras. Je ne peux pas. Prends-le. Je ne peux pas. Tu dois.

Elle prit son bras, en regardant droit devant elle, tandis que son cœur battait la chamade.

C'était ce moment du crépuscule, lorsqu'il y a encore du bleu dans le ciel et déjà du jaune aux vitrines des boutiques. Ils se promenaient bras dessus, bras dessous, gravissant la colline en direction de Castelreagh. Il avait, lui déclara-t-il, « une idée » qu'il voulait lui dire. Cette idée fit venir sur ses lèvres son sourire en bouton de rose. Il lui dirait son idée au dîner, elle serait son invitée. Il la taquinait gentiment, en gardant pour l'instant le silence. Il était grand et mince, avec un long cou souple et un chapeau haut de forme dont ses cheveux n'acceptaient pas la contrainte. Elle était petite — le bord de son grand chapeau arrivait à peine au niveau de ses épaules. Oscar avait des gestes saccadés, les siens étaient mesurés. Elle ne trouvait rien à redire à son costume, malgré les poches aux genoux, les revers flasques, les boutonnières froissées, tandis qu'elle — bien que portant une robe souple en coton blanc — apparaissait (elle le savait et aurait bien aimé qu'il n'en soit pas ainsi) aussi amidonnée et repassée que la tenue d'amazone d'une baptiste.

Ils étaient différents, mais assez bien accordés.

Ils avaient grandi tous les deux en se tenant sur leurs gardes, ce qui est le lot des originaux — les coups d'œil furtifs, les sourires en coin, les mumures et bien pire encore. Lucinda était habituée à ne regarder personne dans la rue. C'était une ville pleine d'hommes à la silhouette imprécise, portant des chapeaux sautillants.

Mais ce soir-là, elle sentait que la rue l'acceptait. Elle se disait : Quand on est deux, personne ne vous remarque. Les gens pensent que nous sommes ensemble. Quelle sagesse peut donc avoir une populace ? C'est une hydre, un organisme dépourvu de réflexion, dangereux dans de nombreux cas. Mais peut-elle avoir, en dépit de cela, un jugement juste sur le meilleur accord possible entre deux de ses composants ?

Ils passèrent devant des jeunes femmes aux yeux hardis, couvertes de rubans et de bijoux, devant des servantes étroitement corsetées et des marchands suffisants, dont le ventre appuyait avec tant de force sur leur gilet que leur chemise apparaissait au-dessus de leur pantalon. Lucinda était heureuse. Son bras reposait sur celui d'Oscar.

Elle pensait : Tout le monde peut voir que j'ai pleuré. Elle pensait : J'ai les yeux rouges comme un loir. Mais à vrai dire elle s'en souciait fort peu.

81

Oscar amoureux

Mon arrière-grand-père était amoureux et bien qu'il s'arrangeât pour cacher tous les signes de son désespoir à Lucinda, il était très malheureux. Il faisait de petites plaisanteries sur les gens chic à vestes à carreaux, riait, lui tapotait le bras, mais quel que fût le bonheur qu'il ressentait, il savait que celui-ci n'était que le signe de tout ce qui lui serait refusé.

C'était parce qu'il avait une idée en tête. Je ne parle pas évidemment de l'idée qu'il avait promis de confier à Lucinda durant le dîner. C'était une autre idée, totalement différente. L'idée qui le dérangeait si fort était celle que Lucinda avait elle-même fourrée dans son crâne : qu'elle était amoureuse de Dennis Hasset. Elle avait fait tout son possible pour donner corps à cette fable. Elle avait laissé des enveloppes gonflées sur le manteau de sa cheminée, pendant des jours et des jours de suite. Elle lui avait dit qu'elle était amoureuse. Elle avait passé des heures, le dimanche, assise devant son secrétaire. Les lettres devenaient si volumineuses qu'il fallait une quantité anormale de cire rouge pour les cacheter correctement.

L'idée s'était donc imposée. La conformation de l'esprit d'Oscar le condamnait à une telle obstination qu'il ne serait pas facile de lui faire changer d'avis sur ce sujet. Ça ne servait à rien qu'elle lui ait pris le bras. C'était son premier geste, le réflexe qui l'avait fait le repousser, qui s'était incrusté dans son esprit. C'était ça la vérité qu'il semblait indiquer. Le second geste, le fait qu'elle lui ait pris le bras, ne signifiait pour lui que l'expression de sa pitié.

Oscar n'aimait pas Dennis Hasset. Il ne l'avait pas rencontré, mais il ne l'aimait pas. Non pas qu'il pensât que cet homme fût mauvais. C'était exactement le contraire. Il l'imaginait bon, intelligent, beau, généreux, viril, quelqu'un de particulièrement attirant pour une femme. Il ne voyait donc rien à faire pour entrer dans la compétition, rien si ce n'est de montrer une bonté, une générosité excessives, comme si cette conduite, cette abnégation, lui apporteraient les récompenses qu'une conduite égoïste n'aurait pu lui offrir.

C'était cela qui se cachait derrière le pari dangereux qu'il projetait maintenant de faire dans la salle à manger de l'Oriental Hotel.

Il n'y avait que deux autres tables prises, dans l'immense salle à manger au carrelage en damier noir et blanc. Une famille de fermiers occupait une table poussée sans élégance contre un pilier cannelé. Un homme seul, en redingote, était assis près d'une fenêtre. Il lisait un livre de colportage, tout en mangeant.

Lucinda n'avait pas faim. Elle commanda donc la même chose qu'Oscar. Elle avait l'esprit occupé par ce problème : comment s'y prendre pour défaire sans en avoir l'air le nœud de mensonges qu'elle avait si habilement noué autour de la personne de Dennis Hasset ? Elle n'arrivait pas à se concentrer sur quelque chose d'aussi banal que de la nourriture.

Elle pensait : C'est donc comme ça lorsqu'on aime un homme. Elle le regardait, tandis qu'il étalait du beurre sur son pain et coupait sa tartine en neuf petits carrés. Est-ce que cet acte bizarre, qui lui avait été jusqu'ici étranger, lui deviendrait brusquement cher ?

« Savez-vous ce que j'envie en vous ? demanda-t-elle. C'est que vous ignorez l'embarras. »

Elle voulait dire : La manière dont vous marchez, la manière dont vous êtes entré ici, la manière dont vous vous habillez. Vous n'accordez pas la moindre attention à l'opinion que les serveurs, ou que les clients, peuvent avoir de vous.

Il sourit, son morceau de pain serré entre son pouce et son index.

« Vous n'attachez aucune importance à ceux qui vous

voient, à ceux qui vous écoutent, à ce qu'on pense de vous. Vous connaissez votre propre valeur, j'imagine, et cela vous met dans une position forte.

— Et vous ?

— Oh, elle renfonça une petite épingle dans ses cheveux. Je suis trop prudente. »

Il réfléchit un petit moment après cette déclaration, tandis qu'il mâchait son pain, et comme il avait l'habitude de le mâcher trente-deux fois, cela lui donnait un air de profonde sagesse, alors qu'il se demandait simplement, tandis qu'il comptait, s'il devrait la contredire et lui parler de son goût pour le pak-ah-pu. S'il allait lui demander : franchement, miss Leplastrier, est-ce que cela fait partie des habitudes d'une femme prudente ?

Mais il se contenta de dire : « Ça ne fait pas de mal d'être prudent. »

Ils restèrent silencieux. Il ne semblait nullement en être gêné. Elle l'était. Ce silence donnait à son prétendu amour pour Dennis Hasset un poids considérable, en faisait un obstacle infranchissable. Cette idée la déprimait, lui faisait sentir d'une manière aiguë le regard des serveurs posé sur eux. Elle n'aimait pas l'Oriental Hotel, avec cette adoration, ce respect sous-jacent pour la richesse. Elle commença à prendre en grippe la salle à manger et se dit qu'elle ne serait jamais venue ici de son propre chef.

« Quel merveilleux endroit, n'est-ce pas ? » dit-il en jetant un regard circulaire.

Elle se dit : Ne sois pas agacée, ne juge pas. Il n'est pas eux, il n'est pas toi. Il est lui, unique en son genre. Quand il admire quelque chose, il l'admire comme quelqu'un qui ne peut s'offrir ce luxe, non comme quelqu'un qui le prend pour acquis. Ressemble plutôt à ton père qui aurait voulu savoir comment étaient faits les piliers cannelés, quelle sorte de poisson mangeait ce type, où on l'avait pêché, et si le goût en était agréable.

« Voulez-vous entendre mon idée ? lui demanda-t-il.

— Oh, oui, je vous en prie.

— Elle concerne le verre.

— Un sujet cher à mon cœur.

— On aime parfois protéger ce qui est près du cœur. »

Elle ne le regarda pas. Elle dit : « Vous n'avez pas besoin de faire tant de manières avec moi.

— Oui, bien sûr », dit-il, l'air malheureux. Il ne voyait pas l'invitation à plus d'intimité qui se cachait dans cette phrase. Ses idées préconçues rendaient à ses yeux une telle interprétation impossible, aussi la comprit-il à rebours.

Lucinda remarqua le ton de sa voix. Elle se dit : Je me suis montrée trop hardie. J'ai toujours envie de précipiter les choses.

« Et, dit-elle, essayant de remonter le courant dépressif dans lequel elle se sentait entraînée et qui grandissait au point de déterminer totalement son humeur, il s'agit donc de verre. Dites-moi quelle est votre idée ? »

Le serveur apporta les consommés, non pas dans une assiette à soupe, mais dans un grand bol. Est-ce qu'il mange toujours du consommé ? Elle croyait que cette chose était uniquement réservée aux malades.

« Vous pouvez fabriquer des serres.

— Est-ce cela votre idée ? demanda-t-elle, le cœur terriblement lourd maintenant.

— Oh non, fit-il en souriant largement.

— Je détesterais vraiment, dit-elle en souriant aussi, fabriquer des serres. »

Ils se regardèrent, leurs cuillères de potage en suspens au-dessus de leurs bols. A cet instant, elle se sentait ridiculeusement heureuse. Elle savait qu'en fin de compte il l'aimait. Elle ne pouvait s'arrêter de sourire. « Donc, quelle est, dit-elle en riant, votre idée ? »

Il mangea une cuillerée de soupe. Il avait une jolie bouche pour aspirer. Elle aimait la manière dont elle s'avançait pour rencontrer la cuillère. Elle avait envie de cette bouche. Elle expira très doucement.

« Il faut me la dire, dit-elle.

— Certes. »

Mais il ne la lui dit pas. Il se pencha au contraire sur son bol et commença à le vider rapidement. Lorsqu'il fut à peu près à moitié, il la regarda et leva un sourcil. Lucinda éprouvait ce mélange d'irritation et de tendresse que connaissait si bien Wardley-Fish.

« Et voilà, dit-il, en essuyant sa bouche avec une minutie

due peut-être à l'aspect impeccable de la serviette. Maintenant je peux parler sans que ma soupe ne refroidisse.

— Vous êtes un homme pratique », dit-elle en riant. Elle avait vaguement l'impression de rêver — elle sentait une sorte de battement derrière ses yeux.

« D'une certaine manière je le suis, dit-il. Est-ce que votre correspondant se plaît à Boat Harbour ? »

Elle ferma les yeux pour supporter la gifle que contenait cette question. Elle était atterrée d'en sentir la froide hostilité. Et même si celle-ci n'avait pas été intentionnelle, Lucinda ne se trompait pas en la percevant.

Elle tripota son couvert. Elle dit : « Pas si mal.

— Et est-ce qu'il s'est déjà fait construire une église ? »

Elle se disait : L'imbécile ! L'imbécile ! Croit-il que je me soucie de Hasset ?

Elle dit : « Les services religieux ont lieu dans une chambre située au-dessus du cordonnier. On a jeté son prédécesseur dans la rivière.

— Oh, non.

— Peut-être, dit-elle, fera-t-on la même chose avec lui. »

Oscar lui jeta un coup d'œil perçant, mais Lucinda finissait son consommé. Quand finalement il vit son visage, il ressemblait à une pièce laissée vide, où il est impossible de trouver le moindre indice.

Un serveur enleva leurs bols.

« Mr Hasset devrait avoir une église », dit Oscar.

Elle n'avait aucune envie de parler de Hasset. Elle ne répondit pas.

Oscar n'aimait pas non plus penser à Hasset. C'était la première fois qu'il prononçait ce nom à voix haute. En le disant, il vit une houx ou une pioche, des outils en tout cas pour lesquels il n'avait aucune attirance. Pourtant, il devait prononcer ce nom, car celui-ci était en relation avec son idée, une idée qui impliquait une telle lapidation de ses propres sentiments qu'elle était difficile à croire. Et pourtant, elle était née des manières de penser en pratique dans la chrétienté : que si on se sacrifie, on atteindra d'une manière ou d'une autre l'objet de ses désirs. Cette idée était tranchante comme un couteau, une sorte d'instrument barbare de sacrifice, mais elle avait aussi une grande beauté, chatoyante, incurvée, argentée. Les pronostics étaient sûrement contre lui, si cette idée avait été un cheval au lieu d'être le cœur d'une femme, il n'aurait jamais parié sur lui, ne l'aurait même pas donné placé.

« Est-ce que vous pouvez imaginer sa réaction, dit-il, si en s'éveillant un matin, Mr Hasset, en regardant par la fenêtre, apercevait une église ? »

Lucinda ouvrit la bouche pour répondre.

« Une église en verre », dit mon arrière-grand-père. (Regarde, voilà la sorte d'homme que je suis !)

C'est à cet instant que le serveur décida d'apporter le carrelet. Ils dirent oui ou non à la sauce tartare, regardèrent des légumes atterrir dans leurs assiettes, acceptèrent les épinards, refusèrent les courgettes, en sachant à peine ce qu'ils étaient en train de faire. Toutes leurs sensations se trouvaient à l'unisson dans cette vision tout en verre, dans laquelle ils voyaient ce qui ne peut être vu, émerveillement, joie, la trace transparente de la danse des anges. Ils se souriaient d'une manière qui aurait pu passer pour indécente. Le cuisinier sortit la tête dans l'entrebâillement d'une porte pour regarder celui dont venait de parler le serveur.

La chair du poisson était blanche et onctueuse. Lucinda la détacha habilement de l'arête puis la reposa dessus.

« Mais quelle en sera l'intention ? demanda-t-elle d'une voix à la fois neutre et prudente. Quelle sera l'intention cachée derrière un tel cadeau ? »

Oscar ne savait pas très bien quelles étaient exactement ses intentions. Il voulait lui montrer qu'il était un véritable ami, qu'il n'était pas jaloux, qu'il avait envie de travailler pour elle, qu'il l'aiderait à monter ce bâtiment sans faille, que d'une certaine manière il lui appartiendrait, qu'il pourrait ainsi participer à la fabrication d'un prisme, d'une prière adressée à Dieu et que cette prière, parce qu'elle serait faite de verre, l'amènerait forcément à l'aimer. Il ne pouvait voir cette église de verre en imagination, sans se mettre à sourire. Cette construction avait une force qui lui était propre. Oscar la regardait, comme j'ai vu mon père, dans un des couloirs au parquet luisant du Musée des arts et des sciences de Sydney, regarder une tasse en porcelaine posée dans une vitrine.

« Ce serait quelque chose de superbe, dit-il.

— Oui, je m'en rends compte. »

Il ne voulait pas la regarder dans les yeux.

« Un tel cadeau, dit-elle, n'apparaîtrait-il pas un peu trop personnel ? » Elle voulait dire que sa relation avec Hasset pourrait apparaître trop personnelle. Elle était si préoccupée par ce problème qu'elle ne voyait pas l'ambiguïté que pouvait recéler sa phrase.

« Oh, non, répondit-il, absolument rien de personnel. » Il croyait qu'elle avait voulu dire qu'il y aurait alors quelque chose de personnel entre elle et lui. Il était gêné de voir son plan si clairement mis au jour. « Oh non, absolument pas. Pas du tout.

— Est-ce que nous nous comprenons bien ?

— Mais oui, voyons. » Il la regarda droit dans les yeux et elle sentit alors la force qui reposait en lui. Il était si léger, si frêle, si doux dans ses manières, qu'on était toujours surpris de voir l'armature en acier de son âme. Elle se dit qu'elle pourrait peut-être l'embrasser, puis repoussa cette idée catégoriquement. Elle ne voulait pas l'effrayer, le faire fuir.

« Oui, dit-elle, ce serait superbe. » Elle n'avait jamais osé imaginer quelque chose d'aussi insensé sur le plan commercial. Tous les hommes sages à favoris de l'Église et des affaires se moqueraient d'elle. Elle se dit : Il est fou ; je suis folle. Mais quand elle fit une objection, ce qu'elle disait n'était pas en accord avec son esprit, qui bondissait en avant, impatiemment, comme ces petites pierres plates et audacieuses, qui traversent la rivière par ricochets.

« Ce n'est pas vraiment réaliste, Mr Hopkins.

— Voilà un mot dangereux, dit-il en souriant, enivré par sa lèvre supérieure.

— Quel mot est dangereux ?

— Réaliste. C'est le mot qu'on emploie à Sydney quand on souhaite faire quelque chose qui va contre l'esprit. Excusez-moi, vous devez me trouver grossier.

— Non non non. Toutefois, vous ne devez pas me tenir pour responsable de Sydney.

— Je ne me montrais pas si sévère avec ce mot en Angleterre. Mais ici, voyez-vous, c'est ce terme que les gens bornés utilisent lorsqu'ils souhaitent cacher la pauvreté de leur imagination. Mais diriez-vous que c'est « réaliste » de chanter des hymnes, de rendre gloire à Dieu, de prier, de jeûner ? Et quel est le but réel d'une église ? Si c'est uniquement de fournir un abri aux chrétiens — et mon cher père serait de cet avis —, alors il est préférable de rassembler ses ouailles dans l'appartement d'un cordonnier. Mais si l'église, peu importe qu'elle soit petite, est également destinée à la célébration de Dieu, alors je dirai que je suis l'homme le plus réaliste à qui vous ayez parlé au cours de l'année.

— Et n'y aura-t-il rien qui puisse alors apparaître personnel ?

— Ai-je l'air d'un filou ?

— Non, dit-elle en souriant, bien sûr que non. » Et parce que cette remarque l'avait fait sourire, elle ne pensa pas à l'étrangeté de cette réponse à sa question. « Votre poisson... » Elle voulait dire que son poisson était froid maintenant, qu'il n'y avait pas touché, bien qu'il eût toujours sa fourchette et son couteau à la main, comme il les avait au début de la conversation.

« Mon poisson n'est pas intéressant. Mon poisson est mort et nous sommes vivants. Nous sommes des joueurs dans le sens le plus noble du mot. Nous croyons que l'éternité nous attend. Et ai-je tort de penser que vous pouvez empaqueter une église dans des caisses et la faire transporter dans des charrettes ? C'est exactement comme l'escalier à la bibliothèque. C'est ce qu'on qualifie de préfabriqué. Ça arrive en pièces détachées. C'est monté avec des boulons et des écrous, des trucs comme ça.

— Ou par mer.

— On peut transporter toute une cathédrale et la remonter de l'autre côté des montagnes. Pouvez-vous imaginer une cathédrale de verre ? »

Effectivement, elle le pouvait. Elle voyait ses clochers, ses dômes, ses arcs-boutants, les grains de poussière dansant dans les rais de lumière. « Mr Hopkins, nous sommes fous de penser à ça.

— Non, nous ne sommes pas fous. Croyez-moi, nous ne le sommes pas. Mais la joie sans mélange de la contempler est dure à contenir. »

Elle pensait : Je ne peux séparer l'amour, du verre. Je dois être un petit peu folle.

« Je pense que c'est cette sensation, dit-il, que vous êtes tentée d'appeler folie. Il y a pourtant une manière plus juste de la décrire... Mais je vais vous embarrasser...

— Vous n'avez nullement besoin de me protéger.

— Mais ça me gêne moi-même. Pourtant... c'est dans un état d'extase que nous nous trouvons. »

Elle acquiesça en souriant, les yeux humides. « Mais c'est aussi de la folie.

— Non non non », dit-il en tapant du poing sur la table. Les couverts se mirent à danser. Le monsieur avec le livre de colportage se leva pour partir. Il dit quelque chose, comportant plus de trois mots, et moins d'une vingtaine. Mais ce qu'il disait n'a pas d'importance et n'en avait pas à l'époque.

« Et vous, demanda Lucinda, cela vous amuserait-il de m'aider dans cette entreprise ?

— Je suis réaliste », dit Oscar avec un petit rire.

Elle garda le silence, ne sachant pas s'il le disait en se moquant ou sérieusement.

« Mais peut-être pouvez-vous quand même m'aider.

— Avec plaisir, dit Oscar qui, ayant maintenant obtenu en partie ce qu'il convoitait, se sentait coupable et mal à l'aise, comme s'il venait de lui voler quelque chose.

— Pouvez-vous imaginer la tête de Hasset ? »

Le visage qu'elle désirait faire apparaître était celui de quelqu'un d'étonné, bouche bée, exprimant la tristesse d'avoir été exclu de la participation à un tel miracle. Mais le visage que vit Oscar était celui d'un homme dont l'amour avait été ranimé. C'était le risque inhérent à l'aventure.

« Mais c'est vous, chère amie, dit Oscar, qui verrez son visage. Car c'est vous nécessairement qui irez la lui offrir.

— Oh non.

— Mais sûrement que... objecta-t-il, le cœur déjà moins lourd.

— Oh non, je ne peux pas laisser les ateliers.

— Vous ne voulez pas ?

— C'est absolument impossible, dit-elle gravement. Ils viennent à peine de se remettre de ma dernière absence.

— Alors je le ferai, s'écria Oscar, pour votre compte. »

Lucinda ne comprenait pas la source de sa jubilation. Elle

fronça les sourcils, se demandant si le ballon de leurs rêves n'était pas sur le point de crever.

« On s'y rend par mer », dit-elle. Elle se souvenait, bien qu'elle ne l'eût pas désiré, de sa conduite dans la tempête à bord du *Leviathan*.

« Eh bien, moi, j'irai par terre, dit-il en lui adressant un grand sourire en joignant les mains et en les posant l'air satisfait sur ses genoux.

— Mais, Mr Hopkins, je ne pense pas que vous compreniez vraiment la situation. »

Il se disait : C'est difficile, d'accord, et dangereux. C'est un pari risqué, mais c'est moi l'aventurier, alors le risque certainement jouera en ma faveur.

Son visage souriant rendit Lucinda inquiète pour lui. Il était si fragile, si blanc. Il referma ses doigts et porta ses mains jointes sous son menton. Il ne pouvait imaginer — elle savait qu'il ne le pouvait pas — ce qu'était l'intérieur du pays. Il utilisait des mots agréables à entendre comme ruisseau, chemin, taillis. Il ne pouvait imaginer sa sauvagerie en dents de scie.

« Je serai votre messager.

— Non, Mr Hopkins, je vous en prie.

— Vous pensez que je n'en suis pas capable ? » demanda Oscar. Il n'était pas froissé et s'il ne l'était pas, c'est qu'il n'y avait pas en cet instant place dans son âme pour un tel sentiment. Son corps était submergé par tous ces produits chimiques que, jusqu'ici, il ne fabriquait que sur un champ de courses.

« Dites-le, dit-il. Vous pensez que je n'en suis pas capable.

— Il n'y a pas de quoi avoir honte, dit-elle, en tendant la main pour lui tapoter la manche.

— Mais ce n'est pas vrai non plus, dit-il, transporté, par ce tapotement qu'il prit pour une caresse. Je parie avec vous que je peux le faire. Vous pouvez fixer la date. »

Son visage était très pâle, quoique rayonnant. La peau était tendue, les yeux étincelants étaient fixés sur elle. Elle pensa qu'il était préférable d'enlever sa main.

« Mr Hopkins, j'ai pour vous trop d'amitié pour vous encourager à vous exposer à de tels dangers.

— Mais je le dois.

— Allons, je vous en prie. C'est de la folie maintenant.

— Je le dois, dit-il tranquillement. Ça signifiera beaucoup pour moi. »

C'est alors qu'elle eut la certitude qu'il l'aimait.

« Vous le faites pour moi ? »

Ce n'était pas une question qu'il souhaitait qu'on lui posât. Il entendait son propre silence bourdonner dans ses oreilles. Il ne voulait pas la regarder.

« Oui, dit-il.

— Pensez-vous que je désire votre mort ?

— Je suis trop heureux pour désirer mourir, dit-il. Je n'ai nullement l'intention de mourir. Mr Judd par exemple — et je sais qu'il ne vous plaît pas beaucoup...

— Ne me plaît pas beaucoup ?

— Bon, je le prends en exemple. Mr Judd fait des voyages comme celui-ci tout le temps. Je suis prêt à parier que je peux remettre l'église à Boat Harbour pour le vendredi saint. »

Il n'avait aucune base solide pour donner cette date. Elle lui était simplement venue à l'esprit. Il trouvait qu'elle convenait parfaitement. Il n'avait aucune idée du temps nécessaire à la fabrication de cette église. Cet aspect du pari, les problèmes financiers n'avaient aucun intérêt pour lui.

« Et que pouvez-vous parier ? » demanda-t-elle.

Il vit le visage de la jeune femme changer, tandis qu'elle parlait. Ses paupières baissées lui donnaient un air endormi, et sa lèvre inférieure s'était gonflée en une sorte de moue.

« Dix guinées, dit-il.

— Ce n'est pas assez.

— Qu'appellez-vous alors assez ? »

Elle ouvrit la bouche, puis la referma. Le silence était tel, dans la salle à manger, qu'Oscar entendit le bruit que faisaient les lèvres de Lucinda lorsqu'elles s'entrouvrirent.

Il posa ses mains à plat, sur la table. « Qu'est-ce que vous appelez assez ? répéta-t-il.

— Votre héritage », lui dit Lucinda tranquillement. Elle n'avait pas joué depuis deux semaines mais elle n'avait jamais, de toute sa vie, parié de la manière dont elle était en train de le faire avec Oscar Hopkins.

« Mon père peut vivre jusqu'à cent ans. De toute façon, ce n'est pas un homme riche.

— Ça ne change rien.

— Et que mettez-vous en jeu ?
— La même chose.
— Une somme équivalente ?
— La même chose. Mon héritage.
— Vous l'avez déjà.
— Oui.
— Vos ateliers.
— Oui. Absolument tout.
— Vous jouez tout cela ?
— Oui.
— Alors, vous êtes folle, dit Oscar. Vous êtes folle et je ne le suis pas. Pour l'amour du ciel, je vous en prie. » Il se gratta la tête et jeta un coup d'œil circulaire autour de la salle à manger, brusquement surpris de la trouver vide. Il se sentait être l'objet de sa passion, et pourtant (elle aimait Hasset) elle ne le comprenait pas.

« Cinq semaines, dit-il, sans même une partie de poker à un penny, et maintenant cela. »

Lucinda sourit. Elle se sentait légère comme une plume. Elle ferait en sorte qu'on s'occupe de lui. Elle engagerait le meilleur pisteur, un explorateur, un géographe. Elle ferait en sorte qu'il arrive sain et sauf et qu'on le ramène de même. Il gagnerait. Elle perdrait. Elle lui confierait cette armure dont elle s'était servie jusqu'ici pour se protéger. Elle était folle. Elle était heureuse d'être folle. Elle l'aimait. Quelqu'un se chargerait d'elle.

« Dormez là-dessus, dit-elle. Il n'y a aucune raison de vous sentir obligé.
— Mais je dois y aller.
— Allez dormir là-dessus.
— Mais je n'ai pas envie de dormir », dit-il. Elle l'impressionnait, l'effrayait. Il l'aimait.

« Alors, venez chez moi, dit-elle en souriant. Et nous jouerons au poker à un penny jusqu'à ce que le sommeil vous gagne. »

Elle pouvait se marier avec lui et garder cependant l'entière disponibilité de son âme.

82

Les orphelins

Notre histoire est une histoire d'orphelins, ou du moins c'est ce qu'aimait dire ma mère. Elle utilisait ce mot dans son sens à la fois littéral et sentimental. Elle ne voulait pas dire par là que c'était vrai pour le pays dans son ensemble, mais uniquement dans la mesure où il s'appliquait aux trois branches essentielles de l'histoire de la famille : Oscar, Lucinda, Miriam Chadwick. Cette dernière perdit sa mère lors du naufrage du *Grafton* alors qu'il s'apprêtait à passer la barre à Bellingen Heads.

Miriam Chadwick n'oublierait jamais la manière dont la teinture noire vint submerger son adorable robe de soie pêche. La robe tomba comme une rose, une « Prince's Pride », dans une lessiveuse pleine d'encre de Chine. Elle s'immobilisa une seconde, sa couleur paraissant plus précieuse, plus intense, à cause du cadre d'ébène luisant de la teinture. Elle resta là comme si elle avait la volonté suffisante de résister aux infiltrations de la mort, puis — comme une fleur se fane mais bien plus rapidement — elle s'enfonça dans le noir. D'abord, des traînées incertaines se glissèrent le long des jolis plis, puis elle fut submergée par une montée de gris, puis par un déchaînement de noir. Mrs Trevis prit le bâton de la buanderie pour l'enfoncer, pour la noyer dans la teinture avant de la remuer. C'était comme si un pieu était enfoncé dans son cœur.

Miriam ne pardonnerait jamais à Mrs Trevis ce coup de

poignard. Tout le reste serait oublié, mais non la manière dont elle était venue à bout de la robe. Il y avait eu d'abord un léger grognement, puis le tournoiement d'un bras puissant. Elle revoyait la scène, dans les années qui suivirent, interminablement, elle voyait le grain de beauté sur le poignet, les poils noirs sur les bras pâles.

Mrs Trevis n'avait pas pensé que sa gouvernante serait aussi jeune ni aussi jolie. Elle n'était pas fâchée — vous ne pourriez la blâmer si vous connaissiez son mari — d'envelopper cette jeune fille dans des voiles de deuil. Pourtant, elle n'avait pas teint la robe méchamment. C'était seulement un peu d'impatience, et rien de plus. Elle avait senti le désespoir de Miriam à propos de la robe, ce qui la portait à la juger durement, car la jeune fille semblait pleurer autant la perte de ses franfreluches que celle de l'être humain dont la mort était l'unique cause.

Et si vous avez tendance à penser la même chose, c'est-à-dire que cette jeune fille faisait trop d'histoires à propos de la perte d'une robe et pas suffisamment pour celle de sa chère maman — dont le corps, rejeté par la mer sur la côte basse à Bellingen Heads, avait été découvert par les corbeaux avant de l'être par les humains — vous devez alors essayer de comprendre sa situation. Non seulement elle se retrouvait abandonnée, orpheline, dans un environnement dur, hostile, parmi des gens qu'elle aurait en Angleterre regardés comme ses inférieurs, non seulement elle était devenue brusquement pauvre, mais elle se voyait aussi à nouveau plongée au beau milieu d'un deuil, alors qu'elle avait à vingt ans passé presque toute sa vie de jeune fille habillée de noir.

Tout d'abord, il y avait eu la mort de sa grand-mère maternelle, puis celle de son grand-père paternel. Sa mère, une couturière, avait été particulièrement stricte quant à la tenue correcte qu'il fallait porter pour un deuil. Elle suivait dans ces circonstances, autant que son intense curiosité lui avait permis de la découvrir, la coutume royale. Donc, il y avait trois mois de grand deuil, un ensevelissement si complet que ni les mains ni le visage ne devaient être vus sans leur voile. Le retour à la vie se faisait par étapes, comme la remontée d'un plongeur. Ainsi, après six mois, il était permis de manger dans un lieu public, après neuf mois d'aller au théâtre et après un an, possible d'abandonner le noir et, avec un peu de chance, d'être invitée à danser la valse des grenadiers.

Elle avait dix-huit ans et portait encore le deuil de son grand-père paternel, quand son père, en deuil lui-même, attrapa une pneumonie. On était en hiver. Miriam, rendue somnolente par le poêle à charbon, restait assise au chevet du malade et tandis qu'elle le soignait, qu'elle relevait son corps lourd pour le faire asseoir afin que le malade puisse respirer plus facilement, tandis qu'elle voyait son visage marbré, égaré, brusquement vieilli, ses yeux fermés, ses lèvres sèches et gonflées au point qu'elles atteignaient la taille de celles du Noir gravé sur le tronc de la Church Missionnary Society à l'église. Tandis donc qu'elle attendait, pleurait, l'entendait gargouiller, s'étouffer au point d'en mourir, elle sentait aussi une autre douleur, un autre désespoir, une colère égoïste peut-être, mais également forte. Elle avait l'impression qu'elle allait rester vieille fille, parce qu'elle devrait porter de nouveau le deuil pendant un an.

Mais finalement, cette fois, le deuil n'avait pas duré si longtemps, car sa mère — bien qu'extrêmement stricte sur les questions d'étiquette — était aussi une femme pratique. Elle ne souhaitait pas perdre une place précieuse dans leur coffre, avec des vêtements qu'elles n'utiliseraient jamais une fois qu'elles seraient arrivées en Nouvelle-Galles du Sud.

La mère était une femme de caractère. C'était elle qui avait eu l'idée d'immigrer. Elle avait annoncé sa décision sans consulter personne. C'était elle qui avait trouvé une place pour sa fille, comme gouvernante, dans une maison de Boat Harbour. Dans son ignorance, elle s'était imaginé qu'il s'agissait d'une ville comme Bournemouth. Ce serait un endroit extrêmement sain, dit-elle, et gai. Elle coupa leurs nouveaux vêtements dans des tissus scandaleusement pimpants, semblait-il à sa fille, afin de s'accorder à leur nouvelle résidence. Elle choisit des taffetas et des soies de Pékin. Elles étaient montées à bord du *Sounion* d'une manière qui avait provoqué l'admiration des foules (des inconnus bien sûr — les adieux ayant été faits à la famille à Hammersmith). Elles revêtaient, la mère et la fille, des habits adorablement clairs. Ceux de Miriam avaient été taillés dans un tissu pêche, celui de sa mère dans un gris moiré. Mais toutes les deux portaient des jupes de couleurs vives et la crinoline de la jeune fille produisait le même effet que celui d'un jasmin de Virginie se mettant à pousser sous des latitudes exotiques. Une fois à bord, évidemment, ces toilettes furent remises dans les coffres, car les passagères n'avaient pu s'offrir que l'entrepont. Elles étaient encore à leur place dans ce solide coffre de bois, entièrement cerclé de fer noir, lorsqu'il fut rejeté sur le rivage à Yellow Rock, le lendemain du jour où toutes ces âmes s'étaient noyées.

Le naufrage eut lieu le jour de Noël 1858. Miriam fut la seule survivante des trente-trois passagers. Dans le naufrage elle s'était cassé le bras gauche, qui ne retrouva jamais, par la suite, un fonctionnement tout à fait normal. Mais elle était vivante.

Son coffre fut apporté chez les Trevis, car c'était là qu'elle allait travailler comme gouvernante. Le lendemain matin, Mrs Trevis remplit sa lessiveuse de teinture noire et y mit les adorables vêtements neufs, un par un. Miriam en était malade, malade de tout ce noir, autant que de n'importe quoi d'autre. Elle n'oublierait jamais ce moment. Une fleur couleur pêche sombrant dans une lessiveuse pleine d'encre de Chine.

Quand les vêtements furent teints, secs et repassés, elle commença à les porter. Le noir déteignait sur sa peau. C'était à cause de l'humidité. On n'y pouvait rien, comme on ne pouvait rien non plus contre les maringouins, les moustiques, les pluies tropicales qui faisaient déborder la rivière et entraînaient les bestiaux dans son courant. Elle faisait de son mieux pour instruire les enfants. Il y avait malheureusement fort peu de livres pour l'aider.

Il y avait les bals, bien sûr, il y en avait même beaucoup. Mais ils lui étaient maheureusement interdits. Elle écrivait de longues lettres à Mrs Carson, qui dirigeait l'agence pour gouvernantes à Londres. Ces lettres s'efforçaient de prendre un ton joyeux et optimiste, alors qu'elles exprimaient clairement son désespoir. Elle suppliait qu'on l'envoie dans un endroit où le savoir serait pris en considération. Elle se plaignait de se voir demander d'allumer le feu, de balayer la maison, de « mettre la main à la pâte ». Elle plaçait cette expression entre guillemets, dans une intention sarcastique.

A aucun moment, elle ne parlait de l'éducation ou du milieu social des Trevis, et pourtant, d'une certaine manière, elle parvenait à faire entendre clairement qu'ils étaient en dessous d'elle.

Miriam évidemment ne le savait pas, mais la vie entière de Mrs Carson avait été émaillée de lettres semblables. Elles l'irritaient et si elle permettait qu'on lui en envoie deux ou trois, la quatrième avait toutes les chances de déclencher de vertes réprimandes.

En janvier 1862, l'année d'inondations si importantes qu'il faudra attendre 1955 pour qu'elles se répètent (inondations que George White et la clique du conseil municipal préféraient oublier lorsqu'ils accordaient des permis d'urbanisation) Miriam Mason épousa Johnny Chadwick. Le mariage fut célébré par le prédécesseur de Dennis Hasset. Ce pasteur qu'on allait jeter dans la Bellinger River. Il n'y a pas de registre de paroisse faisant état de ce mariage, mais il y a une photographie de Johnny Chadwick dans le musée du bourg. Il se tient debout devant un bungalow de rondins, que l'Historical Society considère comme sa salle de classe. En fait, il s'agissait de son habitation. Il est entouré de ses élèves et on peut lire, sur la petite note dactylographiée que George White a collée en bas de la photographie, qu'il est mort des suites d'une morsure de serpent, en 1863. On ne dit pas que le serpent avait été rendu furieux, à force d'être jeté, à d'innombrables reprises, sur le sol de la classe, par les élèves. Ils avaient de longs bâtons dont ils se servaient pour envoyer l'animal en l'air, en direction de leurs camarades. Johnny Chadwick, apparemment, avait essayé de tuer le serpent.

En tout cas, Miriam dut teindre ses vêtements une nouvelle fois. Elle retourna travailler chez Mrs Trevis, qui, bien entendu, ne lui rappela pas qu'elle, Mrs Trevis, l'avait mis en garde contre sa précipitation à déchirer ses vieux vêtements de deuil pour en faire des chiffons à poussière. Et pourtant, et avec quel enthousiasme, Miriam, dans son optimisme, avait mis en lambeaux toutes ces étoffes noires, sans se soucier un instant du gâchis qui en résultait. Elle avait fait venir une fois de plus de jolis tissus, des soies et des taffetas, de Sydney, pour se faire de longues robes fraîches et légères. Elle commença alors à apprécier la beauté du paysage, le long méandre de la rivière, ses grandes rives vertes, une verdure qui allait s'élargissant en repoussant la couleur kaki de la brousse. Johnny Chadwick était quelqu'un de tranquille, de beau et de gentil. Il s'asseyait devant leur bungalow et il lui lisait Walter Scott à la lumière d'une lanterne, tandis que des fourmis blanches pondaient, s'affairaient, mouraient. Miriam avait été suffisamment sotte pour ne pas voir qu'il s'agissait d'un symbole poignant de tout ce qui est mortel.

Elle écrivit de nouveau à Mrs Carson. Celle-ci lui répondit par une petite note qu'il faut bien qualifier de distante.

Donc, lorsque Dennis Hasset arriva à Boat Harbour, Miriam l'aperçut, enfermée dans la cage de son deuil récent. Elle était debout, dans la véranda de la maison des Trevis, à Fernmount. De cet endroit, on dominait la rivière qui contournait le promontoire situé en contrebas. Dans ce cadre vint se placer le révérend Dennis Hasset, correctement habillé, un livre sur les genoux, assis dans une grande barque et entouré de ses effets personnels.

Et si je dis que Miriam commença — sur-le-champ, sans lui avoir dit un mot, sans même avoir entendu une parole de lui — à tirer des plans sur sa personne, ce serait injuste de la juger dure et rusée. Il est important, en effet, de considérer les possibilités qui lui étaient offertes.

La première était de continuer à travailler comme gouvernante, comme pauvre gouvernante, pour la famille Trevis, qui, n'ayant que fort peu d'instruction et peu de respect aussi pour ceux qui en avaient, avait tendance à considérer une gouvernante comme une servante. Si celle-ci était surprise avec un objet aussi stérile qu'un livre, on lui demandait immédiatement de s'occuper de quelque chose de plus utile. Donc, Miriam était non seulement déprimée, privée de toute stimulation, mais de plus, perpétuellement fatiguée.

La seconde possibilité, bien sûr, était le mariage. Ayant eu l'expérience de ces deux états, Miriam penchait évidemment en faveur du dernier. Elle prit donc la lorgnette de Mr Trevis, placée sur la table de nuit et tandis que ses élèves se tiraient les cheveux, elle épia le pasteur installé dans la barque. Cela se passait deux semaines avant qu'Oscar ne joue cette fameuse partie de cartes dans le presbytère de Randwick.

83

Les semaines avant Noël

Ce pari avait une vie en propre, qu'Oscar et Lucinda portaient en eux. C'était une abeille dans une boîte, une démangeaison qu'il est impossible d'atteindre pour se gratter. C'était lui — et non leur perpétuelle partie de poker à un penny, de cribbage, de whist, ces petites diversions qui ne satisfaisaient en rien leur passion, cette passion emmurée qui laissait la maison pleine d'allumettes entières (l'équivalent d'un penny) ou cassées (d'un demi-penny) — c'était lui le Grand Pari, cette abeille dans la boîte, l'enjeu de verre qui donnait à leurs journées cette tension déchirante, cette adorable dérive, aux nuits leur légèreté, leur attente. Ils ne s'embrassaient pas, ne se prenaient pas les mains. Ce pari leur offrait un futur vers lequel ils tendaient.

La sécheresse sévissait sur toute la Nouvelle-Galles du Sud, mais la première semaine de décembre était assez douce, avec un vent du nord-est qui semblait, par taquinerie, se lever et retomber, comme le font des étamines blanches accrochées à une corde à linge. Les nuits étaient claires, remplies d'étoiles. Lucinda et Oscar buvaient du thé à la table en zinc du jardin, dominant les eaux noires de la rivière. Le frangipanier, finalement, commençait à transformer en feuilles ses doigts noueux. Le jacaranda était en fleur. Ils regardaient voler les roussettes, qui tournoyaient autour d'eux, comme des ombres, comme l'ombre d'une pensée, des apparitions si fugitives qu'elles n'auraient pas existé sans la présence de ces deux témoins.

Oscar et Lucinda étaient unis dans leur conspiration. Ils brûlaient d'envie — comme tous les amoureux — de partager leur secret, mais ils n'avaient personne à qui se confier. Lucinda ne pouvait en parler à Hasset. Elle n'aurait pas supporté qu'on lui fît une objection raisonnable. Elle se sentait néanmoins coupable de le tenir à l'écart. Bientôt, il apprendrait qu'elle partageait une maison avec un pasteur défroqué, qu'elle accompagnait ce personnage, plus que singulier, absolument partout, même jusqu'à Manly, où elle avait, au New Steyne Hotel, dansé maladroitement pour la première fois de sa vie. Lucinda écrivait à Dennis Hasset de longues lettres détaillées et ennuyeuses, comme si ce bourdonnement monotone pouvait tarir l'effusion des murmures secrets de son cœur. Ces lettres, bien entendu, rendaient Oscar inquiet et jaloux. Il n'avait personne avec qui partager ses souffrances, en dehors de Wardley-Fish, et celui-ci était l'objet, lui aussi, d'un scandale. On l'avait mis en quarantaine, lors de la traversée du canal de Suez. Bronzé, ivre, il avait raconté des histoires choquantes qui l'avaient finalement entraîné à dépasser les bornes. Il était devenu « Celui là-bas », le passager près de qui tous les autres évitaient de s'asseoir sur le pont-promenade.

Oscar ressemblait à un homme qui, dans un conte de fées, voit se réaliser ses vœux. Il était employé dans les ateliers du Prince Rupert. Il appartenait à la manufacture. Il s'y rendait, chaque lundi matin, accompagné de Lucinda, et voyait la machine à laminer le verre des Chance Brothers vomir les grandes plaques de verre d'un rouge éclatant, comme s'il s'était agi de pâte à gâteau. Lucinda, à ses côtés, était également prise d'excitation, de jubilation. Elle se disait : Je ne dois plus venir ici avec lui ; ma passion du verre est devenue aussi froide que la glace. Elle voulait dire par là, bien sûr, qu'Oscar, à ses yeux, avait été accepté trop facilement là où elle avait échoué. Il marchait d'une manière dont il serait probablement choqué d'apprendre qu'elle apparaissait être celle du propriétaire.

Oscar n'était pas insensible aux sentiments de Lucinda. Et lorsqu'elle chercha à mêler Mr d'Abbs au projet, il ne fit entendre que quelques murmures provenant de la frange de doutes qui s'était accrochée à lui. Ce fut alors qu'il découvrit la loyauté intransigeante que Lucinda réservait à ceux qu'elle croyait être ses alliées. Peu importait que Mr d'Abbs se fût montré incompétent, lorsqu'il avait eu la charge des ateliers, et également dans d'autres questions d'importance vitale, elle irait le consulter sur le dessin de l'église de verre.

« Il a un sens artistique, dit-elle, comme bien entendu vous le savez. »

Oscar crut déceler une certaine agressivité dans cette phrase, si bien qu'il ne lui remit pas en mémoire l'histoire qu'elle lui avait racontée deux jours plus tôt, à propos de la recommandation de Mr d'Abbs pour un certain monsieur Huille, ce professeur de dessin dont les vaches ressemblaient à des cochons.

C'est ainsi qu'Oscar revint dans le bureau de Mr d'Abbs, deux semaines après qu'il eut quitté son emploi. Il se rendit compte alors, comme il le constaterait de nombreuses fois par la suite, avant que l'église de verre ne fût mise en caisses, que cette idée avait un immense pouvoir d'attraction. Il y avait fort peu de gens qui ne voulaient pas s'y accrocher, et même si on commençait, exactement comme Mr d'Abbs, à faire des saletés avec son cigare ou son tabac à priser, en vous expliquant, l'air sévère, que cette idée était chimérique, on en arrivait toujours à ce même point, où Mr d'Abbs se retrouva, ce jour de décembre étouffant, un sourire un peu niais sur le visage et s'exclamant « Diantre ». Et dans le cas de Mr d'Abbs, la requête (un abus de pouvoir, pensait Oscar) qu'il lui soit permis de dessiner les plans lui-même.

« J'arriverai à trouver le temps nécessaire », dit Mr d'Abbs. Il ouvrit son tiroir, en sortit une unique feuille de papier blanc, de la meilleure qualité. Il la plaça au milieu de sa table de travail. Il tira un autre tiroir et en extirpa son porte-plume. Ensuite, il fit rapidement deux ou trois traits qu'il regarda d'un air appréciateur, la tête légèrement penchée de côté. Puis, il leva les yeux comme pour dire : « Pas mal, pas mal du tout ». Ensuite, rassuré sur ses propres aptitudes, il plia le papier en trois et le glissa dans la poche de poitrine de son costume à l'étoffe duveteuse, qui ne convenait guère à la saison. Puis il replaça sa plume avec soin à l'intérieur du tiroir.

Oscar se mordit la lèvre pour cacher un sourire. Il jeta un coup d'œil en coin et vit que Lucinda, assise toute droite dans son fauteuil inconfortable, paraissait aussi solennelle que lorsqu'elle faisait sa prière du matin. Elle avait décidé d'accorder sa confiance à Mr d'Abbs, bien longtemps auparavant, et ne semblait pas sur le point de changer d'avis. Cette observation amenait nécessairement un corollaire tranchant comme une lame de rasoir : son cœur resterait pareillement fidèle à Hasset. C'est ce que pensait Oscar en s'agitant dans son fauteuil. Il fit une grimace grotesque, véritable caricature de sa souffrance. Personne ne la remarqua. Lucinda regardait Mr d'Abbs. Quant à celui-ci, il travaillait maintenant sur une autre feuille de papier. De couleur jaune, striée de lignes vertes. C'était sur ces sortes de feuilles que Mr d'Abbs avait l'habitude de prendre des notes. Il les appelait ses « observations ». Il sortit de nouveau le porte-plume, dévissa le capuchon, en regarda la plume à la lumière éblouissante de la fenêtre, fit une petite moue de sorte que ses lèvres se transformèrent en cul-de-poule sous sa fine moustache. Il laissa alors le bout de sa langue rose, ainsi qu'un petit animal sortant d'une coquille velue, venir prendre l'air.

« Eh bien, dit-il en s'adressant à Lucinda, n'ayant depuis le début attaché aucune attention à son ancien employé. Eh bien, quelle sera donc l'importance de la congrégation ? C'est par là qu'il faut commencer lorsqu'il s'agit d'une église. C'est de là que proviennent la plupart des erreurs concernant les églises. Trop grandes, tout le monde a l'impression que le service religieux est un échec, trop petites, il n'y a jamais de quoi, lors de la quête, pour nourrir la famille du pasteur, si bien qu'on perd son temps en fêtes de charité, en représentations de théâtre amateur, ce qui en province, croyez-moi, est un spectacle dont on se passerait volontiers. Donc, c'est par là que tout commence, mais c'est une chose, bien sûr, difficile à évaluer. Ça dépend en effet plus de la qualité des sermons que de la taille de la paroisse.

— Il parle très bien, dit Lucinda, même s'il a une tendance à peaufiner.

— Quatre cents, dit Mr d'Abbs, en portant ce chiffre sur sa feuille de papier.

— Ce n'est qu'une petite ville, dit Oscar qui avait sué sang et eau sur ses propres sermons.

— Cent alors », dit Mr d'Abbs.

Personne n'essaya de contester ce chiffre.

« Et que préférez-vous, le dorique ou le corinthien ?

— Mais, Mr d'Abbs, dit Lucinda, en se penchant légèrement en avant, il n'est pas question de style dorique ou corinthien. Tout sera construit en verre, avec des supports de fonte, comme je vous l'ai dit. Nous n'aurons pas besoin de cette sorte de colonnes. Notre principe sera le même, exactement le même que celui d'une serre.

— Oui, oui, bien sûr, dit Mr d'Abbs en revissant le capuchon de son beau porte-plume en écaille, avant de le reposer sur la feuille de papier. Néanmoins, c'est encore quelque chose qu'il vous faudra décider. Vous regardez cela de l'extérieur, en amateur. C'est très naturel, très compréhensible. Vous ne pensez pas que c'est important. Ce n'est pas nécessaire que ce le soit pour vous. (Oscar était offensé pour le compte de Lucinda. Il trouvait ce ton par trop condescendant.) Mais c'est très important pour moi. C'est d'une importance primordiale. C'est toute la question que soulèvent les lois esthétiques. Vous pouvez fort bien ne pas les voir mais elles sont là, exactement comme les dix commandements qui ne sont pas, apparemment, visibles dans cette pièce.

— J'ai vaguement l'impression, dit Oscar, d'être déboussolé. »

Mr d'Abbs le regarda avec une irritation marquée. C'était gênant d'avoir un ancien employé dans cette position. Il était sur le point de passer outre à l'interruption quand il s'aperçut que miss Leplastrier attendait une réponse.

« C'est une question de probité, dit-il.

— En quoi ? demanda-t-elle.

— En quoi, quoi ?

— En quoi cela peut-il nuire à la probité ? »

Mr d'Abbs sortit sa montre et la regarda. Puis, il trempa sa plume dans l'encre et dessina un petit diagramme sur son papier jaune. Il n'était pas architecte. Bien sûr qu'il ne l'était pas. Il n'avait jamais dit qu'il l'était. Mais il avait déjà dessiné des choses. C'était dans ses cordes. On commence par des mesures, puis il faut trouver quelques fonds, ensuite arrive un client qui a un terrain sur lequel il désire construire. Ce sera une petite église épatante. Une adorable chose. Il demanderait évidemment à un artiste de faire les perspectives. Il n'avait jamais réussi à maîtriser la perspective mais cela ne l'avait pas empêché de dessiner le nouveau péristyle du Sydney Club, mais celui-là, sapristi, était corinthien. Et est-ce qu'on ne l'admirait pas ? L'évêque Dancer lui avait même fait un grand compliment — d'Wren il l'avait appelé, ce qui était phonétiquement une plaisanterie difficile à comprendre si l'on ne connaissait pas l'architecte de Charles II et un peu, il faut le dire, tirée par les cheveux. Néanmoins, il avait été flatté. Il n'y avait aucune raison pour que cette petite église soit privée de dôme. Saperlipopette !

« C'est une question d'esthétique, dit Mr d'Abbs. Je vous recommanderais le corinthien, mais si vous mettez en doute mon avis — et pourquoi ne le feriez-vous pas ? — je ne suis finalement qu'un comptable — allez donc dans Castlereagh Street voir le nouveau Sydney Club et revenez me dire ce que vous en pensez. »

Oscar regarda Lucinda. Elle ne semblait par particulièrement troublée qu'un style architectural païen soit utilisé pour célébrer la mort et la résurrection du Christ. Elle semblait avoir accepté la proposition de Mr d'Abbs. Elle dit : « Le tout servira de cadre à des plaques de verre d'un mètre de long et de quarante-cinq centimètres de large. Les colonnes centrales ne devraient pas avoir plus de douze centimètres de diamètre. Chacune d'elles devra peser aux environs de cent cinquante kilos, du moins, c'est ce qu'on m'a dit. »

Mr d'Abbs sourit en inclinant la tête, mais — contrairement à Mr Flood, le fondeur, qui était sans arrêt en train de faire des calculs avec ses compas, d'ajouter et de soustraire des chiffres dans son calepin crasseux — il n'écrivit rien.

A vrai dire, il reposa son porte-plume.

Lucinda et Oscar étaient assis côte à côte, comme les passagers dans ce véhicule contesté — le tramway de Pitt Street. Ils faisaient face à Mr d'Abbs, qui prit une petite cloche sur son bureau et l'agita. Il la reposa et leur sourit, en attendant que Mr Jeffris réponde à l'appel de son employeur.

« Mr Jeffris, dit Mr d'Abbs, lorsque le chef de bureau fut

enfin arrivé, êtes-vous, ou n'êtes-vous pas un géomètre diplômé ? » Il posa cette question comme il avait, en d'autres occasions, demandé à un employé de lui confirmer qu'il était (ou non) un passionné du grec antique, un poète publié, un pianiste concertiste, le cousin d'un duc.

« Oui, bien sûr », dit Mr Jeffris. Il se tenait dans la position que dans l'armée on appelle au repos. Rien dans son maintien n'indiquait quoi que ce fût concernant sa réaction à l'élévation sociale de Mr Macule. Il ne le regardait pas. Il se tenait à côté de lui, les yeux tournés vers son employeur.

« Et avez-vous participé au tracé de la route de Boat Harbour ?

Mr Jeffris ne répondit pas. Il soupira. Un soupir dénotant une certaine mauvaise humeur. Mr d'Abbs, comme si ce soupir était la réponse la plus avisée qu'on puisse imaginer, sourit fièrement à Lucinda. Puis, levant un doigt, comme s'il était un chef d'orchestre demandant une note, une petite fioriture au flûtiste : « Y a-t-il une route pour Boat Harbour ?

— Ben non », dit Mr Jeffris. Oscar, qui n'avait pas de tendresse particulière pour Mr Jeffris, se sentit néanmoins désolé de ce petit écart de langage. Le chef de bureau avait effectivement travaillé dur pour essayer d'éliminer ses *ben oui* et ses *ben non*.

« Mais sûrement, insinua Mr d'Abbs, on parvient à se frayer un chemin quand même ? »

Mr Jeffris ne répondit pas.

« Vous avez également pris part à l'arpentage de celle qui va en New England, n'est-ce pas ?

— J'ai effectivement travaillé là-dessus, répondit Mr Jeffris, qui était fou de rage de se voir demander de tenir un tel rôle pour le bénéfice de Mr Macule. Je travaillais sous la direction d'un certain Mr Cruikshank.

— Mais cette route ne pourrait être utilisée ?

— C'est une manière stupide de voyager, dit Mr Jeffris, incapable de dissimuler ses sentiments plus longtemps. Et la question est ridicule, étant donné que personne ne choisirait de passer par là. On ne va pas à Boat Harbour par la route, mais par mer. Il y a certes une barre dangereuse, que tout le monde connaît, mais chacun préférera cette difficulté à l'autre.

— Et que diriez-vous à Mr Hopkins, ici présent, s'il vous confirmait que son intention est de se rendre là-bas par terre ?

— Pardon ? dit Mr Jeffris, soudain plongé dans la perplexité.

— Mr Hopkins a l'intention de se rendre à Boat Harbour par terre.

— Non », dit Mr Jeffris, trop surpris pour être plus longtemps de mauvaise humeur. Il se retourna pour regarder Oscar qui eut l'impression que Mr Jeffris le voyait pour la première fois. « Est-ce vrai, Mr Hopkins ?

— J'en ai peur.

— Et pourquoi pas par mer ? » dit Mr Jeffris. Son ton avait changé. Il était plus gentil. On pouvait d'ailleurs en voir le reflet dans ses yeux.

« Et pourquoi pas par mer ? répéta-t-il.

— J'ai des raisons personnelles. »

L'état normal de Mr Jeffris était celui d'un homme dont l'humeur ressemblait à une grosse pierre tenue en équilibre instable sur un clou rouillé. Ses employés avaient tendance à marcher autour de lui sur la pointe des pieds. Mais, en ce moment, tandis qu'il regardait Oscar, il se laissa aller à une sorte de sérénité. La pierre se posait doucement sur le sable.

« Ces raisons personnelles, demanda-t-il tranquillement, pourraient-elles être classées sous la rubrique "exploration ?"

— Oh non », s'exclama Oscar, en émettant un petit rire.

Le front de Mr Jeffris se rida d'une curieuse manière.

« Il refuse de prendre le steamer », dit Mr d'Abbs.

Mr Jeffris ne regarda même pas son employeur. « Et vous devez y aller ? » demanda-t-il doucement à Oscar, si doucement que Lucinda ne pouvait croire qu'il s'agissait du même homme qu'elle avait qualifié de « chien enragé » lorsqu'il s'était approché d'elle dans le grand bureau, en faisant sonner le bout ferré de ses chaussures.

« Pour des raisons personnelles, avança Mr Jeffris, vous vous sentez obligé de faire ce voyage ? »

Oscar sourit à Mr Jeffris. Il ne sourit pas parce qu'il était heureux, il sourit parce que les manières de Mr Jeffris le faisaient trembler à l'idée de ce dont il s'était chargé. Il sourit parce qu'il souhaitait se libérer de la solennelle sollicitude qu'il remarquait dans l'expression de Mr Jeffris. Mais Mr Jeffris ne se laissa pas soumettre si facilement. Il regarda Oscar tristement, de bas en haut, comme s'il s'agissait d'une bête au marché de Homebush, à qui l'on demande de soulever un fardeau trop lourd pour elle.

« Je ne voudrais pas être à votre place, dit Mr Jeffris, pour rien au monde. »

Oscar sentit se nouer sa trachée artère. Il passa la main sur son grand cou et tourna son « sourire » en direction de Mr d'Abbs.

Celui-ci était satisfait. Il était content des ressources de son bureau. Il était content de pouvoir offrir ces sortes de services à ses clients et de les leur procurer gratis.

« Merci Jeffris, dit-il. Maintenant, retournez avec les troupes. »

Lucinda trouvait cette manière de prendre congé extrêmement arrogante. Pourtant, ce n'était pas de l'arrogance, seulement l'apparence de l'arrogance, quelque chose que Mr Jeffris permettait à son employeur en public.

Mr d'Abbs sortit de nouveau son porte-plume et dessina — personne ne pouvait voir ce qu'il était en train de représenter — une jolie petite barque survolée par une mouette.

« Et voilà », dit-il.

Il ajouta quelques vagues à son dessin.

« Et voilà, dit-il, en reposant son porte-plume. Vous transporterez bien entendu votre construction préfabriquée par mer.

— Peut-être nous faudra-t-il en parler plus à fond, dit Lucinda à Oscar.

— Chère petite madame, dit Mr d'Abbs, qu'y a-t-il d'autre à ajouter ? »

Oscar se leva. Il aperçut le dessin enfantin qu'avait fait Mr d'Abbs sur son calepin. Son visage triangulaire devint crayeux — rien que des os recouverts de peau et des yeux étroitement fermés. Le cœur de Lucinda débordait de pitié. Oscar se rassit. Il n'aurait pas été plus terrifié s'il avait été une fois de plus enfermé dans la cage de fer, sur les quais de Southampton.

84

Une prière

Il était six heures et demie du soir et il faisait encore chaud. Une faible lumière, tombant d'un vasistas, éclairait la cage d'escalier. La lueur, cependant, n'était pas suffisante pour montrer l'état lamentable du papier peint et du chemin d'escalier. Mr Jeffris montait les marches, les mains jointes et gantées, comme s'il craignait de toucher par inadvertance quelque chose de dégoûtant. Lorsqu'il eut atteint le premier étage, il s'enfonça rapidement dans un sombre couloir, là où un étranger à ces sortes de logements se serait probablement arrêté pour faire craquer une allumette ou poser la main contre le mur afin de trouver son chemin à tâtons. Mr Jeffris monta deux marches, tourna sur sa gauche et s'arrêta devant une porte qui était non seulement fermée à clef mais cadenassée.

Il n'eut aucune difficulté à trouver ses clefs. La serrure émit un bruit sourd, tandis que le cadenas de cuivre faisait entendre un claquement sec. Le bouton de porte grinça. Mr Jeffris était chez lui.

C'était une petite pièce avec une fenêtre donnant sur d'autres fenêtres, et plus bas, sur la petite cour d'un cordonnier, où trois grands chats noirs, qui appartenaient à la cuisinière de cette pension de famille, étaient couchés au sommet d'un tas de planches et de chiffons gris.

La pièce était étouffante. Mr Jeffris ouvrit d'un geste brusque la fenêtre et fit une grimace en découvrant l'odeur.

Il la referma à demi. Deux ou trois grosses mouches entrèrent immédiatement et commencèrent à bourdonner et à se cogner violemment contre la vitre. Elles n'intéressaient pas Mr Jeffris.

Il enleva sa redingote. Elle avait de larges épaules et une taille étroite. Bien que cette coupe fût démodée depuis une trentaine d'années, la fraîcheur du tissu obligeait à penser qu'elle était sortie récemment de chez le tailleur. Mr Jeffris la plaça sur un cintre de bois, la brossa, la suspendit à un fil attaché au rail servant à accrocher les gravures — c'était un système compliqué mettant en jeu les forces de triangulation — et qui venait découper l'air au-dessus du lit.

Quand Mr Jeffris était assis sur son lit (comme il l'était maintenant pour enlever ses chaussures), ses genoux touchaient presque la lourde bibliothèque qu'il avait construite dans ce même style dépouillé et pratique dont il s'était servi pour faire toutes les autres installations de sa chambre. Tout était à la fois sommaire et robuste. C'était fait pour durer une décennie. Mais ça pouvait aussi être emporté en un instant. C'était d'une certaine manière un « campement ».

Au pied du lit, il y avait une zone dégagée, avec seulement un tapis aux couleurs passées. Deux haltères, placés de chaque côté de ce tapis, donnaient un sens à cet espace vide extravagant, au beau milieu d'une pièce si petite et si encombrée.

Assis au bord du lit, les mains posées à plat sur ses genoux, Mr Jeffris gardait une immobilité telle qu'on aurait pu penser qu'il était en prière.

En fait, il était terriblement excité. Son immobilité était de celles qui nous saisissent lorsqu'on est assis au bord d'un abîme, en haut d'un mât ou sur une corde tendue entre notre chambre minable et le pays de nos rêves.

Il y avait sur l'étagère un miroir au dos argenté et un peigne dans une petite boîte sculptée. Mr Jeffris pouvait s'en emparer sans avoir à se lever. Lorsqu'il se pencha pour les prendre, il était facile de voir que la boîte avait été placée à cet endroit précisément pour cette raison. Et lorsqu'il peigna sa moustache, comme il le faisait maintenant, lentement, très lentement, ce geste avait l'intensité d'une prière, ou d'une méditation à laquelle on se soumet quotidiennement. Sa lèvre supérieure était fort longue, les poils gros et fournis. Lorsqu'il en eut assez de peigner sa moustache, il s'empara de ses ciseaux de coiffeur. Il souleva alors le miroir et se mit à la tailler ici et là. Seuls les mouvements de sa large poitrine trahissaient son agitation.

Toute sa vie adulte avait été organisée en vue du jour où il ferait le relevé de pays inexplorés, en publierait la carte, écrirait le récit de ses aventures. A trois reprises, il avait été engagé pour participer à des voyages d'exploration, et chaque fois, il avait donné sa démission avant que l'expédition ait fait même l'achat des animaux nécessaires. Car il avait sur ce sujet des idées bien arrêtées : celles de son héros, le major Mitchell. Il n'avait nullement l'intention de tourner en rond à l'intérieur du pays avec des imbéciles bornés et incompétents qui savaient tout juste mettre un pied devant l'autre. Peu importaient les noms qu'ils donnaient aux lieux ni les cartes qu'ils dessinaient — étant donné qu'ils n'avaient aucune idée, au sens trigonométrique propre du terme, du point où ils pouvaient se trouver. Hume, Hovell, Burke, Eyre avaient dessiné fort mal les uns et les autres leurs cartes. Elles étaient inutiles, aussi bien pour les colons que pour les explorateurs, pourtant leurs auteurs étaient des héros et Mr Jeffris était un employé dans un bureau de Sydney.

Mr Jeffris, contre tout espoir, contre tout sens commun, s'était préparé pourtant à l'aventure, ainsi que le lui aurait demandé le major Thomas Mitchell. Il avait copié dans les mémoires de son héros les conseils chargés d'autocritique qu'il donnait à ceux qui devaient le suivre. Mr Jeffris avait reproduit la prose du major, de sa magnifique écriture. Il avait ensuite encadré la feuille et l'avait suspendue au-dessus de son lit.

« Quelques connaissances mathématiques raffermiront votre style et lui donneront plus de clarté. Étudiez les écrits des grands hommes. Je mettrai au premier rang *la guerre des Gaules* de Jules César. Pourtant ne négligez ni Pline, ni Plutarque, ni Salluste, ni Sénèque. Lisez ces écrits aussi bien pour le sujet qu'ils traitent que pour la qualité du style. La composition est un point tout aussi essentiel dans les récits de voyages que dans l'histoire. Je manque pourtant de confiance dans ce domaine. De la matière, j'en ai toujours à revendre et ne crains nullement d'être pris en faute sur les vérités que j'avance dans mes écrits. En revanche, parvenir à équilibrer les phrases, à les arranger habilement, afin qu'elles mettent en valeur de la meilleure manière ce que je veux dire, m'apparaît souvent au-dessus de mes forces. Capacités techniques et capacités littéraires forment un angle bien trop ouvert à mon goût. »

Il en aurait copié bien plus si la feuille de papier sur laquelle il avait commencé à écrire avait été plus grande. Il y avait quelque chose d'un acteur chez Mr Jeffris. En écrivant les phrases de son héros, sur cette feuille de papier, il se sentait devenir leur auteur, comme sa propre redingote, faite en 1864, offrait une ressemblance frappante avec celle que Mitchell portait sur une gravure datée de 1835.

Le fait de suivre les conseils du major Mitchell avait conduit Mr Jeffris dans des milieux qu'un fils de marchand des quatre saisons n'aurait eu, en principe, aucune chance de fréquenter. Il avait appris seul le latin, de sorte qu'il pouvait maintenant lire les livres dont il avait besoin. Il avait appris l'aquarelle, pour pouvoir faire le relevé des paysages du Nouveau Monde. Il avait passé cinq ans de sa vie comme grouillot, apprenti, assistant, de l'incompétent et asthmatique Mr Cruikshank, dont il léchait les bottes, afin d'acquérir la science que Mitchell plaçait au-dessus de tout : l'arpentage. Il était venu à Sydney pour suivre les cours de Mr Martin (un peintre sur toile). C'était d'ailleurs ainsi qu'il s'était retrouvé l'employé de Mr d'Abbs, celui-ci étant un ami de Mr Martin.

Mr Jeffris ne supportait pas l'incompétence. Il pouvait citer les Écritures pour appuyer ses vues. Il ne parvenait pas à voir de différences entre incompétence et paresse. C'était, de toute façon, une offense à Dieu qui nous avait faits à Son image. Et pourtant, il la trouvait partout. Elle était aussi répandue que la poussière. Aucune des personnes sous les ordres de qui il avait travaillé n'avait échappé aux acerbes critiques de Mr Jeffris.

Mr d'Abbs était incompétent. C'était un miracle qu'il ait pu avoir une affaire à lui. Il n'y serait probablement jamais parvenu s'il n'avait mis sa cuisine et sa cave au service d'amis gourmets et suffisants, amateurs de petits plats. Tout n'était qu'affaires de relations. C'était évident. Il s'asseyait avec ces gens pour dîner. On buvait un peu trop de vin, on mettait ses bras sur l'épaule de ses voisins. On croyait parler philosophie et des grands problèmes, alors qu'on arrivait à peine à prononcer correctement le nom des hommes célèbres qu'on citait de plus d'une manière erronée. Il était ce « bon vieux Jimmy d'Abbs », en réalité, c'était un ivrogne et un incompétent. Il ne savait même pas additionner. Il ne prenait pas d'ailleurs la peine d'additionner, et pourtant, les choses étaient telles, dans cette vie, que Mr Jeffris se voyait obligé de le servir. Il en était furieux, furieux à chaque instant où il se trouvait au bureau. Il passait ses journées à se sentir ligoté, tenu en laisse. Il pouvait à peine le supporter, sauf qu'il le devait. Mais un jour, il partirait. Un jour, il ne serait plus là pour s'assurer que le travail était fait correctement. Alors les sociétés de second ordre qui s'étaient habituées à faire confiance à cet idiot se trouveraient en proie à d'horribles et terrifiantes difficultés. D'Abbs ne serait jamais capable de retrouver un chef de bureau de sa qualité, non pas parce qu'il n'y en avait pas, mais parce qu'il ne serait pas fichu de les reconnaître.

Jeffris rêvait parfois de d'Abbs. Il rêvait qu'il le giflait, qu'il enfonçait un poignard dans son étroite poitrine de moineau.

Mais maintenant, comme un âne que Dieu a chargé de porter de l'encens, d'Abbs venait de lui apporter ce magnifique présent. Un ancien employé incompétent s'était mis dans la tête qu'il irait à Boat Harbour par terre, en traversant des territoires dont aucune carte n'avait encore été dressée. C'était une petite chose fragile, une gamine sautillante, avec une peau d'un blanc de lait et un goût prononcé pour le poker.

Il faisait avec sa protectrice emmitouflée, secrète, un parfait tandem.

Mr Jeffris restait assis, immobile, totalement immobile. Il devait être prudent. Il devait approcher cette affaire comme s'il s'agissait d'un animal effarouché, d'un petit oiseau qu'il fallait piéger — non, non pas piéger, Jeffris ne se sentait pas suffisamment fort pour se croire un prédateur — mais séduire, persuader, charmer, courtiser.

Il se releva, puis s'agenouilla. Il y avait à peine la place de le faire entre la bibliothèque et le lit. C'était une semaine avant Noël. Il demanda à Dieu qu'il l'aide à mettre sur pied ce Grand Voyage.

85

Le jour de Noël

Si Lucinda accueillit Mr Jeffris avec tant d'enthousiasme, lorsqu'il arriva impromptu à la porte de derrière, le soir de Noël, les bras chargés de cadeaux, une bouteille de vin blanc des colonies coincée sous son aisselle, si elle serra sa main large aux doigts carrés et le fit entrer au salon, rejetant ses précédentes réticences quant à la personnalité de cet homme qu'elle avait secrètement comparé à une araignée et à un chien enragé, c'était tout simplement le résultat du sermon odieux qu'avait fait ce matin même de Noël, le révérend Mr Dight.

Ce pasteur n'avait pas à vrai dire préparé cette intervention controversée, même si Mr Chalmers, le responsable de la fabrique de l'église, n'arrêtait pas de le harceler en lui disant : « N'hésitez pas à faire du ramdam ». Mais ce Mr Chalmers travaillait dans le commerce (il avait trois boucheries dont les prix étaient écrits en lettres blanches sur les vitrines), ce qui l'inclinait, pensait le révérend Mr Dight, à considérer l'organisation d'une congrégation chrétienne assez proche de la manière dont il fallait s'y prendre pour faire régner une bonne entente dans la grand-rue.

Mr Dight savait évidemment que le responsable de la fabrique était ravi de son sermon, étant donné qu'au beau milieu de celui-ci, il avait baissé la tête pour regarder ses ouailles et vu, parmi deux cents visages sévères et attentifs, le visage rond et luisant de Mr Chalmers, plissé par un sourire. Mr Chalmers pensait que ses incitations à déclencher un esclandre avaient finalement produit quelque résultat. Pourtant, le révérend Mr Dight n'avait pas préparé ce sermon. Il est possible qu'il l'ait eu en tête, qu'il l'ait porté en lui comme de grosses mouches collées sur un dos trempé de sueur, sans qu'il en soit réellement conscient. Mais ce ne fut que lorsqu'il se dressa dans sa chaire — un instant avant qu'il ne commence à passer en revue les pages qu'il avait marquées de signets — qu'il s'aperçut que Ces Deux-là (les fornicateurs, les joueurs) avaient osé montrer leurs visages effrontés ce jour saint entre tous. C'est alors que les grosses mouches s'étaient mises à voleter furieusement. Mr Dight prit dans sa Bible non pas le passage de la Bonne Nouvelle qu'il avait relevé, mais celui de Matthieu 5 : 27-30 : « Vous avez entendu qu'il a été dit : Tu ne commettras pas l'adultère. »

Il eut alors le plaisir de voir son sermon impromptu produire un effet que ses prédications les plus soigneusement préparées n'avaient jamais eu. Une sorte de frisson, de frémissement passa sur ses ouailles, comme le vent sur la surface d'une mare. Un courant d'air qui les figea. Il les avait si bien immobilisées qu'elles osaient à peine croiser les bras ou changer la position de leurs jambes. L'assistance avait établi une sorte de verrouillage humain autour des deux fornicateurs qui restaient assis le dos raide, sur leur banc. La rougeur de leurs cous témoignait publiquement de leur culpabilité.

Le jour de Noël, le ciel était d'un bleu de cobalt intense. L'herbe, à Whitfield's Farm (à cause du cheptel réduit), était haute, dorée, craquante sous les pas.

Ce jour était apparu parfait à Lucinda, en tout point. Oscar et elle avaient installé une table dans le jardin, avant de partir pour l'église. Le jacaranda avait perdu ses fleurs et était maintenant une sorte d'ombrelle de plumes, d'un vert tendre. Un vent léger du nord-est arrivait du port. Ils avaient mis leurs cadeaux dans la cheminée du salon, avant de traverser les prairies luxuriantes à un point presque gênant de Whitfield's Farm (la Nouvelle-Galles du Sud souffrait en effet de sécheresse et les pâturages, entre Sydney et Bathhurst, avaient été broutés jusqu'à la racine). Ils marchaient donc parmi les herbes dorées, en direction de l'église. Oscar fit remarquer que les couleurs lui semblaient étranges pour Noël. Lucinda lui répondit que celles de Bethléem devaient sûrement être plus proches de celles qu'ils voyaient en ce moment, ce ciel bleu éblouissant, cette terre couverte d'herbe dorée, que du brun froid des fougères roussies de l'Angleterre païenne.

Oscar sourit, les yeux brillants.

Elle se dit : Il m'aime. Et s'il se conduit toujours de la manière la plus convenable avec moi, je serais mal venue de lui en vouloir. Je ne pourrais le respecter s'il se permettait quelque inconvenance, de mettre, par exemple, comme Mr d'Abbs ou Mr Paxton, sa main sur mon genou.

Elle accueillit le fluide scintillant qui menaçait de déborder de ses paupières inférieures, comme l'équivalent exact d'un baiser. Elle était touchée et excitée. Elle baissa la tête pour mettre son chapeau, ce qu'elle n'avait pas projeté de faire avant d'être devant les nouvelles maisons de Balmain.

Et puis il y avait eu le sermon.

C'était comme si on l'avait giflée, comme si on lui avait craché dessus. Et tout ce paysage qu'elle avait célébré avec une certaine suffisance, à peine une demi-heure plus tôt — elle n'avait pas cessé de dire le nom des arbres, des oiseaux à son compagnon — lui semblait maintenant quelque chose de haïssable, quelque chose de sec, de rêche, un briquet à amadou, avec un serpent noir avançant parmi les herbes mortes.

Son envie de pleurer était si forte qu'elle dut lutter furieusement avec son corps pour la surmonter. Elle mordit sa lèvre en aspirant l'air par la bouche. Elle traversa la foule hostile, rassemblée sur la place de l'église, le visage écarlate. Elle se disait : Ils me haïssent et ce n'est pas que les hommes.

Oscar lui dit : « Ils ne nous connaissent même pas », mais sa voix était perchée, elle tremblait. Ce ton ne lui était d'aucun secours. Elle s'écarta de lui.

« Je ne peux parler », parvint-elle à articuler. Elle enleva son chapeau et, dans son agitation, le roula autour de son missel, alors qu'ils étaient encore en vue de l'église.

« Ce sermon n'avait rien de chrétien », dit Oscar à qui il était venu à l'esprit, au milieu de cette agitation, de ce bouleversement, la pensée fort simple que voilà : C'est de mon devoir de sauver son honneur, il faut absolument que je la demande en mariage. Cette pensée était à la fois des plus respectables et des plus nobles. Mais parce qu'elle coïncidait si parfaitement avec ses propres désirs, Oscar n'arrivait pas à croire qu'elle pût être innocente. « Absolument rien de chrétien », répéta-t-il.

« Oh, ne le prenez pas si à cœur, jeta-t-elle.

— Si je le prends ainsi, c'est que vous êtes concernée.

— Merci. Mais quant à moi, je préférerais que nous en finissions avec ce sujet. »

Lucinda ne s'aimait pas lorsqu'elle était comme ça. Elle savait bien qu'elle avait tort. Elle était corrompue par ce sermon odieux, par sa vulgarité, son intolérance, ses certitudes qui plongeaient leurs racines dans des odeurs de whisky et de tabac. Maintenant, elle mordait, prenait à partie la seule âme dont il était impossible de mettre en doute la bonté et la gentillesse. Elle agissait comme une enfant gâtée, comme sa mère agissait les jours où elle la haïssait. Et bien qu'elle sût tout cela, elle ne pouvait s'empêcher de continuer. Elle mettait Noël en lambeaux.

Elle avait tant misé sur cette journée. Pas uniquement d'ailleurs parce qu'elle avait choisi avec soin une dinde et deux chemises en popeline bleu pâle pour son cher ami. En imagination, elle avait finalement amené au jour toutes les choses non dites qui les séparaient. Elle avait vu les chemises posées sur le tissu damassé, décoloré, des fauteuils du salon, vu le papier froissé, le ruban doré abandonné sur le tapis turc rouge sang. Elle avait aussi pensé à d'autres choses, à des baisers, mais d'une manière embrumée, confuse, des images duveteuses et brouillées, comme les bords d'une aquarelle.

Mais en ce moment, elle ne pouvait supporter le ton cassant qui était le sien. Elle n'était pas quelqu'un qu'on pouvait aimer. Elle se blottit en elle-même et quand ils arrivèrent enfin dans la maison, elle ne parvint même pas à regarder la table qu'elle avait si soigneusement préparée, la tête bourdonnante de pensées fiévreuses. Elle se dit : Peu importe ce que pensent de moi les bigots.

En fait, c'était plus important qu'elle ne le croyait. Elle ne supportait pas d'être haïe de cette manière.

Elle s'empara de la théière en émail brun, au couvercle ébréché. Elle mit la bouilloire sur le poêle et tisonna le feu.

Puis, sentant que ses larmes allaient déborder, elle monta en courant dans sa chambre.

Oscar qui avait vu le gonflement de sa lèvre supérieure, comprit ses intentions. Elle se retirait dans sa chambre pour pleurer.

Mais il allait la demander en mariage.

S'il remettait à plus tard, tout son courage l'abandonnerait. C'est pourquoi il la suivit quatre à quatre, dans l'escalier de bois brut. Il la rattrapa sur le palier, il n'osa pas lui demander de redescendre afin de lui parler dans un endroit plus agréable. Il se rendait compte qu'elle refuserait, ne pouvant deviner ses intentions, presque à coup sûr sa proposition. Elle avait, dans le regard, quelque chose de sauvage comme un animal pris au piège. Donc, ce fut là, dans ce coin le plus triste de la maison, au sol gluant — Prucilla Twopenny avait un jour fait tomber du plateau du petit déjeuner de sa maîtresse un pot de miel — qu'Oscar demanda Lucinda Leplastrier en mariage.

Des fragments de papier peint décollé grattaient le cou de la jeune femme. Elle y porta la main rapidement, s'imaginant qu'il s'agissait d'une araignée. Oscar enfonça la sienne dans sa poche, puis agita les pièces de monnaie qui s'y trouvaient. Il désirait être un homme de principes. Il ne voulait pas tirer profit de la situation, parce qu'un acte en soi chrétien et noble satisfaisait en même temps ses propres désirs. Donc, il supprima de son petit discours essouflé tout ce qu'il avait de bon et de noble dans son cœur. Il agita ses pièces de monnaie. Il agita ses pieds. Il lui offrit de l'épouser pour « sauvegarder votre honneur à Balmain ».

« Oh non, s'écria-t-elle, vous êtes bien trop gentil avec moi. »

Et ensuite, elle se jeta dans sa chambre. Là, elle se mit à verser des larmes amères, accompagnées de sons fort laids, qui sortaient de sa gorge serrée. Elle ne parvenait pas à se calmer. Elle l'entendait marcher dans le couloir. Il passait et repassait.

« Viens, suppliait-elle à voix basse. Oh je t'en prie, viens, mon chéri. »

Mais il ne vint pas. Il ne viendrait pas. Et c'était à cet homme qu'elle s'était pratiquement engagée à donner toute sa fortune. Il lui offrait de l'épouser, comme si c'était une faveur, et ensuite ne prenait même pas la peine de venir dans sa chambre.

Un peu plus tard, une odeur lui apprit qu'il était en train de se faire des crêpes pour son déjeuner. Elle se dit que c'était une manière puérile de se nourrir, une manière non seulement puérile, mais égoïste. S'il était un gentleman, il viendrait dans sa chambre, l'arracherait à cette prison dans laquelle, par bêtise, elle s'était enfermée. Il ne vint pas. Elle l'entendait marcher de long en large dans sa chambre.

Ce fut au beau milieu de cette atmosphère qu'arriva Mr Jeffris avec sa bouteille de vin blanc et ses petits cadeaux soigneusement enveloppés. Il apportait un sac de raisins d'Eleme pour Lucinda et une boussole en cuivre pour Oscar. Bien qu'il ne fût pas précisément un homme enjoué et qu'il fût la plupart du temps en colère (s'il ne l'était pas, il devenait alors effroyablement taciturne), il était cependant capable de charmer lorsqu'il considérait que les raisons de séduire étaient suffisantes. C'était un beau garçon râblé, avec d'abondants cheveux noirs et brillants, et des dents blanches bien rangées sous sa grosse moustache. Quand il parlait avec quelqu'un, il s'emparait du regard, de son interlocuteur — quel que fût l'endroit où se trouvait son esprit obsédé — comme si ce que disait celui-ci était de la plus grande importance pour lui. Il était, comme le déclarerait plus tard Mr d'Abbs, un véritable acteur. Pourtant son talent n'aurait pas été suffisant, dans des circonstances normales, pour tromper Lucinda.

Mais les circonstances n'étaient pas normales. Ce fut donc Mr Jeffris qui les arracha à leur gêne, aux complications qui avaient gâché leur Noël. Son vin blanc était chaud et légèrement acide, mais ils le burent avidement et dévorèrent ses raisins. Ils partagèrent leurs sablés et rirent avec reconnaissance à ses plaisanteries. Ils parlèrent du voyage à Boat Harbour, avec tant de timidité et de réticence que Mr Jeffris, ne comprenant pas ce qu'il y avait de personnel dans cette entreprise, se mit à craindre de les avoir « dissuadés ».

« Vous ne devez pas prêter trop d'attention à ce que j'ai dit dans Sussex Street », dit-il. Il sourit en tripotant sa moustache et sembla hésiter, comme s'il se demandait s'il devait continuer à les prendre pour confidents. « Je vais tout vous avouer, poursuivit-il. La vérité, c'est que je suis un employé, n'est-ce pas ? Pour le moment en tout cas. Et quand on est employé, il faut bien accepter que celui qui paie le violoniste ait le choix du refrain. N'est-il pas vrai, miss Leplastrier ?

— Mr d'Abbs vous avait demandé de répondre dans ce sens ? » demanda Lucinda.

Mr Jeffris se rendait compte que la jeune femme ne lui apportait pas toute son attention. Il ne pouvait pas savoir que son esprit était essentiellement occupé d'un problème de lampe. Elle se demandait si elle l'avait baissée suffisamment pour cacher la preuve de ses larmes, ses yeux gonflés et rougis. Mr Jeffris pensait lui que l'expédition était en grand danger d'avorter.

« Il ne m'a pas dit spécifiquement de répondre comme je l'ai fait, miss Leplastrier, mais je comprends mon employeur à demi-mot. Vous avez certainement remarqué comme le petit bonhomme était heureux de la réponse que je lui ai donnée. » (Il dit « le petit bonhomme » à dessein. C'était destiné à rendre sensible la complexité de leurs relations.) Ça m'est resté sur la conscience depuis lors. Je veux dire que je vous ai trompés. Je me disais que je pouvais vous écrire un petit mot, et puis, je me suis dit que tout ça prendrait du temps et je n'ai jamais aimé ce qui traîne. Il y a déjà tant de choses qui n'en finissent pas et qu'on ne peut éviter. C'est aussi vrai en affaires qu'en voyage. Aussi, me suis-je dit, cet atermoiement est inutile et comme de plus — ici Mr Jeffris leur sourit, d'abord à Oscar, puis à Lucinda — c'était Noël, je suis venu en personne.

— C'est très gentil à vous », dit Oscar, en s'agitant dans son siège et en esquissant un sourire en direction de Lucinda, dont l'humeur et les intentions étaient de bien plus grande importance pour lui que celles de Mr Jeffris. Aussi, bien qu'il fût surpris en vérité de l'agréable transformation du caractère du chef du bureau, l'intérêt qu'il portait à cet homme était d'un ordre bien inférieur à celui qu'il avait pour Lucinda Leplastrier, qui, à l'instant, sous la lumière de la lampe, lui adressa un sourire si doux, qu'il comprit immédiatement que ses idées grossières concernant le mariage étaient maintenant complètement oubliées. On ne l'aimait pas, pas encore, mais on ne le haïssait pas non plus, comme il l'avait craint, tout au long de cet effroyable après-midi. Il ne répéterait pas sa demande avant qu'il ait fait ce voyage dont Mr Jeffris parlait en ce moment même avec tant d'enthousiasme. Oscar l'entendit dire qu'il y avait, contrairement à ce qu'il avait avancé dans le bureau de Mr d'Abbs, un chemin sûr pour Boat Harbour.

« Pourvu, dit Mr Jeffris, en étalant du beurre sur son sablé, ce qui fit lever un des sourcils de Lucinda, pourvu qu'on y aille tout doux, tout doux avec les natifs. »

Il ne vint pas à l'esprit d'Oscar que cette philosophie ne cadrait pas exactement avec celle qui consistait à ne supporter aucun atermoiement. Il était bien plus intéressé par la couche de beurre sur le sablé qui lui fit lever à son tour un sourcil, ce qui eut pour conséquence — ah ! — de se voir octroyer un nouveau sourire de miss Leplastrier.

« Vous avez probablement entendu parler des coutumes sanguinaires qui règnent parmi les aborigènes du Nord », dit Mr Jeffris.

Ils en avaient effectivement entendu parler. Leurs sourcils restaient maintenant immobiles, Mr Jeffris était enfin parvenu à capter totalement leur attention.

« C'est malheureusement souvent le résultat direct, dit Mr Jeffris, de la précipitation. On trouve toujours des incompétents qui foncent directement au cœur même des royaumes noirs. C'est comme s'ils mettaient leurs mains nues dans une ruche, sans voir qu'ils sont en train de rendre les abeilles folles. Mais si l'on prend son temps, comme je le ferai, si l'on contourne les frontières — tout son comportement avait changé, ses épaules s'étaient relâchées, ses mains détendues — alors, comme vous vous en doutez, les petits négrillons sont heureux de vous laisser tranquille. »

La jeune femme était tout yeux, tout oreilles. Elle demanda : « Et qui connaît ces frontières ? »

Il répondit : « Moi ».

Elle aimait cette réponse. Une réponse qui claquait comme un coup de pistolet.

C'était un mensonge. Il avait lu quelques phrases sur la question dans le journal de feu le mari de Mrs Burrows (qui n'était pas quelqu'un d'intelligent). Cet homme avait passé les derniers mois de sa vie à zigzaguer comme un pauvre type au milieu des ruches, une torche allumée à la main. Mr Jeffris s'était emparé de ces rêveries (vous ne pouvez pas appeler ça des théories) et les avait agrémentées tout en parlant. Il ne pensait pas qu'il mentait. Même s'il s'était tu un instant pour réfléchir à ce qu'il était en train de faire, il n'aurait jamais accepté cette interprétation. Il était prêt à dire tout et n'importe quoi pour obtenir ce qui l'aiderait à décrocher la direction de cette expédition. Il écrirait des récits du voyage, comme cette colonie n'en avait jamais vus, chaque pic, chaque col serait porté avec son altitude précise, chaque chaîne de montagnes dessinée avec une sûreté exquise. Sa syntaxe aurait la rigueur de l'acier, ses descriptions la délicatesse des violettes printanières.

Mr Jeffris était le fils d'un marchand des quatre saisons, et s'il méprisait maintenant les commerçants, il avait un bagou de camelot. Il s'adressait directement à Lucinda la plupart du temps, non pas parce qu'il accordait la moindre valeur à l'opinion des femmes (il n'en accordait aucune) mais parce qu'il se rendait compte que celle-ci était au moins aussi importante que Mr Macule dans la décision dont allait dépendre la naissance de ce merveilleux journal. Il ne tenta pas de la séduire, parce qu'il se rendait compte que toute tentative dans ce sens serait mal accueillie. Pourtant, si cela avait été nécessaire, il lui aurait fait la cour sans qu'Oscar s'en aperçoive.

Lucinda ouvrit la bouteille de bordeaux qu'elle avait pensé boire au déjeuner. Quand Mr Jeffris finalement s'en alla, aux premières heures du lendemain de Noël, Oscar et Lucinda s'assirent devant la table du jardin — enveloppés du lourd parfum de la citronnelle : ils en frottaient leurs visages et leurs bras pour écarter les moustiques — pour manger une dinde froide et desséchée et boire du thé noir.

Ils ne parlèrent ni l'un ni l'autre de ce qui s'était passé sur le palier. Pourtant ils ne pensaient pratiquement à rien d'autre et tous leurs tendres sentiments, leur timidité, leur gêne, leur irritation, leur amour angoissé, tendu, parfois exaspéré, se trouvaient mêlés — comme ces fils de métal précieux qu'on introduit parfois dans le tissage d'un bon gros tapis — à leur conversation qui se conclut en fin de compte sur des interrogations. Était-il (a) possible et (b) moral de persuader Mr Jeffris de demander un congé exceptionnel à Mr d'Abbs, afin qu'il puisse diriger l'expédition en direction de Boat Harbour ?

86

De la gratitude

De grands rais de lumière, en forme de faux, balayaient le tapis, striant la triste couleur olive d'un vert étincelant, semblable à celui de l'herbe fraîchement coupée. Mr d'Abbs était assis, les genoux pris dans un pantalon de couleur moutarde, en plein soleil. Son visage, en revanche, était dans l'ombre. Il était difficile de voir son expression, mais sa voix, quelles que fussent les blessures secrètes occasionnées par la défection concertée de son chef de bureau, ne laissait voir que la fort bonne opinion qu'il avait de lui. S'il était dérouté par la présence de ces visiteurs non attendus, il n'en laissait rien paraître.

Lucinda était assise sur le bord de ce qui était normalement « le fauteuil de Mrs Burrows », qui se trouvait juste en face de Mr d'Abbs. Elle déroula les plans qui, malheureusement, refusèrent de lui obéir, de sorte qu'Oscar en tint les bords pour elle. Ces plans étaient magnifiques. Oscar était surpris que quelque chose d'aussi aérien, d'aussi rempli d'imagination, ait pu sortir de la main baguée d'or de Mr d'Abbs. De jolies lignes au crayon, un papier de soie jaune, doux et pelucheux, lui donnait l'impression de tenir entre le pouce et l'index le plan de l'idée elle-même.

« Mr d'Abbs, remarqua Lucinda, ce plan vous a demandé huit semaines de travail. »

Oscar se dit : Elle se laisse déjà aller à ce qu'elle s'était juré, à peine une demi-heure plus tôt, de ne sûrement pas faire. Elle ne lui avait même pas encore octroyé le plus petit compliment.

Mr d'Abbs se raidit légèrement. Il croisa les jambes. Il avait de jolis petits pieds et des chevilles fines. « Rome, dit-il, ne s'est pas construit en un jour. »

Oscar croisa lui aussi les jambes en signe de sympathie. Son genou droit se mit à craquer. Il s'inquiétait à propos de ses genoux. Bientôt, il allait marcher à côté de chariots sous le commandement de Mr Jeffris. Il devrait marcher jour après jour, semaine après semaine. C'était pour cette raison qu'il baignait chaque soir ses pieds dans de l'alcool à brûler et que, dans la journée, il portait ces extraordinaires chaussures qui lui occasionnaient de si terribles souffrances.

« Et quelle est la taille des vitres que vous vous proposez d'utiliser ? » demanda Lucinda. Elle sourit, mais n'étant pas actrice, ses joues — comme toujours lorsqu'elle était malheureuse — semblèrent fondre à vue d'œil. Son sourire était aussi triste que des graffiti délavés sur le mur d'une maison.

« Oh (les bagues de Mr d'Abbs palpitèrent un instant dans le soleil, puis replongèrent dans l'ombre), oh, je laisserai cela à votre bon vouloir.

— Mais, Mr d'Abbs, dit Lucinda, en prononçant mis-ter, je vous ai donné une taille extrêmement précise pour les vitres. »

Oscar observait avec quelque inquiétude la manière dont Lucinda essayait de maîtriser sa colère. Ses sinus semblaient se gonfler, ses narines, se dilater. Ses mains laissaient des taches humides sur le papier jaune pelucheux. Elle dit : « Tout est là. A mon avis.

— A votre avis, dit Mr d'Abbs en décroisant les jambes puis les recroisant tout aussitôt dans l'autre sens.

— A mon avis, oui.

— Mais pas au mien.

— C'est toute ma vie que je joue ici, vous ne mettez en jeu qu'une parcelle de la vôtre. Donc, votre avis, sauf votre respect, Mr d'Abbs, a peu d'importance.

— Je ne vois guère de respect dans votre remarque, miss Leplastrier, et de dire "sauf votre respect" ne change rien à l'affaire. »

Il y eut un instant de silence pesant. Oscar entendait la respiration de Lucinda. Il craignait qu'elle ne fût guère heureuse de sa conduite et, en vérité, il ne comprenait pas pourquoi il fallait qu'elle se mît dans une telle colère. C'était une église fantaisiste, bien entendu, et peut-être un peu païenne, mais cela, sûrement, n'était pas le fond du problème. Il fit une petite prière : Seigneur, donne-lui patience et charité.

Mais tout ce que voyait Lucinda n'était qu'un cauchemar, un monument impie et prétentieux élevé à l'ignorance et au mauvais goût — des pignons arrondis, un jubé mauresque, des ouvertures Tudor, des « fioritures » japonaises. De plus, c'était un véritable monstre — trente mètres de large.

« L'âme d'un artiste, dit Mr d'Abbs, ne peut être étouffée par un forgeron.

— Mais Mr d'Abbs, ne voyez-vous donc pas... Vous avez travaillé pendant huit semaines, et je ne peux construire ce que vous avez dessiné.

— Miss Leplastrier (la voix de Mr d'Abbs tremblait légèrement), huit semaines ne signifient rien. » Il s'avança dans la lumière aveuglante du soleil matinal. Ses yeux avaient pris un air torve. Son menton tremblait. Les mains qui avaient d'abord gesticulé si librement se pressaient maintenant l'une contre l'autre, s'accrochaient aux poignets comme des menottes. Il s'assit. Il jeta un coup d'œil circulaire aux murs où se trouvaient entassés des paysages. Il sourit. Ses yeux étaient suppliants. « Huit semaines ce n'est rien pour un bâtiment qui durera un siècle. »

Tandis que Mr d'Abbs parlait, Lucinda, en regardant cette église prétentieuse, commençait à sentir sa poitrine prise dans un étau qui l'empêchait de respirer. Que l'objet de leur pari se matérialisât d'une manière à la fois si médiocre et si prétentieuse, en cette chose impossible à construire, agit comme un catalyseur sur l'esprit de Lucinda. Ce fut un détonateur qui libéra le vague malaise qu'elle avait ressenti au sujet de ce pari, les idées de crainte qu'elle était parvenue jusqu'ici à étouffer. Tout cela maintenant remontait, comme les gaz d'un marécage et éclatait à la surface en dégageant une odeur nauséabonde, aux limites même de sa conscience. Cet étau qui lui broyait la poitrine n'était pas un sentiment totalement inconnu. Il l'oppressait généralement après une soirée passée devant des tables de jeux. Il était relié à la panique qui s'emparait d'elle lorsqu'elle craignait de dilapider sa fortune. Elle appuya ses avant-bras contre son ventre. Elle regarda Oscar, espérant qu'il puisse, grâce à son sourire, faire cesser sa panique.

Il décroisa les jambes. Son genou craqua de nouveau. Il croisa les bras dont les muscles lui faisaient mal, à cause de ses exercices quotidiens aux haltères, recommandés par Mr Jeffris.

Mr d'Abbs se pencha en avant. Il palpa le papier jaune, comme s'il était un vendeur dans un grand magasin de Manchester, et le plan, du tissu qu'il s'était mis en tête de vendre à tout prix. « Ce plan ne peut vous donner une idée de l'œuvre elle-même.

— Oh que si, soupira Lucinda, je la vois parfaitement, Mr d'Abbs. » Néanmoins, elle ne le regardait pas. Elle était tournée vers l'homme aux yeux verts dont elle s'était plu à se croire aimée. Elle ne parvenait plus maintenant à voir cet homme. Elle en voyait un autre, un étranger bizarre, se frottant les mains d'une manière qui le faisait ressembler à une mante religieuse. Elle avait parié avec lui, rien de plus. On ne pouvait prétendre qu'il s'agissait d'une sorte de code renvoyant à des fiançailles, à un gage d'amour, qu'à condition de ne pas avoir l'esprit totalement sain. C'était un pari et seule une folle pouvait imaginer quelque chose d'autre.

« Sauf votre respect, mademoiselle, vous ne pouvez pas la voir. Ce n'est pas ici, mais dans tous les morceaux de papier, tous les gribouillages, tous les plans méticuleusement dessinés qui ont été rejetés à cause de leur imperfection qu'elle se trouve. Je me suis levé très tôt chaque matin. J'ai parlé à de nombreux artistes de mes amis. Je me suis occupé de cela avec une diligence extrême, miss Leplastrier, et sûrement pas pour gagner de l'argent.

— Je l'apprécie hautement, dit Lucinda.

— Vous n'appréciez rien du tout. » Sa voix monta d'un ton et le tremblement était maintenant parfaitement discernable. Oscar voyait la supplication qui se trouvait dans ses yeux bruns, même tandis qu'il s'enfermait dans la colère. « Je ne le faisais pas pour des honoraires, mais simplement pour le plaisir de bien faire ce travail à cause de vous, parce que j'attache une grand importance aux choses de l'esprit... »

Une petite ride verticale apparut sur le grand front de Lucinda.

« ... Bien plus que la plupart des hommes de cette ville. Comme vous le savez, comme vous le savez, n'est-ce pas ? Et je considérerais, sa voix monta encore alors qu'une bande de cacatoès blancs s'envolaient en criant du figuier placé près de la fenêtre, je considérerais affreusement barbare d'être malmené à cause de cela. Avez-vous vu ma facture épinglée quelque part ? (Oscar croisa de nouveau les jambes.) Voyez-vous l'addition de mes soucis ? Le compte de mes heures ? Et qui s'est donc occupé de vos intérêts lorsque vous êtes arrivée à Sydney ? Vous avez eu de la chance de ne pas être volée en plein jour comme dans un bois. Qui vous a invitée dans cette maison, qui vous a fait rencontrer des amis ? Ici, dans cette pièce ? Combien de fois m'avez-vous remercié ?

— Je vous en prie, dit Oscar, qui ne pouvait plus supporter les souffrances du petit homme. Je vous en prie, Mr d'Abbs...

— Voulez-vous bien vous taire, monsieur », dit Mr d'Abbs en se mettant brusquement debout. Il commença à arpenter la pièce en ramassant des livres reliés en cuir, et en les faisant claquer les uns contre les autres. Les volumes dégageaient une odeur semblable à celle de la graisse de porc rance. Apparemment, cette agitation n'avait aucun sens en dehors d'être un exutoire pour sa colère. « Je vous ai pris avec moi lorsque plus personne ne voulait avoir affaire à vous. Vous n'étiez même pas l'ombre d'un employé de bureau. Vous étiez une macule. Une petite macule laide, rejetée de tous. Vous avez saccagé mes registres. Il me suffira toujours de jeter un œil sur les pages que vous avez copiées pour me souvenir de vos habitudes malpropres. Aussi, ne prenez pas la liberté, hurla-t-il, de me dire comment il faut dessiner un plan.

— Ce n'était pas dans mon intention, dit Oscar.

— Alors, ne le faites pas », dit Mr d'Abbs, en se calmant. Il aspira un grand coup et rejeta l'air bruyamment. Il se retourna vers Lucinda, tout en parlant. Il continuait à ramasser les livres que ses invités du soir précédent avaient laissé traîner sur le buffet, sur le sofa, sur la table, sur l'ottomane. « Je n'ai pas le don de dessiner en perpective, mademoiselle, mais je ne suis pas le seul architecte victime de ce handicap. Greenway — c'est Mr Fig qui me l'a dit — était comme moi. Mais j'ai engagé Mr Hill à mes propres frais (il avait maintenant une demi-douzaine de volumes serrés contre sa poitrine), à mes propres frais pour qu'il me dessine la perspective que vous avez devant les yeux. Vous pouvez voir qu'elle est signée (c'était un paquet de livres en déséquilibre qu'il tenait dans ses bras) et si vous ne l'aimez pas (un gros volume brun tomba par terre et Mr d'Abbs l'envoya d'un coup de pied — vlan — contre la plinthe), si vous ne l'aimez pas, vous pouvez l'emmener chez Lawson et la vendre pour dix guinées. »

Oscar tenait encore un coin du plan entre son pouce et son index. Il était maintenant à demi levé, inconfortablement plié, avec son derrière planant au-dessus de la chaise basse de couture de miss Shaddock. Il regarda Lucinda, espérant voir un peu de compassion adoucir son visage. En fait, ce qu'il vit exprimait des sentiments diamétralement opposés.

« Mr d'Abbs, dit-elle, en abandonnant les plans à Oscar, vous avez fait preuve de légèreté en face de la chose la plus sérieuse qu'on puisse imaginer. Mauvais goût mis à part, il n'est pas possible de construire cette église. Vous n'avez tenu compte d'aucune des indications que je vous avais données. Les plaques de verre doivent avoir un mètre de long et cinquante centimètres de large. Ne vous est-il donc pas venu à l'esprit, cria-t-elle d'une voix tremblante, vous qui vous dites mon ami, n'avez-vous jamais pensé à tout ce qui repose là-dessus ? »

Mr d'Abbs était bien trop troublé par ses propres émotions pour qu'il lui reste la moindre possibilité de prendre en charge l'angoisse de Lucinda, ou même pour simplement se demander quelle pouvait en être la cause. Il ressemblait à un acteur qui vient de recevoir sur scène un coup de poignard. Il ouvrit la bouche puis la referma. Il rattrapa un livre qui se préparait à glisser par terre.

« Il s'agit, Mr d'Abbs, d'un enjeu important. Je risque d'y perdre ma fortune. »

Au fond de son cœur, Lucinda espérait que cette révélation aurait quelque effet sur Mr d'Abbs. C'était ce genre d'espoir qu'elle entretenait depuis l'époque où elle avait placé un chou-fleur sur le bureau de la réception du Petty's Hotel.

Mais elle n'était plus une petite fille et Mr d'Abbs n'était plus son protecteur. « Que savez-vous des enjeux ? » siffla-t-il.

Lucinda se dit : Donc, il me hait. Ainsi soit-il. Pourquoi ne me haïrait-il pas ?

« Petite sotte, vous jouez avec l'argent comme s'il s'agissait d'une manne tombée du ciel. Que savez-vous du monde des affaires ? »

Cette insulte eut un effet des plus salutaires sur Lucinda. Elle calma sa panique. Elle donna libre cours à ses voix intérieures, pas si faibles en fin de compte, qui lui disaient qu'elle était quelqu'un de mieux que Mr d'Abbs. Elle se dressa de toute sa hauteur, desserra ses poings et frotta ses paumes l'une contre l'autre.

« Ne le prenez pas de si haut, Mr d'Abbs, dit-elle. Vous êtes un amateur. Vous êtes tous des amateurs. » Elle se sentait ne plus faire qu'un avec Oscar Hopkins. Ils étaient tous les deux unis, bannis par la société. « Vous êtes des enfants.

— Nous sommes des enfants ?

— Oh oui, certes, dit Lucinda, sachant que le jour viendrait où elle regretterait cet éclat. C'est absolument certain.

— Nous ?

— Vous tous », dit Lucinda, en faisant un grand geste en direction des fauteuils vides pour faire apparaître et en même temps écarter l'image de miss Malcolm, de Mr Tomasetti, de Mr Fig, de Mr Borrodaile, et même — là-bas — celle de Mr Henry Parkes. Avec un dédain digne d'Elizabeth Leplastrier, Lucinda mit le feu au dernier pont qui la reliait à la société de Sydney.

Mr d'Abbs fit semblant de bredouiller comme un enfant. « Et vous, je suppose, vous êtes adultes ?

— Nous avons parié absolument tout ce que nous avions. Nous avons pris tous les risques.

— Oh, comme vous êtes noble, s'écria Mr d'Abbs, le visage tordu de colère. Quelle élévation d'esprit !

— Nous sommes vivants, dit Lucinda, et à ce moment-là elle sentait effectivement qu'elle était ce qu'elle disait être. Nous sommes vivants et en équilibre sur l'arête même de l'éternité. »

Elle reprit les plans à Oscar et les posa doucement sur la table basse en noyer, placée à côté de son fauteuil.

« Sortez de chez moi », cria Mr d'Abbs, en s'emparant d'un geste sec des papiers jaunes. On avait l'impression qu'il allait se mettre à pleurer si on ne lui obéissait pas. « Vous Mr Macule, partez d'ici.

— Ne l'appelez pas, s'il vous plaît, Mr Macule.

— Je suis chez moi et je l'appellerai comme bon me semble. »

Durant un instant, Oscar pensa que Lucinda se préparait à gifler Mr d'Abbs. Celui-ci eut sans doute la même impression, car il fit une curieuse grimace qui donna à sa haine un reflet vaguement pitoyable.

Les joues de Lucinda étaient enflammées et ses lèvres, jusqu'ici si étroitement serrées, étaient relâchées, entrouvertes. Elle regarda Mr d'Abbs avec une expression chargée d'un peu plus de gentillesse mais assez proche au fond du mépris. Sa nature passionnée bouillonnait dans ses veines avec une intensité qui traversait, sans pourtant qu'on puisse en discerner la complexité, ses lèvres, ses narines et ses grands yeux verts. Oscar se dit : Comme elle est belle.

« Vous n'avez pas la tête qu'il faut pour faire des affaires », dit Mr d'Abbs.

Oscar lui offrit le bras. Lucinda y posa la main. Il se dit : Je t'aime.

« Elle lui prend le bras, siffla Mr d'Abbs. Non, pas par là, à moins que vous ne vouliez vous rendre à la chambre à coucher. Vous n'avez pas la tête qu'il faut pour faire des affaires et certainement pas l'œil. »

Ils trouvèrent enfin le chemin du couloir. Oscar aperçut une femme (c'était Mrs d'Abbs) qui tenait ouverte devant eux la porte d'entrée. Elle avait des joues rondes et luisantes comme des pommes et des boucles dorées. Elle le regarda, les yeux brillants, la bouche ouverte. Au moment où ils passaient le seuil, elle glissa une orange dans la main libre d'Oscar.

« Les filous quittent la maison, s'exclama Mr d'Abbs, en se précipitant dans le couloir. On vole une idée sans même dire merci. »

Il s'immobilisa près de sa jolie femme pour regarder Oscar

et Lucinda descendre bras dessus bras dessous les marches du jardin en direction de leur sulky.

« Tu n'es pas la bonne, Henny, dit Mr d'Abbs. Il n'est pas convenable que tu ouvres et fermes la porte à la canaille. » Mais son ton n'était pas aussi dur que pourraient le laisser penser ses paroles. Tandis qu'il parlait, ses yeux regardaient intensément sa femme, pour une tout autre raison. Il se demandait ce qu'elle avait entendu et ce qu'elle pensait de lui maintenant.

Pour le moment, Henny d'Abbs avait l'image de l'orange qu'elle venait de donner. Elle la voyait, pelée, divisée en quartiers. Elle se disait que cette chair savoureuse serait bientôt absorbée, pour faire partie d'un univers totalement différent du sien.

87

Un sermon qui s'appuie sur une parabole

Si Mr Ahearn décida de faire six kilomètres à pied en partant de son hôtel dans Pitt Street pour se rendre à Whitfield's Farm, c'était en partie à cause de son habitude de se lever tôt, une bonne habitude à la maison, puisqu'elle permettait d'allumer le feu, de nourrir les poules, de lire le journal et d'arriver néanmoins au bureau une demi-heure avant les employés. Mais se cachait aussi dans cette longue marche une sorte de suffisance. En effet, mouiller ses chaussures dans de l'herbe pleine de rosée, trouver son chemin dans un sentier en lacet, de trente centimètres de large, utilisé plus souvent par les bestiaux que par les êtres humains, était dans l'esprit de Mr Ahearn, la preuve d'une certaine probité qui donnerait à ses conseils (les conseils qu'il allait prodiguer, les conseils qu'il tenait en réserve) quelque chose de différent de ceux offerts par des gens voyageant à toute vitesse dans des cabs, dans des cabriolets, ou pour faire de l'effet, dans des sulkies, dans des coupés et dans des phaétons. Mr Ahearn se voyait en imagination, des pieds à la tête, un homme avec un bâton, marchant sur une route, un voyageur dans une parabole.

Mr Ahearn voyait si bien à quoi il ressemblait, que, s'il avait été beau, sa vanité aurait été évidente pour tous. Mais il n'était pas beau et il le savait. Pourtant, il avait une connaissance incroyablement précise de son apparence, une connaissance qu'il n'avait pu acquérir qu'en s'examinant, non pas dans un miroir, mais dans deux, et parfois même — il y en avait un à la monture d'argent qui appartenait à sa femme — dans trois.

Le visage de Mr Ahearn était devenu, au cours des sept années qui s'étaient écoulées depuis qu'il avait vu Lucinda monter sur le bateau de Sol Myer sur les quais de Parramatta, encore plus marqué. Sa peau était bien plus tachetée, bien plus épaisse. Les joues semblaient s'être creusées et la pomme d'Adam était remontée vers le menton. Les grandes mèches qui recouvraient son crâne chauve étaient devenues encore moins nombreuses, tandis que leur épaisseur diminuait et que leur couleur noire s'estompait. Le nez tombait du bout et le ventre s'était gonflé. Mr Ahearn s'était aujourd'hui permis de défaire un bouton de son gilet de laine. Ses épaules s'étaient rétrécies, mais ses longs bras étaient restés musclés et ses hanches bien larges. C'était inutile de lui en faire la description, étant donné qu'il connaissait fort bien sa personne. Il se comparait à une tortue et — aussi bizarre que cela puisse paraître — il tirait de ce rapprochement une grande force. Il voyait bien, en se regardant sans arrêt dans ses deux ou trois miroirs, qu'il n'imitait pas seulement les manières d'un homme vaniteux, mais qu'il était en réalité vaniteux, alors qu'il lui était impossible d'ignorer que la plupart des gens le mettraient sans hésiter parmi les hommes franchement laids.

Mr Ahearn croyait qu'il était personnellement responsable de son corps d'adulte, que les habitudes de sa vie avaient façonné son visage et sa silhouette. Il avait acquis au cours des années de la bonté et des biens. Il avait commencé comme petit employé de bureau et pensait avoir eu beaucoup de chance de pouvoir s'être élevé si haut. Sa mère était chiffonnière, son père aussi. Mais celui-ci était la plupart du temps ivre ou absent. A l'âge de douze ans, il avait recopié la parabole des talents. Il l'avait écrite sur un petit morceau de papier blanc. Il avait une belle écriture, dépouillée heureusement des fioritures à la mode. Il avait réussi à faire tenir le texte de Matthieu 25 : 14-30, sur un morceau de papier de la taille d'une carte postale. Il l'avait plié en quatre et gardé dans son porte-monnaie. Il avait toujours, cinquante ans plus tard, cette parabole dans son portefeuille, alors qu'il traversait le pont de planches branlantes à l'entrée de Balmain où se trouve aujourd'hui Mullens Street. Ce pont n'était fait que d'une seule planche, qu'on volait bien souvent d'ailleurs. A cet égard, Balmain n'a guère beaucoup changé. Mais ce n'était pas de Balmain qu'il était question, mais de ce morceau de papier mesurant quinze centimètres sur dix. Il ne s'agissait pas, bien évidemment, du même morceau de papier, car l'original avait été manipulé de nombreuses fois, déplié, replié, montré à un enfant, à un petit enfant, à un inconnu dans un café, si bien que même le meilleur des papiers n'y aurait résisté. Aussi, Mr Ahearn avait, comme le temps passait, pris l'habitude de transcrire la parabole sur un nouveau morceau de papier le jour du nouvel an. Il écrivait donc : « Car il en va du Royaume du Ciel comme d'un homme qui, décidant de partir dans un pays lointain... » Il écrivait lentement, s'appliquant, jusqu'à ce qu'il arrive — tandis que sa femme disposait les pommes de terre à cuire sur une feuille de papier brun beurré, avant de les mettre dans le four de terre — avec beaucoup de satisfaction au passage « quant à ce serviteur bon à rien, jetez-le dans les ténèbres du dehors, là où seront les pleurs et les grincements de dents ». Et alors, tandis que Chas Ahearn pliait le morceau de papier en quatre, entre ses ongles épais comme des pinces, une nouvelle année commençait.

Les talents qu'on lui avait donnés, il les avait fait fructifier. C'était un homme avec le goût de la propriété, un homme de bien, un chrétien. Si le Seigneur avait jugé bon de donner à Lucinda Leplastrier un capital égal à la somme qu'il avait eu tant de mal à rassembler durant toute une vie de travail, il n'en éprouvait aucun ressentiment.

Mais il avait gardé la jeune femme à l'œil. Il avait observé soigneusement ses faits et gestes, parfois de près, mais le plus souvent de loin, grâce à des rumeurs et des ouï-dire. Il la surveillait, comme il aurait pu surveiller un enfant inconnu jouant avec un verre de cristal. En d'autres termes, il ne se sentait pas le droit de dire quoi que ce soit, mais il restait assis sur une fesse, attendant la catastrophe, espérant peut-être rattraper le verre au moment où il quitterait les mains de l'enfant et avant qu'il ne touche le sol. En tout cas, cet homme était incapable de se détendre, ou de lire un journal, par peur de ce qui pourrait arriver.

Chas Ahearn n'avait pas approuvé l'achat de la verrerie. Il avait trouvé ce geste inconsidéré, impulsif. Mais lorsqu'il entendit parler de l'église de verre, il se fâcha pour de bon. Il était furieux. Il ne pouvait s'empêcher d'être en colère. Pourtant il n'entreprenait pas ce voyage aujourd'hui pour gronder Lucinda, ou pour vider sa bile, mais pour éviter si possible la catastrophe. C'était son devoir de chrétien.

Il arriva enfin le long de l'avancée rocheuse qui longeait Birchgrove House, une belle propriété que Lucinda aurait dû avoir la sagesse d'acheter. Il le lui avait dit quatre ans plus tôt. C'est un ouvrier agricole, enfoncé dans le fumier de cochon jusqu'aux genoux, qui lui indiqua le chemin. L'homme montrait du doigt, au-delà du verger, une petite maison bicolore, dominant le côté ouest de la presqu'île.

Mr Ahearn avait des fleurs de bardane accrochées à ses chaussettes et à son pantalon. Il en avait même sur ses lacets de chaussures. Le pré était dans un piteux état et Chas Ahearn, en voyant les bardanes, l'état des abris, les clôtures, la maison pie, ne put s'empêcher d'en calculer la valeur. Si ce terrain lui avait appartenu, il l'aurait soigneusement arpenté, afin de le délimiter avec des piquets espacés régulièrement, comme les bâtonnets sur la marque d'un jeu de cribbage.

C'était tout juste si la barrière n'était pas détachée de la clôture. Ce qu'elle devait empêcher d'entrer ou de sortir n'était pas des plus évidents. Il y avait une vache à l'attache dans le jardin de devant. Mr Ahearn regarda sa montre de gousset en or. C'était un cadeau de la Société de bienfaisance de Parramatta dont il avait été le président pendant vingt ans. Il resserra sa veste autour de son gilet et frappa bruyamment à la porte.

Le domestique avait une tête à faire peur. Il n'en avait jamais vu un semblable, même à Parramatta, où pourtant un valet sur deux est un meurtrier. Celui-là avait de la poussière de charbon sur les mains et sur le visage. Ses cheveux étaient ébouriffés, hérissés dans toutes les directions, et sa barbe, pourtant pas très fournie mais qui était éclairée par le soleil matinal arrivant des Heads, montrait des poils orange, poussant sur une peau blanchâtre. Les yeux étaient rouges et le gauche entouré d'une grande tache noire.

« Est-ce que ta maîtresse est chez elle ? »

Mr Ahearn apprit qu'elle était encore au lit. Ce renseignement lui fut fourni avec une voix indiquant une si bonne éducation qu'elle jeta quelque confusion dans l'esprit de Mr Ahearn. Pas pour longtemps toutefois : il décida qu'il avait affaire à un homme doué pour le théâtre. Parvenu à cette conclusion, il s'y accrocha fermement.

Il informa le serviteur qu'il attendrait. Pourtant, s'il ne s'était pas avancé dans le couloir, on ne lui aurait probablement pas proposé d'entrer. On le conduisit à la cuisine, en donnant pour explication qu'elle était « confortable ». Étant donné que cette journée était désagréablement chaude et humide, Mr Ahearn ne pouvait rien voir d'autre dans ce « confortable » que l'expression de la grossièreté sous-jacente d'un ex-bagnard. C'étaient des garçons comme celui-là qui autorisaient les Anglais à écrire des récits condescendants sur leur visite dans la colonie. Quel merveilleux ricanement ils auraient pu émettre s'ils avaient été ici. La maison n'était pas propre, la cuisine sens dessus dessous. Il y avait des casseroles vides avec des fonds brûlés. Si celles-ci apparaissaient à Lucinda comme le symbole de l'insouciance et de la gaieté, elles n'étaient nullement perçues ainsi par Mr Ahearn. Il y avait un vêtement féminin étalé sur une chaise, tel un filet de pêcheur. Une bouteille de cognac était posée à côté d'une petite plante dans un pot. Un fil d'araignée coupait une vitre étincelante. Une planche à dessin était installée sur un établi, qui avait encore récemment occupé une place mieux indiquée sous l'abri du jardin. Sur la planche à dessin se trouvait épinglée la preuve de la folie qu'il était venu arrêter.

Mr Ahearn s'assit lourdement, se pencha en avant, son chapeau dans la main gauche, tandis que sa droite essuyait, lissait, tapotait son crâne.

Quand Lucinda entra pour le recevoir, elle découvrit qu'il s'était permis d'enlever son dessin de l'endroit où elle l'avait si soigneusement épinglé. Il le tenait contre la vitre, agenouillé sur le tabouret à trois pieds, son gros nez luisant (sur lequel étaient perchées en équilibre instable des lunettes à montures métalliques) appuyé pratiquement dessus. Il était pris *in flagrante delicto*. Il n'avait pas le temps de se recomposer un visage. Sa bouche était ouverte, mais son front se plissa comme s'il mettait en place pour la bataille les forces de son étonnement et de ses critiques.

Mr Ahearn ne prit pas la peine de saluer Lucinda selon les formes. En fait, il attaqua tout de suite, comme si la jeune femme avait quelques instants plus tôt quitté la pièce en l'invitant à jeter un coup d'œil sur ses plans. Il ne s'excusa pas de l'heure matinale, mais préféra lui tendre son plan, comme s'il s'agissait d'une serviette de table dont il avait fini de se servir et que Lucinda, en tant que femme, devait le débarrasser de cette pièce de linge sale pour la porter à la buanderie.

Oscar, debout sur le seuil, observait la scène. Il était totalement insensible à la grossièreté de Mr Ahearn. Il voyait seulement ce qu'il s'imaginait que celui-ci devait percevoir — que dans cette pièce, deux heures plus tôt, il avait embrassé la bouche doucement offerte de Miss Leplastrier. Cette lascivité était forcément visible. Mr Ahearn devait la voir.

« Où le pasteur pourra-t-il se changer ? demanda Mr Ahearn. Où trouvera-t-il un endroit pour se moucher tranquillement ? Lorsqu'il sera en retard, il se trouvera exposé aux yeux de tous, comme un poisson dans un aquarium. Et comment allez-vous vous y prendre ? » demanda Mr Ahearn, en s'asseyant sur le tabouret, pour résoudre le problème de la chaleur.

Lucinda savait évidemment qu'il était impoli de se présenter devant le vieil imbécile en robe de chambre, et pourtant elle avait voulu qu'il en soit ainsi. Elle était une femme libre, elle avait donc le courage de se tenir devant son visiteur sans corset, entourée de casseroles et d'assiettes sales. Elle avait embrassé la bouche de son pensionnaire. Elle avait serré bien fort le jeune homme contre son ventre. Et maintenant elle se tenait très droite devant Mr Chas Ahearn en refusant d'avoir honte.

« Une erreur fatale, proclamait Mr Ahearn. Une totale aberration. »

Lucinda regarda Oscar et fit une grimace. Celui-ci se mit à rougir. Lucinda savait pourquoi il rougissait, et, bien qu'elle fût au cœur même d'une irritation croissante, elle en fut réconfortée. Elle sourit à Mr Ahearn qui, constatant, sans la comprendre, la satisfaction rêveuse qui détendait les traits de la jeune femme, devint non seulement perplexe, mais aussi un peu gêné.

« Voilà ce qui rend impossible la construction de cette église, dit-il, en s'apercevant avec désagrément que ce satané domestique écoutait chacun de ses mots. Le soleil australien grillera les fidèles comme s'ils étaient en enfer.

— C'est très gentil de vous être levé si matin pour venir me dire ça, lança Lucinda.

— Que vous êtes devenue sarcastique, miss Leplastrier. »

Elle était effectivement sarcastique. Ce n'était pas une qualité particulièrement séduisante, mais elle ne supportait pas la satisfaction que Mr Ahearn montrait en lui faisant remarquer les défauts de son projet. Il se posait en juge devant son travail, avec autant de passion qu'elle l'avait fait peu de temps auparavant devant celui de Mr d'Abbs. Elle ne pouvait le souffrir, même si le vieil imbécile avait raison.

Mais il ne pouvait avoir raison.

Il était trop tard pour qu'il ait raison.

Oscar s'avança et s'empara de la bouteille de cognac. Il utilisa deux de ses doigts pour former une sorte de pince afin de saisir discrètement le long col de la bouteille. Il l'emporta hors de la pièce. Lucinda ouvrit la bouche, comme si elle voulait donner quelque explication, puis la referma sans rien dire.

Mr Ahearn, cependant, ne semblait remarquer ni Oscar ni la bouteille.

« Qui a commandé ça ?

— Commandé ? demanda Lucinda, inquiète que le vieil homme ne tente de trouver d'autres défauts, soupçonnant même qu'il y en ait peut-être beaucoup à découvrir.

— Commandé, acheté, demandé que vous fabriquiez cette église ? »

Il connaissait la réponse : « Personne ». Mais Lucinda répondit : « Notre-Seigneur Jésus-Christ. »

Mr Ahearn émit un petit sifflement.

« Dont la gloire sera ainsi célébrée, dit Lucinda en serrant plus étroitement sa robe de chambre autour d'elle.

— La gloire de Dieu ne peut être servie par la folie.

— Il y a des circonstances où ce qu'on appelle folie n'est que sagesse.

— Ne badinez pas avec moi, dit Chas Ahearn. C'est une totale aberration. Il y fera bien trop chaud pour qu'on puisse s'y asseoir. Aucune congrégation n'acceptera de payer pour une chose comme celle-là. »

Lucinda regarda en direction d'Oscar, en espérant qu il vienne à son secours, mais il avait commencé à empiler les tasses et les soucoupes dans l'arrière-cuisine. « Elle sera, décida-t-elle brusquement, construite à l'ombre d'un arbre majestueux.

— Quelle blague », dit Chas Ahearn, en se mettant debout. Il boutonna sa longue veste grise et sortit son portefeuille de la poche secrète qu'aucun voleur à Sydney ne parviendrait jamais à trouver. Il en sortit sa parabole qui, dans la mesure où l'on était en fin d'année, avait des bords en bien mauvais état.

« Il en va du Royaume du ciel, dit Lucinda, comme d'un homme rendant visite à un pays étranger.

— "décidant de partir dans un pays étranger", rectifia Mr Ahearn.

— Oui, je sais. »

Néanmoins, elle prit le morceau de papier lorsqu'il le lui tendit. Elle l'avait déjà lu. Ce papier avait l'odeur des ennuyeux après-midi de Parramatta.

« Non, vous ne savez pas. Vous n'agissez pas comme quelqu'un qui sait.

— Mais si, mais si. Je n'ai pas gagné ma fortune. Elle est le résultat de votre astucieux découpage et du fruit du travail de ma mère et de mon père et du sang des Noirs de Dharuk. Je n'y ai pas droit.

— Les Écritures ne disent pas une telle chose.

— Peut-être y a-t-il un manque dans les Écritures.

— Ce sera étouffant, dit-il, reprenant sa parabole, aussi étouffant qu'en enfer. Les fidèles grilleront à l'intérieur. Ils vous maudiront. Ils maudiront le nom de Dieu.

— Mr Ahearn, je vous en prie, calmez-vous, dit Lucinda qui était loin d'être calme elle-même. Mr Hopkins, cria-t-elle, peut-être pourriez-vous aller chercher un verre de cognac pour Mr Ahearn. »

Mr Ahearn se dit : mister ? Elle appelle son domestique mister. Quelques petites bulles blanches apparurent au coin de sa bouche. Il avait beaucoup de mal à remettre en place la parabole dans son portefeuille.

« Je suis venu vous dire ceci, eu égard au désir de votre mère qui était ma cliente. Vous êtes partie dans la vie avec un grand avantage, petite demoiselle, et j'ai essayé de mon mieux de vous mettre sur la bonne voie. » Mais son comportement ne correspondait pas à ses paroles. Sa voix était chargée de colère. Il y avait quelque chose qu'il ne comprenait pas, qui s'agitait à l'intérieur de lui, une rage si grande qu'il ne parvenait pas à faire cesser le tremblement de ses mains. Il se voyait en train de déchirer sa parabole. Cette image n'appartenait pas au monde des symboles, mais à celui de la mécanique. C'étaient les forces de la colère et de la passion au travail. Mr Ahearn ne pouvait supporter cette église de verre et en même temps il ne pouvait trouver aucune explication à son aversion ni à ce déferlement de passions. Il se voyait, de fort loin, un homme avec un cou de tortue et une voix frémissante. Il s'entendit crier. Il se vit reconduit doucement à la porte du bouge par l'homme qui — il devait le découvrir plus tard — n'était pas le domestique mais un pasteur défroqué, l'amant de fait de la petite putain.

88

Avec le diable

La luxure était un insecte, un scarabée, un ver. Elle se glissait dans son ventre comme ces longs parasites roses qui s'étaient logés dans les boyaux des porcs des Stratton. Il avait essayé de la noyer, en buvant de grandes quantités d'eau de la citerne, en lisant les Écritures saintes, en méditant sur l'enfer.

Jean a écrit : « Celui qui commet un péché est avec le diable, car le diable a péché au commencement des temps. »

Dans l'épître aux Galates, il est dit : « Si l'on vit en esprit, on marche aussi en esprit. »

Mais le courrier d'Angleterre disait que le révérend Mr Stratton s'était pendu aux poutres de son église. Pendant ce temps, celui qui l'avait corrompu, ce même Oscar Hopkins, le soi-disant serviteur de Dieu, avait séduit une femme honnête, avait pressé sa bouche contre ses douces lèvres et avait senti la molle rondeur de son ventre contre le sien.

Il était trois heures du matin, Oscar était sorti de sa chambre pour prendre un peu d'eau, et avait trouvé là la jeune femme, dans sa robe de chambre chinoise. Son pénis était devenu une verge d'airain et s'était appuyé sur la douceur de son ventre. Oscar sentait que Satan prenait possession de son âme comme d'une pêche trop mûre qu'on cueille sans effort.

Il embrassa les lèvres précieuses et adorables. Il nicha son nez au creux du long cou blanc. Il la toucha et s'écarta, la toucha et s'écarta de nouveau, grogna, demanda à Dieu de lui pardonner, tandis que l'horloge de la cuisine sonnait l'heure.

Il s'écarta d'elle, fit des gestes qui ressemblaient à des caresses dans le vide, les doigts tendus, comme si leur passion était un animal soyeux, qui les séparait, qu'il fallait cajoler, caresser, pour le rendre docile.

Ils allèrent boire du thé dans la cuisine. Ils ne parlèrent pas de ce qui venait de se passer. Oscar, avec son incroyable égocentrisme, considérait devoir en assumer seul la responsabilité. Il ne pensait pas : Elle m'aime. Il pensait : Je l'ai séduite.

Ils parlèrent avec beaucoup de sérieux de l'église de verre, évitant pourtant ses défauts, son aspect peu pratique. Quand la passion se déchaînait en lui, Oscar se servait de la peur pour la calmer. Il pensait au chariot destiné aux bateaux, que Mr Jeffris faisait construire à Mort Bay. Mr Jeffris avait décrit l'engin dans ses moindres détails, à cette même table de cuisine. Oscar l'avait écouté avec un sentiment de malaise au creux de l'estomac, comme s'il ne s'agissait pas d'un véhicule destiné à transporter des bateaux, mais d'une galère ou d'une sorte de gibet. Mr Jeffris était d'une précision méticuleuse. Il était content d'en faire la démonstration dans le dessin de la charrette qui allait transporter les embarcations : celles-ci étaient encastrées l'une dans l'autre, comme deux cuillères. Elles étaient accrochées, tenues en suspens grâce à des bretelles de toile, dont la conception était si ingénieuse que les bateaux ne pouvaient frotter l'un contre l'autre lors des déplacements.

Cette chose qui rendait Mr Jeffris si fier ne servait qu'à terrifier Oscar.

Il allait être obligé de prendre le bateau.

« Seigneur, donnez-moi des choses difficiles et dures à effectuer. Donnez-moi un sentier rocailleux qui m'empêche de pécher. »

Mr Jeffris aimait parler de fleuves, de montagnes, de trigonométrie. Il promit à Oscar de le conduire sans encombre à Boat Harbour. « Ne craignez rien, il n'y a aucun risque de se noyer. »

Oscar n'avait pas pensé à ces cours d'eau lorsqu'il avait parlé d'atteindre cet endroit par terre. Le Hastings, le Clarence, le Macleay, tous ces fleuves maintenant serpentaient au milieu de ses rêves. Ils avaient des kilomètres de large, les pluies les avaient fait déborder, rendu leur courant tumultueux.

Oscar était malade de peur à l'idée de ce qu'il avait commencé à entreprendre. Quand il s'éveillait, cette chose était là devant lui, aussi cruelle que la mort.

Il se disait : Je me noierai.

Il se disait : Seigneur, prends mon âme en ton sein.

Il se disait : Je l'aime. Il se disait : Je suis impur. Dans la cuisine, Oscar et Lucinda se mordillaient. Se prenaient par le cou, se serraient de toute leur force comme les deux parties d'une pince à linge.

Le révérend Mr Stratton s'était pendu à la poutre placée au-dessus de sa chaire. Wardley-Fish devait déjà être à Sydney, à la recherche de son ami qui, honteux, ne voulait pas se montrer.

Il poursuivait une femme qui en aimait un autre.

Il se disait : Mon Dieu, ne me laisse pas l'entraîner dans les chemins de la perdition.

Il se disait : Il n'y a pas de Dieu. Il n'y a rien. Rien ne m'oblige à traverser ces six fleuves. Rien ne m'oblige à voyager avec ce Jeffris complètement fou, qui ne s'intéresse qu'à ses boussoles, qu'à son journal, qu'à ses criminels endurcis, qu'à ses haltères, qu'à ses pics, qu'à son charpentier, qu'à son sellier, qu'à ses trois chronomètres en cuivre ; je suis quelqu'un qu'on place à l'envers sur un cheval, et à qui l'on fait traverser la brousse pour le ridiculiser. Il était transformé en colis, un colis porté par Mr Jeffris, tandis que le spectacle était payé par miss Leplastrier.

Mais il avait promis à Dieu de le faire.

Mais uniquement parce qu'il désirait que Lucinda l'aime. Ne l'aimait-elle pas ?

L'avait-elle dit ?

Non, elle ne l'avait pas dit. Elle embrassait ses lèvres, au point de les rendre aussi bleues que de l'encre, mais lorsqu'il lui avait proposé de l'épouser, à Noël, elle s'était enfuie pour pleurer dans sa chambre.

Pourquoi était-ce ainsi ?

Parce qu'elle aimait Hasset.

Alors pourquoi affronter ces dangers, ce risque, cette peur abrutissante ?

Alors, elle l'aimerait.

Parce qu'il l'avait promis à Dieu. Ainsi, il ne serait pas jeté en enfer.

Et s'il n'y avait pas de Dieu ?

Mais il avait parié qu'il y avait un Dieu. Il avait misé sur la bonté. Il avait parié qu'il serait récompensé au paradis. Il avait parié qu'il transporterait ce joyau, cette église au beau milieu d'une brousse épouvantable, qu'il l'amènerait à Boat Harbour pour Pâques.

Dans sa vie régnaient péché et compromis. Mr Stratton avait passé une corde autour de son cou et avait commis un horrible péché en se suicidant. Que Dieu lui pardonne. C'était le système d'Oscar Hopkins qui l'avait tué.

Celui-ci s'était fait passer, aux yeux de Wardley-Fish, pour un saint homme. Il l'avait poussé à venir à Botany Bay et puis s'était caché de lui.

Il n'avait pas aimé son père suffisamment. Il écrivait « Mon bien cher papa », mais il avait été bien plus heureux lorsqu'il était loin de lui. Il avait laissé cet homme bon et pieux mourir seul, sans amour, au milieu de ses ouailles illettrées.

« Accorde-moi un voyage difficile, mon Dieu. Délivre-moi du mal. Ne me soumets pas à la tentation. »

Et puis, dans l'arrière-cuisine, au petit déjeuner, il offrait ses lèvres gonflées et meurtries à miss Leplastrier. Le diable payait les violons. C'est alors qu'il découvrit, dans un coin de son esprit, que peut-être l'église de verre n'était qu'une ruse du malin. Mr Ahearn avait raison. Elle serait étouffante. Les fidèles maudiraient le nom du Christ.

89

Une réconciliation

Mr d'Abbs s'était rendu quatre fois au bureau de miss Leplastrier avant d'avoir la chance, finalement, de la trouver. Il avait escaladé cette longue série d'escaliers à quatre reprises, en répétant le petit discours qu'il allait lui faire. Mais lorsqu il la trouva à la quatrième, la rencontre ne se passa pas comme il l'avait prévu.

La première chose qui lui vint à l'esprit fut : tuberculose.

Le peau de la jeune femme était pâle, tendue, elle brillait avec une sorte de transparence laiteuse. Ses yeux paraissaient démesurément grands, le blanc avait cette nuance légèrement bleutée qu'on trouve sur certaines porcelaines. Ses manières, dans cette pièce surchauffée, baignée de soleil, éblouissante — toutes les fenêtres étaient ouvertes et les papiers claquaient au vent sur le sous-main de feutre vert, voletaient pour se libérer des presse-papiers en forme de bouteilles — semblaient trop vives, trop intenses à Mr d'Abbs qui en oublia immédiatement son petit discours, qui parlait des valeurs éternelles de l'amitié qu'il ne fallait pas bafouer sur un simple malentendu, d'autant plus que l'amitié était la chose dans sa vie à laquelle il attachait le plus de valeur. Cependant, il était facile de deviner qu'il employait le mot « amitié » alors que ce qu'il signifiait réellement correspondait bien davantage au mot « attachement ». La chose était nettement sous-entendue. Il lui avait apporté un jeu de cribbage et un tirage signé d'une gravure de la région de Pittwater de son ami Hill. Son intention première était de faire son petit discours, puis de lui remettre les cadeaux. Mais quand il vit à quoi elle ressemblait maintenant, il fut submergé par la pensée de la fragilité mortelle des jeunes femmes. Il lui remit les cadeaux sans donner aucune explication de ses vrais sentiments.

Il s'était habillé avec soin, dans son magnifique costume crème en lin, avec sur la tête son chapeau de paille blanc. Il avait choisi ces couleurs à demi consciemment, à cause de leur symbolisme : la page blanche, un nouveau départ. S'il avait dans l'idée de parler de Mr Jeffris, c'était incidemment. Mais il était déconcerté par l'apparence si tendre, si intense de miss Leplastrier qu'il ne put s'empêcher de mentionner Jeffris, alors qu'elle n'avait même pas encore ouvert les petits paquets.

« Oh, à propos, miss Leplastrier, dit-il, fermant une des fenêtres, sans penser à ce qu'il faisait — il ne supportait pas que des feuilles volettent dans une pièce — vous ne connaissez sans doute pas la passion de Mr Jeffris ? Il m'est venu à l'esprit que vous pouviez l'ignorer totalement. Ce serait de ma part mal venu d'y faire allusion, si nous n'étions pas de si vieux amis. »

C'était une tactique dangereuse et il le savait. Il pouvait facilement donner ainsi l'impression qu'il désirait saboter le projet, qu'il n'était venu ici, sous prétexte d'amitié, que pour démolir la personnalité de ce guide qu'elle s'était choisi avec tant de confiance. Et pourtant, il ne pouvait faire ces protestations d'amitié sans lui en parler : Jeffris était un personnage dangereux, et si l'on pouvait l'employer dans un bureau où il se montrait comme un chien de garde à l'attache, à la fois effrayant et utile, il n'en était pas de même lorsqu'on risquait pour satisfaire les ambitions de ce loustic de mettre sa propre vie en danger.

Dès qu'il parla de la passion de Mr Jeffris, Mr d'Abbs vit brusquement Lucinda changer d'attitude. Il craignit de l'avoir fait remonter « sur ses grands chevaux ».

« Oh, Mr d'Abbs », soupira Lucinda en souriant — Mr d'Abbs pensait : Ses bras sont horriblement maigres, ils n'étaient pas si maigres avant — « je vous en prie, parlez-moi de Mr Jeffris, car je vois bien que vous êtes venu ici avec "sa passion" en tête. » Et gardant un grand sourire sur le visage, un sourire si grand que Mr d'Abbs aurait pu facilement se sentir traité avec condescendance, elle s'assit derrière son bureau en croisant les bras sur sa poitrine.

« Pour tout vous dire, objecta Mr d'Abbs, ce n'est pas le cas. » Il n'y avait pas de fauteuil où il aurait pu s'asseoir. Il aurait bien fermé la deuxième fenêtre, mais sentait que son geste pouvait être mal interprété. « Bien au contraire, c'est exactement l'opposé. Je suis venu ici dans l'intention de la garder sous mon bonnet. Je me disais : Ce n'est pas mon affaire, pas plus que je n'ai le droit de me mêler du nombre de fenêtres que vous désirez laisser ouvertes. Franchement, je prends mal de voir mes faits et gestes interprétés d'une manière si peu charitable.

— Pardonnez-moi.

— Vous ne désirez nullement être pardonnée, petite coquine. Vous êtes totalement dépourvue de la notion conventionnelle de péché. Sur l'honneur, je jure que c'est vrai.

— Vraiment ? dit Lucinda, assez satisfaite d'être incomprise sur ce point particulier.

— Vraiment, vous n'avez aucune idée de ce que ça signifie d'avoir honte. Tout chez vous obéit à la volonté. Je l'avais d'ailleurs remarqué quand vous êtes venue pour la première fois dans mon bureau. Vous releviez votre petit menton. (Il se disait : On peut voir les veines de son cou, sa lèvre inférieure est réellement bleue, ce ne sont pas des signes de bonne santé.) J'ai dit à Fig : peu importe ce que raconte la rumeur, elle est au-dessus des bavardages. »

Oh, comme c'était vrai.

« Et que dit, demanda-t-elle, la rumeur sur Mr Jeffris ?

— Regardez-moi ça, dit Mr d'Abbs, avec une sincère admiration. Voilà encore une chose que je cite toujours lorsque je parle de vous — rien ne peut vous faire dévier de votre but.

— Donc, dit Lucinda, sachant qu'on la flattait, et fort surprise de découvrir qu'elle jouissait immensément de ces mensonges.

— Donc, il ne s'agit pas de rumeur, mais croyez-moi, de faits. » Il se sentait stupide de rester là, debout devant elle. Il s'approcha pour s'asseoir sur le bord du bureau, mais celui-ci était légèrement plus haut que ses fesses, si bien qu'après une ou deux discrètes tentatives, qui le faisaient ressembler à un oiseau sautillant dans une cage, il se contenta de s'appuyer sur le rebord. « Franchement, c'est bien plus important que vous ne l'imaginez — il va se servir de vous.

— Et moi de lui », dit Lucinda, en sentant, même alors qu'elle avançait une telle certitude, la sorte de panique et de colère qu'avait provoquées chez elle Mr Ahearn, lorsqu'il avait appelé l'église une « folie ».

— Il ne se préoccupe que d'une seule chose, se faire un nom avec ses histoires de trigonométrie et d'explorations. Il a fait la cour à Mrs Burrows — imaginez ce couple, non ? — c'est ce que m'a dit miss Malcolm, pour pouvoir recopier le journal intime du mari, puis a mis un terme à ses relations avec elle.

— Je ne crois pas que Mrs Burrows puisse être si facilement bernée.

— Mrs Burrows n'est pas cette vieille chose revêche qu'elle fait semblant d'être. Et que veut dire ce petit sourire. Mais peu importe. Ce qui importe, c'est que vous souhaitez que Mr Hopkins soit conduit à bon port. »

C'était cruel de lui parler ainsi. Elle dit : « La trigonométrie et le goût des explorations de Mr Jeffris me semblent précisément être les parfaites et nécessaires qualifications.

— Mr Jeffris, dit Mr d'Abbs — qui avait finalement réussi à poser son derrière sur le bureau — est un homme amoureux du danger.

— Vous vous doutez bien, Mr d'Abbs, que j'ai sondé Mr Jeffris avec quelque soin. Nous nous sommes engagés dans ce projet, — elle fit un geste en direction des feuilles de papier qui étaient épinglées aussi régulièrement que les briques d'un mur, sur le sous-main en feutre vert — ensemble. Je le trouve particulièrement méticuleux.

— C'est vous qui êtes méticuleuse, dit Mr d'Abbs. Donc, il l'est. C'est un acteur. Il interprète son rôle différemment selon le public. Si vous désirez le connaître, il faut que vous l'entendiez parler lorsqu'il est seul avec des hommes. Avec les femmes, il est quelqu'un de totalement différent. Toutes ses histoires, lorsqu'il est avec des personnes de son sexe, finissent toujours par pousser quelqu'un à s'évanouir ou à hurler d'horreur lorsque l'on constate avec quel courage ce vieux Jeffris a supporté d'être mis en sang ou en lambeaux. Et maintenant, comme vous lui avez donné suffisamment de fonds pour mettre sur pied une petite armée, il se prépare à atteindre la célébrité.

— Mr d'Abbs, dit Lucinda, admettez-le, vous êtes venu pour m'effrayer.

— Je jure que non.

— C'était, je le reconnais, particulièrement indélicat de ma part de vous enlever votre chef de bureau. Bien qu'à vrai dire je ne vous l'aie pas enlevé. Ce n'était pas dans mes intentions de vous le prendre, mais je comprends néanmoins que vous puissiez avoir envie de me punir. C'est pourquoi vous me parlez ainsi.

— Non, dit Mr d'Abbs en agitant ses mains violemment. Non, non, non. Ça, c'est le passé. J'étais venu dans l'intention de ne rien dire, de simplement chercher à nous raccommoder. Puis, j'ai pensé que mon silence était hypocrite.

— Alors, que voulez-vous que je fasse ?

— Oh, je vous en prie, dit Mr d'Abbs, annulez tout ce foutu machin. Il n'y a pas de mots pour décrire cette sottise. Vous vous retrouverez le dindon de la farce. »

Il vit alors qu'il était allé trop loin. Il vit son visage proche du sien, et manqua brusquement du courage de poursuivre ses attaques.

« Bien entendu, dit-il. Je ne suis qu'un vieux sceptique. C'est sans doute le corollaire de mon âge.

— Oui.

— Et je suis furieux, bien sûr, d'avoir perdu un si bon chef de bureau. Il faut bien sûr que vous l'admettiez.

— Je l'admets, dit Lucinda avec quelque soulagement.

— Et après tout, je ne souhaite qu'une chose, c'est que notre amitié s'épanouisse. Ma femme dit qu'elle est désolée de ne pas être devenue plus intime avec vous. Elle est très impressionnée par votre personnalité. Elle m'a supplié de faire en sorte que nous nous raccommodions.

— Nous sommes raccommodés », dit Lucinda. Et lorsqu'elle lui dit au revoir, une minute ou deux plus tard, elle l'embrassa gentiment sur la joue. C'était quelque chose qu'elle n'avait jamais fait auparavant.

L'effet de cette visite de Mr d'Abbs fut que Lucinda décida

de croire que celui-ci avait accusé faussement Mr Jeffris. Ce qui la touchait c'était l'image qu'elle se forgeait de Mr d'Abbs se débattant avec les démons de ses propres mensonges. Elle ne savait pas que faire de tout cela, sauf qu'elle était touchée, comme il semblait qu'elle l'était par presque tout, au cours de ce mois de mars, tandis qu'on se préparait à entreprendre ce long voyage. Elle était dans un état de tension tel que les plus petites choses, la fragilité d'une brindille, les effilochures d'un nuage dans le ciel bleu étaient chargés d'une intensité, d'un amour explosif, qui sont malheureusement souvent le présage avant-coureur d'une perte. Elle voyait de la bonté partout, peut-être prêtait-elle aux autres beaucoup de ses propres qualités ou de ses désirs. Donc, elle choisit de considérer la « confession » de Mr d'Abbs, concernant ses mensonges, comme la clef de voûte de son caractère, comme le point essentiel de son discours.

Il est curieux de voir, également, que Lucinda, alors qu'elle rejetait la plupart des accusations de Mr d'Abbs, acceptait de croire que Mr Jeffris était un amoureux du danger. Cette croyance la faisait aimer encore davantage Mr Jeffris. Elle croyait connaître la maladie dont il souffrait, car elle aussi était amoureuse du danger, non pas bien entendu du danger qui apporte coups et blessures et fait couler le sang, mais de celui qui concerne les activités plus générales de la vie. Ce n'était pas simplement le goût du risque, mais celui des pertes réelles qui la stimulait. Le jour où Mr d'Abbs la trouva dans son bureau, elle venait de rentrer d'un cabinet d'avocats de Pitt Street où elle avait, malgré une résistance assez forte, rendu officiel son pari dans un document qu'elle avait déposé le soir même dans son secrétaire à l'odeur de cèdre et de poussière.

Elle ne dit pas à Oscar ce qu'elle avait fait, et cependant, elle croyait que c'était grâce à ce document que celui-ci triompherait comme par magie de cette épreuve. Elle ne formulait pas ce qu'elle croyait, pas même pour elle. Mais la confiance qui s'emparait d'elle, lorsqu'elle touchait le rouleau de papier (ce qu'elle faisait souvent, au moins deux fois par jour), ne pouvait prendre sa source que dans cette superstition élémentaire : que si elle pouvait faire en sorte de perdre son pari, alors Oscar Hopkins ne mourrait pas.

Lucinda était une femme minutieuse avec un sens aigu des détails, de sorte qu'elle ne faisait pas entièrement confiance pour la sécurité de son bien-aimé à ce machin vaudou enfermé dans le tiroir en cèdre. Elle avait rencontré Mr Jeffris bien plus souvent que Mr Jeffris l'avait auparavant pensé nécessaire. Elle vérifiait ses achats, ses comptes. Si Mr Jeffris avait d'abord été irrité d'avoir à supporter ces tracasseries de la part d'une femme, il découvrit bientôt que sa protectrice — loin d'être la directrice affreusement pingre d'une pension de famille, comme il l'avait imaginé — ne mettait au contraire rien en question au niveau des dépenses, dès que celles-ci étaient en rapport avec la sécurité. Mais en premier lieu, il ne l'avait pas bien comprise. Elle avait parlé d'une manière générale et philosophique de la nature des dangers. Il avait été difficile à Mr Jeffris de ne pas prendre un air narquois. Il la trouvait ridicule. Un singe avec un chapeau haut de forme, une femme se prenant pour un homme. Mais lorsqu'elle en eut fini avec sa philosophie, il comprit qu'elle paierait toutes les dépenses qui pouvaient rendre l'aventure moins dangereuse. Et elle le suppliait de lui dire quels étaient ces dangers. Il prit grand plaisir à les lui décrire. Il s'amusait énormément. Il lui faisait une peur bleue.

Lucinda était trop amoureuse pour s'interroger sur la manière dont se créent les hiérarchies masculines. Bien entendu, c'était une erreur de ne pas faire participer Oscar à ces réunions. Cette attitude endurcissait Mr Jeffris dans son habitude de penser à Oscar avec mépris.

Lucinda, quant à elle, n'avait qu'une pensée en tête, qu'elle aimait Oscar et qu'en conséquence, il devait arriver sain et sauf.

Quand elle avait « rêvé d'amour », cela avait toujours été avec quelqu'un de trapu, de carré. Même Mr Hasset avait été plus grand que cette image réconfortante. Lorsqu'elle imaginait son futur époux, elle le voyait toujours avec de fortes mains carrées et une barbe noire, carrée elle aussi. Elle n'avait jamais imaginé cette passion, qui s'insinuait en elle, lorsqu'elle le tenait dans ses bras comme un serpent, pour cet homme mince et blanc qu'elle appelait (évidemment pas à voix haute) « mon mignon petit archange ».

« C'est un homme courageux, dit-elle à Mr Jeffris, bien plus que vous ou moi.

— C'est un type extraordinaire, déclara Jeffris.

— Vous aurez affaire à des montagnes et à des fleuves, mais lui va se battre avec des démons.

— On ne peut que le respecter, madame », dit Mr Jeffris.

Les yeux de l'ancien chef de bureau étaient doux, compatissants, mais son esprit était entièrement tourné vers la satisfaction de son ambition du moment : obtenir un chèque de vingt livres pour l'achat de trois chronomètres en cuivre de Mr Dulwich de l'Observatory Hill.

90

Un homme d'autorité

A cause de la longue sécheresse, chevaux et bœufs étaient devenus rares. Et bien que ce ne fût pas Mr Jeffris en personne qui allait aux ventes de Parramatta, afin de trouver des bêtes convenables, il n'en restait pas moins que ce problème le préoccupait énormément. Car ça ne servait à rien de foncer sur la route de Wiseman's Ferry avec des hommes de premier ordre, parfaitement équipés, si l'on n'avait pour les transporter que ces bêtes que l'on voyait partout dans la colonie, la colonne vertébrale apparente sous la peau distendue comme le faîte d'un toit de tente.

Mr Jeffris était devenu un homme d'autorité. Il avait enfin les coudées franches, il était débarrassé des limitations mesquines de son travail chez Mr d'Abbs. S'il disait maintenant à un homme d'aller là, celui-ci y allait, à un autre de venir, et celui-là venait. Il se rendait compte qu'il se tenait plus droit. Il sentait sa poitrine tendre les boutons de sa chemise. Il engageait des hommes de bonne taille, qu'il arrivait cependant à contrôler grâce à la force de son regard. Il gardait avec eux un visage sérieux et sévère. Il envoya son surveillant et son conducteur de bœufs à la recherche d'animaux en leur donnant l'ordre de n'acheter que les bêtes sur lesquelles ils seraient tous deux d'accord. Ils acceptèrent ces recommandations sans regimber, même s'ils les trouvaient extrêmement déplaisantes. Le piqueur de bœufs l'appelait « capitaine ». Cette méprise devait s'étendre rapidement.

Mr Jeffris engagea un magasinier, deux forgerons, un infirmier, un ornithologue, un botaniste (ces deux-là étaient inscrits dans le livre de paie en tant que « fusiliers »), un palefrenier, un trompette, deux menuisiers, un cordonnier, un cuisinier.

Miss Leplastrier s'abstint de lui poser aucune question.

Il emprunta deux oromètres. Il en confia un à l'ornithologue et l'autre au botaniste, en leur disant que leur tâche principale, durant le voyage, serait de veiller attentivement sur eux, car il avait l'intention de parcourir le pays en adepte de la trigonométrie, c'est-à-dire comme quelqu'un qui sait toujours exactement où il se trouve. Il ne ferait pas, dit-il au botaniste au cou rouge né à Belfast, comme ces Irlandais au visage de cul qui se fraient des chemins dans les broussailles ainsi que des wombats.

Ils auraient des haches, qu'ils aiguiseraient comme des rasoirs à chaque instant, car il n'y a rien qu'un arpenteur déteste autant qu'un arbre qui lui bouche son point de repère trigonométrique.

Miss Leplastrier lui fournit un cheval et un sulky, afin qu'il puisse se déplacer rapidement. Il devint bientôt une vue familière sur la route de Mort Bay. Debout dans sa voiture, il fouettait le pauvre animal, afin qu'il continue de trotter. Il se rendait au chantier naval de Harrison, où le vieil Oliver Crawley, un constructeur de bateau, trapu, aux jambes en arceaux, avec une peau blanche sur son œil gauche due à la cataracte, construisait deux baleinières légères. La plus petite était conçue de manière à s'encastrer au cours des voyages par terre dans la plus grande, lorsque les bancs de nage de cette dernière étaient enlevés. Le plus grand bateau était alors pris dans un ensemble de courroies et de toiles. Là où la toile se trouvait en contact avec le bateau, elle était protégée avec des peaux de mouton et du cuir graissé. Tout ce harnachement devait, évidemment, être adapté à la charrette porteuse. C'est cette machine compliquée qui roulait silencieusement sur les pistes des cauchemars d'Oscar Hopkins.

Mr Jeffris emmenait tous les hommes qu'il engageait chez Anthony Hordern, le magasin de vêtements. Là, ils étaient habillés de neuf sur le compte de miss Leplastrier. On leur achetait de solides pantalons gris en coton sergé, des chemises de laine rouge, qui, lorsqu'elles étaient portées sous les bretelles, donnaient à leur propriétaire une apparence militaire. C'était ce que Mr Jeffris avait prévu. Il allait demander une obéissance absolue à ses hommes, et il fallait que ceux-ci en aient conscience dès le départ.

Il voulait également qu'Oscar Hopkins s'habille de cette manière. Il était en effet important que celui-ci ne se place pas, pour ainsi dire, au-dessus des lois. Néanmoins, Mr Jeffris n'arrivait pas à se résoudre à aborder le problème directement. Il pouvait difficilement exiger cette disposition, tout en sachant qu'il ne saurait accepter aucune exception à la règle. Il aborda le sujet avec miss Leplastrier, qui ne fit qu'en rire et dit que c'était quelque chose dont il fallait qu'il parle directement avec Mr Hopkins. Quand elle riait de cette manière, il l'aurait volontiers couchée sur le dos dans un lit. Il s'inclina cérémonieusement, sans mot dire. Il se rendit toutefois chez Hordern et acheta l'équipement nécessaire à ses visées, dans la taille qui lui semblait convenir aux membres frêles de Mr Macule. Au retour, il traversa la ville au trot, pour gagner les ateliers de Darling Harbour, où on lui avait dit que Mr Hopkins « s'entraînait ».

La pensée que Mr Macule s'entraînait à quelque chose l'amusait énormément. Il n'avait jamais rencontré, au cours de sa longue expérience, personne d'aussi peu entraîné mentalement et physiquement, pour affronter les difficultés de la vie. Dans ce monde que Mr Jeffris appelait le « monde réel », un lieu imaginaire sans parlement et sans usine, Mr Macule mourrait tout simplement. Quand Mr Jeffris apprit qu'il « s'entraînait », il le vit dans une ample combinaison d'où s'échappaient des bras gros comme des crayons, se terminant par des haltères. Il arriva donc à la verrerie d'excellente humeur. Ses beaux yeux noirs pétillaient et ses dents apparaissaient éclatantes sous le rideau de sa moustache. Il portait sa veste aux larges épaules, à plis creux, et une paire de gants de coton blanc. Si l'effet pouvait paraître excentrique, il n'en avait aucunement conscience. A ce même instant, il y avait seize hommes à Sydney dont le seul travail était de donner consistance à son rêve.

Car je suis aussi un homme d'autorité et lorsque je dis à

un homme d'aller là-bas, il y va, et si je dis à un autre de venir, il vient.

Mais son entrée dans la verrerie ne le rendit guère heureux (guère heureux ? Il était furieux) de voir qu'on avait de nouveau déballé l'église de verre et que toutes les caisses qui avaient été, à six heures du soir la veille, étroitement fermées avec des vis, avaient maintenant leur couvercle (A, B, C, D, etc.) empilés contre le mur. Les sacs de jute qui avaient été doublés et étroitement cousus étaient maintenant aussi vides que des vessies sur le sol d'un abattoir. Les fourneaux étaient éteints et les souffleurs de verre étaient immobiles près des caisses, comme des enfants un matin de Noël, tandis que le plus grand d'entre eux, le pâle, l'émotif Mr Macule, leur donnait des ordres de sa voix flûtée d'enfant de chœur.

Et ces hommes lui obéissaient ! Bon Dieu, se dit Mr Jeffris, je ne peux supporter ça.

C'était un affront à l'ordre naturel de voir un être comme celui-ci donner des ordres à des hommes comme ceux-là. Et pourtant, non seulement ils lui obéissaient, mais ils lui obéissaient avec plaisir.

« Non, non, Harry, non, lançait l'imbécile à Flood, le fondeur de Leichhardt, je dois le faire seul sans aucune aide. »

Il était incompétent. On voyait tout de suite qu'il l'était. Il tenait un petit sac de jute sur lequel était porté « B1 ». Il prenait dedans les morceaux en fonte d'une frise décorée qui devait courir le long du bord du toit. Pourquoi trifouillait-il là-dedans maintenant ? N'aurait-il pas par hasard l'intention d'assembler une partie du mur ?

Jeffris regarda en direction de la seule personne dont il reconnaissait, malgré sa répugnance, « la compétence ». Celle qui aurait dû empêcher ce gâchis était assise, l'air suffisant, sur le trône en bois du maître souffleur. C'était une jolie petite femme, avec d'adorables pieds, des cheville minces. Mr Jeffris était outré qu'une telle femme choisisse pour aller au lit ce gamin extravagant.

Quant à l'église elle-même, c'était la chose la plus stupide dont il ait jamais entendu parler. Il s'imaginait que c'était le fondeur — celui qui était toujours en train de gazouiller au-dessus des pièces et des morceaux en utilisant un mètre et un compas à coulisse — qui l'avait entraînée par ruse dans cette aventure. Quelle fortune il avait dû gagner sur son dos, avec tous ces petits chichis, ces poutrelles délicates, ces « finitions » pimpantes, sa balustrade décorée, toutes ces choses — supposait Mr Jeffris — des plus « spéciales » et donc assujetties à des suppléments.

Mr Jeffris n'aimait pas l'église, même lorsqu'elle était empaquetée. Néanmoins, il ne pouvait s'empêcher d'admirer miss Leplastrier pour la manière dont elle s'occupait des détails de sa propre illusion. Elle était extrêmement forte sur la question des inventaires, et il voyait en Lucinda Leplastrier son égale, au niveau de l'ordre et de la méticulosité. Il pensait aussi que les listes qu'elle établissait, elle, le rabaissaient, lui. C'est lui qui, en tant que chef de l'expédition, aurait dû avoir la direction des opérations de chargement. Cependant, elle avait établi très clairement — elle l'avait regardé droit dans les yeux à ce moment-là — que cette responsabilité lui incombait. Elle lui avait donné, en même temps que les listes qu'elle avait écrites d'une écriture ferme et claire, des instructions sur la manière dont chaque chariot devait être chargé. Toute cette foutue chose ressemblait à un puzzle. Les grandes colonnes de « sucre d'orge », enveloppées dans des toiles de jute devaient se trouver à tribord, tandis que les caisses « H » et « B » — ayant à peu près le même poids — devaient être placées à bâbord. Aucune caisse portant le chiffre « 2 » (par exemple A2, B2) ne pouvait être placée sur un essieu, etc. Il avait fallu toute une journée pour mener à bien le chargement, et maintenant, juste au moment où chacun semblait satisfait, quand cette chose gênante avait été enfin recouverte de toile et amarrée solidement, le Gamin Hurleur avait décidé de tout défaire et de recommencer. Il ressemblait à un enfant qui ne peut se séparer de ses jouets.

Il ne portait pas de combinaison comme l'avait imaginé Mr Jeffris, lorsqu'on lui avait dit qu'il « s'entraînait ». Mais l'image qu'il avait eue était assez proche de la réalité. Oscar Hopkins était vêtu d'une salopette. Son visage était couvert de graisse d'emballage. Il se frotta les mains et rendit à Mr Jeffris son sourire d'acteur.

« Je suis en répétition, voyez-vous, dit-il. Il n'y a aucun doute que je trouverai un peu d'aide à Boat Harbour, mais n'importe qui pourra faire l'affaire. Je sais poser des vitres voyez-vous. Avouez que vous êtes surpris.

— Effectivement, dit Mr Jeffris.

— C'est un travail autrement difficile que les verbes latins, croyez-moi. »

Mr Jeffris cacha sa bile. Il coinça le paquet contenant l'uniforme d'Oscar sous son bras et croisa les mains derrière son dos. Il se balançait sur les talons, et tandis qu'Oscar vacillait sur une échelle, afin de se hisser sur le toit vide ressemblant à une toile d'araignée, il fit la conversation à miss Leplastrier, l'entretenant de la pièce qu'il avait vue au Lyceum dans Pitt Street. Il admira l'église et se servit de ses connaissances en trigonométrie pour faire la louange du projet. Et durant tout ce temps, il n'avait qu'une idée : qu'on en finisse avec ce truc.

Mr Jeffris n'aimait pas l'église, mais il n'était pas sans avoir un certain sens de l'histoire. Chaque vitre, se disait-il, allait traverser une contrée où le verre n'avait jamais existé avant, pas une seule fois tout au long des temps. Ces plaques de verre allaient ouvrir un nouveau sentier dans l'histoire. Elles allaient découper de nouvelles parties de la géographie, les parties recouvertes d'une poussière blanche, pour faire apparaître les cartes qui se trouvaient dessous, avec leurs fleuves et leurs montagnes, et les noms des rues de son lieu de naissance, Bromley, allaient se marier aux fleuves de la sauvage Australie.

Ce voyage serait rempli de souffrances et il y aurait probablement des morts. Mr Jeffris le savait maintenant. Il sentait le poids de la hache dans sa main, celui de la machette, mais les montagnes en dents de scie finiraient par révéler leur exacte latitude à ses théodolites. Il y aurait des souffrances comme ce gamin efféminé n'en avait jamais connues. S'il avait peur de l'eau, sa peur était tournée du bien mauvais côté.

91

Le Seigneur est mon berger

Lucinda pensait : Les choses terribles n'arrivent que lorsqu'il fait beau. Rien de mauvais ne m'est jamais arrivé par temps de pluie. Lorsqu'on a ramené papa à la maison, en chaussettes, il y avait des pies-grièches qui chantaient sur la clôture et des martins-pêcheurs, au poitrail couleur d'émeraude qui volaient à quelques centimètres au-dessus de la rivière. Le ciel était bleu.

Le ciel était également bleu la semaine ou sa mère est morte, le jour où Dennis Hasset s'est embarqué. Et maintenant, ici, tandis qu'elle suit avec Oscar les chariots en direction du quai — elle porte un chapeau blanc avec une voilette, et lui, ce stupide uniforme que Jeffris lui a acheté — le ciel est d'un bleu limpide.

L'uniforme est trop grand pour ses épaules et sa poitrine. Il fronce et fait des plis. Les bretelles ne sont pas tendues. Lucinda pense à un pauvre être qu'elle a vu dans les rues, devant l'asile de Sydney, une infirmière de chaque côté. Il avait un cou blanc et nu, si long qu'on ne pouvait s'empêcher de penser à des couteaux.

Toute sa passion, toute son intelligence, toute sa rigueur, tout son amour n'ont servi qu'à produire une folie. Elle ne s'en est rendue compte que lorsqu'elle l'a vu dans cet uniforme humiliant. Apparemment, il le sait lui aussi. Il y a une sorte de panique dans ses yeux, mais maintenant les chariots ne peuvent plus être arrêtés. Ils roulent comme des tombereaux dans les rues animées de Sydney, tandis que les petits voyous sortent des ruelles pour acclamer le défilé. Ils appellent Mr Jeffris « Capitaine » et veulent savoir si c'est lui le capitaine Stuart. Mr Jeffris ne daigne pas leur répondre. Son dos est droit, ses lèvres luisantes. Son cheval s'impatiente, désireux de bondir vers de plus grands espaces. Lucinda est pleine d'animosité envers ce magnifique alezan, une animosité qu'elle ne se permet pas encore de diriger contre le cavalier.

Le Seigneur est mon berger
Je ne manque de rien
Sur de frais herbages il me fait coucher
Près des eaux du repos il me mène.

Il n'y a pas un seul Noir dans l'expédition, bien que Lucinda en eût donné l'ordre. Maintenant, Jeffris fait entendre un bruit de sabots à côté d'elle, en criant qu'il n'y a aucune raison de recruter de pauvres malheureux dans les rues de Sydney. Il engagera des Noirs quand il sera à l'intérieur des terres.

« Je vous offre une prime », lance Lucinda en plongeant la main dans son sac.

Ils arrivaient maintenant au bout de George Street. Le trompette — il était dans le dernier chariot — émit un son discordant et criard sur son instrument.

« Pas de trompette », rugit Jeffris en faisant tourner et se cabrer son cheval.

Alors, pourquoi avoir engagé un trompette ? se demanda Lucinda.

« Une prime », hurla-t-elle, devant néanmoins agiter l'enveloppe blanche froissée en direction de Mr Jeffris. Elle savait que c'était un geste de faiblesse, désespéré. Elle voyait combien il la méprisait et elle était terrifiée de ce qu'elle avait fait.

Elle dit à Jeffris que Mr Hopkins lui donnerait l'argent quand il serait arrivé sain et sauf. Elle tendit alors l'enveloppe à Oscar. Elle vit immédiatement qu'elle l'avait blessé, humilié. Elle comprit alors à quel point elle avait été condescendante. Elle aurait pu se mettre à pleurer. Elle se dit : Ils vont lui couper la gorge et lui voler l'argent.

Il me ranime. Il me conduit par les bons sentiers pour l'honneur de Son nom.

Comme ils arrivaient sur les quais, Lucinda aperçut pour la première fois l'ensemble de l'expédition. Elle fut héberluée devant son importance. Elle se dit : Ce petit scélérat m'a volée comme dans un bois. Oh mon Dieu, ne me laisse pas devenir une pauvre femme abandonnée seule dans cette ville.

L'air était chargé de l'odeur forte du crottin et des bouses laissés par des animaux énervés. Des mouches vertes tournaient autour de sa voilette. Elle chercha la main d'Oscar sur le siège et la serra de toutes ses forces.

Il paraissait malade.

« Donc », dit-il, n'ayant rien d'autre à ajouter.

« Donc ?

— Donc... » il sortit un mouchoir de sa poche et essuya son front. Ses yeux étaient mornes et malgré son sourire, son visage paraissait figé. « Donc, quel sera l'ordre d'embarcation ? »

Une suite de barges et de bachots attendaient à côté de grands bateaux à voile. Les gens poussaient de tous côtés, les dévisageaient sans aucune gêne.

« Mr Hopkins, cria Mr Jeffris, Mr Hopkins, s'il vous plaît. »

Mr Jeffris engagea son étalon dans la foule. Elle se dit : Il porte une épée. « Mr Hopkins vous devez être sur la barge de tête.

— Oh, Seigneur, fit Oscar.

— Certainement il peut encore rester ici », dit Lucinda, d'une voix si faible que personne ne l'entendit, une voix de femme perdue dans une mer de chapeaux d'homme.

Oscar commença à descendre de voiture, serrant la main de Lucinda, alors qu'il mettait le pied sur le marchepied.

Elle lui prit le poignet.

Et puis elle l'enlaça. Elle l'embrassait. La voilette s'était glissée entre leurs bouches. La foule se mit à siffler.

Devant moi tu dresses une table face à mes adversaires. Tu parfumes d'huile ma tête.

« Que le Seigneur te garde », dit-elle.

Elle lui tendit le rouleau qui était le document officiel de leur pari. Il lui remit aussi une enveloppe. Et puis, il était à terre, loin d'elle. Elle sentit un vide cruel dans ses bras et dans sa poitrine, comme si elle n'était rien d'autre qu'un moule vide — elle sentait une douleur là où elle l'avait tenu, un moment plus tôt, serré contre elle. Elle toucha ses propres épaules avec le bout de ses doigts. Elle embrassait l'écho de sa présence. Elle s'enveloppa dans une couverture alors qu'il ne faisait pas froid.

Tout autour d'elle, les marins juraient, criaient, contre les caisses de bois trop lourdes, qui ne contenaient rien de comparable à la structure de ses rêves, faits de cristal pur et de nervures aériennes, mais une folie lourde comme le plomb : mille cinq cents kilos de tiges de fonte, cinq cent soixante-deux plaques de verre, pesant un kilo chacune, près de trois mille écrous et boulons, trente kilos de mastic et vingt litres d'huile de lin.

Elle le vit monter sur une barge, puis conduit vers une autre. Deux hommes l'encadraient.

92

Des vers de mirliton

L'enveloppe qu'Oscar avait donnée à Lucinda fut pliée en deux, puis en quatre, puis en huit. On la plia et déplia jusqu'à ce que, avec son air sale et fatigué, son adresse barbouillée, des cornes aux quatre coins, elle devienne le monument de papier fragile des malheurs de la jeune femme.

Si elle ne l'ouvrit pas, ce n'était pas par négligence. Bien au contraire, Lucinda avait conscience de cette enveloppe plus que de n'importe quoi d'autre, tandis qu'elle revenait lentement vers Longnose Point. Elle la posa sur sa table de cuisine, l'appuyant contre la théière de céramique brune, qui contenait encore les feuilles de thé, trempées et froides, de leur dernier petit déjeuner. Il y avait des mouches vertes ici aussi. Elles s'accrochaient au bord de leurs deux tasses ou s'était déposé un peu de lait. Ni l'une ni l'autre n'était vide. Lucinda reprit l'enveloppe, mais ne l'ouvrit pas.

Elle ne voulait pas pleurer. Elle craignait le bruit de ses larmes dans cette maison vide. Ce bruit ressemblait à un cauchemar vivant dans son imagination. Elle ne voulait pas ouvrir l'enveloppe, parce qu'elle croyait qu'elle contenait le flot de ces sentiments délicats venant du cœur qu'ils n'avaient jusqu'ici l'un et l'autre que si passionnément laissé deviner.

C'est ainsi que les choses en restèrent là, jusqu'au mardi 15 mars, c'est-à-dire six jours après le départ de l'expédition. Lucinda ouvrit alors l'enveloppe.

Dans sa main elle tenait un morceau de papier sur lequel étaient portés ces vers de mirliton :

Je n'ose espérer
Cependant je le dois
Que grâce à mon action
J'obtiendrai ta confiance.

« Oh, mon chéri, s'écria-t-elle à voix haute, dans la cuisine, comme elle ne l'avait jamais fait lorsqu'il était là. Tu as ma confiance à jamais. »

Elle se laissa tomber sur la chaise au dossier droit, puis, poussée par un grand frisson de passion, bondit sur ses pieds, le visage tordu, les mains s'accrochant aux boucles folles qui tombaient sur sa nuque.

« Mon Dieu, quelle imbécile tu fais. »

Elle se dirigea vers la fenêtre. Elle enleva ses épingles à cheveux, les remit. La lumière qui arrivait du port était aussi coupante, aussi froide que des éclats de verre. Elle se mordit les phalanges. Elle fronça les sourcils et laissa échapper un grognement : Aaaah.

Elle ne s'était pas souciée de l'église. L'église avait été conçue dans la fièvre. Elle n'avait pas été destinée à célébrer l'amour sacré, mais leur amour à eux. De même, ce pari — elle le voyait maintenant, la tête appuyée lourdement contre la vitre, avec ses yeux étroitement fermés — elle ne l'avait tenu qu'afin de pouvoir réaliser ce qu'elle n'avait jamais osé faire à une table de jeux, c'est-à-dire se débarrasser de cette impression de lourde culpabilité que lui avait donnée son héritage, d'abandonner cette armure rouillée dont elle n'avait plus besoin, pour pouvoir devenir aussi légère qu'une plume, aussi pure qu'une bourse vide, dépouillée, nue, avec son visage niché à cet endroit secret et tendre, situé à la base du joli cou d'Oscar.

Avec cet anneau je t'épouserai, avec ce corps je t'adorerai, et de ma fortune je te ferai riche.

« Tu connais, dit-elle, traversant le salon en direction de l'escalier, tu connais mon cœur. Comment as-tu pu te méprendre à ce point ? »

Ce même jour, elle envoya un messager pour rattraper

l'expédition. Mais celle-ci avait déjà abandonné la piste à Singleton pour s'enfoncer dans des pays inexplorés, avec l'aide de deux Noirs de la tribu Wonnarua.

93

Mr Smith

Mr Smith, Mr Percy Smith, celui qui avait des cheveux couleur sable et des yeux doux papillotants, l'ami de Mr Borrodaile, celui qui enlevait sans arrêt des poils de lama de son pantalon, ce Mr Smith, donc, avait été engagé comme zoologue dans l'expédition. Il avait acheté, avec sa propre bourse, sept cahiers in-octavo de cent pages chacun, dans lesquels il avait l'intention de noter ses découvertes. Il avait également emmené seize caisses contenant des bouteilles vides, des bouchons, du papier, de la cire, etc. Il avait encore pris avec lui un tonneau de formaldéhyde, et un autre d'alcool pur. Il emportait aussi de nombreux instruments, dont un grand nombre achetés spécialement par lui pour cette occasion. Les voyageurs, à ce qu'il avait compris, devaient traverser ces régions demi-tropicales, grouillantes de vie, que les coupeurs de cèdre appelaient à juste raison « la Grande Broussaille ».

Mais à peine avait-il parcouru sur le quai la longueur d'une chaîne d'arpenteur que le chef de l'expédition, qui ignorait que les deux hommes se connaissaient déjà, le chargea de s'occuper du révérend Mr Hopkins. Il le lui dit, tandis que le reste des hommes s'intéressaient au sort d'un passager qui avait sauté du pont du *Sobraon* au mouillage, avec, apparemment, l'intention de se noyer. En tout cas, ce fut le bateau-pilote qui le tira d'affaire. Ainsi, Mr Smith devrait considérer toutes ses autres tâches comme secondaires par rapport à celle-là.

Donc, tandis que le marin du bateau-pilote s'efforçait de faire entrer une gaffe dans le pantalon de l'homme qui se débattait, Mr Smith aida Mr Jeffris à introduire un entonnoir métallique entre les dents serrées d'Oscar Hopkins. Cet entonnoir avait, la dernière fois qu'on l'avait utilisé, servi à ouvrir les mâchoires d'un cochon du Derby en train de mourir. Il n'avait pas été stérilisé depuis, mais Mr Jeffris ne voulait pas entendre parler de cette sorte de foutaises. Il avait déjà administré la première dose de laudanum acheté, proclama-t-il, en flacons de plusieurs litres, dans ce but bien précis. Ce fut alors, tandis que le liquide vert et sirupeux coulait sur le menton pointu de Mr Hopkins, avec l'ombre des voiles du *Sobraon* tombant sur son visage furieux, que Mr Jeffris, l'homme qui avait été si intéressé, mais non, si fanatique quant à l'importance à accorder aux problèmes zoologiques au cours de l'expédition, cette même personne, froidement, sans aucune excuse, chargea Mr Smith d'une tout autre tâche. Il le lui dit sans ambages : « Vous devez le surveiller à chaque instant. Vous ne devez pas le perdre de vue. Si vous vous essuyez le derrière, vous devez garder un œil sur lui, si une de vos mains tient votre bite, l'autre doit tenir sa cheville. Lorsqu'il y aura des rivières à traverser, on vous préviendra, lorsque ce sera possible, à l'avance. Vous lui administrerez alors cent cinquante centimètres cube de laudanum. »

Percy Smith se disait : Il faut que je sois bien lâche pour accepter cette corvée. Pourquoi vient-on toujours me trouver et pourquoi dois-je toujours sourire en hochant la tête ?

Il avait, sur la barge, regardé le visage de Mr Jeffris lorsqu'on lui avait demandé si ces ordres seraient exécutés. Il avait été incapable de soutenir l'intensité de ce regard. Son âme s'était tortillée comme une sangsue dans le sel.

Le premier soir au camp, Mr Jeffris avait fait un petit discours autour du feu. Il avait dit aux membres de l'expédition : « Vous pouvez vous déchaîner le soir, mais nom de Dieu, le jour vous serez des soldats. » Et c'était ce qu'ils étaient.

Au cours de la seconde soirée, à Wiseman's Ferry, les hommes ivres braillaient. Mr Smith avait à demi espéré que l'un d'entre eux se ferait, à coups de hache ou de machette, un passage dans la tente allumée où le chef rédigeait son journal. Si rien n'arriva, ce fut en raison du type d'hommes qu'avait sélectionnés Mr Jeffris, aussi bien qu'en raison de la force de son caractère. C'étaient des hommes, qui, quels que soient leurs jurons, leurs menaces, prenaient plaisir à être « soldats » et Mr Jeffris, cet ancien bureaucrate, était un chef qui donnait à penser qu'il pouvait tuer pour cause de désobéissance. Sa main n'était jamais loin de son pistolet ou de son épée, et pour tout dire, il avait tiré celle-ci ce jour même, au moment de la traversée d'une rivière — d'un petit cours d'eau ombragé, avec des eaux limpides d'une quinzaine de centimètres de profondeur, coulant sur un lit sablonneux — et avait juré qu'il couperait la main du charpentier pour la jeter aux chiens. Cette menace avait été proférée, uniquement parce que ce dernier avait émis l'opinion qu'on prenait « trop de précautions » avec le chargement. Mr Jeffris avait toujours le même caractère que celui qui était le sien lorsqu'il portait des pantalons à rayures dans le bureau de Mr d'Abbs. Il était simplement placé maintenant dans une lumière plus crue. Il tira son épée d'un autre siècle et fit venir l'homme devant lui. A vrai dire, c'était un gamin avec des cheveux blonds et un nez brûlé par le soleil — « Espèce de foutu colonial, de chien, de bon à rien, de suceur de merde ». Il lui couperait la main. Nom de Dieu, c'est ce qu'il lui ferait. Regardez-le. Il l'aura à bouffer pour son dîner. Etc.

Maintenant, Mr Smith était assis sur un tronc près du jeune pasteur, et plongeait ses yeux dans le feu. Il avait participé déjà à plusieurs voyages d'exploration, et c'était toujours ce moment de la journée qu'il préférait. On ne manquait pas d'eau ici, si bien qu'il avait lavé les vêtements qu'il avait portés durant le jour et les avait suspendus à une corde, tendue le long du chariot dans lequel il voyageait en compagnie d'Oscar. Déjà, le surveillant avait surnommé leur chariot « la voiture des dames », parce qu'on leur avait installé un petit auvent en toile. Mr Smith portait donc maintenant des vêtements propres. L'étoffe était fraîche contre sa peau et avait encore l'odeur de la planche à repasser de sa femme.

Son compagnon ne s'était pas lavé et n'avait pas non plus changé de vêtements. Il était trop pudique pour se baigner nu devant les autres et il devait maintenant, bien sûr, se sentir mal à l'aise. Mr Smith prenait un tel plaisir au linge propre contre sa peau, qu'il se sentait indirectement mal à l'aise lui aussi à la pensée des vêtements collants, imbibés de sueur d'Oscar Hopkins. Cette journée de voyage avait été particulièrement chaude. Le pays était encore sujet à la sécheresse et là où la terre avait été labourée, tout était poussiéreux. Ils avaient avancé durant une demi-journée le long de crêtes couvertes de fumée provoquée par des feux de brousse. Des racines d'arbres brûlaient encore et à deux reprises des branches enflammées tombèrent dangereusement à côté des hommes. Mr Smith et Mr Hopkins avaient voyagé avec des mouchoirs mouillés appliqués sur leur visage, mais leur peau, bien entendu, avait été salie par la fumée et les cendres. Percy Smith ne supportait pas que son compagnon reste assis, là, dans cet état de saleté.

« C'est une heure idéale pour se baigner, dit-il. La lune se reflète dans l'eau. Je crois qu'il n'y a rien d'aussi agréable. En fait, j'ai envie de retourner à l'eau. Notre bonne mère la nuit, dit-il, jettera un voile pudique sur nous. »

Oscar ne répondit pas.

Deux Écossais, près de la charrette des bateaux, chantaient :

Je vais vous dire l'histoire d'un ange nommé Begs
Qui est venu sur terre une bourse de soie entre les cuisses.

Percy Smith était gêné pour le pasteur. Il sirotait son rhum à l'eau en regardant le feu.

« Est-ce que votre gorge vous fait encore mal ?

— Oh, ce n'est pas si terrible.

— J'ai pensé, dit Percy Smith, en sortant sa pipe et sa blague à tabac, que si je recouvrais l'entonnoir de cire, ce pourrait sans doute être moins douloureux. Mais je craindrais alors qu'en période de crise vous mordiez dedans et qu'un morceau de cire, en se détachant, puisse vous étouffer.

— Je n'ai pas de crise.

— Mais vous avez la phobie de l'eau.

— Je l'ai eue toute ma vie. Cependant, quand je suis monté dans la barge, je n'étais sujet à aucune phobie. J'étais simplement triste de quitter la personne que j'aime si tendrement.

— Mr Hopkins, dit Mr Smith, en envoyant de grands

panaches de fumée bleue dans la nuit, Mr Hopkins, est-ce que le laudanum aurait un effet perturbateur sur votre mémoire ? » Et il se mit à rire pour montrer qu'il ne disait pas cela dans le but de blesser son interlocuteur. « Vous avez oublié.

— Et qu'ai-je donc oublié, Mr Smith ? » La voix était froide, hostile.

Mr Smith se dit : Il ne me pardonnera pas facilement ce que je vais être obligé de lui faire. Pourtant, lui aussi est entre les mains de ce maniaque. Nous sommes tous les deux sur le même bateau. Il doit me pardonner. Ce serait insupportable s'il ne le faisait pas.

Mr Smith dit : « Vous oubliez que je vous ai trouvé en pleine crise. La mâchoire bloquée. Le visage rouge comme de la viande de boucherie. Les yeux révulsés. Et les veines sur votre front ressemblaient à des vers de terre.

— Vous m'avez trouvé dans cet état à cause de cet « individu » que nous avons stupidement engagé pour mener à bon port la cargaison, siffla Oscar. C'était lui qui m'avait agressé, fait tomber, et obligé à prendre ce « médicament ».

— Il a de grandes responsabilités, dit Percy Smith. Il craint que vous ne vous jetiez à l'eau.

— Il craint de perdre sa prime. En tout cas, il ne me perdra pas, moi. Je ne le laisserai pas faire. J'ai encore tant de choses à vivre.

— Avez-vous oublié que c'est moi qui ai amené cette jeune femme à notre table ?

— Pardon...

— Votre « tant de choses à vivre ». Vous souvenez-vous qui a arrangé cette invitation à la table de Mr Borrodaile ?

— Oui, bien sûr », dit Oscar. Mr Smith était heureux d'entendre que sa voix, finalement, avait pris une intonation plus légère.

« Vous n'avez qu'à me remercier alors.

— Effectivement. »

Un instant plus tard, Oscar dit : « Je n'ai jamais vu des hommes se conduire ainsi. »

Percy Smith n'était pas très sûr à quoi cette phrase faisait allusion, et si elle était destinée à Mr Jeffris lui-même ou aux hommes qui se battaient près du feu, ou à ceux qui dansaient une gigue d'ivrognes autour de la tente grise du surveillant. Il y avait aussi, bien sûr — et c'était tout à fait normal — de nombreux jurons proférés dans la nuit.

« Je crains de ne pas être fait pour cette vie, dit le pasteur. Il y a quelque chose de trop cruel là-dedans. En vérité, c'est extraordinaire qu'on puisse traverser la vie et la connaître si peu. Je suppose qu'elle ressemble souvent à ça.

— Ouais, ouais, ouais, dit Percy Smith en soupirant.

— Vous n'avez pas besoin de me donner de ce « médicament » demain. Il ne me réussit pas. »

Percy Smith ne répondit pas.

« Au sens strict du terme, dit Oscar, Mr Jeffris est mon employé. » Il se leva. Durant un instant, on pouvait penser qu'il allait se rendre dans la tente de Mr Jeffris. A vrai dire, il s'avança dans cette direction, vers la lueur des trois lanternes allumées à l'intérieur. Puis, il s'arrêta. Percy Smith se leva pour voir ce qui l'avait arrêté. C'était le charpentier, celui qu'on avait menacé d'amputer. Il était à genoux, un peu à l'écart du feu de camp, et dans cette position, avec ses cheveux blonds frôlant le sol, il se laissait pénétrer par le surveillant.

« Que Dieu vous pardonne », dit Oscar Hopkins. Il le dit d'une voix forte et claire, une voix qui traversa le camp avec cette netteté coupante, caractéristique des cris d'oiseaux dans une brousse épaisse.

Dans un moment, on entendrait un éclat de rire général, un horrible bruit qui ressemblerait, par son aspect chaotique, à des claquements de portes, au braiment d'un âne. Mais durant un instant, tout parut étonnamment tranquille

94

L'arrivée de Wardley-Fish (1)

Après quatre semaines loin d'Angleterre, Ian Wardley-Fish avait regardé dans son miroir, au dos argenté, et vu, au-dessus de son col immaculé de pasteur, le visage d'un homme grossier, aux lèvres épaisses, aux yeux humides et flous, injectés de sang, un bouffon qui — même alors qu'il se tenait devant le tribunal de son Bon Côté — essayait de ricaner et d'accepter le fait en plaisantant. Mais ça ne marchait pas. Wardley-Fish posa le miroir sur la tablette, puis, ayant glissé son corps massif entre le lavabo et le lit, s'agenouilla sur le sol de la cabine. Il promit à Dieu que désormais il renoncerait non seulement aux cartes, à l'alcool et aux conversations obscènes, mais aussi qu'il se comporterait avec dignité, qu'il renoncerait à la compagnie de Messieurs Clarkson et Maguire, ces deux « gentlemen » avec lesquels il avait été, pas plus tard que trois heures auparavant, particulièrement heureux de réciter seize strophes d'« Eskimo Nell ».

Il avait terriblement mal aux cheveux. Il avait bu un truc que Clarkson, le représentant d'une firme de Sydney, appelait Squatter's Punch. C'était un mélange de grenadine, de champagne et d'une qualité de rhum colonial particulièrement infect, que Clarkson, grand amateur de cet alcool, avait emmené avec lui jusqu'à Londres. Maguire, originaire de Belfast, proclamait qu'il pouvait boire n'importe quoi. Néanmoins, il avait été mis hors combat par le Squatter's Punch. Wardley-Fish jouait « le Serviteur moderne de Dieu ». Il s'était surpassé la nuit dernière.

Il avait également continué à raconter des choses peu flatteuses sur les genoux de son ex-fiancée. Des choses qu'il avait déjà racontées d'ailleurs. Il avait déclaré que c'était la vue de ses genoux — aperçus accidentellement durant une seconde sur le lac de Hyde Park — qui lui avait fait renoncer à son mariage. Ce n'était pas vrai. Mais dans ses beuveries, il s'était plu à donner à Maguire et Clarkson une image grossière de ses relations avec son ex-fiancée. Ceux-ci le trouvaient excessivement moderne. Mais Wardley-Fish ne recommencerait plus. Malgré son estomac qui se soulevait à cause de l'odeur de son propre pot de chambre, il promit à Dieu que désormais il se conduirait en chrétien et en gentleman.

Même si tandis qu'il faisait cette promesse, il craignait de ne pas y être fidèle. Pourtant il s'y tint, bien après le moment où la nausée lui était d'un grand secours.

Ses « inconvenances » passées, avaient attiré la particulière attention de tous, de sorte que son amendement se remarquait avec éclat. En vérité, lorsque le *Sobraon* pivota pour tirer sa dernière bordée avant d'entrer dans le port de Sydney, les Powell, les Halfsmith et même miss Masterson recommençaient à lui dire bonjour, à lui sourire, de cette manière particulièrement affectueuse qu'on réserve à ceux qui sont revenus au sein du troupeau.

Et cependant, vous seriez surpris d'apprendre les dégâts qu'un homme peut faire en parcourant la distance qui sépare les falaises abruptes qui protègent l'entrée du port de Sydney et les eaux calmes qui clapotent contre le quai. Pourtant cette distance ne dépasse pas trois milles marins.

Le problème était que Wardley-Fish aimait qu'on l'aime. C'était sa faiblesse, il le savait, mais ayant repoussé Clarkson et Maguire sans explication, les ayant totalement ignorés pendant de nombreuses semaines, il souhaitait maintenant faire la paix avec eux.

Il ne pouvait espérer mener à bien cette réconciliation en refusant le verre de rhum que lui offrirait Clarkson. Ce rhum était d'une importance primordiale pour Clarkson. Ce n'était pas un breuvage qu'il confierait jamais à un steward. Cette liqueur devait sortir d'un flacon en argent, puis on devait y ajouter quelques gouttes d'essence de clou de girofle, grâce à un compte-gouttes. Wardley-Fish était, on s'en souvient, quelqu'un de grand, bâti — sans doute à cause de ses fortes hanches et de son énorme arrière-train — comme une grande jarre solide. Dans des circonstances normales, il tenait parfaitement l'alcool. Pourtant, à cette occasion, alors qu'il buvait du rhum appuyé à la rambarde du *Sobraon*, il ne lui fallut que deux petits verres pour que son élocution devienne difficile. Peut-être était-ce dû à l'excitation d'être enfin à Sydney, par un si beau jour, au ciel parfaitement bleu, ou au soulagement de voir que Clarkson (qui avait un nez rouge de première qualité et une petite bouche sévère) paraisse si disposé à le reprendre pour ami. Mais lorsqu'il fit remarquer qu'il dînerait bientôt au presbytère de Randwick, sa langue fourcha.

« Vous êtes ivre ma parole, dit Clarkson, pas très heureux. Sapristi, je veux bien être pendu si j'y comprends quelque chose. Vous nous battiez froid quand c'était le moment de s'amuser, et maintenant vous vous cuitez alors que peut-être votre évêque vous attend sur le quai.

— Je n'ai pas d'évêque.

— Vous n'irez pas non plus au presbytère de Randwick, dit Clarkson en jetant un coup d'œil sur sa montre en or comme il le faisait toujours lorsqu'il désirait se donner un air d'autorité. Le presbytère de Randwick a flambé comme une allumette.

— Non, s'écria Wardley-Fish gardant la bouche ouverte.

— On vient juste de passer devant.

— Vous vous moquez.

— Non, je jure que non, dit Clarkson qui déjà prenait plaisir à être un Pur Mérinos en face de la Nouvelle Espèce. Sûrement, vous l'apercevez. » Il tendait l'index en direction de Watson's Bay, qui se trouve à une bonne dizaine de kilomètres de Randwick.

« Regardez la tête que vous faites, dit Maguire.

— Regardez la vôtre, vieille crapule, dit Wardley-Fish. Je sais parfaitement lorsqu'on me fait marcher. » Il accepta un peu plus de rhum et tint son verre fermement lorsque quelques gouttes d'essence de clou de girofle tombèrent dedans. Il n'arrivait pas à comprendre pourquoi ce mensonge lui faisait battre le cœur si fort. Il se dit : Je me demande si je verrai le cher P'tit Louf ce soir. Il sera sûrement installé dans son presbytère avec une sorte de vieille Mrs Williams qui lui demande de s'asseoir à table avant qu'elle ne commence à le servir. On est samedi aujourd'hui. J'attendrai jusqu'à demain. J'attendrai. J'irai à son église et écouterai son sermon. Il regardera l'assistance et me verra assis là. Oui oui oui, c'est ce que je vais faire.

Il y avait beaucoup de vent dans le port. Mais comme la moitié des voiles avaient été carguées, on avançait lentement. Wardley-Fish brûlait brusquement d'impatience. Il souhaitait être à terre. Il avait envie de dormir. Il avait envie de s'éveiller, d'être au lendemain matin et d'être assis au milieu des fidèles de Randwick. Il accepta un quatrième verre. L'essence de clou de girofle en améliorait le goût, il n'y avait aucun doute là-dessus. Il regarda par-dessus bord et vit que le pilote, qui était monté à bord, près des Heads, quittait maintenant le bateau avant d'arriver au quai. Le bateau-pilote vint coller son museau le long de la coque du navire pour embarquer le marin. Comme l'homme se retrouvait sur son propre pont, Wardley-Fish leva les yeux et vit, à une vingtaine de mètres, derrière ce bateau, un grand nombre de barges qu'on halait près du quai. Une expédition se préparait, comprenant des chevaux, des chariots, des hommes habillés en soldats et un petit type, autoritaire, avec une énorme épée d'apparat accrochée à son ceinturon. A son côté, Wardley-Fish aperçut une chose incroyable. Il eut soudain la vision horrible de la personne qu'il attendait si impatiemment de revoir — le P'tit Louf. Son cou de poulet sortait d'une affreuse chemise rouge et son étroite poitrine présentait d'invraisemblables bretelles.

« Oh non, s'écria-t-il. C'est mon ami, ajouta-t-il en se tournant vers Clarkson qui acquiesça de la tête, tout en semblant en même temps ne pas comprendre ce qu'on lui disait. Mon cher ami », insista Wardley-Fish auprès de Maguire, le gros petit bonhomme se frotta l'estomac comme si on lui parlait de nourriture ou d'une absence de nourriture, ce qui n'avait rien à voir avec le fait que l'homme qui aurait dû être habillé en soutanelle noire dans une chaire se tenait là, devant eux, sur une sorte de radeau.

« Hopkins », beugla Wardley-Fish. Il mit ses mains en

porte-voix devant sa bouche et cria de nouveau : « Mr Oscar Hopkins.

— Qu'est-ce que c'est que ces types ? » demanda Maguire. Il possédait une petite lorgnette en cuivre qu'il emmenait toujours avec lui sur le pont. En ce moment, il la levait pour la diriger sur les barges.

« C'est mon ami, dit Wardley-Fish. Mr Hopkins, du presbytère de Randwick.

— Alors, faites-lui signe, dit Clarkson, en lui donnant l'exemple. Hoo-hoo, cria-t-il en imitant une femme d'une manière ridicule. Hoo-hoo, Mr Randwick. » Et se tournant vers Wardley-Fish : « Faites-lui signe, dit-il. Votre ami part en expédition à l'intérieur des terres. Faites-lui signe, Fish, vous ne le reverrez pas avant un an. »

Wardley-Fish regarda Clarkson et comprit que ce dernier ne l'aimait pas, ne lui avait pas pardonné, ne lui pardonnerait jamais.

« Menteur, dit Wardley-Fish.

— Qu'avez-vous dit, monsieur ?

— Farceur », corrigea Wardley-Fish qui ne pouvait pas se permettre de perdre son temps dans une querelle minable, mais devait trouver, et très vite, bien sûr, si on le faisait marcher ou non.

« Est-ce quelqu'un de célèbre ? » demanda Maguire en enlevant ses lunettes pour porter à son œil sa longue-vue.

« Est-ce vrai ? » demanda Wardley-Fish, doucement, poliment.

Clarkson se versa un verre de rhum, sans en offrir. « Vous voyez ce grand chariot, là-bas, dit-il en brandissant son compte-gouttes dans cette direction, avec les deux bateaux encastrés l'un dans l'autre ? Vous les voyez ? Alors, dites-moi, Fish, pourquoi quelqu'un aurait un chariot comme celui-là s'il n'était pas sur le point de partir en exploration. Saperlipopette, mon vieux, regardez-les. Avez-vous jamais vu un tel rassemblement de soldats de plomb ? »

Les barges étaient tirées vers le large par un petit remorqueur. Wardley-Fish enleva sa veste et la posa négligemment sur la rambarde. Il dégrafa son col ecclésiastique et le plaça en travers de la veste. Il glissa le bouton dans sa poche.

Personne ne faisait attention à lui, pas même lorsqu'il hurla : « Mr Oscar Hopkins. »

Clarkson sirotait son rhum au clou de girofle. Maguire, le ventre appuyé contre la balustrade, réglait sa lunette. Wardley-Fish grimpa sur le bastingage et, après avoir enlevé ses chaussures, à la vue des Halfsmith, de miss Masterson et des autres, plongea la tête la première dans le port de Sydney.

C'était lui le « noyé » qu'on repêcha en lui enfonçant une gaffe dans le pantalon.

95

L'arrivée de Wardley-Fish (2)

L'homme qu'on venait de sauver de la noyade avait un arrière-train de cheval et une corpulence — du moins c'est ce que disait Alfred Spinks, le marin du bateau-pilote qui l'avait sorti de l'eau à l'aide d'une gaffe — suffisante pour déclencher une hernie. La gaffe pénétra dans le pantalon sans que le derrière doux et blanc du gentleman soit en rien endommagé. Le type avait été arraché à la noyade, mais refusait de donner la moindre récompense. C'était un gars de la Nouvelle Espèce, une variété de bêcheur, sans doute un propre-à-rien, envoyé ici par sa famille, avec rien dans les poches et une haleine chargée de rhum.

Alfred Spinks, son petit travail de récupération achevé, se tenait dans la timonerie, le pied poussé à fond pour mettre la barre à tribord. On allait décrire maintenant un grand cercle, tandis que le capitaine Simmons, qui louchait — c'était le pilote à la peau tanée, fendillée, à la barbe argentée — allait poser un certain nombre de questions à l'individu. Ça allait être un joli spectacle, car le capitaine Simmons aimait les petits à-côtés, et, en outre, il détestait la Nouvelle Espèce et haïssait encore plus qu'on lui donnât des ordres. Il dirigea un œil vers le rescapé, tandis que l'autre, celui qui clignait sans arrêt, regardait Alfred Spinks qui avait déjà sur le visage un air de connivence.

Le rescapé avait une dent en or et un grain de beauté juste à côté de sa barbe blonde, qui pouvait facilement passer pour une tique de mer. « Je vous demande une fois de plus, dit l'English — on aurait dit un foutu magistrat — je vous demande une fois de plus de me conduire à l'endroit où se trouvent les barges de l'expédition. »

Il était sacrément convenable et digne. C'était dommage, bien sûr, qu'on puisse voir ses tétons sous sa chemise. C'était gênant qu'il doive tousser pour rejeter toute cette flotte nauséabonde.

Le capitaine Simmons décida de se mettre cordialement à la hauteur de l'homme dégoulinant. Au-dessus de sa tête les cheminées crachaient une suie noire en direction du ciel. « Je ne me rendais pas compte, dit le pilote, de votre grade.

— Quel grade ?

— Et bien, oui, monsieur, un grade, celui d'amiral, de vice-amiral, de quelqu'un enfin qui est habilité — dans certaines circonstances — à donner des ordres au capitaine d'un bateau-pilote.

— Je suis un gentleman, espèce de butor, dit Wardley-Fish.

— Vous ne devez pas m'appeler butor, monsieur. Je suis capitaine. »

Cette réponse fit plisser les yeux à Wardley-Fish. Si tout le monde en Nouvelle-Galles du Sud était comme ça, c'était vraiment intolérable, mais on n'y pouvait rien. Il est impossible de discuter avec un homme sur la question de savoir s'il est un butor ou non.

« Je suis un gentleman, dit-il.

— Je suis capitaine, et c'est à l'autre capitaine que je dois vous emmener faire une visite. En tout cas je ne dois sûrement pas vous faire traverser le port.

— Quel autre capitaine, mon brave ?

— Le capitaine du *Sobraon*, le capitaine à l'autorité de qui vous avez pensé pouvoir échapper. »

Wardley-Fish bondit sur ses pieds, mais ce sacré bateau était si petit qu'il n'y avait aucun endroit où aller. En deux enjambées, il était dans la timonerie, où il rencontra les yeux luisants d'Alfred Spinks. Wardley-Fish regarda en direction du *Sobraon*. Ses ponts étaient maintenant pleins de gens qui observaient attentivement les modalités de sa disgrâce publique.

« Je vous supplie, mon vieux », siffla-t-il à l'intention du capitaine Simmons.

Un sourire agita les profondeurs de la barbe argentée du capitaine Simmons.

« Vous ne ressemblez pas vraiment à un suppliant », dit le capitaine Simmons, en commençant à bourrer sa pipe, à l'aide d'un gros pouce sale.

Wardley-Fish jeta de nouveau un coup d'œil vers les ponts du *Sobraon*. Il croisa les yeux de miss Masterson, celle-là même dont cinq semaines auparavant il s'était imaginé être amoureux. Elle ne détourna pas le regard, mais ne lui adressa pas non plus le moindre sourire. Elle le regardait comme s'il était une espèce assez rare de rat australien.

Les barges étaient maintenant à quelques centaines de mètres. Wardley-Fish envisagea de les rattraper à la nage, mais se savait trop ivre pour y parvenir.

« Pourquoi tenez-vous à agir d'une manière si peu charitable ? » demanda-t-il au capitaine.

Le capitaine Simmons trouva cette remarque particulièrement appropriée : charitable. Mais il ne dit rien.

« Si vous êtes capitaine, dit le gentleman, vous devez être le plus borné de la confrérie. Je vous l'ai déjà dit, je l'ai répété deux fois à votre marin, je ne désire que voir mon ami. Il est là-bas. C'est là-bas qu'il va. J'ai fait le voyage de Londres pour le voir. Et il est là, nom de Dieu, et vous ne voulez pas me conduire près de lui. Emmenez-moi, je vous en supplie », cria Wardley-Fish. Mais ses manières, comme l'avait fait remarquer précédemment le capitaine, n'étaient pas celles d'un suppliant.

« Donc, il était en route pour voir son ami, s'exclama le capitaine Simmons, à l'intention de son marin. Est-ce vraiment le cas ?

— Vous le savez bien, dit Wardley-Fish.

— Et pourtant, voyez-vous, j'ai la foutue idée qu'il y a un problème avec un ami laissé derrière vous, un petit problème, peut-être une dette de jeux ou un petit quelque chose avec le commissaire de bord du *Sobraon*, quelques petites choses qui font que « cet ami » que vous voyez sur la barge est devenu la personne avec laquelle vous devez entrer en relation de toute urgence, si vous voyez ce que je veux dire.

— Oh, c'est stupide et grotesque, rugit Wardley-Fish. Voulez-vous de l'argent ? Je vous donnerai cinq livres si vous m'emmenez là où se dirige la barge. »

Le capitaine Simmons se leva lentement. Il fourra sa pipe dans la poche de son pantalon. « Dix livres », dit-il.

Wardley-Fish était tiraillé entre quelques sentiments violents et passionnés : sa fureur de se voir voler de dix livres, sa prise de conscience qu'il ne les avait pas sur lui, qu'elles étaient dans sa veste à bord du bateau, sa certitude que ce sale petit bonhomme, au nez en bec d'aigle, prendrait plaisir à lui refuser de lui faire crédit, son humiliation de se voir obligé de se couvrir de honte aux yeux de tous les passagers, sa peine à l'idée qu'il allait manquer son ami, son inquiétude de découvrir que tout peut-être n'allait pas bien pour le P'tit Louf, qui ressemblait, dans cette chemise rouge et ses bretelles blanches, à une pauvre volaille qu'on se prépare à mettre à la casserole. C'était tout cela et pas uniquement la hargne qui s'était emparée de lui devant les ruses agressives du pilote, qui l'amena à prendre dans ses bras, forts comme ceux d'un ours, le capitaine et à le jeter, avec un rugissement que tous les passagers du *Sobraon* purent entendre, par-dessus bord.

Cet incident déclencha des complications qui le retinrent en prison à Sydney pendant deux jours. Le troisième, il partait à la recherche de l'expédition de Mr Jeffris.

96

Du laudanum

Il avait accepté du laudanum pendant trois jours, parce que Percy Smith l'en avait supplié, mais il était maintenant bien résolu à ne plus se laisser faire. Le laudanum ne lui réussissait pas. Il lui donnait de mauvais rêves. Il provoquait des nausées et le rendait nerveux. De plus, il favorisait une constipation chronique, si bien qu'Oscar avait maintenant des hémorroïdes qui faisaient saigner et rendaient douloureux son anus. Comme il n'avait aucune expérience des hémorroïdes, il s'imagina que son état était bien plus grave qu'il n'était en réalité. Il rêvait de merde et de sang, du charpentier enculé, de routes en surplomb, interminables, loin de Sydney, qui serpentaient dans sa tête, comme les intestins mis à plat d'une bête tuée à l'abattoir.

Tous les membres de l'expédition s'étaient lavés. Il ne s'était pas lavé. Il ne supportait pas de se mettre nu devant les autres. Il aspergeait son visage, ses avant-bras et ses mollets avec de l'eau, mais le reste de son corps lui semblait enveloppé d'un film visqueux et sale. Sa pudeur avait quelque chose de choquant pour les membres de l'expédition. Mr Jeffris laissait entendre qu'il serait de son intérêt « de montrer aux hommes, pour les rassurer, qu'il avait tout ce qu'il fallait au bon endroit ».

Oscar n'avait jamais haï personne auparavant (pas même ceux qui lui avaient fait manger des pierres, ou ceux qui avaient lâché des rats dans sa chambre à Oriel) comme il haïssait Mr Jeffris. Celui-ci, le quatrième matin du voyage, marchait l'air fanfaron, entre les chariots, sur l'herbe roussie, couverte de rosée pour essayer de prendre en défaut « ses soldats ». Oscar et Mr Smith se tenaient debout, près de leur voiture. Mr Smith avait posé la bouteille de laudanum sur le marchepied métallique et fourré l'entonnoir dans la poche de son pantalon de toile.

« Je n'ai pas le courage de le défier, dit-il en croisant ses bras musclés couverts de longs poils.

— Alors, nous n'avons qu'à faire semblant, dit Oscar. Vous ferez semblant de verser et je ferai semblant de boire.

— Non, dit Percy Smith. Il s'en apercevra. »

Percy Smith avait un visage gentil, avenant, un de ces visages auquels on accorderait sa confiance jusqu'à la fin des temps. Mais Mr Jeffris avait un tel pouvoir sur lui que lorsque Oscar vit la tête qu'il faisait, il pensa à un lapin sur une table de laboratoire, soumis aux effets de l'appareil de Mr Volta.

« C'est lui qui m'emploie, dit Percy Smith, en plissant les yeux pour se défendre.

— Regardez-le, il est bien trop occupé pour s'apercevoir de quoi que ce soit. »

Mr Jeffris tirait une corde sur le chariot de tête, d'une telle manière qu'un gros balluchon informe de toile tomba sur le sol.

« Si vous désirez changer ses instructions, il faut mettre les choses au clair avec lui.

— Oh, pitié, cria Oscar, s'abandonnant au désespoir. Vous étiez là lorsque j'ai essayé.

— Et il a dit qu'il ne pourrait revenir là-dessus qu'en présence de miss Leplastrier. Il n'accepte pas de se placer sous votre autorité. En revanche, il me faut accepter la sienne. Cher Mr Hopkins, vous êtes un brave homme...

— Un homme en colère.

— Un brave homme et je dois vous demander, s'il vous plaît, dit Percy Smith, en glissant sa main autour des épaules d'Oscar et en la ramenant brusquement sur la mâchoire de son compagnon, de me pardonner.

— Non », cria Oscar. Sa nuque était étroitement plaquée contre la boucle des bretelles blanches de Mr Smith. On le tirait en arrière pour le coucher, à l'ombre du chariot. Le soleil zébrait son visage livide. Une mouche verte se posa sur son nez. Il essaya de la chasser. Mr Smith lui prit le poignet avec son autre main. Deux bœufs, dans l'équipe du charpentier, déféquèrent en même temps. Mr Jeffris engueulait le cuisinier et le menaçait de le faire marcher sans chaussures. Et à cet instant, alors que la main de Percy Smith lui coinçait la mâchoire, Oscar se dit : Je ne sais même pas où je suis.

Percy Smith sortit l'entonnoir et l'appuya brutalement contre les lèvres d'Oscar. Celui-ci ouvrit la bouche. L'entonnoir heurta ses dents. Il les desserra. Mais on l'avait déjà coupé. Il sentait le goût du sang. Percy Smith avait mauvaise haleine. Il glissa ses genoux derrière ceux d'Oscar, pour le faire basculer en arrière.

« Non », dit Oscar, ou plutôt c'est ce qu'il essaya de dire car la moindre parole le faisait hoqueter.

Percy Smith l'allongea par terre. Oscar ne tenta pas de se débattre. Son ami mit un genou sur sa poitrine. Il tenait la bouteille en grès sur le ventre rond de laquelle était gravé en brun « Manufacture pharmaceutique ». Il enleva le bouchon avec les dents. Puis, avant de verser, il reposa la bouteille. Il toucha la joue d'Oscar avec le dos de sa main. Une curieuse et gentille petite caresse d'amoureux. « Je ne voudrais pas vous faire cela, dit Percy Smith, pour rien au monde. »

Puis, il versa la saloperie dans l'entonnoir.

Oscar agita les jambes, donnant des coups de pied dans le vide, ne réussissant pas à établir le contact avec quoi que ce fût. Il haïssait Percy Smith.

97

Un explorateur

Jusqu'à ce qu'il ait eu la malchance d'imaginer une église en verre, et par conséquent de se voir contraint à faire ce voyage, les connaissances du monde d'Oscar avaient été strictement limitées. Il était, par nature, un être adapté aux terriers et aux cachettes, de sorte que même à Oriel — endroit où la plupart des gens ne verraient qu'un milieu rassurant et civilisé — il avait ses territoires à lui, bien définis, à côté desquels s'étendaient de grandes zones inexplorées, qui lui faisaient peur ou qui le laissaient indifférent.

Sa connaissance de Hennacombe se réduisait à deux maisons et à plusieurs sentiers de terre rouge, ayant à peine quelques dizaines de centimètres de large. Et bien qu'il eût, lorsqu'il écrivait là-bas en Angleterre, tenté de se faire passer pour une autorité en matière de colonie, il avait été en fait heureux de s'en tenir aux platitudes habituelles (par exemple que Sydney était le paradis des travailleurs) étant donné qu'il n'en connaissait absolument rien.

Maintenant, il se voyait entraîné dans des marécages, sans penser une seconde qu'il poussait son gros ami, les fesses à vif, l'ahuri Wardley-Fish, au milieu de toute cette saleté. Il se sentait comme un parasite à l'intérieur des intestins sanguinolents d'un animal inconnu. Toutes les idées qu'ils s'était faites sur la brousse, celles que les gravures du *Sydney Mail* étayaient, un endroit pur et vierge, plein de fougères et de cascades, se révélèrent très vite totalement fausses. Il y avait des fougères, bien sûr, et des cascades, et des nuées de merveilleux oiseaux, mais ce n'était pas cela l'important.

A Maitland, Wardley-Fish avait à peine un jour de retard sur l'expédition, mais il se laissa alors entraîner dans une partie de cartes avec des squatters dans un prétendu Grand Hôtel. Il avait essayé de partir, mais comme ses gains étaient importants, ses partenaires n'avaient rien voulu entendre. Si bien qu'au moment où cette partie s'était enfin calmée, le convoi aux roues grinçantes, aux fouets claquants de Mr Jeffris, avait pris une forte avance. Il longeait en ce moment des crêtes en feu quelque part au nord de Singleton. Les yeux du P'tit Louf coulaient. Ses poumons suffoquaient. Son chariot, aux ressorts sans souplesse, cahotait, sautait, sur des pistes rocailleuses, ou pataugeait dans de la boue à l'odeur de pet rance. Le P'tit Louf, assis sur le siège en bois, avait boutonné les manches longues de sa chemise pour se protéger des moustiques et du soleil. Il réconfortait le colosse qu'était Percy Smith. Il lui affirmait qu'il lui avait pardonné. L'air retentissait de jurons si grossiers, suggérant une telle haine de Dieu, qu'Oscar s'imaginait que seul l'enfer pouvait en entendre de pareils. Son chariot suivait celui des vivres, de sorte qu'il respirait l'odeur de la viande avariée qui leur servait de nourriture. Ils passaient à côté de tas d'herbe fauchée, horribles à voir, et des entassements de troncs d'arbres que les colons avaient abattus, afin de préparer leur première récolte.

Dans une jolie clairière, près de mélaleuques aux troncs blancs, Oscar vit un homme attaché à un arbre et fouetté jusqu'à ce qu'une cape rouge et luisante s'étende sur ses épaules blanches et qu'une coulée brunâtre descende le long de son pantalon de toile. Ses « compagnons » regardaient la scène. Oscar se mit à prier, à invoquer le Christ, mais aucune prière ne pouvait supprimer l'odeur de merde qui émanait du supplicié.

Il pardonna à Mr Smith. Comment aurait-il pu faire autrement ? Lui qui avait été le témoin de crimes bien plus grands que le sien. Il acceptait de prendre son laudanum. Il s'allongeait sur l'herbe et ouvrait la bouche pour qu'on y glisse l'entonnoir. Il avait, à cause de cette potion, de curieux rêves, et des pensées qu'on ne pouvait décrire clairement.

Si on arrachait Sydney à la terre, se disait-il, comme un

organe arraché à un homme, toutes ces routes, tous ces fleuves seraient enlevés en même temps, comme des racines, comme des conduits, comme des artères. Il voyait le gros morceau de chair cuite et poilue qui n'était rien d'autre que Sydney, il voyait les fleuves qui coulaient, les longues pistes jaunes et glissantes, comme ces choses que les bouchers utilisent pour faire des saucisses.

Tandis qu'il voyait tout cela, il voyait aussi le pauvre Percy Smith, le visage pâle, battant des paupières, tandis qu'il caressait sa boufarde culottée.

Il voyait son père tuant des insectes en leur enfonçant des épingles de cuivre dans les yeux.

Il rêvait d'énormes coquillages doux comme l'intérieur des vestes de femmes — rose pâle lilas, vert amande — rejetés sur la plage du Devon.

Des rêves le mettaient en extase, des rêves remplis d'eau, des rêves où son corps se transformait en rivière.

Son anus le faisait souffrir. Sa tête était ballottée, jetée en avant. Malgré ces désagréments physiques, les rêves le pénétraient comme des mélodies subtiles, jouées par un homme couché dans un lit d'orties.

Il rêvait qu'il était, sans trop savoir comment, à l'intérieur de l'aquarium de son père. L'eau froide calmait les irritations de sa peau. Il voyait le visage souriant, empreint de sagesse, tourné vers lui, pour l'observer. Il voyait, confusément, le monde extérieur, les fauteuils, les planches de travail de l'atelier de son père. Le soleil entrait par une fenêtre. Il se disait : C'est la fenêtre qui donne au nord. Il se sentait très heureux, car pour lui ce rayon de soleil signifiait que son père était maintenant dans l'hémisphère sud.

En fait, c'était Wardley-Fish qui était dans l'hémisphère sud. Il n'était plus qu'à une journée de marche rapide des chariots. Son cheval était fatigué, mais il avait un tas d'argent pour en acheter un autre. Il marchait à côté du flanc sombre de l'animal, sur le sentier sableux et plat, dominant le Macleay. Le sentier coupait à travers des étendues d'arbres à thé. Après un tournant, il se trouva nez à nez avec un homme portant un foulard autour du visage. Au moment où l'homme sortit son pistolet, des oiseaux aux cris aigus traversèrent le sentier au-dessus de son épaule.

Oscar avait parfois des rêves dans lesquels se glissaient des morceaux de réalité, comme les sabots d'un cheval s'introduisant dans les fissures d'une terre desséchée. Ses rêves portaient, en filigrane, la silhouette d'arbres géants se découpant contre le ciel, des barbes, des jurons, et les chants allemands du botaniste.

Mais seul le plus beau et le plus long des rêves parvenait à effacer les secousses, le rythme saccadé du chariot. Il s'agissait d'une sorte de terre en forme de larme, faite d'un seul tenant. La larme était suspendue à un filet métallique et le filet retenu par des poutrelles de fonte, fixées à une falaise surplombant la mer. Sur le sable en bas, se trouvaient les épaves de ses autres rêves, les énormes coquillages roses, les boutons de sa mère, une bouteille de sherry.

Dans ses rêves tournait sans arrêt, sur elle-même, tel un tire-bouchon en acier étincelant, cette pensée : Je n'ai pas peur.

Wardley-Fish revint à Sydney en compagnie d'un marchand d'étoffes itinérant, de race exotique. C'était cet homme qui lui avait prêté le pantalon qu'il avait sur le cul.

98

Un bon vieux Noir

Le sable pour notre verrerie ne vient pas de Bellingen, mais de Yellow Rock qui se trouve sur la côte, non loin de l'endroit où l'expédition de Mr Jeffris sortit finalement de la brousse.

Le sable de Yellow Rock n'est pas aussi bon que celui de Botany que Dennis Hasset et quelques autres avant lui essayèrent d'introduire sur le marché de Londres et de Sydney. Mais c'était néanmoins un sable d'assez bonne qualité. Il produisait un verre avec une légère nuance jaunâtre. Ça avait pour effet, lorsqu'on regardait à travers les vitres des vieilles fermes de la Bellinger Valley, de donner aux pâturages d'herbes kikuyu une couleur d'un vert particulièrement éclatant.

Ce sable était conservé dans de grands bacs en fer rouillé. Quand le niveau baissait, mon père partait avec quelques hommes et trois charrettes que nous chargions à Yellow Rock. Je dis « nous », parce que j'y allais aussi, même — je ne vois pas très bien comment c'était possible et pourtant c'était comme ça — même donc, lorsqu'il y avait classe. Nous passions la nuit à Old Black's Camp.

Le Old Black's Camp était composé de sept abris en planches, alignés. Ils étaient construits dans le style des « préaux » qui sont encore en place dans les cours de récréation partout en Australie. C'étaient des constructions austères, avec une seule « pièce », une seule porte, trois marches, une fenêtre. C'était dans ces sortes de huttes que les survivants de la tribu Kumbaingiri vivaient et mouraient.

Le seul dont je me souvienne était quelqu'un qu'on appelait Kumbaingiri Billy. Et plus familièrement Copain Billy. Je ne connais pas son vrai nom ni même son âge.

Mon père aimait Kumbaingiri Billy. Il lui apportait toujours du bacon. Je pense qu'ils étaient amis, de véritables amis. Ils buvaient du thé ensemble. Mon père ne faisait jamais de plaisanterie à son sujet. Un jour, il remarqua : « Kumbaingiri Billy a plus de cervelle dans le bout de son nez que tous les membres du conseil du comté réunis ».

Quand j'avais dix ans, Kumbaingiri Billy me raconta l'histoire de « la manière dont Jésus était arrivé à Bellingen il y avait fort longtemps ». Après coup, je fis une plaisanterie, l'air suffisant à propos de son récit, et mon père me frappa sur les jambes avec le cordon de la bouilloire électrique. Je m'abstins dès lors de plaisanter même si j'entendis l'histoire un grand nombre de fois. Kumbaingiri Billy devait l'avoir mémorisé lorsqu'il était tout petit, et aujourd'hui, lorsque j'y réfléchis, il me semble probable que ses sources ne venaient pas des Kumbaingiri, mais des Narcoo, ces Noirs que Jeffris avait engagés comme guides, à Kempsey, lors de la dernière étape de l'expédition. Mais peut-être ne s'agit-il pas d'un récit. La phrase selon laquelle « nos gens n'avaient pas vu de Blancs avant » suggère une date antérieure à 1866 et un arbre généalogique bien plus complexe que celui que j'essaie de réaliser.

99

Des morceaux de verre

Les hommes blancs sortirent des nuages du Mount Darling. Nos gens n'avaient pas vu de Blancs avant. Nous pensions que c'étaient des esprits. Ils arrivèrent parmi les arbres à thé en tirant leurs caisses et en criant. Les oiseaux commencèrent à faire un terrible charivari, un bruit incroyable. Comme si vingt kangourous étaient arrivés en même temps pour attaquer leurs nids. De toute façon, ce n'était pas la saison des nids.

Nous pensions que c'étaient des morts. Ils grimpaient sur les collines pour abattre les arbres. Ils ne les abattaient pas pour le miel. Il n'y avait pas de miel dans les arbres qu'ils coupaient. Ils les laissaient couchés sur le sol. Ils coupaient ces arbres afin de pouvoir faire des cartes. Ils arpentaient le pays avec des chaînes et des théodolites. Mais nous ne comprenions pas ce qu'ils faisaient. Nous voyions les arbres morts. Puis bientôt, d'autres hommes blancs sont venus et ont bagué les arbres. A ce moment-là nous avons composé un chant :

Où sont les abeilles qui grandissaient dans ces plaines ?
Les esprits les ont détruites
Ils sont furieux contre nous
Ils nous laissent sans bois de chauffage
Lorsqu'ils sont furieux
Nos arbres ne grandiront plus jamais
Nous nous languirons de leurs cimes

Mais les esprits de l'ombre ne nous les rendront pas
Car ils sont furieux contre nous.

Les hommes blancs parlèrent à deux hommes de la tribu des Narcoo. C'étaient des jeunes hommes. Ils donnèrent aux Blancs un grand kangourou et quelques vers comestibles. Les hommes blancs ne mangent pas de vers. Ils demandèrent aux Narcoo de leur montrer la route des Kumbaingiri, alors que les Narcoo n'avaient jamais vu personne de cette tribu. Ils étaient voisins mais ne se fréquentaient pas.

Les Narcoo dirent : « Attendez-nous ici. » Ils retournèrent dans leur tribu. Les anciens tinrent conseil et dirent aux jeunes hommes : « Vous vous arrangez pour que ces salopards fichent le camp vite fait, bien fait. »

Donc, c'est ce que firent les jeunes hommes. Ils leur montrèrent la route, bien que ce ne fût pas facile. Il y avait sept chariots. Parfois, le chef disait : « Nous établissons le camp ici. » Puis, il galopait, coupait des arbres, dessinait d'autres cartes. Puis, il disait : « Vous aviez raison, nous continuons maintenant. »

C'était dans ces camps que les jeunes gens apprirent l'histoire de Jésus. C'était la première fois qu'ils entendaient parler d'une chose comme celle-là. On leur raconta l'histoire de Jésus cloué à la croix. C'est le révérend Mr Hopkins qui la leur raconta. Lorsqu'on traversait une rivière ce type-là devait d'abord se coucher sur le dos. Puis, il mettait un entonnoir dans sa bouche et on lui versait un grog dedans. Il devait être ivre. Mais comme on ne proposa jamais cette bouteille aux jeunes hommes, ils ignorèrent toujours ce que buvait l'homme blanc.

Le révérend Mr Hopkins dit aux Narcoo l'histoire de saint Barnabé mangé par un lion, celle de sainte Catherine martyrisée sur la roue, celle de saint Sébastien tué par des flèches.

Naturellement, les Narcoo interprétaient de travers bien des choses, mais ils en comprenaient un grand nombre parfaitement. Une chose qu'ils ne comprenaient pas, c'était l'usage des caisses dans les chariots. Ils s'étaient mis dans la tête que celles-ci avaient quelque chose à voir avec les histoires. Ils pensaient qu'elles étaient sacrées, qu'elles étaient le rêve de l'homme blanc.

Pour descendre les pentes abruptes de Mount Leadenhall, il fallut attacher les chariots à des poulies et à des cordes. Ce fut une foutue pagaille, toutes ces cordes attachées aux arbres et les bœufs tirant les chariots en sens inverse pour les faire ralentir. Il y eut un accident. Une des caisses tomba par terre. Immédiatement, les Blancs ouvrirent la caisse. Naturellement, les Narcoo avaient très envie de voir ce qu'il y avait à l'intérieur.

Vous savez ce qu'ils virent ? Du verre. Jusqu'à ce moment-là, ils n'avaient jamais vu de verre. Il y avait des vitres aux fenêtres à Kempsey et Port Macquarie, mais ces hommes n'avaient jamais été dans ces endroits. Ils virent que le verre était coupant. Ce fut la première chose qu'ils remarquèrent, que ça coupait. Ça coupait les arbres. Ça coupait la texture des tribus.

Quand les Blancs voulurent traverser Mount Dawson, les Narcoo les en dissuadèrent. Mount Dawson était sacré. On avait interdit aux jeunes hommes d'aller là-bas. C'était contre leur loi. Alors, le chef des Blancs tua d'un coup de pistolet un des Narcoo. L'autre s'appelait Odalberee. Cet Odalberee emmena les Blancs sur le Mount Dawson et les fit redescendre dans la Bellinger Valley. Il écrivit un chant :

Le verre ça coupe.
Nous n'en avions jamais vu avant.
Maintenant il est là parmi nous.
Il est sacré pour les étrangers.
Le verre ça coupe.
Le verre ça coupe les kangourous.
Le verre ça coupe les péramèles.
Le verre ça coupe les arbres et l'herbe.
Dépêchez-vous étrangers.
Dépêchez-vous d'aller vers les Kumbaingiri.
Laissez-nous, bons esprits, partez, allez.
Filez.

Odalberee leur fit atteindre la côte à Urunga. Il pensait

qu'il devait les emmener vers la mer afin qu'ils puissent disparaître à jamais. Mais le dernier soir, lorsqu'ils étaient presque arrivés, les Kumbaingiri apprirent qu'il y avait des étrangers sur leur territoire. Les Kumbaingiri arrivèrent avec des torches dans la nuit. Ils traversaient la brousse pour parler aux étrangers. Mais les étrangers furent effrayés. Odalberee fut effrayé aussi : les Kumbaingiri ne le comprenaient pas. Alors, on commença à tirer de tous les côtés.

Le révérend Mr Hopkins fit un ramdam du tonnerre. Il hurlait. Il courait de tous côtés.

Le chef des Blancs dit : « Attachez-moi ce type. »

On l'attacha à un arbre dans un ravin. Deux hommes restèrent près de lui pour le protéger. Puis, ils retournèrent se battre à coups de fusil contre les Kumbaingiri. On pouvait entendre l'homme aux cheveux roux gémir. On aurait dit un fantôme dans la nuit.

Le lendemain, Odalberee partit trouver de nouveau les Kumbaingiri. Il leur raconta tout ce qui lui était arrivé. Il se coupa avec du verre. Il avait apporté du verre avec lui, enveloppé dans une peau d'opossum. Il était malade d'avoir provoqué tant de morts. Il se coupa non seulement sur la poitrine, mais sur les bras. Il se coupa avec du verre.

Peu de temps après, Odalberee tomba gravement malade. Personne ne pouvait le soigner. Ensuite, il mourut.

Ce verre fut gardé pendant longtemps par les anciens des Kumbaingiri mais il ne fut pas mis avec les choses sacrées. Il était gardé dans un endroit où nul ne pouvait le trouver.

100

Oscar à Bellingen Heads

Lorsque Oscar Hopkins arriva sur les rives de la Bellinger, il avait changé. Ses yeux limpides, qui avaient autrefois agacé Wardley-Fish à cause de leur « sainte » candeur, laissaient maintenant transparaître une colère sombre et retenue. Son visage brûlé et douloureux avait pris une couleur vermillon et son nez — à cause de la peau qui pelait — semblait plus grand et légèrement busqué. C'était un homme décharné, hâve, qu'on avait devant soi, quelqu'un marqué par les feux de brousse, quelqu'un qui ne s'offrirait plus jamais le luxe de pleurer. Il ressemblait à un saumon qui retrouve les eaux de sa naissance, pour frayer et mourir. Ce n'est plus un grand poisson dodu et argenté, mais une bête au ventre creux, à la gueule pointue et crochue, au corps d'un rouge éclatant et somptueux, d'une laideur magnifique.

L'expédition de Mr Jeffris trouva la Bellinger River à l'endroit où le Narcoo pensait que ces gens feraient le moins de dégât. C'était à Urunga, un lieu déjà défiguré. A cette époque, l'endroit s'appelait Bellingen Heads.

Pendant qu'on descendait la pente sèche et caillouteuse, en direction des grands arbres blancs, le Narcoo en profita pour filer. Mr Jeffris tira un coup de fusil au hasard, sans avoir réellement l'intention d'atteindre le fuyard — juste un coup de feu pour faire crier et s'envoler les cacatoès blancs comme les plumes d'un oreiller crevé.

Oscar était assis à côté de Mr Smith, sous l'auvent de toile de la « voiture des dames ». Mr Smith affûtait sa hache sur une pierre. La bouteille de laudanum était posée à côté d'eux, mais l'entonnoir, cet objet humiliant, ne se trouvait pas dans les parages. Depuis le massacre de Sandy Creek, Oscar s'administrait lui-même ses propres doses de laudanum. Il avait un petit flacon en verre transparent, dans la poche de sa veste, qu'il remplissait à la bonbonne de grès. Il en buvait une gorgée de temps à autre, mais c'était comme de l'eau sur de la lave en fusion — elle se transforme en vapeur, sans faire baisser en rien la chaleur. Il était assis sur le siège en bois, à côté d'un Mr Smith silencieux, qui semblait avoir concentré tout son être dans l'ombre de son chapeau. Mr Smith aiguisait sa hache. Ça faisait longtemps qu'il l'aiguisait maintenant. Oscar Hopkins était ivre de laudanum. Il était assis le dos appuyé contre les caisses, parfaitement étiquetées, contenant les vitres et les armatures de fonte. Il frotta la bande tachée de brun enroulée autour de son poignet. Il savait que ses brûlures, provoquées par les cordes, étaient infectées, mais ne voulait pas parler ni de cela, ni de quoi que ce soit d'autre, à Mr Jeffris, qui, maintenant qu'on était presque arrivés à destination, avait commencé à se conduire différemment avec lui. Par exemple, alors qu'il remontait au petit galop la colline, pour surveiller la descente, il lui adressa un sourire sans avoir l'air de s'excuser ou de se moquer et lui demanda s'il ne trouvait pas agréable d'être encore vivant.

Mr Jeffris était satisfait. Il n'avait pas réussi une grande exploration — on ne peut pas faire une grande exploration avec sept chariots dans un pays montagneux — mais il était néanmoins parvenu à faire du bon travail, un travail qui lui servirait à prouver sa compétence en tant que chef d'expédition. Il avait donné des noms à plusieurs cours d'eau importants. Il avait établi la hauteur de nombreuses montagnes qu'on avait précédemment fort mal décrites. Il avait démontré qu'il était un homme de courage en emmenant son expédition dans des endroits habités par des Noirs dangereux. Il avait écrit dans son journal qu'il avait « rendu plus qu'il n'avait reçu » de la « Spitting Tribe ». Et aussi : « que six fourbes » de la Yarra-Happini avaient été « expédiés » à coups de fusil. Il avait également défendu avec succès l'expédition contre les attaques des « Kumbaingiri sanguinaires ». Il écrivait tout cela d'une écriture nette et souple qui ne donnait aucun indice sur les bizarreries de sa personnalité. Ses croquis du paysage, des longues chaînes de montagnes, etc., étaient aussi bons que n'importe lesquels se trouvant dans le journal de Mitchell.

Quand il remontait la pente au petit galop, en direction de MM. Smith et Hopkins. Il se sentait aussi frais et dispos que le matin de son départ de Port Jackson. Beaucoup mieux en vérité, car ce jour-là il souffrait d'un léger dérangement intestinal, dû à la trouille, qu'il avait eu bien du mal à cacher à ses subordonnés, toujours avides de repérer une faiblesse chez leur chef.

Mr Macule « ne lui parlait plus ». Nous avons eu, se disait-il, notre petite prise de bec. Il ne put s'empêcher de sourire, ce qui agita le masque sévère qu'il avait collé sur son beau visage. Mr Macule n'avait toujours pas fait sa toilette. Son menton était hérissé de poils roux et des traces charbonneuses décoraient ses oreilles, là où il avait gratté ses piqûres de moustiques. Son allure contrastait totalement avec celle de son compagnon, assis près de lui, qui était, comme toujours, impeccablement habillé de coton fraîchement lavé. On ne pouvait cependant pas en conclure que l'un des deux hommes avait du « caractère » tandis que l'autre n'en avait pas. Au yeux de Mr Jeffris, ils faisaient la paire. Il trouvait que le nom donné à ce chariot, la « voiture des dames », correspondait parfaitement à la réalité.

Mr Jeffris avait peut-être été trop dur avec Mr Macule. Mais il était vivant, oui ou non ? Il arriverait à bon port, comme on le lui avait demandé. Il n'avait été ni percé de flèches ni mordu par un serpent. Il avait vu des choses qu'aucun employé de bureau de Sydney ne rêverait jamais de voir : la vie, la mort, les sauvages. Il avait mangé des serpents et joué les missionnaires. En ce moment, il ne devrait pas être là, assis dans son chariot, le dos raide, mais devrait jeter son chapeau en l'air et proposer de payer le coup à ses protecteurs. Ceux-ci lui avaient offert la garantie d'une place dans l'histoire.

C'était un jour lumineux et vif. La piste était presque aussi bonne que les grands chemins de Sa Majesté. Mr Jeffris mit son cheval au trot et avança pour un moment à côté de la « voiture des dames ». La vue était splendide : l'estuaire de la Bellinger s'étendait en dessous d'eux comme une image dans un livre de contes de fées : avec ses traînées d'aigue-marine, d'or et de turquoise. Trois pélicans s'envolèrent et se mirent à planer un peu plus bas.

« Eh bien, Mr Hopkins, dit Mr Jeffris, tandis qu'il arrachait une tique gonflée de sang à l'encolure de son étalon. Que dites-vous de cela ?

— De quoi ? » demanda le pasteur sèchement, en tournant un bref instant son visage rouge et dédaigneux vers son interpellateur, avant de regarder de nouveau droit devant lui. A ses côtés, Mr Smith aiguisait sa hache et ne cachait sa colère et son dégoût de soi à personne.

« Que dites-vous de tout ça, insista Mr Jeffris, du paysage ?

— Si c'était mon pays, monsieur, je serais effrayé par votre arrivée. »

Mr Jeffris se mit à rire, un rire dur, impatient.

« Et je demanderais à Dieu de vous pardonner et de nous pardonner aussi à nous, qui faisons partie de votre expédition.

— Je comprends que cela ait été un enseignement pour vous, dit Mr Jeffris sur un ton condescendant. Je le comprends parfaitement. »

Oscar ne répondit pas. Son anus le faisait souffrir le martyre. Il se dit : Si j'étais un homme fort, je lui sauterais dessus maintenant et commettrais le péché d'homicide.

« Les églises ne sont pas transportées par des enfants de chœur, dit Mr Jeffris. Et l'Empire n'a pas été l'œuvre des anges. » Il en aurait dit davantage, car c'était un sujet pour lequel il avait une passion secrète — sa main venait de se porter à sa grosse moustache qu'il caressait, tandis qu'il préparait les arguments de sa défense — lorsqu'il fut interrompu par l'homme aux jambes arquées, le botaniste. Celui-ci, comme toujours, voulait s'éloigner du groupe principal, en emmenant le charpentier comme « garde du corps ». Vu que Mr Jeffris avait passé un accord avec lui, qui lui donnait le droit de vendre ses jolis dessins, il était tout disposé à lui complaire.

Le sujet de l'Empire et des anges fut relégué au second plan, puis finalement abandonné. « Nous trinquerons, cria-t-il, tandis qu'il repartait au trot vers l'arrière pour faire cesser une dispute que son surveillant, aux tatouages éclatants, se préparait à faire éclater. « Nous trinquerons au champagne et enverrons un message par bateau à miss Leplastrier. »

Oscar émit un petit bruit, une sorte de léger grognement de douleur. A l'évocation de miss Leplastrier, il éprouva un sentiment de grande lâcheté et se sentit complice de meurtres. Le chariot descendait la pente en cahotant, en direction de Bellingen Heads, les patins de frein en bois gémissaient. C'était la dernière descente vraiment raide avant l'arrivée. Oscar formait un drôle de couple avec son compagnon silencieux, au dos voûté. Il voyait, dans toutes les souches noircies, dans toutes les branches coupées, dans les ombres des casuarines ou des térébinthes, les mêmes corps noirs recroquevillés, les enveloppes fragiles et tendres des âmes humaines. Il chercha son laudanum. Il avait l'impression de respirer une odeur de sang. C'était peut-être le cas, car ses pansements en étaient couverts.

Il y avait deux tavernes à Bellingen Heads et, en dehors de quelque tentes grises, mal entretenues, avec des mauvaises herbes aux larges feuilles poussant dans la rigole d'assainissement, il n'y avait rien d'autre. Les tavernes se faisaient face, de chaque côté d'une étendue sablonneuse, au centre de laquelle se trouvait un trou d'eau de couleur verdâtre, entouré de fèces. Oscar et Mr Smith restèrent sur leurs sièges, tandis qu'on dételait les chevaux pour les faire boire. Quand cette opération interminable fut achevée, Oscar descendit de voiture.

« Venez, Smith.

— Et dites-moi, mon vieux, fit Percy Smith, vous n'allez quand même pas boire avec eux ?

— J'ai bien voyagé avec eux », répondit Oscar.

A l'intérieur de la taverne, il posa ses mains blessées à plat, sur la table de bois brut. L'odeur qui régnait ici semblait être la condensation d'émanations d'égouts bouchés, qui mêlée à l'air marin, est l'odeur caractéristique de Sydney. Il y avait des petites mouches noires partout. Elles se posaient sur ses pansements, sur son visage, sur ses paupières. Il sentait qu'il était arrivé au cœur même de la Nouvelle-Galles du Sud.

Il ne portait pas son « uniforme », mais le complet noir, luisant et effrangé qui était sa tenue lorsqu'il était pasteur ou employé de bureau. De sa chemise blanche sans col sortait un cou blanc interminable, surmonté par un visage rouge, aux yeux fixes et aux cheveux roux ébouriffés. Il était assis le dos collé au mur, et tenait ses mains contre sa poitrine. Il se disait : Je les frapperai tous.

Il se mit à trembler. Il lança un regard furieux autour de lui, en direction des visages décorés de favoris, qui non seulement le dévisageaient, mais riaient tandis qu'on le montrait du doigt.

Il dit : « Les piliers de la société. »

Il se dit : Qu'est-ce que Dieu attend de moi ? Il vit en pensée le visage de son père. Il soupira.

Il attirait la curiosité de tous. Il sentait bien qu'il était dans un endroit maléfique mais sa curiosité n'allait pas au-delà, pourtant la petite taverne était pleine de bizarreries. Le bar n'était qu'une grande planche de cèdre, d'un mètre de large. Les murs étaient couverts de pennies et de florins, retenus par des clous de douze centimètres. Un couple, apparemment, copulait de l'autre côté d'un rideau déchiré, sous lequel passaient, dans un sens ou dans l'autre, des hommes, petits pour la plupart mais trapus, avec de grosses barbes. Ils marchaient en titubant.

Alors qu'à l'extérieur le jour était d'un blanc de faïence, l'intérieur était aussi sombre que de la suie, il faisait penser à une peinture placée au-dessus d'une cheminée. On s'agitait beaucoup autour de Mr Jeffris, qui, dans ce cadre, semblait avoir la peau aussi blanche et être aussi gentil qu'un officier posant pour son portrait.

Les bûcherons, les coupeurs de cèdre voulaient qu'il joue avec eux aux cartes Ils lançaient des plaisanteries, riaient, faisaient des clins d'œil, mais leurs visages révélaient surtout cruauté et égoïsme C'étaient des visages appartenant à des hommes prêts à faire « du vilain » à tout moment. On le devinait comme l'on devine une fourche presque totalement cachée dans une meule de foin.

Jeffris serait le fier-à-bras s'il le fallait, mais il ne jouerait pas aux cartes avec eux. Il fit servir du Moët et Chandon à la table de Mr Hopkins et lui envoya le forgeron et le trompette pour le protéger.

Oscar était inconscient de tous ces remous. Il était oppressé par le poids physique, écrasant du mal. Mr Jeffris avait raison : l'Empire n'avait pas été construit par des enfants de chœur. En cet instant, Oscar était le fils de son père, il infligerait un châtiment aux méchants. Il réduirait la taverne en cendres. C'était cette rage qui donnait à ses yeux leur intensité. Il ne se demandait pas pourquoi il fallait enfoncer des clous de douze centimètres dans l'effigie de cuivre et d'argent de la reine, mais bien plutôt comment on les ferait fondre et se tordre dans le feu. Ses pensées étaient fixées sur le petit bois et le seau à cendres de la cheminée de miss Leplastrier. Il avait laissé son laudanum dans le chariot.

Le forgeron avait fait vœu de tempérance et le trompette (qui n'avait joué de son instrument qu'une seule fois lorsqu'on avait traversé le port de Sydney, et avait dû, par la suite, obéir aux ordres divers et le plus souvent dangereux de Mr Jeffris) était encore à l'âge où l'on se coupe en se rasant et où l'on arrose son rhum avec de la limonade. Il avait peur, sans encore savoir exactement pourquoi. Le forgeron aussi était nerveux. Les trois hommes ne se parlaient pas, mais se serraient les coudes comme des bestiaux au marché appuient leurs derrières à la balustrade jusqu'à ce qu'un crieur envoie son aide les exciter avec son aiguillon, afin de les faire courir, sauter et chier devant les acheteurs et les vendeurs, et aussi devant ces âmes timorées qui ne se décideront à vendre leurs bêtes que la semaine prochaine.

Puis Mr Jeffris s'excusa de ne pas jouer au poker, parce que, dit-il : « Ce gentleman, là-bas, est un guide d'âmes qui serait offensé par une partie de cartes. »

Il est possible que Mr Jeffris ignorât à quel point on méprisait le clergé dans cette partie du pays. Il peut très bien ne pas avoir su que le prédécesseur de Dennis Hasset s'était noyé, après avoir été jeté par ses paroissiens dans la Bellinger.

Oscar sentait sa peau sale comme une enveloppe froide et collante, tandis qu'il buvait du champagne tiède. Il se trouvait dans un tel état d'énervement qu'il n'était pas mécontent de sentir monter l'animosité des coupeurs de cèdre. Il les regardait et on le regardait. Il avait une douleur lancinante autour des yeux, qui n'aurait pu disparaître que grâce au laudanum.

On l'invita à passer sous le rideau déchiré et de « plonger son petit robinet tout blanc dans le puits sacré ». L'épouse au visage pâle et boutonneux, de l'aubergiste lui apporta plusieurs verres d'une liqueur sombre, avec « les compliments de sir Roger Rogerer » ou de « lord Pupslaughter ». Chaque verre était posé sur la table d'Oscar dans un silence religieux, puis l'annonce du nom du donateur était saluée par des rires et des sifflets tapageurs.

On sentait que l'atmosphère devenait extrêmement tendue. Si la taverne avait été un organisme vivant, elle aurait été saisie d'une crise rétro-péristalsique et aurait vomi tous ces corps empoisonnés dans le trou d'eau verdâtre, entouré de merde. Mais la taverne était une chose inerte. Elle était construite avec des poteaux de soixante centimètres de diamètre, provenant des térébinthes de la Bellinger River, enfoncés d'un mètre cinquante dans le sol sablonneux.

Mr Jeffris n'avait pas fait ce long voyage pour mourir dans une bagarre d'ivrognes. Il jouait avec la poignée de son épée. L'aubergiste s'empara d'un marteau pied de biche et commença à taper la lourde tête dans la paume de sa grande main charnue. C'est alors — au moment où tout le monde semblait fasciné par ce marteau — qu'Oscar se leva. Ce n'était pas un geste intentionnel. C'était plutôt comme si la pression exercée par cet horrible environnement était trop forte pour qu'il puisse garder son corps plié. Il se leva donc sans idée arrêtée, mais avec la solide certitude qu'un châtiment devait être infligé à ces mécréants. Il ne put se mettre droit d'un seul coup, mais dut rester penché, ses longs bras appuyés sur la table.

Le silence se fit dans la taverne. Une femme gémissait doucement de l'autre côté du rideau déchiré.

Oscar se dit : Qu'est-ce que Dieu attend de moi ?

Tout le monde semblait se déplacer et respirer très lentement. Un grand type, un peu bizarre, à la barbe rousse, porta un verre à ses lèvres luisantes. Oscar se dit : Telle l'aiguille d'une pendule.

Il leva sa propre main. Il remarqua, comme le firent les autres, que son poignet sortait — cette chose vivante — de l'enveloppe effrangée de sa manche.

« Voyez comme mon poignet est fin, dit-il. Ce poignet que Dieu a fait pour moi. »

Personne ne dit quoi que ce soit.

« Comment pourrais-je vous frapper ? »

Il n'avait absolument pas peur. Tout était parfaitement clair dans sa tête. Il voyait sa main, il la voyait aussi en imagination, tenant une fleur blanche éclatante, de cinq pétales. La fleur se transforma en cartes à jouer.

« Mais je vais jouer avec vous au poker et je gagnerai. Autant que vous sachiez tout de suite que cet argent sera le cadeau que vous ferez à l'œuvre de Dieu à Boat Harbour. »

Un mouvement, à sa propre table, lui fit baisser les yeux. Il vit que le trompette avait renversé son verre. Les lèvres rouges du musicien remuaient. Le garçon priait. Oscar se dit : Je suis ivre de laudanum. Il se dit aussi : Il m'en faut un petit coup. Il mit sa main dans la poche de sa veste, où aurait dû se trouver normalement sa bouteille. Puis, il se souvint — quelle déception, comme il se sentait furieux — qu'il avait laissé ce foutu flacon dans le chariot. Ses doigts trouvèrent à la place l'enveloppe froissée que Lucinda lui avait donnée et qui contenait la récompense de Mr Jeffris.

Dieu m'a mis ça dans la main.

Il sortit l'enveloppe et la brandit. « Je peux jouer cent guinées.

— Non, s'écria l'ignoble Mr Jeffris, du bar. Je vous l'interdis.

— Je vous aurais abattu comme un chien, cria Oscar au-dessus du tapage général, et serais allé en enfer pour cela. Je n'ai été sauvé que parce que je n'avais pas d'arme. » Il poussa la table en avant, de sorte que le verre d'eau gazeuse du forgeron se renversa. Les deux compagnons de table d'Oscar se débattaient pour se libérer de leurs chaises emmêlées. « Espèce d'assassin », cria Oscar. Il mit sa main dans sa poche. Elle était vide. Mr Jeffris avait tiré son épée et se dirigeait vers lui. Personne n'essaya de le retenir.

« Le Seigneur est mon berger, dit Oscar, les yeux brillants, le dos raide. Je ne manque de rien. Devant moi tu dresses une table face à mes adversaires. Tu parfumes d'huile ma tête. »

La main de Mr Jeffris prit le bras d'Oscar au-dessus du coude et le tira si brutalement que celui-ci poussa un cri de douleur. Les cheveux noir corbeau de Mr Jeffris étaient parfaitement peignés, sa moustache, cirée. Il sentait le coiffeur.

« Dehors, hurla Mr Jeffris. Dehors, immédiatement.

— Je vous préviens », lança Oscar. On l'arracha de la taverne comme une dent. On s'esclaffa lourdement après son départ, mais il n'entendit rien. Il était scandalisé, n'avait conscience que de sa douleur, de son impuissance, de sa haine. On le fit tomber sur le sol nu. On lui donna des coups de pied. A plusieurs reprises. Il n'y avait aucun témoin pour le tirer de là. Il avait peur. Il ressemblait à un crabe se faufilant dans un sable gris, lugubre. Il était un corniaud. Il y avait un chariot là. Il se glissa sous les essieux à l'odeur rance. Les bottes l'y suivirent. L'épée se glissait entre les rayons de la roue.

Il s'adressa à Dieu : Oh Seigneur, donne-moi les moyens de frapper ton ennemi.

101

Un chrétien

Percy Smith s'était toujours pensé un bon chrétien et un brave homme. Il ne récitait pas ses prières par cœur. Et les enveloppes qu'il mettait dans le plateau recouvert de feutre de l'église de sa paroisse étaient plus épaisses que ne l'exigeait la coutume, non pas parce qu'il était riche, mais parce qu'il considérait que c'était son devoir.

C'était, effectivement, un homme gentil. Il était gentil avec les animaux dont il s'occupait, et se donnait un mal peu habituel pour s'assurer qu'ils souffraient le moins possible. Il était fidèle à sa femme et était de plus un père tendre et aimant pour ses deux petites filles.

Néanmoins, il craignait que toute cette tendresse ne soit que l'ombre — seule partie visible — de sa lâcheté. Lorsqu'il était gentil, agréable avec ceux qui risquaient de souffrir, c'était parce qu'il était l'un d'eux et qu'il avait peur.

Il ne supportait pas d'entendre raconter la crucifixion du Christ. Ni l'habitude d'écouter ces histoires ni leur répétition n'atténuaient la douleur de ce coup de lance dans le côté, et la longue, lente, agonie de Jésus assoiffé. Quand un prédicateur citait les exemples éblouissants des martyrs chrétiens, Mr Smith craignait qu'à leur place, dans de tels moments, il ait pu renier son Dieu.

Le voyage, sous la conduite de Mr Jeffris, avait confirmé toutes les craintes qu'il avait sur lui-même. Il n'était qu'un faux jeton et un lâche. Il avait torturé Oscar Hopkins avec un entonnoir. Il ne s'était pas levé pour prendre sa défense. Il avait baissé les yeux et dit « oui, monsieur » à n'en plus finir au petit bonhomme intraitable. Il avait « accepté ». Il s'était persuadé que ça ne faisait de mal à personne. Il était resté assis, tranquillement — c'était odieux — pendant qu'on massacrait les indigènes. Et lorsque Mr Hopkins avait protesté, il avait fait partie de ceux qui l'avaient attaché à un arbre, sur l'ordre de Jeffris, afin qu'il ne puisse continuer à faire des embarras.

Toute sa colère et son dégoût, tout ce qui aurait dû normalement être extériorisé, était emprisonné à l'intérieur de sa poitrine, et il se surprenait — lui, cet homme aimant, optimiste, heureux — à aiguiser sa hache, à l'affûter sans cesse, afin qu'elle devienne aussi coupante qu'un rasoir.

Il ne se disait pas : Un rasoir pour mes poignets. Aucun mot ne venait à son esprit. Il passait et repassait la pierre ronde à aiguiser, avec, dans la bouche, le goût de l'eau qu'il avait bue au puits étonnamment profond du mal.

Quand il en eut fini avec la hache, il passa au tomahawk.

Il était donc assis dans la « voiture des dames », quand il entendit un cri et aperçut Mr Jeffris, l'épée dégainée, donnant des coups de pied dans le derrière et dans les côtes de Mr Hopkins. Celui-ci tenait une enveloppe qu'essayait de lui arracher Jeffris.

Mr Hopkins disparut sous le chariot. Puis, il était debout à côté de la « voiture des dames », essayant de mettre le pied sur le marchepied.

« Seigneur, aide-moi », dit Oscar Hopkins.

Il était presque dans la voiture lorsque Mr Jeffris le saisit par l'épaule.

Percy Smith leva son tomahawk et l'abattit sur l'avant-bras de Mr Jeffris. La lame n'était pas très lourde, mais Mr Smith était un homme fort. Il sentit que l'os était coupé et éprouva immédiatement une immense satisfaction, un grand frisson si proche d'un frisson de plaisir, qu'il était impossible de lui donner un autre nom.

Alors que Mr Jeffris s'éloignait en titubant du chariot, le sang jaillissant à travers l'étoffe de sa veste d'un bleu éclatant, Mr Smith vit que Mr Hopkins avait levé la hache.

Mr Hopkins était debout, les pieds écartés. Il tenait la

hache fort mal, les deux mains blanches trop près l'une de l'autre. Son visage était en feu, sa bouche ouverte. Alors que le pasteur portait la hache au-dessus de sa tête, Mr Smith se dit : Il va se blesser s'il s'y prend de cette manière.

« Hin », cria Oscar Hopkins.

Il planta la hache polie par la haine au beau milieu de la tête luisante, couverte de brillantine, de Mr Jeffris. Puis ses mains lâchèrent le manche. Elles tremblaient, s'entrechoquaient. Mr Jeffris s'effondra sur les genoux, puis tomba en avant, dans la direction qu'indiquait le manche en buis de la hache. La lame s'était enfoncée de sept centimètres dans le crâne et avait pénétré jusqu'à l'orbite de l'œil gauche.

Tous les ivrognes étaient à l'intérieur de la taverne. C'est ce que remarqua Mr Smith avant de faire quoi que ce soit. Puis il prit la couverture sur le siège et enveloppa Oscar Hopkins dedans. Celui-ci tremblait comme une feuille. Il l'obligea à se coucher, et là, sans penser à ce qu'il faisait, il le borda comme s'il s'agissait d'un petit enfant. Il lui immobilisa les membres de force et le tint embrassé sur ses genoux pour le cajoler.

102

N'ai-je pas commis un meurtre ?

« N'ai-je pas commis un meurtre, Mr Smith ?

— Oui, nous avons tué un homme.

— Alors, dites-moi, s'il vous plaît, pourquoi cette effroyable légèreté ? Et pourquoi sommes-nous ici ? Et où sont les membres de l'expédition ? »

Oscar s'était réveillé le lendemain du jour où Mr Smith l'avait enveloppé dans la couverture. Il lui avait fallu quelque temps pour se débarrasser de ses langes imbibés de sueur. Mais lorsqu'il se retrouva à l'extérieur des murs de toile tachés et familiers de la tente, il découvrit non pas la scène de son cauchemar, mais une étendue bleue et fraîche de la Bellinger River, une large étendue d'eau tranquille, contre le petit quai de fortune qu'on avait construit. Au quai étaient amarrées deux barges ou plutôt (parce que c'étaient de longues embarcations avec des proues plates) des péniches. Ce fut là qu'il trouva Percy Smith, une chemise blanche sur le dos, occupé à jouer de la scie et du marteau. Il avait déjà construit une plate-forme qui était posée sur les deux péniches.

« Nos "gens" sont pour le moment partis vers le sud à la recherche de Mr Jeffris, lança Percy Smith en décochant à Oscar un sourire joyeux et en passant sa main dans ses cheveux courts, afin de former sur sa nuque une sorte de crête arrogante. Ils pensent maintenant qu'il n'est rien d'autre qu'un brigand. Ils veulent leur paie et sont donc partis pour la lui arracher.

— Oh mon Dieu », dit Oscar, en gémissant, prenant sa tête dans ses mains.

Mr Smith glissa son marteau dans sa ceinture et grimpa vivement l'échelle de bois vert qui menait au quai.

« Allons, dit-il. Allons, allons, mon vieux.

— Oh mon Dieu, dit Oscar, sans se rendre compte de l'endroit où il marchait, trébuchant sur les poteaux de soutien entassés près de ses pieds. Oh, mon Dieu, qu'avons-nous fait ?

— Allons, allons, dit Percy Smith en guidant son ami vers la terre ferme parmi le fouillis de sacs de toile et de poutres qui encombraient le quai. Allons, il ne faut pas avoir peur.

— J'ai tué un homme.

— Votre Créateur vous pardonnera. »

Un frisson parcourut le corps mince et blanc d'Oscar. Percy Smith le sentit et sut immédiatement de quelle nature il était. Il avait aussi ces sortes de symptômes. Cependant, ce qu'il ressentait par-dessus tout — il demandait à Dieu de le lui pardonner — c'était de la jubilation.

Il avait une telle impression de légèreté que lorsqu'il traversa le quai pour rejoindre Oscar, il aurait volontiers gambadé.

« Le Seigneur était son Créateur aussi, dit Oscar sévèrement.

— Écoutez, dit Percy Smith, nous sommes vivants et il est mort. Remercions Dieu d'être enfin délivrés. »

Percy Smith prit Oscar par le bras et le conduisit près d'une grume, à côté du feu de camp en train de s'éteindre. Il trouva quelques petits morceaux de bois et quelques feuilles et, en un instant, les flammes étaient reparties. « Ils ont été suffisamment gentils pour nous laisser du thé et du sucre et une gamelle. Quant au reste, ils étaient bien trop pressés.

— Mon église, s'écria Oscar en se remettant difficilement debout.

— Ils n'ont pas emporté votre église. »

Oscar regarda autour de lui d'un air furieux et Percy Smith ne put s'empêcher de rire.

« Oh, dit Oscar, en tordant son visage blanc dans une grimace irritée, vous êtes fou.

— Votre église est là, roucoula Mr Smith. Votre église est là, monsieur le pasteur. Elle est là absolument.

— Mais je me fiche qu'elle soit ici, imbécile, cria Oscar en se mettant debout et en brandissant le bâton de la grosseur d'un doigt dont il s'était servi pour attiser le feu. Elle doit aller à Boat Harbour. Et j'ai tué l'homme qui pouvait l'y emmener. Et vous, vous... Il soupira. Oh, mon Dieu. Il s'assit de nouveau. Je ne peux vous blâmer, Mr Smith. Et quelle importance d'ailleurs étant donné que nous allons très sûrement être arrêtés ?

— Cher Mr Hopkins, je vous en prie, montrez un peu plus de gaieté.

— De la gaieté ? s'écria Oscar.

— Vous êtes aussi coloré qu'un petit perroquet. Regardez-vous, le visage rouge cramoisi et criant du haut de votre arbre. S'il y avait de la police montée par ici, elle aurait vite fait de nous trouver. Mais il n'y en a pas dans cette région.

— Pas de police ?

— Et même s'il y avait une meute d'agents de police de Sydney, je veux bien parier votre bouteille de laudanum qu'ils ne seraient pas assez vifs pour mettre la main sur Percy Smith. Vous devriez être fier de me connaître.

— Oh, dit Oscar, je suis joliment fier.

— Ne faites donc pas le malin, Hopkins. L'ordure avait été enlevée avant qu'aucune âme ne soit sortie pour assister au lever du soleil. Félicitez-moi, s'il vous plaît.

— Oh, je suis désolé, Mr Smith, mais c'est impossible.

— Alors, prenez un peu de galette. C'est vraiment dommage que vous ne vous soyez pas réveillé pour la manger chaude. »

Oscar buvait son thé tandis que Mr Smith le regardait. « Qui aurait pu penser que j'étais un meurtrier ? dit-il. Je ne l'aurais même pas deviné moi-même. Songez à ma pauvre mère lorsqu'elle me nourrissait... Il s'arrêta et plongea ses yeux dans la fumée.

— Ne ruminez donc pas. »

Oscar prit sa tasse dans ses deux mains et regarda les alentours du camp. Percy Smith ne le quittait pas des yeux.

« Vous ne devez pas revenir là-dessus.

— Et où se trouve l'église qui fut la cause de tant de sang versé ?

— Autour de vous. Est-ce que par hasard vous ne reconnaîtriez pas une plaque de verre ? » Effectivement, il y avait les morceaux de fonte et de verre de l'église — avec leurs petites étiquettes agitées comme des feuilles de papier bulle — rassemblée en tas bien rangés, tout autour du campement, et sur le quai.

« J'ai cru que vous alliez marcher sur les meneaux.

— Oh, Seigneur, dit Oscar doucement, oh, mon Dieu.

— Arrêtez, mon vieux.

— Oh, Jésus.

— Bêtises.

— Et où sont toutes les caisses ? Et comment ferons-nous... ?

— « Ne dis pas que la lutte ne sert à rien », dit Percy Smith. « Que nos luttes et nos espoirs sont vains. » Comment est-ce que ça continue ? Vous avez vu les caisses.

— Smith, dit Oscar, je vous en prie. Je ne suis pas en état de résoudre des puzzles idiots.

— Alors, écoutez-moi et cessez de ruminer. J'ai loué ces deux péniches que vous voyez à quai. Elles ne sont pas, individuellement, assez grandes pour transporter l'église, aussi, pendant que vous ronfliez, j'ai utilisé le bois des caisses pour construire une plate-forme. J'ai fait les calculs. Votre église a seize mètres de long et huit mètres de large.

— Huit mètres vingt-cinq de large.

— D'accord. Et tous ces morceaux, toutes ces pièces pèsent douze tonnes, comme vous me l'avez répété assez souvent. Pour transporter douze tonnes sur l'eau, nous avons besoin de barges avec un déplacement proche de sept mètres cube. Et ces deux-là, celles que vous voyez feront l'affaire. Nous pourrons emmener l'église en amont, au moment de la marée. Je me suis arrangé pour trouver des gens qui nous aident à la construire. Deux hommes peuvent ramer, pousser à la perche, de manière à garder les barges au milieu du courant. J'imagine que nous pouvons être là-bas dans deux jours.

— Et alors, nous devrons construire l'église.

— Non, pas alors », dit Percy Smith. Il se leva. Il commença à marcher autour du feu. « Non pas alors, mais maintenant, ici. Sur les barges. Vous voyez, j'ai résolu le problème. Nous entrerons à Boat Harbour avec éclat, voyez-vous ça ? Pouvez-vous imaginer la tête que vont faire ces mécréants ? Un univers de cristal. Imaginez. Ne le voyez-vous pas, Mr Hopkins ? Quelle apparition ce sera que la maison de Dieu arrivant vers eux sur l'eau.

— Mr Smith, je suis fatigué.

— Ne soyez pas fatigué, mon petit révérend, dit Percy Smith. Reposez-vous sur moi, je suis un homme pratique. J'ai déjà construit cette plate-forme sur l'eau. C'était peu de chose.

— Mais qu'arrivera-t-il à l'autre bout ?

— Eh bien, cher Mr Hopkins, écoutez ça. Je me suis posé la même question. C'est relativement facile, me suis-je dit, de construire cette église de verre sur l'eau, mais que va-t-il se passer à l'autre bout ? Eh bien, voilà la réponse. J'ai douze poutrelles de bois mises en travers des deux barges. Vous auriez dû les voir, mais vous n'en n'avez rien fait, naturellement. Vous étiez Macbeth plongé dans ses rêves. Quant à moi, j'étais très occupé. J'ai mis douze poutrelles en travers, voyez-vous. Quand nous serons à Boat Harbour, vingt-quatre hommes lèveront l'église grâce à ces poutrelles et la transporteront. Félicitez-moi.

— Vingt-quatre hommes ne suffiront pas. Il leur faudrait porter une demi-tonne chacun.

— Alors quarante-huit ou quatre-vingt-seize. Peu importe. Ces villes sont remplies de loustics qui meurent d'envie de prouver leur force. Nous la leur ferons porter dans la rue principale comme un char dans une procession.

— Mr Smith, comment se fait-il que vous soyez comme ça ?

— Vous n'aimerez pas ma réponse, Mr Hopkins.

— Dites-la-moi quand même.

— Je suis comme ça parce que nous avons tué un méchant homme, dit Percy Smith. Cela m'a fait un bien fou, un bien que je ne peux vous dire.

— Et vous n'éprouvez pas de honte ?

— Oh si, bien sûr. Et de la culpabilité, mais je vais vous dire ce qu'il en est franchement : j'ai été bien plus triste en tuant des bêtes. C'est quelque chose auquel vous ne vous habituez jamais. Vous faites attention de bien aiguiser votre couteau, de porter le coup mortel le plus rapidement possible, mais il y a toujours le moment où vous regardez ce pauvre animal dans les yeux. Vous pouvez interroger les autres fermiers à ce sujet, s'ils sont honnêtes ils vous diront la même chose, c'est épouvantable. Mais cet homme était cruel. Je suis content que nous l'ayons tué. Je ne pouvais plus supporter d'être une lavette un jour de plus.

— Et nous avons enfreint quel commandement ?

— Je suis sûr que le Tout-Puissant n'a pas un cerveau semblable à celui d'un employé de chemin de fer.

— Ce qui veut dire ?

— Il n'est pas un crapaud bouffi dans les bureaux de l'administration. Il sait que vous n'êtes pas un mauvais garçon. »

Oscar enfonça la main dans sa poche pour trouver son laudanum. Celui-ci était à sa place.

« Vous devriez vous laver, dit Percy Smith. J'ai un peu de savon.

— Oui », répondit Oscar. Il ne croyait pas un mot de ce que venait de lui dire Percy Smith à propos de Dieu.

103

Marie-Madeleine

Kumbaingiri Billy n'était pas dans la taverne ni dans aucune autre taverne, à aucun autre moment que ce fût. Mais la femme qui se trouvait de l'autre côté du rideau déchiré était la sœur de son père. Elle avait été enlevée par des coupeurs de cèdre, environ un an plus tôt et était réduite au désespoir le plus grand que puisse connaître un être humain. La sœur du père de Kumbaingiri avait environ vingt ans. Elle dit que la taverne était très calme lorsque Oscar avait fait son petit discours. Elle dit qu'il avait un visage déchiré, pelé, comme les troncs des mélaleuques qui poussent dans les marécages près de la Bellinger. Elle y lisait un grand malheur, disait Kumbaingiri Billy, mais ce malheur, admettait-il, était plus certainement celui de la jeune femme elle-même.

Celle-ci avait été témoin du meurtre. C'était elle qui montra à Percy Smith la fosse à purin qui allait être le lieu de repos éternel de Mr Jeffris. C'était elle qui l'emmena en aval, pour se rendre à la ferme décrépite de H.M. McCracken, et resta à l'extérieur, en grattant ses longues jambes minces tandis que Percy Smith marchandait avec McCracken à propos d'un juste prix pour la location de ses péniches, des péniches d'ailleurs qu'il fallait écoper sans arrêt.

Elle vit Oscar s'éveiller. Elle entendit la discussion à propos du meurtre. Elle était accroupie dans les broussailles, à environ cinq mètres d'eux. Elle était très impressionnée par Oscar. Elle pensait qu'il était un brave homme. Quand il eut fini sa galette, elle sortit des broussailles et lui dit qu'il y avait deux hommes qui pouvaient les aider à construire l'église.

Elle vit l'église de verre construite sur les péniches.

Kumbaingiri Billy connaissait l'histoire. Il dit : « Il était rapide, ce type au visage rouge et aux cheveux roux. Ma tante l'avait surnommé « feu de brousse » à cause de sa manière de bondir d'un endroit à l'autre sur la péniche. Le visage en feu, il dansait dans son propre embrasement. Ils parvinrent à dresser les colonnes le premier jour — c'étaient des choses torsadées comme une corde ou comme un tire-bouchon. Ces colonnes étaient noires, pleines de graisse. La graisse était noire aussi. Si bien que les Blancs devinrent des Noirs. Ils utilisèrent des petites branches pour servir d'attaches Ils ne pouvaient enfoncer des clous, évidemment. Ils fixaient les petites branches avec des cordes. Ensuite, ils assemblèrent les cintres sur le quai. Ces cintres étaient extrêmement simples. Il y avait un tas de décorations, mais c'était pour plus tard — toutes ces décorations tarabiscotées ressemblaient à celles des maisons de Lawson Street. Elles étaient destinées au bas des murs. Il y avait aussi un truc bizarre au sommet, une sorte de crête prétentieuse, mais les cintres étaient extrêmement dépouillés. On les assembla sur le quai et ensuite on attendit que la marée descende. On attendit. On fuma. A l'heure du déjeuner, la marée descendit. Le sommet des murs arriva à la hauteur du quai et alors, ce Mr Hopkins cria : « Ça y est. » On glissa les cintres et on les attacha aux murs. Mr Hopkins ne monta pas sur le toit, mais fichtre, il n'hésitait pas à donner des ordres aux travailleurs. Il les appelait pour leur faire faire ceci, pour leur faire faire cela, attention, ne laissez pas tomber ce truc, ne le cassez pas. Ils se mirent au travail deux jours avant le dimanche des Rameaux. Ils travaillèrent le dimanche aussi. C'est ce jour-là qu'ils commencèrent à placer les vitres dans les montants de fonte. Ils voulaient gagner un pari, c'est ce que j'ai appris plus tard et c'est pourquoi ils travaillèrent même le dimanche. Ils attaquèrent par le bas, en allant de gauche à droite, pan pan. Ils devaient utiliser des sortes d'agrafes métalliques, j'imagine, pour garder le verre en place. C'est à ce moment-là que ma tante vit des vitres pour la première fois. Ma parole, elle en était toute excitée. Jusqu'à ce jour, elle n'avait vu en verre que les bouteilles contenant de l'alcool. Elle découvrait que le verre était quelque chose de bon. Elle ne le pensait pas auparavant. Lorsqu'elle vit cette église de verre achevée, elle devint chrétienne. Ce fut ce jour-là que Jésus arriva pour la première fois à Bellinger. Elle vit Jésus, Marie, Joseph, Paul et Jonas, tous ces gens qu'elle ne connaissait pas avant. Elle savait que votre arrière-grand-père était un brave homme. Elle voyait qu'il avait une auréole comme un de ces saints. Elle voyait que lorsque tombait la nuit il frissonnait, non pas de froid, mais à cause d'une sorte de bonheur sacré. Il lui dit : « Vous vivrez au paradis. » Il la baptisa Marie, en souvenir de Marie-Madeleine. C'était un nom stupide pour une Kumbaingiri, et si vous voulez mon avis, vieux, c'était un signe d'ignorance que de parler ainsi à nous autres, Koori. »

104

Miriam

Miriam Chadwick n'était plus en deuil. Elle avait une fois de plus jeté à la poubelle ses voiles noirs, malgré les conseils de Mrs Trevis, sa patronne aux lèvres barbouillées qui pensait, à voix haute bien sûr, que c'était tenter le diable.

« De qui donc pourrais-je porter le deuil ? » demanda Miriam Chadwick. Cette conversation avait lieu tandis que Miriam tenait le nouveau-né de Mrs Trevis, un bébé coléreux, toujours en train « de suçoter » et de taper sa petite tête contre l'épaule de la gouvernante.

« Vous pourriez porter mon deuil ou celui de Mr Trevis, suggéra Mrs Trevis.

— Oh, c'est peu probable, dit Miriam Chadwick en rejetant ses cheveux noirs en arrière — de beaux cheveux noir d'ébène, noir de corbeau. Mais qui pouvait ici à Marx Hill s'intéresser à leurs reflets bleu sombre ? Rien n'est moins sûr évidemment, continua Miriam en secouant le bébé avec aigreur, et laissant sa phrase ambiguë en suspens aussi longtemps qu'elle en eut le courage, étant donné que vous et Mr Trevis possédez une si bonne santé.

— Allons, dit Mrs Trevis, en tendant le bras pour prendre le bébé. Elle saisit doucement le poignet du petit garçon qui cherchait à s'emparer d'une saucière posée sur la table de cuisine. Allons, je vais prendre l'enfant. Vous allez vous occuper de ce truc. »

« Le truc » était la baratte, une roue de torture en bois que Mrs Trevis abandonnait maintenant à la jeune gouvernante.

« Si vous aviez mis le grappin sur le jeune révérend Hasset... » commença Mrs Trevis. Cette remarque n'avait rien à voir avec le deuil ou les voiles de veuve, mais était destinée à faire comprendre à cette gouvernante prétentieuse (celle-là même qui se croyait trop bien pour allumer le feu ou nettoyer les pots à lait) sa véritable place dans la société.

« Je n'ai pas essayé, comme vous dites, de « mettre le grappin » sur ce pauvre homme, bien qu'il se soit vu, sans aucun doute, impeccablement « coincé » sans qu'il puisse même savoir ce qui lui arrivait.

— C'est la jalousie qui tue le chat », dit Mrs Trevis, en plongeant son index dans le tonneau de beurre, avant de le glisser dans la bouche avide du bébé.

Miriam Chadwick regarda la scène avec son joli nez plissé.

« La curiosité.

— Pardon ?

— C'est la curiosité qui tue le chat.

— C'est la curiosité au début, répondit Mrs Trevis, mais en fin de compte, c'est la jalousie. Ça porte malheur de jeter ses voiles de veuve. »

Cette conversation continuait à trotter dans l'esprit de Miriam Chadwick au cours de ce chaud après-midi du jeudi, alors qu'elle savourait — tous les Trevis étaient partis pour Boat Harbour faire des courses en vue des fêtes de Pâques — sa solitude, assise sur l'escalier de bois qui dominait un méandre de la Bellinger River. Elle repassait dans sa tête la liste de ses prétendants — ennuyeux ou agaçants ou médiocres — quand elle vit une église de verre, amenée dans son champ de vision par deux hommes portant de grands chapeaux de paille.

Elle fut tout d'abord déçue que Mrs Trevis ne soit pas là pour être le témoin, elle aussi, de cette chose surprenante. Son exclamation se perdit dans le vide. « Oh Seigneur, dit-elle, sentant qu'une victoire subtile lui avait été d'une certaine manière refusée. Regardez ce que vous avez manqué. Regardez. Regardez simplement ça. »

L'église remontait le fleuve, ses murs pareils à de la glace reflétaient la lumière. Elle était aussi belle et élégante que la civilisation elle-même.

« Mais qui ? demanda Miriam Chadwick. Mais qui ? Qu'on me réponde simplement à ça. » Qui donc dans cette vallée de culs-terreux pouvait être capable de réaliser une telle chose ? Car ce n'était pas simplement que cette petite église et son clocher étaient en verre, c'était aussi qu'elle avait d'adorables proportions. Il y avait, dans sa construction, de merveilleux détails pleins d'imagination, dignes, disons par exemple, d'un prince en Bavière.

Une bordure décorative courait le long du faîte, une sorte de dentelle, que Miriam n'arrivait pas à voir nettement, peut-être étaient-ce des fleurs de lis. Les plaques de verre des murs n'étaient pas des carrés ennuyeux, semblables à des vitres, elles étaient au contraire allongées, fines, avec un petit triangle au sommet. Il y avait aussi une merveilleuse frise en fonte, composée de médaillons (des armoiries ?), qui se répétaient au bas des murs. Cette frise en fonte de presque un mètre de haut était travaillée comme le jubé d'une cathédrale.

Miriam ne vit pas, ou n'apprécia pas la spécialité de Mr Flood — ces espèces de sucres d'orge en fonte dont il était si fier. A vrai dire, il ne lui fallut pas plus d'une minute pour qu'elle oublie totalement cette miraculeuse construction, pour qu'elle n'ait pas plus d'importance à ses yeux qu'un joli papier d'emballage. Comme les péniches pivotaient au milieu du fleuve, le verre retrouva sa transparence et Miriam aperçut la silhouette de l'homme, habillé de noir, qui était assis sur une chaise, à l'intérieur de l'église.

A cet instant, son sens du merveilleux fut complètement étouffé par une préoccupation plus pratique. En effet, si cette superbe construction était une église — et n'y avait-il pas une croix à l'une des extrémités du toit ? — alors, l'homme vêtu de noir, qui se trouvait à l'intérieur, était presque certainement un pasteur.

Miriam possédait une tenue d'amazone aigue-marine, en soie moirée, qu'on trouvait « inconvenante » à Boat Harbour. Elle la passa. Elle avait aussi un petit chapeau avec une voilette. Elle l'attacha avec une grande épingle. Elle n'avait pas le temps de prendre un bain. Elle se rendit dans l'enclos attenant à la maison, et maîtrisa le petit shetland revêche, qu'on avait laissé à la maison. Elle lui donna une bonne gifle sur la bouche lorsqu'il essaya de la mordre. La bête rejeta la tête en arrière, et ses yeux, bien qu'un peu fous, l'étaient cependant moins que d'habitude. « Ainsi, pensa Miriam Chadwick, tu es bravache comme les autres. » Le poney résista de nouveau. Miriam le frappa encore en pensant, avec amertume, aux effets de la brutalité sur la vie à Fernmount.

Le poney ne voulait pas avancer au pas. Il se mit très vite au trot, presque au galop, pour descendre la colline aux ornières d'argile molle qui filaient vers la rivière. Miriam perdit sa jolie cravache à la barrière, mais le poney, dur de bouche, ne voulut pas s'arrêter. Elle arriva sur le sentier qui longeait la Bellinger. Elle avançait maintenant à côté des rameurs, de l'église construite sur péniches.

« Oh mon Dieu, pria-t-elle, ne permets pas que je me ridiculise ainsi. » Effrayée, elle poussa un cri lorsque le poney fit un faux pas après avoir marché sur un bord instable de la rive. L'animal retrouva son équiibre et continua à avancer, laissant derrière lui l'église qui se trouvait maintenant près du débarcadère de Boat Harbour.

Miriam se disait : Tout le monde doit se douter de ce que je cherche, et, du coup, se sentait honteuse.

A Boat Harbour, elle dut se cacher pendant une heure ou deux, pour ne pas être vue par ses patrons ou leurs enfants, qui étaient, apparemment, dans toutes les boutiques et à tous les coins de rues. Elle s'installa dans la pièce réservée aux offices au-dessus de la boutique du cordonnier. Et, après avoir tout d'abord fait semblant de prier, elle finit par le faire.

105

La nef d'une cathédrale

La Bellinger n'était pas ce qu'elle est aujourd'hui, avec des champs d'un vert électrique, descendant vers la rivière. Les rives étaient semblables à des falaises recouvertes d'un camouflage, d'où sortaient d'énormes aiguilles à tricoter, emmêlées, enchevêtrées, au milieu des fougères et des plantes grimpantes. C'était un paysage qu'avaient déjà blessé, fait saigner les coups de couteau et de hache des coupeurs de cèdre. Mais ses blessures étaient internes, ouvertes dans les entrailles de la brousse. Et même si Oscar voyait Percy Smith et ses deux aides bondir çà et là pour donner des coups de perche à des troncs d'arbre descendant le courant, afin de les écarter des embarcations, il n'imaginait aucunement leur histoire. Il ne voyait que les murs de verdure jacassante de la jungle, qui vomissaient d'innombrables oiseaux aux larges ailes, à l'approche de l'église.

Laudanum ou pas, il se sentait mal à l'aise. Il demanda à Percy Smith de fermer à clef la porte. Il plaça sa chaise de bois au milieu même de la nef. Il priait à voix haute et sa prière avait quelque chose de vibrant, de dur, à cause de tout ce verre qui l'entourait. Il dit : « Oh, Seigneur, je suis vivant au milieu de ta terrible rivière, toute ta gloire m'entoure, mais j'ai peur. »

Derrière les murs, il entendait l'homme nommé « Rumgo » rigoler. Cela n'avait guère plus d'importance pour lui que le cri des oiseaux sauvages.

Mon arrière-grand-père remonta la Bellinger River comme un aveugle la nef centrale de Notre-Dame. Il ne vit absolument rien. Le pays était rempli d'histoires sacrées plus anciennes que celles qui se trouvaient dans sa Bible à la reliure de cuir glissante de sueur. Il ne soupçonnait pas même leur présence. Certaines de ces histoires étaient aussi petites que les arthropodes transparents qui vivent dans les mares sous les eucalyptus qui bordent les cours d'eau. Ces histoires étaient comme des puces, comme des thrips, si minuscules qu'elles pouvaient se placer dans des endroits (à l'intérieur des épis minuscules des herbes, par exemple) où il marcherait plus tard sans même les voir. Dans ce paysage chaque rocher avait un nom et la plupart des noms renvoyaient à des esprits, à des fantômes, à un sens.

Oscar avait donné son chapeau à la sœur du père de Kumbaingiri Billy. C'était le mercredi précédant le vendredi saint et bien qu'il fît froid à Sydney, il faisait chaud sous cette latitude. A l'intérieur du dôme de verre, il faisait même très chaud. Seul le méandre en épingle à cheveux de Fernmount permettait aux rives de donner un peu d'ombre sur la rivière.

Kumbaingiri Billy aperçut l'église de verre. C'était alors un jeune garçon qui n'avait été initié que l'année précédente. Il chassait avec les hommes à l'endroit qu'on appelle maintenant Marx Hill. Il aperçut l'église de verre au loin — un prisme, un cube, un clocher de lumière glissant parmi les ombres vertes de Fernmount. Des hommes avec des chemises bleues et des chapeaux à large bord tenaient de longues perches. Ils étaient debout près des bords. Au milieu, se tenait un homme. Même dans l'ombre, c'est ce que Kumbaingiri Billy dit à mon père, des flammes dansaient autour de sa tête.

Oscar, évidemment, ne voyait pas les Noirs qui le regardaient. Il n'avait pas peur des Noirs. Il avait peur d'autre chose. La plate-forme de bois placée sous ses pieds avait été construite sur les deux péniches de H.M. McCracken, qui demeuraient, en dépit de tous les clous, de toutes les planches, de toutes les attaches qui les reliaient, deux choses parfaitement indépendantes.

Donc, lorsqu'une des péniches ballottait, elle ne restait pas en accord avec sa compagne, et les fondations de cette église, aussi fragiles qu'une cage d'oiseau, remuaient, se tordaient.

Le verre, malgré sa grande résistance à la compression, n'accepte pas facilement ce genre de torsion.

Trois vitres se brisèrent. Des plaques placées sur le toit. Elles se fendirent et restèrent suspendues en l'air comme des lames de glace. Leurs bords en dents de scie transformaient la lumière en un arc-en-ciel qui venait tomber sur les mains jointes de mon arrière-grand-père. Oscar était décharné, fort laid, avec une pomme d'Adam proéminente et un nez crochu flamboyant. Il ressemblait au plus terrible des calvinistes. Il y avait des cercles de peau blanche, non halés, autour de ses yeux. Ses iris verts étaient enchassés dans des blancs jaunâtres striés de filaments rouges.

Percy Smith enfonça sa perche dans la boue. Des vecteurs de forces contraires luttèrent pour parvenir à une solution. La plate-forme, sous les pieds d'Oscar, se tordit. Une autre vitre se brisa et tomba cette fois au pied des colonnes en forme de sucre d'orge du chœur. « Oh, Seigneur, dit-il, tandis que la sueur coulait de son front dans ses yeux, je Te remercie de m'accorder cette journée. »

Pour toute réponse, trois nouvelles vitres se brisèrent. Et tandis que selon les lois de la pesanteur elles auraient dû tomber — il n'y avait pas d'armature dans le verre, rien d'autre pour le retenir que des bords en dents de scie — elles restèrent en place. C'était une tache sur le ciel, comme quelque chose qui aurait caillé, quelque chose d'un blanc laiteux, ressemblant à de la cellophane froissée.

L'homme, à l'intérieur de l'église, agitait ses mains, des gestes qui, vus de Marx Hill, apparaissaient mystérieux, peut-être même magiques, mais qui, à l'intérieur de ce fourneau de cristal qu'était l'église, avaient simplement pour but de repousser de grands insectes effrayants, qui s'étaient laissé emprisonner à l'intérieur.

Il y avait des essaims de mouches prisonnières de l'église. Elles ne comprenaient pas ce qu'était le verre. Il y avait aussi trois libellules au ventre bleu. Depuis cent mille ans, leurs ancêtres avaient vécu dans cette vallée sans rencontrer, ne serait-ce qu'une fois, un morceau de verre. Brusquement, l'air résistait là où il aurait dû céder. C'était le même problème pour le scarabée aquatique à la carapace solide et rousse et pour la guêpe. Ils voletaient, pris de panique, contre la paroi de verre. Ils n'avaient pas l'intelligence nécessaire pour comprendre la nature de cette matière. Ils se cognaient contre le « rien » afin, apparemment, de démontrer à Oscar Hopkins les limites de sa propre intelligence, son ignorance de la nature de Dieu et de lui faire toucher du doigt les murs de l'enfer. Car ceux-ci peuvent être construits dans un matériau semblable au verre, dans quelque chose d'inimaginable, de contradictoire, d'impossible.

Tandis que les trois hommes s'activaient autour de lui, avec leurs longues perches de bois vert, Oscar portait ses mains à ses oreilles ou les agitait autour de lui. Le verre brisé envoyait des rayons colorés sur son front. Il dit : « Oh, Seigneur, je Te loue. Je loue Ta terrible rivière, je n'ai plus peur. » Mais sa main posée sur le renflement rigide de sa poche serrait la bouteille gluante de laudanum.

Il se dit : Tout sera bientôt terminé.

Mais l'église enflammait les brûlures de sa peau. Il observait la magnifique libellule, semblable à un bijou, s'écraser contre le verre. Il fut pris d'un accès de panique lorsqu'il se dit qu'il avait peut-être parié en s'appuyant sur des informations de second ordre. Ce n'était pas la parole de Dieu qui l'avait convaincu, mais celle du « malin ».

Il enleva sa veste pour en couvrir sa tête et ses épaules. C'est pourquoi, lorsque l'église fendillée fut finalement remorquée vers la jetée de Boat Harbour, l'inspecteur myope du gouvernement le confondit avec une bonne sœur en cornette.

106

L'arrivée de l'église anglicane à Boat Harbour

Le révérend Dennis Hasset avait découvert une sangsue dans sa chaussette. Il essayait de rentrer chez lui à pied, afin de pouvoir l'enlever. A vrai dire, ce n'était pas seulement une sangsue, il y en avait deux, même si elles étaient l'une et l'autre accrochées pratiquement au même endroit. De sorte que l'une était devenue énorme, toute gonflée, alors que l'autre était restée menue. La vue de cette limace noire, brillante, à deux queues, lui fit lever le cœur. Il se serait mis à courir s'il n'avait pas craint, à juste titre, que sa fuite ne favorise les attaques des conducteurs de bestiaux ivres ou celles, à coups de pomme de terre, des enfants au nez écrasé, de Magneys ou de Walls.

Dès qu'il entendit parler de l'église de verre, sa seule pensée fut qu'il ne pourrait pas régler le problème des sangsues chez lui. Il ne fit certes pas de rapprochement avec Lucinda. En fait, il ne croyait absolument pas à ce qu'on venait de lui apprendre. Il pensait seulement qu'il y avait quelque chose que son informateur, l'employé de l'administration gouvernementale, s'imaginait être une église, et qui finalement se révélerait être une scie à vapeur, un canot de sauvetage, un phaéton écrasé, retrouvé après un naufrage, près des Heads.

Pour enlever la sangsue, il avait besoin de sel. Il pouvait en acheter pour un demi-penny chez Hammond et Wheatley. C'est ce qu'il fit en s'appuyant sur un seul pied, résistant à l'envie pressante de frotter ses chevilles l'une contre l'autre, tandis qu'il attendait son tour derrière Mrs Trevis. Celle-ci, tout en achetant de la farine et du bacon, racontait que son grand-père Dawson avait été le peintre de voitures de Sa Majesté la reine. L'employé de l'administration arriva en courant pour venir le chercher. C'est lui qui demanda à Mr Hammond de servir, s'il vous plaît, le révérend gentleman, qui est demandé sur les quais par l'inspecteur du gouvernement « dans les plus brefs délais ».

Le révérend Dennis Hasset put enfin obtenir son sel. Il n'avait pas l'habitude de faire des courses. Il fut surpris de la quantité importante qu'on pouvait acheter avec un demi-penny. Il n'était pas question de mettre ce gros paquet dans sa poche. C'était un grand sac, lourd, qu'il fallait tenir sous le bras. C'est ce qu'il fit, tout en descendant Hyde Street, tandis que l'employé de l'administration, un immense type avec de grosses mains et un esprit servile qui lui courbaient l'échine et le cou, gloussait et s'agitait, au fur et à mesure qu'il imaginait ci ou ça à propos de cette étrange église de verre.

Le révérend Mr Hasset, lui, cherchait un moyen de mettre le sel en contact avec les sangsues. Il fut donc déçu en découvrant qu'une foule s'était rassemblée sur les quais. Cela allait rendre l'opération encore plus difficile.

Il écoutait l'employé, tandis qu'ils se frayaient un chemin vers le fleuve. Comme toujours, la majorité des gens étaient ivres. Ils puaient horriblement : linge sale, relents de rhum, odeur de vomi. L'enfer lui-même ne pouvait sentir plus mauvais. Dennis Hasset ouvrit son sac et prit une poignée de sel.

C'est alors qu'il vit l'église. Il pensa beaucoup de choses à la fois. C'était un miracle, une toile d'araignée, du verre en morceaux, un malheur, un rêve semblable à ceux construits pour George III et mis par terre dans un accès de folie. Il se dit : Elle a été saccagée par la grêle. Il se dit : C'est une erreur d'avoir terminé en triangles ces grands rectangles de verre alors qu'une arcade romane aurait été bien plus seyante. Il se dit : Lucinda.

Cette dernière pensée réveilla le grain de beauté qu'il avait sur le dos. Celui-ci commença à l'irriter, à le démanger. En effet, Dennis Hasset n'avait jamais, dans toutes ses lettres, pris la peine de dire à la jeune femme qu'il était maintenant marié et qu'il serait bientôt père d'un petit enfant.

En face de cette image fêlée de la passion de Lucinda, il se sentait foudroyé par la panique.

Son grain de beauté le rendait fou à force de le démanger. Il tenait son sel à la main. Il appuyait de tout son poids sur le pied qui n'avait pas de sangsue. Il s'attendait à ce que Lucinda surgisse entre les colonnes de sucre d'orge. Il ne pouvait voir à travers les vitres, qui étaient devenues, à cause des innombrables fêlures, presque opaques. Il fourra le sac de sel sous son bras et se colla un sourire sur le visage. Mais lorsque les vieilles péniches percées de H.M. McCracken furent attachées aux bittes d'amarrage, il s'aperçut que la personne qui passait par la porte en bois de l'église n'était pas Lucinda Leplastrier mais une sorte de fantôme émacié, sans col, au visage brûlé par le soleil. Cette personne s'avançait vers lui en portant une petite valise ressemblant à un carton à chapeau.

« Monsieur », dit Oscar, en tendant la main.

Malheureusement, celle de Dennis Hasset était pleine de sel. Il l'ouvrit en guise d'explication. L'homme au visage boucané regarda la main et se mit à rire. Ce n'était pas un rire normal, mais quelque chose de sec, de rocailleux, ressemblant à une toux.

« Le révérend Mr Hasset ? »

Il émanait quelque chose de dangereux de cet homme au regard fixe. Ses yeux verts étaient trop intenses. Ils ne quittaient pas ceux de Dennis Hasset, pas même pour une seconde.

« Oui, dit Dennis Hasset.

— Alors j'ai le plaisir, monsieur, de vous offrir cette superbe église. C'est un cadeau offert aux chrétiens de Boat Harbour, de la part de la plus merveilleuse femme de la Nouvelle-Galles du Sud, dit le fantôme, qui semblait oublier l'état de délabrement du monument. Je vous le dis maintenant de but en blanc, rugit-il, je vous envie. Cette femme vous aime. »

Dennis Hasset se sentait mal. Il souhaitait partir. Tous les mécréants de Boat Harbour tendaient en avant leurs cous épais et leurs oreilles en chou-fleur. Le pasteur se courba et versa sa poignée de sel dans sa chaussette.

Le dément s'était mis à pleurer. Son visage était aussi sale et fatigué que les bandages autour de ses poignets.

« Comment pouvez-vous rester ici, dit Oscar, quand miss Leplastrier se languit à Sydney ? Voyez-vous, c'est au-delà de ma compréhension. »

Le sel dans la chaussette de Dennis Hasset était aussi désagréable que du verre pilé. Il se dit : Quand mes folies passées cesseront-elles de venir me tourmenter ?

Il posa sa main sur l'épaule de l'homme en larmes. Il avait l'intention de faire un geste de charité chrétienne, mais il ne sentit sous ses doigts qu'un corps étrange, aussi dur, aussi creux qu'une armure. Ce fut alors, tandis qu'il se demandait comment étouffer dans l'œuf ce scandale, qui commençait déjà à s'épanouir, qu'il aperçut Miriam Chadwick dans son costume d'amazone d'un vert éclatant.

« Mrs Chadwick, je me demande si vous ne pourriez pas nous aider ? »

Donc, tandis que Percy Smith essayait d'amarrer son bateau selon les souhaits de l'inspecteur du gouvernement, Denis Hasset et Miriam Chadwick entraînèrent Oscar Hopkins dans les ornières de Hyde Street. Les deux hommes boitaient un peu, l'un à cause d'une blessure reçue au cours du voyage, l'autre à cause du sel imbibé de sang qui s'enfonçait sous un pied désespérément cambré.

Au coin de Hyde Street, Dennis Hasset demanda à Oscar de bien vouloir les excuser, lui et la jeune femme. Ils le plantèrent là, debout, toujours en larmes, dans l'ombre du bureau de poste. Denis Hasset parla alors avec Mrs Chadwick dont les grands yeux bruns, si évidemment remplis de compassion pour l'homme en pleurs, le touchaient énormément.

« Miriam, dit-il, vous devez m'aider, je vous en prie. Je dois aller retrouver ma femme avant que tout ceci ne soit amplifié par les commérages. Soyez, s'il vous plaît, le Bon Samaritain. Voici une couronne. Achetez-lui des bandages et de la teinture d'iode. Voici la clef de la salle de réunions. Vous pouvez en fermer la porte et tenir les importuns à l'écart. Occupez-vous de lui. Ce malheureux est dans un état si pitoyable. Pouvez-vous vous en charger ? Est-ce que Mrs Trevis vous le permettra ?

— Cher Dennis, dit Miriam Chadwick, qui était à la fois ravie d'avoir exactement ce qu'elle désirait, et blessée qu'un homme qui l'avait (il n'y avait pas si longtemps) cruellement repoussée, osât maintenant lui demander une faveur. Cher Dennis, courez retrouver Elizabeth et laissez-moi le soin de cette âme blessée. »

Elle accepta la grande clef de bronze, la pièce de monnaie et le sac de sel déchiré, que Dennis Hasset lui colla dans les bras. Puis, mon arrière-grand-mère prit Oscar Hopkins par le bras et l'entraîna, sans prêter attention aux regards curieux, vers la petite salle au-dessus de la boutique du cordonnier. Elle en ferma la porte à clef puis commença ses soins dévoués.

107

Oscar et Miriam

Quand Oscar Hopkins et Miriam Chadwick descendirent finalement l'escalier de la boutique du cordonnier, ce fut pour annoncer leur mariage imminent.

Il y avait une petite tache humide à l'arrière de l'habit d'amazone en soie verte de mon arrière-grand-mère. Ce fut bien évidemment remarqué — comment aurait-ce pu en être autrement ? — mais rien ne fut dit à voix haute. De toute façon, Miriam avait appliqué sur le jeune voyageur les onguents et les émollients coûteux de chez Mr Hammond et aussi de la teinture d'iode piquante et de la pommade adoucissante d'un jaune éclatant. Elle l'avait frotté avec tant de colorants curatifs que le jeune pasteur ressembla bientôt à ces poissons tropicaux qu'on voyait dans l'aquarium de son père. Étant donné que Miriam avait manié tant de liquides et de corps gras, personne ne pouvait être surpris qu'elle en ait envoyé une giclée sur ses propres vêtements.

Quand finalement Oscar ouvrit la lourde porte de cèdre du haut de l'escalier de la salle située au-dessus du cordonnier, il avait cet air à la fois ahuri et vague qui est le lot de ceux qu'on vient d'arracher à un incendie.

Comme il descendait l'escalier grinçant de bois brut, il sentait que son péché était proclamé devant tous.

J'aime Lucinda Leplastrier.

Le cordonnier travaillait à son établi. Oscar ne pouvait pas le regarder dans les yeux. Il fixa une paire de chaussures qui, accrochées à la porte, se balançaient. C'est à elles qu'il fit un petit signe de tête.

Il avait commis le péché de chair dans le temple de Dieu, lui qui avait jugé si sévèrement les coupeurs de cèdre à Urunga.

Toute ma vie, se disait-il, j'ai prêté l'oreille aux murmures du diable, je l'ai laissé me persuader que c'était saint de parier, d'abandonner mon père, de plonger ce pauvre Stratton dans le vice, tout en me drapant dans ma suffisance. Je jouais les saints. Alors que miss Leplastrier et moi étions si passionnément liés l'un à l'autre, j'ai cru que c'était moi qui nous gardais à l'écart du péché, moi qui préservais notre chasteté jusqu'à cet heureux jour (aujourd'hui, aujourd'hui où j'aurais pu lui écrire triomphalement) où elle aurait pu voir qui je suis et accepter l'offre que je lui aurais faite de nous tenir sous les yeux de Dieu comme mari et femme. Mais ce n'était pas moi. Et en voici la preuve : dès qu'une main complaisante s'est posée sur cette partie de mon anatomie, à l'instant même, à la seconde même, bien que ce fût la première fois de ma vie, eh bien, je n'ai pu résister à la tentation. J'ai découvert alors que mon christianisme n'était qu'une toile d'araignée facile à détruire. Je suis un chien dans la rue, prêt à se laisser écraser par la roue d'un chariot, afin de pouvoir donner libre cours à sa nature bestiale. Je ne peux même pas justifier mon acte en m'écriant : « C'est l'amour, je l'ai fait par amour ».

Sa punition allait être d'épouser cette femme qu'il avait compromise. Il ne lui vint pas à l'esprit que c'était elle qui l'avait compromis. Il devait l'épouser. Il sortit le laudanum de sa poche et en but une gorgée dans l'ombre profonde de l'entrée de la boutique du cordonnier. Dans la rue, il y avait des chars à bœufs en file, chargés de billes aussi larges que quatre hommes costauds, attachés ensemble. L'air était épais, chaud, sirupeux, sucré, à cause des odeurs de sève, d'urine et de cognac. Il y avait des chiens jaunâtres. Et des écorces duveteuses recouvraient le sol d'argile.

Le regard d'Oscar restait fixé sur un point relativement lointain. Il aspirait ses joues et les mordillait, bien plus fort qu'il ne pensait. Il boitillait à côté de mon arrière-grand-mère. Ils se préparaient l'un et l'autre à régler cette affaire, l'un et l'autre également décidés à mettre proprement les choses en ordre. Ils agissaient cependant en maintenant une certaine distance entre eux, comme des associés dans une affaire un peu hasardeuse, ou comme les capitaines d'équipes de cricket adverses. Ils publièrent les bans. Ce fut fait en moins d'un quart d'heure. Ils se rendirent chez Bernie Lovelle et chacun refit son testament. Cela leur prit une demi-heure. Puis ils allèrent au bureau du *Courier-Sun* pour remplir un formulaire destiné à faire l'annonce de leurs fiançailles dans la presse.

Ce n'est que lorsqu'elle vit qu'il n'écrivait pas « révérend » sur le formulaire que mon arrière-grand-mère supposa qu'il pouvait ne pas être, après tout, pasteur. Elle n'avait certes pas alors la moindre idée qu'il était d'ores et déjà le propriétaire d'une verrerie à Sydney et qu'il possédait, par ailleurs, une fortune s'élevant à dix mille livres.

Oscar, pour tout dire, l'avait oublié. Il était malade à l'idée de ce qu'il avait perdu, non pas heureux de ce qu'il avait gagné. Pour lui, l'église de verre était l'œuvre du malin, elle avait été la cause de meurtres et de fornications, la seule chose qu'il entendait, malgré les battements désordonnés de son cœur passionné, était celle qui concernait la destruction de ce bâtiment détesté.

Il était cinq heures — les employés du gouvernement fermaient déjà les volets, leur journée terminée — lorsqu'il dit au revoir à mon arrière-grand-mère. Elle avait un travail où elle devait retourner. Bien qu'il eût dû voir le mot « gouvernante » sur le testament de la jeune femme et sur les bans, il ne l'avait nullement remarqué. Ce travail restait un mystère pour lui. Comme des inconnus se retrouvent associés dans une affaire, grâce à une publicité parue dans un journal, ils décidèrent de se rencontrer au bureau de poste, à dix heures, le lendemain. Il la vit monter sur son poney qu'elle avait attaché dans le paddock de l'administration. Il devait déjà savoir qu'il ne se lierait à elle que d'une manière légale. En effet il n'éprouva qu'un léger malaise en voyant la manière dont elle traitait l'animal. Il fit le geste d'enlever son chapeau, bien qu'il eût la tête nue, ayant donné le sien à la sœur du père de Kumbaingiri Billy. Puis il tint ouvert le portail du paddock, et lorsque le poney et sa cavalière l'eurent franchi, il se mit en marche, d'un air pensif, vers le fleuve, en laissant traîner son bâton derrière lui, traçant ainsi une ligne le long de la piste de terre glaise. Ensuite — sa route étant marquée par cette mince traînée incertaine — il disparut à jamais de la vie de mon arrière-grand-mère.

108

Un chèque au milieu de ses jupons

Quand Miriam était vieille, elle portait de longues robes noires et des jupons de couleurs violentes (carmin, pourpre impériale, jaune éclatant) et c'était alors facile dans ces années de ne voir en elle qu'un vieux perroquet dans une cage de style victorien. Pourtant, lorsqu'elle se tenait debout dans le petit bureau de Dennis Hasset — c'était à peine un bureau, plutôt ce qu'on appelle à Bellingen une installation de fortune à l'arrière d'une agréable véranda — quand elle se trouvait là, elle était droite, elle était jeune et d'une étonnante beauté. Elle avait un visage solidement structuré, un nez droit, une longue mâchoire, des yeux bruns, bien écartés, au-dessus de pommettes saillantes. Elle avait quelque chose de sévère, alors qu'elle ne l'était nullement. Ses vrais qualités toutefois étaient ternies par son habitude de faire de légères avances amoureuses — apparemment elle ne pouvait s'en empêcher — même quand elle était en colère. Par exemple, elle pouvait baisser les yeux, se pencher en avant d'une certaine manière, ou même s'arranger pour qu'une partie de son vêtement frôle son interlocuteur, en imprimant à ses gestes une curieuse douceur extrêmement séduisante, mais oui, alors que l'on pouvait voir, si l'on savait regarder, la contraction cachée de ses mâchoires.

Elle était en deuil d'Oscar. Et bien qu'elle dût très bientôt abandonner ses habitudes de séduction, elle ne renoncerait jamais à sa manière de porter le deuil. Ce n'était nullement une question de mode. C'était quelque chose qu'elle avait inventé pour satisfaire le nombre impressionnant de ses besoins contradictoires. Et même si son style apparaîtrait finalement — comme je l'ai déjà dit — excentrique, victorien, ou tout simplement bizarre, ce n'était pas du tout l'impression qu'il donnait lorsqu'elle se trouvait sous le regard de Dennis Hasset.

Elle portait une longue robe noire en soie fluide, qui lui emprisonnait le buste et s'épanouissait en plis généreux sur le faux-cul. Elle portait un voile noir, un chapeau noir, piqué de plumes. Ses jupons apparaissaient ici et là. Ils étaient d'un rouge éclatant. Ils signifiaient : Allez au diable, je ferai ce dont j'ai envie.

Si Dennis Hasset avait un jour regretté de ne pas l'avoir épousée, ce n'était certes plus le cas maintenant. Il la considérait aujourd'hui comme une femme dangereuse. Il avait envie qu'elle quitte son bureau. Elle lui souriait et à deux reprises, accidentellement pensa-t-il, elle toucha la jambe de son pantalon avec le bout de sa petite chaussure à boutons.

Elle n'avait imaginé la grandeur des biens d'Oscar que lorsque Dennis Hasset vint la voir en lui demandant d'y renoncer. C'était lui, ce bel homme cultivé, qui tremblait comme une fille devant ces mécréants de coupeurs de cèdres, qui avait essayé de la rouler en lui faisant signer une « renonciation ». Ce ne fut alors, et que très lentement, qu'elle commença à comprendre la signification de ce pari dont on parlait dans ce document enroulé, que le défunt portait dans sa petite valise.

Ce fut alors qu'elle prit l'habitude, une habitude qui dura toute sa vie, d'agir en contradiction avec les recommandations des « conseilleurs ». Les conseilleurs auraient voulu qu'elle soit encore gouvernante, même moins qu'une gouvernante, la cible des vomissements laiteux du dernier des Trevis. Les conseilleurs auraient voulu qu'elle laisse la verrerie à Darling Harbour, en lui faisant croire qu'il était absolument impossible de la faire venir dans un endroit aussi isolé que Boat Harbour. Elle répéta (un nombre considérable de fois) « J'aime Boat Harbour. C'est mon pays. Comment pourrais-je l'abandonner ? » Elle vendit le terrain de Darling Harbour et transporta tout ce qu'elle put, y compris les souffleurs de verre et leurs familles, qu'elle parvint à persuader, à force de visites, de cadeaux, de pots-de-vin, de primes, de faire ce dangereux voyage vers le nord en bateau.

Elle n'aimait absolument pas Boat Harbour. Elle le haïssait. Mais maintenant qu'elle était riche, elle commença à payer de retour, et pour toute sa vie, ceux qui, selon elle, l'avaient maltraitée. Elle plaçait, dans la hiérarchie précise, presque féodale qu'elle construisit pour les personnes qui l'avaient offensée, ce pasteur près du sommet de la pyramide, le zénith étant réservé à Mrs Trevis.

Il n'y avait guère de place dans ce petit bureau. On restait assis sur une chaise au dos droit, tandis qu'au-dessus de l'épaule du pasteur, on apercevait la partie ouverte de la véranda. Les caisses de livres, que les circonstances présentes rendaient impossibles de déballer, restaient là à blanchir, à se couvrir de taches d'humidité, chaque fois que le vent venait du sud. On pouvait aussi, si l'on tendait légèrement le cou, apercevoir sur la mince parcelle de terre située au-delà du pré où se trouvait la vache de Dennis Hasset broutant ce qu'elle pouvait par ce temps hivernal le squelette noirci de l'église de verre. Ses vitres étaient pour la plupart cassées ou fendues et de longues algues, desséchées, s'accrochaient à son toit.

Cette église appartenait à Miriam, ou du moins c'était ce qu'avait décidé la cour de Sydney. Dennis Hasset avait pensé qu'elle était sa propriété, étant donné qu'il s'agissait d'un cadeau. C'était pourquoi il avait pris sur lui de la faire transporter dans le paddock, derrière chez lui.

Miriam, assise sur sa chaise, lissait sa jupe. Elle posa ses mains sur le haut de ses cuisses, tranquillement, sans avoir nullement l'intention — contrairement à ce que pensait Dennis Hasset, qui se méprenait du tout au tout — de cacher la rondeur évidente de son ventre. Elle croisa les jambes, montra un bout de jupon, et le regarda d'une telle manière qu'il ne put soutenir son regard.

« J'ai parlé à Mr Field de Gleniffer, dit Miriam, en enlevant un gant noir pour découvrir une alliance magnifique qui était venue se placer sur sa jolie main à Sydney. Il dit qu'il y a maintenant quinze familles anglicanes qui seraient heureuses de remplir le plateau chaque dimanche. »

Dennis Hasset pensait : Remplir le plateau. Elle le disait avec magnificence, parce qu'elle n'avait pas vu cette monnaie, cette mitraille prendre un air abandonné sur le fond recouvert de feutre gris. Quand Mr Field disait « qu'ils rempliraient le plateau », il avait l'air d'un grand seigneur avec ses pouces glissés sous ses bretelles, mais la réalité était fort différente. Ils voudraient, pensait Dennis Hasset, que je galope à Gleniffer deux fois chaque dimanche en espérant que je le fasse pour l'amour de Dieu et de quelques pennies.

« Et c'est alors qu'il m'est venu à l'esprit, dit Miriam en souriant suavement, que nous pourrions faire cadeau de ma chère petite église à cette congrégation. Mr Field dit qu'il ne manque pas de ferraille rouillée et que pour les murs, m'a-t-il expliqué, il trouverait le moyen d'y fixer des planches.

— Comme c'est intelligent, dit Dennis Hasset avec aigreur.

— Ça l'est effectivement, dit Miriam. On ne peut pas clouer du bois sur des montants en fonte.

— Je n'ai jamais cru cela », dit Dennis Hasset. Tout n'était que pure comédie. Une planche pouvait parfaitement être fixée, comme une vitre, sur des meneaux en bois.

« Alors, épargnez-moi vos traits d'esprit, monsieur le pasteur, et si vous vous y connaissez tant dans ces affaires du siècle, alors, dites-moi comment vous fixeriez les planches aux murs de l'église. »

Dennis Hasset lui sourit d'une manière, qui, dans un autre contexte, aurait pu paraître amicale.

« Avec des fils de clôture, dit Miriam. Comme ceux d'un parc à bestiaux. Mais si vous vous y connaissez tellement, dans ces questions plutôt rurales, vous devez savoir comment on s'y prend. Mais, une fois de plus, ce ne sera pas nécessaire. Les anglicans de Gleniffer seront ici demain. Il y a eu tant de problèmes avec les fourmis blanches qu'ils sont heureux d'avoir une structure en fonte. Mais, Mr Hasset, vous paraissez déçu.

— Comme vous le savez, dit-il, j'espérais plutôt que nous aurions finalement une église ici.

— Alors, il vous faudra organiser une kermesse pour trouver les fonds nécessaires, dit Miriam. Vous ne pouvez pas me demander d'adorer le Seigneur dans la tombe de mon mari.

— Je suis néanmoins déçu.

— Vos dimanches seront certes très occupés.

— Je ne me plains pas des travaux du Seigneur, mais plutôt du départ de cette église qui m'était destinée. Mais, il leva la main comme s'il voulait s'en servir pour contenir sa fureur, la cour en a décidé autrement.

— Miss Leplastrier a dû vous aimer énormément.

— Nous étions amis, oui.

— Elle portait aussi d'ailleurs énormément d'affection à mon mari. »

Mari ? De quelle manière franchement est-il son mari ?

« Nous sommes de nouveau en correspondance. Je dois avouer que j'admire sa franchise.

— Ah oui ?

— Vous n'étiez pas au courant de notre correspondance ? Ne vous en a-t-elle pas tenu informé ? Pourtant, il m'avait semblé comprendre quand je l'ai rencontrée devant le palais de justice à Sydney, que vous aviez tous les deux une correspondance suivie. En vérité, elle connaît beaucoup de choses sur notre petite ville.

— Allons, Miriam, que vous a-t-elle écrit, dit-il en tendant la main vers la lettre que Miriam était en train de déplier.

— Ce n'est pas très courtois de fourrer son nez dans la correspondance privée des jeunes femmes. Mais je vous lirai cependant quelques petits passages. Elle écrit : « J'ai parié afin de garder mon bien-aimé sain et sauf. » Je n'aime pas du tout, Dennis, qu'elle l'appelle son « bien-aimé ». Je pense que c'est un manque de tact. Qu'en dites-vous ?

— Elle l'aimait donc ?

— Il semble qu'elle aimait presque n'importe qui. Mais laissez-moi lire un peu plus loin : « Je vous demande instamment de ne pas agir ainsi avec moi. Je suis surprise de voir ces mots sortir de ma plume, mais ils sont là, voyez-vous. Ne permettons pas à nos frayeurs de nous rendre cupides. » A nos frayeurs, dit Miriam, de nous rendre cupides. Franchement, je ne vois pas ce qu'elle veut dire. « Quand je marche dans les rues de Sydney, je me rends compte que je ne supporte pas d'être une femme pauvre ici. Je vous en prie, Mrs Chadwick, si vous avez le moindre sentiment de charité chrétienne, vous ferez en sorte que je puisse garder un petit pourcentage de ma fortune. » Miriam plia la lettre et la replaça dans son sac.

« Voilà », dit-elle.

Les lèvres de Dennis Hasset s'entrouvrirent et ses yeux se plissèrent un instant.

« Et voilà, dit-il. Et qu'avez-vous répondu ?

— J'ai répondu avec bienveillance, naturellement. Comment n'aurais-je pas compati, moi qui ai passé la moitié de sa vie à elle dans des vêtements de deuil, tels que ceux que je porte encore. J'ai une connaissance très intime de la situation d'une femme pauvre. C'est moi, après tout, qui me suis retrouvée seule dans cette ville à cause d'un malheureux naufrage, et, tout en étant gouvernante, j'ai dû supporter les outrages qu'on réserve généralement à une domestique irlandaise. Je sais, même mieux qu'elle, ce que sa situation représente réellement.

— Quelle fut donc votre réponse ?

— J'ai travaillé comme servante, répéta Miriam. J'ai allumé le feu. J'ai trait les vaches, quand j'aurais dû enseigner à ces enfants Shakespeare et Milton.

— Et vous voulez qu'il en soit de même pour elle ?

— Dennis, vous me croyez sans cœur.

— Mrs Chadwick, dit-il.

— Hopkins, corrigea-t-elle.

— Mrs Hopkins, dit-il, ne devenons pas ennemis.

— Mr Hasset, vous êtes si pressé d'être de mes amis que vous me marchez sur les pieds. N'ai-je pas dit que je donnerais ma petite église à votre congrégation anglicane de Gleniffer ?

— Effectivement, vous l'avez dit.

— Eh bien, j'envoie aujourd'hui même un chèque à miss Leplastrier. Ce n'est pas une fortune, mais il lui sera de quelque assistance dans son actuel dénuement. »

C'était ce chèque qui fut la raison de la courte lettre de Lucinda à Miriam, qui fut retrouvée presque un demi-siècle plus tard, parmi les jupons reprisés, décousus, de mon arrière-grand-mère. Au moment où elle fut découverte, cette lettre était aussi fragile que le corps d'une libellule morte depuis longtemps. Sa sève s'était évaporée. On était maintenant passé du côté de l'histoire. On connaissait Lucinda pour des choses bien plus importantes que la passion qu'elle avait eue pour un pasteur aux nerfs fragiles. Elle était célèbre, ou tout au moins célèbre parmi les gens qui étudient le mouvement syndicaliste australien. En parcourant cette lettre, on devine que la souffrance, que la panique implicite qui s'y trouvent ne seraient qu'un coup violent mais éphémère dans le long et fructueux voyage de sa vie. On peut la voir comme la dernière chose qu'elle fit avant que ne commence sa véritable vocation. Mais, en 1866, Lucinda ne pouvait avoir ce recul. Elle avait écrit cette lettre avec des pleins et des déliés chargés de passion, de tremblements, sur un papier de mauvaise qualité, moucheté comme des œufs de pluvier et maculé de taches bleu sombre, là où la feuille avait bu plus d'encre qu'il ne fallait. C'était une lettre écrite par une femme épuisée, aux yeux rouges, aux bras couverts de brûlures, une femme qui travaillait comme ouvrière à l'usine de cornichons de Mr Edward Jason dans Druitt Street.

« Chère Mrs Chadwick, écrivait Lucinda, il n'y a pas à revenir là-dessus, vous êtes une voleuse, mais une voleuse, je pense, par peur et par faiblesse. Et comme je comprends fort bien aussi la terreur que vous avez éprouvée au plus profond de votre âme en envisageant une vie de femme seule en Nouvelle-Galles du Sud, je peux vous pardonner. »

Le chèque de Miriam, de dix guinées, était joint.

Lucinda n'avait pas mis son adresse sur l'enveloppe, mais elle n'habitait certainement plus Longnose Point, car lorsque, au moins de juin de 1866, Wardley-Fish vint à Whitfield's Farm chercher la trace du P'tit Louf, il trouva la maison abandonnée, avec pas même une couverture ou un bouton pour lui donner un indice des passions qui avaient poussé son ami à habiter ce lieu triste et humide. C'était un jour pluvieux, sombre, avec un vent venant du sud qui balayait Snails Bay. Wardley-Fish se tenait debout au sommet d'un rocher. Sa barbe était trempée. Ses yeux se plissaient à cause de la pluie et du vent. La seule tache de couleur, dans cette étroite péninsule, venait des poteaux d'un rouge brillant que l'arpenteur de Borrodaile avait enfoncés dans la terre aussi régulièrement que les bâtonnets de la marque d'un jeu de cribbage.

109

Hymnes sur les chardons

Après seulement cent vingt-ans, cette église, celle-là même dans laquelle ma mère chantait « Saint, saint, saint » et dont mon père était si jaloux, celle qu'assembla mon arrière-grand-père, éblouissante de clarté, comme le ciel lui-même sur la Bellinger River, cette église a été enlevée sur une plate-forme surbaissée. Elle ne servait plus à rien.

Là où elle se tenait encore à Noël l'année dernière, il n'y a plus maintenant qu'un morceau de terre nue, reliée aux pâturages par deux grandes ornières laissées par la plate-forme lorsqu'elle s'enlisa temporairement. Il y avait encore seize rangées de vieux fauteuils de cinéma, qui, récemment, avaient servi de prie-Dieu à la petite congrégation. Mais il ne restait plus rien ici de ce que l'église avait signifié pour nous : le dimanche des Rameaux, la résurrection, l'eau changée en vin, le miracle des pains et des poissons, toutes ces histoires cruelles et hautaines, qu'Oscar, décharné, brûlé par le soleil, les yeux cernés de blanc, avait amenées sur le fleuve en 1866.

Il y avait des chardons partout. Ils étaient petits, aplatis, comme pour prendre des bains de soleil, mais, à la fin de l'été, ils auraient un mètre de haut et seraient particulièrement serrés, près des grosses souches sur lesquelles reposait l'église. Personne ne les coupera parce que ce morceau de terre appartient à l'église et que celle-ci n'est plus là.

Il y a les ornières, il y a les chardons. A l'automne, leurs semences se mêleront aux aiguilles des casuarinas, elles descendront le courant peu profond qui coule sur le lit de gravier de la Sweet Water River. Il n'y a rien à dire sur les chardons.

110

Un hymne pour Oscar

Quand Oscar dit au revoir à mon arrière-grand-mère, il ne pensait plus que l'église de verre était quelque chose de sacré. Il pensait qu'elle était le fruit de la suffisance et de la vanité, un produit des insinuations que le malin avait glissées dans les rouages imaginatifs de son cerveau. Il était comme un ivrogne qui se réveille après une beuverie, malade, plein d'aigreur et de remords. Tout cela était mêlé au péché de fornication, à sa grande peur d'avoir découvert que les femmes avaient des poils à « cet endroit », aux douleurs lancinantes de ses coups de soleil, à celles moins aiguës des ampoules à ses talons, aux démangeaisons, aux saignements de son trou du cul, aux brûlures laissées par les cordes autour de ses poignets et à la nausée intermittente qui lui faisait comprendre qu'il devait prendre un peu plus de laudanum.

Il marchait sur le quai de bois qui résonnait sous ses pas, comme si l'eau n'était plus une menace pour lui. L'église tirait sur ses amarres, craquant légèrement lorsque les cordes se tendaient. Elle luttait contre le point le plus haut de la marée. Oscar descendit les marches en grimaçant et entra dans l'église par la porte de cèdre qu'il referma soigneusement derrière lui. Il marchait sur des éclats de verre, sur des corps de libellules et de guêpes. Il s'assit sur la chaise au dos droit, que la sœur du père de Kumbaingiri Billy lui avait amenée de la brousse pour la lui donner, en cadeau d'adieu. Il chercha sa bouteille de laudanum, et l'ayant portée à ses lèvres, s'aperçut qu'elle était vide. Il la laissa tomber sur le sol, puis inclina la tête pour prier.

Il demanda à Dieu de lui pardonner pour le meurtre des Noirs qu'il avait, par vanité, provoqué.

Il demanda à Dieu de lui pardonner pour la mort de Mr Stratton.

Il demanda à Dieu de lui pardonner le meurtre de Mr Jeffris.

Il demanda à Dieu de lui pardonner d'avoir séduit Mrs Chadwick.

Il demanda à Dieu de lui pardonner sa suffisance, son orgueil, son ignorance têtue. Mais, même tandis qu'il priait, il se sentait corrompu, presque au-delà des possibilités de rédemption.

Il pria comme il avait prié dans l'horrible pension de famille de Bathurst Street. Il enfonçait ses ongles dans le dessus de ses mains, se balançant sur sa chaise, jusqu'à ce que ses jambes émettent des sortes de plaintes. Quelque part, du côté sombre du crépuscule, alors que les roussettes commençaient à abandonner leur forme de chiffon et de patère dans les branches des figuiers de Moreton Bay, près de la Bellinger, il sombra dans le sommeil.

Donc, il n'atteignit jamais le point final de sa prière qui était de demander à Dieu de détruire l'église de verre. Dans ce cas, l'intervention céleste ne fut pas nécessaire, car les péniches appartenaient à H.M. McCracken dont la maison reposait sur des piliers qui s'enfonçaient un peu plus chaque jour, et dont les chariots avaient des roues aux rayons cassés. Une des péniches, celle qui se trouvait le plus loin du quai, prenait l'eau, pas excessivement, mais suffisamment pour que H.M. McCracken ait dit à Percy Smith « d'avoir l'œil ». Elle n'embarquait qu'un centimètre d'eau toutes les heures. Malheureusement, cela faisait maintenant une centaine d'heures que personne n'avait pensé à jeter un œil. A huit heures dix, la veille du vendredi saint, la vieille péniche dépassa le point critique de flotabilité puis sombra sans éclat.

La plate-forme astucieuse qu'avait construite Percy Smith s'enfonça d'un côté. L'eau entra dans l'église. Il n'y avait rien pour l'arrêter.

Oscar s'éveilla lorsqu'il heurta le sol. Il fut entraîné en

glissant vers le point le plus bas, c'est-à-dire celui qui était le plus loin de la porte.

Il escalada à tâtons la plate-forme inclinée pour gagner la sortie. Il se déchirait les mains sur le verre cassé. La torsion de la plate-forme avait bloqué la porte. Il ne faisait pas complètement noir. Les roussettes emplissaient le ciel, au-dessus du fleuve. Le soubassement incliné se transforma en une sorte de rampe, et l'église de verre tout entière glissa dans l'eau, et tandis que mon arrière-grand-père donnait des coups de pied, s'acharnait contre la porte bloquée, les vitres fendues derrière son dos se brisèrent pour laisser entrer sa vieille ennemie.

Une grosse bulle d'air éclata à la surface de la Bellinger et les roussettes s'approchèrent de l'eau. Lorsqu'elles furent suffisamment près pour qu'Oscar puisse les voir, malgré sa mauvaise vue, il pensa que c'étaient des anges avec des ailes de chauve-souris. Il y vit là un signe de Dieu. Il secoua la tête, pris de panique au seuil de l'éternité. Il s'accrocha à la poignée de la porte, alors que celle-ci devenait le plafond de son univers. L'eau montait. A travers l'obscurité palpitante, il aperçut le visage souriant et sage de son père qui le regardait. Il pouvait distinguer, vaguement, le monde extérieur, le fauteuil et la table de travail du bureau de son père. Des morceaux scintillants d'aquarium tombaient autour de lui comme de la neige. Et quand les doigts livides de l'eau, longuement attendus, clapotèrent pour s'introduire entre ses lèvres, il les accueillit comme il l'avait toujours fait, avec un cri, comme un petit garçon pris dans les plis infinis de son cauchemar.

Remerciements

Je dois beaucoup à Mr. Lloyd Grono qui consacra bien de son temps à me parler de la fabrication du verre et qui fit exploser sous mes yeux une larme batavique afin de m'en montrer les vertus, et au Dr. Clive Allcock du Cumberland Hospital qui me donna non seulement maints renseignements sur le jeu en tant que passion mais qui m'emmena aux courses pour voir courir ses chevaux. Je remercie également Keith Hall qui dirigea mes premiers pas dans mes recherches sur l'établissement des Blancs en Australie : le révérend Peter Thompson ; Richard Leplastrier (sans l'aide de qui la construction de l'église n'aurait jamais pu se faire) ; Alison Summers pour sa lecture attentive du texte, sa patience et ses conseils, enfin Edmund Gosse à qui j'ai emprunté les Frères de Plymouth, le Pudding de Noël et un père qui était fier de n'avoir jamais lu Shakespeare.

Les citations du chapitre 45 sont prises à l'œuvre de Philip Henry Gosse, *A Naturalist's Ramble on the Devonshire Coast*, Londres, 1853.

Table des chapitres

Achevé d'imprimer en avril 1990
sur presse CAMERON
dans les ateliers de la S.E.P.C.
à Saint-Amand-Montrond (Cher)
pour Plon
éditeur à Paris

N° d'Édition : 12032. N° d'Impression : 908.
Dépôt légal : avril 1990.
Imprimé en France